BASTEI LÜBBE TASCHENBUCH

Weitere Titel der Autorin:

Der Fluch der Maorifrau
Im Tal der großen Geysire
Das Geheimnis des letzten Moa
Der Schwur des Maori-Mädchens
Die Maori-Prinzessin

Titel in der Regel auch als Hörbuch und E-Book erhältlich

Laura Walden

DIE SPUR DES MAORI-HEILERS

Roman

BASTEI LÜBBE TASCHENBUCH

BASTEI LÜBBE TASCHENBUCH
Band 16921

2. Auflage: August 2014

Dieser Titel ist auch als Hörbuch und E-Book erschienen

MIX
Papier aus verantwortungsvollen Quellen
FSC® C014496
FSC
www.fsc.org

Originalausgabe

Textredaktion: Antje Steinhäuser
Titelillustration: © mauritius images/age;
© Masterfile/Robert Harding Images
Umschlaggestaltung: Christina Krutz Design
Satz: Urban SatzKonzept, Düsseldorf
Gesetzt aus der Adobe Garamond
Druck und Verarbeitung: GGP Media GmbH, Pößneck
Printed in Germany
ISBN 978-3-404-16921-4

Sie finden uns im Internet unter
www.luebbe.de
Bitte beachten Sie auch: www.lesejury.de

Hamburg, November 2012

Das Gästezimmer im Haus ihrer Großmutter sah aus, als hätte eine Bombe eingeschlagen. Marie hatte ihre Mitbringsel aus Indien samt der schmutzigen Wäsche über den gesamten Fußboden verteilt. Ihre eigene Wohnung hatte sie vor der Reise für ein Jahr untervermietet, und das bedauerte sie jetzt, denn sie war bereits nach sechs Monaten zurückgekehrt. Aber nicht, um in Hamburg zu bleiben, sondern nur, um ihre Sachen für die Weiterreise zu packen und einmal kurz nach der Großmutter zu sehen.

Sie hatte nach ihrer Rückkehr aus Indien eigentlich nach Südamerika aufbrechen wollen, aber ihre Großmutter hatte ihr derart in den Ohren gelegen, lieber nach Neuseeland zu gehen, dass sie dem Drängen der alten Dame schließlich nachgegeben hatte. Ihrer Großmutter Anna konnte Marie kaum eine Bitte abschlagen. Sie war ihre wichtigste Bezugsperson seit dem grausamen Unfall, bei dem ihre Mutter gestorben war. Maries Miene verdüsterte sich. Sie konnte kaum an diese Geschichte denken, ohne dass kalte Wut in ihr aufstieg. Wut auf ihre Schwester, die den Unglückswagen gefahren und bei Blitzeis gegen einen Baum geprallt war. Mit der Beifahrerseite ... Ihre Mutter war sofort tot gewesen. Genickbruch, während Amelie das Unglück fast unversehrt überstanden hatte.

Ich hätte Amelie längst anrufen und ihr mitteilen sollen, dass ich aus Indien zurückgekehrt bin und eine Woche in Hamburg bleibe, dachte Marie, aber sie spürte einen tiefen Widerwillen bei dem Gedanken, sich bei ihrer Schwester zu melden. Obwohl die

Polizei kein Verschulden Amelies hatte feststellen können, machte Marie ihre Schwester insgeheim für den Tod der Mutter verantwortlich. Sicher, sie war nicht zu schnell gefahren, hatte keinen Alkohol getrunken und war vom Eis überrascht worden, aber hatte sie unbedingt in einer kalten Winternacht die heikle Strecke von Stade nach Hamburg fahren müssen? Nur, um an einem angeblich wichtigen gesellschaftlichen Event teilzunehmen wie diesem Ball? Und das, obwohl Amelie wegen ihrer enormen Arbeitsbelastung mal wieder mit den Nerven am Ende gewesen war?

Marie erinnerte sich noch genau, wie gestresst sie ihre Mutter abgeholt hatte. Sie war gar nicht richtig bei sich gewesen. Nein, ich werde mich nicht bei ihr melden, beschloss Marie und suchte aus einem Stapel bunter Tücher eines heraus, das sie mit nach Neuseeland nehmen würde. Wenn sie allein an ihre hektische Stimme und die Worte, die schneller aus Amelies Mund sprudelten, als Marie denken konnte, dachte ... nein, das würde sich Marie nicht antun.

»Wenn du dich sehen könntest, Kind«, bemerkte Anna, die schon eine Weile im Türrahmen gestanden hatte. »Du bekommst Falten, wenn du die Stirn so kräuselst.«

»Das bleibt nicht aus, wenn man auf die vierzig zugeht«, lachte Marie.

»Ach, du Küken, das sind doch noch drei Jahre hin ...« Anna hielt etwas in der Hand, das sie ihrer Enkelin nun reichte. »Das sind ein paar alte Fotos von Lisa und Richard.«

Marie nahm die Bilder entgegen und musterte das erste kritisch, ein Hochzeitsfoto. »Glücklich sehen die beiden nicht gerade aus.«

»Ich hätte auch nicht gelächelt, wenn ich Richard Bruhns hätte heiraten müssen«, erwiderte Anna.

»Musste deine Schwester denn?«

Anna schüttelte energisch den Kopf. »Natürlich nicht. Sie wäre niemals ausgewandert, wenn sie schwanger gewesen wäre.«

Marie betrachtete den Bräutigam intensiv. »Ich meine, mal abgesehen von seiner grimmigen Miene, sieht er nicht schlecht aus.«

»Ich befürchte, das hat meine Schwester damals letztlich dazu gebracht, seinen Antrag anzunehmen. Ich mochte ihn nicht, aber das war auch kein Wunder. Ich war noch ein Kind, und er wollte mir die geliebte Schwester rauben.«

»Und du meinst, ich könnte wirklich Spuren der beiden in Neuseeland finden?«

»Ja, irgendwo müssen sie abgeblieben sein. Angekommen sind sie jedenfalls. Das schreibt Lisa in einem Brief an unsere Eltern und mich.«

Anna zog einen vergilbten Brief hervor.

»Das war der erste und letzte Brief, den wir von meiner Schwester erhalten haben. Danach brach der Kontakt ab. Und ich verstehe das nicht. Wir waren einander so vertraut wie Schwestern nur sein können und sollten. Obwohl ich mit meinen zwölf Jahren noch ein halbes Kind und sie mit ihren neunzehn schon eine junge Dame war, hat sie mir nie das Gefühl gegeben, ein Dummerchen zu sein. Am letzten Abend vor ihrer Abreise hat sie mir hoch und heilig versprochen, dass sie mir eine Schiffspassage schenkt, wenn ich alt genug bin. Meine Eltern waren nämlich sehr streng. Lisa hat mich stets vor Vaters Schlägen beschützt. Ich habe sie angefleht, mich mitzunehmen. Ich glaube, sie hat es wirklich ernst damit gemeint, mich nachzuholen. Ach, was würde ich darum geben, wenn ich wüsste, welches Schicksal sie erlitten hat.« Anna musterte Marie durchdringend. »Geschwister sollten zusammenhalten«, fügte sie seufzend hinzu.

Maries Miene versteinerte. »Ist das der Wink mit dem Zaunpfahl, dass ich meiner vielbeschäftigten Workaholic-Schwester einen Besuch abstatten soll?«

Anna runzelte die Stirn. »Ach, es tut mir einfach weh, mitzuerleben, dass ihr beiden euch so gar nicht versteht. Wenn ich daran denke, wie glücklich Karla, eure Mutter, damals war, als sie mit Amelie schwanger geworden ist und dann drei Jahre später mit dir. Deine Eltern hatten doch gar nicht mehr mit Kindersegen gerechnet. Wenn sie mit ansehen müssten, wie ihr beiden euch aus dem Weg geht. Ein Trauerspiel.«

»Du weißt ganz genau, warum mein Verhältnis zu ihr getrübt ist!«, schnaubte Marie. »Musste sie Mutter unbedingt in ein Abendkleid zwängen und mit zu diesem dämlichen Innungsball schleppen? Und das bei klirrender Kälte? Wo Mutter gar keinen Spaß an solchen Repräsentationspflichten hatte. Denk an ihr Rheuma. Amelie hat sie sicherlich in ihrer unnachahmlichen Art so lange überredet, bis sie nicht mehr Nein sagen konnte.«

»Kannst du nicht endlich aufhören damit! Amelie trifft keine Schuld.«

»Ach ja? Die ewig überarbeitete Amelie hätte gar nicht Auto fahren dürfen.«

»Nun mach aber mal einen Punkt! Wer hat denn aus der kleinen Eckbäckerei deines Vaters ein florierendes Unternehmen gemacht? Amelie hat Tag und Nacht geschuftet, um das zu erreichen.«

Marie zuckte die Achseln. »Na und? Mir hätte die kleine Klitsche unserer Eltern völlig gereicht.«

»Kind, du bist sehr ungerecht. Wenn Amelie dich nicht ausgezahlt hätte, könntest du niemals einfach so durch die Welt reisen. Ich gönne es dir, aber mir wäre es langfristig lieber, wenn du deine Schwester im Geschäft unterstützen würdest, sobald du aus Neuseeland zurück bist. Dann hast du dich wirklich genügend selbst verwirklicht. Ihr müsst zusammenhalten!«

Marie rollte mit den Augen. »Ich werde niemals für die Jaspers-Bäckerei arbeiten. Lieber gehe ich zur Konkurrenz.«

»Woher hast du nur diesen Dickschädel? Warum könnt ihr kein Team sein? Ihr habt das Handwerk beide gelernt und Amelie noch zusätzlich als Betriebswirtin ... Das ist ideal.«

»Weil ich niemals so werden will wie meine Schwester, der Statussymbole lieber sind als alle inneren Werte. Und vergiss nicht, dass ich auch studiert habe, nicht Betriebswirtschaft, sondern Ethnologie. Was soll ich wohl in einer solchen Firma? Um mich von ihr herumkommandieren zu lassen und mir ›Kohle‹ als Ziel auf die Fahnen zu schreiben? Nee, niemals, Amelie ist doch gar kein Mensch mehr, sondern ein Geldautomat! Kein Wunder, dass sie keinen Freund hat.«

Anna drohte ihrer Enkelin spielerisch mit dem Finger. »Wer im Glashaus sitzt, soll nicht mit Steinen werfen. Du hast zwar immer mal wieder einen Lover, wie ihr das heute so schön nennt, aber da war auch noch kein halbwegs vernünftiger Kerl dabei. Also wenigstens in dem Punkt steht ihr euch in nichts nach. Urenkel werde ich wohl nicht mehr erleben.«

»Ach, Großmutter, nicht die Hoffnung aufgeben. Ich tue wirklich mein Bestes«. Grinsend holte Marie das Foto eines braun gebrannten, muskulösen Mannes hervor. »Heiß, oder?«

Anna stöhnte laut auf. »Und? Wann wirst du ihn wiedersehen?«

»Gar nicht, denn er wird demnächst in Kapstadt heiraten. Das war sozusagen seine Junggesellenreise.«

»Marie, Marie, wo soll das enden? Du weißt, ich bin recht fortschrittlich für meine Generation, aber ich finde, es steht dir nicht zu, über Amelie zu richten.«

Marie musterte ihre Großmutter zärtlich. »Du bist ein Phänomen. Kein Mensch, der dich nicht kennt, würde auch nur im Traum darauf kommen, dass du schon dreiundneunzig bist. Höchstens achtundsiebzig! So möchte ich im Alter mal aussehen!«

Anna Tanner war eine hochgewachsene, schlanke Frau mit blond getöntem Haar und für ihr hohes Alter erstaunlich wenig Falten. Sie litt zwar unter diversen Zipperlein, die Sehkraft ließ nach, sie brauchte ein Hörgerät, und die Knie schmerzten immer öfter, aber das sah man ihr nicht an. Als ehemalige Gymnasiallehrerin war sie geistig immer noch auf der Höhe und an allem interessiert, was dort draußen in der Welt geschah.

Marie drückte Anna einen Kuss auf die Wange.

»Du lenkst ab, Marie«, erklärte Anna mit gespielter Strenge.

»Ich verspreche dir, ich komme mit einem neuseeländischen Ehemann zurück. Bist du dann zufrieden?«

Anna lachte. »Das wäre allerdings etwas übertrieben. Ich wünschte mir nur, du könntest über deinen Schatten springen und zusammen mit deiner Schwester die Firma führen.«

»Ich würde dir gern jeden Wunsch erfüllen, aber den nicht. Amelie hat mich ausgezahlt. Schon vergessen? Jaspers gehört ihr samt dem Haupthaus, den Filialen, dem Cateringservice, dem Partydienst ... und ich möchte nicht mehr als unbedingt nötig mit ihr zu tun haben. Ganz ehrlich, Großmutter, du müsstest mich eigentlich besser verstehen können, deine Schwester war auch nicht die Zuverlässigste. Ich meine, sie hat dich offenbar einfach vergessen.«

»Das kann und will ich nicht glauben!«, widersprach Anna heftig. »Deshalb musst du etwas herausbekommen! Versprich mir, dass du deine Reise in Nelson beginnst!«, beschwor sie ihre Enkelin.

»Ja, Großmutter, ich habe ein Ticket nach Wellington, muss nur noch die Cook Strait zwischen den beiden Hauptinseln überqueren, um nach Nelson zu gelangen, und dann werde ich herausfinden, was mit deiner Schwester geschehen ist. Die Farm, auf der ich mitarbeite, liegt ganz in der Nähe der Stadt.«

»Und du willst dir das Geld für die Rundreise wirklich auf einer Schaffarm verdienen? Du verfügst doch über ausreichende finanzielle Mittel.«

»Was weiß ich, wohin es mich danach führt. Es wäre unvernünftig, das ganze Geld auszugeben.«

Anna huschte ein Lächeln über das Gesicht. »Das könnte aus Amelies Mund stammen ...«

Marie stöhnte genervt. »Nur weil ich nicht eines Tages ohne Kohle dastehen will. Nein, Amelie und ich haben wirklich nichts gemeinsam. Für sie zählt nur eins: Erfolg und Geld! Sie weiß gar nicht mehr, was Leben ist ... Und jede Wette, sie ist seinerzeit nur von der Straße abgekommen, weil sie in Gedanken mal wieder bei ihren Zahlen war ...«

»Schluss!«, schimpfte Anna. »Ich möchte nichts mehr davon hören. Ich liebe euch beide gleichermaßen, und ich finde deine Unterstellungen unerträglich! Das macht eure Mutter auch nicht wieder lebendig.«

Maries Augen wurden feucht. Anna hatte einen wunden Punkt getroffen. Sie würde es Amelie nie verzeihen, dass sie ihr die Mutter genommen hatte. Marie und ihre Mutter Karla hatten sich blind verstanden. Wohingegen Amelies Aktionismus und Getriebenheit, ihr bohrender Ehrgeiz und ihr Händchen für das Geschäft ihrer Mutter stets fremd geblieben waren. Dafür hatte ihr Vater Niko seine Älteste bis zu seinem plötzlichen Herztod umso mehr bewundert. »Papakind« und »Mamakind« hatten die Schwestern einander stets geneckt. Denn so unterschiedlich sie auch waren, sie hatten sich eigentlich immer gut verstanden. Bis vor acht Jahren Amelies Auto gegen den Baum gerast war. Von da an war Marie ihrer Schwester aus dem Weg gegangen. Allerdings hatte sie sich so weit im Griff, dass sie Amelie niemals offen vorgeworfen hatte, was sie insgeheim über den Unfall dachte. Und wie sie ihre Schwester kannte, war es ihr bei dem Dauerstress, unter dem sie litt, nicht einmal aufgefallen, dass sich Marie von ihr zurückgezogen hatte.

Anna umarmte ihre Enkelin zärtlich. »Ich weiß, Mamakind, der Gedanke, niemals mehr Karlas Lachen zu hören, ist schlimm. Sieh mal, sie war meine Tochter. Ich habe sie über alles geliebt. Das ist das Schrecklichste für eine Mutter, das es überhaupt geben kann ...« Anna konnte nicht weitersprechen. Tränen erstickten ihre Stimme.

Ich will Amelie ja verzeihen, dachte Marie, aber ich kann nicht!

Das Telefon klingelte. Anna löste sich sanft aus der Umarmung mit ihrer Enkelin und meldete sich, tapfer bemüht, ihre Trauer zu verbergen.

Marie hing weiter ihren Gedanken nach, bis sie ihre Großmutter keuchen hörte: »Krankenwagen? Klinik? Ich komme sofort!«

Nachdem sie aufgelegt hatte, lehnte sie sich gegen die Wand. Sie war leichenblass geworden.

»Großmutter? Was ist los?« Mit einem Satz war Marie auf Anna zugestürzt und schob ihren Arm unter den der Großmutter.

»Amelie ist im Krankenhaus, sie hat ... sie ist, ... nein, sie wollte ...«, stammelte Anna.

Marie fragte nicht nach. Sie wollte die Großmutter nicht noch mehr aufregen, aber ihr Herz klopfte bis zum Hals. Sie schob ihrer Großmutter einen Stuhl hin, auf den sich Anna fallen ließ. Maries Herzschlag beschleunigte sich. Verdammt, ich wollte Amelie noch so viel sagen, ging es ihr durch den Kopf.

Anna blickte ins Leere. »Es war ihre Sekretärin Svenja. Sie hat Amelie an einem offenen Fenster vorgefunden. Sie zitterte am ganzen Körper und schnappte nach Luft. Die junge Frau hatte den Eindruck, sie wollte sich hinunterstürzen. Sie konnte sie schließlich ins Büro zurückziehen. Amelie hat dann um sich geschlagen. Svenja konnte sie beruhigen und hat den Notarzt geholt, als Amelie einen Asthmaanfall bekam. Sie ist in die Uniklinik eingeliefert worden. Ich muss sofort zu ihr.«

»Und ich dachte schon ...«, stieß Marie erleichtert hervor. »Ich fahr dich.«

Anna erhob sich von ihrem Stuhl. Marie erschrak. In diesem Augenblick sah ihre Großmutter wie ein Gespenst aus. Marie führte sie zur Garderobe und half ihr in den Mantel. Die alte Dame war schrecklich blass. Marie hatte Angst um sie.

»Soll ich nicht lieber allein fahren?«, fragte sie.

»Nein, nein, ich muss ihr doch helfen«, widersprach Anna, aber dann stöhnte sie auf und stützte sich schwer auf Maries Arm. Marie nahm ihrer Großmutter den Mantel rasch wieder ab und brachte sie ins Schlafzimmer. Annas Atem ging stoßweise, als sie sich auf das Bett legte.

»Ich hole den Doktor!«, sagte Marie entschlossen.

»Nein, keinen Arzt. Ich bin nicht krank«, protestierte Anna.

»Keine Widerrede!«

Marie rief erst den Arzt an, und dann sagte sie Annas Haushaltshilfe Bescheid.

»Das ist wirklich nicht nötig«, protestierte Anna. »Das war nur der Schreck. Ich habe immer Angst, dass ihr mich auch verlasst wie einst meine Schwester und eure Mutter.«

»Keine Sorge, wir sind zäh!« Marie nahm Annas Hand und strich ihr sanft über die knochigen Finger.

»Erzähl ein bisschen von deiner Schwester«, versuchte Marie, die Großmutter von ihrer Sorge um Amelie abzulenken. »Wie war das damals? Von wo aus sind sie gestartet?«

»Sie reisten von Hamburg nach London, um dort ein Schiff nach Neuseeland zu besteigen«, entgegnete Anna heiser.

»War es denn einfach, in diesen Jahren nach Neuseeland auszuwandern?«

»Gar nicht! Infolge der Weltwirtschaftskrise hatten alle typischen Auswandererländer ihre Bedingungen verschärft, aber Richard hatte gerade eine größere Erbschaft gemacht, und ein alter Freund hat ihm schriftlich bestätigt, dass er mit diesem Geld seinen Pub kaufen werde. Außerdem war Richard Zimmermann, und Handwerker wurden immer gern genommen.« Annas Atem wurde ruhiger und ihre Wangen bekamen wieder etwas Farbe.

Trotzdem gab der Arzt, der seine Praxis unten im Haus hatte und sofort zur Stelle war, Anna eine Vitalisierungsspritze und verordnete ihr strenge Bettruhe.

Die Haushälterin Elsa, die eigentlich ihren freien Tag hatte, versprach Marie, sich so lange um Anna zu kümmern, bis sie aus dem Krankenhaus zurückgekehrt war.

Marie verspürte auf dem Weg nach draußen ihr schlechtes Gewissen. Was, wenn ihrer Schwester wirklich etwas Ernsthaftes zugestoßen war? Würde sie sich nicht ewig Vorwürfe machen, dass sie sich all die Jahre seit dem Unfall derart von ihr abgegrenzt hatte? Wohl war ihr nicht, als sie in ihren alten Mini stieg. Sie besaß noch einen »echten«, wie sie es nannte. Wie oft hatte sich Amelie über ihren Wagen mokiert!

Beim Ausparken wäre sie beinahe mit einem fahrenden Auto zusammengestoßen. Ich muss mich auf den Straßenverkehr konzentrieren, ermahnte sie sich erschrocken. Doch es gelang ihr kaum. Immer wieder flogen ihre Gedanken davon. Sie war froh, als sie endlich den Haupteingang des Krankenhauses vor sich auftauchen sah.

Upper Moutere, Februar 1931

Wir sind jetzt schon fast drei Monate in Neuseeland, und die Zeit seit unserer Ankunft ist wie im Flug vergangen. Heute komme ich endlich einmal dazu, meine ersten Worte in das entzückende Büchlein zu schreiben. Anna hat sich so viel Mühe gegeben und den Einband mit Glanzbildchen beklebt. Meine kleine Schwester ist außer meinen Freundinnen der einzige Mensch, den ich von Herzen vermisse. Ich habe ein schlechtes Gewissen, sie in Hamburg zurückgelassen zu haben. Vater ist schrecklich jähzornig und unberechenbar. Dann ist er noch Mitglied dieser üblen Partei geworden, die bei der Reichstagswahl Riesenerfolge feiern konnte. Genau wie mein ältester Bruder Kurt. Ich befürchte, dass auch Richard früher oder später zu diesem Verein gehört hätte, wenn wir geblieben wären, denn er ist sich mit Vater und Kurt einig, dass Deutschland nur mit einem starken Mann an der Spitze wieder auf die Beine kommt. Sie meinen damit diesen kleinen brüllenden Mann, der jetzt immer öfter in der Wochenschau im Kino zu sehen ist. Ich bin froh, dass Richard jetzt gar nicht in Versuchung kommt, denn das fände ich schrecklich. Sogar mit meiner besten Freundin Lotte habe ich mich zu guter Letzt vor meiner Abreise wegen des primitiven Schreihalses gestritten. Sie meinte, dieser Hitler habe eine magische Ausstrahlung. Kein Wunder, sie ist in Kurt verliebt. Wie gut, dass die Geschmäcker verschieden sind. Na ja, vielleicht schicken diese Nazis dann nachts keine Schlägertrupps mehr aus, wenn sie nun legal im Reichstag sitzen. Kurt ist ein paar Mal nachts von solchen Schlägereien nach Hause gekommen und hat damit angegeben, dass sie ein paar »Rote« zusammengeschlagen haben. Ich kann mir nicht helfen. Der Bursche ist wirklich verroht. Ich konnte nie etwas mit ihm anfangen. Er hat schon als Kind Mäuse gefangen, um sie zu quälen und mich gleich mit. Hoffentlich steckt er meinen kleinen Bruder Rolf nicht an. Den hätte ich am liebsten mitgenommen ans andere Ende der Welt. Genau wie meine kleine Schwester. Arme Anna! Mutter wird ihr gegen Vaters Jähzorn keine große Hilfe sein. Sie ist so unterwürfig, dass sie alles gutheißt, was unser Vater tut und lässt. Ich bin ehrlich gesagt froh, dass ich meine Eltern nicht mehr sehen muss. Ich weiß, es ist entsetzlich, so etwas zu behaupten, aber es ist die Wahrheit. Vater ist ein Haustyrann und Mutter ein stummes Opfer. Ich befürchte, da werden noch Welten aufeinanderprallen, denn Anna ist eine mutige kleine Person. Sie widerspricht Vater sogar, wenn er androht, sie mit dem Riemen zu verprügeln. Ich darf gar nicht daran denken, dass ich sie in dieser Hölle zurückgelassen habe. Und ich lege hiermit den heiligen Schwur, meine Schwester nach Neuseeland zu holen, sobald sie die Schule beendet hat, schriftlich nieder. Ich muss heute unbedingt einen Brief an die Eltern und Anna schreiben. An die Eltern nur pro forma. Er ist als Lebenszeichen an meine Schwester gedacht. Meinen Eltern würde ich nicht freiwillig schreiben. Aber Vater würde es an Anna auslassen, würde ich nur ihr eine Nachricht zukommen lassen. Ich darf auf keinen Fall durchblicken lassen, wie Richard sich inzwischen aufführt. Vater würde natürlich für seinen lieben Schwiegersohn Partei ergreifen und mir einen Brief voller Ermahnungen schicken, dass es an den Frauen liegt, wenn die Männer zur Flasche greifen. Dabei ermutige ich ihn bestimmt nicht zum Trinken. Und ich bin auch keine Furie, vor der ein Mann in den Alkohol flüchten muss. Noch hat er den Pub nicht gekauft. Denn das wäre fatal. Er würde wohl selbst sein bester Kunde. Er hat immer schon gern getrunken, aber zu Hause war es meist Bier. Die Männer, mit denen sich Richard hier umgibt, trinken Whisky.

Es vergeht kaum ein Tag, an dem er nicht betrunken ins Bett fällt. Mit voller Kleidung. Ich ziehe ihm dann jedes Mal wenigstens die Schuhe aus. Am schlimmsten ist es aber am nächsten Tag. Er ist dermaßen unleidlich, dass ihn die Fliege an der Wand in Rage bringt. Es kann aber auch das Salz im Essen oder ein Fleck auf der Tischdecke sein, was ihn zum Schimpfen bringt. Ich weiß nicht, wie lange ich das klaglos ertrage. Noch schaffe ich es, meinen Mund zu halten. Ich nehme sein Verhalten einfach nicht ernst.

Manchmal denke ich an die Worte meiner kleinen Schwester, als ich erzählt habe, dass ich Richard heiraten werde. »Bist du verrückt geworden? Ich mag ihn nicht leiden!«, hat sie empört ausgerufen. Ja, vielleicht war ich wirklich verrückt, aber nun ist es zu spät. Ich bin seine Frau geworden und möchte eine eigene Familie haben. Mindestens drei Kinder wünsche ich mir, aber ich möchte nicht nur im Haus sitzen. Ich muss etwas Sinnvolles tun, und ich weiß, dass es eine Aufgabe für mich gibt. Ich war im Waisenhaus und habe für die Kinder Geschenke mitgenommen. Ich habe Miss Hunter gefragt, ob ich nicht ehrenamtlich für das Heim arbeiten könnte.

Die Maori-Kinder nennen mich »die Pakeha«. Inzwischen weiß ich, was das bedeutet. So nennen die Maori die Weißen. Das habe ich bereits auf der Überfahrt von der Nord- auf die Südinsel erfahren. Von dem ersten Maori, den ich zu Gesicht bekommen habe.

Manchmal muss ich an ihn denken und an die Fahrt durch die Marlborough Sounds. Es war atemberaubend. Nach dem stürmischen Meer kamen wir in die Stille der Fjorde, die hier Sounds heißen. Das Wasser war spiegelglatt. Wo das Auge hinsah, überall grüne Küsten und winzige Inseln. Hier sind die Feen zu Hause, dachte ich. Es lag ein leichter Nebel über dem Wasser. Ich stand am Bug und starrte die Schönheit der Natur an, da gesellte er sich zu mir. Ein hochgewachsener Fremder, der keine ganz dunkle

Haut besaß, aber auch nicht so weiß war wie wir. Seine Augen waren schwarz wie Kohle. Ich erschrak ein wenig, aber er lachte und sagte, an den Anblick der Maori müsse ich mich gewöhnen, im Norden der Südinsel gäbe es viele von ihnen. Ich versicherte ihm, dass ich keine Angst vor ihm hätte, zumal er mit seinem Anzug eher wie ein feiner Mann aussähe. Nachdem ich inzwischen viele Maori kennengelernt habe, vermute ich, dass er ein Mischling ist. Das verriet seine schmale Nase. Sie hat nicht diese typisch polynesische Ausprägung. Wie dem auch sei, er war von außerordentlicher Höflichkeit.

Davon könnten sich die Burschen, die im Pub herumhängen, eine Scheibe abschneiden. Die haben keinen Schimmer, wie man sich einer Dame gegenüber verhält, und saufen noch mehr als Richard. Besonders sein neuer Kumpel Sam Snyder ist mir schrecklich unangenehm. Wie gut, dass sie in der verrauchten Kneipe saufen und er mir diese Kerle nicht ins Haus holt. Nein, diese ungehobelten Gesellen können dem Mann vom Schiff nicht das Wasser reichen. Selbst als er mich intensiv musterte, tat er das mit Respekt, und es war mir kein bisschen unangenehm. Während in Sam Snyders Blick immer etwas Anzügliches liegt. Ich wundere mich, dass Richard das bislang nicht bemerkt hat. Nein, »mein erster Maori«, wie ich ihn insgeheim nenne, war von ausgesuchter Höflichkeit. Er betonte, dass ich für eine Pakeha sehr dunkles Haar besitze. »Pakeha?«, fragte ich. »Was ist das?« Er lächelte. Ein schönes offenes Lächeln, als würde die Sonne aufgehen. »So nennen wir Maori die Weißen.«

Ich hätte gern noch ein wenig mit ihm geplaudert, aber da rief Richard nach mir und meinte, ich würde mir draußen den Tod holen. Ich versicherte ihm, dass die milde Luft mir guttue, aber er wurde regelrecht wütend und zog mich auf die Bank hinunter, dass mir Hören und Sehen verging. Seit wir in unserer neuen Heimat sind, ist er ohnehin schroffer mir gegenüber. Deshalb bin ich froh, dass er sich nachts nur noch selten an mich heranrobbt, um mit mir zu schlafen. Viel Spaß macht es ohnehin nicht. Manchmal liege ich stundenlang wach und nehme mir vor, Richard nicht im Pub abzuholen. Soll er sich doch in seinem Suff allein nach Hause schleppen oder am Straßenrand nächtigen. Und immer, wenn ich so daliege, muss ich an den Mann von der Fähre denken. Er hat mich in einer Art angesehen, wie ich es nie zuvor bei einem Mann erlebt habe. Ein Blick, der mich verzaubert hat und Sehnsüchte in mir weckt, die sich niemals erfüllen werden. Ich versuche dann, diesen magischen Augenblick zu vergessen, aber er hat sich in mein Herz eingebrannt. Ich brauche nur die Augen zu schließen; und sein Gesicht taucht in all seiner fremdartigen Schönheit vor mir auf.

Wie soll ich jetzt bloß einen Brief an meine Familie schreiben, wo mir schon wieder das Herz bis zum Halse klopft, wenn ich nur an ihn denke?

Für mein Tagebuch werde ich mir ein ganz besonderes Versteck suchen. Nicht auszudenken, dass Richard es findet und liest. Wenn er es betrunken in die Hände bekommt, kann ich für nichts garantieren …

Hamburg, November 2012

Marie hielt vor dem Pförtnerhaus des Universitätskrankenhauses. Als der Mann nach ihrem Ziel fragte, fiel ihr ein, dass sie keine Ahnung hatte, wohin man ihre Schwester gebracht hatte. Nachdem sie ihm Amelies Namen genannt und den Fall geschildert hatte, griff er zum Telefon.

»Therapie-Zentrum für Suizidgefährdete.« Er zeigte ihr auf dem Plan, wo sich diese Abteilung befand. Kompletter Schwachsinn, dachte Marie. Ihre Schwester war doch die Letzte, die sich umbringen würde. Amelie war die geborene Kämpferin. Wie ihr Vater setzte sie alles durch, was sie sich vornahm. Ich muss sie da rausholen, ging es Marie durch den Kopf. Sonst weisen sie sie womöglich noch in die geschlossene Abteilung ein.

Mit energischem Schritt betrat Marie den Warteraum der Ambulanz. Sie dachte nicht daran, sich auf einen der Stühle zu setzen und zu warten, sondern sie pochte ungeduldig gegen die Tür zu den Behandlungszimmern. Eine Schwester öffnete mit genervter Miene.

»Ich suche Amelie Jaspers«, kam Marie der Frau zuvor.

»Die ist gerade im Untersuchungszimmer. Warten Sie bitte, bis sie fertig ist«, erwiderte die Krankenschwester und machte Anstalten, die Tür wieder zu schließen, doch Marie stellte den Fuß dazwischen. »Ich muss zu ihr. Bitte!«

»Sind Sie eine Angehörige?«

»Ich bin ihre Schwester, und ich muss mal eines richtigstellen: Sollte hier von Selbstmordabsichten gesprochen worden sein, wäre das ausgemachter Unsinn. Meine Schwester wollte sich ganz bestimmt nicht umbringen.«

»Na gut, dann kommen Sie! Am besten wird es sein, Sie reden zunächst mit dem Doktor.« Die Schwester führte Marie lange Gänge über beige Linoleumböden zu einem Besprechungszimmer und bat sie, dort zu warten.

Während Maries Augen in dem kühl gestalteten Raum umherwanderten, überschlugen sich ihre Gedanken. Konnte sie sich wirklich so sicher sein, dass Amelie nicht selbstmordgefährdet war? Sie kannte ihre Schwester doch gar nicht mehr. Das letzte persönliche Gespräch mit ihr hatte sie vor dem Tod der Mutter geführt. Danach war es ausschließlich um geschäftliche Belange gegangen und die Frage, zu welchen Bedingungen Marie bereit war, Amelie das Geschäft zu überlassen. Was, wenn sich Marie getäuscht und etwa der Unfall Spätfolgen bei Amelie hatte? Vielleicht war sie gar nicht so cool, wie sie tat?

Diese Gedanken verflüchtigten sich in dem Augenblick, als Marie ihre Schwester im Nachbarraum lauthals schimpfen hörte: »Nein, wo denken Sie hin? Ich bin doch nicht so blöd und springe aus dem vierten Stock! Ich weiß auch nicht, was mit mir los war. Ich habe noch nie vorher so gezittert, und dann drohte mir der Kopf zu platzen, ich hatte das Gefühl, durch meine Adern fließe Champagner. Aber wer hat behauptet, dass ich springen wollte? Ich ahne schon, mit wem da die Fantasie durchgegangen ist. Meine Sekretärin übertreibt immer, müssen Sie wissen.«

Nein, das klingt nicht suizidgefährdet, dachte Marie, im Gegenteil, das ist typisch Amelie. Sie sucht die Schuld immer bei den anderen. Ihr tat die arme Svenja leid. Marie spürte, wie sie bereits der herrische Ton in der Stimme ihrer Schwester wütend machte, obwohl sie auch ein wenig erleichtert war. Trotzdem wäre sie am liebsten aufgesprungen und hätte die Klinik auf schnellstem Weg verlassen. Amelie brauchte keine Hilfe, jedenfalls nicht von ihr! Aber was sollte sie ihrer Großmutter erzählen, wenn sie ohne ihre

Schwester nach Winterhude zurückkam? Nein, sie hatte es Anna versprochen, und sie würde ihre Schwester mitbringen.

In diesem Augenblick betrat der Arzt den Raum. Die Ratlosigkeit stand ihm förmlich ins Gesicht geschrieben.

»Meine Schwester scheint wieder ganz obenauf zu sein«, bemerkte Marie spöttisch.

»Ich möchte kurz mit Ihnen unter vier Augen sprechen«, erwiderte er freundlich und bot Marie, die immer noch ruhelos auf und ab ging, den Besucherstuhl an. »Ich bin Doktor Beermann.«

»Was ist mit ihr, Herr Doktor?«, fragte sie. »Ganz im Ernst. Ihrem Ton nach zu urteilen, ist sie wieder ganz die Alte.«

»Wie ist sie denn dann so?«, hakte der Arzt nach. Er war mittleren Alters, grau meliert und hatte eine vertrauenerweckende Ausstrahlung.

»Sie bestimmt alles, lässt keinen Widerspruch zu und glaubt, der Rest der Welt gehöre zu ihren Untergebenen. Ansonsten arbeitet sie vierundzwanzig Stunden am Tag und verachtet alle, die das nicht tun.«

»Das klingt bitter«, kommentierte Dr. Beermann lächelnd. »Sie scheinen Ihre Schwester gut zu kennen …« Er stockte. In seine Miene trat Besorgnis. »Der Erschöpfungszustand Ihrer Schwester hat solche Ausmaße erreicht, dass ich sie am liebsten einweisen würde. Selten habe ich eine Patientin erlebt, die so schnell wieder die Fassung zurückgewinnt und deren Zustand zugleich so bedenklich ist. Ich glaube nicht, dass sie selbstmordgefährdet ist, aber die Symptome, die die Sekretärin schildert, scheinen Hinweise auf Nebenwirkungen der Tabletten zu sein, verbunden mit einem Serotoninsyndrom. Der Körper reagiert mit Kopfschmerz, Schwindel und Anstieg des Blutdrucks. Das heißt, Ihre Schwester wird ohne ärztliche Diagnose diverse Mittel gegen ihren Zustand eingenommen haben. Und auch kein Wunder, dass sie das Fenster aufgerissen hat. Vom Moclobemid hat sie Hitzewallungen bekommen. Kurz, wir müssen ihre Depressionen nun unter ärztlicher Aufsicht behandeln.«

Marie lachte kurz. »Meine Schwester und Depressionen, das ist wohl ein Witz.«

»Und was ist das hier?«

Marie zuckte die Achseln. Er reichte ihr eine Tablettenschachtel mit dem Aufdruck *Aurorix*.

»Das trug sie bei sich. Sie behauptet, die Tabletten habe sie von einer befreundeten Ärztin bekommen. Das sind schwere Antidepressiva.«

»Und was heißt das?«

»Ich befürchte, Ihre Schwester leidet unter einem schweren Burnout und sollte dringend in eine Klinik.«

»Haben Sie ihr das gesagt?«

»Sagen wir mal so: Wir brauchen Ihre Verstärkung. Mein Eindruck ist, dass so eine, pardon, Workaholic wie Ihre Schwester schlicht einmal Ruhe braucht. Und dafür haben wir entsprechende Einrichtungen. Ich würde sofort dafür sorgen, dass sie einen bevorzugten Therapieplatz bekommt. Es ist jedenfalls keine Lösung, sich von irgendeiner Ärztin Mittel geben zu lassen, die wir den Patienten nur bei strenger Kontrolle verordnen, weil Wechselwirkungen nicht selten sind. Mit dem Wirkstoff Moclobemid ist wirklich nicht zu spaßen.«

»Und ich soll ihr nun zur Behandlung raten? Und zur Ruhe? Meiner Schwester, die nicht mal zwei Minuten still auf einem Stuhl sitzen kann, ohne nervös auf ihr BlackBerry zu stieren?«, fragte Marie zweifelnd. »Ganz ehrlich, ich bezweifle überdies, dass ich die Richtige bin. Meine Schwester und ich stehen uns nicht besonders nahe.«

»Versuchen Sie es wenigstens«, bat der Arzt inständig und erhob sich. »Ich hole sie jetzt dazu!«

Maries Pulsschlag beschleunigte sich bei der Vorstellung, auf Amelie zu treffen. Und da trat sie auch schon ins Behandlungszimmer. Ihre Gegenwart raubte Marie förmlich die Luft zum Atmen. Wenn Amelie einen Raum betrat, war er ausgefüllt, und es blieb kein Platz für andere. Das jedenfalls hatte Marie in ihrer Jugend so empfunden, und das fühlte sie auch in diesem Augenblick mit einer unglaublichen Intensität.

Amelie aber schien von alledem nichts wahrzunehmen. Als wäre das hier eine Party, kam sie überschwänglich auf Marie zu und umarmte sie. »Schön dich zu sehen, Kleines!«

Wie Marie das hasste, von ihrer Schwester so genannt zu werden. »Hallo, Amelie«, gab Marie gequält zurück und ließ die Küsschen links und rechts über sich ergehen.

»Lass dich mal anschauen!« Amelie war einen Schritt zurückgetreten und musterte ihre jüngere Schwester von Kopf bis Fuß. »Du siehst ja noch ganz nach Hippie-Reise aus«, lachte sie eine Spur zu schrill und befühlte nun das bunte Tuch, das Marie um den Hals trug.

Marie wurde abwechselnd heiß und kalt. Es hatte sich nichts geändert. Kaum war ihre Schwester in der Nähe, schrumpfte sie innerlich zum Mauerblümchen. Da halfen alle Massagen und Meditationen nichts, die sie auf ihrer Indienreise genossen hatte. Wenn Amelie auftauchte, fühlte sich Marie klein und hässlich. Ihre Schwester sah, obwohl man sie im Krankenwagen hergebracht hatte, wie aus dem Ei gepellt aus. Ihr langes blondes Haar war akkurat zu einer Hochfrisur gesteckt, die Lippen leuchteten in einem dezenten Rosé, und nicht mal ihre Wimperntusche war verschmiert. Aber sie war erschreckend dünn geworden. Wahrscheinlich findet sie das normal, ging es Marie durch den Kopf.

»Amelie, Dr. Beermann meint, du brauchst dringend eine Pause«, begann Marie, ohne sich mit unnötigem Vorgeplänkel aufzuhalten.

Amelie blickte von ihrer Schwester zu dem Arzt, der das Ganze interessiert beobachtet hatte.

»Pause wovon?«

»Du bist überarbeitet und das schon seit Jahren. Du musst kürzertreten.«

Amelie blickte ihre Schwester zweifelnd an. »Ich war gerade eine Woche in Dubai zum Shoppen.«

Marie rollte mit den Augen. »Da hast du dich sicherlich hervorragend erholt in der Gluthitze und den vollklimatisierten Shoppingcentern. Nicht zu vergessen, der Flug hin und zurück.«

»Du bist lustig. Ich kann nicht länger als eine Woche am Stück weg. Das weißt du genau. Du hast mich schließlich im Stich gelassen und dich aus dem Geschäft zurückgezogen.«

»Willst du mir das etwa vorwerfen?«

Dr. Beermann räusperte sich. »Meine Damen, bitte! Ich kann nur noch einmal wiederholen, was ich Ihnen beiden gesagt habe. Frau Jaspers, Sie können so nicht weitermachen. Ich hätte da eine wirklich gute Klinik für Sie ...«

»Klinik? Ich bin nicht krank.«

»Doch, das sind Sie.« Er hielt ihr die Tablettenschachtel unter die Nase. »Aurorix. Wissen Sie, dass es das stärkste Mittel gegen Depressionen ist, das zurzeit auf dem Markt ist? Das verschreiben wir nur unter ärztlicher Aufsicht. Wegen der Wechselwirkungen. Sie haben übrigens bereits ein Ekzem am Hals. Und auch der Asthmaanfall kann von den Tabletten verursacht worden sein. Was haben Sie noch genommen? Alle Anzeichen deuten darauf hin, dass Sie nicht nur zum Aurorix gegriffen haben, sondern dass Ihr Körper auf das stark erhöhte Serotonin in Ihrem Körper reagiert hat.«

Amelies Miene versteinerte.

»Was ist das denn für eine Unterstellung!«

»Ich will Sie nicht ärgern, Frau Jaspers, aber Ihr Körper hat so reagiert, als hätten Sie noch ein zweites Mittel genommen.«

»Bitte schauen Sie nach. Was für ein Blödsinn!« Sie streckte ihm ihre Handtasche entgegen. »Das Zeugs da, dieses Aurorix, habe ich Ihnen freiwillig gezeigt. Warum sollte ich Ihnen ein weiteres Mittel vorenthalten? Es geht schließlich um meine Gesundheit!«

»Genau!«, erwiderte der Arzt. »Also zeigen Sie mir bitte einfach, was Sie noch dabeihaben.«

Widerwillig nahm Amelie ihre Handtasche und zog neben diversen anderen Dingen eine Packung Johanniskrautkapseln hervor.

»Da haben wir ja den Übeltäter!«

»Es wird ja wohl nicht verboten sein, Johanniskraut zu nehmen«, bemerkte Amelie schnippisch.

»Richtig, aber die Kombination macht es. Es ist wie bei allem. Zu viel ist schlecht. Wenn serotonergene Arzneistoffe mit MAO-Hemmern zusammentreffen, wird das Serotonin im Körper in ungesunder Weise erhöht. Unverantwortlich von der Kollegin, Ihnen ein solch starkes Mittel als Freundschaftsdienst zu überlassen. Man müsste sie vor die Ärztekammer bringen.«

Ein Zucken ging durch Amelies Gesicht. »Ich habe es mir genommen, als sie im Bad war. Ich weiß, dass es nicht in Ordnung war, aber ich wusste mir keinen Rat mehr. Sie bewahrt die Mittel stets verschlossen auf, aber an diesem Tag war der Schrank offen. Sie konnte ja nicht damit rechnen, dass ich sie beklaue.«

Amelie ließ sich bei diesen Worten auf einen Stuhl fallen und senkte den Kopf. »Es wurde immer schlimmer«, gab sie leise zu. »Es fing mit Appetitlosigkeit an. Ich konnte nicht mehr schlafen, befürchtete, meine Arbeit nicht mehr zu bewältigen. War nicht mehr so effizient. Manchmal wachte ich morgens in einem Nebel auf. Als ich dann einmal an meinem Bürofenster stand und eine gewisse Gleichgültigkeit verspürte bei dem Gedanken zu springen, da wusste ich, ich musste etwas unternehmen. Und da habe ich die Tabletten aus der Praxis meiner Freundin mitgehen lassen.«

Amelie hob den Kopf. Sie hatte Tränen in den Augen.

»Siehst du, es wird höchste Zeit, das zu tun, was Dr. Beermann vorschlägt. Der Laden läuft auch mal eine Weile ohne dich«, bemerkte Marie sanft. Auf einmal fühlte sie sich in ihre Kindheit zurückversetzt. Damals, als der Hund Amelies Lieblingspuppe zerbissen hatte. Damals, als sie noch echtes Mitgefühl für Amelie hatte entwickeln können.

»Aber ich möchte nicht in solch eine Klinik. Ich würde erst recht krank werden mit all den Psychos auf einem Haufen«, protestierte Amelie.

»Ich kann Sie nicht zwingen«, seufzte der Arzt. »Aber ich kann Ihnen versichern, liebe Frau Jaspers, wenn Sie so weitermachen und sich derartigen Selbstversuchen unterziehen, kann ich für nichts garantieren.«

»Ich will mich ja nicht in Gefahr bringen«, räumte Amelie kleinlaut ein.

Marie sah für einen Augenblick in ihrer Schwester das kleine Mädchen, das sie einmal gewesen war.

»Herr Dr. Beermann, ich nehme Amelie jetzt mit zu unserer Großmutter. Dort wird sie ein paar Tage ausspannen«, schlug Marie vor.

»Aber ich muss sofort in die Firma«, widersprach Amelie energisch.

»Ich habe Sie gewarnt«, erklärte der Arzt unwirsch. »Ich hatte kürzlich einen ähnlichen Fall. Die Patientin hat in ihrem Job weitergemacht, als gäbe es keinerlei Anzeichen für ein Burn-out. Sie hat schließlich Schlaftabletten genommen.«

»Schon gut, ich rufe meine rechte Hand an und nehme mir eine Woche frei«, knurrte Amelie. »Bevor Sie mir noch mehr Horrorgeschichten auftischen.«

»Das ist mal ein Anfang, aber wenn Sie danach so weitermachen, sind Sie schnell wieder am Ende.« Der Arzt blickte Marie beschwörend an. »Ich zähle auf Sie! Vielleicht können Sie Ihre Schwester umstimmen. Ich gebe Ihnen jedenfalls die Prospekte der besten Kliniken mit.«

Dr. Beermann drückte Marie einen Stapel mit Hochglanzbroschüren in die Hand.

»Sie müssen mich nicht behandeln, als sei ich unmündig«,

bemerkte Amelie schnippisch, griff sich die Prospekte und stopfte sie hektisch in ihre Handtasche.

»Ändern Sie grundsätzlich etwas«, bat Dr. Beermann mit Nachdruck, während er Amelie zum Abschied die Hand schüttelte.

Amelie stieß einen tiefen Seufzer aus. »Ich werde etwas ändern. Das verspreche ich hoch und heilig.« Ihre Stimme klang plötzlich ungewohnt versöhnlich.

Schweigend verließen die Schwestern die Ambulanz und steuerten auf Maries Wagen zu.

»Oh«, entfuhr es Amelie, als Marie sie aufforderte einzusteigen.

Marie war verwundert, dass Amelie ihr keinen Vortrag über die Autos hielt, die man in ihren Kreisen fahren musste. Mit einem Seitenblick stellte sie fest, dass ihre Schwester sehr nachdenklich wirkte. Ob die Worte des Arztes sie tatsächlich erreicht hatten?

»Man müsste zur Abwechslung mal so relaxed leben wie du«, ließ Amelie schließlich verlauten.

»Ach, Amelie, ich glaube nicht, dass du freiwillig ans andere Ende der Welt, nach Neuseeland, reisen willst«, seufzte Marie.

»Neuseeland klingt unglaublich entspannend. Nach Schafen und Natur. Genau das Richtige, um eine Weile dem Dauerstress zu entkommen. Das ist bestimmt besser als jede Klinik. Fliegst du wirklich dorthin?«

Marie schluckte. Hätte sie das bloß nicht angesprochen. Der Gedanke, Amelie könnte womöglich auf die Idee kommen, sie zu begleiten, behagte ihr ganz und gar nicht. Sie zog es vor, so zu tun, als hätte sie die Frage überhört. Um einen abgelenkten Eindruck zu machen, fluchte sie auf den Fahrer, der ziemlich knapp vor ihr einscherte.

»Wann geht dein Flug nach Neuseeland?«, hakte Amelie nach einer Weile nach. »Das wäre doch ideal. Ein langweiliges Land, und ich bin nicht allein. Was meinst du?«

Marie biss sich auf die Lippen. Sie konnte ihrer Schwester in dem Zustand, in dem sie sich befand, unmöglich an den Kopf werfen, dass sie niemals mit ihr verreisen würde. Deshalb war sie erleichtert, als sie vor Annas Haustür einen Parkplatz fand.

»Du legst dich am besten gleich hin, und ich kümmere mich um alles«, ordnete Marie eifrig an, um zu vermeiden, dass das Thema Reise noch einmal aufkam. »Großmutter hat sich große Sorgen um dich gemacht. Sie musste sich hinlegen. So sehr hatte sie das alles aufgeregt.«

Amelie fixierte ihre Schwester. »Wie findest du die Idee, dass ich mich in Neuseeland regeneriere?«

»Ja, wäre sicher eine Möglichkeit, aber du würdest es bestimmt entsetzlich öde finden«, entgegnete Marie ausweichend. Oder sollte sie ihrer Schwester etwa vorschwärmen, dass Neuseeland ein Land war, in dem man sich ganz bestimmt nicht langweilte? Und dass es dort jede Menge Kultur und zudem ein spannendes Nachtleben gab? »Und in einer Klinik wirst du viel besser betreut. Da sind die auf solche Fälle spezialisiert«, fügte sie hinzu.

»Wenn du meinst«, entgegnete Amelie scheinbar überzeugt.

Marie atmete auf. Das Thema gemeinsame Reise schien damit erledigt zu sein.

Upper Moutere, März 1931

Ich schreibe im Schein einer Kerze auf der Veranda. Richard darf mich auf keinen Fall erwischen. Die Sonne ist gerade erst untergegangen, und doch fühle ich mich, als sei es bereits tiefe Nacht. Es liegt daran, dass Richard sich heute schon am Tag betrunken hatte. Wenn ich nicht niederschreibe, was mir heute widerfahren ist, glaube ich es später selbst nicht mehr. Ist Richard noch der Mann, der in Hamburg nach allen Regeln der Kunst um mich geworben hat? Und für den ich mich schließlich entschieden habe, weil ich glaubte, hinter seinem mitunter groben Gehabe stecke ein großes Herz? Wie ich ihn an diesem Nachmittag in meinem Haus erlebt habe, war von einem Herzen nicht viel zu merken, aber ich will dir, liebes Tagebuch, eines nach dem anderen erzählen.

»Meine Maori-Kinder« und ich haben begeistert Plätzchen gebacken. »Meine Maori-Kinder«, das sind Kinder aus einem Waisenhaus. Ich suchte händeringend eine sinnvolle Nebenbeschäftigung und habe bei Miss Hunter, der Leiterin des Heimes, vorgesprochen. Sie hat mir angeboten, die Kinder gelegentlich nachmittags in meinem Haus zu betreuen, damit sie mit unserer Kultur in Berührung kommen. Wir haben gar nicht genau besprochen, was Miss Hunter eigentlich mit »unserer Kultur« meint, denn ich bin Deutsche und das Heim wird von britischen Ordensschwestern geführt, aber ich vermute, sie meint die europäische im Gegensatz zu der Maori-Tradition. Ich lasse mir aber im Gegenzug dafür, dass ich mit ihnen backe oder koche, gern von den Mythen und Legenden der Maori erzählen. Die Kinder sprechen in der Regel kein perfektes Englisch.

Da ich meine neue Sprache auch noch nicht vollkommen beherrsche, verstehen wir uns hervorragend. Meine Lehrerin, die alte Miss Brown aus Motueka, sagt, ich wäre ein Sprachtalent, aber dieses Lob kann ich gar nicht annehmen. Ich finde, ich müsste der Sprache längst mächtig sein, zumal ich in der Schule ein paar Jahre Englisch gelernt habe. Richard hingegen ist zu faul zum Lernen. Er drückt sich mit dummen Ausreden vor dem Lernen. Es reicht doch, wenn einer in der Familie Englisch kann, sagt er immer. Das sehe ich anders. Aber hinter dem Tresen braucht er tatsächlich kein Englisch. Kein Wunder, dass er sich einen Freund gesucht hat, dessen Vorfahren aus Deutschland stammen und in dessen Familie die Sprachtradition seit neunzig Jahren gepflegt wird. Sam Snyder spricht zwar ein scheußliches Deutsch, aber zum gemeinsamen Saufen genügt es.

Jedenfalls waren die Kinder und ich vergnügt dabei, Plätzchen zu backen, als ich ein Poltern vernahm. Es kam von der Veranda. Ich wollte gerade nach der Ursache sehen, da stolperte mein Mann in die Küche. Ich roch es sofort. Er stank wie eine ganze Kneipe. Und er konnte nicht mehr aufrecht gehen.

»Mein Liebling«, lallte er. »Mein kleiner Liebling!«

Die Kinder umringten mich wie ein Schutzwall. Einige von ihnen krallten sich in meine Schürze vor Angst. Sechs Paar weit aufgerissene kohlschwarze Augen starrten den Eindringling an.

»Was ist das?«, fragte er mit schwerer Zunge und deutete auf die Kinder, wobei er einen bedrohlichen Eindruck auf mich machte.

»Das sind meine kleinen Freunde aus dem Waisenhaus«, erwiderte ich mit fester Stimme.

»Was heißt hier Freunde?« Er war kaum noch zu verstehen. So verwaschen klang seine Stimme.

»Wir backen«, erwiderte ich betont locker, obwohl er sich das selbst denken konnte. Der Duft von frischem Gebäck dürfte selbst ihm in seinem Zustand nicht entgangen sein.

»Wirf sie raus!«, verlangte er, trat einen weiteren Schritt auf mich zu und sah mich aus seinen glasigen Augen wütend an.

»Ich denke gar nicht daran«, entgegnete ich und trat ihm mutig entgegen. »Sie sind mein Besuch!«

»Raus hier! Alle!«, brüllte er, woraufhin die Mädchen zu weinen begannen. Sie verstanden kein Wort Deutsch, aber sein aggressives Gebaren und der Ton ließen keinen Zweifel an seiner feindseligen Haltung. So standen wir uns einen Augenblick gegenüber. Meine kämpferische Haltung hatte ihm offenbar die Sprache verschlagen. Schließlich geriet er ins Schwanken und ließ sich auf einen der Küchenstühle fallen. »Ich zähle bis drei, dann sind die schwarzen Bastarde draußen«, lallte er.

Mir wurde flau im Magen. Ich durfte die armen Kinder nicht diesem betrunkenen Wüterich ausliefern. Also drehte ich mich zu ihnen um und erklärte ihnen sanft, dass wir das Backen morgen fortsetzen würden. Ich bat sie, einander an den Händen zu fassen. Ich ergriff die Hand des Jungen Wirimu, dem ältesten der Kinder, und führte meine Schützlinge schweigend aus der Küche durch den Flur bis auf die Veranda. Draußen an der frischen Luft atmete ich ein paar Mal tief durch.

»Mister Bruhns fühlt sich nicht wohl«, sagte ich schließlich mit belegter Stimme. »Er ist krank, und ich muss ihn ins Bett bringen«, fügte ich beschwörend hinzu. Die kleinen Maori-Kinder sahen mich weiterhin verschreckt an. »Morgen Nachmittag kommt ihr wieder? Versprochen?«, fragte ich fast flehentlich und blickte aufmunternd in die Runde. Ich bekam keine Antwort, bis ich spürte, dass Wirimu, den ich immer noch festhielt, meine Hand drückte. »Misses Lisa, dein Mann ist böse«, flüsterte er mir zu. Diese Worte aus dem Mund des Achtjährigen berührten mich so stark, dass mir beinahe die Tränen kamen.

»Geht schnell«, sagte ich mit heiserer Stimme. Da fiel mir jedoch ein, dass wir ja schon zwei Bleche mit Plätzchen gebacken hatten. »Wartet! Ich bringe euch ein paar Kekse!«

Mit klopfendem Herzen ging ich in die Küche zurück und schüttete die Kekse in eine Schale. Mit einem Seitenblick auf meinen Mann stellte ich fest, dass er eingeschlafen war. Er bot einen erschreckenden Anblick. Der Mund stand offen, Speichel lief ihm aus dem Mundwinkel, und er fing laut zu schnarchen an. Trotzdem war ich erleichtert. So konnte ich ihn gleich ins Bett bringen, und er würde hoffentlich bis morgen früh seinen Rausch ausgeschlafen haben. Aber dann musste ich ein ernstes Gespräch mit ihm führen. So ging es nicht weiter. Die Sauferei war schlimm genug, aber dass er nun im Suff die armen Kinder verschreckte: das ging zu weit. Ich verließ die Küche und brachte meinen Schützlingen das Gebäck. Endlich lächelten sie wieder. Mir tat es in der Seele weh, dass Richard sie derart verängstigt hatte. Ich lächelte tapfer zurück.

»Kommt ihr morgen wieder?«, fragte ich.

»Und ob, Misses Lisa. Ich werde Sie beschützen, wenn es sein muss«, erklärte Wirimu im Brustton der Überzeugung. Was für ein tapferer kleiner Kerl, dachte ich, während ich mich bemühte, meine Tränen zurückzuhalten. Erst als die kleine Gruppe um die Ecke gebogen war, ließ ich sie fließen. Nein, so geht es nicht weiter, dachte ich entschieden.

Ich blieb eine Weile auf der Veranda stehen. Es war ein warmer Tag, obwohl auch hier bald der Herbst Einzug halten würde, wie mir meine Englischlehrerin versichert hatte. Davon war allerdings noch gar nichts zu merken. Die Luft war weich, und der Wind streichelte sanft um meine Wangen. Von allen Seiten erklang das Gezwitscher der exotischen Vögel, die in unserem Vorgarten wohnten. Ich kannte bislang keinen von ihnen mit Namen, aber immer, wenn ich einen zu Gesicht bekam, war ich angetan von dem bunt schillernden Gefieder. Ich werde Miss Brown bitten, mir eine Liste der einheimischen Vögel zu erstellen, damit ich deren Namen auf Englisch lernen konnte, nahm ich mir vor.

Ich konnte mich nicht dazu durchringen, gleich zurück in die

Küche zu gehen. Hier draußen war das Paradies, aber dort drinnen lauerte der Abgrund. Was ist nur in meinen Mann gefahren?, fragte ich mich wiederholt. Statt ins Haus zu gehen, setzte ich mich auf einen der Korbstühle, die ich in Nelson für unsere Veranda erstanden hatte, wie ich überhaupt unser ganzes Haus in eine kleine Puppenstube verwandelt hatte.

Richard lässt mir beim Einkaufen stets freie Hand, und ich nutze jede Gelegenheit, nach Nelson zu fahren. Leider besitze ich keinen Führerschein, sodass ich auf Richards Bereitschaft angewiesen bin, mich zu fahren. Einmal am Tag fährt ein Bus, den ich auch mitunter benutze. Es ist jedes Mal ein Vergnügen, in die schöne kleine Stadt zu kommen. Ich liebe die nette Einkaufsstraße mit ihren einstöckigen Holzhäusern. Auf mich, die ich aus einer Stadt wie Hamburg komme, wirkt alles so anheimelnd und gemütlich, ohne dass es langweilig ist. Wie gern würde ich in Nelson wohnen, um die Stadt auf eigene Faust zu erkunden. So fahren wir nur zum Einkaufen her oder in das große Lichtspielhaus.

Wobei wir dort bisher nur einen einzigen Film gesehen haben. *Im Westen nichts Neues*, ein Film über die Grauen des Ersten Weltkrieges, der bei uns in Deutschland verboten war. Es kostete mich einige Überzeugungskraft, Richard am Verlassen des Kinos zu hindern. Den ganzen Film über schimpfte er über den »vaterlandslosen Unsinn«. Immerhin blieb er. Wie gern würde ich all die schönen amerikanischen Filme angucken, aber seit dem Kinobesuch weigerte sich Richard, mich erneut zu begleiten. Und allein würde er mich nicht gehen lassen. Wie auch? Die Vorführungen finden abends statt, und um die Zeit fährt kein Bus mehr nach Upper Moutere. Es wird höchste Zeit, dass ich das Autofahren erlerne. Besser wäre es natürlich, wir würden umziehen. Es gibt einen leisen Hoffnungsschimmer, dass meine Wünsche wahr werden. Richard streitet sich in letzter Zeit ständig mit dem Kerl, dessen Pub er eigentlich kaufen will. Sie können sich offenbar partout nicht über den Preis einigen. Neulich hat Richard angedeutet, dass er sein Vermögen lieber in einer Obstplantage anlegen sollte. Ich habe ihm eifrig zugeredet, als ich erfahren habe, dass sie am Ortsrand von Nelson liegt. Schließlich stammt Richard von einem Apfelhof aus dem Alten Land. Er hat stets darunter gelitten, dass sein älterer Bruder allen Grund geerbt hat. Nur aus Not ist er schließlich nach Hamburg gegangen und hat eine Lehre zum Zimmermann gemacht. Wirklich wohlgefühlt in seinem Beruf hat er sich nie. Und als ihm im letzten Jahr sein Erbteil ausgezahlt worden ist, hat sein Entschluss festgestanden, dass er es fern der Heimat zu etwas bringen wollte. Zunächst war sein Ziel Kanada, aber der Brief des Cousins eines Schulkameraden hat ihn auf Neuseeland gebracht. Er war wie besessen von dem Gedanken, den Pub dieses Cousins zu übernehmen, der unbedingt nach Deutschland zurückkehren wollte.

Ich wünsche mir von Herzen, dass Richard sich für diese Obstplantage entscheidet. Aber wie sollte er je einen halbwegs vernünftigen Entschluss fassen, wenn er kaum je nüchtern bleibt? Wieder überkommt mich das schlechte Gewissen, dass ich immer noch kein Lebenszeichen nach Hause geschickt habe, aber ich bin oft so schrecklich deprimiert, und ich befürchtete, Anna, das schlaue Kind, würde zwischen den Zeilen lesen, wie unglücklich ich eigentlich bin. Trotzdem bleibt mir nichts anderes übrig.

Das Schreibpapier lag ja bereits vor mir auf dem Verandatisch. So schnell wie meine Feder über deine Seiten fliegt, liebes Tagebuch, so langsam kam ich mit dem Brief voran. Mir wollte partout nichts einfallen. Ich las noch einmal mein Tagebuch, aber wirklich Ermutigendes, was man den Lieben daheim berichten konnte, stand nicht darin. Plötzlich erwischte ich mich dabei, wie ich ihnen von meiner ersten Begegnung mit einem Maori berichtete. Es klang zu viel Begeisterung aus meinen Zeilen, stellte ich fest, nachdem ich den Brief erneut studiert hatte. Also schrieb ich ihn um und hielt meine Begegnung mit dem faszinierenden fremden Mann auf der Fähre kürzer und unverfänglicher. Nachdem ich den

Brief in einen Umschlag gesteckt und beschriftet hatte, fühlte ich mich wohler. Ich legte ihn zurück auf den Tisch und widmete mich wieder meinem Tagebuch. Es gibt nämlich eines, das ich dir noch anvertrauen möchte. Ich glaube, etwas könnte ein wahres Wunder in meinem Leben bewirken: ein Kind! Das wünsche ich mir von Herzen, und ich glaube, dann würde Richard auch weniger trinken, und wir könnten vielleicht eine ganz normale Familie werden …

Hamburg, November 2012

Als Marie und Amelie in der Wohnung ihrer Großmutter ankamen, wurden sie bereits ungeduldig von Anna erwartet. Sie hatte die Haushaltshilfe bereits nach Hause geschickt und eigenhändig einen kleinen Imbiss für ihre Enkelinnen vorbereitet. Als Erstes nahm sie Amelie in den Arm. »Was machst du bloß für Sachen, meine Kleine? Du hast doch nicht wirklich am Fenster gestanden, um …«

»Blödsinn! Ich bin nicht lebensmüde! Ich hatte Atembeschwerden und eine Hitzewallung, da habe ich die Fenster aufgerissen und nach Luft geschnappt. Daraus hat Svenja ein Drama gemacht.«

Die Großmutter löste sich aus der Umarmung, trat einen Schritt zurück und musterte ihre älteste Enkelin. »Dir fehlt also gar nichts?«

»Nein, ich bin nur ein wenig überarbeitet. Und da hat der Arzt gemeint, ich solle mich mal ein paar Wochen ausruhen …«

»Er hat gesagt, du musst in eine Klinik«, mischte sich Marie energisch ein.

Amelie machte eine wegwerfende Handbewegung. »Ich denke nicht daran, meine kostbare Zeit freiwillig mit lauter Psychofällen zu verbringen. Da werde ich erst richtig depressiv. Nein, ich denke, ich sollte einfach mal Urlaub machen. In einem Land, das nicht so stressig ist. Zum Beispiel Neuseeland.«

Über Annas Gesicht ging ein Strahlen. »Das ist eine hervorragende Idee. Da fahrt ihr beiden doch am besten zusammen hin. Damit würdet ihr mir eine Riesenfreude machen. Wann geht dein Flug, Mariechen?«

»Nächsten Montag ab Frankfurt«, entgegnete Marie unwirsch.

»Na, dann nichts wie an deinen Computer. Du sagst immer, es sei ein Leichtes, die Tickets über dieses Ding zu kaufen. Schau doch mal, ob noch ein Flug zu haben ist. Ach, ihr würdet mir so eine Freude machen, wenn ihr gemeinsam nach Lisas Verbleib forscht.«

Maries und Amelies Blicke trafen sich. Beide lasen in den Augen der anderen, was sie dachte. Marie war wütend, Amelie hingegen kostete ihren Triumph sichtlich aus. Sie hat das absichtlich vor Großmutter thematisiert, weil sie geahnt hat, wie gern Großmutter uns gemeinsam auf Reisen gehen sehen würde, dachte Marie, aber ihr blieb nichts anderes übrig, als sich um die Flüge zu kümmern. Großmutter zuliebe! So blieb Marie nur zu beten, dass der Flieger ausgebucht war, während sie das Zimmer verließ. Im Türrahmen drehte sie sich noch einmal um.

»Du weißt doch gar nicht, wer Lisa ist, oder, Schwesterlein? Und wenn, dann interessiert es dich nicht die Bohne.« Das klang bissig.

Zu ihrer Verwunderung lächelte Amelie. »Lisa ist Großmutters Schwester, die einst mit ihrem Mann nach Neuseeland ausgewandert ist. Und von der Großmutter nie wieder ein Lebenszeichen erhalten hat. Ich denke, wir werden herausfinden, was sich damals dort zugetragen hat. Nicht wahr, Schwesterchen?«

Marie schlug wütend die Tür hinter sich zu.

Amelie setzte sich seufzend zu Anna an den Tisch. »Was hat sie nur immer? Macht sie mich etwa dafür verantwortlich, dass sie sich aus der Firma rausgezogen hat? Meine Idee war es nicht, sie auszuzahlen. Und sag mal, ganz im Vertrauen: Findest du nicht auch, dass sie ein bisschen sehr alternativ rumläuft?«

Die Großmutter legte ihr die Hand auf den Unterarm. »Ihr seid nun einmal sehr, sehr unterschiedlich. Ich würde mich so freuen, wenn das mit eurer Reise klappt.«

»Wird es, Großmutter, wird es. Ich bin da sehr optimistisch.«

Anna legte den Kopf schief.

»Heißt das, du gehst auch zum Arbeiten auf eine Schaffarm?«

Ein Grinsen umspielte Amelies Lippen. »Nein, das natürlich nicht. Ich soll mich schließlich erholen. Ich werde mir ein Hotel suchen.«

Dann blieb Amelies Blick an Lisas Hochzeitsfoto hängen. »Wenn sie nicht so grimmig schauen würde, wäre sie eine echte Schönheit.«

Anna nickte eifrig. »Sie war wunderschön. Etliche Männer haben ihr den Hof gemacht, aber Richard hatte gerade ein hübsches Sümmchen geerbt. Das imponierte meinem Vater, und er redete so lange auf meine Schwester ein, bis sie Richards Antrag annahm. Außerdem hatte Richard Visionen vom großen Abenteuer, die meiner Schwester imponiert haben. Sie träumte schon als junges Mädchen davon, in einem fernen Land zu leben. Und ich glaube, sie war froh, von zu Hause wegzukommen.«

»Hat dein Vater dir auch zugeredet, Großvater zu heiraten?«

Annas Blick wurde melancholisch. »Er hat versucht, mir so einen Hitlerjungen aus der Nachbarschaft aufzuschwatzen, weil die Eltern ein blühendes Kohlengeschäft besaßen. Aber ich hatte mich nun einmal in Leon verliebt ...«

»Großvater hieß doch aber Charles.«

»Leon war meine erste große Liebe. Er war Jude. Seinetwegen verließ ich mein Elternhaus und ging mit ihm 1938 nach England, aber er wollte unbedingt zurück, um seine Familie zu retten. Nun, er kehrte niemals zurück. Seine Schwester schrieb mir wenig später, dass man ihn nach Sachsenhausen gebracht habe, wo er angeblich an den Folgen einer Tuberkulose gestorben war. Und da ich als Deutsche zu Beginn des Zweiten Weltkriegs in London nicht gern gesehen war, habe ich den Antrag von Major Charles Tanner angenommen. Was ich niemals bereut habe. Sein Vater war Deutscher, er lebte aber bei der Mutter in London. Nach dem Krieg wurde er Mitarbeiter in Hamburg beim BFBS, dem britischen Armeesender, und wir kehrten nach Deutschland zurück. In Hamburg studierte ich Englisch und Geschichte und wurde schließlich Lehrerin.«

»Aber vielleicht hat deine Schwester ja Briefe nach Hause geschrieben, während du in London gelebt hast.«

Anna schüttelte traurig den Kopf.

»Nein, ich fand nur einen, außer der Feldpost meiner Brüder, die beide im Krieg gefallen sind – ach, ich mag das Wort nicht ... sie sind umgekommen. Nun, ich fand also nur einen, als ich mein Elternhaus erbte. Und das war dieser ...« Anna stand auf und holte aus der Schublade den Brief ihrer Schwester hervor.

»Vielleicht haben deine Eltern die anderen weggeworfen«, mutmaßte Amelie.

»Bestimmt nicht. Lisa war ihr Augenstern im Gegensatz zu mir schwarzem Schaf, das dem Vaterland den Rücken gekehrt hat. Lisa war zwar lange vor mir ausgewandert. Aber das, so behauptete mein Vater immer, wäre keine Vaterlandsflucht gewesen. Niemals hätten sie ihre Briefe weggeworfen. Und das Haus wurde auch nicht von Bomben getroffen. In der Anrichte fand ich ein kleines Kästchen mit allem, was sie an Lisa erinnerte. Ihre Zeugnisse, ihre Milchzähne, die Fotos und diesen Brief. Von mir existierte keine solche Andenkenkiste.«

»Hast du deine Eltern wenigstens einmal danach gefragt, ob sie ein Lebenszeichen von Lisa erhalten haben?«

»Sie haben kein Wort mehr mit mir gesprochen. Mein Vater hat es mir nie verziehen, dass ich während des Krieges mit dem Feind fraternisiert habe.«

»Kann es sein, dass deine Schwester dich einfach vergessen hat?«

»Ich habe es schon zu Marie gesagt. Wir hatten ein sehr inniges Verhältnis. So wie Schwestern im besten Fall ...«

»Du meinst, anders als Marie und ich?«, seufzte Amelie.

»Ach, das wird wieder, wenn ihr endlich einmal etwas gemeinsam erlebt wie diese Reise.«

»Sie will partout nicht, dass ich es mitbekomme, aber ich merke genau, dass sie seit Mutters Tod etwas gegen mich hat! Glaubt sie auch, dass ich schuld sei?«

»Nein, natürlich nicht!«, log Anna. »Und wieso auch? Wer sollte das denn glauben? Ich bestimmt nicht!«, fügte sie hastig hinzu.

»Das weiß ich doch«, seufzte Amelie dankbar. »Aber was denkst du, wie es mir damit geht? Ich kann keine Nacht mehr schlafen, ohne dass dieses Bild vor mir auftaucht. Seitdem wechseln sich Schlaftabletten mit Wachmachern ab, und ich stürze mich in die Arbeit, um zu vergessen.«

Anna sah ihre Enkelin betroffen an. »Um Himmels willen, das habe ich nicht geahnt. Du musst mit Marie reden!«

»Nein, Großmutter, das geht nicht. Nicht hier! Marie hat eine Mauer um sich errichtet. Diese Reise ans Ende der Welt ist die letzte Chance, etwas an unserem Verhältnis zu verändern. Dort werden wir durch nichts abgelenkt, weil es nichts gibt außer Schafen und Kiwis.«

Anna musste sich ein Lächeln verkneifen. »Hast du dich jemals mit Neuseeland befasst?«

»Nein, aber das weiß man doch! Es gibt Millionen Schafe, wenige Menschen, Natur, Natur und noch einmal Natur, und das war's ...«

»Das habe ich auch einmal geglaubt.« Anna setzte ihre Lesebrille auf und zitierte aus dem Brief ihrer Schwester:

»Upper Moutere, März 1931

Liebe Eltern, liebe kleine geliebte Anna,

ich schreibe euch endlich meinen ersten Brief. Natürlich habe ich oft an euch gedacht, aber die Zeit seit unserer Ankunft in diesem Paradies ist wie im Flug vergangen. Wenn ich nur an die Überfahrt von der

Nordinsel zur Südinsel denke. Es war atemberaubend! Nach dem stürmischen Meer kamen wir in die Stille der Fjorde, die hier Sounds heißen. Das Wasser spiegelglatt. Wo das Auge hinsieht, überall grüne Küsten und winzige Inseln. Hier sind die Feen zu Hause, dachte ich. Es lag ein leichter Nebel über dem Wasser. Das machte es noch zauberhafter. Ich stand am Bug und war vollkommen versunken in die Schönheit der Natur, bis mich Richard ins Innere des Schiffs befahl. Ich sollte ihm ein paar Brote schmieren. Aber nachdem der Mann gesättigt war, ging ich wieder auf meinen Lieblingsplatz zurück. Ich hatte sogar Gesellschaft. Einen hochgewachsenen Fremden, der keine ganz dunkle Haut besaß, aber auch nicht so weiß war wie wir. Seine Augen waren schwarz wie Kohle. Ich erschrak ein wenig, aber er lachte und sagte, an den Anblick der Maori müsse ich mich gewöhnen, im Norden der Südinsel gäbe es viele von ihnen. Ich versicherte ihm, dass ich keine Angst vor ihm hätte, zumal er mit seinem Anzug eher wie ein feiner Mann aussähe. Er erwiderte, dass ich für eine Pakeha sehr dunkles Haar besitze. Ich hätte gern noch ein wenig mit ihm geplaudert, aber da rief Richard erneut in scharfem Ton nach mir und verlangte, dass ich mich zu ihm auf die Bank setzen solle. Er führt sich überhaupt manchmal wie ein kleiner Tyrann auf, seit wir hier angekommen sind. Ich denke, dass ihm der Umgang mit den Säufern im Pub nicht guttut. Aber das wird schon wieder. Hunde, die bellen, beißen bekanntlich nicht. Ich glaube, das wird sich alles ändern, wenn wir umziehen und endlich eine Familie sind. Ich bete, dass es mit dem Pub nichts wird und Richard wieder zur Vernunft kommt. Wir haben vielleicht die Möglichkeit, eine Obstplantage zu kaufen, dann, so denke ich, wird alles wieder gut …«

Anna stockte. Sie erinnerte sich an den Brief, den sie ihrer Schwester daraufhin geschrieben hatte, und die vielen weiteren. Eine Antwort hatte sie nie bekommen.

Maries genervt klingende Stimme riss sie aus ihren Gedanken.

»Es gibt noch einen Flug. Du müsstest ihn nur selbst buchen, Amelie. Auf meinem Girokonto herrscht Ebbe.«

Zögernd erhob sich Amelie und raffte die Fotos zusammen. »Dürfen wir sie mit nach Neuseeland nehmen?«

»Aber natürlich. Es ist besser, wenn ihr Bilder zeigen könnt. Vielleicht erinnert sich ja jemand an Lisa Bruhns, die mit ihrem Mann in diesem Upper Moutere einen Pub betrieben hat oder vielleicht eine Obstplantage.«

»Darf ich auch den Brief mitnehmen?«

»Natürlich, mein Kind, aber was ich dir eigentlich zeigen wollte, ist dies: Es hört sich nämlich keineswegs so an, als wäre dieses Nelson ein derart langweiliges Nest, wie du es glaubst.« Anna deutete auf eine weitere Stelle in dem Brief.

Amelie las laut vor:

»Das Städtchen Nelson ist wie Italien, sagen die Italiener, die hier als Obstbauern leben. Es hat die meiste Sonne der Südinsel, entzückende Häuser, die wie verwunschene Schlösser aussehen, Märkte, auf denen man Früchte bekommt, von denen man in Deutschland nur träumt. Es gibt ein großes Theater und Lichtspielhäuser, in denen man die neusten Filme aus Amerika sehen kann. In Englisch, aber dank meiner Lehrerin verstehe ich sogar schon einiges. Leider sind wir nur selten hier, denn Upper Moutere liegt fünfunddreißig Kilometer von Nelson entfernt. Wir besitzen zwar einen Wagen, aber den kann ich noch nicht selbst fahren. Manchmal fühle ich mich ein wenig einsam, weil ich bislang keine Freundin gefunden habe. Also, wenn das mit der Plantage wirklich klappt, dann bin ich die glücklichste Frau im Land der langen weißen Wolke, wie die Maori Neuseeland nennen.

Your daughter and sister Lisa

PS: Anna, versprochen ist versprochen! Und grüßt mir die Brüder.«

»Was meint sie damit? Versprochen ist versprochen?«, fragte Amelie.

»Sie wollte mich nachholen, sobald ich erwachsen war.« Anna blickte nun abwechselnd von Amelie zu Marie.

»Wisst ihr, dass ihr mir eine Riesenfreude macht, indem ihr diese Reise gemeinsam unternehmt? Wenn ich in der Zeit sterben sollte, werde ich es mit einem Lächeln auf den Lippen tun!«

»Aber Großmutter!«, stießen die Schwestern wie aus einem Mund hervor und umarmten die alte Frau stürmisch von beiden Seiten.

Anna lächelte in sich hinein. Sie war fest davon überzeugt, dass diese Reise ihren Enkelinnen guttun würde! Sehr gut sogar! Und ihr Herz sagte ihr, dass die beiden herausfinden würden, warum Lisa sie nicht, wie versprochen, nachgeholt hatte. Vergessen hatte ihre Schwester sie jedenfalls nicht. Dessen war sich Anna sicher!

Plötzlich sah sie das Bild vor sich, als wäre es gestern gewesen: Die ganze Familie ist zur Abfahrt des Schiffes nach London am Kai im Hamburger Hafen erschienen. Lisa sieht so hübsch aus, glücklich und traurig zugleich. Weinend liegen sie sich zum Abschied in den Armen. »Ich hole dich nach! Das ist kein leeres Versprechen«, raunt Lisa ihrer Schwester zu. Anna holt im letzten Augenblick das Abschiedsgeschenk hervor. Sie hat es von ihrem Taschengeld gekauft. Es hat nur für einen Pappeinband gereicht. Der aus Leder hätte ihr Budget gesprengt. Dafür hat sie ihn mit Glanzbildchen in Blumenmustern beklebt. Verlegen reicht sie ihrer Schwester das Büchlein. »Möchtest du, dass ich Tagebuch schreibe?«, fragt Lisa gerührt. »Ja!«, entgegnet Anna – mehr nicht, denn wenn sie auch nur ein einziges weiteres Wort sagt, wird sie so hemmungslos weinen, dass es dem Vater peinlich ist. Sie schnieft leise. Kurt gibt ihr einen Stoß in die Rippen. »Heulsuse, was sollen die Leute denken?« Sie spürt, dass sich eine Hand in ihre schiebt. Es ist Rolf, der tapfer gegen die Tränen ankämpft. Kurt aber schimpft: »Du Memme, reiß dich zusammen!« Rolf drückt Annas Hand ganz fest. »Ich will auch mit«, flüstert er. »Wir fahren gemeinsam«, verspricht Anna ihrem ein Jahr älteren Bruder.

Lisa dreht sich noch einmal um und kommt auf sie zugestürzt. Abwechselnd herzt sie Anna und Rolf.

»Nun komm schon, sonst verpassen wir das Schiff!«, ruft Richard unwirsch, bevor er Lisa mit sich fortreißt. Nun bricht der Damm. Anna und Rolf schluchzen hemmungslos auf. Selbst der erneute weitaus heftigere Stoß, den Kurt ihr in die Rippen versetzt, bringt sie nicht zum Verstummen. Wir sehen uns wieder! An diesen Gedanken klammert sich die Zwölfjährige, während das Schiff mit lautem Getöse von der Pier ablegt. Die Menschen haben ihre Taschentücher hervorgeholt und winken ihren Liebsten nach. Anna aber senkt den Kopf, die Augen blind vor Tränen.

Upper Moutere, März 1931

»Ist Ihr Mann gesund zu Hause angekommen?« Eine männliche Stimme riss mich aus meinen Gedanken. Ich zuckte erschrocken zusammen und fühlte mich ertappt. Als ich aufblickte, sah ich in Sam Snyders stahlblaue Augen. Es fröstelte mich, denn ich mochte den Kerl nicht, doch er schien ausnahmsweise stocknüchtern zu sein und lächelte mich mitleidig an.

»Ja, er sitzt in der Küche und schnarcht«, erwiderte ich und ließ mein Tagebuch unauffällig unter die Decke gleiten, die mich in der Abendkühle wärmte.

Statt an mir vorbei ins Haus zu gehen, setzte sich Sam Snyder auf den Stuhl neben mich. »Robert und er haben um die Wette gesoffen und sich dann geprügelt. Es wird wohl nichts mit dem Pub. Robert hat uns an die Luft gesetzt, nachdem Richard ihm an den Kopf geworfen hat, dass er kein Interesse mehr an dieser Kaschemme hat und lieber Obstbauer wird.«

»Wenigstens ein vernünftiges Wort«, erwiderte ich, während ich Sam Snyder prüfend musterte. Ich war erstaunt, wie vernünftig er wirkte, wenn er nüchtern war. Er sah auch viel gepflegter aus und benahm sich nicht so ungehobelt.

»Aber erst einmal muss er die Plantage bekommen«, seufzte ich, während mein Herz wie wild zu pochen begann. Sollte das Wunder, auf das ich gehofft hatte, zum Greifen nahe sein?

Ein Grinsen umspielte Sam Snyders schmale Lippen. »Er muss nur zuschlagen. Die Plantage gehört meinem Onkel, und der will sich zur Ruhe setzen. Er hat mir die Plantage zum Kauf angeboten, aber ich möchte unsere Farm auf keinen Fall aufgeben. Und außerdem würde es Mary niemals gutheißen, wenn sie ihr Haus verlassen müsste.«

Mary?, schoss es mir durch den Kopf, doch da wurde mir klar, dass er von seiner Frau sprach. Mir gegenüber war von ihr noch nie zuvor die Rede gewesen. Kein Wunder, ich kannte den Mann ja auch nur von unseren schrecklichen Begegnungen im Pub, wenn ich mich aufgemacht hatte, um meinen Mann aus der Kneipe zu holen, was ich allerdings inzwischen aufgegeben hatte.

»Mary ist Ihre Frau, nicht wahr?«

Er nickte beifällig. »Ja, ihrer Familie gehören viele Plantagen in der Gegend. Wir leben in ihrem Elternhaus, und jetzt, wo sie endlich ein gesundes Kind bekommen hat, will sie es erst recht nicht verlassen. Die Geburt meines Sohnes James hat mich zu einem besseren Menschen gemacht. In der Stadt zu leben wäre ideal für Richard und vor allem ...« Er stockte und musterte sie prüfend. »Ja, vor allem für Sie, Lisa. Sie wären viel lieber dort unten im Tal. Habe ich recht?«

Er lächelte gewinnend.

»Ich kann es nicht leugnen, dass ich lieber in Nelson leben würde als hier«, gab ich zu.

Sam Snyder wurde mir immer sympathischer. Vielleicht ist er ja gar nicht so übel, schoss mir durch den Kopf.

»Ihren Segen hat er also?«, hakte der Farmer nach.

Ich nickte eifrig. »Meinetwegen können Sie den Vertrag auf der Stelle unterzeichnen.« Der Gedanke, dass womöglich bald alles gut werden würde, holte mich aus meiner niedergeschlagenen Stimmung.

»Was ist denn hier los?«, polterte es nun hinter mir. Ich fuhr herum. Im Türrahmen stand Richard. Er grinste breit. »Na, alter Junge, was machst du in meiner Hütte? Frau, hol den Whisky raus. Wir haben Besuch!« Seine Stimme klang immer noch verwaschen.

»Mit der Vertragsunterzeichnung müssen wir wohl warten, bis mein Freund wieder nüchtern ist«, raunte mir Sam verschwörerisch zu, bevor er aufstand und Richard unter den Achseln packte. »Komm, ich bring dich ins Bett!«

»Ich will nicht ins Bett. Ich will feiern. Komm, wir trinken einen«, protestierte Richard und versuchte, sich loszureißen, aber Sam war stärker. »Morgen wird gefeiert«, schlug er vor.

»Lisa, ich will Whisky«, lallte Richard, aber da hatte Sam ihn bereits ins Haus gezogen.

Ich überlegte, ob ich den beiden Männern folgen sollte, beschloss aber, auf der Veranda sitzen zu bleiben und meinen Mann den starken Händen seines Freundes anzuvertrauen.

Ich lehnte mich auf meinem Stuhl zurück und schloss die Augen. Auf einmal schien alles gar nicht mehr so düster. Die Obstplantage war der Lichtblick, auf den ich in den letzten Wochen gehofft hatte. Ich stellte mir vor, wie ich das neue Haus, das bestimmt geräumiger sein würde als dieses, einrichtete. Vielleicht konnte ich dann ein kleines Zimmer für mich allein bekommen, in dem ich in Ruhe lesen, Englisch lernen und dem Tagebuch meine Gedanken anvertrauen konnte. Ich sah es förmlich vor mir. Es war nicht groß, aber gemütlich. Mein Schreibtisch stand am Fenster, und ich hatte einen weiten Blick über die Plantage. Und von dort würde ich meinen Mann beobachten, wie er die Äpfel erntete. Und vielleicht auch Trauben, wie es hier fast jeder Obstbauer tat. Wenn er endlich seinen eigenen Hof hatte, würde er sicherlich nicht mehr trinken. Dann könnten wir endlich eine Familie gründen – und auch meine Kinder sah ich vor meinem inneren Auge. Einen Jungen und ein Mädchen. Mein Sohn besaß Richards blondes Haar, während meine Tochter ein Abbild von mir war. Sie hatte meine schwarzen Locken geerbt und …

»Er schläft!«

Sam ließ sich stöhnend in den Stuhl neben mir fallen. »Richard ist ein ganz schön schwerer Brocken«, lachte er.

Ich musste wider Willen kichern. »Das kommt vom guten neuseeländischen Essen. Besonders die Süßkartoffeln haben es ihm angetan.«

Eine Weile saßen wir schweigend nebeneinander.

»Haben Sie es schon einmal bereut, nach Neuseeland ausgewandert zu sein?«

Die Frage kam unverhofft, doch ich konnte sie aus voller Überzeugung verneinen. »Ich finde es wunderschön, in diesem Paradies zu leben. Aber ich bin froh, dass er den Pub nicht übernimmt. Seine Trinkerei hat mir große Sorgen bereitet.«

»Na ja, er fühlte sich anfangs etwas fremd hier.«

»So? Das hat er Ihnen gesagt?« Ich war erstaunt. Mir gegenüber hatte Richard mit keinem Wort erwähnt, dass er die Auswanderung womöglich bereute.

»Er machte gewisse Andeutungen, aber näher haben wir nicht darüber geredet.«

Wie auch?, schoss mir durch den Kopf. Ihr wart doch immer betrunken, wenn ihr euch getroffen habt.

»Sie können richtig nett sein, wenn Sie nüchtern sind«, rutschte es mir heraus.

Er lächelte mich gewinnend an.

»Entschuldigen Sie, ich wollte damit nicht sagen, dass Sie, ich meine, dass Sie immer betrunken ...«, stammelte ich.

»Lassen Sie nur. Sie haben ja recht. Ich war tatsächlich im Dauerrausch.«

»Wie kommt es, dass Sie heute nüchtern sind?«, hörte ich mich da bereits fragen. Ich lief rot an. Das hatte ich gar nicht so unverblümt ansprechen wollen. Ich befürchtete, Sam Snyder verärgert zu haben, doch er machte keinerlei beleidigten Eindruck. Im Gegenteil, er wirkte eher nachdenklich.

»Wissen Sie, meine Frau und ich hatten keine leichte Zeit. Sie hat zwei Fehlgeburten erlitten, und wir mussten schon befürchten, dass sie keine Kinder bekommen kann. Und der Gedanke daran war schrecklich. Da habe ich öfter zur Flasche gegriffen, als ich es normalerweise tue. Ich habe an dem Tag aufgehört, an dem unser James auf die Welt kam. Es war mein größter Wunsch, einen Sohn zu bekommen, und nun bin ich es ihm schuldig, ein gutes Vorbild zu sein. Als Trunkenbold eigne ich mich nicht dazu.« Er lächelte zufrieden.

Ich konnte es kaum fassen, wie vernünftig dieser Mann redete.

»Ich freue mich für Sie und Ihre Frau«, sagte ich und meinte es aus vollem Herzen.

»Und ich denke, dass auch Richard in Zukunft die Finger von der Flasche lassen wird. Wenn er erst mal die Farm hat und Sie eine kleine Familie Ihr Eigen nennen können.«

»Ach, das wäre wunderschön«, seufzte ich.

Sam legte den Arm um mich und drückte mich fest. »Sie sind eine wunderbare Frau. Wissen Sie das eigentlich?«, flüsterte er und ließ mich wieder los. Es war nicht unangenehm, nur überraschend, und ich sah darin eine rein freundschaftliche Geste. Schließlich hatte ich in einer Offenheit mit ihm sprechen können, die ich ihm gar nicht zugetraut hätte.

»Was halten Sie davon, wenn ich Ihre Frau und Sie morgen zu einem deutschen Essen einlade? Ich würde Mary gern kennenlernen. Sehen Sie, ich habe noch gar keine Freundinnen hier.«

»Nichts lieber als das. Und wenn es Ihnen recht ist, werde ich vorher mit Ihrem Mann reden. Wegen seines Whiskykonsums!«

»Das würden Sie tun?«

»Wenn Sie wollen.«

Ich überlegte. Das war keine schlechte Idee, wenn ein Mann, der wusste, wovon er sprach, Richard ins Gewissen redete.

»Ich nehme Ihr Angebot gern an«, erwiderte ich.

Sam musterte mich schweigend.

»Wie lange ist Ihre Familie eigentlich schon in Neuseeland?«, fragte ich nach einer Weile, um die Stille zu überbrücken.

»Meine Leute kamen mit einem Auswandererschiff 1844 aus

Hamburg, und meine Vorfahren gründeten Sarau, das heute Upper Moutere heißt. Im Ersten Weltkrieg herrschte eine sehr deutschfeindliche Stimmung, sodass viele Deutsche Sarau verlassen haben. Meine Familie aber hat beschlossen, gegen Deutschland zu kämpfen. Wir gelten mittlerweile als echte Neuseeländer. Schon mein Vater heiratete eine Frau, deren Vorfahren Engländer waren. Aber trotzdem wurde bei uns immer auch Deutsch gesprochen.«

Ich tat so, als ob ich ihm aufmerksam zuhörte, während meine Gedanken ganz plötzlich zu meiner kleinen Schwester abschweiften. Ich empfand immer noch ein schlechtes Gewissen, weil ich sie zurückgelassen hatte. Doch was hätte ich tun sollen? Meine Eltern hätten sie niemals mitgehen lassen.

Ich ließ den Blick in die Ferne schweifen. Hinüber zu den grünen Hügeln, die im fahlen Mondlicht lagen. Wenn ich erst in Nelson bin, werde ich viel Zeit am Meer verbringen, sagte ich mir.

»Wovon träumen Sie?«, fragte Sam.

Ich fühlte mich ertappt. »Ich ... ich musste gerade an die Obstfarm denken und daran, wie glücklich wir dort sein werden«, erwiderte ich rasch.

»Wann sollen wir morgen bei Ihnen sein?«

»Morgen ...?« Ich war mit den Gedanken so weit fort gewesen, dass ich mich erst auf meine Einladung besinnen musste. »Sieben Uhr?«, schlug ich vor.

»Wir werden pünktlich sein«, entgegnete Sam, während er aufstand. Er gab mir zum Abschied die Hand und hielt sie länger fest, als es unbedingt nötig gewesen wäre. Erneut berührte mich seine plötzliche Zugewandtheit seltsam, aber ich verscheuchte meine Gedanken. Es ist doch schön, wenn wir endlich echte Freunde haben, sagte ich mir und lächelte. Und schließlich hatte er mir soeben versichert, dass er ein guter Ehemann und Vater war!

Nachdem Sam gegangen war, sah ich im Schlafzimmer nach meinem Mann. Er lag quer im Bett und schnarchte. Ich zog ihm vorsichtig die Schuhe aus und setzte mich ins Wohnzimmer. Dort holte ich mein Englischbuch hervor und vertiefte mich in die Vokabeln. Immer wieder drifteten meine Gedanken in die Zukunft ab. Was würden uns die nächsten Jahre bringen, fragte ich mich, und ich war mir sicher, alles, was nun kam, würde besser werden als diese ersten vier Monate in unserer neuen Heimat.

Ich konnte mich jedoch nicht auf meine Sprachstudien konzentrieren und ging in die Küche zurück. Dort sah es schrecklich aus. Ich hatte völlig vergessen, dass Richard vorhin nach Hause gekommen war, als ich mit den Kindern gebacken hatte. Und völlig verdrängt, wie er sich aufgeführt hatte. Doch inmitten dieses Chaos war alles präsent. Seine Fahne, seine herabwürdigenden Worte, sein verquollenes Gesicht ... So etwas durfte nicht noch einmal geschehen! Davon abgesehen, dass er meine kleinen Freunde geängstigt hatte, war er mir so entsetzlich fremd gewesen. Wenn ich nicht mit ihm verheiratet gewesen wäre, hätte ich einen solchen Grobian aus dem Haus geworfen. Das alles war derart fern von dem, wie ich mir als junges Mädchen die Liebe vorgestellt hatte. Kein Himmel voller Geigen. Gut, so war es zwischen uns von Anfang an nicht gewesen. Er hatte mir von all meinen Verehrern, nur am besten gefallen, aber hatten mir jemals die Knie gezittert oder hatte bei seinem Anblick mein Herz geklopft?

Wie hatte meine Freundin Lotte immer gesagt? Herzklopfen heb dir für die Filmstars auf, bei einem Ehemann zählt, dass du im Alltag mit ihm leben kannst. Und das konnte ich doch mit Richard ganz gut. Bis auf die Tage, an denen er betrunken war. Meine andere Freundin, Gerda, war in dem Punkt wesentlich romantischer. Sie wollte unbedingt warten, bis der Richtige auftauchte, und das konnte in ihren Augen nur ein Mann sein, bei dessen Küssen sie schier in Ohnmacht fallen würde. Sie fand es schrecklich, dass ich schon mit achtzehn geheiratet habe. Noch dazu einen Mann, bei dessen Anblick meine Knie sich keineswegs in Pudding verwandelten. Ich allein weiß natürlich, was mich an Richard am meisten angezogen hat – außer seinen starken

Armen … sein Fernweh. Er hat schon bei unserem ersten Treffen von einem Leben in der Natur geschwärmt, abseits vom Lärm der Städte … Wenn ich damals geahnt hätte, dass ich gerade den vermissen würde. Doch nun war der Wechsel zum Greifen nah. Auch wenn Nelson im Vergleich zu Hamburg nur ein Dorf war – dort hatte ich alles, was mir hier oben auf dem Berg an Stadtleben fehlte.

Ich fing an, leise vor mich hin zu summen, und spürte die Vorfreude auf mein neues Leben mit jeder Faser.

Queen Charlotte Sounds, November 2012

Marie saß regungslos auf einer Bank und stierte vor sich hin. Ihr Gesicht war kalkweiß. Sie kämpfte immer noch gegen die Übelkeit, obwohl das Wasser hier im Gegensatz zum offenen Meer spiegelglatt war. In der Cook Strait war es so stürmisch gewesen, dass Marie ein paar Mal befürchtet hatte, die Fähre würde untergehen. Die Hälfte der Überfahrt von Wellington hatte sie in den überfüllten Waschräumen verbracht. Zusammen mit anderen Seekranken. Ihr wurde allein beim Anblick des Hamburgers, den ihre Schwester gerade gut gelaunt zu sich nahm, erneut schlecht.

»Magst du?« Amelie hielt Marie die Pappschachtel unter die Nase.

»Weg damit!«, fauchte Marie und wandte den Kopf ab.

»Ist dir nach wie vor übel? Hier weht doch kein Lüftchen«, entgegnete Amelie ungerührt. »Ist es nicht herrlich? Mich erinnert es an die norwegischen Fjorde. Nur dass es hier eine Spur lieblicher ist und die Felsen nicht so schroff zum Meer abfallen. Weißt du noch, diese Schiffsreise, die wir dort oben mit den Eltern gemacht haben?«

Marie zog es vor zu schweigen. Natürlich erinnerte sie sich daran, wie sie die ersten drei Tage komplett in der Koje verbracht hatte, weil sie seekrank geworden war. Sie hatte schon gewusst, warum sie auf keinen Fall mit ihrer Schwester nach Neuseeland hatte reisen wollen. Von der ersten Sekunde an hatte es nach Ärger gerochen. Der hatte bereits in Hamburg begonnen, als Amelie unbedingt mit dem Taxi zum Flughafen fahren wollte, während

Marie lieber den Bus genommen hatte. Zudem hatte Amelie die vier Stunden, die sie in Frankfurt überbrücken mussten, in einem teuren Hotelzimmer verbringen wollen, während Marie mit einer Bank im Terminal vorliebgenommen hatte. Und dann war es Amelie im Flieger gelungen, statt des gebuchten Platzes in der Economy- einen Sitz in der Businessclass zu bekommen. Gegen Aufpreis natürlich. Der einzige Vorteil für Marie war der gewesen, dass sie sich bis Syndey über einen freien Platz neben sich freuen konnte.

Und jetzt tat Amelie so, als hätten sie keine Höllenüberfahrt hinter sich gebracht, und plapperte auf sie ein wie eine aufgezogene Puppe. Und wie sie aussah in ihren Stiefeletten und dem schicken Wintermantel. Kein Mensch auf diesem Schiff trug solche Großstadtkleidung. Wo man hinsah, war es dasselbe Bild. Man trug sportliche Outdoorklamotten und Wanderschuhe.

Marie bemerkte die scheelen Blicke von zwei Frauen, die sich ganz offensichtlich über ihre Schwester das Maul zerrissen, aber Amelie schien überhaupt nicht wahrzunehmen, dass man sie als Paradiesvogel bestaunte.

»Schau mal, was für eine schöne Bucht. Die sind wirklich genauso wie auf unserer Norwegenkreuzfahrt, nur dass es hier nicht diese bunten Häuser gibt. Man könnte meinen, hier lebten überhaupt keine Menschen«, sinnierte sie laut.

»Fünfunddreißig Millionen Schafe kommen auf vier Millionen Einwohner, aber es wäre sehr nett, wenn du mich mal einen Augenblick in Ruhe lassen würdest. Mir ist nicht gut!«, gab Marie verärgert zurück.

»Komisch, wo du doch so viel in der Welt herumgekommen bist. Aber dein Magen war ja schon immer sehr empfindlich. Weißt du noch, als wir früher mit Mama und Papa nach Italien gefahren sind? Mama und dir wurde in den Bergen regelmäßig schlecht, und auf dieser Kreuzfahrt durch die Fjorde …«

»Amelie!«

Was sie bloß hat, fragte sich Amelie, während sie aufstand und die Hamburger-Verpackung zu einem Abfalleimer trug. Sie hatte gehofft, dass sie einander näherkommen würden, sobald sie Hamburg verlassen hatten. Aber das Gegenteil war der Fall. Amelie hatte das Gefühl, sie konnte sagen, was sie wollte, Marie hatte an allem etwas auszusetzen. Wenn sie allein an gestern Abend dachte. Auf ein Hotel in Wellington hatten sie sich nur mit Ach und Krach einigen können, aber dann hatte sich Marie geweigert, sie zum Abendessen ins Hotelrestaurant zu begleiten. Dabei hatte Amelie Marie sogar eingeladen, aber das hatte ihre Schwester mit versteinerter Miene abgelehnt und etwas von »Almosen« gemurmelt. Mit dem Ergebnis, dass sie schließlich allein durch die Stadt gebummelt war.

Wellington gefiel ihr außerordentlich gut. Es hatte etwas Großstädtisches, und die vielfältigen Art-déco-Gebäude hatten ihr Interesse erregt. Sie hatte allerdings bedauert, dass die Geschäfte bereits geschlossen waren. Die Haupteinkaufsstraße schien ein wahres Einkaufsparadies zu sein. Ihren Wunsch, in Wellington ein bisschen zu shoppen, hatte sie Marie gegenüber allerdings nicht erwähnt. Sie konnte sich das spöttische Gesicht ihrer Schwester nur zu gut vorstellen, wenn sie mit Verachtung hervorstieß, dass sie nicht zum Shoppen nach Neuseeland gekommen waren.

Amelie seufzte. Sie konnte sich überhaupt nicht vorstellen, dass sie früher sogar eine Menge Spaß mit ihrer kleinen Schwester gehabt hatte. Seit dem Tod der Mutter wirkte sie stets so ernst. Amelie fröstelte. Wie immer, wenn sie an den Unfall dachte. Ihre größte Hoffnung für diese Reise war, dass sie die ständigen Albträume loswurde. Manchmal verfolgten die schlimmen Bilder sie mehrere Nächte hintereinander.

Sie rast mit geschlossenen Augen auf einen Baum zu, alles wird schwarz. Als sie die Augen wieder öffnet, ist alles blutrot.

Amelie ballte die Fäuste. Warum verging kein einziger Tag, an dem sie nicht an den Unfall dachte und ... Sie versuchte krampfhaft, die Erinnerung an das Schlimmste zu verdrängen. An den Augenblick, als sie aus ihrer Bewusstlosigkeit erwacht war und die Männer mit der Flex entdeckt hatte. Sie hatte das schrille Geräusch beim Zerschneiden des Autodachs immer noch im Ohr.

»Woher kommen Sie?« Eine tiefe männliche Stimme riss Amelie aus ihren quälenden Gedanken. Sie blickte in ein Paar tiefbrauner, fast schwarzer Augen. Ihr fiel sofort die Passage aus dem Brief ihrer Großtante ein, die seinerzeit ihre Begegnung mit dem Maori geschildert hatte.

»Aus Deutschland, Hamburg. Und Sie?«, erwiderte sie in fehlerlosem Englisch.

»Ich komme aus Nelson und hatte in Wellington einen geschäftlichen Termin.«

Amelie musterte den Fremden interessiert. Er hatte ein kantiges Gesicht, welliges schwarzes Haar und war sicher eine Mischung aus Maori und Pakeha. Er trug einen gut sitzenden Geschäftsanzug mit einem weißen Hemd ohne Krawatte und hatte eine teure Aktentasche und einen kleinen Rollkoffer bei sich.

»Was machen Sie beruflich, wenn ich fragen darf?«

»Sie dürfen. Ich besitze in Nelson ein Hotel.«

Amelies Antwort war ein strahlendes Lächeln.

»Ein schönes Hotel?«

»Das schönste am Platz. Ein altes viktorianisches Anwesen auf einem Hügel mit Blick aufs Meer, einem verwunschenen Garten, einer Prinzessinnensuite im Turm ...«

»Die nehme ich.«

»Sie sollten erst einmal den Preis abwarten. Das macht in Euro – lassen Sie mich rechnen – das macht einhundertachtzig.«

Amelie machte eine wegwerfende Handbewegung. »Sie gehört mir!«

»Bleibt nur zu hoffen, dass meine Mitarbeiterin sie seit gestern nicht anderweitig vermietet hat. Sonst hätten wir noch ein bescheideneres Zimmer im Erdgeschoss mit Terrasse.«

Amelie legte den Kopf schief. »Ich möchte den Turm.«

Der Fremde seufzte und reichte ihr die Hand. »Ich bin David Taumaunu.«

»Ich heiße Amelie Jaspers und wurde von einem Psychodoktor dazu verdonnert, auszuspannen und meine Schwester, ...«, sie deutete auf Marie, die sich auf die Bank gelegt hatte und eingeschlafen war, »... eine passionierte Weltenbummlerin, ans Ende der Welt zu begleiten. Allerdings bin ich nach dem Bummel durch Wellington gestern nicht mehr davon überzeugt, dass sich hier Fuchs und Hase Gute Nacht sagen. Es gab jede Menge Bars, und shoppen konnte man auch richtig gut. Vielleicht ist es ja in Nelson beschaulicher.«

»Lassen Sie sich überraschen, aber eines darf ich Ihnen versichern. Die Neuseeländer pflegen tatsächlich einen entspannteren Lebensstil als die Europäer.«

»Woher wollen Sie das wissen? Sie haben doch wahrscheinlich nur mit den Touristen aus Europa zu tun, oder?«

»Ich habe eine Hotelfachschule in London besucht und einige Jahre genauso hektisch gelebt wie meine Freunde dort.«

Amelie musterte David zweifelnd. »Ist das wirklich so ein Unterschied?«

David nickte. »Es fängt bei der Jagd auf Statussymbole an. In London war es ungemein wichtig, welchen Wagen man fuhr und welche Klamotten man trug. Das interessiert in Neuseeland keinen Menschen. Selbst wenn Sie Millionen auf dem Konto haben. Sehen Sie, in London brauchte ich einen vollen Kleiderschrank. Hier komme ich mit einem Anzug aus; normalerweise trage ich bequeme Hosen und ein Hemd, dazu Turnschuhe. So könnte der Chef des ersten Hauses am Platz in Europa nicht auftreten. Und an Autos haben wir nur einen besonderen Anspruch: Sie müssen auch mal eine Schotterpiste schaffen.«

Während Amelie seinen Worten lauschte, musste sie feststellen, dass er außerordentlich attraktiv war. Er hatte markante Züge, eine bronzene Hautfarbe, als hätte er genau das richtige Maß an Sonne bekommen, große wache Augen, schwarze Locken und einen sinnlichen Mund. Amelie erschrak, als sie sich bei dem Gedanken erwischte, wie es wohl wäre, diese Lippen zu küssen.

»Und am Wochenende ist nicht die Frage, in welches Einkaufszentrum man geht, sondern ob wir mit unserem Boot durch die Sounds schippern, einen Ausflug in den Nationalpark machen oder doch in unser Strandhaus fahren.«

»Sie haben also ein Boot und ein Strandhaus. Das nenne ich Luxus.«

»Jeder, der es sich leisten kann, hat ein Strandhaus, aber ich persönlich habe leider keine Zeit. Ich bin im Hotel unabkömmlich.«

Er ist also eine Art neuseeländischer Workaholic, dachte Amelie belustigt. Alles ein bisschen entspannter zwar, aber genügend Freizeit hat er trotzdem nicht.

Die Fähre war nun dabei, im Hafen von Picton anzulegen.

»Haben Sie ein Auto gemietet oder darf ich Sie in meinem Wagen mit nach Nelson nehmen? Wir haben ja denselben Weg.«

»Was meinst du? Fahren wir mit Mister Taumaunu nach Nelson?«, fragte Amelie ihre Schwester, die sich ihnen soeben verschlafen näherte. Einen größeren Gegensatz als den zwischen Marie und Amelie konnte es schon rein äußerlich kaum geben. Marie trug ihren für Amelies Geschmack abgenutzten Rucksack. Sie sah aus wie die typischen Backpacker, die das Land in Scharen bevölkerten.

Marie musterte David fragend.

»Ach so, darf ich bekannt machen«, sagte Amelie. »Das ist David Taumaunu. Ihm gehört das Hotel, in dem ich übernachten werde, solange wir in Nelson bleiben. Und das ist meine Schwester. Sie wird auf einer Schaffarm arbeiten. Vielleicht können wir sie auf dem Weg dorthin absetzen.«

»Nicht nötig«, entgegnete Marie rasch. »Ich werde von dem Farmer oder einem seiner Angestellten abgeholt.«

»Und gibst du mir deine Adresse?«, fragte Amelie verunsichert. Sie hatte den Eindruck, dass Marie froh darüber war, wenn sie gleich getrennter Wege gehen würden.

»Ich . . . ich weiß sie nicht aus dem Kopf.«

Sie lügt, dachte Amelie, aber sie zog es vor zu schweigen. Aufdrängen würde sie sich Marie nicht.

»Dann melde dich, wenn du nach vier Wochen weiterreisen möchtest«, bemerkte Amelie steif und griff nach ihrem nagelneuen Rollkoffer.

»Nein, nein, wir werden uns bestimmt mal zwischendurch treffen. Wo kann ich dich erreichen?«

David Taumaunu zückte eine Visitenkarte und reichte sie Marie.

»Das ist die Nummer des Hotels. Fragen Sie nach Ihrer Schwester, und Sie werden verbunden.«

Sie verließen die Fähre. David hatte wie selbstverständlich Amelies Koffer genommen.

»Ist der nicht süß? Genau das Richtige für eine leckere Affäre«, raunte Amelie ihrer Schwester zu.

»Du und Affären? Das kann ich mir gar nicht vorstellen!«

»Warum nicht? In Dubai hatte ich einen sexy Engländer am Start«, kicherte Amelie.

»Das hätte ich dir niemals zugetraut.«

»Wir haben einander verloren. Du und ich«, seufzte Amelie.

»Ich ruf dich an. Wir sollten uns in den nächsten Tagen mal in der Stadt treffen. Sobald ich meinen Arbeitsplan habe, melde ich mich.« Marie umarmte ihre Schwester zum Abschied flüchtig und sah sich nach einem weißen Pick-up um, wie ihn ihr der Farmer George Snyder in einer Mail beschrieben hatte.

Amelie folgte indessen David zu seinem nagelneuen Geländewagen.

»Also bescheiden ist ein Range Rover auch nicht gerade«, lachte Amelie, während er ihr die Beifahrertür aufhielt.

»Sie erleben gleich eine der schönsten Strecken der Südinsel.

Den Queen Charlotte Drive«, erklärte er schwärmerisch. Seine Augen strahlten. »Schauen Sie immer zum Wasser. Es kommen die herrlichsten Buchten, das magisch blaue Wasser, die grünen Inseln in den Marlborough Sounds.«

»Ich freue mich«, erwiderte Amelie. Sie kuschelte sich noch tiefer in den Autositz. Ein tiefes Gefühl von Wohlsein ging wie eine Welle durch ihren Körper. Wann war sie das letzte Mal so zufrieden gewesen, einfach nur bei dem Gedanken, schöne Natur zu genießen? Oder ist es mein attraktiver Chauffeur, der mir so gute Laune macht?, fragte sie sich. Dann widmete sie sich der atemberaubenden Schönheit, die sich ihr dort draußen boten. David hatte nicht zu viel versprochen. Hohe Klippen, die aus dem stahlblauen Wasser zu wachsen schienen, wechselten sich ab mit kleinen Buchten, deren Sand fast weiß war, und kleinen Orten. Amelie hätte ewig so weiterfahren können. Eigentlich bin ich schon erholt, stellte sie erstaunt fest. Zum ersten Mal seit Jahren konnte sie den Gedanken, nicht zu wissen, was der nächste Augenblick bringen würde, stressfrei ertragen. Und es machte ihr keine Angst, stillzusitzen und nichts zu tun.

Sie befolgte Davids Rat und heftete ihren Blick aufs Meer. Plötzlich sah sie, wie sich glitzernde Körper aus dem Wasser hoben.

»Delfine, da sind Delfine!«, rief sie begeistert aus und fuchtelte aufgeregt mit den Armen. David hielt an und forderte sie auf, die Scheibe herunterzufahren, damit sie die Herde Meeressäuger besser beobachten konnte, aber da waren sie bereits verschwunden.

»War das vorhin ein Spaß, als Sie erzählten, Ihr Psychodoktor hätte Sie nach Neuseeland geschickt?«

Die Frage traf Amelie so unvermittelt, dass ihr nicht gleich eine Antwort einfiel. »Ich ... ja ... nein, es war die halbe Wahrheit. Da ich ein wenig überarbeitet war, meinte mein Arzt, ich solle eine kleine Pause einlegen. Und da meine Schwester diese Neuseelandreise geplant hatte, habe ich mich einfach angeschlossen.«

»Und was machen Sie beruflich?«

»Ich bin Bäckermeisterin und Betriebswirtin. Meine Eltern haben mir eine Bäckerei vererbt, die ich zu einer Kette mit Filialen und angeschlossenem Partyservice gemacht habe. Das war nur durch harte Arbeit und äußerste Disziplin zu erreichen.«

Sie waren inzwischen in Nelson angekommen. »Sieht aus wie eine Western-Stadt«, bemerkte Amelie, während David durch die Hauptverkehrsstraße fuhr.

»Dort können Sie gut einkaufen«, sagte er. »Und hervorragend essen gehen. Wir haben im Hotel zwar auch ein Restaurant, ein sehr gutes sogar, aber Sie müssen unbedingt mal zu Hopgood's gehen.«

»Vielleicht begleiten Sie mich ja«, sagte Amelie kokett und stellte sich vor, wie sie ihn nach dem Essen mit auf ihr Zimmer locken würde. Sie musste in sich hineingrinsen bei dem Gedanken, dass ihre Schwester ihr diese gelegentlichen heißen Affären gar nicht zugetraut hätte. Dabei machte sie das jedes Mal, wenn sie auf einer Geschäftsreise war, aber niemals in Hamburg. Die Vorstellung, es könnte sich womöglich etwas Ernstes entwickeln, hielt sie davon ab, sich in ihrer Heimatstadt mit Männern zu treffen. Neuseeland war in ihren Augen das ideale Land, um ein wenig Spaß zu haben. David aber schien regelrecht darüber nachgrübeln zu müssen, ob er mit Amelie ins Hopgood's gehen wollte oder nicht.

Nach einer halben Ewigkeit sagte er: »Das lässt sich machen. Am Freitag?«

»Gern«, erwiderte Amelie erfreut, als sie vor einem schlossartigen viktorianischen Anwesen hielten.

»Ist mein Zimmer dort oben?«, fragte Amelie und deutete auf einen der Türme.

»Genau, dort oben befinden sich unsere Suiten, aber meinen Sie nicht, bei vier Wochen – entschuldigen Sie, aber ich hörte, wie Sie das Ihrer Schwester gegenüber erwähnten – sollten Sie nicht lieber in ein Appartement ziehen? Ich vermiete Ihnen eines zum halben Preis.«

»Danke, das ist lieb, aber ich möchte meine Suite. Bitte, zeigen Sie sie mir!« Amelie klatschte voller Vorfreude in die Hände.

Auf dem Weg zum Fahrstuhl kamen sie an der Rezeption vorbei.

»Sie können hier einchecken. Ich warte ...«

»Herr Direktor, da ist Post für Sie«, wandte sich die junge Frau von der Rezeption an David. Er nahm den Brief entgegen, und seine Miene verdüsterte sich im selben Augenblick.

Amelie füllte derweil den Anmeldebogen aus und überreichte der jungen Frau ihren Ausweis.

Danach begleitete David sie zum Fahrstuhl und führte sie über lange, verschlungene, mit dicken Teppichen ausgelegte Flure zu der Turmsuite. Er sah angespannt aus und schwieg den ganzen Weg über. Als er die Tür öffnete und Amelie einen Blick in das Zimmer warf, stieß sie einen Begeisterungsschrei aus. »Das ist ja entzückend!«

Ein übergroßes Himmelbett war der Mittelpunkt des geräumigen Zimmers. Die Wände waren zum Teil vertäfelt und der Boden aus dunklem Holz. Niemals hätte sich Amelie so eingerichtet. Im Gegenteil, in ihrem Penthouse überwog Weiß. Aber zu diesem verwunschenen Schloss passte der altmodische Stil längst vergangener Tage. Der Hingucker aber war der Erker, in den eine weinrot gepolsterte Sitzbank eingearbeitet war. Von den Fenstern hatte man einen herrlichen Blick über den Park des Hauses.

»Ich hoffe, Sie werden sich hier wohlfühlen«, bemerkte David steif und trat den Rückzug an. Ob er eine schlechte Nachricht bekommen hat?, überlegte Amelie, während sie ihren Koffer auf das Bett hievte, um ihre Sachen in den mit Intarsien versehenen Schrank zu hängen. Bevor sie die Hälfte ausgepackt hatte, stellte sie fest, dass sie zu viel und die falschen Dinge eingepackt hatte. Offenbar trug man in Neuseeland sportliche Kleidung. Amelie beschloss, nachher einen Bummel zu machen, um sich Turnschuhe und eine Cargohose zu kaufen.

Nachdem sie ihre Sachen untergebracht hatte, legte sie sich auf die weinrote Samtüberdecke ihres Prinzessinnenbettes.

Der graue Nebel kam aus dem Nichts. Hier hatte sie ihn nicht erwartet, aber er legte sich über ihre Seele wie ein dunkles Tuch. Die Vorstellung, dass sie keinen Termin hatte, nicht im Stress war oder unterwegs von einer Besprechung zur nächsten, bereitete ihr plötzlich ein äußerst unangenehmes Gefühl. Sie setzte sich abrupt auf, doch das änderte nichts an ihrem Zustand. Was will ich eigentlich hier am Ende der Welt? Was, wenn in meiner Abwesenheit in Hamburg alles drunter und drüber geht?

Mit einem Griff hatte sie sich ihr Handy vom Nachttisch geschnappt und die Nummer von Daniela, ihrer Stellvertreterin, gewählt. »Geh schon ran!«, murmelte sie ungeduldig, als sich nicht sofort jemand meldete. Es war ihr nicht leichtgefallen, die Geschäfte in die Hände ihrer engsten Vertrauten zu geben, obwohl Daniela die zuverlässigste Person war, die sie sich vorstellen konnte. Als sie sich meldete, bemerkte sie als Erstes erstaunt: »Du rufst mit deinem Handy aus Neuseeland an? Ist das nicht schweineteuer?«

»Das lass mal meine Sorge sein«, entgegnete Amelie scharf. »Ich wollte nur kurz wissen: Hast du schon mit denen von der Versicherung verhandelt über das Catering zu dem Jubiläum?«

»Sicher, alles erledigt.«

»Und mit den Leuten von Studio Hamburg?«

»Wir haben den Auftrag.«

»Und wie sieht es mit …«

»Amelie? Willst du mich etwa kontrollieren?«, fragte Daniela vorwurfsvoll.

»Ich darf wohl mal fragen, wie die Geschäfte laufen, oder?«, fauchte sie zurück.

»Amelie, ich denke, du solltest mal Pause machen! Wenn ich dir doch nun sage, dass wir alles im Griff haben. Es ist bei uns zwei Uhr nachts, und ich sitze immer noch im Büro. Zufrieden?«

»Schon gut«, knurrte Amelie. »Ich fühlte mich nur plötzlich so überflüssig.«

Daniela lachte. »Schätzchen, du bist so präsent hier. Bei jeder Entscheidung überlegen wir, wie hätte es Amelie geregelt? Aber ganz im Ernst, vergiss uns mal ein paar Wochen. Was meinst du? Sollen wir eine kleine Vereinbarung treffen?«

»Was denn, liebe Dany?«

»Du rufst nicht mehr an, sondern lässt Jaspers einfach mal hinter dir. Und wir versprechen dir, dass wir alles in deinem Sinn erledigen.«

»Toller Deal!«

»Geht's dir gut?«

»Wir sind eben erst in unserem ersten Zielort angekommen. Nelson, im Norden der Südinsel. Landschaftlich ist das alles ein Traum, aber ich habe das Gefühl, ich bin wieder fit. Allein dadurch, dass ich so weit von zu Hause weg bin. Aber mir fehlt die Arbeit. Ich gehe jetzt erst mal Klamotten kaufen. Hier trägt man Fleece, Wanderschuhe und Beutelhosen.«

Wieder lachte Daniela. »Dann bitte aber eines: Mach ein Foto und schick es uns!«

»Jawohl«, seufzte Amelie. »Es ist bestimmt schön hier, aber ich weiß nicht recht, was ich mit mir anfangen soll. Sechs Wochen, das ist eine lange Zeit.«

»Nun genieß deinen Urlaub. Lies, geh spazieren oder starre einfach gegen die Decke. Hauptsache, du entspannst dich.«

»Okay, okay, bis auf das Foto von Amelie Jaspers in einem Bärentatzen-Fleece keine Nachricht mehr. Grüß die anderen.«

Mit diesen Worten legte Amelie hastig auf, denn ihr kamen unvermittelt die Tränen. Das fehlt noch, dass ich ins Telefon heule, dachte sie. Ich bin hier, um mich zu erholen. Also genieße ich es, mitten am Tag durch eine neuseeländische Westernstadt zu wandern.

Sie sprang von ihrem Bett auf schlüpfte in eine Jeans, eine weiße Bluse und Ballerinas. So falle ich nicht mehr ganz so auf inmitten des Outdoorlooks, dachte sie und griff nach ihrer Handtasche. Als sie an der Lobby vorbeikam, hoffte sie, David zu begegnen, aber von dem Direktor war keine Spur zu sehen. Sie ließ sich von der jungen Dame an der Rezeption einen Stadtplan geben und einzeichnen, welchen Weg sie zur Einkaufsstraße einschlagen musste. Das Erste, was sie wahrnahm, als sie vor die Tür trat, war die weiche, frische und fast warme Novemberluft. In Neuseeland war jetzt Frühling, und wie Amelie im Flieger dem Reiseführer entnommen hatte, waren in diesem Land zu dieser Jahreszeit alle Temperaturen möglich. Von kalt bis heiß.

Es war so warm, dass Amelie ihre Jacke ausziehen konnte. An beiden Seiten der Straße, die einen Hügel hinunterführte, standen beschauliche Holzhäuser mit Vorgärten. Alles sah gepflegt aus, und jedes Haus hatte seine Besonderheit. Mal war es in einem Himmelblau angestrichen, mal einem viktorianischen Haus nachempfunden, mal sah es aus wie ein kuscheliges Gartenhäuschen. In der Einkaufsstraße fielen ihr als Erstes die vielen Straßencafés auf. Sie konnte nicht widerstehen, setzte sich in eines und bestellte einen Tee und ein Stück Torte. Jetzt erst merkte sie, wie hungrig sie war. Seit dem Hamburger hatte sie nichts mehr gegessen. Der Kuchen schmeckte sehr gut. Das konnte sie mit ihrem erprobten Gaumen beim ersten Bissen beurteilen. Sie legte zwar nicht mehr in der Backstube Hand an, war aber, bevor sie Chefin geworden war, eine Meisterin im Brotbacken gewesen. Ihr legendäres »dunkles Jaspers« war ein Verkaufsschlager in ganz Norddeutschland. Ihr Vater war gelernter Konditor gewesen. Sein Talent hatte Marie geerbt. Warum sie dem Betrieb bloß derart schroff den Rücken gekehrt hat?, ging es Amelie durch den Kopf. Es muss etwas mit dem Unfall zu tun haben, denn sie hat mich nicht einmal drei Monate nach Mutters Tod darum gebeten, sie auszuzahlen. Amelie spürte, wie eine tiefe Traurigkeit von ihr Besitz ergriff. Wie immer, wenn sie an die schreckliche Nacht dachte, in der sie ihre Mutter getötet hatte. Sie bekam keinen einzigen Bissen mehr hinunter und zahlte hastig. Eigentlich stand ihr der Sinn nicht mehr nach Shoppen, aber dann sah sie in der Auslage eines Schaufensters sportliche Kleidung, die ihr sogar gefiel. Sie betrat den Laden und fand sofort das Richtige. Zwei perfekt sitzende schwarze Cargohosen und die dazu passenden Hemden. Die Verkäuferin stieß einen bewundernden Pfiff aus, als Amelie mit einer schwarzen Hose und einem rot-schwarz karierten Hemd aus der Kabine kam. Nun brauchte sie nur noch die richtigen Schuhe für dieses Outfit. Sie behielt Hose und Hemd gleich an und ging ins nächste Schuhgeschäft. Dort erstand sie ein Paar Turnschuhe und leichte Wanderstiefel. Sie fühlte sich wie ein anderer Mensch, als sie in diesem Look zum Hotel zurückkehrte. In der Tür stieß sie beinahe mit dem Hotelier zusammen. Amelie lächelte, als sie ihn erkannte, doch David Taumaunu schien sie gar nicht wahrzunehmen. Sein Blick war stur geradeaus gerichtet, seine Miene wie versteinert. Ich werde nicht schlau aus ihm, dachte Amelie, während sie grußlos an ihm vorbei ins Hotel ging.

Motueka, November 2012

»Und wie groß ist deine Farm?«, fragte Marie aufgeregt. Allerdings war sie sich nicht ganz sicher, was ihr Blut stärker in Wallung brachte. Der atemberaubende Blick vom höchsten Punkt des Takaka Hill bis über das weite Meer oder die Gegenwart des attraktiven Farmers, der ihr die Farm zeigte.

George Snyder hatte sie in Picton abgeholt und gleich zu einer Führung über das Anwesen eingeladen. Wohin man sah, gab es saftgrüne Weiden, auf denen Schafe oder Rinder weideten.

»Viertausend Hektar«, erwiderte der Farmer, der es Marie seit dem ersten Blick angetan hatte. Der Mann ist eine Sünde wert, dachte sie, während sie so tat, als ob sie seinen Ausführungen über die Ertragsstärke der Snyder-Farm lauschte. Dabei hatte sie nur ein Ohr für den Klang seiner warmen, tiefen Stimme. Er hätte ihr auch aus dem Telefonbuch vorlesen können. Sie hätte ebenso an seinen Lippen gehangen.

»Was wird meine Aufgabe sein?«, fragte Marie, nachdem George Snyder seinen Vortrag beendet hatte.

»Ich denke, Sie sollten alles kennenlernen, was wir auf der Farm so machen. Das nächste große Ereignis wird die Schafschur sein. Wir beginnen morgen damit. Da kommen Sie gerade rechtzeitig.«

Marie sah ihn entgeistert an. Nicht etwa, weil er ihr die Schafschur angekündigt hatte, sondern weil er plötzlich fehlerfreies Deutsch sprach.

»Wie, ich meine ... woher können Sie das?«, fragte sie erstaunt.

»Meine Vorfahren gehörten zu den Ersten, die in der Mitte des neunzehnten Jahrhunderts mit einem Schiff aus Hamburg in diese Gegend kamen. Sie gründeten mehrere deutsche Gemeinden in der Gegend. Bis zum Ersten Weltkrieg war das hier quasi das deutsche Eck, aber schließlich war Deutschland im Krieg unser Feind. Ich sage unser, weil meine Familie früh auch sehr englisch geprägt war, und mein Großvater auf englischer Seite gekämpft hat. Aber es war ein absolutes Muss in unserer Familie, auch Deutsch zu sprechen. Allerdings sprach mein Vater ein derart grausames Deutsch, dass ich gar nicht den Ehrgeiz hatte, es je richtig zu sprechen.«

Marie und George standen an einen Zaun gelehnt und so nahe nebeneinander, dass sich ihre Arme berührten. Wenn es nach Marie gegangen wäre, hätten sie noch stundenlang an der frischen Farmluft verbringen können, aber George schlug vor, ihr nun das Zimmer zu zeigen. Sie folgte ihm widerwillig zurück zum Farmhaus, einem großen Gebäude aus Holz. Unverkennbar Kolonialstil, dachte Marie.

Im Flur kamen ihnen zwei Kindern entgegengerannt. Ein Mädchen und ein Junge. Marie schätzte sie beide knapp unter sechs Jahren. Sie liefen ungebremst auf George zu. Er strahlte und nahm sie gleichzeitig auf den Arm. Marie musste schlucken. Daran hatte sie gar nicht gedacht, dass der attraktive George verheiratet war und Familie besaß. Vielleicht sind es seine Nichte und sein Neffe, ging ihr durch den Kopf, denn auf der Fahrt hierher hatte George ihr erzählt, dass er die Farm gemeinsam mit seinem Bruder bewirtschaftete, mit dem er auch unter einem Dach lebte.

Doch als das pausbäckige, blond gelockte Mädchen »Daddy, Daddy!« krähte, hatte sich diese Hoffnung damit auch erledigt.

Marie rang sich zu einem Lächeln durch. »Süße Kinder haben Sie«, sagte sie.

»Wer bist du?«, fragte Georges Tochter und legte den Kopf schief.

»Ich werde die nächsten vier Wochen auf eurer Farm arbeiten.«

»Schläfst du dann bei Onkel Ben?«, mischte sich der kleine Junge ein.

»Stephen!«, ermahnte George seinen Sohn und blickte Marie entschuldigend an.

»Macht nichts«, entgegnete Marie und wandte sich an Stephen. »Ich kenne deinen Onkel Ben gar nicht. Ich wohne ganz weit weg. Wenn du von hier einmal durch die Erde buddelst, bis du am anderen Ende herauskommst, bist du in Deutschland. Und da komme ich her.«

»Ich heißen Sara und bin fünf Jahre alte«, sagte daraufhin das kleine Mädchen in holprigem Deutsch.

George zuckte bedauernd die Schultern. »Ich nehme es bei meinen Kindern nicht mehr so genau mit dem Sprachunterricht, wie es mein Großvater noch bei mir tat.«

Dann bat er Marie, ihr in das erste Stockwerk zu folgen. Die Kinder hingen wie die Kletten an ihm. Ganz am Ende eines Flurs öffnete George eine Tür und ließ Marie eintreten. Sie war völlig überrascht, hatte sie doch ein spartanisches Farmzimmer erwartet, das nur mit dem Nötigsten ausgestattet war. Dies aber war ein gemütlich eingerichtetes, modernes Gästezimmer mit allem Komfort. Sogar einen Plasmabildschirm gab es, und zu dem Zimmer gehörte ein eigenes Bad mit Wanne. Marie war überwältigt. »Das ist wunderschön!«

»Und Sie können mit Ihrem Rechner einfach ins Internet. Wir haben WLAN«, erklärte er geschäftig und deutete auf den Schreibtisch, der vor einem großen Fenster stand. Von dort hatte man einen Blick bis zum Meer. Zur anderen Seite besaß das Zimmer sogar einen kleinen Balkon.

»Es ist wirklich zauberhaft.«

George schenkte ihr sein unwiderstehliches Lächeln. »Hauptsache, Sie fühlen sich wohl. Wir lassen Sie jetzt allein. Heute haben Sie noch frei. Erholen Sie sich erst einmal von dem langen Flug.

Ich hab das neulich erst mitgemacht, als ich zu einem internationalen Treffen der Hochlandrinderzüchter nach Edinburgh musste. Das hört und hört nicht auf. Ich habe noch während des Flugs in die Businessclass gewechselt.«

»Meine Schwester auch!«

»Sie sind mit Ihrer Schwester gereist? Macht sie auch einen Farmstay?«

»Um Gottes willen. Amelie wäre auf einer Farm keine große Hilfe und würde sich auch nicht gern die Hände schmutzig machen. Sie ist im Hotel in Nelson. Nach meinem Aufenthalt bei Ihnen wird sie mich zwei Wochen auf meiner Rundreise begleiten ...«

»In zwei Wochen wollen Sie Neuseeland bereist haben?«

»Nein, ich nicht! Ich fliege erst zurück, wenn ich alles gesehen habe, aber für meine Schwester waren sechs Wochen Urlaub schon das allerhöchste der Gefühle.«

»Gut, dann lasse ich Sie mal allein. Kommt, Kinder!«

Die beiden Kleinen hatten mittlerweile das Bett zu einem Trampolin umfunktioniert und hüpften auf der Überdecke um die Wette.

»Sie sind so wild!«, sagte George entschuldigend zu Marie und befahl ihnen in strengerem Ton, vom Bett zu steigen. Sie folgten ihrem Vater ohne weitere Widerrede.

»Isst du mit uns?«, fragte Sara neugierig.

»Natürlich, sie gehört in diesen vier Wochen quasi zur Familie«, entgegnete George. »Um achtzehn Uhr gibt es warmes Abendessen unten in der Wohnküche. Sie sind herzlich eingeladen.« Wieder zeigte er dieses Lächeln, dem Marie nicht widerstehen konnte. Sie lächelte zurück. »Danke, vielen Dank, ich merke jetzt erst, was für einen großen Hunger ich habe. Mir war nämlich auf der Fähre nicht besonders gut ...« Sie stockte. Einzelheiten wollte sie dem attraktiven Farmer wirklich nicht verraten.

»Das habe ich schon gehört, als ich im Hafen auf Sie gewartet habe. Da kam ein Funkspruch, dass die Hälfte der Passagiere die

Überfahrt durch die Cook Strait in den Waschräumen verbracht hat. Ich kenne das. Ich vermeide es, mit der Fähre nach Wellington zu fahren. Es gibt einen Flieger, der etwas über eine halbe Stunde braucht.«

Mit diesen Worten schob er seine Kinder vor sich her auf den Flur hinaus. »Dann bis achtzehn Uhr. Ich kann Ihnen auch vorher ein Brot bringen lassen gegen den ersten Hunger.«

Marie machte eine abwehrende Geste. »Nicht nötig«, erklärte sie hastig. »Ich pack erst mal meine Sachen aus und nehme ein Bad, wenn ich darf.«

»Fühlen Sie sich wie zu Hause!«

Kaum hatte er die Tür hinter sich geschlossen, lehnte sich Marie von innen seufzend gegen den Türrahmen. Was für ein wunderbarer Mann, dachte sie und schloss die Augen. Er sieht nicht nur unverschämt gut aus, hat ein süßes Lächeln, sondern er ist auch unendlich fürsorglich. Und zudem ein guter Vater ...

Sie hätte stundenlang weiter von George Snyder träumen können, aber ein Blick auf die Uhr zeigte, dass sie sich beeilen sollte, wenn sie zum Abendessen gebadet und in ihrem schönsten Kleid erscheinen wollte.

Es war ein wunderbares Gefühl, als sie wenig später in die warme Wanne stieg. Ihre Gedanken schweiften zu ihrer Schwester ab. Sie hatte regelrecht aufgekratzt gewirkt. Von Depressionen keine Spur. Ob der Arzt sich geirrt hatte und sie einfach nur ein wenig überarbeitet gewesen war? Und wie sie mit diesem Fremden geflirtet hatte. In diesem Augenblick bedauerte Marie die Entfremdung zwischen ihnen beiden von Herzen. Amelie hatte schon seit ihrer Ankunft in Wellington fröhlich gewirkt. Marie hatte sie darum fast ein wenig beneidet. Wahrscheinlich hatte ihre Schwester den Unfall längst verdrängt, während bei ihr kein Tag verging, an dem sie nicht daran dachte.

Marie versuchte die Gedanken an die Katastrophe zu verdrängen und ließ ihren Blick über den Wannenrand schweifen. Sogar ein Duschgel stand bereit. Marie schnupperte neugierig daran. Es roch unverkennbar nach Kiwi. Das passt, dachte sie und benutzte es. Danach wusch sie noch ihr langes blondes Haar. Das gleiche kräftige Haar wie das von Amelie, nur dass Marie es sich niemals so kunstvoll hochsteckte wie ihre Schwester. Sie band es sich aus praktischen Gründen fast immer mit einem Band zum Pferdeschwanz zusammen. Aber nun machte sie sich die Mühe, das frisch gewaschene, leicht wellige Haar glatt zu föhnen. Befriedigt betrachtete sie das Ergebnis im Badezimmerspiegel. Ja, so gefiel sie sich. Und sie hoffte, auch George Snyder würde ihre Veränderung bemerken. Schließlich nahm sie sich aus dem Koffer das einzige Kleid, das sie mitgenommen hatte, ein geblümtes Sommerkleid mit weit schwingendem kurzen Rock. Dazu zog sie Sandalen an. Am Kleiderschrank war ein großer Spiegel angebracht, vor dem sie sich prüfend drehte. Sie mochte das, was sie sah, aber sie fragte sich, ob sie sich nicht zu offensichtlich aufgerüscht hatte. Egal, beschloss sie, wahrscheinlich hat George ohnehin eine Frau, und die ganze Mühe war umsonst. Trotzdem konnte sie es kaum erwarten, bis es endlich achtzehn Uhr war. Auf die Minute genau verließ sie ihr Zimmer und ging ins Erdgeschoss, wo sie die Wohnküche vermutete. Die Kinderstimmen wiesen ihr den Weg. Die Tür zur Küche war angelehnt. Trotzdem wollte sie nicht so einfach hereinplatzen, sondern klopfte zaghaft. Und schon flog die Tür auf, und Sara stand vor ihr. »Komm«, sagte sie und nahm sie unbeschwert bei der Hand. »Du sitzt neben Ben.« Die Kleine führte Marie energisch zu ihrem Stuhl. Dann bemerkte Marie die junge Frau, die sie neugierig musterte.

Sie setzte sich und erwiderte den intensiven Blick. »Darf ich mich vorstellen, ich bin Marie Jaspers und Ihre Farmhilfe für die nächsten vier Wochen. Mister Snyder hat gesagt, ich dürfte mit Ihnen gemeinsam essen.«

Die Frau streckte Marie die Hand über den Tisch entgegen. »Ich bin Muriel Snyder. Herzlich willkommen auf der Snyder-

Farm. Wir haben öfter mal junge Leute zu Besuch, die einen Farmstay machen. Meist sind die allerdings ...« Muriel stockte.

»Jünger. Sie wollten sagen, die sind meist maximal dreißig, nicht wahr?«, lachte Marie.

»Ja, das dachte ich eben«, gab Muriel zu.

Marie spekulierte gerade, ob es wohl Georges Schwägerin oder doch seine Ehefrau war, als George in Begleitung eines blonden Mannes die Küche betrat. Die beiden sahen einander entfernt ähnlich. Sie waren in ein angeregtes Gespräch vertieft, das in dem Moment erstarb, als sie Marie sahen. Täuschte sie sich oder lag in Georges Blick so etwas wie Bewunderung? Er hat meine Verwandlung wahrgenommen, frohlockte Marie, aber auch der Blick seines Bruders war sehr wohlwollend.

»Ben, das ist Marie, unsere Farmkraft für die nächsten vier Wochen. Sie kommt aus Deutschland und kann vielleicht auch den Kindern ein wenig Nachhilfe in deutscher Sprache geben.«

»Sehr erfreut«, sagte Ben.

»Was hast du da gerade gesagt, Schatz?«, fragte Muriel jetzt an George gewandt auf Englisch.

»Meine Frau kann kein Deutsch«, bemerkte George entschuldigend und übersetzte ihr seine Worte.

Marie versuchte, sich ihre Enttäuschung nicht anmerken zu lassen. Meine Frau! Sie kam aber nicht dazu, sich deshalb zu grämen, weil sich nun Ben neben sie setzte und mit Fragen bombardierte. Woher genau sie käme, was sie sich von einem Farmstay verspräche, was sie nach Neuseeland geführt habe ...

Dabei lächelte er unentwegt. Er besaß dasselbe Lächeln wie sein Bruder, aber nichts von dessen vornehmer Zurückhaltung. Er ist auch ein guter Typ, dachte Marie, und schüchtern ist dieser Ben wirklich nicht! Während sie seine Fragen beantwortete, legte er ihr vertraulich die Hand auf den Arm. Es war nicht unangenehm.

»Hab ich doch gesagt, sie schläft bei Onkel Ben«, ertönte nun das vorlaute Stimmchen von Sara.

»Aber Schätzchen, so was sagt man nicht«, wurde die Kleine von ihrer Mutter ermahnt.

»Wollen wir jetzt endlich essen?«, mischte sich George ein. Sein strahlendes Lächeln war wie weggewischt.

Muriel stand auf und nahm riesige Steaks aus der Pfanne, legte sie auf eine Platte und stellte sie auf den Tisch. Dazu gab es gemischtes Gemüse und Süßkartoffeln. Maries Magen knurrte laut beim Anblick der Köstlichkeiten.

»Greifen Sie zu«, ermutigte George sie. Das ließ sie sich nicht zweimal sagen. Marie war derart hungrig, dass sie nur mit halbem Ohr dem Gespräch bei Tisch lauschte. Nach dem Essen verspürte sie eine bleierne Müdigkeit und fragte sich, wie es Amelie wohl ergehen mochte.

Erst als Muriel Snyder plötzlich ihre Stimme erhob, wandte Marie ihre Aufmerksamkeit wieder dem Tischgespräch zu.

»Ich habe dir dreimal gesagt, dass du die Sachen aus der Reinigung holen sollst. Das kann doch nicht angehen! Wo hast du bloß deinen Kopf?«

George lief rot an. Die Ader in der Mitte seiner Stirn schwoll merklich an, aber er schwieg zu den Vorwürfen und widmete sich seinen Kindern.

»Kommt, Dad bringt euch ins Bett!« Er stand auf und verließ die Küche. Die Kinder folgten ihm, ohne sich von ihrer Mutter zu verabschieden.

»Warum schaust du mich so strafend an, Ben?«, fauchte Muriel.

»Das Keifen steht dir nicht, meine Schöne«, erwiderte Ben und griff nach Muriels Hand.

Marie wusste vor Verlegenheit kaum, wohin sie blicken sollte. War das jetzt eine harmlose Geste unter Schwager und Schwägerin oder mehr?, ging es ihr durch den Kopf, während sie sich hastig erhob. »Sie entschuldigen mich. Ich bin etwas übermüdet.«

Muriel reagierte nicht darauf, sondern musterte ihren Schwager prüfend. »Warum nimmst du ihn immer in Schutz? Findest du es richtig, dass er mir ständig zeigt, wie egal ich ihm bin?«

»Muriel, bitte, ich verstehe ja, dass es dich verletzt, aber mach ihm nicht jedes Mal eine Szene. Und außerdem haben wir Gäste.« Er deutete auf Marie, die bereits bei der Tür war.

»Sorry«, murmelte Muriel.

Ben sprang auf und kam auf Marie zu. »Hat mein Bruder dir schon gezeigt, wo morgen das große Spektakel beginnen wird? Die Schafschur? Wir duzen uns hier übrigens alle. Also, ich bin Ben.«

Marie nickte eifrig. »Ich bin Marie. Ja, Mister Snyder, also ich meine, dein Bruder, hat mich bereits auf der Farm herumgeführt.«

»Hat er dir auch schon den Blick vom höchsten Punkt des Hügels ins Tal demonstriert?«

»Ja, auch das.«

»Aber nicht in der Dämmerung«, widersprach Ben, was ihm einen strafenden Blick Muriels einbrachte. »Das musst du gesehen haben. Gute Nacht, Schwägerin!« Mit diesen Worten öffnete er die Tür und schob Marie hinaus auf den Flur. »Komm, schließlich bin ich genauso dein Chef wie mein Bruder.«

»Aber ich bin wirklich sehr müde«, seufzte sie.

»Dann nimm meinen Arm. Es dauert auch nicht lange«, insistierte Ben. Marie sah ein, dass dieser Mann hartnäckig war und sie sich seinem Wunsch lieber fügte, um einer Auseinandersetzung aus dem Weg zu gehen.

Sie hakte ihn unter und trat mit ihm vor die Tür des Farmhauses. Es war deutlich kühler geworden. Marie fröstelte.

»Du kannst doch nicht in diesem entzückenden Kleid ohne Jacke draußen herumlaufen«, bemerkte er besorgt. »Warte hier!« Er verschwand im Haus und kehrte mit einer großen Winterjacke zurück. »Zieh die an.« Er deutete auf die Jacke mit Lammfellkragen. Marie schlüpfte hinein.

»Besser?«, fragte er und zog für sie den Reißverschluss zu. Als er ihren verblüfften Blick wahrnahm, lachte er. »Ich möchte nicht, dass du frierst. Du hast schönes Haar, weißt du das?«

Das Kompliment kam so überraschend, dass Marie leicht errötete. »Das haben meine Schwester und ich von unserer Mutter geerbt«, entgegnete sie verlegen.

»Wie kamst du eigentlich auf die Idee, dich bei uns für einen Farmstay zu bewerben?« Er hielt ihr erneut den Arm hin. Marie hakte sich ein und ließ sich von ihm in die Dämmerung führen.

»Ich möchte eine Neuseelandreise machen und mir ein bisschen Geld dafür verdienen.«

»Ich will dir ja nicht zu nahe treten, aber du bist nicht mehr in dem typischen Alter, in dem man so etwas macht. Ich meine, meistens hat man um die dreißig einen Job und ...«

»Ja, ich weiß, dein Bruder hat sich auch schon gewundert«, seufzte Marie. »Ich habe sogar einen Beruf erlernt und ein Studium abgeschlossen.«

»Welchen Beruf und welches Studium?«

»Du bist ganz schön neugierig«, lachte Marie.

»Ich muss doch wissen, was für überqualifizierte Farmarbeiter wir hier einstellen.«

»Wenn du meine Bewerbung gelesen hättest, wüsstest du das.«

»Ach, das macht mein Bruder. Ich bin für Büroarbeiten nicht geschaffen. Nun sag schon.«

»Ich bin Bäckergesellin und Ethnologin.«

Ben blieb stehen und schenkte Marie einen bewundernden Blick. »Du bist überqualifiziert für die Schafschur. Keine Frage, aber es wird ein Riesenspaß. Am Samstag gibt es ein Fest in der Scheune. Die Teilnahme daran ist Pflicht. Und der erste Tanz gehört deinem Chef.«

»Ach, solche Sitten herrschen hier in Neuseeland. Da kann ich ja nur froh sein, dass das Recht der ersten Nacht nicht dir gebührt!« Sie blickte Ben grinsend an.

»Das, liebste Marie, wollte ich dir gerade erklären. Ich wollte es vorsichtig angehen, aber du hast mir das Wort quasi aus dem Mund genommen. Selbstverständlich gehört es mir. George ist schließlich verheiratet!«

Marie wollte kontern, als sein Gesicht sich ihrem näherte und sein Mund ihre Lippen suchte. Ehe sie auch nur einen klaren Gedanken fassen konnte, erwiderte sie seinen Kuss mit derselben Leidenschaft, die auch er an den Tag legte.

Als sie ihre Lippen wieder voneinander gelöst hatten, sah sie ihn herausfordernd an. »Gehst du immer so schnell ran?«

»Kommt darauf an. Wenn mich eine Frau so anspricht wie du, dann ziere ich mich in der Regel nicht unnötig lange. Aber ich hatte auch nicht den Eindruck, dass du dem Abenteuer abgeneigt bist. Die attraktiven Mädels, die sich für einen Farmstay entscheiden, sind eigentlich immer ganz froh, wenn sie das mit einem kleinen Abenteuer verbinden können.«

»Du bist ja gar nicht eingebildet, aber ich hatte noch keine Zeit, darüber nachzudenken, ob ich ein Abenteuer suche«, entgegnete Marie keck. »Du hast mich quasi schon vorher überfallen, aber ich werde es nachholen und dir meine Entscheidung mitteilen.«

»Dafür hast du aber geküsst wie eine junge Göttin.«

Marie lachte auf. »Nun übertreibst du aber schamlos.« Sie zog ihn am Arm. »Ich würde jetzt gern auf den Hügel bis zum höchsten Punkt klettern.«

»Unter einer Bedingung. Dort oben bekomme ich noch einen Kuss, und morgen tanzt du mit mir.«

»Du wolltest mir die Aussicht in der Dämmerung zeigen. Noch finde ich allein zurück.«

Ben stieß einen tiefen Seufzer aus. »Du bist unmöglich. Du hast mich in der Hand. Ich bin auf deine Gunst angewiesen. Siehst du den Fahnenmast? Wer als Erster dort oben ist. Ich lasse dir einen Vorsprung.«

Marie machte eine wegwerfende Geste. »Oh nein, das ist nicht nötig. Wir starten zeitgleich. Auf die Plätze, fertig, los!« Und schon preschte sie los. Sie grinste in sich hinein. Woher sollte Ben Snyder ahnen, dass sie einmal Jugendmeisterin in Leichtathletik gewesen war? Keuchend erreichte sie wenig später den höchsten Punkt der Snyder-Farm. Ben kam völlig aus der Puste nach ihr an. »Wie hast du denn das geschafft?«, japste er.

»Ich habe so meine Geheimnisse«, erwiderte sie.

»Aber ich hätte das doch nie gewagt, wenn ich nicht der Schulbeste im Kurzstreckenlauf gewesen wäre.«

»Das reicht nicht. Ich war die Beste aller Schüler meines Jahrgangs. Und Hamburg hat viele Schulen«, lachte Marie.

»Du bist mir vielleicht eine kleine Betrügerin«, frotzelte er. Dann blieb er vor ihr stehen und musterte sie intensiv.

Bis auf die Haarfarbe bestand zwischen den Brüdern doch mehr Ähnlichkeit als auf den ersten Blick. Sie hatten das gleiche kantige Gesicht und das gleiche wunderbare Lachen. Marie erschrak über sich selbst. Dieser Ben war schon ein ausgemachter Charmeur, dem die Frauenherzen sicher reihenweise zuflogen. Trotzdem hatte der ruhiger und besonnener wirkende George ihr Herz mehr berührt. Aber es machte Spaß, sich mit Ben zu kabbeln, und wenn sie die Begierde, die aus seinen Augen funkelte, richtig deutete, sicher auch Spaß, eine kleine Affäre mit ihm zu haben. Heute jedoch nicht, sagte sie sich entschieden, wandte sich ab und ließ ihren Blick in die Weite schweifen. Das Meer glitzerte schwarzblau in der Dämmerung. Gleich würde es ganz dunkel werden, dachte Marie, als zwei kräftige Arme sie von hinten umschlangen. Es fühlt sich nicht unangenehm an. Im Gegenteil, durchfuhr es Marie. An ihrem Ohr flüsterte seine werbende Stimme: »Es gibt nicht weit von hier eine gemütliche Hütte mit Kamin und Bad. Nur ich habe den Schlüssel ...«

»Ben, ich bin müde«, seufzte Marie.

»Ich kann dich ein wenig massieren«, schlug er vor.

Marie entwand sich energisch seiner Umarmung. »Bitte lass uns zurückgehen. Ich habe nur eine einzige Sehnsucht: die nach meinem Bett. Allein.«

»Wie das deutsche Fräulein möchte«, entgegnete er grinsend.

»Du bist unmöglich. Lass mich erst mal am anderen Ende der Welt ankommen!«

»Aye, aye, Sir«, rief er in übertriebenem Militärton aus.

Wider Willen musste Marie lachen. Er ist ein richtiger Clown, dachte Marie, äußerst unterhaltsam.

»Wer als Erster zurück beim Haus ist«, sagte er und rannte los.

»Aber ich kenne doch den Weg gar nicht«, protestierte Marie und folgte ihm. Schon nach ein paar Metern war sie auf gleicher Höhe. Das blieb sie, bis das inzwischen voll erleuchtete Farmhaus in Sichtweite kam. Da überholte sie ihn und beschleunigte das Tempo, bis sie keuchend die Haustür erreichte. Sie beschloss, nicht auf Ben zu warten. Als sie die Treppe zum oberen Stockwerk nach oben eilte, stieß sie auf der oberen Stufe beinahe mit George zusammen. Er blickte finster drein, doch dann erhellte sich seine Miene. »Sind Sie joggen gewesen?«, fragte er mit einem verwunderten Blick auf ihr Kleid.

»Nein, ich bin nur vor der Tür ...«

»Marie, bist du oben?«, ertönte da Bens Stimme.

Georges Miene verdüsterte sich, als er seinen Bruder nach Marie rufen hörte, doch als sie den Finger auf den Mund legte zum Zeichen, dass sie ihm nicht antworten wollte, umspielte ein Lächeln seinen Mund. Er nahm ihre Hand und führte sie stumm zu ihrem Zimmer.

»Vorsicht«, mahnte er zum Abschied. »Mein Bruder bekommt früher oder später alles, was er möchte.«

»Keine Sorge, George, ich achte schon auf mich«, versprach sie ihm, bevor sie in ihrem Zimmer verschwand.

Sie ließ sich angezogen auf ihr Bett fallen. Was hätte ich wohl getan, wenn George mir derartige Avancen gemacht hätte?, fragte sich Marie, während sie sich die Frage schneller beantworten konnte, als ihr lieb war. Sie hatte sich in den attraktiven verheirateten Farmer mit den melancholischen Augen bereits auf den ersten Blick verliebt!

Nelson, Dezember 1931

Ich bin so unendlich verwirrt, dass meine Hände immer noch ein wenig zittern, und doch will ich dir, liebes Tagebuch, nichts von dem vorenthalten, was ich heute erlebt habe. Aber vorerst, und um mich zu beruhigen, versuche ich, dir zu schildern, wie es mir seit dem letzten Eintrag im März ergangen ist. Ich muss mich sehr konzentrieren, um nicht gleich mit der Tür ins Haus zu fallen. Noch ein tiefer Atemzug …

Wo sind die letzten Monate nur geblieben? Ich hatte so viel zu tun mit dem Umzug und dem Einrichten unseres neuen Hauses. Es ist wunderschön, fast ein kleines Schloss. Ganz aus Holz, mit einem anheimelnden roten Anstrich und zwei Veranden. Es liegt am Rande Nelsons auf einem Hügel inmitten unserer Plantage. Endlich ist Richard der Herr seines eigenen Apfelhofs. Er platzt beinahe vor Stolz und wird nicht müde, zu betonen, dass diese Plantage viel schöner ist als der Hof, den sein Bruder im kalten Norddeutschland geerbt hat.

In ein paar Tagen werden wir zusammen mit den Snyders ein deutsches Weihnachtsfest in unserem Haus feiern. Eine merkwürdige Vorstellung, einen Truthahn zuzubereiten, während draußen sommerliche Hitze herrscht. Im letzten Jahr zu Weihnachten waren wir ja gerade erst in unserer neuen Heimat angekommen und haben gar nicht richtig gefeiert, weil wir uns zunächst einmal einrichten mussten. Seit Tagen bin ich mit den Vorbereitungen beschäftigt, kaufe ein und schmücke das Haus. Richard gefällt das offenbar sehr gut, wie ich für ein bisschen deutsche Gemütlichkeit sorge. Gestern hat er mich aus heiterem Himmel umarmt und in die Luft gehoben. »Ich habe die schönste Frau der Welt«, hat er gerufen und mich ein paar Mal übermütig auf die Wangen geküsst. »Jetzt fehlt uns zu unserem Glück nur ein Kind.« Mit diesen Worten hat er mich wieder auf dem Boden abgesetzt. Wie gern möchte ich schwanger werden, aber es hat immer noch nicht geklappt, obwohl Richard in letzter Zeit häufig mit mir schläft. Offenbar möchte er mich mit Macht schwängern. Vielleicht sollte ich etwas mehr Freude an meinen ehelichen Pflichten entwickeln. Es wird aber leider nicht schöner, sondern es passiert meist im Dunkeln und dauert nur ein paar Minuten. Danach legt er sich auf die Seite und schnarcht.

Ich habe neulich einmal gewagt, Mary auf dieses Problem anzusprechen. Es ist so schön, endlich eine Freundin zu haben. Wir verstehen uns prächtig und können offen über alles sprechen. Deshalb habe ich eine kleine Andeutung gemacht, dass mir das Zusammensein mit Richard nicht wirklich Freude bereitet. Zu meiner großen Überraschung hat Mary laut aufgelacht. Sie hat ein herrliches Lachen, das gar nicht zu ihrem elfenhaften Äußeren passt. Mary ist eine zierliche, zerbrechlich wirkende Frau und Mutter mit Leib und Seele. Sie träumt nur davon, erneut schwanger zu werden. Diese kleine Person lachte also aus voller Kehle, als ich ihr meinen Kummer anvertraute. »Was ist daran denn komisch?«, fragte ich sie irritiert und auch ein wenig beleidigt. »Dass du dir darüber überhaupt den Kopf zerbrichst! Glaubst du, es gibt auch nur eine einzige Frau, die wir kennen und die Spaß am Geschlechtsakt hat? Es kommt einzig darauf an, was dabei rauskommt.«

Ich musterte sie verwirrt. »Wie meinst du das?«

»So, wie ich es sage. Wenn Sam sich nachts mit seinem ganzen Gewicht auf mich wälzt und in mich eindringt, versuche ich immer an etwas Schönes zu denken. An einen Sonnenaufgang oder ein sommerliches Bad im Meer. Oder ich stelle mir vor, wie es sein wird, wenn ich mein zweites Baby im Arm halte. Ich hoffe, es wird ein Mädchen. Und wenn ich weiß, dass ich gerade nicht schwanger werden kann, wenn er mit mir schlafen will, schütze ich Kopfweh vor. Aber manchmal, wenn er glaubt, ich schliefe, höre ich ihn stöhnen. Er denkt, ich weiß es nicht, aber er braucht das fast jede Nacht.« Erneut brach sie in schallendes Gelächter aus. Endlich konnte ich mitlachen. »Und du meinst, das geht allen anderen auch so?«

»Jedenfalls allen, mit denen ich darüber geredet habe. Ida, die Frau von einem der Metzger, die unser Fleisch abnehmen, jedenfalls, Doris, die Frau des Friseurs ...«

»Hör auf«, gluckste ich. »Das will ich ja gar nicht so genau wissen. Dann muss ich nur lachen, wenn ich das nächste Mal in Mister Newmans Salon gehe und er mir mit seinen Spinnenfingern das Haar wäscht.«

»Und mit all diesen Frauen hast du darüber geredet?«

»Mit allen, die in unserer kirchlichen Gruppe waren. Wir haben uns getroffen, weil unsere Männer an der Flasche hingen. Aber seit James' Geburt hat Sam ja aufgehört mit dem Trinken, und dann bin ich auch nicht mehr zu den Treffen gegangen, aber es war immer sehr lustig. Ich sollte trotzdem wieder hingehen.«

»Und du bist sicher, sie haben allesamt keinen Spaß dabei?«

Mary grinste hintergründig. »Bis auf eine. Julie, die Frau unseres Doktors. Die behauptete immer, sie könne gar nicht genug von ihrem Mann bekommen ...«

Ich machte eine abwehrende Geste. »Erzähl mir das bitte nicht. Er ist auch unser Arzt.«

An dieses Gespräch erinnere ich mich gern, denn seitdem mache ich mir keine Vorwürfe mehr, ob es richtig ist, wenn ich während der Ausübung meiner ehelichen Pflichten die Einkäufe für den nächsten Tag plane.

Dass Richard und ich uns schließlich heftig stritten, hat einen anderen Grund. Es fing alles ganz harmlos an.

Wir haben auf unserem Grundstück diese wunderschönen Palmen. Und da habe ich Richard gebeten, dass er ein Weihnachtsfoto von mir unter Palmen macht, was ich gleich nach Hause schicken wollte. Darauf hat Richard ganz merkwürdig reagiert. Er wurde regelrecht ungehalten und meinte, ich solle nicht so viel an Hamburg denken, unser Zuhause wäre jetzt hier. Ich war schockiert über die Heftigkeit. Das habe ich mir natürlich nicht gefallen lassen. Er hat doch nicht zu bestimmen, ob ich an meine Familie denke oder nicht. Wir haben uns daraufhin heftig gestritten. Ich erinnere mich an jedes Wort. Zum Schluss haben wir uns nur noch angebrüllt.

»Was hast du dagegen, wenn ich nach Hause schreibe?« Ich stemmte die Hände in die Hüften und baute mich kämpferisch vor ihm auf.

»Es missfällt mir. Reicht das nicht als Grund? Ich finde, du solltest das einfach respektieren, ohne dir dein hübsches Köpfchen über meine Gründe zu zerbrechen.«

»Was redest du da? Ich lasse mir doch nicht verbieten, meiner Schwester zu schreiben! Schon vergessen, dass ich sie herholen will, sobald sie volljährig ist? Am liebsten schon vorher.«

»Wenn ich das aber nicht möchte!«

»Was möchtest du nicht?«

»Dass Anna bei uns lebt vielleicht!«

Mir wich alle Farbe aus dem Gesicht. Das waren ganz neue Töne. Was hatte er plötzlich gegen meine Schwester?

»Aber wir waren uns doch einig, dass wir sie zu uns holen.«

»Nein, das hast du immer behauptet, du hast mich niemals gefragt.«

»Aber sie gehört zur Familie.«

»Das gibt ihr noch lange nicht das Recht, derart über mich herzuziehen.«

Hatte er etwa ihren Brief gelesen?, durchfuhr es mich eiskalt. Ich hatte ihn doch extra versteckt.

»Wie kommst du denn auf so etwas?« Meine Stimme bebte.

»Hat sie mich nun als ›alte Saufnase‹ bezeichnet, die dir das Leben schwermacht? Und hat sie dir geraten, sofort das nächste Schiff nach Hamburg zu nehmen, sollte sie recht behalten und du hättest einen schrecklichen Kerl geheiratet?«

Mir wurde abwechselnd kalt und heiß. Er musste den Brief gelesen haben. Ich wankte mit weichen Knien zur Anrichte, öffnete die Schublade und fasste ganz nach hinten durch. Es machte mich nervös, dass ich nicht wie sonst den Brief erfühlte. Wie oft hatte ich ihn schon gelesen, seit Anna mir geschrieben hatte!

Ein gemeines Grinsen huschte über Richards Gesicht, das wieder schmaler geworden war, seit er nicht mehr trank. Er hatte lange nicht mehr so gut ausgesehen. Sein Gesicht war von der Arbeit unter der Sonne gebräunt. Das stand ihm ausgezeichnet. Dass er so hinterhältig war, meine Post zu lesen, mochte ich mir gar nicht vorstellen, aber so sehr ich auch nach dem Brief suchte, er war verschwunden. Hektisch zog ich die Schublade ganz hervor und durchwühlte sie.

»Suchst du etwas Bestimmtes?«, fragte er hämisch.

Ich drehte mich ungläubig um.

»Du hast ihn doch nicht etwa gelesen?«

»Gelesen und das Pamphlet dorthin verschwinden lassen, wo es hingehört!«

Ich war fassungslos, Tränen traten mir in die Augen.

»Du hast ihn weggeworfen?«, schluchzte ich.

»Du wirst verstehen, dass ich dergleichen in meinem Haus nicht dulde. Die kleine Kröte hatte immer schon ein vorlautes Mundwerk. Und unter diesen Umständen möchte ich sie natürlich auf keinen Fall jemals im Haus haben. Das gibt nur Ärger.«

»Aber das kannst du doch nicht tun. Das ist respektlos«, stieß ich verzweifelt hervor.

Er lachte hässlich. »Wer es hier wohl an Respekt mangeln lässt? Anna wird niemals mit mir unter einem Dach wohnen. Hast du gehört? Niemals!«

»Das kannst du gar nicht allein bestimmen!«, schrie ich unter Tränen.

Richard trat bedrohlich einen Schritt auf mich zu. Ein Hauch seines Atems streifte mich. Es war kein Alkoholdunst, aber alles andere als angenehm. Ich drehte angewidert das Gesicht zur Seite.

»Du guckst mich gefälligst an, wenn ich mit dir spreche!«, zischte er, während er seine Hand unter mein Kinn legte, es in seine Richtung drehte und mich damit zu einem Blickkontakt zwang. Ich presste die Lippen fest zusammen. Sonst würde ich ihm an den Kopf werfen, dass ich ihn hasste. Wie konnte er mir das nur antun? Gerade jetzt, wo ich immer seltener an den Mann von der Fähre dachte, weil unser Alltag endlich zufriedenstellend war?

Mit einem Ruck riss ich mich los und rannte aus dem Zimmer.

Nelson, November 2012

Amelie hatte sich schon drei Mal umgezogen. Ihre Kleidung lag verstreut am Boden. Sie war beinahe so aufgeregt, als hätte sie ein Date. Das geblümte Sommerkleid, in dem sie sich gerade vor dem Spiegel drehte, schien ihr das Geeignete, um mit ihrer Schwester essen zu gehen.

Marie hatte sie vorhin im Hotel angerufen und ihr vorgeschlagen, sich spontan zu treffen. Amelie hatte begeistert zugesagt. Seit sie gestern ins Hotel zurückgekehrt war, hatte sie sich ganz furchtbar gelangweilt, obwohl sie abends noch im Hotelrestaurant gewesen war. Allerdings nur aus einem Grund. Sie hatte gehofft, David zu begegnen, aber sosehr sie sich auch nach ihm umgesehen hatte, er war nicht aufgetaucht. Das Essen war lecker gewesen, aber so ohne Begleitung? Allein zu dinieren machte ihr keinen Spaß. Vor allem kannte sie das auch gar nicht. Wenn sie essen ging, handelte es sich in der Regel um Geschäftsverabredungen. Überhaupt war es ungewohnt für sie, nicht von Menschen umgeben zu sein, die etwas von ihr wollten. Im Büro hatte sie kaum je eine ruhige Minute, weil es immer etwas zu besprechen gab. Nein, das Alleinsein lag ihr nicht. Und es war etwas anderes, wenn sie nach einem harten Arbeitstag mit einem anschließenden geschäftlichen Abendtermin erschöpft in ihr Bett fiel. Dann war sie nur noch müde, schlief ein, hatte diese schlimmen Albträume und grübelte den Rest der Nacht über. Das hatte erst aufgehört, seit sie sich mit den Schlaftabletten half. Die hatte sie aber vergessen, sodass die letzte Nacht ein Horror gewesen war. Sie war zwar rasch eingeschlafen, aber seit vier Uhr morgens hatte sie wach gelegen. Und eine lähmende Leere hatte sich in ihr ausgebreitet. Da war es wieder gewesen, dieses Gefühl von Sinnlosigkeit. Dagegen hätte sie zu Hause diese Tabletten genommen, von denen ihr Dr. Beermann so dringend abgeraten hatte.

Das alles ging ihr durch den Kopf, während sie sich schminkte. Und sie verspürte eine leise Wut auf den charmanten Hotelier. Das war ihr noch nie passiert, dass ein Mann derart durch sie hindurchgesehen hatte. Auf dem Weg zurück zu ihrem Zimmer, gestern nach dem Essen, hatte sie ihn noch einmal von ferne erblickt. Er hatte sogar in ihre Richtung geschaut, aber so getan, als würde er sie nicht sehen. Und wieder hatte er so finster dreingeblickt, dass es geradezu zum Fürchten gewesen war. Amelie hatte statt des Fahrstuhls, der in seiner Nähe gewesen wäre, lieber das Treppenhaus benutzt.

Schade, dachte sie, mit dem gut aussehenden Hotelier hätte sie sich die Wochen in Nelson gern versüßt. Doch da fiel ihr ein, dass sie ja eine Verabredung mit ihm hatte. Am Freitag zum Essen im Hopgood's, dort, wo sie sich heute mit ihrer Schwester verabredet hatte

Sie warf einen skeptischen Blick auf ihre knallroten Lippen, bevor sie die Farbe wieder abwischte. Das passte nicht zu dem Kleid und zu der Bräune, die sie sich heute bei einem Sonnenbad am Pool zugelegt hatte. Ich habe lange nicht mehr so frisch ausgesehen, stellte sie befriedigt fest. Die Tönung ließ sie viel gesünder aussehen.

Als sie aus dem Fahrstuhl stieg, stieß sie fast mit dem Hotelier zusammen. Er lächelte zwar, aber für ihren Geschmack zu höflich und glatt. Das war nicht zu vergleichen mit dem charmanten und gewinnenden Lächeln, mit dem er sie auf der Herfahrt bezaubert hatte.

»Haben Sie sich gut bei uns eingelebt?«, fragte er. Auch das klang in ihren Ohren wohlerzogen, aber nicht die Spur persönlich.

»Ja, Ihr Pool ist herrlich, und meine Suite ist ein Traum«, erwiderte sie nicht minder förmlich.

»Wenn Sie einen Tipp zum Essengehen brauchen, wir können Ihnen einen Tisch im Hopgood's reservieren.«

»Den Tipp haben Sie mir bereits gegeben. Danke!« Amelie musterte ihn verwundert. Wollte er sie auf den Arm nehmen? Oder erinnerte er sich wirklich nicht mehr daran, dass er ihr das Lokal bereits ans Herz gelegt hatte?

»Bitte entschuldigen Sie, aber ich sehe so viele Gäste am Tag«, erklärte er sichtlich zerknirscht.

Amelie kämpfte mit sich. Sollte sie ihn daran erinnern, dass sie am Freitag zum Essen im Hopgood's verabredet waren? Sie war sich inzwischen fast sicher, dass er ihr Date vergessen hatte.

»Sie werden lachen, ich bin auf dem Weg ins Hopgood's. Ich wollte es doch schon einmal vortesten, bevor wie beide dort am Freitag dinieren«, bemerkte sie provokativ und war sehr neugierig, wie David darauf reagieren würde.

Er wurde rot. Damit hatte sie ihre Antwort. »Ja, Freitag, Hopgood's, äh, gern«, stammelte er verlegen.

Er hat unsere Verabredung vergessen!, dachte Amelie erbost. Der Gedanke verletzte sie. Sie hatte noch nie erlebt, dass ein Mann eine Verabredung mit ihr vergessen hatte.

Verkrampft warf sie einen Blick auf ihre Armbanduhr. »Ich muss mich beeilen«, stieß sie geschäftig hervor, drückte sich ohne Abschiedsgruß an David vorbei und stürzte ins Freie. Konnte sie sich derart getäuscht haben? Er hatte doch auf der Autofahrt eindeutig mit ihr geflirtet. Oder hatte sie seine Freundlichkeit als Gastgeber missverstanden?

Sie hatte sich schon ein paar Schritte vom Hotel entfernt, als ihr einfiel, dass sie ja gar nicht wusste, wie sie zur Trafalgar Street kam. Seufzend kehrte sie um. Sie wollte sich den Weg von der jungen Dame an der Rezeption zeigen lassen. Vor dem Hoteleingang begegnete ihr erneut David.

»Haben Sie etwas vergessen?«, fragte er freundlich.

Amelie hielt ihm den Stadtplan von Nelson unter die Nase.

»Vielleicht können Sie mir sagen, wie ich zum Hopgood's komme.«

»Ich nehme Sie im Wagen mit, wenn Sie nichts dagegen haben«, sagte er. »Es tut mir übrigens leid, dass ich unsere Vereinbarung vergessen habe, aber ich bin im Augenblick mit meinen Gedanken ganz woanders«, fügte er entschuldigend hinzu.

Erwartet er etwa, dass ich nachfrage? Ich denke nicht daran, dachte sie verärgert, wenngleich es für ihn sprach, dass er es wenigstens zugab.

David führte sie zu einem schnittigen Cabrio.

Ein Grinsen umspielte Amelies Mund beim Einsteigen in den offenen Sportwagen.

»Sagten Sie nicht, dass Statussymbole in Ihrem Land nichts gelten?«

»Das täuscht! Ich fahre ihn aus purer Leidenschaft. Es gibt nichts Schöneres, als mit offenem Dach durch die Natur zu fahren, an schönen Plätzen zu halten, weiterzufahren und sich den Fahrtwind durchs Haar streichen zu lassen. Aber Sie haben recht. Es ist Luxus.«

Er sah sie jetzt wieder mit diesem forschenden Blick an, der ihr gestern so an ihm gefallen hatte. Vielleicht hat er ja nur schlechte Nachrichten bekommen, dachte sie, denn sie erinnerte sich an seine versteinerte Miene, als er gestern seine Post bekommen hatte. Aber ich kann ihn unmöglich danach fragen, durchfuhr es Amelie, als sie sich bereits fragen hörte: »Hängt Ihr Gedächtnisverlust vielleicht mit dem Brief zusammen, den Ihnen die Dame von der Rezeption gestern Nachmittag gegeben hat?«

Seine Miene verdüsterte sich. Ohne sie auch nur eines weiteren Blickes zu würdigen, fuhr er los, und zwar in einem derart überhöhten Tempo, dass Amelie angst und bange wurde. Offenbar hatte sie einen wunden Punkt bei ihm getroffen. Verzweifelt rang sie nach einer Entschuldigung. Aber erst als sie am Fuß des Berges die Innenstadt erreichten, fasste sie sich ein Herz.

»Tut mir leid, ich wollte Ihnen wirklich nicht zu nahe treten. Sie müssen entschuldigen. Das gehört sich nicht. Ich fürchte, es ist eine üble Angewohnheit, die ich aus meiner Rolle als Chefin entwickelt habe. Immer, wenn ich merke, dass die Mitarbeiter etwas belastet, spreche ich es offen an. Es ist schlecht fürs Arbeitsklima, wenn sie es unausgesprochen vor sich her tragen. Aber, bitte, vergessen Sie meine indiskrete Frage!«

Wie sie mit einem prüfenden Seitenblick erkennen konnte, verzog er die Mundwinkel zu einem Lächeln. »Machen Sie sich keine Sorgen. Mir ist es entsetzlich peinlich, dass ich unsere Verabredung vergessen habe. Und Sie verfügen über eine hervorragende Beobachtungsgabe. Ja, in dem Brief stand eine schlechte Nachricht. Mein Anwalt rät mir dringend ab, einen weiteren Prozess zu führen ... Hier ist es schon«, unterbrach er sich und hielt abrupt.

»Trotzdem, ich hätte mich nicht ungefragt in Ihre Privatangelegenheiten einmischen dürfen«, erwiderte sie ehrlich zerknirscht.

»Ach, vergessen Sie es!« Er lächelte immer noch und nahm überraschend ihre Hand. »Ich bin ein merkwürdiger Kauz. Das weiß ich wohl. Nehmen Sie mich bitte nicht zu ernst, und vor allem, seien Sie nicht böse mit mir. Ich erinnere mich wieder genau, dass ich mich mit Ihnen verabredet habe.«

Amelie genoss den festen Druck seiner schönen Hände. Sie hatte sich also doch nicht getäuscht. David hatte Interesse an ihr, und zwar eines, das über das übliche Interesse an seinen sonstigen Hotelgästen hinausging. Ein leises Kribbeln machte sich in ihrem Bauch bemerkbar bei dem kühnen Gedanken, dass sie die Freitagnacht nach einem schönen Essen womöglich zusammen verbringen würden.

»Dann freue ich mich auf Freitag.« Amelie überlegte noch, ob sie ihm ihre Hand entziehen oder abwarten sollte, bis er sie von allein losließ, da sagte er bereits ohne eine hörbare Spur von Bedauern: »Leider ist mir am Freitag etwas dazwischengekommen. Wir müssen unser Treffen auf einen anderen Termin verschieben.«

Amelie starrte ihn an. Darauf war sie nicht vorbereitet gewesen. Er sagte ihre Verabredung einfach und ohne großes Bedauern ab!

»Da kann man nichts machen«, sagte sie spitz und entzog ihm schroff ihre Hand. »Wiedersehen und danke fürs Bringen.«

Ohne sich noch einmal umzudrehen, steuerte sie auf den Eingang des Restaurants zu.

Marie saß schon an einem Ecktisch und winkte ihr zu. Sie sieht blendend aus, war Amelies erster Gedanken. Marie trug wie sie ein geblümtes Sommerkleid, und das Haar war ausnahmsweise einmal offen und sehr gut frisiert. Sie hatte etwas Mädchenhaftes an sich. Ein wenig erinnerte sie Amelie an die kleine Marie, die sie einmal gewesen war.

»Gut siehst du aus«, begrüßte Marie sie. »So natürlich habe ich dich ja schon lange nicht mehr gesehen. Das steht dir. Erinnert mich ein wenig an meine große Schwester von damals.«

Amelie lachte. »Und eben habe ich gedacht, dass du mich an die kleine Marie erinnerst!«

Amelie setzte sich ihrer Schwester gegenüber. »Schön, dass du angerufen hast. Es wäre doch wirklich blöd gewesen, wenn wir uns hier am anderen Ende der Welt aus dem Weg gehen würden.«

Marie stieß einen Seufzer aus. »Deshalb habe ich mich bei dir gemeldet. Ich glaube, wir müssen endlich miteinander reden. So kann es ja nicht weitergehen, wenn wir vorhaben, vierzehn Tage gemeinsam die Südinsel zu bereisen. Ich habe mir schon eine Route ausgesucht, ich denke, wir reisen zuletzt nach Dunedin. Dann kannst du von dort aus gleich zurückfliegen. Ich meine, mit dem Inlandflug bis Auckland ...«

»Ich glaube kaum, dass du dich mit mir treffen wolltest, um mir die Reiseroute zu erklären, oder?«

»Kannst du mal diesen Chefton lassen«, gab Marie verärgert zurück.

»Ich kann es nur nicht leiden, wenn jemand um den heißen Brei herumredet. Wolltest du mich treffen, um mir endlich zu erklären, warum du mich seit acht Jahren wie eine Aussätzige behandelst?«

»Nun übertreibst du aber. Wir haben uns einfach auseinandergelebt. Du bist Karrierefrau geworden und ich eine Weltenbummlerin. Verschiedener könnten unsere Welten nicht sein.«

»Wenn ich uns beide heute Abend so ansehe, besteht eine ziemliche Ähnlichkeit.«

»Äußerlich vielleicht, weil ich ausnahmsweise mal ein Kleid trage und du keine Businessklamotten.«

Amelie seufzte. »Nun mach es uns nicht so schwer. Warum hast du dich seit dem Unfall derart von mir distanziert? Du willst doch über den Unfall mit mir reden?«

»Ja, schon, aber wie du schon redest. Als wäre das hier eine Geschäftskonferenz und ich deine Angestellte.« Marie funkelte ihre Schwester zornig an. Sie wusste, dass sie leicht überzogen reagierte, aber Amelies geschäftsmäßiger Tonfall machte sie nun einmal aggressiv.

»Wäre es dir lieber, ich würde jetzt übers Wetter reden, bis du mal auf den Punkt kommst? Ich hasse es, wenn die Leute stundenlang um die Sache rumreden.«

Marie sprang wütend auf. »Ich bin nicht ›die Leute‹, ich bin deine Schwester, und ich wollte auch nicht lange um den heißen Brei herumreden, nur nicht gleich mit der Tür ins Haus fallen. Aber wenn es dir so lieber ist. Ja, es geht um den Unfall. Und ich frage mal ganz dumm: Denkst du überhaupt noch jemals daran?«

»In der Tat ist das eine selten dumme Frage«, erwiderte Amelie empört. »Es mag zwar für einen Privatier wie dich so scheinen, als hätte ich dort, wo andere ein Herz haben, eine Kontonummer kleben, aber ich darf dir versichern, es vergeht keine einzige Nacht, in der ich nicht von Albträumen gepeinigt aufwache.«

Marie schluckte. Sie hatte sich in Gedanken gründlich auf dieses Gespräch vorbereitet. George hatte ihr freigegeben, weil die Schafschur erst am folgenden Tag begann. Sehen Sie sich in Ruhe auf der Farm um oder unternehmen Sie einen Ausflug, hatte er ihr beim Frühstück vorgeschlagen. Seine Frau und sein Bruder hatten zwar seltsam geschaut, aber Marie hatte das großzügige Angebot angenommen. George hatte ihr sogar den Wagenschlüssel für ein kleines klappriges Auto gegeben, damit sie sich frei bewegen konnte. Sie hatte sich kurzfristig für einen Strandtag entschieden. Im Schatten einer Palme hatte sie sich niedergelassen und einen Reiseführer der Südinsel studiert. Im Geist war sie schon einmal ihre Route durchgegangen. Und dabei waren ihre Gedanken immer wieder zu Amelie abgeschweift und der Vorstellung, mit ihr gemeinsam unterwegs zu sein. Das Beste wäre wohl, wenn sie zusammen die Südinsel bereisen würden. Den Norden konnte sie dann genüsslich erkunden, sobald Amelie wieder zurückgeflogen war. Und plötzlich hatte Marie das dringende Bedürfnis, so schnell wie möglich das Gespräch mit Amelie zu suchen. Es half doch alles nichts. Die Vorstellung, sie würden in dieser Stimmung gemeinsam reisen, behagte ihr ganz und gar nicht. Der geheime Vorwurf, dass Amelie schuld an Karlas Tod war, wirkte in Marie wie ein schleichendes Gift und erstickte immer wieder jedes ihrer Schwester zugewandte Gefühl im Keim. Es hatte keinen Sinn. Bevor sie die Reise antraten, musste sie endlich mit Amelie über den Tod ihrer Mutter reden. Und sie kam nicht umhin, Amelie die Wahrheit zu sagen. Und wenn ihre Schwester dann lieber Abstand von der Reise nahm, umso besser. Marie war bei diesen Grübeleien ganz unruhig geworden, hatte ihren Ausflug überstürzt abgebrochen und war zur Snyder-Farm zurückgefahren, um ihre Schwester anzurufen. Die hatte sich ehrlich über den Anruf gefreut. Wie konnte das Ganze nur so schiefgehen? Wie die Kampfhennen saßen sie einander gegenüber, bevor Marie überhaupt die heikle Schuldfrage hatte ansprechen können. Amelies Verhalten machte sie sauer. Und auch der fordernde Blick, mit dem Amelie sie jetzt musterte, weil sie offenbar eine Reaktion erwartete.

»Ich ... ich habe immer gedacht, du verdrängst das Ganze«, stieß Marie schließlich verunsichert hervor.

»Danke für dein Vertrauen«, entgegnete Amelie spöttisch. »Aber die Albträume kommen mit solcher Macht, dass sie sich nicht verbannen lassen. Dann sehe ich das viele Blut, höre das quietschende Geräusch der Blechzangen ...«

Marie hielt sich die Ohren zu. »Hör auf! Das will ich gar nicht wissen!«

»Ach so? Nur keine Fakten. Das ist typisch für dich. Und es ist unfair, mir ständig durch die Blume zu signalisieren, dass du mir die Schuld an dem Unfall gibst.«

»Ich ... ich sage ja nicht, dass du schuld bist, sondern ...« Marie stockte. Doch. Genau das glaube ich, schoss es ihr durch den Kopf.

»Glaubst du, ich merke das nicht? Dein stiller Vorwurf, jedes Mal, wenn wir uns begegnen? Und ich kann es dir ja nicht einmal übel nehmen. Ich gebe mir doch selbst die Schuld an dem, was geschah. Was meinst du, woher meine Depressionen kommen? Klaro, ich bin ein Workaholic, aber das allein macht nicht krank ...« Amelie legte eine Pause ein. »Du siehst mich an, als wäre ich ein Geist. Hallo, ich bin es, deine Schwester, die immer schon sehr extrovertiert und oft auch sehr egoistisch war und gern im Mittelpunkt steht, aber ich bin kein Zombie ...«

Amelie wurde unterbrochen, als zwei gut aussehende Burschen direkt auf ihren Tisch zusteuerten. Meinen die uns, dachte sie noch, als der eine von ihnen Marie bereits vertraulich die Hand auf die Schulter gelegt hatte. Amelie erwartete, dass ihre Schwester den Herren zu verstehen gab, dass sie störten, gerade jetzt, wo das Gespräch Fahrt aufnahm.

»Können wir uns zu euch setzen?«, fragte der junge Mann, dessen Hand auf Maries Schulter ruhte.

Sag Nein, Marie, sag, ich führe gerade ein wichtiges Gespräch mit meiner Schwester, schoss es Amelie durch den Kopf, aber Marie machte keine Anstalten, die beiden abzuwimmeln. Im Gegenteil, sie bot ihnen die freien Plätze am Tisch an. Amelie warf ihr einen vorwurfsvollen Blick zu, aber Marie schien ihren Unmut nicht einmal zu bemerken.

Ich glaube, sie ist froh, dass wir gestört wurden und sie bei ihrer Meinung bleiben kann, ich trüge die Schuld, dachte Amelie verärgert. Am liebsten wäre sie aufgestanden und gegangen, doch da traf sich ihr Blick mit dem des anderen Mannes, der sie wohlwollend musterte. Er lächelte. Sie lächelte zurück. Dann werden wir uns eben mit zwei gut aussehenden Männern amüsieren, statt unsere schwierige Schwesternbeziehung zu klären, beschloss Amelie und nahm sich vor, ihren ganzen Charme spielen zu lassen. Zumal der Mann, der sie mit gewinnendem Lächeln ansah, sehr attraktiv war. Er gefiel ihr auf den ersten Blick besser als der Mann, der offensichtlich an ihrer Schwester interessiert war. Lief da etwa was zwischen den beiden?

Nelson, Dezember 1931

Tränenblind bin ich also gestern nach dem Streit um den Brief meiner Schwester in den Garten gerannt. Zu meinem Refugium. Ganz am Ende bei den Palmen steht ein kleiner Pavillon, ein niedliches Gartenhaus aus Holz. Die Vorbesitzer haben es für Gäste benutzt. Es besitzt einen großen Raum, eine kleine Küche und sogar ein winziges Bad. Ich liebe dieses Haus über alles und habe mir alles nach meinem Geschmack eingerichtet. Sogar ein Bett habe ich hineinstellen lassen. Für den Fall, dass Anna bei uns wohnen würde. Damit sie ihr eigenes Reich hätte. Solange wollte ich es als Rückzug benutzen. In diesem Raum verstecke ich mittlerweile auch mein Tagebuch. Es gibt ein lockeres Bodenbrett, unter das mein Tagebuch spielend passt. Darauf soll Richard erst kommen. Außerdem ist es ein ungeschriebenes Gesetz zwischen uns, dass er meine Räume nicht betritt.

Ich versuchte zunächst unter Tränen, einen Brief an meine Schwester zu verfassen und ihr zu erklären, dass ich sie nicht, wie versprochen, nachholen würde, aber ich brachte kein Wort zu Papier. Wenn ich es aufschrieb, bedeutete es ja, dass ich mich Richards Willen beugte, und das würde ich um keinen Preis tun! Dann wollte ich meinem Tagebuch anvertrauen, wie schändlich Richard sich benommen hatte, aber meine Hand zitterte so sehr, dass ich nicht schreiben konnte. Ich wusste nicht, was ich tun sollte. Zurück ins Haus wollte ich auf keinen Fall. So verließ ich unser Grundstück und wanderte ziellos durch Nelson. Es war ein Sonntag. Die Stadt war wie ausgestorben. Entweder waren die

Menschen zu Hause bei ihren Familien oder sie verbrachten den schönen Frühsommertag am Strand. Ich war noch gar nicht dazu gekommen, einen Spaziergang ans Meer zu unternehmen, also wandte ich mich in die Richtung. Als ich endlich den Strand erreichte, war auch der menschenleer. Wahrscheinlich, weil er an dieser Stelle nur aus einem schmalen Kiesstreifen bestand. Trotzdem setzte ich mich auf den steinigen Boden und starrte aufs Meer hinaus. Eine frische Brise salziger Luft umwehte mich und pustete meinen Kopf frei. Ich darf es nicht hinnehmen, was Richard sich erlaubt, sagte ich mir nach einer Weile. Immer wieder liefen mir Tränen übers Gesicht. Und ich hatte so gehofft, es wäre alles wieder gut, seit wir in das neue Haus gezogen waren. Diese Gemeinheit konnte ich nicht einmal dem Alkohol zuschreiben. Richard trank zurzeit keinen Schluck. Offenbar waren Sam Snyders mahnende Worte auf fruchtbaren Boden gefallen. Sam hatte mir von dem Gespräch berichtet. Richard hatte wohl sehr bestürzt auf die Worte seines Freundes reagiert. Und bereits am nächsten Tag die Finger von der Flasche gelassen.

Knirschende Schritte auf dem Kies hinter mir ließen mich zusammenzucken. Ich fuhr herum und mir stockte der Atem, als ich den Mann von der Fähre erkannte. Er lächelte verlegen. »Ich habe Sie hoffentlich nicht erschreckt?«

»Nein, ich war nur in Gedanken versunken«, gab ich zu und wischte mir hastig über die Augen. Er sollte auf keinen Fall sehen, dass ich geweint hatte.

»Darf ich mich einen Augenblick zu Ihnen setzen?«, fragte er schüchtern.

Ich hatte Sorge, dass mir die Stimme versagte, aber ich schaffte es. »Gern.«

Er ließ sich neben mir auf den Kieselsteinen nieder.

»Schön, Sie wiederzusehen. Haben Sie sich eingelebt in Aotearoa?«

Ich blickte ihn fragend an. »Aotearoa?«

»Ja, so nennen wir Maori Neuseeland. Das heißt so viel wie ›Land der langen weißen Wolke‹.«

Ich musste unwillkürlich lächeln. »So wie Sie weiße Frauen Pakeha nennen?«

»Genau, aber nun sagen Sie schon, wie gefällt es Ihnen hier?«

»Seit mein Mann davon Abstand genommen hat, den Pub in Upper Moutere zu kaufen, sondern sein Vermögen lieber in eine Obstfarm investiert hat, geht es mir wunderbar.«

»So?«, hakte er nach und musterte mich durchdringend. Heiße Schauer rieselten durch meinen Körper. Ich hatte das Gefühl, er könnte mir auf den Grund meiner Seele blicken. Und aus seinen Augen sprachen seine Gefühle für mich wie Zeilen in einem offenen Buch.

»Gerade in diesem Augenblick geht es mir allerdings nicht so gut.« Ich musste ihm die ganze Zeit wie gebannt in die Augen sehen.

»Ich möchte Ihnen auf keinen Fall zu nahe treten, aber Sie sehen so traurig aus, dass mir das eben rausgerutscht ist. Als ich Sie auf der Fähre traf, da hatten Sie so einen gewissen Glanz in den Augen. Wie ein kleines Mädchen, das vor dem leuchtenden Weihnachtsbaum steht. Und den habe ich eben vermisst.«

»Woher kennen Sie Weihnachtsbäume, wenn Sie doch ein Maori sind?«

Er lächelte geheimnisvoll. »Ich habe beide Gene in mir. Mein Vater war ein Maori. Meine Mutter ein reiches englisches Mädchen. Ihrem Vater gehörte ein gut gehendes Hotel in Nelson. Er hat alles versucht, die Ehe zu verhindern. Aber er hat schließlich vor der Liebe kapitulieren müssen und dem Herzenswunsch seines einzigen Töchterchens nachgegeben. Die Liebe hielt ein Leben lang. Und meine Mutter bestand auf einem englischen Weihnachtsfest. Ich habe es geliebt.«

Ich betrachtete ihn aus großen Augen. Es berührte mich nicht nur, was er sagte, sondern auch, wie er es sagte. Da lag so viel Liebe in seiner Stimme.

»Sie sagen, die Ehe hielt ein Leben lang. Sind Ihre Eltern denn ...?«

Täuschte ich mich oder wurden seine Augen feucht? »Meine Mutter wollte einmal im Leben nach Brighton, der Stadt, aus der ihre Vorfahren stammten. Und mein Vater wollte ihr den Wunsch erfüllen. Er konnte nicht mit, weil er im Hotel unabkömmlich war. Sie war so glücklich, als sie auf das Schiff ging. Mein Vater und ich brachten sie zum Kai und winkten ihr zu, solange wir sie dort oben an Bord erkennen konnten. Das war das letzte Mal, dass ich meine Mutter sah. Das Schiff geriet in einen Sturm und ging mit Mann und Maus unter. Und mein Vater hat diesen Verlust niemals überwunden. Er lebt zwar und führt mit mir zusammen das Hotel, aber er ist nur noch ein Schatten seiner selbst.«

»Sie haben Ihre Mutter wohl sehr geliebt, oder?«

Er nickte, und ich musste an mich halten, um ihn nicht in den Arm zu nehmen. Und ich dachte an meine Eltern, die ich kein bisschen vermisste. Wie schön muss es sein, wenn man um seine Eltern weinen kann, ging es mir wehmütig durch den Kopf.

»Ich möchte meine Schwester nach Neuseeland holen, aber mein Mann hat einen Brief von ihr gelesen, und in diesem äußert sie sich nicht gerade schmeichelhaft über ihn. Und nun will er sie nicht mehr bei uns haben. Das Mädchen ist dreizehn. Da schreibt man einfach aus dem Herzen heraus, und sie konnte Richard noch nie gut leiden. Vor allem, weil sie glaubt, er behandle mich nicht gut.«

»Und? Behandelt er sie gut?«

»Doch, ja ... natürlich ... ich meine, er ist ein guter Kerl«, stammelte ich. »Aber die ersten Monate hat er viel zu viel getrunken, und ich war so unklug, das in einem Brief anzudeuten.«

»Aber wie kommt er überhaupt dazu, Ihre Briefe zu lesen?«

Ich stieß einen tiefen Seufzer aus. »Das frage ich mich doch auch. Das Schlimme ist, dass ich es nicht einmal dem Alkohol zuschreiben kann. Er trinkt seit Monaten nicht mehr.«

Ein erneuter heißer Schauer durchfuhr mich, als er meine Hand nahm und mitfühlend drückte. Was für schöne Hände er hat, dachte ich und genoss den warmen Druck. Dieser Augenblick hätte ewig dauern dürfen, aber er zog seine Hand rascher zurück, als es mir lieb war.

»Entschuldigen Sie meine Zudringlichkeit.«

»Sie müssen sich nicht entschuldigen. Es tut mir gut«, seufzte ich und erschrak. Was redete ich da? Ich konnte doch unmöglich einem wildfremden Mann meine Gefühle offenbaren, auch wenn er mein Herz bereits im Sturm erobert hatte.

Er schenkte mir erneut sein unwiderstehliches Lächeln.

Ich kann im Nachhinein gar nicht mehr genau sagen, wie es zu dem gekommen ist, das ich nur zögernd meinem Tagebuch anvertrauen mag ... Es ist einfach so passiert. Ohne Ankündigung, ohne Vorbereitung ... Wir haben uns geküsst. Ich kann nicht einmal sagen, wer wem seinen Mund zum Kuss dargeboten hatte. Wir waren wie zwei Magnete, die gegen die Anziehung machtlos sind. Es war der zärtlichste und zugleich leidenschaftlichste Kuss, den ich jemals erlebt hatte. Ich darf kaum daran denken, ohne dass es in meinem ganzen Körper prickelt. Ich war wie in Trance.

Doch kaum hatten sich unsere Lippen voneinander gelöst, wachte ich auf und starrte ihn fassungslos an.

»Verzeihen Sie, ich wollte das nicht«, entschuldigte er sich.

Ich aber bin nur noch aufgesprungen und fortgerannt. Keuchend kam ich zu Hause an und habe mich in meinen Pavillon geflüchtet. Dort habe ich mit klopfendem Herzen eine halbe Ewigkeit nur dagesessen und immer wieder jenem magischen Augenblick nachgespürt, als sich unsere Lippen zu einem nicht enden wollenden Liebesspiel vereinigt haben.

Gestern habe ich mich den ganzen Tag über im Pavillon verkrochen und Richard durch unsere Haushaltshilfe Makareta ausrichten lassen, dass ich stark erkältet sei und ihn nicht anstecken wolle. Ich konnte es gerade noch abwenden, dass er unseren Arzt

Doktor Tenson holte. Auf diese Weise kann ich vielleicht eine weitere Nacht flüchten, aber dann? Ich könnte seine Nähe auf keinen Fall ertragen.

Ich habe keine Ahnung, wie ich wieder in mein normales Leben zurückkehren soll. Ich kann doch nicht einfach ins Haus gehen und das Abendessen zubereiten, als wenn nichts geschehen wäre.

Nelson, November 2012

Amelie musterte den Mann, der ihrer Schwester so vertraulich die Hand auf die Schulter gelegt hatte, eindringlich. Hässlich war er nicht, musste Amelie zugeben.

Bevor Marie ihr erklären konnte, woher sie die beiden kannte, bemerkte er mit leisem Vorwurf: »Hier steckst du also. Ich habe bei dir geklopft und wollte dich mitnehmen, aber du warst verschwunden.«

Marie lächelte wie ein Schulmädchen. »Darf ich vorstellen: Ben Snyder, einer meiner beiden Chefs, das ist meine Schwester Amelie. Und willst du uns nicht deinen Freund vorstellen?«

»Das ist mein Freund Brian, Farmer wie ich. Aber er macht Obst und Wein.«

Brian streckte ihr zur Begrüßung die Hand hin.

»Wollt ihr euch nicht endlich setzen?«, fragte Marie. »Oder hast du etwas dagegen?«, fügte sie an Amelie gewandt zu. Na endlich fragt sie, ging es Amelie durch den Kopf, allerdings nur pro forma. Sie hatte ihnen ja längst die Plätze angeboten.

»Nein, nein, setzen Sie sich nur«, erwiderte sie mit einem leicht spöttischen Unterton und deutete auf den freien Platz neben sich, auf den sich Brian setzte. Sie beobachtete interessiert, wie vertraulich sich Ben auf den Stuhl neben Marie fallen ließ und ihr gleich besitzergreifend den Arm um die Schulter legte. Die beiden kennen sich wohl wirklich schon näher, mutmaßte Amelie belustigt bei dem Gedanken, dass sie ihre Schwester in puncto Männer völlig falsch eingeschätzt hatte.

Marie spürte den neugierigen Blick ihrer Schwester förmlich auf ihrer Haut brennen und schob Bens Arm diskret von ihrer Schulter. Ben Snyder schien kein bisschen beleidigt, sondern grinste über das ganze Gesicht. »Ist Ihre Schwester immer so abweisend?«

»Fragen Sie sie doch selbst«, konterte Amelie.

»Woher kommen Sie?«, wollte Brian wissen.

»Aus Hamburg.«

»Und was treibt Sie in das schönste Land der Welt?«

»Die Reiselust!«, erwiderte Amelie.

Sie wusste nicht so recht, was sie von diesem Brian halten sollte. Er sah nicht schlecht aus, war mittelgroß und war, soweit sie es durch das Hemd beurteilen konnte, durchtrainiert. Seine Haut war gebräunt, aber anders als bei David schien sie sonnengegerbt. Er trug seine schwarzen Locken etwas länger, und es sah aus, als hätte er sie eingeölt. Wie ein italienischer Gigolo, dachte sie, aber nicht uninteressant. Vor allem sein leicht spöttischer Gesichtsausdruck reizte sie irgendwie. Er erinnerte sie an einen Lover, den sie einmal auf einer Romreise kennengelernt hatte. Mario, einen Burschen, in den sie sich beinahe verliebt hätte.

»Sie sehen aber gar nicht aus, als würden Sie sich das Reisegeld bei der Schafschur verdienen.« Er hatte eine sonore Stimme. Amelie war sehr auditiv. Da konnte ein Mann ein perfekter Adonis sein. Wenn er keine angenehme Stimme besaß, konnte sie partout nichts mit ihm anfangen.

»Das tue ich auch nicht. Ich wohne solange im Hotel. Aber meine Schwester müsste auch nicht unbedingt jobben.«

Diese Bemerkung brachte ihr einen strafenden Blick Maries ein. »Sie müssen wissen, Brian, Amelie ist ein Snob, für die es unter aller Würde wäre, auf einer Farm zu schuften.«

»Nicht dass Sie das missverstehen, Brian, ich bin mir nicht zu schade zum Arbeiten. Ich schufte zu Hause in meinem Betrieb bis zum Umfallen, da kenne ich andere, die sich zu schade sind, dort zu malochen.«

Die beiden Männer sahen sich fragend an.

»Sie spielt darauf an, dass ich mich hartnäckig weigere, in der Bäckerei, die wir von unseren Eltern geerbt haben, unter ihr als Chefin zu arbeiten.«

»Ladys, was meint ihr, wollen wir erst einmal einen Lindauer?«

»Wenn Sie mir verraten, was das ist?«, bemerkte Amelie.

»Ein Sekt aus Marlborough!«

»Gern!«, seufzte Marie und musterte Amelie durchdringend.

Schade, dass wir gestört wurden, dachte Amelie und fröstelte angesichts der unterschwelligen Aggression ihrer Schwester.

Nach dem Genuss des ersten Glases Sekt rückte dieses Gefühl in den Hintergrund, denn Brian entpuppte sich als interessanter Gesprächspartner. Er plauderte aus seinem Leben, und Amelie hörte ihm gespannt zu. Bevor er die Farm seines Vaters übernommen hatte, war er Filmregiestudent in Wellington gewesen und im Filmteam von *Herr der Ringe*, bei den Drehs auf der Südinsel dabei gewesen.

»Wenn Sie Lust haben, besteigen wir mal zusammen den Takaka. Sie erinnern sich? Aragorn führt seine Gefährten nach der Begegnung mit den schwarzen Reitern in die Wildnis. Die ist im Chetwood Forest. Und vom Berg wandern wir zur Harwood's Hole.«

»Das klingt spannend.«

»Ich freue mich doch, wenn ich vor einer Europäerin mit meinem Land angeben kann. Und das Vorurteil Lügen strafe, dass wir nur Schafe zu bieten haben.«

Amelie lächelte verstohlen. »Das habe ich wirklich geglaubt.«

»Dann muss ich Sie unbedingt nach Mittelerde entführen. Und wenn wir ganz viel Glück haben, bekomme ich über eine Regieassistentin zwei Karten für die Weltpremiere von *Der Hobbit* am Mittwoch.«

»Wow, Sie wollen mich wirklich nach ›Mitte von Mittelerde‹ mitnehmen?«

»Wie gesagt, es ist eine vage Chance. Ich erfahre das auch erst am Dienstag. Auf die Karten gibt es natürlich einen Riesenrun.«

»Ich wusste von dem neuen Peter-Jackson-Film gar nichts, bis wir in Wellington gelandet sind. Wir haben nicht schlecht gestaunt, als am Flughafen auf dem Ankunftsschild statt Wellington ›Die Mitte von Mittelerde‹ stand.«

»Sie würden aus dem Staunen gar nicht mehr herauskommen, wenn wir über den roten Teppich gehen könnten. Wahrscheinlich wimmelt es da nur so von Zwergen, Zauberern und Orcs.«

»Klingt gut!«, lachte Amelie.

Die Kellnerin unterbrach ihr angeregtes Gespräch.

Nach ihren Wünschen befragt, wandte sich Amelie hilfesuchend an die beiden Männer. »Was würden Sie empfehlen?«

»Zur Vorspeise die Jakobsmuscheln und zum Hauptgericht das Angus Beef«, erwiderte Brian wie aus der Pistole geschossen. »Das Fleisch stammt nämlich vom besten Lieferanten der Gegend, der Snyder-Farm.«

»Gut, das nehme ich«, sagte Amelie, setzte das zweite Glas Lindauer an und suchte den Blick ihrer Schwester. Marie schien wieder entspannter zu sein, denn sie schenkte ihr ein Lächeln. Ihr Chef hatte schon wieder den Arm um sie gelegt. Dieses Mal ließ sich Marie das offenbar gefallen. Ein schönes Paar, dachte Amelie.

»Ich schließe mich an.« Marie warf ihrer Schwester einen versöhnlichen Blick zu.

Sie hat offenbar auch schon ein zweites Glas Sekt intus, vermutete Amelie. Obwohl ich den Abend lieber mit dem Hotelier verbracht hätte, entwickelt sich das Ganze doch sehr nett, dachte sie, während sie sich aus der zweiten Flasche Lindauer nachschenken ließ. Mit jedem Schluck des neuseeländischen Prickelwassers fühlte sie sich besser. Dann kam die Vorspeise, und Amelie war restlos begeistert. Und sie hatte geglaubt, am Ende der Welt gelandet zu sein, wo es nichts zu entdecken gab! Die Jakobsmuscheln mit der

Avocadocreme waren eine wahre geschmackliche Offenbarung. Was die hiesige Kochkunst anging, stand sie den angesagten Hamburger Lokalen in nichts nach.

»Und nun erzähl mal, Marie: Wie ist die Arbeit auf der Farm?«, fragte Amelie.

»Die geht erst morgen richtig los. Mit der Schafschur.«

»Das würde ich gern sehen!«

»Du? Schafe?«

»Ja, das hört sich romantisch an«, sagte Amelie. Sie spürte, dass sie leicht beschwipst war, aber der Zustand gefiel ihr.

»Dann sind Sie herzlich eingeladen, am Samstag auf unser Scheunenfest zu kommen. Und vorher dürfen Sie zusehen, wie wir den Biestern die Wolle scheren«, bemerkte Ben.

»Ich werde auch dort sein«, mischte sich Brian ein.

»Na, dann muss ich wohl kommen«, lachte Amelie.

Nachdem wenig später der Hauptgang kam, herrschte an dem Vierertisch eine ausgelassene Stimmung, denn die beiden jungen Männer hatten nach der zweiten Flasche Lindauer übergangslos Sauvignon Blanc bestellt.

Die Schwestern genossen die lockere Flirtstimmung in vollen Zügen. Ihr Lachen wurde immer lauter. In dieser Situation störte es Amelie nicht, dass Brian den Arm um ihre Schulter legte. Noch einmal dachte sie kurz an den Hotelier, aber dann gab sie sich ganz dem Werben des Farmers hin. Er machte ihr wunderbare Komplimente, und er roch so gut. Nur als er sie küssen wollte, wehrte sie seine Avancen charmant ab. Sie hatte nicht vor, mit ihm eine Affäre anzufangen, obgleich er in ihren Augen von Minute zu Minute attraktiver wurde.

Ein Blick zu ihrer Schwester zeigte ihr, dass auch Marie damit beschäftigt war, die Annäherungsversuche ihres Chefs abzuwehren. Amelie musste grinsen. Sie hatte so etwas nie zuvor mit ihrer Schwester erlebt. In ihrer Jugend waren die drei Jahre Altersunterschied wie Jahrzehnte gewesen. Marie war Amelie lange wie ein

Kind vorgekommen. Und als sie angefangen hatte, auf den Kiez zu gehen, war Amelie allenfalls ins Schanzenviertel gegangen, wenn überhaupt. Sie hatte ja früh begonnen, ihre Kraft und Zeit in die Expansion der Bäckerei zu stecken. Nein, sie hatten noch nie zuvor mit zwei Kerlen an einem Tisch gesessen, gealbert und geflirtet.

Und vor allem hatte Amelie lange nicht mehr so viel auf einmal gegessen. Sogar eine ganze Portion Buttermilch-Pannacotta hatte sie allein geschafft. Sie, die stets auf ihre Linie achtete und abends grundsätzlich keine Kohlenhydrate verzehrte. Dabei liebte sie es, zu essen, und der erzwungene Verzicht, den sie sonst übte, widersprach im Grunde genommen ihren Bedürfnissen.

Auch Marie hatte alle Gänge genossen und strahlte zufrieden. So entspannt hatte Amelie ihre Schwester seit dem Tod der Mutter nicht mehr gesehen.

Aus ihren Augen blitzte es keck, als Ben einen neuerlichen Versuch unternahm, sie zu küssen. »Chef, das geht zu weit«, scherzte sie und drehte den Kopf zur Seite. Dieser Ben ist ja total in Marie verschossen, stellte Amelie fest. Ein Seitenblick zu Brian zeigte ihr, dass es dem Obstfarmer mit ihr genauso erging.

Merkwürdig, dass Marie und ich beide noch nie eine ernsthafte Verbindung zu einem Mann eingegangen sind, dachte Amelie. Sie hatte innerlich längst damit abgeschlossen, einmal zu heiraten und eine Familie zu gründen. Sie war jetzt fast vierzig und hätte gar nicht gewusst, wie sie solche Pläne mit ihrem aufreibenden Job vereinbaren sollte. Aber auch, um eine Affäre zu haben, brauchte Amelie das Gefühl, ein wenig verliebt zu sein, so wie sie es bei David empfunden hatte. Brian berührte ihr Herz nicht wirklich. Jedenfalls noch nicht, fügte sie in Gedanken hinzu.

Die Männer bestanden darauf, die gesamte Rechnung zu übernehmen. Amelie war allerdings ein wenig schockiert, als Brian anschließend in seinen Wagen stieg, als wäre es das Normalste der Welt, betrunken Auto zu fahren.

»Habt ihr keine Promillegrenze in Neuseeland?«, fragte Amelie provozierend.

»Don't drink and drive! Bei uns gilt 0,8«, grinste Brian.

»Und du meinst, du bist drunter?«

»Nein! Aber wir fahren alle, wenn wir trinken. Wie sollen wir wohl sonst nachts nach Hause zurückkommen? Früher hatte meine Familie ihre Farm am Rand der Stadt, aber wir haben uns vergrößert in den Jahren.«

Trotz Amelies Bedenken fuhr Brian los. Immerhin fuhr er sehr verhalten.

»Welches Hotel?«, erkundigte er sich.

»Taumaunu Castle.«

»Darf ich denn am Samstag zum Fest bei Ben mit Ihnen rechnen?«, hakte Brian nach.

»Wenn meine Schwester damit einverstanden ist. Was meinst du, Mariechen, soll ich am Samstag zur Schafschur kommen?« Als Amelie keine Antwort bekam, drehte sie sich um, wandte sich aber sofort wieder ab. Marie und Ben knutschten heftig auf dem Rücksitz.

»Wir sind da«, sagte Brian, als das hell erleuchtete Hotel vor ihnen auftauchte. »Und wie ist es da? Ich meine, im Hotel?«

»Mir gefällt es. Warum fragen Sie?«

»Nur so. Haben ... Sie schon mal den Chef zu Gesicht bekommen?«

»Ich habe ihn auf der Fähre kennengelernt.«

»Und?«

Amelie fand, dass das Gespräch einen seltsamen Verlauf nahm.

»Sie stellen komische Fragen. Ist was mit Mister Taumaunu?«, sagte sie schließlich, während sie die Tür des Geländewagens öffnete.

»Nein, nein, reine Neugier. Warten Sie, ich komme rum.«

»Nicht nötig«, erklärte sie hastig, aber da war Brian bereits ausgestiegen und zur Beifahrerseite geeilt.

»Tschüs, Marie, tschüs, Ben«, rief Amelie in das Innere des Wagens, aber die beiden nahmen sie gar nicht wahr. Wo das heute Nacht enden wird, ist wohl klar, dachte Amelie, und es war merkwürdig, ihre Schwester beim wilden Knutschen zu beobachten.

»Ich hole Sie am Samstagnachmittag ab, damit Sie noch was vom Scheren mitbekommen. Einverstanden?«

Amelie nickte.

»Also dann. Bis Samstag«, erwiderte sie und wandte sich um, doch Brian nahm sie in den Arm und gab ihr einen Kuss auf den Mund. Gerade als sie sich seiner Umarmung entwunden hatte, sah sie aus dem Augenwinkel, wie sich ihnen David schnellen Schrittes näherte. Seine Miene war finster und abweisend.

Erst als er auf gleicher Höhe war, merkte sie, dass sein Blick allein Brian galt. Und auch dieser musterte David aus zusammengekniffenen Augen, als wollte er sich gleich auf ihn stürzen. Amelie fröstelte.

Da war David auch schon an ihnen vorbeigerauscht. »Wenn der nicht gerade Schonzeit hätte ...«, murmelte Brian sichtlich erbost.

Amelie aber blieb keine Zeit, Brian nach einer Erklärung zu fragen. Sie wollte David in der Lobby noch abpassen.

»Bis dann«, rief sie und eilte zum Eingang. Sie hatte Glück. David wartete vor dem Fahrstuhl. Sie stellte sich neben ihn, als wenn nichts geschehen wäre.

»Das Hopgood's war ein guter Tipp«, begann sie das Gespräch.

Mehr als ein »Hm« konnte sie ihm nicht entlocken.

»Kennen Sie Brian?«, legte sie nach in der Hoffnung, ihn aus der Reserve zu locken. Vergeblich.

»Hier kennt jeder jeden«, erwiderte er ausweichend.

Der Fahrstuhl kam. Ihre Hände berührten sich versehentlich beim Einsteigen. David zuckte zurück, als hätte er sich verbrannt. Er quetschte sich regelrecht in eine Ecke des Fahrstuhls. Hat er Angst, dass ich ihm zu nahe komme?, fragte sie sich, während sie sich über seine offensichtliche Bemühung nach Distanz zu ihr ärgerte. Trotzdem wollte sie nicht, dass er glaubte, sie hätte etwas mit diesem Brian.

»Nicht dass Sie jetzt denken, ich habe mir hier gleich einen Lover gesucht. Brian habe ich eben erst im Hopgood's kennengelernt, und er hat mich mit dem Wagen hergebracht. Er ist für meinen Geschmack eine Spur zu stürmisch.«

Der Blick, den David ihr jetzt schenkte, ließ ihr förmlich das Blut in den Adern gefrieren.

»Sie sind mir keine Rechenschaft schuldig. Meinetwegen können Sie hier auschecken und bei Brian Bruhns einziehen!« Seine Stimme klang kalt und feindlich.

Der Fahrstuhl hielt in Amelies Etage, aber sie regte sich nicht. Fassungslos musterte sie den Hotelier.

»Sie müssen aussteigen, oder wollen Sie hoch- und runterfahren?«, sagte er in frostigem Ton.

Wie in Trance stieg Amelie aus, starrte ihn aber immer noch an.

»Und nein, ich mag ihn nicht, falls Sie das wissen wollen. Unsere Familien verbindet eine abgrundtiefe Feindschaft! Gute Nacht und träumen Sie schön!«

Bei diesen Worten schloss sich die Fahrstuhltür.

Amelie blieb regungslos stehen. Plötzlich durchzuckte sie die Erkenntnis wie ein Blitz. Brians Nachname war Bruhns. Bruhns. Wie ihre Großtante Lisa Bruhns!

Nelson, Dezember 1931

Es klopfte an der Tür zu meinem Pavillon, in den ich mich seit dem verbotenen Kuss verkrochen habe. Angeblich wegen einer Erkältung.

»Herein«, rief ich.

Zögernd trat Richard ein. Er sah so zerknirscht aus, dass ich ihn gar nicht hassen konnte. Obgleich mir das in diesem Augenblick wesentlich lieber gewesen wäre.

»Störe ich?«, fragte er mit belegter Stimme. »Oder bist du noch so krank, dass du keinen Besuch möchtest?«

Ich schüttelte den Kopf, war verwirrt. Niemals zuvor habe ich meinen Mann so rücksichtsvoll reden hören.

»Ich komme schon. Es geht mir wieder besser. Du wartest bestimmt auf das Abendessen. Ich werde dir etwas kochen«, sagte ich pflichtbewusst und erhob mich von meinem Stuhl. Es war mir unangenehm, dass Richard in mein Allerheiligstes eingedrungen war. Zumal ich dir gerade mein Geheimnis anvertraut hatte. Er war nie zuvor in den Pavillon gekommen.

Er senkte den Kopf. »Du musst mir nichts zu essen machen. Ich wollte mich nur bei dir entschuldigen«, hörte ich meinen Mann zerknirscht murmeln. »Es war nicht richtig von mir, den Brief deiner Schwester zu lesen, aber ihre Worte haben mich getroffen. Mir wurde klar, dass ich dir kein guter Ehemann war, aber ich verspreche dir, das kommt nie wieder vor.«

Mir fehlten die Worte, zumal er es wirklich ernst zu meinen schien, denn als er den Kopf hob, wirkte er so hilflos, wie ich ihn nie zuvor erlebt hatte. Wie ein großer Junge, der ein Fehlverhalten aufrichtig bedauerte.

»Schon vergessen«, erwiderte ich kühl und wollte an ihm vorbei ins Freie flüchten, doch er hielt mich fest und wollte mich in den Arm nehmen. Warum jetzt, durchfuhr es mich eiskalt, warum zeigte er auf einmal Gefühl, etwas, das ich mir so manches Mal gewünscht hatte? Ich konnte es schwerlich ertragen. Der Raum war erfüllt von dem Kuss des ... ich kenne ja nicht einmal seinen Namen ... Fremden. Und das ist er immer noch.

Richard aber musterte mich mit einem begehrlichen Blick, den ich aus den ersten Wochen nach unserer Hochzeit kannte.

»Ich hatte ganz vergessen, wie schön du bist«, flüsterte er.

»Komm, wir gehen ins Haus. Ich muss jetzt wirklich kochen«, entgegnete ich, nahm ihn bei der Hand und zog ihn in den Garten. Nur raus aus dem Pavillon! An der frischen Luft atmete ich ein paar Mal tief durch. Ich habe meinen Mann betrogen, durchfuhr es mich eiskalt. Ich versuchte, ihm meine Hand zu entziehen, doch er hielt sie fest, bis wir im Haus waren. Im Flur konnte ich mich befreien und eilte in die Küche. Ich war völlig durcheinander. So sehr, dass ich kaum den Lammbraten zustande brachte.

»Ist Ihnen nicht gut?«, fragte Makareta besorgt, als ich mich stöhnend auf einen Küchenstuhl fallen ließ.

»Doch, doch, aber ich bin heute ein wenig erschöpft«, log ich.

Ein Strahlen huschte über das Gesicht der jungen Frau. »Baby?«

Ich zog es vor, diese Frage zu ignorieren, und bat sie, den Braten zuzubereiten. So konnte ich noch ein wenig für mich sein. Ich verließ das Haus durch die Hintertür und setzte mich auf die Veranda. Die Sonne ging gerade unter, und der Himmel leuchtete an diesem Abend in allen erdenklichen Rot- und Orangetönen. So einen Himmel hatte ich zum ersten Mal in Neuseeland gesehen. Es gab zwar auch in Hamburg gelegentlich glühenden Abendhimmel im Sommer, aber diesen Farbenrausch konnte sich kein Maler der Welt ausdenken. In meinem Kopf ging alles wild durcheinander und immer wieder kehrte ich mit meinen Gedanken zu jenem Kuss zurück. Und jedes Mal spürte ich, wie das Kribbeln in meinem Bauch stärker wurde. Nie hatte ich mich so nach einem Mann gesehnt. Ich fühlte seine weichen Lippen und das Spiel seiner Zunge mit einer Intensität, als würde ich ihn immer noch küssen.

Erst der Geruch nach Braten brachte mich in die Realität zurück. Ob Richard etwas spürte? Oder warum machte er sonst auf einmal solche Annäherungsversuche? Ich hoffte sehr, dass ich im Esszimmer gleich auf meinen Mann treffen würde, so wie ich ihn kannte. Bei Tisch erzählte er meist von neuen Apfelsorten oder Ungeziefermitteln. Nicht auszudenken, er würde mich weiter mit seinen Blicken schier auffressen. Seufzend ging ich ins Haus. Ich half Makareta beim Tischdecken und rief dann nach meinem Mann. Als er die Treppe hinunterkam, stutzte ich. Er trug ein schneeweißes Hemd und hatte sich sein Haar gekämmt. Ein ungewohntes Bild, denn Richard nahm die Mahlzeiten in der Regel in seiner schmutzigen Arbeitskleidung, ungewaschen und mit wirrem Haarschopf ein. Und schon war er bei mir. Ein angenehmer Duft umwehte ihn. Ich roch es sofort. Es war der Herrenduft, den ich ihm zum letzten Weihnachtsfest geschenkt hatte und den er noch nie zuvor benutzt hatte. Es war gespenstisch, dass mein Mann sich ausgerechnet an diesem Tag wie ein Gentleman aufführte. Er reichte mir sogar seinen Arm und sagte scherzend: »Mylady, darf ich Sie zu Tisch führen?«

Ich schluckte mehrmals. Das war mehr, als ich verkraften konnte. In diesem Augenblick wünschte ich mir meinen ungehobelten Ehemann herbei, bei dessen Anblick ich nicht vor schlechtem Gewissen vergehen würde, so wie ich es jetzt tat. Und das Allerschlimmste war, seine auffällige Verhaltensänderung rührte mich nicht wirklich. Sie ließ mich kalt. Meine Sehnsucht galt allein dem Fremden. Ich hakte mich hastig ein und rang mich zu einem verunglückten Lächeln durch. Er führte mich ins Esszimmer und rückte mir den Stuhl zurecht. Ich hatte mich nicht fürs Essen umgezogen, sondern trug immer noch das Sommerkleid, in dem ich vorhin zum Meer geflüchtet war.

»Entschuldige, ich wusste doch nicht, dass du dich zum Essen umziehst«, entschuldigte ich mich.

»Du siehst bezaubernd aus«, erwiderte er und ließ den Blick auf meinem Ausschnitt ruhen. Ich hätte in den Erdboden versinken mögen. Woher der plötzliche Sinneswandel?

Ich räusperte mich. Dann würde ich die günstige Gelegenheit beim Schopf packen, mit ihm über Anna zu reden.

»Du hast dir das noch einmal überlegt mit meiner Schwester?«

»Ach, darüber sprechen wir ein anderes Mal. Lass uns erst essen. Das hat doch Zeit. Wie alt ist sie jetzt?«

»Dreizehn.«

»Na siehst du? Wer weiß, was in neun Jahren ist.«

»Ich weiß gar nicht, ob ich so lange warten soll. Eigentlich wollte ich sie mit achtzehn kommen lassen, oder vielleicht kann ich meine Eltern auch anbetteln, dass sie schon reisen darf, sobald sie sechzehn ist.«

»Wir werden sehen«, entgegnete er hastig und goss mir ein Glas Wein ein. »Das ist ein ganz besonderer Tropfen«, fügte er hinzu. »Der erste Wein aus unseren eigenen Trauben.« Zu meiner Verwunderung schenkte er sich sein Glas auch voll. Ich tat so, als ob ich es nicht bemerkte. Er hob sein Glas und prostete mir zu. »Auf unser Wohl. Und darauf, dass sich bald Nachwuchs einstellen möge.«

Wie zum Teufel kam Richard jetzt auf dieses Thema? Bevor ich nachfragen konnte, sagte er verschwörerisch. »Vorhin war Doktor Tenson hier. Er hat mir eine Kiste Äpfel abgekauft. Seine Frau möchte Apfelmus machen. Er sprach an, warum wir noch keine Kinder ...«

»Was geht das unseren Arzt an?«, fiel ich ihm unwirsch ins Wort.

Statt ungehalten zu sein, lächelte Richard hintergründig. »Das hat sich so ergeben. Und er hat mir Mut gemacht, die Hoffnung nie aufzugeben. Bei seiner Frau und ihm hat sich der Kindersegen auch erst nach zwei Jahren eingestellt.«

»Schön für ihn«, stieß ich verärgert hervor, während ich beobachtete, wie er den Wein in einem Zug hinunterstürzte und sich das Glas noch einmal füllte. In diesem Augenblick kam Makareta mit dem Braten. Stumm machte ich mich daran, mir ein Stück Fleisch zu nehmen. Dazu gab es Süßkartoffeln und Bohnen. Eigentlich hatte ich gar keinen Hunger. Mir war die ganze Sache doch sehr auf den Magen geschlagen, aber um mir Ermahnungen meines Mannes zu ersparen, begann ich zu essen.

»Wo warst du eigentlich vorgestern nach unserem Streit? Im Pavillon warst du nicht. Ich habe dich dort nämlich gesucht, nachdem du nicht wiederkamst.«

Die Frage kam so überraschend, dass ich mich vor Schreck beinahe verschluckt hätte.

»Ich bin ziellos durch die Stadt gebummelt.«

»Doktor Tenson hat dich nämlich an der Uferstraße gesehen.«

»Ja, da war ich auch. Ich wollte einfach an die frische Luft!«

»Sag mal, was ist eigentlich mit dir los? Statt dich zu freuen, dass ich mein grobes Auftreten bereue, bist du wortkarg und abweisend.«

»Entschuldige, aber ich bin sehr müde. Du weißt doch, dass ich mich vorgestern auf meinem Spaziergang verkühlt habe.«

»Ja, ich sehe schon, du bist sehr blass. Ich hatte schon eine leise Hoffnung, dass dir vielleicht auch übel wäre.«

Ich ahnte, worauf er hinauswollte, aber ich stellte mich dumm.

»Warum sollte mir übel sein?«

»Na ja, ich dachte, vielleicht hätte sich da was getan und deine Regel wäre ausgeblieben ...«

Ich musterte meinen Mann zweifelnd.

»Seit wann interessierst du dich für Frauenangelegenheiten?«

»Na ja, der Doktor hat mir mal erklärt, wie das mit den Frauen und den Schwangerschaften so funktioniert.«

Ich wäre am liebsten auf der Stelle aufgesprungen und hätte mich wieder in meinen Pavillon zurückgezogen, aber Richard hatte sich gerade einen Nachschlag genommen.

»Das hätte ich dir auch sagen können. Nein, ich bin nicht schwanger!«, rutschte mir schnippisch heraus. Ich nippte an meinem Glas, aber der Wein war mir viel zu sauer. Dafür schenkte Richard sich nach. Die Minuten vergingen schleichend, zumal nun auch mein Mann verstummt war. Plötzlich lächelte er versonnen in sich hinein. »Was nicht ist, kann ja noch werden«, murmelte er.

Das fehlte mir zu meinem Glück, dass er heute mit mir schlafen wollte. »Richard, ich gehe gleich nach dem Essen zurück in meinen Pavillon. Ich brauche Ruhe«, stieß ich ziemlich unwirsch hervor.

»Dann begleite ich dich. Ich kann meine schöne Frau doch heute nicht allein lassen.«

An seiner entschlossenen Miene erkannte ich, dass er mich heute Abend um keinen Preis allein ins Bett gehen lassen würde. Das bestätigte sich, als er aufstand, auf mich zutrat und mir seine Hand reichte. »Wir gehen gemeinsam in den Pavillon. Da steht dieses gemütliche Bett. Eine Ortsveränderung soll mitunter wahre Wunder bewirken, habe ich mir sagen lassen.«

Ein eisiger Schreck fuhr mir durch alle Glieder. Er wollte doch nicht im Pavillon? In dem Raum, der erfüllt war von dem Kuss des Fremden? Dort, wo er nichts zu suchen hatte?

Ich fröstelte. Verrückt, dachte ich, vor nicht einmal zwei Tagen hätte mich seine plötzliche Werbung schwer beeindruckt. Aber jetzt? Dass er den Brief gelesen hatte, stand nicht mehr zwischen uns, aber dieser Fremde. Es ist ja nicht nur der Kuss, dachte ich schaudernd, es ist die Lust, die mir beim Gedanken an ihn und den Kuss in Wellen durch den ganzen Körper rieselt. Und es ist mein Herz, das sich nach einem innigen Zusammensein mit ihm sehnt.

»Träumst du?«, hörte ich Richards Stimme von ferne. Er hielt mir immer noch seine Hand hin. Ich ergriff sie seufzend.

»Lass uns nach oben gehen. Ich bitte nur Makareta, dass sie die Küche allein aufräumt. Eigentlich ist heute ihr freier Abend, aber dafür werde ich ihr Weihnachten freigeben.«

»Apropos Weihnachten«, bemerkte Richard. »Ich habe den Doc und seine Frau zum Essen eingeladen.«

»Aber ich habe schon alles eingekauft für ein Essen zu viert«, protestierte ich.

»Ja, ich weiß, aber Doc Tenson erzählte, dass seine Frau ganz unglücklich ist, weil im Haus gerade umgebaut wird. Und dass sie ständig weint bei der Vorstellung, dort zu feiern. Ihre Kinder sind bei den Großeltern in Dunedin, aber der Doc kann nicht weg. Er hat Dienst und muss im Fall eines Notfalls in der Nähe sein. Und da habe ich ihm angeboten, zu uns zu stoßen. Er kennt die Snyders ja auch.«

»Ja, aber ich kenne die beiden nicht. Er hat zwar neulich meine Grippe auskuriert, und ich grüße seine Frau, wenn ich sie auf der Straße treffe ...«

»Es kann uns wirklich nicht schaden, wenn wir unsere gesellschaftlichen Kreise etwas erweitern«, unterbrach Richard mich. »Außerdem finde ich es nicht nett, wenn wir die beiden auf der Baustelle feiern lassen, während wir so viel Platz haben.«

»Okay«, stöhnte ich. »Dann gehe ich mit Makareta morgen eben noch einmal zum Einkaufen.«

»Du bist ein Schatz.« Richard küsste mich auf die Wange und zog mich auf den Flur. Er konnte es offenbar gar nicht mehr erwarten ...

Im Schlafzimmer angekommen, machte ich mich daran, die Rollläden zu schließen, damit auch kein Lichtstrahl in unser Bett fiel, aber Richard bat mich, sie offen zu lassen. Ich verstand zwar die Welt nicht mehr, aber ich tat, was er verlangte. Draußen war es bereits dunkel, aber der helle Mond schien direkt auf unser Bett. Hastig zog ich mich aus und legte mich unter die Decke. Der wie ausgewechselte Richard sollte mich nicht auch noch in meiner

Nacktheit anstarren. In den ersten Wochen unserer Ehe hatte er das ein paar Mal getan, dann nie wieder.

Richard ließ sich Zeit mit dem Entkleiden. Als er splitternackt war, trat er an meine Bettseite. Er war gut bestückt. Keine Frage. Aber in diesem Augenblick wünschte ich mir, seine fordernde Männlichkeit würde schrumpfen. Ich befürchtete schon, dass er von mir verlangte, ihn in die Hand oder den Mund zu nehmen, aber da legte er sich schon zu mir unter die Decke. Er wirkte so selbstzufrieden, wie ich ihn selten zuvor erlebt hatte. Als er mir sein Gesicht zudrehte, befürchtete ich, er wollte mich auf den Mund küssen. Das hatte er nämlich nur einmal getan, in unserer Hochzeitsnacht. Und das war das Letzte, was ich jetzt hätte vertragen können. Ich konnte gar nichts dagegen tun, aber die Vorstellung, er würde seine schmalen Lippen auf meine drücken, erzeugte eine tiefe Abwehr in mir. Mir wurde kalt. Er aber berührte nur flüchtig mit den Lippen meine Wange, bevor er sich auf mich wälzte. Ich schloss fest die Augen und stellte mir vor, es wäre der Fremde, der in mich eindrang. Durch diese Fantasie erregt, stöhnte ich leise auf. Das machte meinen Mann so wild, dass er entgegen seiner sonstigen Gewohnheit gar nicht aufhören konnte zuzustoßen. Ich gab mich ganz meiner Vorstellung hin, ich würde mit dem Halbmaori schlafen. Das gelang mir, bis Richard laut grunzte. Nein, solche schrecklichen Geräusche würde der Fremde ganz sicher nicht von sich geben. Zum Glück schlief Richard wenige Minuten später ein, sodass ich nach einer Weile, die ich regungslos dagelegen hatte, leise aufstehen und mich in den Pavillon schleichen konnte, um meinem Tagebuch meine geheimsten Gedanken anzuvertrauen.

Motueka, November 2012

Seit David Amelie vor drei Tagen mit Brian Bruhns gesehen hatte, machte er einen Bogen um sie. Jedenfalls empfand Amelie das so und spielte daraufhin ernsthaft mit dem Gedanken, das Hotel zu wechseln. Denn zu ihrem großen Bedauern war ihr sein Verhalten keinesfalls gleichgültig. Und deshalb wäre sie auch am liebsten im Erdboden versunken, als David ausgerechnet in dem Augenblick aus dem Hotel getreten war, als Brian sie vorhin zum Fest abgeholt hatte. Dieses Mal war er mit gesenktem Kopf an ihnen vorbeigeeilt.

Amelie dachte an das Gespräch, das sie im Wagen mit Brian geführt hatte, während sie darauf wartete, dass Ben ihr vorführte, wie man ein Schaf schor. Sie hatte Brian offen auf sein Verhältnis zu David Taumaunu angesprochen, aber er hatte unmissverständlich deutlich gemacht, dass er nicht über ihn reden wollte. »Der Mann leidet unter Verfolgungswahn«, hatte er nur geknurrt.

Amelie hatte zwar geschluckt, aber was sollte sie machen? David war auch nicht gesprächiger und außerdem, was ging es sie eigentlich an? Dann war ihr aber Brians Nachname wieder eingefallen.

»Ich habe gehört, dass du mit Nachnamen Bruhns heißt. Sagt dir der Name Lisa Bruhns etwas?«

»Nicht dass ich wüsste.«

»Richard Bruhns?«

»So hieß mein Großvater.« Amelies Herz hatte heftig zu pochen begonnen. »Dein Großvater hieß Richard Bruhns?«

Brian hatte genickt.
»Warum fragst du?«
»Weil die Schwester meiner Großmutter Anna Anfang der Dreißigerjahre mit ihrem Mann Richard nach Nelson ausgewandert ist und meine Großmutter von Lisa bis auf einen Brief nie wieder ein Lebenszeichen erhalten hat.«
Brians Miene verfinsterte sich. »Dann wird das Grandpas erste Frau gewesen sein. Die hat ihn verlassen und ist auf Nimmerwiedersehen verschwunden. Es gibt Hinweise, dass sie sich nach Australien abgesetzt hat.«
»Und du weißt nicht einmal, ob sie Lisa hieß?«
»Nein, über die Frau durfte in Großvaters Haus keiner reden.«
»Gibt es noch andere Bruhns in der Gegend?«
»Nein, unsere Familie ist die einzige mit diesem Namen.«
»Was war dieser Richard denn von Beruf?«
»Er kam aus Hamburg und hatte Vermögen. Davon hat er eine Obstfarm in Nelson gekauft.«
Amelies Herz hatte bis zum Hals geklopft. Offenbar handelte es sich bei Brians Großvater und Großmutters Schwager Richard tatsächlich um ein und dieselbe Person.
Sie dachte an das Hochzeitsfoto von Lisa und Richard, das auf ihrem Nachttisch lag.
»Ich zeige dir nächstes Mal ein Foto von diesem Richard. Dann sehen wir, ob er es wirklich ist. Und weißt du vielleicht, wo ich mehr über Lisa erfahren könnte?«
Brian zuckte mit den Achseln. »Die Einzige, die etwas wissen könnte, ist Großmutter. Aber sie wird sich nicht mehr daran erinnern.« Er tippte sich gegen die Stirn.
»Ist deine Großmutter krank?«
»So genau weiß ich das nicht. Sie ist jedenfalls in einer geschlossenen Anstalt.«
»Und wieso weißt du das nicht? Sie ist deine Großmutter!«
»Schon, aber Großvater und sie sind geschieden worden, da war

mein Vater noch ein Baby. Und mein Vater Rufus ist allein bei seinem Großvater aufgewachsen. Aber ehrlich gesagt, mich interessierte der alte Familienmüll nicht sonderlich. Ich bin schließlich kein Spinner wie dieser Taumaunu.«

»Wie meinst du das?«

Brian hatte verächtlich gelacht. »Der ist nicht ganz richtig im Kopf.«

Amelie hatte voller Anspannung darauf gewartet, dass Brian fortfuhr, aber er hatte nur verächtlich hinzugefügt: »Mich interessiert viel mehr, wann wir den Ausflug auf den Spuren von Mittelerde machen?«

Amelie schreckte aus ihren Gedanken, als sie Marie fragen hörte: »Träumst du?«

»Nein, ich musste nur an ein Gespräch mit Brian denken. Stell dir vor, ich habe den ersten Bruhns gefunden.«

»Wo?« Marie war wie elektrisiert.

»Da vorne bei den Bierfässern ist er.«

»Brian?«

»Genau, Brian Bruhns. Sein Großvater hieß Richard Bruhns, kam aus Hamburg und kaufte in Nelson eine Obstfarm. Klingelt da was bei dir?«

»Dann wären wir ja verwandt mit ihm!«

»Eben nicht. Seine Großmutter war nicht Lisa. Er kennt nicht mal ihren Namen, aber er weiß immerhin, dass Richard Bruhns von seiner ersten Frau verlassen wurde, die sich dann wohl abgesetzt hat. Sie war jedenfalls spurlos verschwunden. Eventuell hat sie sich nach Australien abgesetzt.«

»Das können wir Großmutter unmöglich erzählen«, seufzte Marie.

»Deshalb sollten wir Brian erst einmal das Hochzeitsfoto zeigen. Erst, wenn er seinen Großvater erkennt, haben wir die Gewissheit.«

»Hat er noch andere Verwandte, die etwas über Lisas Verbleib wissen könnten?«

»Nur Richards zweite Ehefrau, aber die befindet sich offensichtlich in einer geschlossenen Abteilung und ...« Amelie unterbrach sich, als sich ihnen Brian und Ben näherten.

»Auf zum Schafschur-Finale, gleich fängt das Fest an!«, rief Ben und krempelte die Ärmel hoch. Und schon scheuchte einer der Farmarbeiter ein Schaf in die Scheune. Mit einem festen Griff packte Ben das Tier und befreite es mit einer Schermaschine von seiner Wolle. Amelie staunte nicht schlecht über den Riesenberg Wolle, den ein einziges Tier produzierte. Und vor allem, wie schnell so ein Schaf fast nackt dastand. »Jetzt du, Marie!«

Das ließ sich ihre Schwester nicht zweimal sagen. Als das nächste Schaf in die Scheune gelassen wurde, packte Marie das Tier und fing an, es genauso geschickt zu scheren, wie Ben es ihr vorgemacht hatte.

Amelie applaudierte begeistert. »Wie ein Profi!«

Marie strahlte über das ganze Gesicht. »Ich habe ja einen guten Lehrer und den ganzen Tag nichts anderes getan.«

»Sie ist ein Naturtalent«, schwärmte Ben und warf Marie einen verliebten Blick zu.

»Und jetzt du!« Ben deutete auf Amelie.

»Ich?«

»Nur halten«, sagte er, als neuerlich ein Schaf auf sie zulief. Amelie griff beherzt zu, und tatsächlich, sie konnte das Tier so halten, dass Marie ungehindert die Schermaschine ansetzen konnte, doch dann machte sich das Schaf los und rannte weg. Die beiden Männer verfolgten es johlend.

In der Scheune war bereits alles für eine Party vorbereitet. Überall gab es Sitzgelegenheiten aus Heu. Selbst die Bar war aus Stroh errichtet. Von der Decke hingen bunte Lampions, und in der Mitte war ein Platz zum Tanzen freigehalten worden. Etwas erhöht waren eine Musikanlage und Mikrofone aufgebaut.

Amelie staunte nicht schlecht, als ein Mann die Scheune betrat, der Ben äußerst ähnlich sah, nur dass er dunkelhaarig war. Und in seinem Blick lag ein anderer Ausdruck. Er hat etwas Melancholisches an sich, fiel Amelie auf, und wie intensiv er Marie ansieht! Auch Marie sah ihn eine Spur zu innig an, sodass Amelie sich unwillkürlich fragte, was die beiden verbinden mochte. Zusammen mit ihm waren zwei Kinder und eine Frau in die Scheune gekommen. Was der kleine Junge und das Mädchen an Fröhlichkeit ausstrahlten, fehlte der Frau völlig.

»Darf ich vorstellen, das ist meine Schwester Amelie, das sind Muriel und George Snyder, mein anderer Chef mit seiner Frau und den beiden Kindern, Sara und Stephen.«

Die Erwachsenen gaben einander die Hände. Muriel rang sich zu einem Lächeln durch. Glücklich ist diese Frau bestimmt nicht, mutmaßte Amelie.

Kurz darauf trafen die ersten Gäste und die Band ein. Die Scheune füllte sich rasch. Draußen wurde ein Lamm am Spieß gegrillt, und drinnen floss das Bier in Strömen. Ben, Brian, Marie und Amelie saßen beieinander. Als Ben Marie zum ersten Tanz aufforderte, reichte Brian Amelie die Hand. Ausgelassen sprangen die vier auf die Tanzfläche.

Marie sah aus dem Augenwinkel, wie George sie beobachtete. Ihr Herzschlag beschleunigte sich. Was soll ich mein Herz an einen verheirateten Mann hängen, tadelte sie sich sogleich selbst dafür. Ben tanzte hervorragend, und sie flogen schier über die Tanzfläche. Marie nahm wahr, dass auch Amelie und Brian eine gute Figur machten. Ich hätte es ihr wirklich nicht zugetraut, dass sie einen Mann an sich heranlässt, dachte Marie. Als sie aus der Puste war, wollte sie an ihren Platz zurück, doch Ben schlug vor, einen kleinen Gang an der frischen Luft zu unternehmen. Eng umschlungen traten sie ins Freie und holten sich von der Außenbar zwei Bier.

»Komm, wir kühlen uns ein wenig ab«, sagte Ben und führte sie den Hügel hinauf. Als sie sich der Hütte näherten, die sich als mittelgroßes Holzhaus entpuppte, blieb Ben stehen und küsste Marie leidenschaftlich. Seit sie nach dem Essen im Hopgood's hemmungslos im Wagen geknutscht hatten, wehrte sie sich nicht mehr gegen seine Küsse. Er küsste gut, obwohl sie dabei jedes Mal ein wenig wehmütig wurde, weil sie sich George an seine Stelle wünschte. Er will mit mir schlafen, dachte Marie, als sie weitergingen, und sie fragte sich, ob sie das wirklich wollte. Sie war sich nicht sicher, doch als sie schließlich vor der Tür des verwunschenen, zwischen gigantischen Eisenholzbäumen liegenden Hauses standen, folgte sie ihm ohne Zögern ins Innere.

»Wer wohnt hier sonst?«, fragte Marie und sah sich neugierig in dem großen Wohnraum um.

»Wenn es nach meinem Bruder ginge, würden wir sie als Gästewohnung vermieten. Schade eigentlich, sie ist das ideale Liebesnest und hat sich für uns schon vielfach bewährt.«

Marie hoffte, dass Ben ihren lauter werdenden Herzschlag nicht hören konnte. Dass er von »uns« sprach, hieß doch, dass beide Brüder das Haus für Liebesstunden mit Frauen nutzten. Ben traute sie das durchaus zu, aber George?

»Wie meinst du das?«, hakte sie nach.

»Ach, vergiss es! Das gehört der Vergangenheit an«, erwiderte er rasch.

Marie spürte, dass sie nicht weiter nachfragen konnte, ohne seinen Argwohn zu erregen. Irgendwie war ihr die Lust vergangen, dieses komfortable Liebesnest für schnellen Sex mit Ben zu nutzen. Der Gedanke daran erschien ihr plötzlich billig. Wie viele Frauen hatten die Snyder-Brüder wohl schon in ihr Refugium abgeschleppt? Doch da hatte er schon ihre Hand genommen und sie aufs Bett gezogen. Sie wollte protestieren, aber er küsste sie erneut. Das gefiel ihr. Sie ließ es zu, dass er seine Hand unter ihr Shirt gleiten ließ und ihre Brust streichelte. Ja, es erregte sie, wie er sie anfasste ... und dann ging alles ganz schnell. Er zog ihr die Jeans herunter und sie ihm seine. Sie hatte nicht einmal Lust auf ein langes Vorspiel, nein, sie wollte ihn in sich spüren. Er besaß einen wirklich schönen, durchtrainierten Körper und war gut bestückt, wie sie mit einem Griff fühlen konnte. Sie spreizte die Schenkel und half ihm, in sie einzudringen. Sie war vollkommen bereit, mit ihm zu schlafen, und genoss seine Erregung. »Oh, meine Süße«, stöhnte er. »Oh, mein Schatz!«

Marie aber flog mit den Gedanken davon und bildete sich ein, dass es Georg war, der ihr diese zärtlichen Worte ins Ohr flüsterte. Sie schloss die Augen und bog ihm willig ihr Becken entgegen, bis er mit einem Schrei zum Höhepunkt kam. Er rollte sich rasch auf die Seite, aber nicht, um einzuschlafen, sondern um sie zwischen den Beinen zu streicheln. In Maries Fantasie waren es Georges Hände, die sie jetzt schier zum Wahnsinn brachten. Sie konnte sich gerade noch beherrschen, nicht den Namen des anderen zu keuchen, als sie sich dem Höhepunkt entgegenwand.

»Du bist heiß«, bemerkte Ben bewundernd, als sie wieder normal atmete.

Es half alles nichts. Marie musste die Augen öffnen, und der Traum war vorüber. Ben blickte sie versonnen an. Er darf nie erfahren, dass ich gerade in Gedanken mit seinem Bruder geschlafen habe, durchfuhr es sie erschrocken. Sie streichelte ihm das blonde Haar aus dem verschwitzten Gesicht. Er sieht wirklich gut aus. Das nächste Mal bleibe ich bei ihm, nahm sich Marie fest vor.

»Findest du es unromantisch, wenn wir in die Klamotten springen und zum Fest zurückkehren?«, erkundigte sich Ben mit belegter Stimme.

Statt ihm eine Antwort zu geben, war Marie mit einem Satz aus dem Bett gehüpft und suchte ihre Kleidung zusammen. »Wer als Erster angezogen ist«, rief sie.

»Na warte!«, lachte er und sprang aus dem Bett.

Als sich Marie nach ihren Turnschuhen bückte, entdeckte sie

etwas Glitzerndes am Boden. Beim näheren Hinsehen erkannte sie, dass es ein Ohrring war. Sie hob ihn auf und reichte ihn Ben mit den Worten: »Meine Vorgängerin hat offenbar etwas verloren.«

Ben musterte sie mit ernster Miene. »Ich habe dir gerade gesagt, das ist vorbei.« Hastig steckte er den Ohrring in seine Hosentasche, und schweigend kehrten sie zum Fest zurück. Ihre Bemerkung hatte Ben offensichtlich die Laune verdorben.

Als sie an dem Lammspieß vorbeikamen, fing Marie einen durchdringenden Blick Georges auf. Sie sah ihm förmlich an, dass er wusste, was geschehen war. Er ist eifersüchtig, durchfuhr es Marie heiß. Wenn der wüsste. Sie spürte seinen Blick auf ihrem Rücken brennen, bis sie in der Scheune waren.

An ihrem Tisch auf einem Heuballen saß zu ihrer Überraschung Muriel und unterhielt sich angeregt mit Amelie und Brian.

»Wollen wir nicht lieber tanzen?«, fragte Ben, als Marie auf ihren Platz zusteuerte. Sie schüttelte den Kopf. »Nein, aber es wäre nett, wenn du mir noch ein Bier holst.«

Er tat, was sie verlangte, während sie sich neben ihre Schwester setzte und dem Gespräch lauschte. Die ansonsten eher spröde Muriel redete wie ein Buch und mit leicht verwaschener Stimme. Der Alkohol hatte offenbar ihre Zunge gelockert. Ihre Wangen glühten. Sie stutzte, als sie Marie wahrnahm. »Na, hat mein Schwager eine Führung über die Farm mit Ihnen gemacht?« Das klang bissig. In diesem Augenblick sah Marie an Muriels linkem Ohr etwas blitzen. Sie musste sich sehr beherrschen, um sich ihren Konter zu verkneifen, denn jetzt fiel es ihr wie Schuppen von den Augen. Die Hütte war das Liebesnest von Muriel und Ben; dort hatte sie den anderen Ohrring verloren. Als sich Ben zurück zu ihnen gesellte, signalisierte Marie ihm allerdings durch einen intensiven Blick auf den verbliebenen einsamen Ohrring, dass sie durchschaut hatte, was gespielt wurde. Ben wurde rot.

Muriel indessen merkte nichts von der stummen Unterhaltung

zwischen Marie und Ben. Sie nahm noch einen kräftigen Zug aus ihrem Bierglas. »Na, Schwager, hast du unserer Praktikantin alles gezeigt?«, fragte sie anzüglich.

»Du solltest nicht mehr so viel trinken«, erwiderte Ben knapp.

»Du hast mir gar nichts zu sagen«, fauchte Muriel.

George trat hinzu. »Soll ich dich ins Bett bringen? Ich glaube, dir geht es heute nicht gut. Leg dich doch ein Stündchen hin«, riet er seiner Frau, die ihn daraufhin wütend musterte. »Mir geht es gut!«, zischte sie.

George entfernte sich seufzend.

»Was gucken Sie so entsetzt?«, fuhr Muriel Marie an. »Sie halten ihn wohl auch für einen Heiligen, was? George ist ja so ein Guter, nur dass er ein Scheißehemann ist ...«

Ben sprang auf, hakte Muriel unter und zog sie vom Stuhl. »Muriel, es reicht. Ich bring dich jetzt rüber. Und dann schläfst du erst mal deinen Rausch aus.«

»Mama, dürfen wir noch mehr von der Limonade?«, erklang eine Kinderstimme. Es war Sara, die etwas irritiert auf ihre Mutter an Bens Arm starrte. »Ja, ja, nimm nur«, erwiderte Ben. »Mama ist ein wenig müde. Ich bringe sie rüber auf die Couch.«

»Aber ich darf noch aufbleiben, oder?«

»Natürlich, mein Schatz!« Mit der freien Hand strich er Sara über die Lockenpracht.

»Und du bringst mich jetzt ins Bett«, lallte Muriel. »Sag Marie schön Gute Nacht.«

Marie wandte den Blick ab. Wenn sie so weitermacht, weiß gleich die ganze Gesellschaft, dass die beiden eine Affäre haben, dachte sie.

»Das hat angefangen, nachdem ihr verschwunden wart«, flüsterte ihr Amelie ins Ohr. »Sie hat dauernd gefragt, wo ihr steckt, und euch überall gesucht. Dann hat sie zum Sturztrunk angesetzt.«

Marie war erleichtert, als sich die betrunkene Muriel von Ben in Richtung Ausgang schieben ließ.

»Ihr seid aber auch dermaßen offensichtlich vom Fest verschwunden«, raunte Amelie. »Die Dame ist ja so was von eifersüchtig. Läuft da was?«

Marie zuckte die Schultern. »Keine Ahnung, aber wie auch immer, mir ist der Spaß verdorben. Ich gehe hoch.«

»Du kannst mich doch nicht allein lassen.«

»Bist du nicht. Da kommt dein Verehrer mit zwei Bier. Viel Spaß noch.« Marie stand auf und ging. Sie war nicht eifersüchtig auf Muriel, aber sie war empört darüber, dass diese Frau ihren Mann betrog. Und dass Ben sich auf diese schäbige Nummer eingelassen hatte.

Draußen war es bereits dunkel, doch der Mond leuchtete ihr den Weg. Mit gesenktem Kopf eilte sie zum Haupthaus. »Sie wollen unser Fest nicht etwa endgültig verlassen?«, hörte sie George fragen. Sie hatte ihn nicht kommen sehen, aber jetzt stand er vor ihr und sah sie mit einem merkwürdigen Blick an.

»Ich bin müde«, erwiderte sie schroff.

Er lächelte spöttisch. »Ich habe Sie gewarnt, aber wenn Sie unbedingt in Bens Harem aufgenommen werden wollen. Nur seien Sie vorsichtig. Die beiden letzten Helferinnen aus Europa haben ihr Herz in Neuseeland verloren. Achten Sie auf Ihres.«

»Danke für den Ratschlag«, konterte sie schnippischer als beabsichtigt. »Ich bin auf dem Weg in mein Zimmer. Allein!«

»Und Sie haben nicht noch Zeit, ein Bier mit mir zu trinken?«

»Wie können Sie in Ruhe mit mir Bier trinken, wenn Ihre Frau betrunken über das Fest torkelt?«

Marie schlug sich die Hand vor den Mund. »Entschuldigen Sie bitte, das ist mir nur so herausgerutscht.«

Er lächelte traurig. »Mein Bruder kümmert sich um sie, aber ich werde übernehmen, damit Sie beide sich unsere Hütte ansehen können.«

Marie lief feuerrot an. »Nein, ich werde schlafen gehen, weil mich die Schafschur heute sehr erschöpft hat, und ich denke, morgen geht es weiter.«

Georges spöttischer Blick wurde weicher. »Entschuldigen Sie, Marie, dass ich so einen Blödsinn rede. Das steht mir gar nicht zu. Wahrscheinlich hatte ich schon ein Bier zu viel. Mein Bruder dreht mir den Hals um, wenn er erfährt, dass ich Sie vor ihm warnen will.« Er trat einen Schritt auf sie zu und sah ihr tief in die Augen. Keine Spur von Spott mehr. »Sie liegen mir einfach sehr am Herzen. Ich möchte nicht hilflos mit ansehen müssen, dass Sie verletzt werden.« Sein Gesicht näherte sich ihrem, und er gab ihr einen zärtlichen Kuss auf den Mund. Bevor Marie begreifen konnte, was geschehen war, hatte George seinen Kopf hastig zurückgezogen. »Verzeihung!« Er wandte sich ab und wollte gehen.

»George, lassen Sie uns noch ein Bier trinken«, sagte Marie. In seinem Blick lag Erstaunen. »Sie sind nicht sauer, dass ich Sie einfach geküsst habe.«

»Nein«, erwiderte sie knapp, während ihr Herz beinahe überquoll vor Glück. Aber sie konnte ihm ja schlecht sagen: Ich möchte, lieber George, viel mehr. Und haben Sie bloß kein schlechtes Gewissen, denn Ihr Bruder schläft mit Ihrer Frau.

»Dann setzen sie sich doch solange unter den Kauribaum dort. Ich hole rasch Nachschub.« Er deutete auf eine Bank unter dem Baum. Marie nickte und setzte sich. Abends, wenn die Sonne weg war, war es noch kühl an einem Novemberabend wie diesem. Sie hatte sich ein wollenes Cape mitgenommen, das sie jetzt aus ihrer Tasche holte und umlegte. Das Frösteln, das sie schüttelte, war aber nicht nur auf die Kühle der Nacht zurückzuführen. Nein, sie ahnte, dass sie sich in eine fatale Lage bringen würde, wenn sie sich auf den verheirateten George einlassen wurde. Aber ihre Gefühle ließen sich nun einmal nicht überlisten. Ihm gehörte ihr Herz, nicht Ben. Ob sie einfach verschwinden sollte, bevor George zurückkam?

Als sie Schritte vernahm, wusste sie, dass sie nicht weglaufen würde. Sie würde lieber mit ihm reden und ihm verraten, dass sie ihn sehr gernhatte, ihm aber in Zukunft aus dem Weg gehen musste.

»Hier steckst du. Ich habe dich überall gesucht.« In seinem Ton lag ein gewisser Vorwurf, als er hinter dem Baum hervor in den Schein des fahlen Mondlichts trat.

»Ben?«

»Ja, wen hast du denn erwartet?« Er setzte sich neben sie und legte den Arm um sie. »Ich habe nur schnell die arme Muriel ins Bett gebracht. Sie hat mal wieder mehr intus, als sie vertragen kann.«

Marie befreite sich aus der Umarmung. »Hältst du mich für blöd?«

Ben rollte mit den Augen. »Nein, aber die Sache gehört längst der Vergangenheit an. Da war nichts.«

»Die Sache? Spinnst du. Schläfst mit der Frau deines Bruders und tust das ab, als wäre es nichts?«

Ben stöhnte genervt auf. »Ja, ja, das muss auf eine Außenstehende sehr verwerflich wirken, aber das war nichts Ernstes, das war nur Sex.«

»Nichts? Sex? Mit deiner Schwägerin?«

»Du bist aber auch hartnäckig. Ja, das ist einfach passiert, als sie mal betrunken war. Ich wollte nicht, dass es sich wiederholt. Aber Muriel wollte mehr ...«

»Wollte sie sich deinetwegen von George trennen?« Maries Herz klopfte bis zum Hals.

»Nein, um Gottes willen. Auf keinen Fall. Sie würde ihn niemals freigeben. Das war doch das Problem. Er hat sie vor einiger Zeit um die Scheidung gebeten.«

»Wegen eurer Affäre?«

»Blödsinn! Davon weiß er nichts!«

»Das würde ich aber nicht unterschreiben. Es hätte nicht viel gefehlt und sie hätte es in ihrem Suff auf dem Fest ausgeplaudert.«

»Ja, aber das nimmt George nicht ernst. Er weiß, wie sehr sie an ihm hängt. Und ich glaube, ich bin nur ein Mittel, um ihn eifersüchtig zu machen. Sie sagt, er schläft nicht mehr mit ihr seit der Sache damals.«

»Was für eine Sache?«

Ben wand sich. »Ich möchte jetzt nicht die ganzen Geheimnisse ausplaudern. Reicht es dir nicht, dass ich nie in sie verliebt war? Anders als bei dir ...« Er versuchte erneut, den Arm um sie zu legen, doch Marie wehrte seinen Annäherungsversuch ab. »Was ist zwischen den beiden vorgefallen?«

Ben musterte Marie skeptisch. »Sag mal, kann es sein, dass du dich ein bisschen zu sehr für die Ehe meines Bruders interessierst?«

»Quatsch, aber ich habe schließlich soeben erfahren, dass der Mann, mit dem ich gerade geschlafen habe, ein Verhältnis mit seiner Schwägerin hat!«

»Hatte! Ich mache das nicht mehr, obwohl Muriel es immer wieder versucht. Was meinst du, wie verdammt froh ich war, dass sie eben gleich eingeschlafen ist.«

»Gott, du Armer!«

»Also gut, du deutsche Nervensäge ...« Er lächelte gewinnend. »Vor drei Jahren ist Lea, ihre kleine Tochter, in dem einstigen Reiherteich ein Stück hinter dem Haus ertrunken. Und Muriel war an dem Tag nicht ganz nüchtern. Obwohl sie keine Schuld daran hatte, dass Lea aus dem Haus rennen konnte. Das wäre auch geschehen, wenn sie nichts getrunken hätte, denn der Hund hatte die Tür aufgemacht, und da ist Lea losgelaufen. Muriel war in der Küche und hat gekocht. Sie dachte natürlich, Lea wäre in ihrem Spielzimmer nebenan. Das hat George ihr jedenfalls nie verziehen.«

»O Gott«, entfuhr es Marie. »Aber wenn sie doch nicht schuld war ...«

»Das sieht George anders. Er hält letztlich ihr Trinken für die Ursache. Er meint, wenn sie ganz nüchtern gewesen wäre, hätte sie hören müssen, dass der Hund auf die Klinke gesprungen ist.«

Sofort stand Marie das Szenario ihres eigenen Traumas vor Augen. Sie gab die Schuld am Unfall doch auch Amelie, obwohl sie weder zu schnell gefahren noch betrunken gewesen war. Obwohl es erwiesenermaßen aus dem Nichts Blitzeis gegeben hatte. Sie konnte nichts dagegen tun. Mit Wucht meldete sich wieder ihr ganzer Zorn auf Amelie. Sie war schuld, dachte sie wütend, natürlich war sie schuld.

»Du bist auf einmal so blass. Siehst du, ich hätte meinen Mund halten sollen. Lass uns lieber das Thema wechseln, und ich zeige dir mein Reich.«

»Kein Interesse«, entfuhr es Marie unwirsch.

»Schon gut, wenn du jetzt schmollen willst wegen der Sache mit Muriel ...«

Marie aber war mit den Gedanken bei George. »Und warum haben die beiden sich damals nicht scheiden lassen?«, unterbrach sie ihn ungeduldig.

»Weil Muriel angedroht hat, ihm die Kinder zu entziehen, wenn er sie verlässt.«

»Kann sie das denn so einfach?«

»Keine Ahnung, aber meinem Bruder ist allein der Gedanke ein Graus, ein Konflikt zwischen Muriel und ihm könne auf dem Rücken der Kleinen ausgetragen werden und ...«

Kinderstimmen ertönten aus der Dunkelheit.

»Du bringst uns aber noch ins Bett, Papa«, quengelte Sara.

»Ja, ihr Süßen, ich muss nur jemandem Bescheid sagen, dass sie auf mich warten soll.«

Und schon stand George vor der Bank. Im Arm hatte er seinen schlafenden Sohn. Sara hüpfte auf Ben zu.

»Hat Stephen doch gesagt, Marie schläft bei dir«, krähte die Kleine und kletterte auf Bens Schoß.

George sah verunsichert von Marie zu Ben und zurück. »Ja ...

ich bringe dann mal die Kinder ins Bett«, bemerkte er schließlich. »Gute Nacht, ihr beiden!«

Kaum waren George und seine Kinder in der Dunkelheit verschwunden, musterte Ben Marie durchdringend von der Seite, während sie stur geradeaus stierte.

»Ihr wart hier verabredet, mein Bruder und du? Deshalb dein Interesse!«, spottete er.

»Blödsinn! Ich war mit niemandem verabredet, sondern wollte einfach nur ins Bett.«

Ben griff vorsichtig nach ihrer Hand. Sie ließ ihn gewähren. »Marie, du bedeutest mir wirklich etwas, und ich fände es schade, wenn diese Geschichte mit Muriel zwischen uns stehen würde.«

»Nein, nein«, seufzte Marie und hoffte, dass er nicht spürte, wie intensiv sie in Gedanken bei George war.

»Und sag mal, mit meinem Bruder und dir läuft aber nichts, oder?«

»Nein, wie oft soll ich dir das noch sagen! Ich lass mich nicht auf Verheiratete ein im Gegensatz ...« Sie stockte. Nein, sie wollte Ben nicht länger mit dieser Affäre konfrontieren. Aber was würde George sagen, wenn er davon erführe?

»Und dein Bruder ahnt wirklich nichts?«

»Selbst wenn, ich glaube, das würde ihn nicht stören, denn diese Ehe war von Anfang an ein Fiasko. Muriel hat damals behauptet, sie sei schwanger von ihm, und George ist einer von den Gutmännern, die daraufhin gleich zum Standesamt rennen. Angeblich hat sie das Kind im dritten Monat verloren. Ich will ja nichts sagen, aber ich denke, sie hat sich ihn regelrecht geangelt.«

Marie sprang von der Bank auf. »Ist egal«, schnaubte sie. »Das geht mich alles nichts an. Begleitest du mich zum Haus?«

»Gern, schon vergessen, dass wir unter einem Dach leben?«

Marie zog eine Braue hoch, sagte aber nichts.

Schweigend erreichten sie das Haus.

»Und du willst wirklich nicht mit in mein Refugium mitkommen? Ich würde auch auf dem Sofa schlafen«, sagte Ben.

Fast rührte es Marie, wie er jetzt vor ihr stand. Wie ein kleiner Junge, dem man keinen Wunsch abschlagen konnte. Sie strich ihm durch die blonden Locken. »Später mal.«

»Versprochen?«

»Ja, aber jetzt bin ich einfach nur müde.«

»Gut, ich werde dann noch mal nach meiner Schwägerin sehen. Gute Nacht.« Er wollte sie zum Abschied auf den Mund küssen, doch Marie drehte ihm rasch die Wange hin, bevor sie sich umdrehte und gedankenverloren die Treppe hinaufstieg. Sie war schon auf der Hälfte des langen Flures in der ersten Etage angelangt, als neben ihr leise eine Tür aufging und George auf Zehenspitzen aus dem Zimmer in den Flur trat.

»Sie schlafen«, sagte er. »Alle beide.«

»Tut mir leid, dass Sie jetzt einen falschen Eindruck haben«, erwiderte sie. »Ich war nicht mit Ihrem Bruder verabredet.«

»Ach, wissen Sie, das geht mich gar nichts an. Sie sind kein Kind mehr«, erklärte er hastig. »Und wissen Sie was? Ich glaube, ich tue Ben unrecht. Wer sagt mir, dass er sich nicht ernsthaft in Sie verliebt hat? Verstehen könnte ich das.«

Ohne ihre Antwort abzuwarten, hatte er sich zum Gehen gewandt. Marie starrte ihm wie betäubt hinterher. Aus dem Mann soll einer schlau werden, dachte sie grimmig, erst warnt er mich vor Ben, nun preist er ihn mir förmlich an. Verärgert erreichte sie ihr Zimmer. Sie warf sich angezogen aufs Bett. Ich sollte morgen meine Sachen packen und abhauen, bevor ich in diesem Haus ins totale Chaos gerate. Wie oft hatte sie während ihrer Reisen Orte fluchtartig verlassen, um ein Gefühlswirrwarr zu vermeiden. Doch ließ sich dies hier wirklich mit dem vergleichen, was sie in der Vergangenheit erlebt hatte? Sie kannte die Antwort schneller, als es ihr lieb gewesen wäre. Es war zu spät zu flüchten. George Snyder hatte in ihrem Herzen bereits einen Platz eingenommen, von dem ihn auch eine Flucht nicht vertreiben würde. Besser, ich begreife, dass ich ihn einfach nicht haben kann, dachte sie. Ja, genauso würde sie das Problem angehen. Sie musste sich George in den verbleibenden Wochen aus dem Herzen reißen!

Nelson, November 2012

Beim Aufwachen fühlte Amelie nur ihre pelzige Zunge und hatte das Gefühl, ihr Kopf müsse zerspringen. Für den Bruchteil einer Sekunde wusste sie nicht einmal, wo sie sich befand. Bis sie ein paar schwarz glänzende Locken zwischen den schneeweißen Kissen hervorblitzen sah. Ihr wollte schier das Herz stehen bleiben. Sie war zwar in ihrem Hotelzimmer, aber nicht allein. So scharf sie auch nachdachte, sie konnte sich an nichts mehr erinnern.

Stöhnend setzte sie sich auf, beide Hände fest gegen die Schläfen gepresst. Sie warf einen verzweifelten Blick auf den leise schnarchenden Brian. Aber der gab ihr keine Antwort auf die drängende Frage: Hatte sie mit ihm geschlafen oder nicht? Sie wusste nicht einmal mehr, wie sie von Motueka nach Nelson zurückgekommen war. Aber wie sie Brian inzwischen kennengelernt hatte, war der sicher wieder betrunken Auto gefahren. Krampfhaft versuchte sie, sich zu erinnern, doch das letzte Bild, das vor ihrem inneren Auge entstand, war Brian, wie er sie wild über die Tanzfläche geschoben hatte. Und sie erinnerte sich, dass Marie zu dem Zeitpunkt längst verschwunden war und sie mit Brian und einigen Farmarbeitern der letzte Gast auf dem Fest gewesen war. Sie hatten ziemlich viel Spaß gehabt. Und dann?

Allein das Nachdenken tat ihrem Kopf weh. Sie tastete in ihrer Nachttischschublade nach einem Aspirin. Zum Glück stand ein Glas Wasser neben ihrem Bett, in dem sie die Tablette auflöste. Was sie mit einem Seitenblick auf dem Boden entdeckte, war nicht gerade ermunternd. Überall verstreut lagen Kleidungsstücke. Amelie gung: Ihr lasst die Toten ruhen! Und wenn du eine Idee hast, wo das alte Zeug sein könnte, sag es mir bitte!«

»Damit du es in alter Familientradition verschwinden lässt? Oh nein, mein Lieber, die Ahnenforschung ist meine Sache, und deine ist es, Großvaters Geschichten unreflektiert zu übernehmen.«

»Das sagst du doch nur, weil du keinen Schimmer hast, wo es Unterlagen geben könnte.«

»Genau, Bruderherz. Ich würde ungern deinen geliebten Großvater Richard post mortem vom Thron stoßen.«

»Ihr kanntet euren Großvater noch?«, fragte Amelie, um zu verhindern, dass das Geplänkel der beiden in Streit ausartete. »Das hast du mir gar nicht erzählt, Brian.«

»Mich interessiert der alte Kram auch nicht die Bohne, und wenn es nach mir ginge, würde man die Vergangenheit ruhen lassen.«

»Das ist typisch für die Bruhns-Kerle«, spottete Tamy.

Brian machte eine wegwerfende Handbewegung. »Ich glaube, das Curry ruft. Magst du Indisch?«, wandte er sich an Amelie.

»Sehr gern sogar, aber ich habe noch keinen Mann kennengelernt, der das zubereiten konnte.«

»In dem Punkt bin ich doch gern dein erster Mann«, erklärte Brian grinsend, bevor er pfeifend im Haus verschwand.

»Wow, da ist aber einer verliebt«, platzte Tamy heraus.

»Na ja, also, das würde ich jetzt nicht überinterpretieren«, wiegelte Amelie ab.

»Ich kenne meinen Bruder. Darauf, dass er für dich kocht, kannst du dir richtig was einbilden.«

Amelie sah verlegen auf das Wasser im Pool. Sie mochte Tamys Art, aber auf Brian angesprochen zu werden, war ihr peinlich. Nicht dass die entzückende Person sie noch direkt fragte, ob sie auch in Brian verliebt sei. Amelie hätte nämlich nicht gewusst, was sie antworten sollte. Verliebtsein fühlt sich anders an, ging es ihr durch den Kopf, und es ärgerte sie maßlos, dass ihr nächster Gedanke schon wieder David Taumaunu galt. Und da hörte sie sich bereits fragen: »Sag mal, was ist das eigentlich für eine Familienfehde zwischen den Bruhns und den Taumaunus?«

»Das ist eine ganz alte Geschichte. Schon mein Großvater Richard hasste die Taumaunus, aber darüber wurde bei uns nicht geredet. Wehe, man hätte den Namen Taumaunu auch nur auszusprechen gewagt, der Alte wäre noch griesgrämiger geworden.«

Amelie horchte auf. »Was heißt ›noch griesgrämiger‹? Wie war der Alte denn überhaupt?«

Tamy schüttelte sich. »Mich hat er gar nicht beachtet. Mädchen zählten nicht bei ihm. Er vergötterte seinen Sohn Rufus und seinen Enkel. Brian war sein Augenstern. Er starb, als ich fünfzehn Jahre alt war, und ich kann nicht behaupten, dass ich ihm eine Träne nachgeweint habe. Brian hat an seinem Grab wie ein Schlosshund geheult, und ich habe nur so getan, als wäre ich untröstlich. Aber nicht meinem Bruder verraten!«

»Keine Sorge. Ich mag den Mann auch nicht. Nur von dem einen Brief, den meine Großmutter von ihrer Schwester bekommen hat, habe ich einen eher schlechten Eindruck von Richard Bruhns.«

»Das darfst du meinem Bruder nicht sagen. Die Bruhns- Kerle sind eine verschworene Gemeinschaft zusammen mit den Snyders. Also bis auf George, der hält sich da eher raus. Aber Ben und Brian hassen David Taumaunu. Ach, was erzähle ich dir das eigentlich in epischer Breite? Du kennst die Beteiligten bis auf Brian gar nicht, oder?«

»Doch, ich kenne sie alle, wenn auch nur flüchtig«, gab Amelie verlegen zu. »Ich habe ein paar Tage bei Mister Taumaunu im Hotel gewohnt. Und meine Schwester ist …« Amelie stockte. »Meine Schwester war auf der Snyder-Farm und wollte dort einen Farmstay machen. Und als wir beide uns einen Abend im Hopgood's getroffen haben, waren dort auch Ben und Brian.«

»Bist du in Brian verliebt?«

Amelie sah Tamy angesichts ihrer dermaßen unverblümten Neugier entgeistert an. Tamy machte einen betretenen Eindruck. »Entschuldige, ich wollte dir nicht zu nahe treten.«

Wider Willen musste Amelie lächeln. Dieser Frau konnte sie einfach nicht böse sein. »Ach, ich weiß es selbst nicht. Wir kennen uns doch erst ein paar Tage.«

»Es geht mich auch gar nichts an. Brian sagt immer, ich sei taktlos ehrlich.«

»So, das sage ich also? Was hast du denn schon wieder angestellt?«, erklang Brians Stimme. In der einen Hand hielt er eine Flasche Wein, in der anderen drei Gläser.

»Mein Essen muss jetzt eine halbe Stunde vor sich hin köcheln, und da dachte ich, wir nehmen schon mal einen Schluck.«

Täuschte sich Amelie oder sah Tamy ihren Bruder missbilligend an, nachdem sie einen demonstrativen Blick auf ihre Armbanduhr geworfen hatte? Ob sie das schon kannte, dass er bereits am Nachmittag eine Flasche aufmachte?

»Ich glaube, ich bin noch betrunken von der Weinprobe«, warf Amelie ein, aber Brian ließ nicht von seinem Vorhaben ab. Er öffnete die Flasche und goss die drei Gläser voll.

»Prost, die Damen!« Als Amelie und Tamy sich nicht sofort auf den Wein stürzten, sagte er süffisant: »Oder störe ich?«

»Aber nein, du störst nie«, scherzte Tamy und zwinkerte Amelie zu.

Zögernd griffen die beiden Frauen nach ihren Gläsern und stießen mit Brian an.

»Worauf trinken wir denn?«, fragte Tamy.

»Auf unseren charmanten Gast aus Deutschland«, erwiderte Brian lächelnd.

»Dann heiße ich dich, mein Fräulein, ganz herzlich in unserem Zuhause willkommen«, sagte Tamy daraufhin auf Deutsch.

»Du sprichst Deutsch?«, fragte Amelie erstaunt.

»Ja, das war ein Muss, weil Opa Richard das mieseste Englisch in ganz Neuseeland gesprochen hat und verlangte, dass wir Kinder Deutsch mit ihm reden.«

»Kannst du nicht endlich mal Großvater in Frieden ruhen lassen?«, herrschte Brian seine Schwester an.

Tamy stieß einen tiefen Seufzer aus. »Ich habe doch gar nichts Schlimmes über den guten Großvater gesagt. Also die Wahrheit muss schon erlaubt sein.«

»Lasst uns darauf trinken, dass es kein Zufall sein kann, dass ich, die Enkelin von Lisa Bruhns, ausgerechnet auf der Bruhns-Plantage gelandet bin.« Amelie sagte das, um die Stimmung wieder etwas aufzulockern, aber an Brians zusammengekniffenen Augen konnte sie unschwer erkennen, dass ihn das nur noch mehr aufbrachte.

»Wie ich dir schon sagte, Amelie, dass du ihren Namen in den Mund nimmst, ist eigentlich schon ein mittleres Verbrechen. Man redete nicht über sie. Man wusste, da gab es mal eine Frau, die unseren Großvater sang- und klanglos verlassen hat. Sie geistert durch unsere Familiengeschichte nur ganz am Rande.«

»Deine Großtante hat übrigens auch niemals auf diesem Flecken Erde gelebt«, mischte sich Brian ein. »Großvater hat dieses Anwesen erst erworben, nachdem ihn seine erste Frau ziemlich gemein verlassen hatte. Du siehst, wir werden ungern an diese Person erinnert.« Sein Ton war schneidend scharf geworden.

»Brian, du tust ja geradezu, als hätte sie *dich* verlassen. Und du weißt, ich sehe das anders. Mich interessiert, was mit Großvaters Frauen geschehen ist«, mischte sich Tamy ein.

»Aber das weißt du doch. Warum genügt das nicht? Die erste hat ihn verlassen und die zweite ist nach der Geburt ihres Sohnes verrückt geworden.«

»Das hat der gute Großvater jedenfalls erzählt«, konterte Tamy, und ihr Ton ließ keinen Zweifel daran, dass sie nicht an diese Geschichte glaubte.

Amelie erschrak zutiefst, als Brian nun mit Gepolter von seinem Stuhl aufsprang. »Ich habe dich wirklich gern, Tamy, aber dein Ding mit Großvater und dass du niemals damit aufhörst, nervt. Ich brauche frische Luft, bevor wir nachher zu Abend essen«, erklärte er zornig. »Begleitest du mich?«, fügte er an Amelie gewandt hinzu.

Amelie zögerte. Wenn sie ehrlich war, würde sie viel lieber mit Tamy plaudern, als mit dem aufgebrachten Brian zu gehen.

»Schon verstanden«, sagte er beleidigt und verschwand, ohne ihre Antwort abzuwarten.

»Puh, da habe ich wohl in ein Wespennest gestochen«, stöhnte Amelie.

»Mach dir nichts draus. Beim Thema Großvater hat mein Bruder einen gepflegten Knall. Wie unser Vater auch. Er hat Richard auch alles geglaubt. Die Frauen haben das etwas anders gesehen, aber meine Mutter starb früh, und mein Vater wurde nur noch verbitterter, als er es ohnehin schon war nach dem Unfall.«

»Ich habe davon gehört. Euer Vater und der von den Snyders haben den Vater von David Taumaunu angefahren, nicht wahr?«

»Angefahren ist gut. Sie haben ihn im Vollsuff umgenietet. Und da sie beide von sich behauptet haben, am Steuer gesessen zu haben, wurden beide zu einer hohen Geldstrafe verurteilt. Das hat Vaters Hass auf die Taumaunus nur mehr geschürt.«

»Und ich habe erfahren, dass David Taumaunu verbreitet hat, es sei kaltblütiger Mord gewesen.«

Tamy stieß einen tiefen Seufzer aus. »Aber das hat das Gericht ihm inzwischen verboten. Man konnte es ihm partout nicht ausreden. David, habe ich immer gesagt, rede nicht in der Öffentlichkeit davon! Denn man mag von den versoffenen Snyder- und Bruhns-Kerlen halten, was man will, aber ein Mord? Nein, niemals!«

»Hast du denn eine Ahnung, worin diese Fehde überhaupt begründet liegt?«

»Ich weiß nur, dass es zwischen unseren Großvätern schon mächtig geknallt haben muss. Und als Davids Großvater eines Tages verschwand, kam wohl das Gerücht auf, unser Großvater hätte seine Hände im Spiel. David glaubt noch heute fest daran. Das ist natürlich alles blanker Unsinn. Ich denke eher, dass Neid im Spiel war. Sieh mal, die Pakeha, also die weißen Siedler, haben den Maori nach und nach ihr Land abgeschwatzt. Zu schrecklichen Bedingungen. Die Maori waren keine Geschäftsmänner, sondern Krieger. Aber Häuptling Taumaunu soll eine Ausnahmeerscheinung gewesen sein. Er hat sich kein Land wegnehmen lassen. Und so kam es, dass die Familie zu einer der wohlhabendsten in Nelson wurde und heute noch ist. Das konnten Kerle wie mein Großvater oder auch mein Vater schlecht verkraften.«

»Und deine leibliche Großmutter? Unter was für einer Krankheit litt sie denn eigentlich?«

Tamy zuckte mit den Achseln. »Das weiß keiner so genau. Es heißt, bei der Geburt ihres Kindes wäre bei Großmutter Bonnie eine unheilbare Geisteskrankheit ausgebrochen.«

»Das klingt ja schrecklich.«

»Das kannst du wohl sagen. Vor allem, weil mein Vater niemals eine Mutter hatte. Sie wurde in ein Heim gegeben und genauso totgeschwiegen wie ihre Vorgängerin.«

»Entsetzlich!«

»Großvater Richard wollte es so. Er hat behauptet, sie habe ihn umbringen wollen. Mit einer Schere …« Tamy beugte sich verschwörerisch zu Amelie und senkte die Stimme. »Ich habe einmal gewagt, in Erwägung zu ziehen, sie zu besuchen, als ich beruflich in Auckland zu tun hatte. Da gab es einen Streit mit Brian. Schweren Herzens habe ich meinem Bruder zuliebe darauf verzichtet. Schließlich wollte ich unser gutes Verhältnis nicht für eine verrückte alte Dame aufs Spiel setzen, die sich wahrscheinlich ohnehin nur furchtbar aufregen würde, wenn ich mich ihr als Enkelin vorstellte.«

»Was meinst du, sollen wir lieber ein Stück gehen?«, schlug Amelie vor. Sie hatte plötzlich das unbestimmte Gefühl, man würde sie belauschen.

»Gute Idee, ich möchte auf keinen Fall, dass Brian sich noch mehr aufregt.«

Einträchtig schlugen die beiden Frauen den Weg zu den Weinbergen ein.

»Was machst du beruflich?«, fragte Amelie.

»Wenn ich nicht unser Brot backe, das wir neben unserem Obst verkaufen, unterrichte ich an einer Grundschule.« Tamy sah auf einmal besorgt aus. »Demnächst werde ich ganztags arbeiten müssen, weil eine Kollegin aufhört. Dann wird das mit dem Backen schwierig.«

Zu ihrer großen Überraschung strahlte Amelie über das ganze Gesicht. »Weißt du was? Das übernehme ich, wenn du nichts dagegen hast. Denn, so schön es hier auch ist, ohne Arbeit kann ich nicht leben.«

Tamy musterte sie zweifelnd. »Ja, gut, wenn du backen kannst, dann ja, und wenn du Lust hast ...«

»Ich bin Bäckermeisterin und nenne in Hamburg ein großes Unternehmen mein Eigen ...« Amelie stockte. »Weißt du, dass mir das unwirklich vorkommt, wenn ich davon erzähle? Ich habe das Gefühl, das ist eine halbe Ewigkeit her und ein ganzes Universum von hier entfernt.«

»Großartig. Aber dann ziehst du aus dem Gästehaus in unseren Trakt. Und wir bezahlen dir zusätzlich zu Kost und Logis etwas.«

Amelie schüttelte den Kopf. »Also Kost und Logis nehme ich an, aber ich lasse mich nicht fürs Backen bezahlen. Gib mir euer Rezept, und ich werde euer Brot herstellen.«

»Es ist das einzige dunkle Brot, das es in der Gegend gibt. Unsere Kunden sind hauptsächlich Hotels, damit die deutschen Touristen ihr Schwarzbrot bekommen, und deutschstämmige Kiwis. Und jetzt sage ich dir etwas, das ich dir nicht verraten dürfte, weil mein Bruder mich killen würde: Zu meinen Kunden gehört auch David Taumaunu. Ich war mit seiner Frau befreundet.« Ihr Blick trübte sich.

»Du hast seine Frau gekannt?« Amelie hoffte, dass Tamy ihr die Aufgeregtheit nicht anmerkte.

»Ja, sie war eine Kollegin. Eine tolle und wunderschöne Frau. Ihre Eltern waren beide Maori. Eigentlich war das ein Routineeingriff im Krankenhaus, aber sie ist nicht mehr aus der Narkose erwacht. David hat wie wild prozessiert, doch den hat er genauso verloren wie den gegen Brian und Ben Snyder. Er ist unglaublich verbittert geworden.«

Amelie hielt den Atem an. Jetzt konnte sie einiges besser verstehen, und sie schämte sich in Grund und Boden, dass sie Brian mit in sein Hotel geschleppt hatte.

»Ich bin aus dem Hotel ausgezogen, nachdem Brian und David sich vor dem Hotel geprügelt haben. David hat sich den Arm gebrochen. Wenn ich gewusst hätte, dass die beiden Männer sich so wenig leiden können, hätte ich Brian niemals mit auf mein Zimmer genommen. Vor allem waren wir sturzbetrunken, nachdem wir auf dem Schurfest der Snyders versackt sind.«

»David ist ein feiner Kerl, und ich würde mir wünschen, dass er endlich einen Strich unter die Vergangenheit zieht und diese Bitterkeit verliert. Es ist überhaupt nicht mehr mit ihm zu reden. Als Mere noch lebte, da haben wir oft nächtelang diskutiert. Wir waren immer konträrer Meinungen, was seine Verschwörungstheorien anging, aber heute spreche ich lieber gar nichts Persönliches mehr an. Er hat eine Mauer um sich errichtet, durch die nichts und niemand dringt.«

Amelie fragte sich, ob sie wohl ganz kurz davor gewesen war, durch ein Loch in Davids Mauerwerk zu schlüpfen, als sie Tamy wie von ferne mahnen hörte: »Wenn du dir einen Gefallen tun willst, nenne im Gespräch mit Brian nicht Davids Namen, und David gegenüber erwähne Brian nicht.«

»Ich werde Mister Taumaunu wohl kaum wiedersehen«, sagte Amelie beinahe trotzig.

»Es sei denn, du triffst ihn beim Brotausliefern. Ganz ehrlich, willst du das wirklich übernehmen?«, vergewisserte sich Tamy skeptisch.

»Ich freue mich sogar darauf. Ich hatte eigentlich gedacht, dass ich viel mit meiner Schwester unternehmen würde, aber die ist von der Snyder-Farm abgehauen und bereist die Südinsel jetzt lieber ohne mich.«

»Warum nimmt sie dich nicht mit?«

Amelie zuckte die Achseln. »Weiß nicht. Sie hat mir eine SMS geschickt, dass sie unterwegs ist und mich auf dem Rückweg abholt.«

»Das ist aber nicht besonders nett«, stellte Tamy fest.

»Ich glaube, sie gibt mir die Schuld am Tod unserer Mutter«, seufzte Amelie und erschrak in demselben Augenblick, dass sie so offen darüber plauderte. Nie hatte sie mit Dritten darüber gesprochen. Außer mit ihrer Großmutter.

»Magst du darüber reden?«

Amelie musste wider Willen schmunzeln. Das war eine für Tamys sonstige Offenheit ungewöhnlich dezente Frage.

»Ich bin bei Blitzeis mit dem Wagen gegen einen Baum geknallt. Mit der Beifahrerseite. Meine Mutter war sofort tot.« Wie immer, wenn sie darüber sprach, schossen Amelie Tränen in die Augen.

Mitfühlend nahm Tamy ihre Hand.

»Aber du hattest keine Schuld, oder?«

Stumm schüttelte Amelie den Kopf. »Nein, ich bin nicht zu schnell gefahren und hatte auch null Promille, aber ich kann Marie sogar verstehen. Ich fühle mich trotzdem schuldig. Das war auch der Grund, warum ich mich umso intensiver in die Arbeit gestürzt habe und dieser Burn-out-Doc mich eigentlich in eine Klinik stecken wollte.«

Tamy musterte sie verwundert. »Dafür machst du aber einen sehr entspannten Eindruck.«

»Das ist ja das Verrückte. Seit ich aus der Mühle raus bin, könnte ich Bäume ausreißen, und ich träume hier auch nicht jede Nacht, wie meine Mutter ...«

Tamy drückte Amelies Hand, die sie noch immer hielt.

»Lass uns lieber das Thema wechseln. Ich habe Sorge, dass es heute Nacht sonst wieder losgeht«, bat Amelie. »Meinst du, du kannst mir mal deine Backstube zeigen?«

»Aber vorher machen wir einen Umweg, denn ich habe so eine Idee, wo die alten Dokumente sein könnten. Großvater war ein Mann, der niemals etwas weggeworfen hätte«, bemerkte Tamy verschwörerisch und blieb abrupt stehen.

»Und deinem Bruder hast du es nicht verraten, weil du befürchtest, er könnte dir zuvorkommen und die Sachen zur Ehrenrettung des alten Bruhns vernichten, oder?«, mutmaßte Amelie.

»Du hast mich durchschaut!«, lachte Tamy. »Und wie!«

»Weißt du, dass es ein Geschenk ist, einer Frau wie dir zu begegnen?«, schwärmte Amelie, während sie Tamy bewundernd musterte und feststellte, dass es eine einzige äußerliche Gemeinsamkeit zwischen ihnen beiden gab: die Farbe der Augen. Sie waren von demselben strahlenden Hellblau. Husky-Kind war sie deshalb in der Schule oft genannt worden. »Kennt ihr das auch in Neuseeland, dass Kinder mit hellblauen Augen mit Schlittenhunden verglichen werden?«

Tamy lachte. »Klar, aber das ist lustig, du hast ähnliche Augen.«

»Meine Schwester hat die auch. Das haben wir von unserer Großmutter Anna geerbt.«

»Ich weiß gar nicht, woher ich die habe. Meine ganze Familie hat grüne Augen. Aber es ergeht mir ähnlich wie dir. Ich freue mich riesig, dass wir uns kennengelernt haben, und ich denke, wir werden viel Spaß haben. Was meinst du, wie lange du bleiben wirst?«

»Eigentlich hatten wir vier Wochen in Nelson geplant und wären dann noch zwei Wochen gemeinsam gereist, bevor ich den Rückflug antreten wollte. Ich hatte mir insgesamt sechs Wochen gegönnt.«

»Und du willst wirklich freiwillig Brote backen?«

Amelie verdrehte die Augen. »Du tust ja gerade so, als wäre das Schwerstarbeit. In meinem Unternehmen arbeiten dreihundert Leute. Da werde ich ja wohl mit ein paar Schwarzbroten fertig.«

»Und es ist dir nicht schwergefallen, den Betrieb hinter dir zu lassen?«

Amelie lachte laut. »Ich habe erst gedacht, ohne mich läuft das keine Stunde. Und dann hat meine Mitgeschäftsführerin Daniela mich in die Mangel genommen. Du bist jetzt im Urlaub, hat sie gesagt! Was nützt es uns, meine liebe Amelie, wenn du dich auch da nicht entspannst? Dann klappst du womöglich demnächst endgültig zusammen! Das hat mir zu denken gegeben. Du musst wissen, vorher hat Daniela nicht die kleinste Entscheidung ohne mich treffen dürfen. Dann aber hat sie Bedingungen gestellt: Wenn ich mir diese Auszeit nehme, darf ich nicht nerven. Und Kontrollanrufe sind verboten«, seufzte sie.

»Und hältst du dich daran?«

»Als wir in Wellington gelandet sind, habe ich es gleich am Gepäckband versucht. Später noch einmal aus Nelson. Daniela behauptet, es würde keine einzige Entscheidung getroffen, ohne dass sie sich fragen: Was sagt Amelie dazu? Aber inzwischen denke ich kaum mehr an die Firma. Verrückt, oder?«

»Gesund würde ich eher sagen«, erwiderte Tamy belustigt. »Bei uns Neuseeländern steht immer der Freizeitwert im Vordergrund. Die Frage ist nicht, was machst du für Zahlen in der Firma, sondern wohin fährst du am Wochenende.«

»Das hat mir schon mal jemand erzählt«, sagte Amelie versonnen, und sie musste erneut intensiv an ihre Fahrt mit David von Picton nach Nelson denken.

Sie waren inzwischen wieder auf dem Weg bergab und Tamy blieb bei einem Nebengebäude stehen.

»Was meinst du, wollen wir mal schauen, ob wir was zu Großmutter Lisa finden?«

»Gern!« Amelie folgte Tamy in das Innere des Schuppens. Gedämpftes Licht drang durch ein paar Ritzen im Holz, bis Tamy einen Holzladen öffnete und Sonnenlicht den Schuppen erhellte. Im Licht der Sonnenstrahlen war der aufgewirbelte Staub deutlich zu sehen.

»Hier war ich seit meiner Kindheit nicht mehr«, seufzte Tamy mit einem prüfenden Blick nach links und rechts. Zu beiden Seiten stapelte sich altes Mobiliar.

»Ich glaube, das stammt alles aus Großvaters altem Haus in Nelson. Er hatte ja längst dieses Haus gekauft, aber das alte in Nelson trotzdem behalten. Erst nach seinem Tod hat mein Vater es für gutes Geld verkauft, aber von den Sachen, die noch im Haus waren, hat er gemäß Testament nicht ein Stück wegwerfen dürfen. Deshalb wurde der ganze alte Krempel hierher gebracht.«

Amelie sah sich skeptisch um. »Und du meinst, wir finden hier tatsächlich alte Unterlagen?«

»Ich will es jedenfalls hoffen. In diesem Haus waren auf jeden Fall weder Fotos aus der Vergangenheit noch sonstige Dokumente aus Großvaters Leben.«

»Woher weißt du das?«

Ein verlegenes Grinsen huschte über Tamys Gesicht. »Weil ich ein neugieriges Kind war und schon damals den Verdacht hegte, dass die Bruhns ein schreckliches Geheimnis verbergen. Ich vermutete, wie viele Kinder in dem Alter, dass ich nicht die Tochter meiner Eltern sei. So durchsuchte ich unser ganzes Haus. Ich fand nichts über meine Großeltern, aber meine Geburtsurkunde! Damit war klar: Ich war nicht adoptiert. Aber findest du es nicht merkwürdig, dass in diesem Haus keinerlei Dokumente existieren? Großvater hat schließlich hier gelebt, und er konnte nichts wegwerfen. In seinen letzten Lebensjahren hat nur Vaters Einsatz verhindert, dass er zum Messie verkam. Mein Vater war stocksauer, dass er den Kram nicht entsorgen durfte. Ich glaube, er hat keinen Fuß in das Haus gesetzt, sondern dem Umzugsunternehmen Order gegeben, alles so in den Schuppen zu packen. Damals hat mein Vater geschimpft, er werde einfach den Schuppen abfackeln, und dann wäre der Müll seines Vaters futsch.«

»Aber das hört sich ja nach Widerstand gegen Großvater Richard an. Ich denke, dein Vater war ihm auch so ergeben.«

»Nach außen war Opa der Größte. Und dass mein Vater mal gewettert hat, war die absolute Ausnahme. Du siehst ja, dass er sich auch nach Richards Tod nicht getraut hat, seinen Kram zu entsorgen.«

»Hast du denn niemals im alten Haus deines Großvaters geschnüffelt?«

Tamy lachte. »Und ob. Obwohl das immer abgeschlossen war, bin ich mal durch ein Fenster eingestiegen. Mit zwölf. Deshalb weiß ich doch, dass es diese Kiste gibt. Ich hatte sie gerade genüsslich geöffnet und konnte mein Glück kaum fassen: Papiere! Ich nehme eines davon in die Hand wie einen seltenen Schatz. Eine Heiratsurkunde. Plötzlich steht Großvater hinter mir. Weiß der Teufel, wie er das spitzgekriegt hat. Wie ein Wilder hat er sie mir aus der Hand gerissen. Aber ich habe den Namen Lisa gelesen, und von da an wusste ich, wie die Frau hieß, deren Existenz in unserem Haus nicht stattfand. Wenn du dieses Haus noch einmal betrittst, werde ich dich verprügeln, dass du nicht mehr weißt, wie du heißt, hat er dann gedroht.«

»Was für ein Fiesling!«, rutschte es Amelie empört heraus.

»Ja, der ›grimmige Großvater‹, wie ich ihn nannte, weil er im Gegensatz zum Vater meiner Mutter ein echtes Ekelpaket war, hat an dem Tag seinem Namen alle Ehre gemacht. Aber er hatte Erfolg damit. Ich hatte ehrlich Angst und habe einen Bogen um das alte Haus gemacht. Es war auch ein wenig unheimlich: Der Garten ganz verwildert, und auf dem Grundstück war wohl mal so etwas wie ein kleines Gartenhaus gewesen. Das war abgebrannt, und die Reste lagen immer noch dort wie ein Mahnmal.«

»Und du glaubst wirklich, dass er diese Kiste nicht vernichtet hat?«

»Man kann nie wissen, aber das wäre eher untypisch für ihn. Was meinst du? Ich schaue mal auf der linken Seite? Du nimmst dir die rechte vor?«

Das Knarren der Tür ließ sie beide gleichermaßen zusammenfahren.

Sie wandten sich um. Im Türrahmen stand ein sichtlich erschrockener Brian.

»Was treibt dich denn zum Schuppen?«, fragte Tamy mit glockenheller Stimme, obwohl sie mit Sicherheit ahnte, was ihr Bruder im Schuppen suchte. Amelie musste sich ein Grinsen verkneifen.

»Ich ... äh ... ich wollte mal nachschauen, ob ...«, stammelte er.

»Brian, Bruderherz, lass es!«, erwiderte Tamy ohne Umschweife. »Wenn wir fündig werden, gehören die Dokumente uns, und wir werden sie nicht entsorgen, ganz gleich, was für eine Wahrheit sie enthüllen!«

»Ich wollte nur nach dem Handwerkszeug sehen«, wollte sich Brian herausreden, aber Amelie glaubte ihm kein Wort.

Murrend verschwand er. Kaum dass die Tür hinter ihm zugeklappt war, brachen die beiden Frauen in Gekicher aus. Und jedes Mal, wenn ihr Gelächter etwas verebbte und sich ihre Blicke erneut trafen, ging es wieder von vorne los.

Amelie wischte sich die Augen, weil sie blind vor Lachtränen war.

»Dann lass uns gründlich suchen und finden. Sonst wird mein Bruder alles auf den Kopf stellen und die Kiste auf Nimmerwiedersehen verschwinden lassen.«

»Gesetzt den Fall, sie existiert wirklich«, warf Amelie zweifelnd ein.

»Jede Wette!«, stieß Tamy kämpferisch hervor. »Du rechts, ich links!«

Amelie nickte und machte sich seufzend daran, die verstaubten Möbel zur Seite zu rücken, um an eine altmodische Anrichte zu gelangen. Die Schubladen waren derart verzogen, dass es ihr nur unter größter Anstrengung gelang, sie zu öffnen. In der ersten befanden sich alte Quittungen und Rechnungen. Das Papier war völlig vergilbt. Auch in der zweiten Schublade hatte sie kein Glück. Sie war leer. Doch als sie die untere Tür öffnete, die entsetzlich quietschte, wusste sie sofort, dass das die gesuchte Kiste sein musste. Vorsichtig holte sie den Kasten hervor. »Ich glaube, das ist sie«, sagte sie. Tamy trat hinzu und blickte ihr über die Schulter. »Tatsache!« Ihre Augen leuchteten. »Das sind Großvater Richards Dokumente.«

Amelie reichte ihr die Kiste. »Wollen wir sie mit ins Haus nehmen?«

Tamy zögerte. »Mir wäre es lieber, wenn Brian nichts von unserem Fund mitbekommt. Ich befürchte, er wird uns die Beute sonst abjagen, um sie verschwinden zu lassen. Anscheinend ahnt er, dass Großvaters Weste gar nicht so rein ist, wie er immer behauptet.«

»Was schlägst du vor?«

Tamy überlegte. »Wir schlagen Brian vor, dass wir jetzt sein Curry essen, und danach fahren wir auf einen Wein nach Nelson in meine Lieblingsbar. Dort gibt es den berühmten Sauvignon Blanc vom Weingut Cloudy Bay. Er schmeckt zwar nicht besser als unsere Eigenmarke, aber er verkauft sich weltweit als hochklassiger neuseeländischer Tropfen.«

»Gute Idee«, pflichtete Amelie ihrer neuen Freundin bei. »Ich habe den mal auf einer Geschäftsreise in London getrunken. Fast so gut wie eure Kreation.«

»Siehst du, und heute Abend lernst du vielleicht sogar den Winzer kennen. Wenn er ausgeht, dann meist in die Bar. Und die Kiste mit den Dokumenten bringen wir auf dem Weg zum Haus ins Auto«, schlug Tamy vor.

Als sie ins Haus zurückkamen, war Brian sichtlich verlegen. Er ahnt, dass wir ihn durchschaut haben, dachte Amelie.

Tamy lächelte ihren Bruder an, als wäre nichts geschehen. »Sag mal, würde es dir etwas ausmachen, wenn wir uns jetzt über dein Werk hermachen? Wir würden gern danach einen Mädelsausflug in die Trafalgar-Bar unternehmen.«

»Ich dachte, wir machen was zusammen«, entgegnete Brian und warf Amelie einen strafenden Blick zu.

»Morgen bestimmt«, erwiderte sie rasch, doch das brachte ihr einen noch vorwurfsvolleren Blick ein. »Morgen fahre ich zu einer Tagung nach Napier.«

Amelie überlegte. Sollte sie dann nicht lieber das Treffen mit Tamy auf morgen verschieben? Vernünftig wäre es, ging ihr durch den Kopf, aber ihre Neugier siegte. Sie brannte förmlich darauf, einen Blick in die Kiste zu werfen.

»Dann sehen wir uns eben, wenn du wiederkommst«, säuselte sie.

»Ich mache das Essen fertig«, entgegnete er kühl und verschwand.

Tamys Handy klingelte, und sie verließ ebenfalls den Raum.

Amelie fühlte sich gar nicht wohl in ihrer Haut, aber sie konnte nichts dagegen tun. Wenn sie mit Brian ausging, würde sie den ganzen Abend bedauern, dass sie die Chance vertan hatte, mit Tamy in der Vergangenheit zu schnüffeln.

Als Brian wenig später mit dem dampfenden und wohlriechenden Curry zurückkehrte, wirkte er zugeknöpft und verbissen. Er nimmt es mir übel, keine Frage, stellte Amelie fest.

Sie lobte das wohlschmeckende Gericht besonders überschwänglich, um Brians Stimmung zu heben. Vergeblich. Er blieb auch während des Essens einsilbig. Als Tamy für einen Augenblick das Zimmer verließ, sprach Amelie Brian darauf an.

»Warum bist du so schlecht gelaunt? Deine Schwester hat dir nichts getan, oder?«

»Doch, sie nimmt dich komplett in Beschlag und steckt dich zudem mit ihrem Verfolgungswahn bezüglich unseres Großvaters an. Du scheinst ja ganz heiß darauf, an der Demontage von Richard Bruhns mitzuwirken«, stieß er wütend hervor.

»Das stimmt nicht. Richard Bruhns ist mir völlig gleichgültig. Mich interessiert einzig und allein das Schicksal meiner Großtante. Und du musst zugeben, dass es ein wenig merkwürdig ist, wenn eine Frau spurlos verschwindet.«

»Sie hat meinen Großvater verlassen, und was weiß ich, wohin es sie verschlagen hat. Vielleicht ist sie nach Australien gegangen. Ich glaube jedenfalls nicht an irgendwelche Verschwörungstheorien wie meine Schwester.«

»Verstehst du nicht, dass ich alles tun muss, um meiner Großmutter eine Antwort auf ihre Fragen zu geben?«

Brian zuckte die Schultern. »Doch, aber du wirst nichts herausbekommen. Glaubst du, mein Großvater hat damals nicht versucht, etwas über den Verbleib dieses Weibs herauszubekommen?« Brian hatte sich in Rage geredet. Seine Stimme war laut und schneidend.

Obwohl Amelie angesichts seiner Wortwahl heftig schlucken musste, legte sie ihm beschwichtigend die Hand auf den Unterarm. »Wir wollen uns nicht streiten. Ich mache das nicht, um dich zu ärgern ...«

»Versprich mir, dass du mit Tamy nicht mehr über die Sache redest!«

»Warum sollte ich?« Amelie wollte zwar jeden Streit mit Brian vermeiden, aber sie ließ sich von ihm nicht vorschreiben, was sie in dieser Sache unternahm.

»Weil Tamy schon als Kind ständig Unfrieden gestiftet hat mit ihren lächerlichen Anwürfen, dass es bei uns entsetzliche Familiengeheimnisse geben müsste. Sie hat in Großvaters Sachen geschnüffelt, sie hat mich genervt mit ihrem Verdacht, sie sei adoptiert … Ich habe meine Schwester wirklich von Herzen lieb, aber in dem Punkt ist sie eine schreckliche Nervensäge. Und es wäre fatal, wenn du dich zu ihrer Komplizin machen würdest.«

»Das hört sich ja an, als würde sie ein Verbrechen begehen, nur weil sie ein mögliches Familiengeheimnis aufklären möchte. Hast du nie mit dem Gedanken gespielt, dass das Verschwinden meiner Großtante nicht mit rechten Dingen zugegangen sein könnte?«

Brian stöhnte genervt auf. »Weißt du was? Das war in den Dreißigerjahren des vergangenen Jahrhunderts. Was will man heute daran rühren? Die Menschen, um die es geht, sind lange tot …«

»Meine Großmutter lebt, und wer weiß, wie lange noch. Und sie möchte nicht sterben, ohne zu wissen, was mit ihrer Schwester geschehen ist. Soweit es in meiner Macht steht, etwas über Lisa Bruhns Verbleib herauszufinden, werde ich jeden Strohhalm ergreifen.«

»Das heißt, du stocherst gemeinsam mit meiner Schwester in der Vergangenheit herum? Keinen interessiert diese Frau, die unseren Großvater vor Urzeiten verlassen hat. Dann kannst du dich ja gleich mit Mister Taumaunu zusammentun, einem Mann mit krankhaftem Verfolgungswahn!«

Amelie hatte genug. Ihr gingen Brians Vorwürfe auf die Nerven. Wenn er wüsste, dass wir die Kiste haben, dachte sie. Sie erhob sich rasch.

»Ich schaue mal, wo deine Schwester ist. Wir machen uns jetzt jedenfalls einen schönen Abend.«

Brian stand ebenfalls auf und fasste Amelie an den Schultern. »Ich will doch nur vermeiden, dass du dich unnötig in diese ganze Sache reinziehen lässt«, sagte er beschwörend. Amelie presste trotzig die Lippen aufeinander. »Du bist mir nicht gleichgültig. Im Gegenteil, ich empfinde viel für dich und würde alles für dich tun.«

»Dann lass mich das machen, was ich machen muss!«, erwiderte Amelie wütend.

»Amelie, verdammt, ich habe mich in dich verliebt!«

»Brian, ich mag dich auch sehr gern. Deshalb finde ich es ja auch so dumm, wenn wir uns streiten. Kannst du es nicht einfach mir überlassen, ob ich in der Vergangenheit herumwühle oder nicht?«, entgegnete sie versöhnlich.

»Gut, aber dann verrätst du mir, ob ihr belastende Dokumente gefunden habt. Deswegen seid ihr doch in der Scheune gewesen, oder?«

»Das kann ich dir nicht sagen. Ich habe das Gefühl, dass du danach trachtest, die Dokumente verschwinden zu lassen, wenn wir sie denn gefunden hätten.«

»Nein, aber ich finde es nicht okay, dass meinem Großvater womöglich etwas angehängt wird, es dann überall in Nelson herumposaunt und damit der Ruf unserer Familie ramponiert wird. Ich glaube, meine Schwester hat keinen Schimmer, wie wichtig es in dieser Gegend noch immer ist, ob der Großvater ein anständiger Kerl gewesen ist oder nicht. Wir haben hier keine Ahnengalerien bis anno sonst was. Man kennt sich in der Gegend persönlich, und es spielt eine große Rolle, wie unsere Groß- oder Urgroßväter waren. Die persönlichen Biografien sind das, was zählt.«

Brian hatte sich in Rage geredet. Die Leidenschaft, die er in diesem Augenblick ausstrahlte, war Amelie nicht unsympathisch. Im Gegenteil, sie hätte ihn am liebsten in den Arm genommen und ihm versichert, dass sie nicht hergekommen war, um seine Familie zu demontieren, sondern um herauszufinden, wohin ihre Großtante Lisa Bruhns spurlos verschwunden war. Und es würde sie persönlich vielleicht auch nicht so sehr packen, wenn sie nicht Großmutter Anna verpflichtet wäre. Diese Frau hatte immer zu ihr gestanden und liebte sie bedingungslos. Für Amelie wäre der Gedanke unerträglich, etwas versäumt zu haben, womit sie ihrer Großmutter womöglich den sehnlichsten Wunsch erfüllen konnte.

»Lass uns doch Folgendes vereinbaren«, schlug sie vor. »Ich halte dir gegenüber meinen Mund. Selbst wenn ich etwas herausfinde, was dir nicht in den Kram passt, verspreche ich dir, es lediglich meiner Großmutter mitzuteilen und es keineswegs an die große Glocke zu hängen.«

»Okay, ich geb's auf. Ich sage nichts mehr dazu.« Er lächelte sie gewinnend an und wurde damit in Amelies Augen noch attraktiver als zuvor. Sie ließ es zu, als sich sein Mund ihren Lippen näherte. Sie erwiderte seinen Kuss und konnte nicht umhin festzustellen, wie gut er küsste.

»Oh, ich wollte nicht stören«, ertönte Tamys Stimme mit einer Spur von Spott.

»Nein, nein, du störst nicht. Ich wollte dich gerade suchen«, erklärte Amelie verlegen.

»Wir können den Wein auch morgen trinken gehen«, entgegnete Tamy und musterte Amelie belustigt.

Amelie aber befreite sich sanft aus Brians Umarmung. »Lass uns gehen. Ich bin sehr neugierig auf den traumhaften Sauvignon vom Zauberwinzer.« Und sie zog ihre neue Freundin mit sich.

»Ach, der kocht doch auch nur mit Wasser«, rief ihnen Brian verächtlich hinterher.

Nelson, Mai 1932

Seit jenem Weihnachtsabend bin ich nicht mehr dazu gekommen, dem Tagebuch meine geheimsten Gedanken anzuvertrauen. Vielleicht hatte ich auch Sorge, Richard würde mich dabei erwischen und womöglich lesen, was ich über meine Gefühle für Rongo niedergeschrieben habe.

Manchmal spiele ich sogar mit dem Gedanken, das Geschriebene zu vernichten. Wenn ich mir vorstelle, es würde in die falschen Hände geraten! Aber das brächte ich nicht übers Herz. Eben habe ich alles noch einmal gelesen und bittere Tränen geweint. Rongo habe ich nicht wiedergesehen bis gestern. Aber alles der Reihe nach. Ich kann nicht mit dem Grauen beginnen. Ich würde gleich wieder in Tränen ausbrechen. Heute bin ich in meinem Pavillon in Sicherheit. Das habe ich Doktor Tenson zu verdanken und natürlich … aber eins nach dem anderen.

Die Tage nach dem Weihnachtsfest verliefen recht freudlos. Ich musste immerzu an Rongo denken. Je mehr ich versuchte, mir ihn aus dem Herzen zu reißen, desto näher fühlte ich mich ihm. Ständig sah ich sein Gesicht vor mir und jedes Mal kamen mir die Tränen. Ich konnte diese Gefühlsausbrüche nicht vor Richard verbergen, aber der sah darin Anzeichen für eine mögliche Schwangerschaft. Ich ließ ihn in dem Glauben, doch als meine Regel zwei Monate ausgeblieben war, hatte ich die Gewissheit: Ich war tatsächlich schwanger! Nun wurde ich noch gefühliger. Und litt unter einem entsetzlich schlechten Gewissen. Immer dann, wenn ich an das kleine Wesen in meinem Bauch denken wollte und in meine grenzenlose Sehnsucht zu Rongo abschweifte. Ich hatte gehofft, das würde aufhören, als sich meine Schwangerschaft bestätigte, aber leider spukte er noch genauso intensiv durch meine Fantasien wie zuvor.

Richard war außer sich vor Glück und erzählte die Neuigkeit überall herum. Kurz darauf standen daraufhin Mary und Julie mit Bergen von Babysachen vor meiner Tür. Auf einen Schlag war Mary wieder nett zu mir, als wäre ein Schalter umgelegt. Und trotzdem spürte ich eine merkwürdige Leere in mir. Ich dachte, ich würde außer mir vor Freude sein, sobald ich schwanger war, doch ich fühlte mich seltsam beschwert. Und ich konnte Richards Nähe nicht ertragen. Weder seinen Geruch noch seine Hände auf meinem Körper. Ich hatte gehofft, er würde mich in Ruhe lassen, wenn er sein Ziel erreicht hatte, aber das Gegenteil war der Fall. Er wollte ständig mit mir schlafen. Ich ließ es stoisch über mich ergehen und dachte in solchen Augenblicken an Rongo. Ich malte mir aus, wie er meine Brüste zärtlich streicheln und nicht wie Teig kneten würde ...

Richard merkte von meinem inneren Zwiespalt nichts. Er schwebte im siebten Himmel. Und ich hielt mich für schrecklich undankbar. Was hätte ich vor einem Jahr darum gegeben, von meinem Mann derart auf Händen getragen zu werden. Außerdem war er beruflich äußerst erfolgreich. Unsere Obstplantage machte ordentlich Gewinn.

Ich spreche in der Vergangenheit, weil Richard in einem einzigen Augenblick alles zunichtegemacht und sein wahres Gesicht gezeigt hat.

Es war vor drei Tagen. Ich bin inzwischen im fünften Monat schwanger. Man sieht schon ein kleines Bäuchlein. Jedenfalls kam er an besagtem Abend völlig betrunken nach Hause. Ich war bereits im Bett und stellte mich schlafend, als sich seine schweren Schritte näherten. Dabei ahnte ich nichts Böses. Doch nachdem er sich ausgezogen hatte, beugte er sich über mich. Da roch ich seine

Fahne, und es kostete mich einige Überwindung, meinen Ekel zu verbergen. Ich hoffte, er würde akzeptieren, dass ich bereits im Tiefschlaf war. Stattdessen fing er an, mich zu rütteln und mir Koseworte zuzuraunen: »Liebes, dein Mann ist zu Hause« und »Schatz, aufwachen!« Ich aber hielt die Augen fest geschlossen, wenngleich mir körperlich übel wurde.

Dann stockte mir der Atem. Richard wälzte sich ungelenk über mich und versuchte, mir gewaltsam die Schenkel zu spreizen.

Ich riss die Augen auf und blickte in sein versoffenes Gesicht. Er hatte das Licht angelassen, sodass mir der Anblick nicht erspart blieb. »Lass das!«, fauchte ich.

»Du bist meine Frau«, lallte er.

»Das ist kein Grund, mich mitten in der Nacht zu überfallen!«, giftete ich zurück. »Schlaf jetzt!«, fügte ich aufgebracht hinzu.

Er sah mich aus roten Augen erstaunt an, doch dann huschte ein Grinsen über sein Gesicht. »Ach, du willst mit mir spielen, was?«

»Ich möchte schlafen!«, konterte ich.

»Wann du schläfst, entscheide immer noch ich«, erwiderte er grinsend, bevor er versuchte, seine Hand unter mein Nachthemd zu schieben. Ich hielt sie entschieden fest und funkelte ihn zornig an. »Bitte lass mich endlich schlafen!«

Ihn aber schien meine Gegenwehr regelrecht aufzustacheln. Erneut versuchte er, meine Beine zu spreizen. Er war bereit, in mich einzudringen, und das trotz seiner Suffs.

»Ich will nicht mit dir schlafen. Und das ist kein Spiel!«, brüllte ich und wollte ihm den Rücken zudrehen, doch er hinderte mich daran und packte mich nur umso brutaler an.

»Du willst es doch auch«, zischte er und fixierte meine Arme mit einem geschickten Griff über dem Kopf, bevor er mit der anderen Hand mein Nachthemd hochschob.

Ich fühlte mich ihm derart hilflos ausgeliefert, dass mir Tränen in die Augen traten. »Bitte, Richard, lass mich schlafen«, flehte ich. Vergeblich, denn er presste mit einem harten Griff meine Beine auseinander, und ehe ich mich versah, war er rücksichtslos in mich eingedrungen. Ich schrie laut auf vor Schmerz, aber das schien ihn nur noch mehr anzufeuern. Eine Reihe brutaler Stöße folgte, bevor er sich stöhnend zur Seite wälzte und zu schnarchen begann. Ich blieb wie betäubt liegen. Mein Schoß schmerzte. Als ich endlich begriff, was Richard mir angetan hatte, spürte ich ein grausames Ziehen im Unterleib, so als würde ich meine Regel bekommen. Ich rührte mich nicht aus lauter Angst, meine Blutungen würden einsetzen und ich würde mein Kind verlieren. Nach einer halben Ewigkeit wagte ich, aufzustehen. Zwischen meinen Beinen klebte seine Flüssigkeit, was mir einen Brechreiz verursachte.

Ich stand auf und flüchtete ins Badezimmer. Dort wusch ich mich mit warmem Wasser. Zwischen meinen Schenkeln brannte es höllisch. Ich hatte das Gefühl, eine Wunde davongetragen zu haben. So brutal, wie Richard in meine trockene Scheide eingedrungen war, wäre das kein Wunder. Plötzlich schoss eine derartige Übelkeit in mir hoch, dass ich mich heftig übergeben musste. Ich schaffte es, mich ins Waschbecken zu erbrechen. Und dann wollte mich ein schneidender Schmerz im Unterleib förmlich zerreißen. Ich ging in die Knie. Zitternd lehnte ich mich an die Wandfliesen. Würde ich eine Fehlgeburt erleiden? Seltsamerweise war mir dieser Gedanke in dem Moment völlig gleichgültig. Ich war so tief beschämt und fühlte mich elend beschmutzt, dass ich nur noch Kälte für das ungeborene Wesen in meinem Bauch empfand. Ja, ich wünschte für den Bruchteil einer Sekunde sogar, es möge mich verlassen. Ich wollte kein Kind von diesem Kerl!

Doch dann verspürte ich nichts als die nackte Angst bei der Vorstellung, dass Richard das unschuldige Baby womöglich getötet hatte. Ein neuerliches Ziehen durchfuhr mich. Tränen schossen mir in die Augen. Mit einem Mal dominierte der Wunsch, das Kind auf keinen Fall zu verlieren.

Nachdem der Schmerz abgeklungen war, stand ich vorsichtig auf und stützte mich auf dem Waschbecken ab. Mein Spiegelbild zeigte mir ein eingefallenes graues Gesicht, eine Vogelscheuche, deren Haar zu allen Seiten abstand. Ich versuchte, mir mit kaltem Wasser rosige Wangen zu zaubern, und ging mit einer Bürste durch das verfilzte Haar.

Es pochte in meinem Unterleib. Das konnten aber auch Tritte des Kindes sein, versuchte ich mich zu beruhigen. Ich lehnte mich gegen die Wand und überlegte. Ich konnte nicht einfach abwarten, bis ich mein Kind verlor. Was ich jetzt brauchte, war ein Arzt. Ich zog mich langsam an. Immer wieder wurde ich von Unterleibsschmerzen unterbrochen. Ein Blick auf meine Uhr zeigte mir an, dass es genau zweiundzwanzig Uhr war. Zu Doktor Tenson waren es zu Fuß bestimmt zwanzig Minuten, aber was gab es für eine Alternative? Ich könnte einen Krankenwagen rufen, aber der Gedanke missfiel mir. Dann würde ich auf fremde Ärzte treffen, und die würden mit Sicherheit erkennen, dass ich kürzlich vergewaltigt worden war. Zusätzlich zu den Schmerzen zwischen den Beinen und dem Unterleib hatte ich auch an Oberarmen und Schenkeln diverse blaue Flecken davongetragen. Ich schämte mich zutiefst für das, was mein Mann mir angetan hatte. Aber das Wohl des Kindes stand an erster Stelle. Ich hatte keine Wahl und schlich mich aus dem Schlafzimmer, ohne den schnarchenden Richard auch nur eines Blickes zu würdigen.

Nelson, November 2012

»Ist dein Bruder immer so schnell beleidigt?«, erkundigte sich Amelie, als sie in Tamys Jeep stiegen.

»Nein, eigentlich macht er auf cool. Aber ich befürchte, mein Bruderherz ist rettungslos verliebt.«

»Und das macht ihm so schlechte Laune?«, scherzte Amelie.

»Wohl eher die Tatsache, dass du dich bedeckt hältst. Versprich mir, dass du nicht mit seinen Gefühlen spielst.«

»Warum sollte ich? Aber mir ist ganz und gar nicht nach einer ernsthaften Beziehung am anderen Ende der Welt. In knapp sechs Wochen bin ich zurück in Hamburg. Und das weiß dein Bruder doch. Aber eine kleine Affäre ... wer weiß?«

»Du bist wenigstens ehrlich«, seufzte Tamy. »Und du hast ja recht. Mach ihm keine Hoffnungen. Sonst muss ich sein gebrochenes Herz versorgen, wenn du abgereist bist. Hast du denn in Deutschland eine feste Beziehung?«

»Nein, nichts«, entgegnete Amelie. »Zu Hause steht die Arbeit an erster Stelle. Wie soll ich da eine Beziehung eingehen? Wenn ich nicht bis abends arbeite, habe ich zumindest Meetings oder bin auf Geschäftsreise. Ich befürchte, ich bin nicht beziehungsfähig.«

Tamy schickte Amelie einen zweifelnden Seitenblick. »Ich denke, wenn der Richtige kommt, würdest du anders denken.«

»Und bei dir?«, versuchte Amelie von sich abzulenken. »Hast du den Richtigen bereits gefunden?«

Tamy schien eine Weile nachzudenken. »Es gibt da jemanden, aber der ist für mich unerreichbar«, murmelte sie schließlich.

»Verheiratet?«

»Nicht mehr, aber trotzdem weiß ich, dass ich für ihn nie mehr als eine gute Freundin sein kann, wenn überhaupt.«

»Aber du bist in ihn verliebt?«

»Nur heimlich«, lachte Tamy. »So heimlich, dass ich es niemandem je verraten würde, wer er ist.«

»Es ist ja nicht so, dass ich mich nicht gern verlieben würde«, erwiderte Amelie versonnen, denn in diesem Augenblick kam ihr wieder David in den Sinn. Sie sah seine dunklen Augen vor sich, seinen sinnlichen Mund, sie roch sein Rasierwasser, sie träumte sich in seinen Arm ... Wie gut, dass ich keine Affäre mit ihm begonnen habe, sagte sie sich, ich wäre unrettbar verloren.

»Da wären wir!« Tamy riss Amelie aus ihren Gedanken. Sie hatten in einer Seitenstraße der Fußgängerzone geparkt. Die Bar befand sich im Zentrum neben dem Hopgood's. Sie war ziemlich leer, als sie das Innere betraten. Gegen achtzehn Uhr ging noch kaum jemand aus. Das kam den beiden sehr entgegen, wollten sie doch in einer ruhigen Ecke ungestört den Inhalt der Kiste untersuchen. Sie fanden einen Tisch, der ihren Wünschen entsprach, und Tamy orderte eine Flasche Sauvignon Blanc.

Amelie stellte fest: »Sag mal, dein Bruder hat ja wirklich ein Riesenproblem damit, dass du Nachforschungen anstellst. Er behauptet sogar, dass ihm der Name Lisa nichts sagt.«

»Sag ich ja. Er war Großvaters Liebling! Und der Name von dessen erster Frau wurde tatsächlich in diesem Hause nicht ausgesprochen. Ich habe ihn erstmalig – wie ich dir bereits erzählte – beim Schnüffeln in seinem alten Haus entdeckt. Einmal habe ich gewagt, ihn in den Mund zu nehmen. Eigentlich nur, um Großvater zu provozieren, der wieder einmal sturzbetrunken und pöbelnd am Mittagstisch saß. Er hätte mir am liebsten eine Ohrfeige verpasst, aber das hätte meine Mutter gegen ihn aufgebracht, denn sie hat uns gegen den Jähzorn der Männer stets wie eine Löwin verteidigt.«

Tamy öffnete den Deckel der Kiste und rümpfte die Nase. Ihr

schlug ein Duft nach altem Papier und Mottenkugeln entgegen. Sie griff beherzt hinein, holte einen Stapel Fotos und Unterlagen heraus und legte ihn auf den Tisch.

»Bedien dich!«, sagte Tamy und nahm als Erstes ein paar Fotos zur Hand. Sie zeigten ihren Vater Rufus. »Schau mal, wie traurig er in die Kamera blickt«, bemerkte sie. Als sie das nächste Foto zur Hand nahm, stieß sie einen Entzückensschrei aus. »Schau mal, das muss mein Vater als Baby gewesen sein. Wenn ich gewusst hätte, dass er jemals so niedlich gewesen ist. Er war so ein unglücklicher Mensch. Das habe ich schon als Kind gespürt. Er hat mir immer leidgetan, aber ich konnte das nie so zeigen. Erst als er dann starb, war ich ihm in den letzten Stunden sehr nah. Er wollte mir etwas sagen, aber er konnte nicht. Das hat mich auf gewisse Weise mit ihm versöhnt, weil er Brian immer vorgezogen hat. Vielleicht war ich meiner Mutter zu ähnlich ...« Tamy unterbrach sich hastig.

»Was war mit deiner Mutter?«

Tamy stieß einen tiefen Seufzer aus. »Sie ist ertrunken, aber wir wissen nicht, ob sie absichtlich so weit rausgeschwommen ist oder nicht. Die Ehe meiner Eltern war nicht besonders glücklich. Mein Vater Rufus litt immer wieder an Anfällen von Schwermut. Dann konnte er keinen Menschen um sich haben, nicht mal meine Mutter. Aber lass uns von etwas anderem reden.« Sie griff nach einem weiteren Foto.

»Schau, das ist Großmutter Bonnie mit meinem Vater auf dem Arm. Ich wusste gar nicht, dass es überhaupt Fotos von ihr gibt. Aber wer soll das sonst sein?«

Amelie warf einen Blick auf das Bild.

»Sieh nur, wie zärtlich sie sein Gesicht an ihres drückt. Das wirkt sehr vertraut. Vielleicht hat dein Vater nicht verwunden, dass er so früh von ihr getrennt wurde und sie von einem Tag auf den anderen aus seinem Leben verschwunden ist. Verrückt sieht sie nicht gerade aus. Oder?«

»Aber sehr jung. Wie alt mag sie da sein?«

»Keine zwanzig würde ich sagen.«

»Hm.« Tamy konnte sich gar nicht von dem Anblick losreißen. Doch dann nahm sie einen Stapel mit Naturfotos zur Hand.

»Wow, als ob die ein Fotograf gemacht hätte«, rief sie begeistert aus und breitete einige so auf dem Tisch aus, dass auch Amelie sie betrachten konnte.

»Was ist das?« Amelie deutete auf ein Bild, das eine stachelige Frucht zeigte, die entfernt an eine Kiwi erinnerte.

Tamy lachte. »Mein Großvater war der erste Obstfarmer, der versuchte, das zu züchten, was wir heute als Kiwis kennen. Aber ohne Erfolg. Damals nannte man die Frucht noch chinesische Stachelbeere. Weil angefangen hat die Geschichte der Frucht, die wir als Kiwi kennen, im Jahr 1902 mit der Lehrerin Isabel Fraser. Sie leitete das Wanganui Girls College in Neuseeland und besuchte Missionsschulen in China. In ihrem Reisegepäck brachte sie die Samen des Mihou-Tao-Busches, biologisch *Actinidia deliciosa* genannt, mit zurück nach Aotearoa. Der Gärtner Alexander Allison setzte 1906 den ersten Samen ein, und 1910 trugen die ersten Büsche Früchte. Die sahen aus wie große Stachelbeeren und schmeckten auch so ähnlich, und deswegen nannte man sie chinesische Stachelbeere, *Chinese Gooseberry*. Im größeren Rahmen wurden sie aber erst in den Vierzigerjahren angepflanzt.«

»Wow!«

»Ich bin Lehrerin«, lachte Tamy. »Aber jetzt greif du mal in unseren Schatz!«

Amelie überlegte. Fotos hatten sie jetzt genügend gesichtet. Warum nicht zu einem der vergilbten Dokumente greifen? Sie entschied sich zunächst für eines, das von der Beschaffenheit des Papiers her offenbar neueren Datums war. Sie faltete das Schriftstück auseinander und stutze. Es handelte sich um einen Vertrag, irgendetwas daran irritierte sie. Es war der Vertrag zwischen Richard Bruhns und einer Einrichtung mit dem Kürzel ORH in Dunedin. Über den Aufenthalt einer gewissen Bonnie Bruhns.

»Ich habe hier den Heimvertrag«, sagte sie und reichte Tamy das Dokument.

Die stierte fassungslos darauf. »Siehst du das?«, fragte sie schließlich. Sie deutete mit dem Finger auf die Adresse des Heims.

»Ja, aber was ist so schlimm daran?«

Tamy holte tief Luft. »Man hat uns erzählt, Bonnie wäre in Auckland, aber in Wirklichkeit lebte sie in Dunedin. Warum hat man uns derart belogen?«

Amelie nahm einen tiefen Schluck des wohlschmeckenden Weins.

»Was ist denn daran verkehrt?«

»Dass man uns hat weismachen wollen, unsere Großmutter sei in Auckland. Warum diese Irreführung?«

Amelie zuckte die Schultern. »Wenigstens haben wir jetzt die Adresse. ORH.«

»Was uns wohl an weiteren Überraschungen erwartet?«, seufzte Tamy.

»Ich sehe noch mal die Fotos durch«, sagte Amelie und ihr Blick blieb bei einem Porträtbild hängen. Ihr Puls beschleunigte sich. Das Foto zeigte eine bildschöne und elegante Dame. Sie war groß, hatte blondes Haar und betörende Augen. Amelie wusste sofort, wer sie war. Genauso hatte Großmutter Anna auf ihren Jugendbildern ausgesehen. Das war also Lisa Bruhns. Amelie wollte das Foto Tamy reichen, aber die stammelte immer nur: »Das gibt's doch nicht. Das gibt's doch gar nicht!«

»Hast du was gefunden?«

»Das kann man wohl sagen.« Tamys Stimme war heiser vor Aufregung. Sie reichte Amelie das Dokument.

»Das gibt es wirklich nicht!«, stieß auch Amelie fassungslos hervor, nachdem sie es mehrfach überflogen hatte und dann vor sich auf dem Tisch ablegte.

Die beiden Frauen sahen einander kopfschüttelnd an.

»Und ihr habt es nicht geahnt?«

»Nein, es gab keinen Zweifel daran, dass Großmutter Bonnie die Mutter meines Vater ist.«

Amelie nahm die Geburtsurkunde noch einmal zur Hand und las das Ungeheuerliche erneut laut vor. »Rufus Bruhns. Mutter: Lisa Bruhns, geb. Peters, am 12. Juni 1911 in Hamburg. Vater …«

»Dann wären wir beide ja verwandt«, murmelte Tamy versonnen. »Ich glaube, so etwas wie Großcousinen.«

»Ich würde vorschlagen, dass wir Brian erst einmal nichts davon sagen, bevor wir mehr über Lisas Verbleib erfahren haben. Für heute ist mein Bedarf an aufregenden Entdeckungen allerdings gedeckt. Bonnie lebt in Dunedin und war gar nicht eure Großmutter! Brian wird diese Information bestimmt nicht gefallen!« Amelie raffte den Stapel Dokumente zusammen und warf ihn zurück in die Kiste.

»Mir geht's wie dir. Mehr verkrafte ich nicht an einem Abend«, bestätigte Tamy. »Du hast recht. Wir involvieren Brian nicht. Ich habe immer geahnt, dass da was oberfaul ist.«

»Aber wieso hat dein Vater das verheimlicht? Er wird seine Mutter doch gekannt haben.«

»Weiß man's? Vielleicht haben sie Lisa das Kind weggenommen, als er noch ein Baby war. Ich weiß ja nicht, wann Lisa genau verschwunden ist.«

Amelie goss Tamy und sich auf den Schrecken die Gläser randvoll.

»Auf dass wir nicht ruhen, bevor wir die ganze Wahrheit herausgefunden haben«, rief Tamy kämpferisch aus.

»Auf die Wahrheit!«, erwiderte Amelie, bevor sie ihr Glas hinunterstürzte. Tamy tat es ihr nach.

»Wir müssen verwandt sein. Bei dem Zug!«, lachte Amelie. Sie ist mir so vertraut wie eine Schwester, schoss es ihr durch den Kopf, und sie dachte mit einem Hauch von Wehmut an Marie. Die war einfach abgehauen ohne ein Wort des Abschieds, aber daran wollte sie jetzt lieber nicht denken. Was die wohl sagen würde, wenn sie erfuhr, was sie bereits über Lisa herausgefunden hatte und dass sie an der Quelle saß?

Die beiden Frauen kehrten erst spät in dieser Nacht zur Farm zurück. Sie gingen den ganzen Weg zu Fuß. Arm in Arm und stark schwankend. Aber mit der Kiste. Sie hatten sich nicht getraut, sie im Wagen zu lassen. Über eine halbe Stunde waren sie schon unterwegs. Und es war alles andere als warm. Im November konnte es manchmal am Tag hochsommerlich warm sein und in der Nacht dann wieder sehr kalt werden.

»Und du verrätst es wirklich keinem Menschen, wen du wirklich liebst?«, fragte Amelie Tamy zum wiederholten Mal mit schwerer Zunge.

»Du nervst. Ich habe doch gesagt, ich erzähle es keinem Menschen. Nachher geht es in Nelson wie ein Lauffeuer um.«

»Aber mir kannst du es erzählen. Ich fahre bald wieder ans andere Ende der Welt. Ich schwöre, es bleibt mein Geheimnis. Außerdem kenne ich den gar nicht.«

»Irrtum«, lallte Tamy.

»Nun mach's nicht so spannend. Ich sterbe vor Neugier!«

»Es ist David«, seufzte Tamy tief.

»David Taumaunu?« Amelie war auf der Stelle vollkommen nüchtern.

»Findest du das so schlimm?«

»Nein, nein, gar nicht, nein, er ist, nein …«, stammelte Amelie.

»Kein Wort zu meinem Bruder!«, zischte Tamy.

»Kein Wort zu niemandem!«, erwiderte Amelie, während es in ihrem Kopf wild durcheinanderging. In der einen Sekunde fand sie es entsetzlich, dass sie in denselben Mann verliebt waren, in der anderen versuchte sie sich damit zu trösten, dass diese Reise in der Tat schon bald wieder der Vergangenheit angehören würde.

»Hat dich das so geschockt, dass es dich zum Verstummen gebracht hat?«, fragte Tamy sie, als sie vor der Tür des Haupthauses ankamen.

Amelie behauptete, dass sie nur müde und drei Flaschen Wein zu zweit einfach nicht gewachsen war. Was für ein Tag, dachte sie, und ich habe geglaubt, in Neuseeland gäbe es nur Schafe …

»Wirklich alles in Ordnung?«, hakte Tamy skeptisch nach.

Amelie nickte, bevor sie sich hastig von Tamy verabschiedete und im Dunkel der Nacht in Richtung Gästehaus stolperte.

Nelson, Mai 1932

Draußen auf der Straße peitschten mir Regen und Sturm entgegen. Dieses Wetter gab es in Nelson nur an Spätherbsttagen wie diesem oder im Winter. Ich zog mir die Kapuze meines Mantels tief ins Gesicht und kämpfte gegen den Sturm an. Völlig durchgefroren und am ganzen Körper zitternd erreichte ich Doktor Tensons Haus und betete, dass er zu Hause sein möge.

Endlich öffnete Julie. »Du?«, fragte sie erstaunt. »Ist was passiert? Du siehst ja aus wie ein Gespenst!«

»Kann ich reinkommen? Ist dein Mann da?«

»Nein, er ist noch einmal in die Praxis gegangen. Er hatte einen Notfall.«

Ich seufzte schwer. Das bedeutete, dass ich wieder zurückgehen musste. Die Praxis lag auf der Mitte zwischen unserem Haus und dem der Tensons.

Ich drehte mich wortlos auf dem Absatz um, doch Julie hielt mich fest. »Willst du mir gar nicht erzählen, was geschehen ist?« In ihrer Stimme lag eine Spur von Vorwurf.

»Später!«, sagte ich, bevor ich einen Schmerzensschrei ausstieß. Wieder so eine Attacke.

»O Gott, ist was mit dem Kind?« Julie war überaus besorgt.

Ich nickte nur.

»Warte, ich ziehe mir was an.« Julie schlüpfte hastig in ihren Regenmantel und reichte mir ihren Arm. »Stütz dich auf mich. Ich kann dich doch nicht allein gehen lassen. Tut es noch weh?«

»Nein, es sind Schübe. Nun ist wieder Ruhe«, stöhnte ich. So gingen wir durch die regnerische Nacht. Regen und Sturm waren so laut, dass Julie gar nicht erst versuchte, mich mit neugierigen Fragen zu löchern. Ich war völlig fertig, als wir vor der Praxistür ankamen. Der Doc starrte uns entgeistert an, aber dann zog er mich in den Flur.

»Was ist geschehen?«, fragte er.

»Können wir ...« Ich stockte. Auf keinen Fall wollte ich in Julies Gegenwart darüber sprechen.

Arthur Tenson verstand. »Schatz, wartest du bitte hier? Ich gehe mit Lisa ins Behandlungszimmer.«

Das missfiel Julie offensichtlich. Der Doc kümmerte sich aber nicht darum, sondern geleitete mich in sein Sprechzimmer. Als ich den Behandlungsraum betrat, zitterte ich am ganzen Körper. Ich mochte gar nicht meinen Mantel ausziehen, weil ich befürchtete, auf der Stelle zu erfrieren.

Doc Tenson legte mir eine Wolldecke um die Schultern, eine zweite über den Schoß.

»Besser?«

Tränen schossen mir in die Augen. Ich nickte.

»Kannst du jetzt reden?«

Ich holte ein paar Mal tief Luft, aber wieder nahm mir eine Schmerzattacke den Atem. Ich hielt mir stöhnend den Unterleib und presste die Hände dagegen.

Doc Tenson musterte mich voller Sorge.

»Lisa, ich muss dich vollständig untersuchen. Wenn etwas mit dem Kind ist ...«

Er deutete auf einen Paravent, hinter dem ich mich meiner Kleidung entledigte. Das Unterzeug behielt ich an. Ich hoffte, ich würde auf die Weise vor ihm verbergen können, was mir widerfahren war.

Arthur kommentierte das nicht, sondern forderte mich höflich auf, mich auf den Behandlungsstuhl zu legen. Ganz vorsichtig tastete er meinen Bauch ab. Ich ließ ihn nicht aus den Augen. Er runzelte mehrfach die Stirn. Es gefiel ihm offenbar nicht, was er da fühlte.

»Ich befürchte, das sind Vorwehen«, seufzte er.

»Und was heißt das?«

»Dass du vielleicht ein paar Wochen strenge Bettruhe einhalten musst«, murmelte er, während sein Blick an meinen Hämatomen hängen blieb.

»Was hast du da gemacht?«

Er deutete auf einen riesigen blauen Fleck auf meinem Oberschenkel.

»Ich, äh ... tut das was zur Sache?«, stammelte ich.

»Lisa, sieh mich an!«

Zögernd tat ich, was er verlangte. »War das Richard?«, hakte er mit schneidender Stimme nach.

Ich senkte den Kopf, doch Arthur ließ nicht locker. Im Gegenteil, er bat mich höflich, aber bestimmt, auch meine Unterhose auszuziehen.

»Muss das sein?«

»Sag mir bitte, was er mit dir angestellt hat!«

Ich wusste, dass Arthur so lange bohren würde, bis er die Wahrheit kannte, und dass er längst ahnte, was mir widerfahren war. Während ich mich meiner Unterhose entledigte, begann ich ihm zu beichten, was vorgefallen war. »Richard war betrunken. Er hat mich geweckt und wollte mit mir schlafen. Ich habe mich gewehrt und dann hat er sich das genommen, von dem er glaubt, dass er als Ehemann ein Recht darauf hat.«

Der Doktor ballte die Fäuste und ließ seinen Blick zwischen meine Schenkel gleiten.

»Dieser Mistkerl«, zischte er. »Du blutest!«

Ich schnellte hoch. »Heißt das, das Kind kommt?«

»Nein, du hast eine Wunde davongetragen. Ich befürchte, die Vergewaltigung hat die Wehen ausgelöst. Wir müssen sie stoppen, aber das klappt nur mit einer besonderen Massage, die Rongo ein paar Mal bei Maori-Frauen angewendet hat. Wir müssen ihn holen.«

Als er mein entsetztes Gesicht sah, fragte er: »Hast du etwas dagegen?«

Ich schüttelte den Kopf. Ich konnte Arthur schlecht gestehen, dass Rongo der letzte Mann auf der Welt war, der erfahren sollte, was Richard mir angetan hatte.

»Und du meinst, diese Massage hilft?« Ich hoffte, das Ganze noch abwenden zu können.

»Ich war verblüfft, als er sie bei einer jungen Frau eingesetzt hat, deren Wehen wie bei dir im fünften Monat eingesetzt haben. Mein Pülverchen hat kaum geholfen. Aber nach Rongos Behandlung konnte sie bereits nach einer Woche wieder herumlaufen, und es kam zu keinerlei vorzeitigen Wehen mehr.«

»Gut, dann hole ihn her«, seufzte ich.

Da hatte Arthur bereits den Telefonhörer in der Hand. Rongo war gleich am Apparat, und der Doc schilderte ihm, dass in der Praxis dringend seine helfenden Hände gebraucht würden bei einer Patientin mit vorzeitigen Wehen. Meinen Namen nannte er nicht.

Arthur blickte mich mitleidig über den Rand seiner Brille an. »Ich werde mir den Kerl vorknöpfen«, kündigte er an.

Ich machte eine abwehrende Handbewegung. »Er wird nicht mal mehr wissen, dass es passiert ist.«

»Trotzdem, wenn er sich dir nur noch einmal gegen deinen Willen nähert, bekommt er es mit mir zu tun. Natürlich werde ich ihm sagen, was das für eine Sauerei ist …« Er stockte und musterte mich prüfend. »Oder willst du ihn verlassen?«

»Wenn das Kind überlebt, bleibe ich, denn es soll nicht ohne Vater aufwachsen, wenn nicht, dann gehe ich«, erwiderte ich spontan.

»Du musst es wissen. Solltest du dich anders entscheiden: Wir würden auch jederzeit das Kind und dich beherbergen. Wenn du willst, kannst du dich wieder anziehen. Ich weiß ja nicht, ob du möchtest, dass auch Rongo in die ganze Geschichte eingeweiht wird«, gab Arthur zu bedenken.

»Auf keinen Fall«, erwiderte ich heftig, rutschte vom Behandlungsstuhl und zog mich an.

Ich war gerade fertig, als es an der Tür klopfte.

»Komm rein!«, rief der Doc.

Rongo trat lächelnd in den Raum, doch das Lächeln erstarb auf seinen Lippen, als er mich erblickte.

»Sie sind die Patientin?«, fragte er ungläubig.

»Ja, sie hat Frühwehen, und vielleicht kannst du bei Lisa dieselbe Massage machen, die der jungen Frau neulich geholfen hat.«

»Gut«, seufzte Rongo. »Ich bereite alles vor.« Er verschwand eilig im Nebenraum.

»Er wird dich gleich holen«, bemerkte Arthur. »Ich habe leider noch einen dringenden späten Krankenbesuch zu machen. Der arme Mann bekommt täglich zur Nacht eine Spritze. Aber ich komme zurück, denn du gehst keinen Schritt allein nach Hause! Ich werde dich bringen und dafür sorgen, dass dein Mann die Finger von dir lässt.«

Arthur griff nach seiner Arzttasche und verließ den Raum.

Ich atmete ein paar Mal tief durch. Mein Herz klopfte bis zum Hals bei dem Gedanken, dass ich gleich mit Rongo allein sein würde. Da erschien er auch schon im Türrahmen und rief mich in den Nebenraum. Auch ihm war seine Verlegenheit anzusehen.

Der kleine Raum neben der Praxis war in Kerzenlicht getaucht. In der Mitte des Raumes lag eine Matte. Davor stand eine geschnitzte Maori-Figur.

»Leg dich bitte auf den Rücken. Ich muss an deinen Bauch«, bat er mich höflich und hockte sich neben mich auf den Boden. Sein Blick aber blieb zunächst an meinem Gesicht hängen.

»Was ist geschehen? Du siehst entsetzlich aus!« Er durchbohrte mich förmlich mit seinem Blick.

In dem Moment brachen bei mir alle Dämme. Schluchzend gestand ich ihm, dass Richard mich vergewaltigt hatte. Rongo wurde während meiner Schilderung kalkweiß.

»Jetzt musst du ihn verlassen!«, stieß er zornig hervor, nachdem ich erschöpft innehielt.

»Wenn ich das Kind verliere, gehe ich«, entgegnete ich ausweichend.

»Und wenn es gesund auf die Welt kommt?«

»Dann werde ich bei ihm bleiben.«

Rongo legte die Stirn in Falten und musterte meine wollene Strumpfhose, die unter dem Tweedrock hervorguckte.

»Kannst du Rock und Strumpfhose auch ablegen?«

Ich zog beides aus, und es störte mich nicht, dass er mich dabei beobachtete. Was würde ich darum geben, wenn ich mich aus einem ganz anderen Grund für diesen Mann ausziehen würde! Aber als zerschundene, missbrauchte Frau? Es war mir sehr unangenehm.

Sein Blick fiel sofort auf meine Hämatome. Er verzog angewidert das Gesicht.

»Leg dich hin. Schließ die Augen und vertraue mir«, bat er mich heiser.

Ich tat, was er sagte, aber wohl war mir gar nicht. Dann fühlte ich den sanften Druck seiner Hände auf meinem Bauch. Er machte kreisende Bewegungen und strich etwas aus. Mir wurde heiß unter seiner Berührung. Merkwürdigerweise wurde ich aber bald ganz schläfrig, und als Rongo begann, in einer Art Singsang Maori-Beschwörungen von sich zu geben, konnte ich endlich loslassen.

Ich glitt langsam in ein tiefblaues warmes Wasser. Ich wunderte mich, warum das Wasser mich hielt, denn ich schwamm ganz ruhig an der Oberfläche, doch dann spürte ich die starken Arme, die mich sanft hin und her wiegten. Es waren Rongos Arme. Ich konnte sein Gesicht nicht sehen, aber ich wusste, dass nur er es sein konnte.

»Ich werde dich immer beschützen, wenn du mir dein Leben anvertraust«, hörte ich ihn von ferne murmeln. »Ich liebe dich«, antwortete ich und fühlte mich unendlich geborgen. Auch die Luft war weich und warm. Die eisige Kälte, die meinen Körper zuvor gepeinigt hatte, war fort.

Als ich aufwachte, hielt ich den Atem an. Ich spürte Rongos weiche Lippen an der Stelle meiner Oberschenkel, an denen das Hämatom wuchs. Er küsste meine blauen Flecke.

»Rongo«, flüsterte ich. »Was tust du da?«

»Ich beschwöre die Ahnen, nie mehr zuzulassen, dass dich jemand so verletzt«, gab er zurück, ohne sein Ritual zu unterbrechen. Voller Inbrunst küsste er auch mein Mal an der anderen Seite. Mir schossen heiße Blitze durch den warmen Bauch und plötzlich wurde mir bewusst, dass ich keine Schmerzen mehr verspürte.

Sollte seine Massage, die ich beinahe vollständig verschlafen hatte, tatsächlich etwas bewirkt haben?

»Bist du fertig mit der Behandlung?«, fragte ich ihn zaghaft.

»Ja, mein Liebes, wenn du noch ein paar Tage absolute Ruhe hältst, ist die Gefahr überstanden«, versprach er mir und streichelte versonnen über die blauen Flecken an meinen Armen.

Obwohl es zwischen meinen Schenkeln immer noch schmerzhaft brannte, spürte ich darunter auch ein begehrliches Pochen. Rongo sah mich in einer Mischung aus Liebe und Mitgefühl an. Ich schlang die Arme um seinen Hals und flüsterte: »Ich liebe dich.«

»Dann komm mit mir«, flehte er.

Ich aber dachte an das Kind in meinem Bauch und war fest davon überzeugt, dass es eine Sünde wäre, ihm den Vater vorzuenthalten. Dabei war ich mir nicht einmal sicher, ob ich Richard jemals verzeihen würde.

»Es ist unmöglich!«, erwiderte ich schwach. »Wir dürfen uns

niemals wiedersehen ...« Ich stutzte. »Aber ich habe noch dein Hei-tiki. Das muss ich dir zurückgeben.«

Rongo schüttelte den Kopf. »Nein, du sollst es behalten und als Pfand meiner Liebe bei dir tragen ...«

»Aber ich kann es nicht um den Hals tragen. Sonst sieht es jeder ...«

»Du sollst es nur bei dir haben, mein Lieb«, entgegnete Rongo sanft.

In diesem Augenblick klopfte es an der Tür, und Arthur trat ein. Wir hatten uns hastig aus unserer Umarmung gelöst, aber ich war mir nicht sicher, ob der Doc nicht doch etwas mitbekommen hatte. Er hatte einen seltsamen Ausdruck im Gesicht.

»Wie geht es dir?«, fragte er und kauerte sich neben mich auf den Boden.

»Es hat gar nicht mehr gezogen.«

»Was meinst du? Willst du bei uns übernachten? Oder soll ich dich nach Hause bringen?«

»Ich denke, es ist besser, wenn ich nach Hause gehe.«

»Gut, aber dann sei sicher, dass ich Richard zur Rede stellen werde.«

»Das würde ich sogar begrüßen«, sagte ich, während ich mich erhob und anzog. »Ich möchte ihm auf keinen Fall allein wiederbegegnen.«

»Ist es Ihnen recht, wenn ich mitkomme?«, fragte Rongo höflich.

»Ja, gern, ich glaube, es ist besser, wenn ihr zu zweit seid. Ich befürchte nämlich, dass Richard sich nicht mal mehr daran erinnert. Er war so betrunken.«

Rongo und Arthur nahmen mich in ihre Mitte, hakten mich unter. Auf dem Flur begegneten wir Julie, die auf einem Wartesessel eingenickt war.

»Ich habe ihr doch gesagt, sie soll nach Hause gehen«, bemerkte Arthur unwirsch. »Aber sie wollte unbedingt wissen, was mit dir los war.«

»Bitte verrate es nicht«, entgegnete ich erschrocken.

»Das darf ich gar nicht«, beruhigte mich der Doc.

»Und nun? Willst du sie wecken?«

»Nein, ich hole sie auf dem Rückweg ab«, erklärte Arthur, doch da war es schon zu spät. Julie war aufgewacht. Erstaunt rieb sie sich die Augen. »Wo wollt ihr denn hin?«

»Wir bringen Lisa jetzt nach Hause. Willst du hier warten oder gehst du allein?«

»Ich komme mit!«

Ich sah Arthur flehentlich an.

»Nein, mein Schatz, das übernehmen wir beiden Männer.« Er sagte das in einem Ton, der keinen Widerspruch duldete.

Julie zog ein beleidigtes Gesicht. »Und was ist mit dir?« Sie wandte sich ungeduldig an mich.

»Ich hatte Frühwehen«, erwiderte ich rasch.

»Du Arme!«, rief sie aus und umarmte mich.

»Sie behält ihr Kind«, bemerkte Arthur ungeduldig. »Aber wir müssen jetzt los. Es geht auf Mitternacht zu!«

»Dann gehe ich schon vor.« Julie war sichtlich beleidigt, dass sich alle derart bedeckt hielten und sie offensichtlich nicht mitnehmen wollten.

Zu viert verließen wir das Haus. Arthur gab seiner Frau einen flüchtigen Kuss, aber Julie wandte sich wortlos ab und stapfte davon.

»Ich danke euch beiden«, sagte ich, als unser Haus in Sicht kam. Der Regen hatte aufgehört und der Sturm nachgelassen. Mir war etwas schummrig, als wir in den Flur traten.

»Du musst noch stramm liegen«, ermahnte mich Arthur. »Nicht vergessen! Habt ihr ein Gästezimmer? Ich möchte nicht, dass du mit Richard in einem Raum schläfst.«

»Den Pavillon, ich habe den Pavillon, dort steht sogar ein Bett.«

»Wir richten Ihnen alles ein«, versicherte Rongo, der die ganze Zeit über geschwiegen hatte, zärtlich.

»Ihr seid großartig«, stieß ich dankbar hervor.

Der Doc atmete tief durch. »Ich werde jetzt erst einmal deinen Mann zur Rede stellen!«

Ich zeigte Rongo und Arthur den Weg zum Schlafzimmer. »Du musst ihn wohl wecken«, flüsterte ich, als wir uns leise vor Richards Bett aufbauten. Er schnarchte zum Gotterbarmen.

Der Doc beugte sich über Richard und schüttelte ihn heftig. Mein Mann gab hässliche Geräusche von sich, bis er endlich die Augen aufschlug.

»Was machst du denn hier?«, stieß er mit immer noch schwerer Zunge hervor.

»Setz dich hin!«, befahl Arthur.

Widerstandslos folgte Richard dieser Aufforderung und blickte unseren Freund aus roten, verquollenen Augen verwundert an.

»Was hast du dir dabei gedacht?« Arthur deutete anklagend auf mich. Mir war plötzlich gar nicht mehr wohl bei dem Gedanken, dass wir Richard zu dritt mit seiner Schweinerei konfrontierten. Vielleicht hätte ich Arthur allein vorschicken sollen.

»Du bist ein Tier!«, zischte der Doc.

Richard wischte sich verwundert den Schweiß von der Stirn. Er atmete schwer. »Ich weiß gar nicht, was ihr von mir wollt. Und was macht der da in meinem Schlafzimmer?« Er musterte Rongo grimmig.

»Ich stelle hier die Fragen! Warum tust du deiner schwangeren Frau so etwas an?«

So verdutzt, wie Richard uns ansah, würde ich wohl recht behalten in meiner Annahme, dass er davon gar nichts mehr wusste.

»Stellst du dich nur so dumm oder hast du wirklich einen Aussetzer und kannst dich tatsächlich nicht daran erinnern, dass du deine Frau vergewaltigt hast?«

Richard wurde kalkweiß. »Ich, nein, ich ... ich, nein ...«, stammelte er.

»Willst du die blauen Flecken an den Armen und Schenkeln deiner Frau sehen, damit du glaubst, dass du dich wie ein Schwein benommen hast?«

»Ich . . . nein, ich wollte ihr nicht wehtun, aber ich habe sie nicht vergewaltigt. Das geht gar nicht. Sie ist meine Frau.«

»Oh doch, mein Lieber, und wie das geht!«

»Aber es ist nicht strafbar! Das machen alle!«

Arthur fasste sich an den Kopf. »Du bist noch dümmer, als ich dachte! Und wer ist alle?«

»Na ja, Sam sagt immer, Zieren im Schlafzimmer gibt es nicht!«

»Was unser sogenannter Freund Sam zu diesem Thema sagt, ist ausgemachter Unfug!« Arthurs Stimme klang eisig.

Richard warf mir einen betretenen Blick zu. »Ich wollte dir nicht wehtun. Aber können wir das nicht unter vier Augen besprechen? Ich weiß wirklich nicht, was dieser Überfall soll. Könnt ihr vielleicht gehen? Und was Sie, Mister Taumaunu, hier zu suchen haben, verstehe ich schon gar nicht.«

»Er hat verhindert, dass ich unser Kind verliere«, mischte ich mich energisch ein.

Aus Richards Augen sprach nichts als pures Unverständnis. »Wie . . . er?«

Arthur warf mir einen bittenden Blick zu. Ich verstand. Richard gehörte mit Sicherheit nicht zu den Menschen, mit denen der Doc das Geheimnis um Rongos heilende Hände teilen wollte. Er brauchte ihn ja nur anzuzeigen, und die erfolgreiche Zusammenarbeit zwischen dem Arzt und dem Heiler war für immer beendet.

»Er hat mich auf der Straße aufgelesen und noch rechtzeitig in Arthurs Praxis gebracht. Sonst hätte ich das Baby wohl nicht mehr«, log ich hastig, was mir dankbare Blicke der beiden Männer einbrachte.

»Dann bin ich ihm wohl zu Dank verpflichtet«, stieß Richard unwirsch hervor.

»Darauf kann ich verzichten«, zischte Rongo. »Allerdings wüsste ich nicht, was ich täte, wenn Sie es erneut wagen, Ihre Frau derart zu misshandeln!«

»Auch wenn Sie meine Frau gefunden haben, geht Sie das einen feuchten Kehricht an«, schnaubte Richard. »Ich lass mich nicht von einem Maori belehren!«

»Das ist keine Belehrung!«, bemerkte Arthur mit zusammengekniffenen Augen. »Das ist eine Warnung! Ich bin es leid, hilflos mit ansehen zu müssen, wie sich die Männer ihren Frauen gegenüber im Suff wie Verbrecher benehmen! Und dass es auch bei meinen sogenannten Freunden geschieht, macht mich wütend.«

Richard rollte mit den Augen. »Du tust gerade so, als ob du ein Heiliger wärst. Du bist nicht mein Beichtvater!«

»Aber ich war mal dein Freund!«

»War es das? Verlasst ihr jetzt bitte mein Haus!«

»Unser Haus!«, korrigierte ich ihn.

»Und wir sprechen uns noch, weil du mir das hier eingebrockt hast.«

Ehe ich es mich versah, hatte Arthur meinen Mann an seinem Hemdkragen gepackt und schüttelte ihn. »So, mein Freund, Schluss. Wenn du nicht schwörst, dass du Lisa nie wieder wehtun wirst, kommt sie mit mir, und du wirst sie nicht wiedersehen.«

Richard blickte vom Doc zu mir. Ich merkte genau, dass er nur nach außen versuchte, den starken Mann zu spielen, um sein Gesicht zu wahren. Ich konnte in seinen Augen die Panik sehen, die er überdecken wollte. Seine Lider flatterten nervös.

»Du willst mich also verlassen?«, stieß er heiser hervor. Es war nicht so, dass ich vor Mitleid mit ihm verging, aber ich hörte das Beben in seiner Stimme.

»Ich wäre nicht mehr nach Hause gekommen, wenn unserem Kind etwas zugestoßen wäre. Aber jetzt, da es uns hoffentlich erhalten bleibt, will ich ihm nicht den Vater nehmen. Obwohl mir der Vater beinahe dieses Kind genommen hätte …«

»Denk daran, dass du ein paar Wochen liegen musst«, ermahnte mich Arthur.

»Ich weiß. Das wollte ich gerade ansprechen. Ich möchte bis zur Geburt meines Kindes im Pavillon wohnen, und du musst mir schwören, dass du mich nicht mehr anrührst. Meine Hoffnung ist, dass die Zeit alle Wunden heilt und wir uns wieder annähern können, wenn das Kind erst da ist.«

Der Mann, der eben noch den starken Kerl gespielt hatte, brach unvermittelt in lautes Schluchzen aus, bevor er sich vor mir auf die Knie warf, meinen Rock festhielt und schwor, dass er mir nie, nie wieder im Leben wehtun würde.

Ich hatte gar nicht gemerkt, dass sich Arthur und Rongo bei dieser Szene leise aus dem Zimmer zurückgezogen hatten. Erst als ich mich suchend nach den beiden umdrehte, stellte ich fest, dass ich mit Richard allein war.

»Aber im Pavillon hast du doch gar kein richtiges Bett«, jammerte er besorgt.

»Wir werden ihn neu einrichten. Und noch eines: Du kannst mich dort besuchen, aber nur, wenn ich es möchte.«

»Alles, alles was du willst«, schluchzte er, während er meine Hände nahm und mit Küssen bedeckte.

»Dann gehe ich jetzt«, sagte ich leise. Wenn ich etwas für ihn empfand, so war es in diesem Augenblick höchstens eine Spur von Mitgefühl, weil er nicht aus seiner Haut konnte. Auf seine Art liebte er mich gewiss. Schließlich war ich diejenige, die einen anderen Mann liebte. Ob er unbewusst spürt, dass mein Herz einem anderen gehört?, fragte ich mich erschrocken, aber ich verwarf den Gedanken gleich wieder. Woher sollte er auf den Gedanken kommen, dass ich mich mit Körper und Seele in Rongos schützende Arme sehnte?

Trotz meines schlechten Gewissens brachte ich es nicht über

mich, ihm ein Zeichen zu geben, dass ich ihm je vergeben würde. Ich fühlte es auch nicht. Das Einzige, was mich davon abhielt, mein Glück, das nur wenige Meter entfernt im Flur auf mich wartete, mit beiden Händen zu greifen, war die Hoffnung, dass ich Richard als Vater meines Kindes in irgendeiner Form wieder lieb gewinnen konnte. Tief im Inneren meldeten sich bereits Zweifel, aber ich wollte diesen Stimmen nicht folgen. Ich war in diesem Moment von dem Gedanken an Verzicht erfüllt. Das änderte nichts daran, dass ich Rongo mit jeder Pore meines verletzten Körpers begehrte und mit jeder Faser meines Herzens liebte. Ja, durch unsere Begegnung habe ich überhaupt erst erfahren, was es heißt, einen Mann wirklich zu lieben.

»Kannst du mir nicht wenigstens die Hand geben zum Zeichen, dass du mir verzeihen kannst?«, hörte ich Richard von ferne weinerlich betteln. Das riss mich aus meinen Gedanken.

»Es ist viel zu früh«, entgegnete ich ausweichend und entfernte mich hastig aus dem Schlafzimmer.

Vor der Tür warteten Rongo und Arthur auf mich. »Wir bringen dich jetzt in den Pavillon. Brauchst du noch Sachen aus dem Schlafzimmer?«, wollte der Doc wissen.

»Ja, mein Nachthemd und meine Decke wären schön, aber ich mag nicht mehr zu ihm gehen.«

»Das erledige ich«, erklärte Arthur und klopfte bereits an der Tür.

Kaum war er im Zimmer verschwunden, lagen Rongo und ich uns im Arm und küssten uns leidenschaftlich. Erst als ich begriff, was wir da taten, befreite ich mich erschrocken aus seiner Umarmung.

»Das dürfen wir nicht«, stieß ich wenig überzeugend hervor.

»Du musst mir eines versprechen: Solltest du es dir jemals anders überlegen, gehen wir vier fort.«

Zunächst überhörte ich, was er gesagt hatte. Dann stutzte ich. »Vier?«

Ein Lächeln erhellte sein Gesicht. »Ich habe einen kleinen Sohn.«

Ich muss ihn ziemlich entgeistert angesehen haben. »Das hast du mir ja noch gar nicht erzählt.«

»Wie und wo denn? Wir haben uns erst dreimal gesehen. Und es gab nie die Gelegenheit, dir von meiner Frau und meinem Kind zu berichten.«

»Du bist verheiratet?« Mir wurde heiß und kalt. Das konnte nicht wahr sein, dass wir zwei Familien zerstören würden ...

Ein Schatten legte sich über sein Gesicht. »Sie und unser zweites Kind sind bei der Geburt gestorben, und ich konnte nichts für sie tun.«

»Wenn ich das gewusst hätte ...«

»Was hätte das geändert? Ich habe fest geglaubt, dass ich niemals mehr eine Frau lieben könnte. Doch als ich dich auf der Fähre gesehen habe ...«

Mir schossen Tränen in die Augen.

»Du bist mir mitten ins Herz gegangen.«

»Ich habe gar nicht daran geglaubt, dass es Liebe auf den ersten Blick geben kann, aber mir ging es ähnlich.«

Wahrscheinlich wären wir uns erneut um den Hals gefallen, wenn der Doktor nicht aus dem Schlafzimmer zurückgekehrt wäre, mit meiner Bettdecke und einem Nachthemd im Arm.

Das Gefühl unendlicher Dankbarkeit machte sich in mir breit. Was hatte ich nur für gute Freunde. Und was war Arthur Tenson doch für eine Ausnahmeerscheinung unter den Männern, die wir unsere Freunde nannten.

»Ich weiß gar nicht, wie ich das wiedergutmachen kann.« Ich merkte gar nicht, dass ich immer noch weinte. Erst als der Doc Rongo meine Sachen in die Hand drückte und mich tröstend an sich zog, wurde es mir klar. Ich schluchzte ein wenig an seiner Brust. Wenn er wüsste, dass es außer dem, was Richard mir angetan hatte, noch einen weiteren Grund für meine Traurigkeit gab: den Abschied von Rongo.

Im Pavillon angekommen, bereiteten mir die beiden Männer ein gemütliches Lager und nahmen mir das Versprechen ab, die verordnete Bettruhe ernst zu nehmen.

»Wir sehen jeden Tag nach dir«, versprach Arthur.

»Ich bin leider die nächsten Tage anderweitig beschäftigt«, sagte Rongo hastig. Ein Blick in seine dunklen Augen verriet mir, dass dies nur eine Ausrede war, um mir in Zukunft aus dem Weg zu gehen.

»Morgen schicke ich Julie her. Sie bringt dir etwas zu essen und wird deine Haushaltshilfe instruieren, damit sie dich gut versorgt.«

»Ihr seid so lieb«, hauchte ich, während ich mich voll angekleidet und erschöpft in die Kissen fallen ließ.

»Wir gehen jetzt«, sagte Arthur und gab mir zum Abschied einen Kuss auf die Wange. Rongo hingegen reichte mir förmlich die Hand, aber diese flüchtige Berührung genügte, um in meinem Körper ein kleines Feuer zu entfachen.

Nachdem die beiden Männer im Dunkel der Nacht verschwunden waren, stand ich auf, zog das frische Nachthemd an, holte das Hei-tiki aus seinem Versteck, küsste es und legte es unter mein Kopfkissen, aber ich konnte nicht schlafen. Also stand ich noch einmal auf, griff mir mein Tagebuch und einen Stift und schrieb mir alles von der Seele, was mir widerfahren war. Danach las ich meine alten Eintragungen. Beim Lesen liefen mir Tränen über die Wangen.

Mitten in der Nacht wachte ich davon auf, dass sich eine teuflische Gestalt über mich herzumachen versuchte. Ich schrie laut auf. Es dauerte eine ganze Zeit, bis ich begriff, dass ich doch erschöpft eingeschlafen war und schlecht geträumt hatte. Ich lag im Bett, das Tagebuch aufgeklappt auf meiner Bettdecke.

Meinem geschundenen Körper ging es erstaunlich gut, aber meine Seele war zutiefst aufgewühlt. Dazu tobten die wildesten Gedanken ungefiltert durch meinen Kopf. Konnte ich es wirklich durchhalten, Rongo aus dem Weg zu gehen, obwohl ich schon jetzt vor Sehnsucht nach ihm verging? Wäre es wirklich so ein Verbrechen, wenn ich Richard sein Kind nehmen und mit dem Kleinen und meiner großen Liebe woanders glücklich würde? Er wird mir unser Baby niemals überlassen, war meine größte Befürchtung. Wahrscheinlich würde er mich gar nicht aufhalten, sondern ziehen lassen, aber ohne unser Kind. Konnte ich so jemals glücklich werden? Nein, niemals! Als mir das klar wurde, wurde ich ruhiger, viel ruhiger. Es nützte alles nichts. Ich konnte meinen Mann unter diesen Umständen nicht verlassen. Wenn er die Hand nicht mehr gegen mich erhob, war ich bereit, mein Glück für das des Kindes zu opfern.

In diesem Augenblick spürte ich einen Schmerz im Unterleib, aber es war nicht jener ziehende, stechende Schmerz, der mir Angst machte. Es war eher ein Gefühl, als würden lauter Blasen in meinem Bauch aufsteigen. Das Kind hatte mich getreten. Voller Dankbarkeit legte ich beide Hände auf den Bauch und wünschte, es würde es noch einmal tun. Eine Träne kullerte mir vor Erleichterung die Wange hinunter. Wenn es mich trat, lebte es, und wenn es diese Nacht überlebt hatte, war die Gefahr einer Frühgeburt gebannt. Ich war mir sicher und hätte eigentlich aufstehen können, aber ich dachte an Arthurs mahnende Worte. Und dann fiel mir wieder ein, wem ich die Rettung meines Kindes zu verdanken hatte.

Bei der Erinnerung an Rongos heilende Händen begann sich das Karussell meiner Gedanken erneut zu drehen, bis mir schwindlig wurde. Und erneut gelangte ich zu der Erkenntnis, dass ich keine Wahl hatte. Richard würde mich gehen lassen, aber ohne mein Kind: Und das würde ich nicht überleben. Lieber mit dem Kind in dieser Hölle bleiben!

Stumme Tränen rollten über meine Wangen. Rongo, murmelte ich, mein Rongo, ich weiß nicht, wie ich je ohne dich leben soll, aber ich muss!

NELSON, NOVEMBER 2012

Amelies erster Gedanke galt dem Brot, das sie gebacken hatte und das sie heute mit dem kleinen Lieferwagen der Farm ausfahren würde. Ihr zweiter galt Tamys Liebesgeständnis, als sie von der Bar zurückgewankt waren. Wohl war ihr nicht dabei, dass sie ihrer neuen Freundin verschwiegen hatte, wie der Halbmaori ihr eigenes Herz durcheinandergebracht hatte.

Hastig sprang sie aus dem Bett und zog die Rollläden hoch. Sonnenstrahlen fielen in das Zimmer und hüllten es in eine goldgelbe Aura. Das machte ihr gute Laune, und sie versuchte zu verdrängen, was sie wusste. Natürlich konnte sie Tamy jetzt unnötig das Herz beschweren, indem sie gestand, dass David Taumaunu es ihr ebenfalls angetan hatte. Aber wozu? Es war doch eher anzunehmen, dass weder Tamy noch sie die Mauer um den attraktiven Hotelier überwinden würden. Zumal Amelie fest entschlossen war, einen Bogen um diesen Mann zu machen.

Amelie streckte ihrem Spiegelbild übermütig die Zunge aus. Was sie dort ansonsten sah, gefiel ihr außerordentlich gut, auch wenn es sie nur entfernt an die Amelie erinnerte, die sich schon morgens akkurate Frisuren gemacht und perfekt geschminkt hatte. Wie weit das weg war! Dabei war sie, wenn sie recht überlegte, erst knapp zwei Wochen in Neuseeland. Manchmal spürte sie noch das Schuldgefühl, das in der Tiefe an ihr nagte. Dass sie den Tod ihrer Mutter zu verantworten hatte … doch ein Blick auf die malerischen Hügel und das Meer in der Ferne verhalf ihr zu einer ungeahnten inneren Ruhe. Vielleicht lag es auch daran, dass ihre schrecklichen Albträume aufgehört hatten. Wenn sie jemals gewusst hätte, wie viel Freude es machen konnte, sich in bequeme Kleidung zu werfen und erst einmal in die Weinberge zu wandern, ohne dass sie dort einen Termin hatte, sie wäre längst abgehauen und hätte es gar nicht so weit kommen lassen.

Seufzend verließ sie ihr Zimmer, um ihren täglichen Gang durch die Weinberge zu machen. Wenn sie allein daran dachte, wie viel ihrer kostbaren Zeit sie in irgendwelchen Meetings verbracht hatte. In hermetisch abgeschlossenen Räumen mit stundenlangen Diskussionen, in denen viele Worte um nichts gemacht wurden. Sie selbst hatte stets kurz und prägnant erklärt, warum die Sache so oder anders laufen musste. Rückblickend musste sie zugeben, dass sie bestimmt sehr überheblich gewirkt hatte. Und dann die langen Nächte im Büro, weil sie es keinem wirklich zutraute, die Dinge für sie zu erledigen. Dabei war Daniela eine hochkarätige Geschäftsführerin, die zudem selbst aus einer Bäcker-Dynastie kam. Aber sie, Amelie, war die unangefochtene Chefin gewesen. Wenn sie etwas beschlossen hatte, hatte es niemals Widerspruch gegeben. Und trotz aller Macht hatte ihr diese Arbeit niemals mehr so viel Freude bereitet wie früher das simple Backen und das Entwickeln von Rezepten. Das hatte sie gestern in der winzigen Backstube auf der Farm gespürt. Einen Anflug von Glück in der Hitze vor dem Ofen. Und dann das Probieren. Wie das Stück Brot ihrem Gaumen geschmeichelt hatte und sie damit die Sicherheit zurückgewonnen hatte, dass sie auf diesem Gebiet immer noch unschlagbar war.

Beschwingt stieg sie den Berg hinauf. Sie überlegte, wann es in ihrem Leben zu diesem Bruch gekommen war. Wann hatte sie der Ehrgeiz gepackt? Dass sie immer schon eine dynamische Macherin gewesen war, hatte sie bereits als Kind gewusst. Und auch, dass sie gern im Mittelpunkt stand, aber wann war dieser Geltungsdrang zu einem Motor geworden, der sich nicht mehr ausschalten ließ?

Die Sonne kitzelte auf ihrer Nase, als sie oben angekommen war und den Blick ins Tal bis zum Meer schweifen ließ. Es ist nicht nur das Auge, das in diesem Land zur Ruhe kommt, dachte sie verzückt, sondern auch die Nase. Obwohl ein Lüftchen ging, war die Luft herrlich weich.

Amelie streckte sich. Sie konnte es gar nicht erwarten, ihre Brote in den Wagen einzuladen, aber vorher würde sie mit Tamy frühstücken. Die regelmäßigen Mahlzeiten waren unter der Woche die einzigen Treffpunkte der beiden. Tamy war mit ihrer Schule so beschäftigt, dass sie sich außer beim Frühstück und Abendessen kaum mehr zu Gesicht bekamen. Sie hatten sich geschworen, am nächsten Wochenende wieder auf Ahnenforschung zu gehen und dass sie es gemeinsam angehen würden. Amelie wusste nicht, wo Tamy die Kiste inzwischen vor ihrem Bruder versteckt hatte. Tamy hatte den Vorschlag gemacht, dass sie einen Trip nach Dunedin unternehmen sollten, um Großmutter Bonnie einen Besuch abzustatten.

»Hattest du niemals vorher das Bedürfnis, sie zu besuchen?«, hatte sich Amelie gewundert.

»Nein, ich kannte sie ja gar nicht. Und sie war angeblich so krank, dass die Ärzte von einem Besuch der Familie abgeraten hatten, weil es sie zu sehr aufregen würde. Und dann, als ich mich selbst von ihrem Zustand überzeugen wollte, hat es mir Brian förmlich verboten. Mit der Begründung, dass ich damit Bonnies Zustand verschlimmern würde.«

Brian war Amelie durch seine Haltung in Sachen Ahnenforschung nicht gerade sympathischer geworden. Sie war froh, dass er auf einer Konferenz der Obstfarmer war und sie ihm nicht ständig über den Weg lief.

»Was treibt dich denn so früh aus den Federn?«

Amelie fuhr herum. Vor ihr stand ein sichtlich gut gelaunter, gut erholter Brian. Er schüttelte provokativ seine geölten Locken.

»Ich muss nach meinen Broten sehen«, erwiderte sie überrascht, »aber erst einmal muss ich frühstücken.«

»Ja, Tamy hat mir schon erzählt, dass du bei uns aushilfst. Das ist nett von dir, aber es versteht sich von selbst, dass du dann bei uns umsonst wohnst. Ich meine, wir können dich auch bezahlen.«

»Nein, es macht mir doch Spaß. Aber das Angebot, umsonst bei euch zu wohnen, nehme ich an, solange ich eure Schwarzbrote backe. Das habe ich alles schon mit Tamy ausgemacht. Kommst du mit zum Frühstück?«

»Leider habe ich einen Termin, aber mein Kompliment, das Brot ist spitzenmäßig!«

»Woher weißt du das?«

Er lächelte geheimnisvoll. »Ich habe genascht. Herrlich, nur mit Butter und ein wenig Salz. Du verstehst dein Handwerk.«

»Danke.«

»Hast du Lust, mit mir heute Abend ins Kino zu gehen?«

»Warum nicht?«, erwiderte Amelie.

»Prima, ich bin dir schließlich einen Kinobesuch schuldig, weil ich dir Karten für den *Hobbit* angeboten hatte, auf die dann ein fürchterlicher Run war, sodass ich keine ergattern konnte. Jetzt kannst du den neuen Film wenigstens in unserem Provinz-Kino genießen, obwohl es in Wellington sicher lustiger gewesen wäre.«

»Ach was, nachher hätte ich mich zur Premiere in Mittelerde noch verkleiden müssen. Ich habe darüber ausführlich in der Zeitung gelesen. Nein, ganz im Ernst, das hier ist mir viel lieber.«

Er machte sich zum Gehen bereit, doch er wandte sich noch einmal zu ihr um. »Und, habt ihr etwas herausgefunden?«

»Was herausgefunden?«, fragte sie unschuldig.

»Na ja, über diese alte Geschichte!«

»Haben wir nicht vereinbart, dass wir dich mit unserer Recherche in Ruhe lassen?«

»Ja, schon, aber vielleicht war ich doch zu schroff. Immerhin geht es um die Schwester deiner Großmutter, und da ist es vielleicht etwas unhöflich, sie mit Großvaters Wortlaut zu belegen. Es ist nicht korrekt, dass ich deine Großtante ›dieses Weib‹ genannt habe. So hat mein Großvater sie immer genannt. Es tut mir leid. Das hätte ich nicht so unkritisch übernehmen dürfen.«

»Lass es uns einfach so halten wie vereinbart. Wir reden nicht drüber.«

Brian wand sich. Amelie merkte ihm an, dass er seine Neugier kaum zügeln konnte. Sie würde ihm allerdings auf keinen Fall verraten, was Tamy und sie über Lisa herausgefunden hatten. Was würde er wohl sagen, wenn er erfuhr, dass Lisa seine Großmutter gewesen war? Wahrscheinlich lässt ihn das kalt, wie alles, was die Lügen seines Großvaters entlarven könnte.

»Nun sei nicht so. Natürlich interessiert es mich. Ich sehe dir doch an der Nasenspitze an, dass du etwas weißt. Und ich bin nicht blöd. Ihr habt im Schuppen Unterlagen gefunden, oder?«

Amelies Lippen umspielte ein leichtes Grinsen. »Ja, wir waren schneller als du. In der Tat ...«

»Und?«, unterbrach er sie ungeduldig.

Amelie gewann den Eindruck, dass sie ihm lieber einen Brocken hinwerfen sollte. Sonst würde er womöglich gar keine Ruhe mehr geben.

»Wir haben herausgefunden, dass deine Großmutter Bonnie nicht in einem Heim in Auckland untergebracht ist, sondern in Dunedin.«

»Das war sicherlich ein Missverständnis«, murmelte Brian.

»Das werden wir sehen, wenn wir sie besuchen.« Amelie hatte das nur gesagt, um ihn endlich zum Schweigen zu bringen, doch Brian wurde blass.

»Ihr wollt nicht etwa diese alte Dame überfallen? Sie muss schon weit über neunzig sein!«

»Das lass mal unsere Sorge sein, und ich muss jetzt los. Die Brote warten.«

»Ihr beide seid wirklich verrückt!«, stieß Brian abschätzig hervor.

»Wann treffen wir uns?«

»Halb acht, wenn ich die Karten vorher hole.«

»Dann um halb sieben zum Abendessen hier? Ich kann ein leckeres Schwarzbrot anbieten«, sagte Amelie versöhnlich.

Brian trat einen Schritt auf sie zu und umarmte sie. »Du bist mir eine!«, sagte er zärtlich und versuchte sie zu küssen, aber Amelie drehte den Kopf zur Seite.

»Bis heute Abend!« Ich muss ihm dringend sagen, dass er sich keine Hoffnungen machen soll, nahm sie sich fest vor. Heute Abend noch!

In der Backstube angekommen, vergaß sie beim Anblick der leckeren Brote alles andere und machte sich daran, sie in Körbe zu packen und in dem kleinen Lieferwagen zu verstauen. Aber wo blieb Tamy? Sie wollte diese erste Tour doch gemeinsam mit ihr unternehmen.

Da kam sie angerannt, völlig aus der Puste. »Sorry, dass ich dich warten lasse, aber ich muss sofort in die Schule. Es gibt Probleme mit einem kleinen Maori-Mädchen«, keuchte Tamy. »Ich habe dir eine Liste unserer Kunden mitgebracht. Meinst du, du schaffst es allein?«

Amelie nahm die Liste entgegen und überflog sie flüchtig. Tamy hatte an alles gedacht. Menge, Adresse und Kundennamen. Der letzte Name auf der Liste ließ sie leicht zusammenzucken. David Taumaunu.

»Kein Problem, das schaffe ich«, erklärte sie überzeugend.

»Dann sehen wir uns heute Abend. Wir können unsere Nasen ja zur Abwechslung mal wieder in die geheimnisvolle Kiste stecken.«

Amelie lächelte verlegen. »Brian hat mich schon eingeladen, mit ihm in den neuen Hobbit-Film zu gehen.«

»Ach, er ist zurück?«

»Ja, offenbar ist er gerade wiedergekommen. Und er war sehr neugierig zu erfahren, ob wir beide etwas herausgefunden haben.«

»Und was hast du ihm erzählt?«

»Er hat so sehr insistiert, dass ich ihm irgendwas sagen musste.«

»Und hast du ihm verraten, dass Lisa unsere Großmutter war?«

»Nein, das nicht! Ich habe zugegeben, dass wir die Unterlagen gefunden haben ...«

Tamys skeptischer Blick ließ Amelie verstummen.

»Solange er nicht weiß, wo die Kiste ist«, murmelte Tamy. Ihr war anzumerken, dass ihr das gar nicht lieb war, was Amelie preisgegeben hatte.

»Und ich habe ihm verraten, dass Großmutter Bonnie in einem Heim in Dunedin ist, nicht in Auckland! Und dann ist mir rausgerutscht, dass wir sie vielleicht mal besuchen.«

»Hm!« Mehr brachte Tamy nicht heraus, aber ihre Miene spiegelte Besorgnis wider.

»Ich weiß, ich hätte meinen Mund halten sollen, aber er hätte nicht lockergelassen, wenn ich ihm nicht wenigstens ein paar Brocken hingeworfen hätte. Und was soll er machen? Den Besuch verhindern?«

»Nein, das kann er nicht, aber es wäre besser, wenn wir uns ganz bedeckt hielten. Ich habe da so ein komisches Gefühl. Manchmal glaube ich, er weiß mehr, als er zugeben möchte, und wird unsere Recherche sabotieren.«

»Das glaube ich nicht. Wenn er wüsste, dass wir in Wirklichkeit verwandt sind, hätte er mir das doch gesagt und mich nicht derart angeflirtet.«

Tamy legte die Stirn in Falten. »Du hast recht. Vielleicht sollten wir es ihm doch sagen.«

»Gut, dann müsste ich nicht länger herumdrucksen, wenn ich ihm deutlich mache, dass zwischen uns nichts laufen wird, sondern schiebe es auf unser Verwandtschaftsverhältnis.«

»Mach das! Jetzt ist es auch egal.«

»Tut mir leid. Du hältst mich wohl für eine Plaudertasche?«

»Nein, ich weiß, wie hartnäckig Brian sein kann. Und ich muss endlich mal diese Ängste loswerden, dass sich die ganze Familie gegen mich verschworen hat. Sag es ihm ruhig.«

»Gut, ich werde die Gelegenheit heute Abend beim Schopf packen. Und du bist mir wirklich nicht böse?«

»Komm her, lass dich umarmen«, entgegnete Tamy und drückte Amelie an sich. »Es wäre nur besser, du erzählst ihm nicht, wenn wir wirklich nach Dunedin fahren.«

»Das bleibt unser Geheimnis«, versprach Amelie.

»Dann viel Spaß auf deiner Tour«, wünschte ihr Tamy, bevor sie zu ihrem Auto ging.

Amelie blieb noch eine Weile nachdenklich stehen. Ob ich Großmutter schreiben sollte, was ich inzwischen herausbekommen habe?, fragte sie sich, verwarf den Gedanken aber sofort wieder. Was nützte es, wenn sie weiterhin keinen Schimmer hatte, wo Lisa Bruhns damals abgeblieben war. Die Nachricht, dass Richard Lisas Sohn als Bonnies ausgegeben hatte, würde Anna sicherlich schwer beunruhigen. Stattdessen nahm Amelie ihr Mobiltelefon zur Hand und gab die Nummer ihrer Großmutter ein. Sie hatte sich inzwischen eine neuseeländische Telefonkarte besorgt, sodass dieser Anruf kein Vermögen kosten würde.

Annas Stimme klang völlig verschlafen, als sie sich meldete. In demselben Augenblick ahnte Amelie, warum. In Deutschland war es zehn Uhr abends.

»Habe ich dich geweckt? Hier ist Amelie!«

»Ja, aber das macht doch nichts, mein Kind. Wie geht es euch?«

»Sehr gut, stell dir vor, ich helfe hier in einer Bäckerei aus und backe Schwarzbrot.«

»Ach, wie mich das freut, von euch zu hören. Was macht Marie auf ihrer Farm?«

»Der geht es prima. Sie hat wahnsinnig viel zu tun, aber ich werde sie grüßen«, log Amelie, um Anna nicht unnötig zu beunruhigen.

»Und habt ihr schon etwas herausgefunden über den Verbleib meiner Schwester?«, wollte ihre Großmutter aufgeregt wissen.

Auf diese Frage hatte Amelie gewartet, und sie hatte sich die Antwort bereits zurechtgelegt.

»Es gibt vor Ort eine Familie Bruhns, aber ich bin noch nicht dazu gekommen, sie aufzusuchen, aber ich verspreche dir, ich lasse nichts unversucht, das Schicksal deiner Schwester aufzuklären.«

»Du bist ein Schatz. Und du klingst so fröhlich. Das ist schön zu hören. Das Wichtigste ist, dass Marie und du, dass ihr beide zusammenhaltet. Der Gedanke, euch vereint zu wissen, macht mich so froh.«

»Ja, Großmutter, es ist sehr schön, dass wir uns wieder so nahegekommen sind«, schwindelte Amelie, während sich ihre Kehle zuschnürte.

»Dann grüß mir die Kleine und bitte lasst bald wieder von euch hören. Ich bin unendlich gespannt.«

»Versprochen, aber jetzt muss ich aufhören. Mein Akku ist gleich alle. Ich küss dich.« Amelie schluckte. Sie hatte einen Kloß im Hals und wollte auf keinen Fall in Tränen ausbrechen. Auf einmal fühlte sie sich schrecklich einsam. Anna war weit weg, Marie hatte sie allein zurückgelassen ... Dafür habe ich Tamy, sprach sie sich energisch zu. Und bald habe ich auch mein altes Leben zurück. Dann bleibt mir keine Zeit mehr, nachzugrübeln ... Amelie stutzte. Wenn sie ehrlich war, machte ihr der Gedanke an die Zukunft am meisten Sorgen. Wenn sie sich allein vorstellte, wieder zehn Stunden ohne Pause zu arbeiten, nicht wissend, ob draußen die Sonne schien oder Regen fiel.

Sie ließ versonnen ihren Blick schweifen. Das blaue Meer dort unten, die Weinberge, die grünen Hügel, wann hatte sie die Natur jemals so intensiv gespürt?

Entschieden schüttelte sie ihre Gedanken ab und stieg in den Wagen. Tamy hatte ihr ein Navigationsgerät dagelassen, sodass sie spielend die Adressen fand, die sie beliefern sollte. Die Kunden begegneten ihr allesamt freundlich und unkompliziert. Ihre Laune stieg von Ort zu Ort. Ihr Weg führte sie bis nach Picton. Natürlich musste sie daran denken, wie sie diese Strecke in die andere Richtung mit David gefahren war, und ihr wurde bewusst, dass ihr allein der letzte Kunde Bauchschmerzen bereitete. Aber wer sagte ihr denn, dass sie ihn dort persönlich antreffen würde? Der Chef wird sich kaum um die Lieferung von Schwarzbrot kümmern, redete sie sich ein. Aber nach Picton musste Amelie noch weiter nach Blenheim. Für die Strecke brauchte sie eine halbe Stunde. Hier gab es Weinberge, so weit das Auge reichte. Ihr Kunde, ein Winzer mit angegliedertem Hotelbetrieb, war so angetan von ihr, dass er sie gleich in ein Gespräch verwickelte und ihr anbot, sie durch seine Weinkellerei zu führen. Amelie aber verspürte eine innere Unruhe bei dem Gedanken, dass ihr nächstes Ziel das Taumaunu Castle war. Sie lehnte das Angebot bedauernd ab, versprach aber, die Führung beim nächsten Mal nachzuholen.

Nachdem sie Picton erreicht hatte und von dort den Queen Charlotte Drive nahm, beschleunigte sich ihr Herzschlag merklich. Am liebsten würde sie direkt zur Farm zurückkehren, aber das hier war keine Vergnügungsreise, sondern ein Job.

Je näher sie Nelson kam, desto aufgeregter wurde sie. Und als sie auf den Hotelparkplatz fuhr, verwechselte sie beinahe das Gas mit der Bremse. Um sich zu beruhigen, blieb sie noch ein paar Minuten im Wagen sitzen. Sie atmete ein paarmal tief ein und aus. Bis ein Klopfgeräusch am Seitenfenster sie zusammenfahren ließ. Erschrocken wandte sie sich um und blickte in David Taumaunus erstauntes Gesicht. Mit zittrigen Fingern betätigte sie den Fensteröffner.

»Sie?«, fragte er erstaunt. »In Tamys Wagen?«

»Ja, ich … ich, also ich vertrete sie. Sie wird in der Schule gebraucht, und da habe ich ihr das Backen und Ausliefern abgenommen«, stammelte sie und stieg aus dem Wagen.

David sah belustigt an ihr hinunter.

»Steht Ihnen gut, der legere Kiwi-Look«, lachte er. Da war es wieder, dieses umwerfende Lachen, das ihr gleich aufgefallen war und das in einem merkwürdigen Kontrast zu seiner ansonsten eher melancholischen Ausstrahlung stand. Und die Erkenntnis traf sie wie ein Blitz. Sie war nicht nur ein bisschen verliebt in diesen Mann, nein, er berührte sie viel tiefer. Ihre Blicke trafen sich, und sie meinte, dieselbe Erkenntnis aus seinen Augen sprechen zu sehen.

Hastig wandte sie sich ab und holte geschäftig den Korb mit Broten für das Hotel aus dem Wagen.

»Das ist Ihre Bestellung. Ich hoffe, Ihnen schmeckt mein Brot.« Sie lächelte verlegen. »Ich muss weiter.«

»Bin ich nicht der letzte Kunde? Tamy kommt immer zum Schluss ihrer Tour bei mir vorbei, damit wir noch einen Tee zusammen trinken können.«

»Doch, ja, ich bin nach Liste gefahren, aber ich muss ja neue Brote backen und ...«

»Und Sie trinken keinen Tee mit mir, damit ich Ihr Brot währenddessen kosten kann?«

Amelie zuckte mit den Schultern. »Ich ... ich weiß nicht, mir ist es ... peinlich, Sie wiederzusehen, nachdem ich Ihnen letztes Mal so viele Scherereien gemacht habe.«

Davids Miene verdüsterte sich. »Sie konnten nicht ahnen, dass Brian und ich alles andere als gute Freunde sind. Sie müssen Ihrem Freund ja nicht unbedingt auf die Nase binden, dass Sie bei mir eine kleine Pause eingelegt haben.« Er legte den Kopf schief und lächelte sie gewinnend an.

»Er ist nicht mein Freund!«, konterte Amelie scharf.

Der Mann hat viele Gesichter, schoss es ihr durch den Kopf. Mal ist er charmant und zugewandt, dann wieder abweisend und schroff. Aber sie konnte sich seinem Charme kaum entziehen. »Gut, ich nehme Ihre Einladung an. Unter einer Bedingung.«

»Die wäre?«

»Sie hören auf, Brian Bruhns als meinen Freund zu bezeichnen. Ich wohne zwar auf dem Anwesen, aber ich würde eher Tamy als meine Freundin bezeichnen. Brian ist ein netter Kumpel.«

»Nichts lieber als das! Sie kennen meine Meinung. Ich halte nichts von den Bruhns ...«

»Was sich aber nur auf die männlichen Familienmitglieder bezieht, wie ich mir habe sagen lassen«, entgegnete Amelie.

»Hat Tamy Ihnen gestanden, dass wir uns sehr gut verstehen?«

Amelie nickte. Und sie hat mir noch viel mehr anvertraut, dachte sie.

»Dann kommen Sie, aber nehmen Sie ein Brot mit. Ich bin gespannt.«

Amelie griff eines aus der Kiste, die David am Eingang abgestellt hatte, und folgte ihm an der Rezeption vorbei zum Fahrstuhl. Sie fuhren ganz nach oben.

»Das ist mein Privatbereich, aber wenn Sie lieber wollen, können wir uns auch ins Bistro setzen. Nicht dass Sie befürchten müssen, ich würde Sie in meine Höhle schleppen.«

»Nein, nein, schon okay«, erwiderte Amelie hastig. Ob er nicht längst ahnt, dass von Furcht keine Rede sein kann, sondern dass es mich nur entsetzlich nervös macht, mit ihm in seine Wohnung zu gehen?, fragte sie sich.

Als sie aus dem Fahrstuhl stiegen, fand sich Amelie in einer völlig anderen Welt wieder. Sie standen in einem riesigen Wohnraum. Ein moderner Kamin bildete den Mittelpunkt. Davor stand eine Gruppe mit gemütlich und edel aussehenden Sofas. Eine weiß glänzende Küche war in den Raum integriert, abgetrennt durch einen Tresen. Dahinter verschwand David und bat sie, auf einem der Barhocker Platz zu nehmen.

»Bei dem Wetter gehen wir auf die Terrasse, oder?«, fragte er, während er das Teewasser aufsetzte, das auf dem modernen Induktionsherd sogleich zu brodeln begann. Entfernt erinnerte Amelie das Ganze an ihre eigene Penthousewohnung, nur dass hier alles bewohnt und gemütlich wirkte. Bei sich selbst fühlte sie sich manchmal wie aus einer Wohnzeitschrift entsprungen. Es waren die Bilder und die Schnitzereien, die dem Ambiente die besondere

Atmosphäre verliehen. Über der Tür zu einem weiteren Raum entdeckte sie eine prächtige Schnitzerei. Und sie zählte mindestens drei große hölzerne Figuren, die immer dasselbe Motiv zeigten. Einen Menschen mit übergroßem Kopf und Kulleraugen.

Amelie schlüpfte von ihrem Hocker und näherte sich einer dieser Holzfiguren. Von Nahem sah die Figur aus wie ein Riesenbaby.

»Das ist ein Tiki«, erklärte David ihr. Er war hinter sie getreten. Sie konnte seinen Atem spüren. »Diese Figuren haben früher heilige Orte markiert. Für mich sind es Glücksbringer, die mich beschützen. Sie sind sehr alt und haben schon meinem Urgroßvater gehört.«

Wie selbstverständlich nahm er ihre Hand und führte sie zu einer Wand, an der nebeneinander mehrere Porträts von Männern hingen. Das erste war ein Gemälde und zeigte einen stolz dreinblickenden Maori, der eine Tätowierung im Gesicht besaß.

»Das ist Häuptling Taumaunu: Ihm gehörte einst in dieser Gegend sehr viel Land. Er war ein schlauer Mann. Während andere sich dem ungleichen Kampf mit der Waffe stellten, haute er bei Verwandlungen die Pakeha kräftig übers Ohr. Er kehrte den Trick der Weißen um, die Häuptlinge betrunken und willenlos zu machen. Er tat nur so, als ob er den Whisky in sich hineinkippte, sodass es immer die Weißen waren, die nachher in ihrem Suffkopf alles unterschrieben. Das hat ihm viel Neid eingebracht.«

Er deutete auf das nächste Bild. Das war eine alte Fotografie. »Das ist sein Sohn, der eine Engländerin heiratete, deren Eltern ein Hotel besaßen. Die Hochzeit fand gegen den Willen der Eltern statt, aber später schlossen sie ihn ganz in ihr Herz, denn er machte aus dem Hotel eine wahre Goldgrube. Und das ...« Er zeigte auf das Foto daneben. »Das ist mein Großvater Rongo, ein stolzer Mann, der das Hotel zur vollen Blüte brachte. Er war außerdem Heiler, aber seine Heilkunst durfte er damals laut Gesetz nicht ausüben. Da er das trotzdem getan hat, wurde er von Neidern verpfiffen und musste Nelson bei Nacht und Nebel verlassen. Ich kann mir das eigentlich nicht recht vorstellen, aber der Cousin meines Großvaters gab diese Geschichte weiter.«

»Er sieht Ihnen total ähnlich, oder sagen wir lieber umgekehrt. Die ausdrucksvollen Augen, der schöne Mund, das volle Haar …« Amelie stockte. Was tat sie da? Sie schwärmte ganz offen von David! »Ich meine, ich …«

Er drückte ihre Hand, die er immer noch hielt. »Ach, machen Sie ruhig weiter. Das geht runter wie Öl.«

Amelie entzog ihm ihre Hand und drohte ihm scherzhaft: »Nun werden Sie mal nicht eingebildet. Ich habe nur beschrieben, was ich auf dem Foto sehe.«

»Wie könnte ich das persönlich nehmen?«, scherzte er. »Und das ist mein Vater Hori.« David zeigte auf das letzte Bild. Es zeigte einen Mann, der unglücklich in die Kamera blickte. Er besaß nichts von der Entschlossenheit Davids und seiner Vorväter.

Davids Miene verdüsterte sich, und Amelie ahnte auch, warum.

»Er wurde von Bens und Brians Vätern im Suff überfahren, nicht wahr?«, fragte Amelie mitfühlend.

»Das ist die offizielle Version, aber ich glaube nicht an den Zufall. Ich bin fest davon überzeugt, sie haben ihn verfolgt und zu Tode gehetzt. Sie hassten ihn.«

Amelie biss sich auf die Zunge. Sie wollte nichts Falsches sagen, beispielsweise, dass ihm ein Gericht erst kürzlich untersagt hatte, diese Behauptung aufzustellen. Stattdessen betrachtete sie das Foto intensiv. Es gab überhaupt keine Ähnlichkeit zwischen David und ihm. Überdies war Hori ganz eindeutig kein Mischling, sondern ein Maori. Amelie konnte sich kaum von den traurigen Augen dieses Mannes abwenden. Man hat den Impuls, ihn in den Arm zu nehmen und zu trösten, ging es Amelie durch den Kopf. Sie konnte sich nur mit Mühe von dem Bild lösen, das so viel Mitgefühl in ihr auslöste.

Etwas entfernt von der Ahnengalerie hing ein weiteres Foto, das Amelies Aufmerksamkeit magisch anzog, was sie sich allerdings nicht anmerken ließ. Auf dem Bild waren David und eine bildschöne Maori zu sehen. Er hielt sie im Arm und sie strahlten in die Kamera. Wie glücklich er da ausgesehen hat, durchfuhr es Amelie mit einem Anflug von Eifersucht.

David hatte offenbar bemerkt, wie Amelie das Foto von seiner Frau und ihm anstarrte, denn er sagte nun kühl: »Ich glaube, der Tee ist fertig. Wir können auf die Terrasse gehen.«

Zögernd folgte Amelie ihm. Sie konnte kaum den Blick von dem Foto nehmen. David stellte Tassen, den Tee, eine Butterdose und Frischkäse auf ein Tablett und steuerte damit auf die Terrassentür zu. Als sie nach draußen traten, wollte Amelie kaum ihren Augen trauen. Wohin ihr Blick fiel, überall wuchsen exotische Pflanzen. In der Mitte war ein Pool, daneben ein kleines Haus, dessen Eingang mit üppigen Schnitzereien verziert war.

»Ist das Ihr Badehaus?«, fragte Amelie ganz naiv.

David lachte. »Nein, das ist mein persönliches Ahnenhaus. Hier kann ich ihrer gedenken und Zwiesprache mit ihnen halten.«

Er stellte das Tablett auf einem Korbtisch ab und bat sie, Platz zu nehmen. Dann schenkte er ihr Tee ein und schnitt Scheiben von ihrem Brot.

Amelie merkte nach dem ersten Bissen ihres Butterbrots, dass sie einen Heißhunger hatte. Aus dem Augenwinkel beobachtete sie, wie genüsslich David in das Brot biss.

»Wow«, stieß er begeistert hervor. »Das schmeckt vorzüglich. Ich liebe euer Brot, aber das ist ganz besonders.«

Amelie lächelte ihn dankbar an.

Stumm genossen sie den kleinen Imbiss. Nachdem sie zufrieden und gesättigt waren, sahen sie einander lange schweigend an. Die Luft vibrierte vor Spannung. Plötzlich stand er auf, trat auf sie zu, nahm sie bei der Hand und zog sie hoch. Wieder blickten sie sich lange in die Augen. Sein Mund näherte sich ihrem, und sie küssten sich. Erst vorsichtig und dann immer leidenschaftlicher. Amelie wurde fast schwindlig.

Mit der einen Hand strich er erst über ihren Nacken, streichelte ihre bloßen Arme. Ein wohliger Schauer erfasste ihren Körper.

»Wollen wir den Ort wechseln?«, flüsterte er ihr heiser ins Ohr, nachdem sich ihre Lippen voneinander gelöst hatten.

Amelie nickte. David nahm sie bei der Hand, führte sie durch das große Wohnzimmer zur Sofaecke. Sie spürte seine Erregung in jeder Pore ihres Körpers. Er begehrte sie mit einer Intensität, die sie selten bei einem Mann erlebt hatte.

Das Sofa war so breit, dass sie nebeneinander auf den weichen Polstern Platz fanden. Wieder küsste er sie und presste sich dabei ganz dicht an sie heran. Er stöhnte ein paar Mal auf. Seine Annäherung war so heftig und voller Begierde, dass Amelie sich regelrecht überfahren fühlte. Er wollte unbedingt gleich mit ihr schlafen und machte keinerlei Anstalten, sie oder sich auszuziehen. Stattdessen fuhr er voller wilder Begierde mit seiner Hand über ihren Körper. Als Amelie in sein Gesicht blickte, war es ihr völlig fremd. In seinem Ausdruck lag eine Mischung aus unkontrollierter Erregung und Gequältheit. Amelie war das fast ein wenig unheimlich, und doch reagierte ihr Körper unmittelbar auf seine eindeutigen Signale. Es fehlte allerdings das, wonach sie sich bei ihm so unendlich gesehnt hatte. Nach einer zarten und liebevollen Annäherung. Sie hätte nicht gleich mit ihm schlafen müssen. Und so schon gar nicht. Er schien nicht mehr ganz bei sich zu sein.

Seine Hand strich ein paar Mal über ihre Hüftknochen. Wieder stöhnte er auf. Das Ganze war eine Mischung aus Lust und Qual. Nein, so wollte sie es nicht. So nicht! Sie hatte zwei Möglichkeiten: aufspringen und das Ganze abbrechen oder seiner gequälten Wollust ein Ende bereiten. Als er mit einer geradezu verzweifelten Geste mit einem Finger in ihre Hose und den Slip griff und, als er ihre Feuchtigkeit spürte, den Finger zurückzog, als hätte er das Höllenfeuer berührt, wurde sie aktiv. Sie öffnete seine Hose und zog ihre Hose aus, dann streifte sie ihren Slip ab und setzte sich auf ihn. Er war mehr als bereit, in sie einzudringen. Geschickt schob sie seine Männlichkeit zwischen ihre Schenkel. David schrie auf in einer Mischung aus Lust und Schmerz. Amelie aber spürte nichts mehr. Ihre Sinne waren wie abgestorben, aber sie war immer noch so feucht, dass alles wie von selbst ging. Nach ein paar harten Stößen kam er unter lautem Stöhnen. Amelie erschrak über seinen Gesichtsausdruck. Er sieht völlig verzerrt aus, aber bestimmt nicht vor lauter Lust, schoss es Amelie durch den Kopf. Rasch rollte sie sich von ihm hinunter und legte sich neben ihn. Das Einzige, das dies Erlebnis heilen kann, ist seine Zuwendung, durchfuhr es Amelie eiskalt. »Nimm mich in den Arm! Bitte!«, bat sie ihn leise, aber David tat das Gegenteil.

Er drehte ihr den Rücken zu. Da konnte sie sich nicht mehr länger beherrschen. Sie weinte lautlos in sich hinein. Er sollte es auf keinen Fall merken. Während sie innerlich bebte, drang kein Laut nach außen.

Nach einer halben Ewigkeit wandte er ihr sein Gesicht zu, das ihr wieder wesentlich vertrauter war als zuvor. Da war sie, diese Wärme in seinen Augen, die sie für Liebe gehalten hatte. Hatte sie sich getäuscht? Sie wusste es nicht. Es war, als wäre ihr jeder Boden unter den Füßen entzogen.

Er senkte den Blick. Konnte er sie nicht einmal mehr ansehen? Amelie war vollkommen verwirrt. Wenn er sie nur als Objekt der Begierde angesehen hatte, warum hatte er nicht einfach mit ihr geschlafen? Stattdessen hatte er Gas gegeben, um dann bei Tempo zweihundert auf die Bremse zu treten.

Amelie schloss die Augen. Sie versuchte, Kraft zu sammeln, um endlich aufstehen zu können. Ihr erster Impuls war, schnellstens aus dieser Situation zu flüchten, aber sie konnte nicht. Wie betäubt blieb sie liegen. Wie sehr hatte sie sich gewünscht, David näherzukommen. Doch nun fühlte es sich nur schrecklich an. Sie waren einander rein körperlich nähergekommen, aber das hatte sich vor seiner Mauer abgespielt. Im Niemandsland. Ihr wurde bewusst, in was für einer oberflächlichen Welt sich ihre Affären bislang abgespielt hatten. Von Liebe keine Spur. Ob sich so wie sie auch manchmal einer ihrer Lover gefühlt hatte, einer derjenigen, die mehr von ihr gewollt hatten als eine unverbindliche Affäre?

»Ich habe ein schlechtes Gewissen!«, hörte sie David von ferne murmeln. Zunächst weigerte sie sich, seine Worte wirklich an sich heranzulassen. Schlechtes Gewissen? Wie meinte er das?

»Ich habe das Gefühl, ich betrüge meine Frau«, fügte er gequält hinzu.

Amelie schloss die Augen. Sie fühlte sich wie gelähmt. Dieses Bekenntnis traf sie wie ein Messerstich mitten ins Herz. Sie atmete ein paar Mal tief ein und aus. Ihr Verstand versuchte ihr zu signalisieren, dass das nicht außergewöhnlich wäre bei einem Mann, der erst vor Kurzem seine Frau verloren hatte. Trotzdem stieg in ihrem Inneren Wut auf. Warum hatte er das nicht einfach für sich behalten? Er konnte sich denken, wie tief sie das verletzen würde. Sie setzte sich abrupt auf und funkelte ihn zornig an. »Das hättest du dir früher überlegen sollen. Du kannst doch nicht so wild zur Sache gehen, um mich dann dafür verantwortlich zu machen! Ich muss mir ja vorkommen, als hätte ich gerade versucht, einen verheirateten Mann zu verführen!« Ihre Stimme war schrill und laut geworden.

»Entschuldige, ich wollte dich auf keinen Fall verletzen«, sagte er schuldbewusst.

»Und warum hast du es getan? Du hast losgelegt, nicht ich!« Amelie redete sich regelrecht in Rage.

Er schlug die Hände vors Gesicht. »Ich habe das nicht gewollt«, stöhnte er.

»Was hast du nicht gewollt?« Obwohl sie auch eine Spur Mitgefühl für ihn empfand, dominierte ihre Verletzung die Situation.

»Ich wollte dich auf keinen Fall verletzen. Ich ...«

Amelie musterte ihn durchdringend. »Habe ich mich getäuscht?

Habe ich vorher in deinen Augen etwas gesehen, was gar nicht vorhanden war? Ein Gefühl für mich?«

»Nein, Amelie, das hast du nicht. Wenn ich mit dir zusammen bin, ist mein Empfinden für dich da, aber der Gedanke, ich würde mit dir eine Verbindlichkeit eingehen, beschwert meine Seele so sehr, dass es mir sämtliche Kraft raubt. Seit ich dich kenne, kann ich nicht mehr konzentriert arbeiten. Das schlechte Gewissen zerreißt mich förmlich.«

Amelie wollte etwas erwidern, aber wo sie eben noch Verletzung und Zorn gefühlt hatte, war nur mehr reine Traurigkeit. Sie spürte, wie ihr die Tränen die Kehle zudrückten, aber sie schluckte. Auf keinen Fall wollte sie weinen. Ihr war mit einem Mal klar, dass sie gar nichts tun konnte, denn wer wollte schon gegen eine Tote kämpfen. Ihr wurde auch klar, dass der Mann, in den sie sich verliebt hatte, in tiefer Trauer war. Wie sollte sie ihm böse sein, dass er versucht hatte, seinen Gefühlen für sie nachzugehen? Es war sicherlich nicht sein Wunsch und Wille gewesen, dass diese Annäherung zwischen ihnen einen beinahe gespenstischen Verlauf genommen hatte.

Ihre Blicke trafen sich. David sah so unglücklich aus! Amelie erhob sich, ohne ihn noch einmal anzusehen. Sie zog rasch ihre Hose und ihren Slip an und griff nach ihren Schuhen.

»Mach's gut, David«, sagte sie zum Abschied, weiterhin mit den Tränen kämpfend.

»Amelie, bitte, ich möchte, dass du mich verstehst«, flehte David.

»Ich verstehe dich doch, David. Eine neue Verbindlichkeit ist sicher undenkbar, wenn man in Trauer ist. Aber warum hast du es so weit kommen lassen und bist mit mir in deine Wohnung gegangen?«

David zuckte mit den Schultern. »Ich wollte es so gern«, gab er zerknirscht zu.

Amelie beugte sich zu ihm hinunter, küsste ihn flüchtig auf

beide Wangen und eilte zum Fahrstuhl, als wäre der Teufel hinter ihr her. Sie schaffte es, ihre Tränen zu unterdrücken, bis sie durch die Lobby ins Freie gerannt war. Nun gab es kein Halten mehr. Ein verzweifeltes Schluchzen entrang sich ihrer Kehle. Blind vor Tränen gelangte sie zu ihrem Wagen und setzte sich ans Steuer. An Fahren war allerdings nicht zu denken. Sie ließ ihren Kopf auf das Lenkrad sinken und weinte, bis sie keine Tränen mehr hatte. Als sie schließlich in den Spiegel sah, blickte ihr ein verquollenes Gesicht entgegen. Hätte ich bloß nicht das Brot ausgefahren, dachte sie voller Selbstmitleid, dann hätte ich das nicht erleben müssen. Es war ein einziger Albtraum. Sie fühlte sich benutzt. So sehr ihr Verstand auch dagegenhielt und ihr versicherte, dass David Taumaunu zu keiner Sekunde beabsichtigt hatte, ihr wehzutun, brodelte in ihr dieser Zorn auf ihn. Sie warf ihm insgeheim vor, dass er sie mit seiner Leidenschaft förmlich überfallen hatte. Wenn er noch nicht frei ist, was ich aus tiefstem Herzen verstehen kann, warum hat er sich nicht zurückgehalten?, fragte sie sich zum wiederholten Mal verzweifelt. Hätte sie anders empfunden, wenn sie auf ein erfüllendes Erlebnis mit ihm zurückblicken könnte? Was, wenn er danach gestanden hätte, dass ihn Schuldgefühle quälten?

Amelie stieß einen tiefen Seufzer aus. Sie wusste keine Antwort. Wie gern hätte sie jetzt jemanden gehabt, mit dem sie über das sprechen konnte, was soeben in Davids Wohnung vorgefallen war. Doch es gab keine Person, der sie ihr Herz ausschütten konnte. Marie hatte sie in Nelson zurückgelassen, legte keinen Wert auf ihre Gesellschaft, und Tamy war in David verliebt. Nein, ihr gegenüber durfte sie die ganze Geschichte mit keinem Wort erwähnen.

Abgesehen von einem Gefühl der Demütigung überkam Amelie auch noch die Empfindung, ganz allein auf der Welt zu sein. Und es regte sich in ihr eine Spur Zorn auf Marie. Wie kam sie eigentlich dazu, sie so schnöde zurückzulassen? Während Amelie durch die

Frontscheibe des Lieferwagens stierte, verschwamm alles vor ihren Augen, und statt des Hotelparkplatzes tauchte die sternenklare Nacht vor ihr auf, und sie befand sich auf der Straße von Stade nach Hamburg. Sie redet mit ihrer Mutter über den Abend. Karla hatte sich prächtig amüsiert. Ein Konditormeister hatte ihr heftig den Hof gemacht. Sie kicherten wie die Teenies. Und dann war da plötzlich der Baum. So schnell konnte sie gar nicht gucken, wie das an dieser Stelle gefrorene Glatteis sie von der Fahrbahn hatte schleudern lassen. Niemals würde sie das Quietschen und Knirschen vergessen. Den Krach, die grausame Stille danach ...

Amelie schnappte nach Luft. Es war ihr, als würde sich ein bleischweres Gewicht auf ihre Brust legen ... doch plötzlich, wie aus dem Nichts, war da etwas anderes, das sich all die Jahre aus ihrem Gedächtnis geschlichen hatte: Sie hörte einen Schrei, und eine Hand griff ihr ins Steuer. Amelies Herz drohte zu zerbersten. Es war Karlas Hand gewesen, die am Steuer gerissen hatte, nachdem sie einen spitzen Schrei ausgestoßen hatte. Amelie versuchte, gleichmäßig gegen ihre Aufregung anzuatmen. Das heißt ... ich bin gar nicht schuld ... Diese Erkenntnis ließ sie am ganzen Körper erzittern.

»Ich bin nicht schuld, ich bin nicht schuld!«, murmelte sie immer wieder vor sich hin, ungläubig und irgendwie fassungslos.

Nach einer gefühlten Ewigkeit holte Amelie ihr Handy hervor und tippte Maries Nummer ein. Sie würde keine Sekunde mehr zögern, es ihrer Schwester zu sagen. Doch am anderen Ende meldete sich nur Maries Mailbox.

Routeburn Track, November 2012

Marie war seit ihrer überstürzten Abreise aus Nelson von einer inneren Unruhe getrieben, sodass sie es kaum an einem Ort aushielt. Deshalb hatte sie sich entschieden, auf einen Track zu gehen, um in der magischen Natur der Südinsel zur Ruhe zu kommen. Die Wandertour dauerte drei Tage und führte durch Buchenwälder, über Flüsse, an Wasserfällen vorbei. Marie traf ihre Gruppe in einer Lodge in Glenorchy, einer schmucklosen Siedung in den Bergen. Die etwa zehn Trekking-Teilnehmer kamen aus aller Herren Länder. Es waren Japaner dabei, Engländer, Australier, Franzosen und auch ein deutsches Paar. Es gab einfaches Essen, und sie unterhielten sich angeregt bis tief in die Nacht, obwohl sie in aller Früh aufbrechen wollten. Die Weltenbummler waren zum Teil jünger als sie selbst, bis auf ein Ehepaar amerikanischer Pensionäre. Das ausschließliche Gesprächsinteresse galt den Reiseerfahrungen, die sie alle bereits in Neuseeland gemacht hatten. Marie hatte sich einen Notizblock geholt und schrieb eifrig mit, vor allem die Tipps, die man ihr über die Nordinsel gab. Sie kam an diesem Abend gar nicht zum Nachdenken, und das empfand sie als Wohltat. Wie hatte sie sich in den vergangenen Tagen das Hirn zermartert! Ob es richtig gewesen war, Amelie ohne persönliche Aussprache zu verlassen, und auch ihre kopflose Flucht von der Snyder-Farm ließ ihr keine Ruhe. Natürlich schweiften ihre Gedanken auch immer wieder zu George ab.

Auch in dieser Nacht vor dem Einschlafen erinnerte sie sich an jede Begegnung mit George in einer Intensität, die geradezu schmerzte.

Wie er wohl darauf reagiert hatte, dass sie ohne Abschied abgehauen war? Aber es ist besser so, redete sie sich zu und beschloss, auf dem Rückweg auch nicht Ben zu treffen, obwohl sie ihm das hatte schwören müssen.

Als der Wecker am nächsten Morgen klingelte, fühlte sie sich wie gerädert. Sie wusch sich ihr Gesicht mit kaltem Wasser und warf einen Blick nach draußen. Enttäuscht stellte sie fest, dass es regnete und alles in einem diesigen Nebel lag. Bevor sie zum Frühstück ging, warf sie noch einen flüchtigen Blick auf ihr Telefon, bevor sie es ausstellen wollte. Es war ein Anruf eingegangen. George, war ihr erster Gedanke, doch dann sah sie, dass er von Amelie kam. Sie hatte keine Nachricht hinterlassen. Marie überlegte kurz, ob sie zurückrufen sollte, aber sie schaltete ihr Telefon aus. Sie wollte in der Einsamkeit nicht gestört werden. Schon gar nicht von ihrer Schwester, denn sie befürchtete, Amelie würde sie mit Vorwürfen überschütten.

Beim Frühstück gab es nur ein Thema: das miese Wetter. Die anderen waren genauso wenig begeistert von dem Gedanken, eine Wanderung durch die nasskalte Natur anzutreten, aber trotzdem trafen sie sich wenig später tapfer zum Aufbruch. Sie wurden vom Betreiber der Lodge mit einem Geländewagen auf einer Schotterpiste zum Ausgangspunkt der Wanderung gebracht. Auf dem Parkplatz stießen weitere Trekker zur Gruppe. Marie hielt sich etwas abseits.

»Ist Ihnen der Trubel auch zu viel?«, fragte sie da eine Frau auf Englisch. »Wollen wir schon mal aufbrechen? Ich kenne den Weg. Ich gehe ihn einmal im Jahr.«

»Sie sind Neuseeländerin?«

Die Frau nickte und streckte ihr die Hand entgegen: »Loreen aus Auckland. Ich liebe diesen Track. Eigentlich bevorzugen die Neuseeländer den Milford Track, aber mir liegt diese Tour persönlich noch mehr.« Sie lächelte.

»Dann kann ich mich Ihrer Führung ja bedingungslos anvertrauen«, erwiderte Marie und musterte Loreen. Sie schätzte, dass sie in ihrem Alter war.

Schweigend tauchten sie in die Stille des lichten Waldes ab. Es ging zwar bergauf, aber nicht zu steil. Der Regen hörte auf, und der Himmel über ihnen klarte auf.

»Das Wetter schlägt in den Bergen alle paar Stunden um«, erklärte ihr Loreen.

Marie war froh, dass sie mit ihrer neuseeländischen Reisebegleitung den Weg in Ruhe genießen konnte. Die Aussicht, dass das Wetter sich noch besserte, steigerte ihre Laune.

An einem Wasserfall machten sie Rast. In ihren Rucksäcken befanden sich kleine Proviantpakete, die sie sich in Glenorchy hatten zubereiten lassen. Loreen wollte nun wissen, was Marie nach Neuseeland getrieben hatte. Marie mochte die Frau aus Auckland und berichtete freimütig von ihren Motiven, dieses Land zu bereisen.

»Es fehlte mir in meiner Weltenbummlerkarriere, nachdem ich gerade länger in Indien war.«

»Ach, so bin ich auch hier gelandet, aber dann bin ich auf meiner Reise in Auckland hängen geblieben«, stöhnte Loreen. »Der Liebe wegen.«

»Wo kommen Sie ursprünglich her?«, fragte Marie.

»Ich stamme aus Schottland und bin nach dem Abitur auf Weltreise gegangen, bis ich mich ausgerechnet hier am Ende der Welt verliebt habe.«

»Und Sie sind geblieben?«

»Wo die Liebe hinfällt«, entgegnete Loreen verschmitzt. »Ich habe ihn kennengelernt, als ich einen Farmstay eingelegt habe, um mir das Geld für die Weiterreise zu verdienen.«

Marie schluckte. »Und dann?«

»Habe ich mich in den Sohn des Hauses verliebt. Die erste Zeit habe ich mich heftig dagegen verwehrt, weil ich mich nicht binden wollte.« Sie lächelte gewinnend. »Aber ich musste akzeptieren, dass ich die längste Zeit Weltenbummlerin gewesen bin. Wir sind gemeinsam zum Studium nach Auckland gegangen und haben vorher geheiratet, damit ich auch einen Platz bekomme.«

»Hört sich romantisch an«, entfuhr es Marie.

»Inzwischen haben wir zwei Kinder, arbeiten in einer Therapie-Praxis, und meine kleine Auszeit von der Familie ist jedes Jahr diese Wanderung.«

»Haben Sie das je bereut?«

»Niemals. Neuseeland ist mein Zuhause geworden. Natürlich war es anfangs schwer, meine Familie in den Highlands zu wissen, aber mittlerweile besuchen sie uns jedes Jahr und kommen mit der ganzen Familie, um mit uns Weihnachten zu feiern.«

Marie ging Loreens Geschichte so nahe, dass sie die Rast schnell beendete. Sie musste nämlich unwillkürlich an George denken. So ein Unsinn, ermahnte sie sich, das kann man doch gar nicht vergleichen. George hat schon Familie!

Stumm wanderten sie weiter. Die Gruppe hatte sie immer noch nicht eingeholt. Der Himmel über ihnen klarte sich immer weiter auf. Bald gab es etliche Wolkenlöcher, durch die sich die Sonne ihren Weg zur Erde bahnte. Mit der Sonne kamen auch plötzlich papageienähnliche Vögel von allen Seiten. Einige landeten vorwitzig auf ihren Rucksäcken.

»Was sind das denn für Viecher?«, lachte Marie.

»Das sind unsere Kea, Bergpapageien und verfressene Biester. Ich hoffe, Sie haben Ihren Rucksack richtig geschlossen. Die Kea kennen jeden Trick, um an Nahrung zu gelangen.«

Da sah Marie auch schon einige von ihnen mit dem Brot im Schnabel davonfliegen, das sie eben obenauf in den Rucksack gelegt hatte.

»Na, ich befürchte, ich habe ihn nicht richtig geschlossen.«

Die beiden Frauen lachten und setzen ihren Weg ohne die frechen gefiederten Begleiter fort.

»Ich möchte Ihnen nicht zu nahe treten«, sagte Loreen nach einer Weile des Schweigens beinahe entschuldigend. »Aber Sie machen den Eindruck, als würden Sie eine schwere Last tragen. Ich meine nicht Ihre fünfzehn Kilo auf dem Buckel.«

Marie war irritiert von Loreens Offenheit. Sah man ihr die Belastung etwa an?

»Das ist wohl Ihr professioneller Psychologenblick, oder?«, gab sie zurück.

»Nein, ich bin im Urlaub«, entgegnete Loreen hastig. »Und ich wollte wirklich nicht indiskret sein, aber in dieser unberührten Natur sagt man manchmal Dinge, die man sich in der Stadt verkniffen hätte.«

Marie seufzte. »Ach, es geht um meine Schwester. Ich habe sie in Nelson sitzen gelassen, obwohl wir die Reise über die Südinsel gemeinsam machen wollten.«

»Ich möchte wirklich nicht neugierig sein.«

»Vielleicht ist es ganz gut, wenn ich einmal mit einer Fachfrau über dieses Problem spreche«, erwiderte Marie versöhnlich, und sie begann, Loreen zögernd zu erzählen, warum sie sich von Amelie entfernt hatte.

Als sie ihre Schilderung beendet hatte, herrschte erst einmal Schweigen.

»Aber es gibt keine anderen Indizien, dass Ihre Schwester den Unfall verursacht hat, als den, dass Sie glauben, sie wäre mal wieder komplett überarbeitet gewesen?«, fragte Loreen schließlich vorsichtig nach.

Maries Miene verfinsterte sich. »Ich sehe schon, Sie finden das blöd von mir. Wie meine Großmutter. Keiner versteht mich!«

»Doch, schon. Ich verstehe Ihren Zorn darüber, dass Sie Ihre Mutter verloren haben. Aber hat Ihre Schwester überhaupt eine Chance, Ihnen das Gegenteil zu beweisen?«

»Das ist spitzfindig!«

»Nein, ich frage mich nur, wem es etwas nützt, dass Sie deshalb den Kontakt zu Ihrer Schwester auf Sparflamme halten? Vielleicht sollten Sie eine Aussprache suchen.«

»Hab ich doch!«, entgegnete Marie trotzig.

»Und was sagt Ihre Schwester dazu?«

»Dass sie selbst Schuldgefühle hat.«

»Und wie ist das für Sie?«

»Frau Psychologin, das macht es nicht besser«, erwiderte Marie spöttisch.

Loreen stieß einen tiefen Seufzer aus. »Sag ich ja, Sie geben ihr keine Chance. Darf ich mal fragen, wie Ihr Verhältnis vor dem Unfall war?«

»Wir haben uns gut verstanden, obwohl sie schon immer ein sehr einnehmendes Wesen hatte. Sie war immer schon die geborene Erfolgsfrau.«

»Ich mag jetzt gar nichts sagen. Das würde Sie nur noch wütender machen.«

»Nun spucken Sie schon aus!« Marie war abrupt stehen geblieben und musterte ihre Begleiterin provozierend.

»Ich habe den Eindruck, der Unfall ist nur der Anlass, dass Sie dem Zorn auf Ihre Schwester so viel Raum geben.«

»Na toll! Es ist also alles meine Schuld. Ich verstehe schon. Amelie ist die Größte!«

»Ich kenne sie doch gar nicht, und ich möchte Ihnen bloß helfen ...«

Weiter kam Loreen nicht, denn Marie beschleunigte ihren Schritt. Sie drehte sich noch einmal um, zischte: »Ich wusste schon, warum ich allein gehen wollte. Ihre Ratschläge interessieren mich nicht!« Dann eilte sie energisch voraus.

Marie kochte vor Wut. Vor allem auf sich selbst. Wie konnte ich nur so dumm sein und erwarten, dass mich diese Frau versteht, dachte sie. Sie kam sich vor wie eine neidische, eifersüchtige Person, die aus lauter Missgunst die Schuld für den Unfall bei ihrer Schwester suchte.

In diesem Augenblick brach die Sonne durch die Wolken und ließ die schneebedeckte Kuppe des Berges, den sie zu ihrer Linken sehen konnte, wie tausend Sterne funkeln. Marie bemerkte das Naturschauspiel zwar, aber ihre ungetrübte Freude über die Schönheiten, die es auf dieser Wanderung zu bestaunen gab, war wie weggeblasen. Amelie kann einem auch alles vermiesen, dachte sie wütend. Sie befand sich mittlerweile auf einem Stück Schotterweg, der nah am Abgrund steil den Berg hinaufführte. Statt sich wieder auf ihren Pfad zu konzentrieren, schweifte sie in Gedanken schon wieder zu ihrer Schwester ab, und sie steigerte sich immer weiter in ihre Wut hinein. Sie verspürte Zorn darüber, dass Amelie schon als Kind immer alles gelungen war, dass man sie ihr in der Schule als leuchtendes Vorbild vorgehalten hatte, dass der Vater sie stets gelobt hatte. Darüber, dass sie sich von ihr hatte auszahlen und dass sie ihre Mutter in den Tod gefahren hatte. Marie ballte die Fäuste. Sie versuchte, sich an eine Meditationstechnik zu erinnern, die man auch im Gehen anwenden konnte, aber es gelang ihr nicht, ihren aufgeregten Atem zu beruhigen. Im Gegenteil, sie schnaubte förmlich vor Wut. Wie Amelie alle für sich einnehmen kann, ging es ihr durch den Kopf, ihren Vater, Großmutter. Selbst diese fremde Person sah die Ursache für den Zwist bei ihr statt bei Amelie. Nie zuvor hatte sie sich ihren negativen Gefühlen so intensiv hingegeben. Dagegen half keine Meditationstechnik der Welt. In diesem Moment beschloss sie, auf dem Rückweg einen Bogen um Nelson zu machen, um weder Amelie zu treffen noch Gefahr zu laufen, George zu begegnen. Genau in dem Augenblick knickte sie mit dem rechten Fuß um und geriet ins Straucheln. Sie versuchte, sich an einem Strauch festzuhalten, doch der Ast knickte ab. Marie verlor den Halt und stürzte ungebremst den Abhang hinunter, bis ein Baum sie stoppte. Ein mörderischer Schmerz durchzuckte ihr rechtes Bein, das mit voller Wucht gegen den Stamm geknallt war. Marie schrie auf. Sie versuchte, sich aufzurichten, aber das gelang ihr nicht. Ihr Bein konnte sie nicht mehr bewegen.

Sie schrie laut um Hilfe. Jetzt spürte sie auch, dass sie am Kopf blutete. Ihre Hand, mit der sie sich durchs Haar gefahren war, war voller Blut.

»Marie, ich hole Hilfe«, hörte sie Loreen rufen. Dann war alles wieder still. Bis auf Maries Stöhnen war kein Geräusch zu hören. Marie bekam Panik. Erneut versuchte sie, sich aufzurichten. Dieses Mal schaffte sie es, den Oberkörper zu heben. Voller Entsetzen sah sie, dass ihr Fuß in einem Winkel von neunzig Grad vom Bein abgeknickt war. Ihr wurde übel und sie ließ den Kopf wieder zurück auf den Boden gleiten.

Inzwischen war die gesamte Gruppe an dieser Stelle des Weges angekommen. Alle riefen durcheinander und ermutigten sie, durchzuhalten.

»Der Hubschrauber ist unterwegs«, rief einer.

Wieder durchfuhr ein höllischer Schmerz ihr rechtes Bein. Es fühlte sich so an, als wäre das gesamte Bein zertrümmert. Marie schrie auf. Nie zuvor hatte sie derartige Qualen gelitten. Sie war beinahe erleichtert, als ihr schwarz vor Augen wurde.

Nelson, September 1932

Seit mein Kind seinen allerersten Schrei getan hat, ist alles wieder gut. Es war eine schwere Geburt. Wenn mir jemand gesagt hätte, wie es dich zerreißt, ich hätte es mir überlegt. Nein, natürlich nicht. Es ist vergessen in dem Augenblick, in dem man so ein unschuldiges Baby im Arm hält. Ein unvergleichliches Gefühl. Er ist gar nicht zerknautscht, sondern besitzt rosige Wangen und blickt neugierig in die Welt. Wir werden ihn Rufus nennen. Er liegt neben mir in der Wiege und schläft. Ich kann gar nicht aufhören, ihn anzusehen. Und wenn ich ihn nicht atmen höre, bekomme ich sofort Angst, dass ihm etwas passiert sein könnte.

Richard hat nichts dagegen, dass ich noch ein paar Tage im Pavillon bleibe. Das war mein Zuhause seit dem … ich mag nicht mehr daran denken. Manchmal wache ich nachts schreiend auf. Dann habe ich davon geträumt, wie sich Richard über mich hermacht. In Wirklichkeit hat er mich nie wieder angefasst. Das war meine Bedingung, auf die er sich widerspruchslos eingelassen hat. Ich habe ihm sein grausames Verhalten inzwischen beinahe verziehen, denn er scheint es ernsthaft zu bedauern. Er hat sich geändert seit jener Nacht. In seinem Blick liegt etwas Trauriges, *lag* etwas Trauriges, müsste ich eher sagen, denn seit der Geburt unseres Sohnes strahlt Richard den lieben langen Tag. Seit Mai rührt er keinen Tropfen Alkohol mehr an und liest mir beinahe jeden Wunsch von den Augen ab. Wenn ich in der Schwangerschaft gesagt habe, ich wollte jetzt saure Gurken essen, ist er losgegangen und hat mir welche besorgt. Trotzdem war ich sehr glücklich in meinem Pavillon. Ich habe die Zeit genutzt, mein Englisch zu perfektionieren. Mein Tagebuch habe ich bis heute nicht ein einziges Mal mehr vorgeholt, weil ich Angst hatte, ich würde wieder an die schreckliche Nacht erinnert und daran, wie sehr ich Rongo liebe. Daran versuche ich möglichst gar nicht mehr zu denken, aber besonders morgens, wenn ich gerade aufgewacht bin, schleicht er sich in meine Gedanken.

Ich habe mich die letzten Monate völlig zurückgezogen und weder Mary noch Julie getroffen. Natürlich befürchte ich, dass sie mir Fragen stellen, besonders Julie, die ja mitbekommen hat, wie ich bei ihrem Mann Hilfe suchte.

Nun kann ich sie aber nicht länger vertrösten. Julie will mich heute besuchen kommen, Mary morgen. Sie wollen natürlich mein Kind bewundern. Und Julie hat über Richard ausrichten lassen, dass sie vielleicht eine neue Haushaltshilfe für mich hat. Makareta heiratet nämlich und wird uns verlassen, sobald ich eine Nachfolgerin für sie gefunden habe.

Arthur hat mich oft besucht. Offiziell hieß es, bei mir läge eine problematische Schwangerschaft vor, die es mir verbiete, draußen herumzulaufen, sondern mich zum Liegen zwinge. Zum Glück habe ich in Wahrheit nur zwei Tage gelegen und konnte dann wieder aufstehen. Arthur aber ist fast täglich vorbeigekommen, auch, als es mir längst besser ging. Er hat mir das Schachspielen beigebracht, und es ist ein wahres Vergnügen, gegen ihn anzutreten. Inzwischen habe ich ihn sogar schon ein paar Mal geschlagen. Neulich habe ich mich endlich getraut, ihm zu verraten, dass ich an Weihnachten sein Gespräch mit Mary belauscht hatte. Da berichtete er mir, sie wäre wieder schwanger und dass Sam ihr in dem Zustand nichts antun würde. Auch meinem Mann gegenüber war Arthur nicht mehr so streng. Er war auch der Meinung, dass Richard sich tief im Inneren damit quälte, wie er so tief sinken konnte. Und dass er von seinem gesamten Verhalten her viel zugänglicher geworden war.

Gestern war er gerade hier, um Rufus zu sehen. Er war nämlich bei der Geburt nicht dabei. Das haben die Hebamme und ich allein geschafft. Arthur war begeistert von meinem kräftigen Sohn und von seinem dunklen Haarschopf. Er hatte noch nie einen Säugling mit so viel Haaren auf dem Kopf gesehen, außer bei den Maori. Ich weiß nicht, was mich in dem Augenblick geritten hat, aber ich vergaß für den Bruchteil einer Sekunde alle Vorsicht.

»Erzähl mir, wie sieht Rongos Kind aus? Ist er ganz dunkel oder eher so hell wie sein Vater?«

Arthur sah mich ganz seltsam an, bevor er mir antwortete. »Er ist dunkler als sein Vater, ein richtiger kleiner Maori. Kommt ganz nach der Mutter.«

»Hast du sie gekannt?«

»Natürlich, ich habe sie auch sehr gemocht. Ich war sehr traurig, als sie bei der Geburt des zweiten Kindes starb. Rongo war verzweifelt. Ich befürchtete, er würde sich nie wieder in eine andere Frau verlieben bis ...« Arthur unterbrach sich und blickte an mir vorbei ins Leere.

Ein Beben durchlief meinen Körper. Täuschte ich mich oder wusste mein guter Freund, der Doktor, Bescheid?

Ich versuchte, meine Aufregung zu überspielen, doch das konnte Arthur nicht täuschen.

»Sei vorsichtig!«, mahnte er nun, und ich wusste, dass es keinen Zweck hatte, mich dumm zu stellen.

»Woher weißt du das?«, fragte ich stattdessen mit bebender Stimme.

»Ich habe Augen im Kopf«, erwiderte Arthur und musterte mich eindringlich.

»Hast du es gemerkt, als wir in deiner Praxis waren?«

»Schon früher, schon zu Weihnachten habe ich gespürt, dass zwischen euch etwas ist.«

»Aber es ist nichts. Wir haben keine Affäre, wenn du das meinst.«

Arthur lächelte. »Das ist mir klar. Rongo ist ein leidenschaftlicher Mann. Für ihn gibt es stets nur alles oder nichts. Er würde sich niemals auf eine Affäre mit einer verheirateten Frau einlassen! Er möchte dich ganz.«

»Hat er etwa mit dir darüber gesprochen?«

»Nein, das würde er niemals tun. Er ist kein Schwätzer, sondern ein Mann der Tat.«

»Er hat mich gebeten, mit ihm zu gehen«, gab ich zögernd zu.

»Das sieht ihm ähnlich. Und warum hast du es nicht getan, sondern bist bei Richard geblieben, einem Mann, dem du vielleicht halbwegs verziehen hast, was er dir angetan hat, den du aber nicht liebst?«

»Ich habe es für Rufus getan!« Mein Blick wurde weich, während ich auf mein friedlich schlafendes Kind deutete. »Wenn ich Richard verlassen würde, er ließe mich vielleicht ziehen, aber seinen Sohn würde er behalten.«

Arthur kratzte sich nachdenklich an seinem Bart, den er neuerdings trug. »Da magst du recht haben, denn selbst wenn ich vor Gericht bezeugen würde, was er dir angetan hat, sie würden das Kind wohl deinem Mann zusprechen.«

»Eben, und deshalb kommt eine Scheidung nicht infrage. Ich habe Rongo seit jener Mainacht nicht wiedergesehen.«

»Das ist auch besser so, denn selbst Julie hat schon so merkwürdige Andeutungen gemacht, dass du wohl zu den Bewunderinnen des unnahbaren Rongo Taumaunu gehören würdest.«

»Ich gehe ihm weiterhin aus dem Weg, aber da du es nun weißt, bitte sag mir, wie geht es ihm?«

»Willst du es wirklich wissen?«, seufzte Arthur.

»Ja, bitte, verrate es mir.«

»Er scheint sehr darunter zu leiden. Das macht ihn noch verschlossener und abweisender. Wir arbeiten zwar weiterhin zusammen, er ist ein Heiler des Herzens, aber privat nimmt er so gut wie keine Einladungen mehr wahr. Er verkriecht sich regelrecht.«

»Da haben wir ja was gemeinsam«, stöhnte ich und mir wurde das Herz schwer. Wenn ich mir vorstellte, dass es ihm auch schlecht ging, hätte ich heulen können.

Arthur ermahnte mich zum Abschied gestern eindringlich, mich vorzusehen. Nicht nur Richard wäre unberechenbar, wenn das herauskäme, sondern auch Sam Snyder. Das verwunderte mich allerdings sehr. Ich wollte wissen, wie Arthur auf den Gedanken kam.

»Du ahnst gar nichts, oder?«, fragte er irritiert.

Ich schüttelte den Kopf.

»Sam Snyder ist in dich verliebt!«, erwiderte er ungerührt.

»In mich?« Ich wusste, dass das eine blöde Frage war, aber mir erschien das derart absurd. Arthur übertreibt, dachte ich. »Wie kommst du auf so was?«

»Ich weiß es eben«, murmelte Arthur leicht genervt.

Das reichte mir nicht als Antwort, und ich hakte noch einmal verärgert nach. »Wieso behauptest du so einen Unsinn?«

»Er hat im Suff deinen Namen gemurmelt.«

»Wie bitte?«

»Ich habe ihn neulich nach Hause gebracht, weil er wieder zu tief ins Glas geguckt hat, und plötzlich fing er an, dämlich zu grinsen und ›Lisa! Meine Lisa‹ zu lallen.«

»O Gott, wenn das Mary hört.«

»Das war auch mein erster Gedanke. Deshalb habe ich ihm ordentlich den Kopf gewaschen. Ich hoffe, er hat in seinem Suffkopp kapiert, dass sich das nicht wiederholen darf.«

»Das habe ich nicht geahnt.«

»Ich weiß, dass du ganz und gar uneitel bist, aber deine Wirkung auf die Männerwelt ist groß. Du bist die hübscheste Frau Nelsons.«

Ich blickte Arthur irritiert an.

Er lachte. »Nein, nein, ich bin in meine Julie immer noch verliebt, obwohl sie manchmal eine rechte Nervensäge sein kann. Trotzdem habe ich Augen im Kopf. Und es ist gerade die Diskrepanz zwischen deiner Ausstrahlung und deiner Arglosigkeit, die deinen Reiz erhöht. Würdest du dir auf deine Schönheit was einbilden, würde mit Sicherheit etwas von deinem Charme verloren gehen.«

»Mary hat mir Weihnachten schon etwas in der Art vorgeworfen, aber ich habe es nicht ernst genommen. Was soll ich bloß tun?« Ich spürte, wie eine tiefe Verzweiflung in mir aufstieg.

»Am besten benimmst du dich ganz normal.« Arthur nahm tröstend meine Hand. In diesem Augenblick klopfte es an der Tür, und Richard trat zögernd ein.

»Ich wollte nach meinem Jungen gucken«, bemerkte er fast schüchtern. Seit Mai legte er mir gegenüber eine ungewohnte Rücksicht an den Tag. Er hatte nichts mehr von dem polternden Grobian.

»Na, was sagst du zu dem Prachtburschen?«, fragte er mit stolzgeschwellter Brust. Dass Arthur immer noch meine Hand hielt, schien er nicht einmal zu registrieren. Nein, Richard ahnte nichts von dem Aufruhr, den ich in der Männerwelt verursacht hatte. Mich erfüllte das keinesfalls mit Stolz. Im Gegenteil, in mir verstärkte es nur meine unterschwellige Sehnsucht nach Rongo.

»Ein kräftiges Kerlchen«, bestätigte Arthur schmunzelnd. »Aber ich muss jetzt gehen. Außerdem bekommst du gleich Besuch von Julie. Sie bringt eine junge Patientin von mir mit. Ein reizendes Mädchen. Du solltest sie einstellen.«

»Bei so einem Mentor habe ich ja gar keine Wahl«, erwiderte ich scherzhaft.

»Darf ich in den nächsten Tagen wiederkommen?«

»Aber jederzeit, mein Freund«, erwiderte Richard jovial und versetzte Arthur einen kumpelhaften Schlag auf die Schulter. Ich lächelte bestätigend und ermahnte Richard, das Kind nicht aufzuwecken. Eigentlich hätte ich jetzt gern ein wenig geschlafen, aber da kündigte Makareta Julies Besuch an. Richard verließ das Schlafzimmer und traf in der Tür mit unserem Besuch zusammen. Julie beglückwünschte ihn zu seiner Vaterschaft.

Arthurs Frau sah wieder einmal blendend aus. Wie immer nach der neusten Mode gekleidet. Im Schlepptau hatte sie ein Mädchen, das ich auf höchstens siebzehn schätzte. Es hatte langes dunkles Haar, das es zu einem Zopf geflochten trug, große braune Augen und war furchterregend dünn.

»Liebste«, rief Julie aus, küsste mich flüchtig auf beide Wangen, bevor sie zur Wiege eilte. »Ach, wie entzückend. Eine Mischung aus euch beiden, würde ich sagen!«

»Psst, er ist erst vor einer halben Stunde eingeschlafen«, ermahnte ich Julie. »Und wenn er aufwacht, wirst du ihn gar nicht mehr so entzückend finden. Er hat ein Organ für zehn«, lachte ich.

»Darf ich dir deine neue Haushaltshilfe vorstellen? Bonnie White. Stell dir vor, ihre Großmutter war auch Deutsche. Sie passt hervorragend zu euch.«

Bonnie reichte mir verschüchtert die Hand und knickste.

»Hast du schon einmal zuvor in einem Haushalt gearbeitet?«, erkundigte ich mich.

Julie machte eine wegwerfende Bewegung. »Aber natürlich!«, antwortete sie an Bonnies statt. »Ihre Mutter ist früh verstorben. Sie hat den ganzen Haushalt geschmissen. Jetzt hat ihr Vater neu geheiratet, und die neue Frau hat alles übernommen ...«

Ich machte Julie ein diskretes Zeichen, die junge Frau für sich selbst sprechen zu lassen.

»Nun erzähl Misses Bruhns schon, was du alles kannst.«

Das Mädchen war sehr blass, fiel mir auf. Es räusperte sich ein paar Mal, bevor es das Wort ergriff. »Ich habe für meinen Vater und meine drei Geschwister gekocht, ich habe das Haus in Ordnung gehalten, natürlich die Einkäufe gemacht ...«

»Das hört sich sehr gut an«, stieß ich begeistert hervor. Bonnies Miene hellte sich auf.

»Und, gibst du ihr eine Chance?«, mischte sich Julie ungeduldig ein.

»Ja, Bonnie, du kannst bei uns anfangen. Magst du gleich mit Makareta gehen? Sie weiht dich in alles ein.« Meine Haushaltshilfe hatte im Türrahmen gewartet und beäugte ihre Nachfolgerin skeptisch. Wahrscheinlich traute sie diesem zierlichen Mädchen nicht zu, unseren Haushalt zu schmeißen.

»Dann komm, ich zeig dir alles.«

»Sie kann vorerst im Gästezimmer schlafen, bis du zu deinem Mann ziehst«, sagte ich. Insgeheim teilte ich die Befürchtung meiner guten Makareta. Das Mädchen sah aus, als ob es erst einmal ordentlich aufgepäppelt werden musste, bevor man es für die schweren Aufgaben im Haushalt einsetzen konnte.

Kaum waren die beiden aus der Tür, ließ ich meinem Zweifel freien Lauf. »Und du meinst wirklich, dass sie so einer Aufgabe gewachsen ist?«

»Was meinst du, warum sie so ausgezehrt wirkt? Weil sie Tag und Nacht geschuftet hat, und das, seit sie dreizehn ist. Ihre Stiefmutter hätte sie liebend gern im Haus behalten als billige Arbeitskraft, aber Arthur hat ihren Vater davon überzeugen können, dass sie lieber Geld woanders verdienen solle. Und wenn du so skeptisch bist, warum hast du ihr die Stelle dann gegeben?«

»Weil sie mich rührt«, gab ich seufzend zu.

»Ach, du gutes Herz!«, lachte Julie.

In diesem Augenblick kam Richard zurück. Dieses Mal trat er ohne anzuklopfen ein.

»Sag mal, Julie, ist das dein Ernst? Du willst uns dieses spindeldürre Ding als neue Haushaltshilfe andienen?«

»Doch, wir versuchen es mit ihr. Sie ist ein fleißiges Mädchen und zäher, als sie aussieht«, mischte ich mich ein. Mir tat diese Bonnie leid. Wenn ich mir vorstellte, sie müsste meinetwegen wieder zu ihrer Familie zurück, wo sie nur ausgenutzt wurde. Nein, das wollte ich auf keinen Fall!

»Aber schaut sie euch an. Die kann man umpusten!«

»Ich sagte, wir versuchen es mit ihr«, entgegnete ich entschieden.

Richard zuckte die Achseln und gab sich geschlagen.

»Ja dann! Ich muss mich wieder aufmachen. Wir haben heute Treffen der Kirchenfrauen, und sie haben mich doch kürzlich in den Vorstand gewählt«, erklärte Julie. Ich amüsierte mich innerlich darüber, dass Julie immerzu zeigen musste, wie wichtig und großartig sie war. »Aber jetzt, wo dein strammer Bursche gesund auf die Welt gekommen ist, musst du endlich mal zu den Kirchenfrauen kommen.«

»Ich verspreche es«, erwiderte ich schwach.

Und schon flatterte Julie davon, nicht, ohne mich vorher überschwänglich auf die Wangen zu küssen. So fremd mir ihre Art war, ein wenig Neid war auch dabei. Ihr Leben wirkte so unkompliziert, und sie hatte einen Mann, den sie liebte ...

Ich musterte meinen Mann kritisch. Er hatte mächtig zugelegt, obwohl er keinen Alkohol mehr trank. Dafür aß er für sein Leben gern. Außerdem wurde sein Haar von Tag zu Tag schütterer. In demselben Augenblick, in dem ich mich an seinen äußerlichen Schwachstellen störte, hatte ich ein schlechtes Gewissen. Und selbst wenn er schlank und rank wäre und sein Haar voll bliebe, er hat nicht die geringste Chance bei mir. Ich konnte gar nichts dagegen tun. Schon schob sich zwischen uns beide das Bild, wie Rongo mich das erste Mal angesehen hatte, damals, auf der Überfahrt von der Nordinsel. Und das Herz wurde mir warm.

Richards Stimme holte mich aus meinen Gedanken. »Und du bist wirklich sicher, dass dieses Mädchen für unseren Haushalt richtig ist?«

»Fang nicht schon wieder damit an. Wenn es nicht geht, sehen wir weiter«, sagte ich schroff.

Da ertönte ein fürchterliches Gebrüll aus der Wiege, und ich hob das schreiende Bündel heraus und legte es an meine Brust. Ich hatte nur noch Augen für meinen Sohn, der sofort verstummte, als ich mit dem Stillen begann.

Ich hatte gar nicht bemerkt, dass Richard wie gebannt auf

meine entblößte Brust starrte. In seinem Blick lag allerdings nicht der Stolz des frischgebackenen Vaters, sondern die reine Begierde.

»Bitte glotz mir nicht so auf die Brust!«, fauchte ich ihn an.

»Entschuldige«, sagte er hastig, wandte sich ab und machte sich geschäftig am Himmel der Wiege zu schaffen.

Nach dem Stillen wollte ich Rufus wieder zurück in die Wiege legen, aber er brach erneut in ein schreckliches Geschrei aus. Das kannte ich nicht. Eigentlich war er das zufriedenste Kind, nachdem er getrunken hatte. Ich trug ihn im Raum herum und flüsterte ihm beruhigende Worte zu, aber es nützte nichts. Ich hatte eher das Gefühl, das Brüllen wurde nur noch lauter.

»Darf ich?«, hörte ich wie von ferne eine fremde Stimme. Ich fuhr herum. Da stand Bonnie vor mir und hielt den Arm auf. »Mein kleiner Bruder hatte das«, sagte sie, und ich legte ihr widerstandslos mein Kind in den Arm. Voller ungläubigem Erstaunen beobachte ich, wie sie ihn mit dem Gesicht nach unten vor sich hertrug und ihm mit einer Hand das Bäuchlein massierte. Und tatsächlich, das Schreien ebbte ab, bis es ganz verstummt war.

»Wie haben Sie das gemacht?«, flüsterte ich, um Rufus, der offenbar eingeschlafen war, nicht zu wecken.

»Ich glaube, er hatte Leibschmerzen. Mein Bruder hat immer geschrien, nachdem ich ihm die Flasche gegeben hatte. Ich habe alles ausprobiert, und das war das Einzige, das geholfen hat.«

»Meinen Sie, Sie können ihn in die Wiege legen, ohne dass er aufwacht?«

Bonnie nickte eifrig.

»Das ist ja großartig«, lobte ich Bonnie. »Aber sagen Sie, wollten Sie etwas Bestimmtes von mir?«

»Ja, ich wollte fragen, ob ich heute wohl noch einmal nach Hause gehen darf. Ich habe doch nicht damit gerechnet, dass ich sofort eine Stelle bekomme. Und nun würde ich gern meine Sachen holen.«

»Natürlich, gehen Sie nur. Noch haben wir ja Makareta. Sie können sich gern ein paar Tage Zeit lassen ...«

»Nein, nein«, entgegnete Bonnie hastig. »Ich komme schon heute zurück.«

Sie ist heilfroh, dass sie von zu Hause wegkommt, dachte ich und sah ihr verwundert nach. Was für ein Glücksgriff. Jedenfalls als Kindermädchen.

»Na, von Säuglingen versteht sie was«, brummte Richard, dessen Anwesenheit ich ganz vergessen hatte.

»Zur Not stellen wir eine zweite Haushaltshilfe ein«, schlug ich vor. »Ich habe diese Bonnie gern um mich.«

»Zweite Haushaltshilfe? Ich bin doch kein Krösus!«

Plötzlich hatte ich eine Idee. Das war meine Chance, Anna zu holen. Wenn sie wollte, konnte sie hier weiter zur Schule gehen und mir den Rest des Tages im Haushalt helfen. Zu dritt würden wir das Ganze mit Leichtigkeit schaffen. Ich klatschte vor Begeisterung in die Hände.

»Ich habe einen großartigen Einfall«, stieß ich übermütig hervor.

»Was heckst du nun schon wieder aus?«, fragte Richard lächelnd.

»Wir holen Anna jetzt schon her. Sie kann auch hier weiter zur Schule gehen. Sie hatte Englisch schon im Unterricht, und ich werde mit ihr üben, bis sie es perfekt beherrscht. Sie ist ein Sprachengenie. Und den Rest des Tages hilft sie mir im Haushalt. Wir drei Frauen schaffen das schon.«

»Aber das werden deine Eltern niemals erlauben«, knurrte Richard missbilligend.

»Lass es mich wenigstens versuchen. Ach, wäre das schön, wenn ich sie endlich im Haus hätte!«, schwärmte ich. »Sie wundern sich bestimmt ohnehin, dass ich nicht mehr geschrieben habe, aber es war doch so viel los ...« Ich stockte. Seit jenem Abend hatte ich etliche Anläufe unternommen, einen halbwegs unverfänglichen

Brief nach Hause zu schreiben, aber es wollte mir partout nicht gelingen. Immer wieder, so bildete ich mir jedenfalls ein, schimmerte mein Kummer zu arg durch die Zeilen. Merkwürdigerweise hatte ich immer noch keine Post von meiner Familie bekommen. Keine einzige Nachricht. Das beunruhigte mich sehr.

»Ich weiß nicht. Anna ist ein ungestümes Geschöpf. Nicht dass sie unser Leben durcheinanderbringt!«

»Ach, lass mich nur machen«, stieß ich energisch hervor und holte mein Schreibwerkzeug hervor. Wie von Zauberhand flogen die Zeilen auf das Papier.

»Sag mal. Kannst du das schnell zur Post bringen?« Ich drückte Richard meinen Brief an die Eltern in die Hand. »Oder soll ich lieber selbst gehen, und du passt auf Rufus auf?«

»Nein, nein, ich mache das schon«, entgegnete mein Mann hastig und nahm den Brief an sich.

»Du bist ein Schatz«, rutschte mir heraus, und ich gab meinem Mann einen flüchtigen Kuss auf die Wange. Er wurde rot. Das rührte mich. Dass dieser Bär von einem Mann errötete, weil ich ihm einen Kuss gab.

»Ich bringe dann mal den Brief weg«, sagte er verlegen und verließ den Pavillon.

Ich blieb mit einem Glücksgefühl im Bauch zurück, wie ich es lange nicht mehr empfunden hatte. Das war die Lösung. Wenn Anna im Haus wäre, würde alles gut!, jubilierte ich. Ihre Gegenwart wird mich davon abhalten, mich weiter nach Rongo zu verzehren. Ich sah das Szenario förmlich vor mir: Bonnie wird meinen kleinen Schreihals besänftigen, während mir Anna wie in alten Zeiten in der Küche hilft. Ach, Anna, ich freue mich! Und mein Brief ist so eindringlich. Sie werden sich meinem Wunsch nicht widersetzen. Vertraue mir!

Nelson, November 2012

»Du bist so schweigsam. Ist was passiert?«, fragte Tamy. Sie saß gemeinsam mit Amelie auf der Terrasse und hatte ihre düster vor sich hinbrütende Freundin bereits eine ganze Weile beobachtet.

Amelie schreckte aus ihren Gedanken. Sie hatte noch einmal die ganze vertrackte Situation in Davids Wohnung durchlebt und durchlitten. Sie rang sich ein Lächeln ab. Tamy durfte keinen Verdacht schöpfen. Nicht auszudenken, wenn sie erfahren würde, wie nahe sie David gekommen und wie ernüchternd diese Begegnung gewesen war.

»Nein, nein, ich bin nur ein wenig müde. Die Auslieferungstour war ganz schön anstrengend«, seufzte sie.

»Nun lass dir nicht alles aus der Nase ziehen. Wie haben unsere Kunden reagiert?«

Amelie berichtete Tamy jedes Detail, nur den Besuch bei David ließ sie aus.

Doch als hätte Tamy nur darauf gewartet, fragte sie neugierig nach. »Und hast du David Taumaunu gesehen?«

»Ja, er hat die Brote höchstpersönlich entgegengenommen«, erwiderte sie knapp.

»Was hat er gesagt, dass ich nicht gekommen bin?«

»Nichts, er hat nur die Ware aus dem Wagen geholt, und dann bin ich auch schon weitergefahren«, log Amelie.

»Gesprächig bist du ja nicht gerade. Essen wir heute zusammen?«

»Das können wir machen«, entgegnete Amelie gedankenverloren, als ihr die Verabredung mit Brian ins Kino einfiel.

»Ich gehe nachher mit Brian ins Kino.«

»Nehmt ihr mich mit?«

Amelie nickte.

Tamy warf einen Blick auf die Uhr. »Wir haben noch ein bisschen Zeit. Was meinst du, sollen wir mal einen weiteren Blick in unsere Kiste werfen?«

»Warum nicht.«

»Begeisterung klingt anders, aber es hilft bestimmt, dich aus deiner Schwermut zu holen«, lachte Tamy.

Schwermut ist das richtige Wort, dachte Amelie traurig. Sie war seit ihrer Abreise aus Hamburg nicht mehr so niedergeschlagen gewesen. Alles schien ihr grau in grau. Sie war kurz davor, eine ihrer Tabletten zu nehmen, obwohl sich ihre Vernunft dagegen sträubte, zu einer Pille zu greifen. Das ist keine Depression, ich habe schlichtweg Liebeskummer, sagte sie sich. Wäre ich David bloß nicht in seine Wohnung gefolgt, ging ihr zum wiederholten Male verzweifelt durch den Kopf. Es war alles gut, bevor ich ihm so nahegekommen und doch so fern geblieben bin.

Amelie hob den Kopf. Tamy musterte sie besorgt. »Hast du Heimweh? Denkst du an deine Schwester?«

»Nein, es ist wirklich nichts. Ich finde deine Idee wunderbar. Das Schnüffeln in der Vergangenheit bringt mich sicher auf andere Gedanken.«

»Na gut, dann hole ich die Kiste.« Tamy stand auf und verließ die Terrasse.

Amelie atmete ein paar Mal tief durch. Ich darf mich nicht so gehen lassen, ermahnte sie sich. Wie oft hatte sie Svenja, ihre Sekretärin, trösten müssen, wenn diese sich wieder einmal in den falschen Mann verliebt hatte. Und was hatte sie stets für coole Sprüche auf den Lippen gehabt. Hatte sie wirklich geglaubt, Svenjas Kummer mit einem lockeren »Das ist ein Kerl doch gar nicht wert, dass du seinetwegen leidest« vertreiben zu können? Hatte sie sich deshalb nie auf einen Mann eingelassen, um nicht enttäuscht zu werden? Amelie konnte gar nichts dagegen tun. Wieder saß ihr ein verdächtiger Kloß im Hals, aber es gelang ihr, die Tränen zu unterdrücken.

Da kam auch schon Tamy mit der Kiste zurück. Wenn sie nur ahnen würde, warum ich im Augenblick nicht einmal mehr Lust verspüre, in der Vergangenheit zu wühlen. Doch dann dachte Amelie an ihre Großmutter, und sie spürte, dass sie ihr das schuldig war. Der Gedanke lenkte sie für einen kleinen Augenblick von ihrem Schmerz ab.

»Du darfst als Erste«, sagte Tamy aufmunternd und hielt ihr die Kiste wie eine Lostrommel entgegen

»Lassen wir uns überraschen.« Amelie griff hinein, bis sie einen Briefumschlag erfühlte und hervorzog. Kaum hatte sie die Adresse gelesen, als sie auf einen Schlag alles andere vergaß.

»Er ist an meine Urgroßeltern in Hamburg gerichtet«, stieß sie erstaunt hervor.

»Aber schau, er ist nie abgeschickt worden.« Tamy nahm ihr den Umschlag aus der Hand. »Soll ich ihn öffnen?«

»Auf jeden Fall!« Mit Spannung sah sie zu, wie Tamy den Umschlag aufriss und einen Brief hervorholte.

»Lies vor!«, verlangte Amelie aufgeregt.

»Nelson, 30. September 1932

Liebe Eltern, verzeiht mir, dass ich mich so lange nicht bei Euch gemeldet habe. Hier ist viel geschehen. Wir sind umgezogen. Die neue Adresse findet Ihr hinten auf dem Umschlag. Vielleicht war mein Umzug auch der Grund, warum ich weder von Euch noch von Anna eine Antwort auf meinen Brief erhalten habe. Obwohl mir das gar nicht recht einleuchten will. Aber sei's drum, schließlich liegt die halbe Weltkugel zwischen uns.

Ich kann Euch eine freudige Botschaft überbringen. Ich bin Mutter eines kräftigen kleinen Kerls geworden. Er strotzt nur so vor Gesundheit. Wir haben ihn Rufus genannt. Richard ist auch ein ganz anderer Mensch geworden, seit er Vater ist.

Nun wende ich mich mit einer besonderen Bitte an Euch. Ich trage mich schon länger mit dem Gedanken, Anna zu mir zu holen. Bislang dachte ich immer, ich müsse mit diesem Anliegen warten, bis sie achtzehn ist, aber ich habe solche Sehnsucht nach ihr, dass ich Euch zumindest fragen möchte: Könntet Ihr sie nicht schon früher nach Neuseeland schicken? Sie könnte hier zur Schule gehen und mir im Haushalt helfen. Ich weiß, dass es Euch bestimmt nicht leichtfallen würde, sich von ihr zu trennen, aber Vater, Du hast doch schon immer Probleme mit ihrem Eigensinn gehabt. Wäre es da nicht für alle Beteiligten besser, wenn sie bei mir leben würde? Ich glaube, es wäre ihr sehnlichster Wunsch. Natürlich solltet Ihr sie fragen, ob sie immer noch zu mir ziehen möchte. Deshalb schreibe ich auch erst Euch und nicht ihr. Ich möchte nicht, dass sie sich unnötig Hoffnungen macht. Bitte, bitte, gebt ihr diese Chance. Wie ich in der Zeitung lesen kann, ist zurzeit auch die politische Lage in Deutschland nicht einfach. Ich glaube, hier in Neuseeland könnte unsere Anna ihre Talente voll entfalten. Sie liebt doch die Natur, und was kann ich mir Schöneres wünschen, als sie bei mir zu wissen? Ach, es wäre ein großes Glück für mich. Nun habe ich genug gefleht. Bitte, bitte, denkt wohlwollend darüber nach, und gebt mir ganz bald eine Antwort.

Ich hoffe, es geht Euch gut. Einen lieben Gruß auch von Richard.

Eure Tochter Lisa«

Tamy ließ den Brief sinken. Die beiden Frauen sahen sich eine Zeitlang schweigend an.

Amelie fand als Erste die Sprache wieder. »Was mag das bedeuten, dass der Umschlag geschlossen war und der Brief nie abgeschickt wurde?«

Tamy zuckte die Schultern. »Wenn ich das wüsste. Entweder hat sie ihre Meinung geändert oder der Brief wurde vergessen.«

»Merkwürdig, vielleicht gibt uns der weitere Inhalt der Kiste einen Hinweis«, seufzte Amelie, während sie einen Blick in die Kiste warf und an einem Stapel Briefe hängen blieb, der mit einem Band zusammengeschnürt war. Sie holte ihn hervor und löste das Band. Als sie den ersten Umschlag betrachtete, wurde sie blass.

»Das sind Briefe an Lisa, und zwar an ihre Adresse in Moutere«, sagte sie. »Alle ungeöffnet.«

Mit zitternden Fingern öffnete sie den zuoberst liegenden und vertiefte sich in die ersten Zeilen. »Das ist ein Brief von Anna.«

Tamy schnappte sich die anderen. Es waren mindestens zehn. »Schau, das ist dieselbe Schrift. Sie sind alle von deiner Großmutter.«

»Weißt du, welcher Verdacht sich mir aufdrängt?«

»Ich glaube, ich habe denselben.«

»Jemand hat mutwillig Briefe unterschlagen. Lisa sollte mit ihrer Familie nicht in Kontakt kommen.«

»Und jemand wollte verhindern, dass Anna nach Neuseeland kam.«

»Und wer könnte das gewesen sein?«, fragte Amelie und zog die Augenbrauen hoch.

»Der liebreizende Opa Richard!«, erwiderte Tamy.

»Das vermute ich allerdings auch. Vielleicht hat Lisa ihren Mann gebeten, den Brief an Anna zur Post zu bringen. Und die Briefe aus Deutschland hat er bei der alten Adresse abgefangen und gesammelt.«

»Das wäre natürlich eine Riesensauerei, aber ich würde es ihm allemal zutrauen. Komm, wir kippen alles auf den Tisch und sortieren den Kram systematisch«, schlug Tamy vor.

In dem Moment hörten sie schnelle Schritte. Tamy ließ das sperrige Ding gerade noch unter ihrem Stuhl verschwinden.

»Ich habe keine Lust, mit Brian zu streiten«, knurrte sie.

Brian begrüßte seine Schwester und Amelie, bevor sein Blick sich sofort auf die Kiste heftete.

»Ist das euer Schatz?«, fragte er grinsend. »Darf ich mal?« Ohne eine Antwort abzuwarten, bückte er sich, zog den Holzkarton hervor und nahm den Deckel ab. Er rümpfte die Nase. »Igitt, das riecht nach Mottenkugeln!«

»Du musst deine Nase auch wirklich nicht hineinstecken, wenn es dir so sehr stinkt«, bemerkte Tamy bissig.

Brian ignorierte das und griff sich gezielt den Packen mit Annas Briefen.

»Das sind Briefe an Lisa von ihrer Schwester Anna aus Deutschland, Briefe, die man ihr vorenthalten hat.«

»Ach, das weißt du schon wieder? Und wahrscheinlich ist es der böse alte Richard gewesen, nicht wahr?«

»Komm, leg sie zurück! Es interessiert dich nicht, und selbst wenn du Ungeheuerlichkeiten entdecken solltest, du würdest es doch nicht glauben wollen.« Tamy nahm die Kiste an sich, die ihr Brian umgehend und wortlos aus der Hand riss.

»Spinnst du?«, fauchte Tamy.

»Die Spinnerin bist du. Ich glaube, ich muss den alten Mist besser aus dem Verkehr ziehen.«

»Nein, du gibst sie mir sofort zurück!«

»Ich denke gar nicht daran!«

»Und wenn ich dir sage, dass Lisa deine Großmutter gewesen ist und nicht Bonnie!«

»Hör auf mit dem Unsinn!«, gab er zornig zurück.

»Dann guck in die Kiste!« Tamy war aufgesprungen und hatte sich kämpferisch vor ihrem Bruder aufgebaut. »Aber das eine sage ich dir: Wenn du diese Kiste verschwinden lässt, um keine hässlichen Flecken auf Großvaters weißer Weste zuzulassen, werde ich sofort eine Reise zu Bonnie unternehmen und sie befragen, was das alles sollte.«

»Brian, Tamy, was soll denn das? Ihr müsst euch doch nicht um eine Kiste streiten«, versuchte Amelie den Geschwisterstreit zu schlichten. Sie wandte sich an Brian: »Ich habe die Geburtsurkunde deines Vaters Rufus mit eigenen Augen gesehen. Dort ist als Kindesmutter Lisa eingetragen. Das musst du uns glauben.«

»Ich glaube gar nichts, bevor ich es nicht mit eigenen Augen gesehen habe«, widersprach Brian heftig und verschwand mit der Kiste.

»Manchmal denke ich, man hat ihm eingeimpft, zu verhindern, dass die Wahrheit ans Licht kommt«, bemerkte Tamy unwirsch. »Ich weiß noch genau, wie unser Vater starb. Da hat er Brian zu sich gerufen, und kein anderer durfte sich dem Schlafzimmer nähern. Ich würde mich nicht wundern, wenn ihm Großvater und Vater eine Gehirnwäsche verpasst hätten.«

»Übertreibst du nicht ein wenig? Aber seltsam ist sein Verhalten in der Tat. Ich hoffe, er lässt die Kiste nicht verschwinden.«

»Vielleicht sollten wir Bonnie wirklich einen Besuch abstatten«, stieß Tamy seufzend hervor. »Das Problem ist nur, dass ich so eine Reise in den nächsten Wochen gar nicht unternehmen könnte. Aus Zeitgründen.«

»Und wenn ich am Wochenende allein fahre?«

»Das wäre zu überlegen. Mist, die Adresse der Anstalt ist in der Kiste. Was, wenn er sie tatsächlich verschwinden lässt? Ihm ist alles zuzutrauen ...«

»*ORH* stand auf dem Brief. Das habe ich mir gemerkt«, unterbrach Amelie sie hastig.

»Ich schaue mal, vielleicht schaffe ich meine Arbeit bis zum Wochenende, und wir können das doch gemeinsam machen und ...«

Tamy stockte, als Brian ohne Kiste zurückkehrte.

»Wo sind die Dokumente?« Sie musterte ihn angriffslustig.

»Keine Angst, ich gebe sie euch irgendwann zurück«, erwiderte er ausweichend. »Und gehen wir gleich ins Kino?«, fügte er mit einem prüfenden Blick auf Amelie hinzu.

»Tamy, meinst du, wir sollten mit Brian ins Kino gehen, bevor er uns die Kiste zurückgegeben hat?«, fragte Amelie provozierend. Sie war stocksauer über seine Eigenmächtigkeit.

»Also ich gehe nicht. Ich muss dringend noch eine Unterrichtsstunde für morgen vorbereiten«, entgegnete Tamy in scharfem Ton. Sie konnte ihren Zorn auf Brian kaum verbergen.

»Dann eben nicht!«, schnaubte Brian beleidigt.

In dem Augenblick klingelte Amelies Mobiltelefon. Sie war sehr aufgeregt, als sie die Nummer ihrer Schwester erkannte, und wollte sie überschwänglich begrüßen, doch da meldete sich eine ihr fremde Stimme.

»Wer sind Sie? Was ist passiert? Wo ist meine Schwester?«, fragte Amelie erschrocken.

»Ich bin Loreen und war mit Ihrer Schwester auf dem Routeburn Track. Sie ist ausgerutscht, hat sich das Bein gebrochen und eine leichte Gehirnerschütterung davongetragen.«

»O Gott, wie konnte das passieren?«

Loreen berichtete in knappen Worten, wie Marie in den Abgrund gestürzt war, und sie betonte, dass das alles viel schlimmer hätte kommen können.

»Wo ist sie jetzt?«

»Im Dunedin Hospital. Chirurgie!«

»Wie lange noch?«

»Sie checken sie gerade durch, aber ein paar Tage muss sie bestimmt bleiben.«

»Ich komme sofort«, rief Amelie aufgeregt ins Telefon. »Ich setze mich noch heute in den Zug.«

Sie verabschiedete sich eilig von Loreen und bemerkte dann erst, dass Brian sie erwartungsvoll ansah.

»Meine Schwester hatte auf einem Track einen Unfall und liegt in Dunedin im Krankenhaus. Ich möchte sofort hinfahren, komme aber gleich morgen zurück, damit ich die Schwarzbrote backen kann. Oder wie weit ist das von hier?«

»Zwei bis drei Tage solltest du für diesen Trip schon rechnen. Mit dem Wagen braucht man für eine Strecke knapp zehn Stunden. Mit dem Zug länger, weil du in Christchurch in einen Bus umsteigen musst. Außerdem ist der Transcostal von Picton nach Christchurch bereits weg. Der ging um 13 Uhr.«

»Das heißt, ich komme mit öffentlichen Verkehrsmitteln heute nicht mehr dorthin?«

»Ich fürchte nicht, denn ich glaube, so spät geht auch kein Flug mehr. Wir haben es jetzt kurz nach sechs.«

»Mist«, schimpfte Amelie.

»Es sei denn«, begann Brian zögernd, »wir fahren mit dem Wagen. Ich würde mich schnell aufs Ohr legen, und wenn wir um 22 Uhr starten, können wir morgen früh in der Klinik sein.«

»Aber du musst doch arbeiten. Das kann ich nicht annehmen!«

»Das lass mal meine Sorge sein.«

»Ich weiß nicht.«

»Stell dich nicht so an. Das ist ein Notfall.«

»Das willst du wirklich tun?« Amelie sah ihn zweifelnd an.

»Für dich würde ich alles tun«, erwiderte er.

Brian hat die Hoffnung also immer noch nicht aufgegeben, durchfuhr es Amelie ernüchtert. Und das, wo sie wegen David so aufgewühlt war.

»Brian, du hast es gehört. Wir sind wahrscheinlich Großcousine und Großcousin ...«

»Das ist doch kein Argument gegen eine Beziehung, denn es handelt sich nicht um ein enges Verwandtschaftsverhältnis. Wir dürften sogar heiraten und Kinder bekommen.«

Ihr wurde abwechselnd heiß und kalt. Es war Amelie äußerst unangenehm, dass Brian sogar an Familiengründung dachte.

»Wie kommst du denn auf so was?«, fragte sie in scharfem Ton.

»Ich habe das im Internet recherchiert«, fügte er trocken hinzu.

»Brian, meine Gefühle dir gegenüber haben sich nicht geändert. Ich mag dich, aber ich empfinde nicht mehr«, teilte sie ihm entschieden mit.

Sie sah es seinem enttäuschten Gesicht an, dass er sich etwas anderes erhofft hatte.

Amelie dachte kurz nach und kam zu dem Entschluss, sein Angebot abzulehnen. »Ich denke, es ist besser, wenn ich morgen einen Flieger nehme«, sagte sie entschieden.

»Blödsinn, das ist doch ein reiner Freundschaftsdienst«, wiegelte er ab.

»Lass gut sein. Marie schwebt schließlich nicht in Lebensgefahr. Ich möchte dir so einen Stress auf keinen Fall zumuten.«

»Na gut, wie du willst«, entgegnete Brian schwer beleidigt.

Seufzend nahm Amelie ihr Telefon zur Hand und schickte ihrer Schwester eine Nachricht: *Komme morgen mit dem Flieger.*

Dunedin, Dezember 2012

Marie konnte es kaum erwarten, endlich das Krankenhaus zu verlassen. Über zehn Tage hatte sie dort liegen müssen. Und sie hätte nach Meinung des Arztes auch noch länger bleiben sollen, weil sie sich nur mit Mühe fortbewegen konnte mit ihrem bis zum Knie eingegipsten Unterschenkel. Sie saß bereits angezogen auf ihrem Bett und wartete sehnsüchtig auf ihre Schwester. Amelie hatte sie schon einmal am Tag nach dem Unfall für ein paar Stunden besucht. Natürlich hatte sich Marie zunächst darüber gefreut, aber dann waren in ihr wieder unkontrolliert die alten Gefühle aufgebrochen, und sie war sehr abweisend gewesen. Nun war sie gespannt, wie dieses Wiedersehen ablaufen würde. Marie hielt Amelie zugute, dass diese sich extra einen Wagen geliehen hatte, um sie in Dunedin abzuholen. Eigentlich müsste ich ihr dankbar sein, dachte sie mit einem Anflug von schlechtem Gewissen.

Maries Gedanken schweiften zu Loreen. Die Therapeutin hatte sie ohne zu zögern im Hubschrauber nach Dunedin begleitet. Überhaupt hatte sie es der Frau aus Auckland zu verdanken, dass so schnell Hilfe gekommen war. Loreen hatte den Rettungsdienst angerufen und Erste Hilfe geleistet. Schließlich war sie noch ein paar Tage in Dunedin geblieben, um Marie im Krankenhaus besuchen zu können. Über Maries Beziehung zu Amelie hatten sie nicht mehr gesprochen. Trotzdem gingen Marie Loreens Worte nicht mehr aus dem Sinn. Und am letzten Tag hatte sie sich für ihr kindisches Verhalten der Therapeutin gegenüber entschuldigt und versprochen, sie würde noch einmal über alles nachdenken und möglicherweise einen Weg finden, um diese belastenden Schuldzuweisungen loszuwerden.

Loreen hatte ihre neue Freundin in den Arm genommen und kräftig gedrückt. »Ich wünsche es dir von Herzen. Solche Gefühle sind wie ein schleichendes Gift!«, hatte sie Marie zum Abschied versichert.

Das Klopfen an der Zimmertür holte Marie aus ihren Gedanken. Sie fragte sich, ob sie es dieses Mal schaffen würde, ihre negativen Emotionen im Griff zu haben, als Amelie auch schon ins Zimmer trat. Sofort grummelte es in Maries Magen. Doch sie bemühte sich sehr, das zu überspielen. Zumal es ungerecht war, denn Amelie war mehr als zehn Stunden unterwegs gewesen. Sie sah mitgenommen aus.

»War es eine anstrengende Fahrt?«, fragte Marie.

»Nein, es ging, ich bin gestern bei Tag gefahren und habe im Hotel übernachtet«, erwiderte Amelie zögernd. Sie wollte ihre Schwester nicht gleich mit dem Ergebnis ihrer Recherchen in Sachen Lisa Bruhns und ihrem Entschluss, Bonnie noch heute vor der Rückfahrt in Dunedin aufzusuchen, überfallen. Beim letzten Mal, als sie mit dem Flieger gekommen war, hatte sie es nicht geschafft. Tamy hatte sie vom Flughafen abgeholt und ihr erzählt, dass Brian sich für drei Wochen eine Auszeit genommen hätte und in die Northlands gefahren wäre. Seitdem war die Kiste mit den Dokumenten verschwunden.

»Tamy freut sich, dich kennenzulernen. Sie war Feuer und Flamme von der Idee, dass du auch bei den Bruhns übernachtest«, sagte Amelie.

»Wer war noch mal Tamy?«, fragte Marie.

Amelie seufzte. »Die Schwester von Brian Bruhns. Wie ich dir letztes Mal schon erzählt habe, wohne ich dort inzwischen.« Sie konnte es nicht leiden, wenn Marie ihr nicht zuhörte.

»Gut, dann sollten wir versuchen, dieses Krankenhaus schnellstens zu verlassen.« Marie deutete auf den Kleiderschrank. »Du müsstest den Rucksack packen und mitnehmen. Ich kann das alles nicht.« Aus ihrer Stimme sprach die pure Ungeduld.

Mit spitzen Fingern zog Amelie die verschmutzten Trekkingsachen aus dem Schrank und verstaute sie im Rucksack. Der hat auch schon mal bessere Zeiten gesehen, dachte sie und schwang sich das Gepäckstück widerwillig auf den Rücken.

»Der ist nicht ansteckend«, bemerkte Marie in spitzem Ton.

Amelie ignorierte die Bemerkung und reichte ihrer Schwester die Krücken. Missbilligend stellte sie fest, dass sich Marie darauf noch völlig unsicher bewegte.

»Hast du gar nicht geübt?«, fragte sie vorwurfsvoll.

»Der Krankengymnast war ein Idiot. Der hat mich behandelt wie ein Kleinkind«, knurrte Marie.

Amelie zog es vor zu schweigen und passte sich dem Tempo ihrer schwerfällig humpelnden Schwester an.

»Was ist denn das für eine Kiste? Das ist wohl komplett unter deinem Niveau«, meinte Marie erstaunt, als sie schließlich vor dem Lieferwagen mit der Aufschrift *Bruhns Obst, Brot und Weine* stehen blieben.

»Den Porsche brauchten die Herrschaften selbst«, gab Amelie flapsig zurück. Sie hatte nicht die geringste Lust, sich von ihrer Schwester mit kleinen Gemeinheiten traktieren zu lassen wie bei ihrem letzten Besuch. Marie hatte eine dermaßen schlechte Laune gehabt, dass Amelie froh gewesen war, dass der Rückflug am selben Tag gegangen war.

Amelie half Marie, sich samt ihrem Gipsbein in den Wagen zu hieven.

»Da kann ich nur hoffen, dass du nicht allzu viele Pausen brauchst«, stöhnte Amelie, nachdem Marie sich schwer auf sie gestützt hatte.

»Glaubst du, mir macht das Spaß?«, maulte Marie und zog die Beifahrertür hinter sich zu.

Amelie verstaute den Rucksack dort, wo sonst das Brot lagerte.

In diesem Augenblick musste sie daran denken, wie sie vor ein paar Tagen auf dem Hotelparkplatz vor David geflüchtet war. Er war in dem Augenblick aus der Tür gekommen, als sie mit der Lieferung gekommen war. Sie hatte es eigentlich, wie all die Male nach ihrer schrecklichen Begegnung, an der Rezeption abgeben wollen.

David aber hatte Amelie gesehen und ihr ein Zeichen gemacht, das sie nicht deuten konnte. Sie hatte einfach den Rückwärtsgang eingelegt und mitsamt den Broten die Flucht ergriffen. Völlig verwirrt war sie bis zum Wasser gefahren, hatte sich erst einmal in eine der Strandbars gesetzt und einen Kaffee getrunken. Dabei hatte ihr das Herz bis zum Hals geklopft. Nach einer halben Ewigkeit hatte sie sich aufgerafft, ihren letzten Kunden endlich doch noch zu beliefern. Sie war im Schneckentempo auf den Parkplatz gefahren und hatte einige Minuten lang den Eingang beobachtet. Erst als sie ganz sicher war, dass er ihr nicht begegnen würde, hatte sie beherzt die Kiste mit der Ware ausgepackt und zur Rezeption getragen.

Eine nette Frau in ihrem Alter, die sie bislang nie im Hotel gesehen hatte, nahm ihr die Brote ab.

»Macht das nicht sonst Tamy Bruhns?«, wunderte sich die attraktive, sehr gepflegte Dunkelhaarige.

»Ich helfe im Augenblick aus, weil sie in der Schule eine Kollegin vertritt. Und da ich aus dem Land komme, in dem das Schwarzbrot wächst und Bäckermeisterin bin, ist der Job für mich wie geschaffen.«

»Sie sind Bäckermeisterin. Können Sie auch Kuchen backen?«

Amelie lächelte. »Nein, ich bin fürs Brot zuständig, aber meine Schwester ist Konditorin. Warum fragen Sie?«

»Wir überlegen, ob wir nicht ein Hotelcafé aufmachen sollen. Wir haben hinten im Park noch ein ungenutztes Gebäude mit Blick übers Meer, das wir gern mit Leben erfüllen wollen.«

Diese Worte hatten Amelie wie ein Schlag in den Magen getroffen. Wir? Wer war die Dame? »Sprechen Sie von Mister Taumaunu und sich?«

Die Frau, bei der Amelie jetzt, wo sie sie mit Blicken förmlich verschlang, den typischen Maori-Einschlag erkannte, musterte sie irritiert.

»Ja, natürlich, ich bin ja seit dem Tod meiner Schwester sozusagen seine rechte Hand.« Sie lächelte vielsagend. Es war unschwer zu erkennen, dass sie sich David nicht nur beruflich verbunden fühlte.

»Also, wenn Ihre Schwester Interesse hat, dann schicken Sie sie doch mal zu uns«, hatte die Frau geschäftig hinzugefügt und Amelie eine Visitenkarte in die Hand gedrückt.

»Hallo, Amelie, träumst du im Stehen? So lange kann es gar nicht dauern, zwei Krücken im Wagen zu verstauen«, knurrte Marie ungnädig aus dem Inneren des Wagens. Amelie schreckte zusammen.

»Ja, ja, ich komme ja schon«, gab sie genervt zurück und griff in ihre Jackentasche. Dort hatte sie die Visitenkarte von Davids Schwägerin verschwinden lassen. Entschieden zog sie das Kärtchen hervor und ließ es zu Boden flattern.

Amelie setzte sich ans Steuer, startete den Wagen aber nicht, sondern wandte sich ihrer Schwester zu.

»Ich muss dir was sagen. Wir werden noch einen Besuch in Dunedin machen.«

»Muss das sein?«, murrte Marie.

»Ja, es ist wichtig.« Und schon sprudelte aus ihr heraus, was Tamy und sie über Lisa und Bonnie herausgefunden hatten.

Marie lauschte angespannt ihren Worten, ohne sie einmal zu unterbrechen.

»Das ist der Hammer«, entfuhr es ihr, nachdem Amelie ihren Bericht beendet hatte.

»Finde ich auch. Und es ist völlig verrückt. Tamy ist an der Aufklärung der Sache genauso interessiert, während Brian mauert. Er versteckt sogar die Kiste mit den Dokumenten vor uns.«

»Und du meinst wirklich, diese Bonnie kann uns helfen? Du sagtest doch, sie sei geistig verwirrt«, fragte Marie voller Skepsis.

»Wir müssen es wenigstens versuchen. Ich gebe das Kürzel in die Navigation ein und hoffe, dass es uns tatsächlich dahin führt.«

Amelie tippte die Buchstaben OHR in das Gerät, und tatsächlich, es wurde ihr eine Route angezeigt. Zehn Minuten von hier entfernt. Amelie fuhr los. Insgeheim hatte sie die allergrößten Bedenken, ob ihnen diese uralte Frau, die seit über siebzig Jahren in einer psychiatrischen Klinik lebte, weiterhelfen konnte. Als sie vor der eingegebenen Adresse ankamen, dachte Amelie zunächst, sie hatte sich geirrt, denn es handelte sich nicht um eine Klinik, sondern eine gepflegte Wohnanlage. *Otago Retirement Home* stand in großen Buchstaben über dem Eingang. Sie hielt trotzdem auf dem Parkplatz.

»Hoffentlich habe ich mir nichts Falsches gemerkt«, murmelte sie. »Aber ich werde mal fragen, ob es auch eine Psychiatrie mit dem Kürzel ORH gibt.« Sie warf ihrer Schwester einen zweifelnden Blick zu. »Es wird wohl besser sein, wenn du im Wagen bleibst.«

»Ja, ja, ich warte.« Das klang alles andere als begeistert. Und Amelie wusste auch warum. Marie hasste es, wenn sie sich nicht bewegen konnte. Schon als Kind war sie bei jeder Krankheit schlecht gelaunt gewesen.

Amelie stieg aus, betrat das Haus und klopfte an einer Tür mit dem Schild *Büro*. Zögernd trat sie ein.

»Entschuldigen Sie, ich wollte nur wissen, ob es eine psychiatrische Klinik mit dem Kürzel ORH gibt.«

»Nein, nicht dass ich wüsste«, erwiderte die junge Frau. »Sehen Sie, Retirement Home sagt doch schon alles.«

Amelie war sichtlich verwirrt. »Das ist hier also ein Altenheim?«, fragte sie nach.

»Nein, das ist eine Seniorenresidenz, in der die alten Menschen ihre eigenen Wohnungen besitzen und sich in der Regel noch selbst versorgen. Suchen Sie jemand Bestimmten?«

Jetzt entdeckte Amelie auch das Namensschild auf der Bluse der jungen Frau. Sie hieß Susan.

»Ja, ich suche eine alte Dame mit dem Namen Bonnie Bruhns.«

Ein Schatten verdüsterte das bis dahin offene, freundliche Gesicht der jungen Frau.

»Ach, die gute Bonnie. Wir sind alle noch ganz fassungslos, obwohl es zu erwarten stand, aber sie war so rege. Bis zum Schluss. Sie hat sogar andere Mitbewohner betreut.«

Amelie musterte die fremde Frau verunsichert, während sie eine merkwürdige Angst überfiel. »Was heißt das? Was ist mit Bonnie Bruhns?«

Die junge Frau stieß ein paar tiefe Seufzer aus. »Sie ist vor ein paar Tagen verstorben.«

»Oh nein!« Amelie schlug sich vor Schreck die Hand vor den Mund.

»Sind Sie eine Verwandte?«, wollte die Frau wissen.

»Nein, das nicht direkt, aber eine Freundin von mir ist ihre Enkelin ...«, stammelte Amelie verunsichert.

»Da müssen Sie sich täuschen. Bonnie hat nur einen Großneffen. Christopher. Wir erwarten genau diesen Großneffen aus Auckland, der ihr Alleinerbe ist. Er wird den Hausstand auflösen.«

»Meine Freundin heißt auch Bruhns. Tamy Bruhns.«

»Das sagt mir nichts, aber warten Sie mal ...«

Sie zog eine Akte hervor und blätterte sie auf, während Amelie gespannt wartete.

»Ein Teil der Kosten für die Wohnung wird von einem Mister Bruhns bezahlt, aber den haben wir noch nie zu Gesicht bekommen. Unsere Wohnungen sind nicht gerade ganz billig, müssen Sie wissen.« Das klang entschuldigend. »Da war ich dann wohl etwas voreilig. Ich habe nur nicht gewusst, dass es andere Verwandten außer Christopher gibt, weil ich nicht für die Abrechnungen zuständig bin.«

»Wenn Sie nichts dagegen hätten, würde ich gern einmal ihr Zimmer sehen«, bat Amelie zögernd.

»Eigentlich darf ich Ihnen das nicht gestatten, aber wenn ich Sie begleite, dürfte nichts dagegensprechen. Kommen Sie.« Susan stand auf und bat Amelie, ihr zu folgen.

Die Anlage machte einen gepflegten und gemütlichen Eindruck. Es deutet nichts darauf hin, dass hier alte Menschen leben, so wie ich es von Deutschland kenne, dachte Amelie. Sie fuhr ihre Großmutter manchmal zu einem Heim, in dem deren Schulfreundin lebte. Auch stieg einem hier nicht der typische Geruch nach Desinfektionsmitteln in die Nase.

»Sagen Sie, wissen Sie vielleicht, wie lange sie schon in dieser Anlage lebt?«

»Ja, ich habe das gerade in ihrer Akte gelesen. Sie kam zu uns, als sie fünfundsiebzig wurde.«

»Also über fünfzehn Jahre«, erwiderte Amelie versonnen. »Und wissen Sie vielleicht etwas darüber, ob sie als junge Frau unter geistiger Verwirrung gelitten hat?«

Susan musterte Amelie, als würde sie an deren Verstand zweifeln.

»Doch nicht Bonnie. Ich meine, ich kenne ihre Vorgeschichte nicht im Einzelnen. Da sollten Sie einmal ihre Zimmernachbarin Rose fragen. Die beiden waren ein Herz und eine Seele.«

Amelie stieß einen tiefen Seufzer aus. Das war ein erneuter Beweis, dass die Männer der Familie Bruhns alles unternahmen, um die Spuren der Wahrheit zu verwischen. Wenn sie bedachte, dass ein Mister Bruhns für Bonnies Miete aufkam. Brian Bruhns?

Susan hielt vor einer Tur und öffnete sie. »Das ist Bonnies Reich gewesen.« Sie traten in einen kleinen Flur mit einer Garderobe, an der Mäntel und Jacken hingen. »Ich kann es immer noch nicht fassen«, seufzte Susan mit einem Blick auf das Bild an der Wand. Amelie trat einen Schritt darauf zu. Es zeigte zwei lachende alte Damen. Es war in Schwarz-Weiß aufgenommen, und man konnte meinen, dass es von einem guten Fotografen gemacht worden war.

»Hat sie selbst gemacht. Selbstauslöser«, bemerkte Susan so stolz, als hätte sie es selbst fotografiert.

»Welche von den beiden ist Bonnie?«, fragte Amelie.

»Die linke«, entgegnete Susan, die mit den Tränen kämpfte.

Amelie ging näher an das Bild heran. Bonnie hatte volles graues Haar und ein rundliches freundliches Gesicht. Sie besaß erstaunlich wenig Falten für ihr Alter.

»Woran ist sie denn gestorben?«, wollte Amelie wissen.

»Es war das Herz. Wir haben sie noch ins Krankenhaus gebracht, aber sie hat die Nacht nicht überlebt. Bleiben Sie zu ihrer Beerdigung?«

Amelie zuckte die Schultern. »Ich würde gern, aber ich bin nur gekommen, um meine Schwester aus dem Krankenhaus zu holen. Sie hat sich auf dem Routeburn Track das Bein gebrochen. Sie sitzt im Wagen und wartet auf mich. Ich dachte ja, ich wäre hier falsch, aber dass Bonnie bis vor ein paar Tagen hier gelebt hat, ist doch alles höchst seltsam.«

»Und Sie sind eine Freundin der Enkelin, sagen Sie?«, hakte Susan skeptisch nach.

»Sagen wir so: Die Schwester meiner Großmutter ist in den Dreißigerjahren von Hamburg nach Neuseeland ausgewandert und war die erste Frau von Bonnies Ehemann. Sie hat sich nie mehr zu Hause gemeldet, und angeblich hat sie Richard verlassen und sich vor ihm versteckt. Ich bin auf der Suche nach der Wahrheit. Ich habe nämlich den Eindruck, dass die beiden Frauen sich kannten.«

»Hoffentlich kann Rose Ihnen weiterhelfen«, sagte Susan, während sie die Tür zu einem geräumigen hellen Wohnzimmer mit Küchenzeile öffnete.

»Wow! Das ist ja ein schöner Raum«, stieß Amelie begeistert hervor, als ihr Blick an einer Reihe von Fotos hängen blieb, die in

Silberrahmen auf einer Anrichte standen. Sie waren alle schwarz-weiß und sahen sehr professionell aus, genau wie die vielen Landschaftsfotos, die die Wände schmückten. Und Amelie ahnte sofort, dass sie von demselben Fotografen stammen mussten wie jene, die Tamy und sie in der Kiste gefunden hatten.

»Sie sind wunderschön, nicht wahr? Bonnie hat uns für alle Flure Fotos gemacht. Sie konnte wie keine die Landschaft im Detail einfangen.« Susan war an eines der Bilder herangetreten. »Sehen Sie, das ist die Blüte des Eisenholzbaums, wie wir sie überall um Weihnachten herum sehen. Aber da sie schwarz-weiß fotografiert ist, wirkt es ganz besonders. Oder hier. Schauen Sie. Da hat sie den Kopf eines Korora, des Zwergpinguins, aufgenommen.« Die junge Frau hatte rote Wangen vor Begeisterung bekommen.

Bonnie hat also all die schönen Fotos gemacht, dachte Amelie, während sie sich wieder den Personenbildern auf der Anrichte zuwandte. Besonders ein stark vergrößertes Bild zog sie magisch an. Es war ein altes Bild, das zwei junge Frauen zeigte. Den Kleidern nach zu urteilen, schien es aus den Dreißigerjahren zu stammen. Eine der beiden Frauen, die jüngere, wirkte blass und krank, während die andere wie das blühende Leben aussah. Die blasse trug ein einfaches Sommerkleid, die andere ein elegantes Kostüm. Überhaupt wirkte sie sehr damenhaft und war außergewöhnlich hübsch. Amelie wurde das Gefühl nicht los, sie schon einmal auf einem Bild gesehen zu haben. Und da fiel es ihr ein, wann und wo sie ein Foto von ihr in den Händen gehabt hatte. Das war bei Großmutter gewesen. Die attraktive Lady war keine Geringere als Lisa Bruhns. Doch wer war die andere?

»Ich glaube, wir sollten uns nicht mehr allzu lange hier aufhalten. Ich habe wirklich eine Ausnahme gemacht«, bemerkte Susan.

Amelie konnte den Blick nur schwer von dem Bild lassen. »Wenn ich nur wüsste, wer die zweite Frau auf dem Foto ist«, murmelte Amelie.

»Das kann ich Ihnen sagen. Ich habe Bonnie nämlich auch einmal gefragt, wer die wunderschöne Dame neben ihr ist, und da sagte sie, sie wäre ihr Schicksal.«

»Heißt das, das blasse Geschöpf dort ist Bonnie?«

»Ja, sie erzählte mir, sie sei als junges Mädchen dürr und blass gewesen. Das genaue Gegenteil von dem, wie sie im Alter war. Vital und immer sonnengebräunt. Ich weiß noch, wie oft ich mit ihr geschimpft habe, weil sie sich ohne Schutz in die Sonne gesetzt hat. Und das bei der dünnen Ozonschicht. Dann hat sie immer gelacht und gesagt: Kindchen, hundertzwanzig möchte ich gar nicht werden!«

»Ich habe es gewusst, die beiden Frauen müssen sich näher gekannt haben.« Amelie folgte Susan aus der Wohnung und deutete auf die Tür daneben.

»Versuchen Sie es mal bei Rose. Ich bin in meinem Büro, wenn etwas sein sollte.«

Amelie zögerte, aber dann drückte sie den Klingelknopf. Eine alte Frau mit wachen Augen öffnete ihr die Tür und musterte sie erstaunt.

»Mein Name ist Amelie Jaspers. Ich komme aus Hamburg und versuche etwas über die Schwester meiner Großmutter herauszufinden. Lisa Bruhns. Sie war die erste Frau von Bonnies Ehemann Richard. Und Susan sagte, sie wären mit Bonnie befreundet gewesen.«

»Sie war die beste Freundin, die ich jemals hatte«, sagte die alte Dame mit Tränen in den Augen. »Kommen Sie doch bitte rein!«

Roses Wohnung war genauso geschnitten wie die von Bonnie.

»Setzen Sie sich. Mögen Sie einen Kaffee?«

Amelie überlegte. Obwohl sie Marie gegenüber ein schlechtes Gewissen hatte, durfte sie sich diese Chance nicht entgehen lassen.

»Gern«, erwiderte sie und beobachtete die alte Dame beim Kaffeekochen. »Verzeihen Sie. Ich muss nur schnell zu meinem Auto«, sagte sie hastig und verließ die Wohnung.

Marie empfing Amelie schlecht gelaunt, als sie sich seufzend auf den Fahrersitz fallen ließ.

»Weißt du, wie das ist, wenn du dich nicht bewegen kannst?«, schimpfte Marie. »Du warst ewig weg!«

Amelie atmete ein paar Mal tief durch, bevor sie ihrer Schwester berichtete, was sie soeben erlebt hatte.

»Sorry, Amelie, ich hätte mir denken können, dass du mich nicht aus lauter Sadismus im Wagen hocken lässt!«, gab Marie betreten zu. »Das beweist uns, dass dieser Richard Bruhns ein verdammter Lügner war. Glaubst du, dass Bonnie wirklich verrückt war?«

Amelie zuckte die Achseln. »Ich glaube nicht, aber genau das werde ich versuchen herauszubekommen.«

»Danke, dass du mir Bescheid gesagt hast.«

Amelie sprang aus dem Wagen und eilte zurück in Roses Wohnung. Kaffee und Kekse standen auf dem Tisch bereit. Die alte Dame schien bereits auf sie zu warten.

»Was wollen Sie wissen?«

»Alles, was Sie über Lisa Bruhns wissen.«

»Ich muss Sie enttäuschen. Den Namen höre ich heute zum ersten Mal«, erklärte Rose bedauernd.

Amelie sah sie fassungslos an. »Sie haben nie etwas von Lisa gehört? Sie ist die Dame, die mit Bonnie auf dem Foto aus den Dreißigern ist.«

»Ach, Sie meinen ›Bonnies Schicksal‹?«

»Ich verstehe nicht.« Amelie hatte das zwar schon einmal aus Susans Mund gehört, aber die beiden alten Damen hatte immerhin eine tiefe Freundschaft verbunden. Sie musste mehr wissen über die Frau, die »Bonnies Schicksal« genannt wurde.

»Erzählen Sie mir bitte alles, was Sie über diese Frau wissen!«

Rose stieß einen Seufzer aus.

»Nicht viel, fürchte ich. Als ich sie einst fragte, wer die schöne Frau wäre, sagte sie wortwörtlich, sie sei ihr Schicksal gewesen.

Mehr wollte sie mir nicht über diese Dame verraten. Sie hat immer gesagt, sie könne nicht über ihre Jahre in Nelson sprechen. Es wecke nur ihr schlechtes Gewissen, dass sie damals nicht mutiger gewesen sei, aber sie habe nur an das Wohl des Kindes gedacht ...«

»Sie beide waren doch so eng befreundet. Haben Sie nicht nachgefragt?«

»Sie sagen es: Wir waren Freundinnen! Deshalb habe ich akzeptiert, dass sie ihr Geheimnis für sich behalten wollte. Sie hat immer zu mir gesagt: ›Glaube mir, Rose, ich darf nicht daran denken. Dann geht es, aber wenn ich darüber reden würde, nein, das macht mein armes Herz nicht mit.‹«

Amelie lief ein Schauer über den Rücken.

»Sie wissen auch nicht, ob sie in jungen Jahren an einer psychischen Erkrankung litt, oder?«

»Nein, aber unter uns, das ist absurd. Sie ist der Mensch mit dem gesündesten Menschenverstand, den ich je gekannt habe. Ich weiß nur, dass sie in jungen Jahren, nachdem sie ihre Familie in Nelson, in der sie nur ausgenutzt und geschlagen wurde, verlassen hatte, länger als Haushaltshilfe bei einer Familie in Australien gearbeitet hat. Dann hat sie in Sydney geheiratet, die Ehe ist kinderlos geblieben. Aber das war auch gar nicht schlimm für Bonnie, denn sie fing damals an, als Fotografin für eine Zeitung zu arbeiten. Und das hat sie sehr ausgefüllt. Erst nach dem Tod ihres Mannes Sean ist sie nach Neuseeland zurückgekehrt, als sie schon weit über siebzig war.«

Amelie schluckte. Die Sache wurde immer mysteriöser. Ob das Ganze mit Lisas Verschwinden zusammenhing? Noch ergab es keinen Sinn, aber Amelie würde nicht ruhen, bis sie eine befriedigende Antwort auf all ihre drängenden Fragen bekommen hatte. Fakt war, dass Lisa und Bonnie einander sehr zugetan gewesen sein mussten, wie auf dem Foto in Bonnies Wohnung unschwer zu erkennen war. Echte Zuneigung zwischen den beiden Frauen sprach aus dem Bild.

»Sie sehen aus, als hätten Sie einen Geist gesehen«, bemerkte Rose.

»Ach, das Ganze ist wie ein Puzzlespiel. Eines ist klar. Der Ehemann meiner Großtante, der später Bonnie geheiratet hat, hat mit aller Macht zu verschleiern versucht, was mit Lisa Bruhns geschehen ist. Und Bonnie hat wirklich nie von einem Richard Bruhns gesprochen?«

Rose runzelte die Stirn. »Nein, ich erinnere mich wirklich nicht, diesen Namen je ...« Sie stockte. »Doch, lassen Sie mich überlegen, ein einziges Mal hat sie diesen Namen in den Mund genommen. Da hatten wir beide ein bisschen tief ins Glas geschaut, da fing sie plötzlich an, die Augen zu verdrehen und wie eine Irre zu gucken. In dem Augenblick habe ich in der Tat befürchtet, sie sei ein wenig durcheinander.« Rose tippte sich an die Stirn, bevor sie fortfuhr. »Da murmelte sie immerzu: ›Diese Teufel! Diese Verbrecher! Dieses Pack!‹ Als ich nachfragte, redete sie wie in Trance. Ich glaube, sie nahm mich gar nicht wahr.«

»Und wissen Sie noch, was sie sagte?«

»Ja, da erwähnte sie den Namen Richard. Ich glaube, sie murmelte so etwas wie: Richard war nicht der Schlimmste, nein, das war er nicht! Er war nur feige.«

Dann war der Spuk vorbei, und sie sprach plötzlich über etwas ganz anderes. Ich habe sie niemals mehr diesen Namen nennen hören. Und ich habe natürlich auch nie mehr danach gefragt. Es hat sie nämlich über die Maßen belastet. Selten habe ich ein derart gequältes Gesicht bei meiner Freundin gesehen. Dass sie ein Geheimnis hat, wusste ich schließlich, und ich vermutete natürlich, ihr Ausbruch hinge mit ihrer Vergangenheit zusammen.«

Amelie merkte der alten Dame an, dass es sie anstrengte, so viel und lange über ihre erst kürzlich verstorbene Freundin zu sprechen. Sie trank hastig ihren Kaffee aus.

»Ich kann meine Schwester nicht länger warten lassen, aber verraten Sie mir bitte, wann die Beerdigung von Bonnie ist.«

»Morgen auf dem Hauptfriedhof in der Emerson Street um elf Uhr.«

Amelie erhob sich und reichte Rose die Hand. »Vielen Dank. Und vielleicht sehen wir uns morgen.«

»Das will ich hoffen, Kindchen«, entgegnete die alte Dame und musterte Amelie durchdringend, als wüsste sie in Wahrheit mehr.

Während Amelie zum Wagen eilte, grübelte sie darüber nach, ob sie nicht doch auf die Beerdigung von Bonnie gehen sollte, um ein paar Worte mit dem Großneffen Christopher zu wechseln. Wenigstens in seiner Familie würde man wohl Näheres über Bonnies Ehe und ihre Vergangenheit in Nelson wissen.

Kaum hatte sie die Wagentür geöffnet, wurde ihr klar, dass Marie jeden Vorschlag, den sie ihr machte, ablehnen würde. Besonders den, in ihrem lädierten Zustand noch zwei weitere Nächte in Dunedin zu bleiben

Trotzdem wollte sie nichts unversucht lassen.

»Marie«, begann sie zögernd. »Morgen ist die Beerdigung von dieser Bonnie. Was meinst du, wollen wir uns für die zwei Tage irgendwo einmieten?«

»Hotel in meinem Zustand?«, schnauzte sie Amelie an. »Ich würde jetzt gern gen Nelson reisen. Du weißt, dass mir Großmutters Schicksal am Herzen liegt, aber ich bin nicht in der besten Verfassung ...« Sie deutete auf das Gipsbein, das sie dank der von Amelie mitgebrachten Kissen erhöht lagern konnte. »Vielleicht können wir die Recherche fortsetzen, wenn das da wieder heil ist.«

»Wie lange wird das denn dauern?«

Marie zuckte die Schultern. »In vier Wochen, wenn alles glatt heilt.«

»Vier Wochen?«

»Wo ist das Problem? Ich habe doch alle Zeit der Welt. Wann willst du denn überhaupt zurückfliegen?«

Amelie erschrak. Diese Frage hatte sie sich nicht mehr gestellt, seit ihre Schwester in der Klinik lag. Ihr wurde plötzlich bewusst, dass sie auch kaum an ihre Firma gedacht hatte und nicht ein einziges Mal mehr auf den Gedanken gekommen war, Dany anzurufen. Und sie hatte auch keinen Anruf aus Hamburg bekommen. Offenbar lief es auch ohne sie hervorragend. Amelies Miene erhellte sich. Dieser Gedanke hätte ihr vor ein paar Wochen noch arges Kopfweh bereitet. In diesem Augenblick entlastete er sie, denn für sie stand fest: Sie würde Neuseeland nicht verlassen, bevor sie Lisa Bruhns' Schicksal nicht aufgeklärt hatte. Und es schlich sich ein weiterer Grund in ihre Gedanken. David! Sie wollte ihn wie eine lästige Fliege verscheuchen, aber ihr wurde klar, dass sie auch mit ihm noch etwas zu klären hatte ...

»Ich lasse das mit dem Rückflug offen«, erwiderte Amelie ausweichend. »Ich kann dich in diesem Zustand nicht allein am anderen Ende der Welt zurücklassen.«

Marie warf ihrer Schwester einen verwunderten Blick zu. »Also, du bist mir unheimlich. Die Schwester Teresa steht dir nicht.«

»Wie meinst du das?«

»Na ja, dass du meinetwegen deiner heiß geliebten Firma noch länger fernbleibst, das passt gar nicht zu dir.«

Amelie kniff die Augen zusammen. Sie war die ständigen Angriffe ihrer Schwester gründlich leid.

»Und weißt du, dass es mir stinkt, wie du immerzu auf mir herumhackst? Ich weiß, dass dir mein Lebensstil nicht passt. Das kann ich gleich zurückgeben. Ich halte auch nichts davon, schmollend in der Weltgeschichte herumzureisen und sich als Opfer einer bösen karrieregeilen Schwester zu sehen!« Amelie hatte vor Wut glühende Wangen bekommen.

Marie stieß einen verächtlichen Zischlaut aus. »Ich bin nicht das Opfer deines grenzenlosen Ehrgeizes, ich lebe noch. Das Opfer deines ungezügelten Aktionismus ist unsere Mutter, aber die kann sich nicht mehr wehren!«

Amelies Gesicht wechselte die Farbe bei den vernichtenden Worten ihrer Schwester. Sie wurde kalkweiß und ließ den Motor an. Schweigend fuhr sie los. Unter diesen Bedingungen hatte es keinen Zweck, mit Marie gemeinsam nach der Wahrheit zu forschen. Sie hörte ihre Schwester schwer schnaufen, ignorierte das aber völlig. Der Schutzwall, der sie in den letzten Jahren nach außen umgeben hatte, war zerbröselt. Natürlich könnte sie Marie jetzt endlich sagen, was ihr kürzlich selbst erst wieder zu dem Unfallgeschehen eingefallen war, dass sie nämlich tatsächlich unschuldig war, aber so einfach wollte sie es ihrer Schwester nicht machen.

»Tut mir leid, ich hätte es dir nicht in dieser Weise an den Kopf werfen sollen, dass ich dich ... ich meine ... dass ich dir ...«, stammelte Marie.

»... dass du mir die Schuld an Mamas Tod gibst«, ergänzte Amelie kalt.

»Ja, ich ... nein, aber du warst doch in Gedanken bestimmt bei deinem nächsten Geschäftsabschluss, während du über die nächtliche Landstraße gefahren bist. Du weißt selbst, dass du mit Tempo zweihundertfünfzig durchs Leben gehetzt bist. Und dass du Mama überhaupt zu diesem Fest geschleppt hast ...«

Amelie schwieg. Warum sollte sie ihrer Schwester sagen, dass es der Wunsch ihrer Mutter gewesen war, sie zu begleiten, und dass sie den Unfall gar nicht hätte verhindern können ...

»Es ist nicht fair, dass du jetzt beleidigt reagierst«, fuhr Marie sie an. »Ich sage ja nicht, dass du es absichtlich gemacht hast.«

»Stimmt«, entgegnete Amelie ungerührt. »Du willst mir erklären, warum du mich seitdem wie eine Aussätzige behandelst. Weil du glaubst, dass Mama noch am Leben sein könnte, wenn ich nicht so eine getriebene Karrierefrau gewesen wäre. Und weißt du was? Es ist mir scheißegal, in was du dich reinsteigerst. Ich merke nur eines: Ich bin es so leid, als dein persönlicher Sündenbock herzuhalten! Denk, was du willst! Ich bleibe vorerst in Neuseeland. Und es wäre mir lieb, wenn du vielleicht lieber versuchst, woanders unterzukommen. Jeden Tag deine Miene zu sehen, aus der der stumme Vorwurf spricht – nein danke. Ich bin gerade dabei, mir etwas Eigenes aufzubauen, und erkenne, dass ich bestimmt viele Fehler gemacht habe. Aber ich bin bereit, daraus zu lernen.«

»Du glaubst also nicht, dass du mit Mamas Tod das Geringste zu tun hast?«, zischte Marie. »Wahrscheinlich hast du dir gedacht: Wenn die Polizei keine Schuld erkennt, dann hast du auch keine. Du bist so selbstgerecht. Hast du überhaupt noch einen Gedanken an diesen Unfall verschwendet oder war das Ganze für dich mit Mamas Beerdigung erledigt?«

Amelies Atem ging flach. Sie hatte große Mühe, sich auf das Fahren zu konzentrieren, und war froh, dass die Straße wenig befahren und das Wetter gut war.

»Seit ihrem Tod ist keine Nacht vergangen, in der ich nicht von Albträumen gepeinigt aufgewacht bin. Ich sehe das viele Blut, ich höre das Geräusch der Blechschere, wie sie sich ins Dach frisst. Ich kann mich nicht rühren, kann Mama nicht sehen, bis auf ihre Hand, die schlaff hinunterhängt, aber ich kann sie nicht greifen, denn ich bin gelähmt. Und das habe ich dir bereits im Hopgood's gestanden, aber offenbar passte es dir nicht in dein Bild, dass auch ich unter Mutters Tod leide. Und diese Träume haben erst aufgehört, seit ich in diesem Land bin. Und deshalb bleibe ich hier, solange es mir guttut. Und zwar ohne dich. Du kannst reisen, wohin du willst. Und jetzt bringe ich dich ins Krankenhaus zurück. Sieh zu, wie du von dort wegkommst. Mir langt's!«

Amelie wendete auf der breiten Straße und fuhr zurück in Richtung Dunedin.

»Du spinnst! Ich will nicht zurück! Du tust ja gerade so, als hätte ich Mama in den Tod gefahren. Das ist wieder typisch für dich. Nichts darf man ansprechen, alles wird verdrängt!«

»Da fass dich mal an die eigene Nase. Dir war es damals im Restaurant doch nur recht, als die beiden Typen an den Tisch kamen, w gerade, als ich dir offenbart habe, wie es mir wirklich geht«, gab Amelie zurück. »Und jetzt halt den Mund! Ich möchte heil ankommen. Und diese Gespräche im Wagen sind der Sicherheit nicht gerade zuträglich!«

»Aber das kannst du nicht machen. Du kannst mich doch nicht vier Wochen am Arsch der Welt zurücklassen!«

Amelie ignorierte diese Bemerkung sowie das empörte Schnauben ihrer Schwester. Sie konzentrierte sich aufs Fahren. Ihr reichten die belastenden Gedanken, die ihr durch den Kopf schossen. Weitere Anwürfe aus Maries Mund konnte sie nicht verkraften.

Sie waren kurz vor Dunedin, als Amelie plötzlich einen Schatten auf ihrer rechten Seite wahrnahm. Es war ein Schaf, das auf die Fahrbahn lief, gefolgt von einer ganzen Herde. Amelie wollte noch bremsen, da griff Marie ihr ins Lenkrad. Sie nahm einen dumpfen Aufprall wahr, bevor sie das Bewusstsein verlor.

Nelson, November 1932

Und wieder steht Weihnachten vor der Tür. Noch knapp vier Wochen. Wieder werden Sam Snyder und Mary bei uns sein. Dieses Mal aber sind wir nur zu viert. Arthur ist sowohl zu Sam als auch zu meinem Mann auf Distanz gegangen. Er ist freundlich und höflich, behandelt auch ihre Wehwehchen, sucht aber keinen privaten Kontakt mehr zu ihnen. Zu Julies großem Kummer, die in ihrer grenzenlosen Selbstverliebtheit gar nicht versteht, warum ihr Mann sie der wichtigsten gesellschaftlichen Kontakte beraubt, die sie in Nelson hat. So hat sie sich mir gegenüber vor ein paar Wochen wortwörtlich über ihren Mann beschwert. Ihre Stimme klingt gar nicht mehr so säuselnd, wenn sie von ihrem Arthur spricht. Man munkelt in Nelson, der Haussegen hänge schief im Haus von Doc Tenson und seiner Gattin. Ich bin wohl die Einzige, die Arthurs Motive nicht nur kennt, sondern auch versteht. Soll ich ihr auf den Kopf zusagen, dass Arthur Männer verachtet, die ihre Frauen misshandeln? Nein, damit würde ich mein Geheimnis und auch das von Mary Snyder preisgeben.

Richard benimmt sich mir gegenüber seit der gewissen albtraumartigen Nacht tadellos. Natürlich hat er inzwischen mehrmals massiv versucht, mich zu überreden, den Pavillon zu verlassen, aber ich finde immer neue Ausreden, um nicht mit ihm das Bett teilen zu müssen. Und in mein Refugium einzudringen, das traut er sich nicht. Ich weiß nicht, wie lange ich ihn noch hinhalten kann. Gerade neulich hat er mir ziemlich deutlich zu verstehen gegeben, dass Rufus kein Einzelkind bleiben sollte. Ich habe ihm im Prinzip recht gegeben, habe aber arge Probleme, mir vorzustellen, wie das wäre ... Ich kann ihm ja kaum ein Küsschen auf die Wange geben, ohne dass es mich schüttelt.

Der einzige Mensch auf der Welt, der das ahnt, ist Arthur, denn wir haben es uns zur Gewohnheit gemacht, ausgedehnte gemeinsame Spaziergänge am Strand entlang zu unternehmen. Obwohl wir nur gute Freunde sind, fühlen wir uns manchmal wie ein Liebespaar, das sich heimlich trifft, denn er hat gestanden, dass er Julie auch nichts davon erzählt. Letztes Mal konnte ich nicht mehr an mich halten und habe ihn nach Rongo gefragt.

»Er hat viel zu tun«, hat Arthur diplomatisch geantwortet und hinzugefügt: »Er ist ja quasi dreifach belastet. Das Hotel macht viel Arbeit, dann seine Einsätze als Heiler, na ja, und er hat ja zudem das kleine Kind zu versorgen.« Daraufhin machte Arthur eine Pause und betrachtete mich wissend. »Du hast ihn immer noch nicht aus dem Kopf, nicht wahr?« Ich fühlte mich von meinem guten Freund durchschaut. Warum sollte ich ihn belügen?

»Es vergeht kein Tag, an dem ich mich nicht frage, ob meine Entscheidung richtig war, doch dann sehe ich meinen kleinen Rufus und weiß, dass ich keine Wahl habe.« Ja, und schließlich bin ich in Tränen ausgebrochen. Arthur hat mich getröstet. »Fragt er auch manchmal nach mir?«, habe ich gefragt, nachdem die Tränen verebbt waren.

»Er hat deinen Namen nie wieder erwähnt.«

Ich weiß noch, wie mir dieser Satz fast das Herz zerschneiden wollte, aber ich kann Rongo verstehen. Er hat die Arme schützend für mich ausgebreitet, aber mir fehlte der Mut.

Mir kommen schon wieder die Tränen, wenn ich daran denke, wie glücklich ich sein könnte, hätte ich meiner Liebe folgen dürfen.

Das ist mein größter Kummer zurzeit, bis auf die Tatsache, dass ich immer noch keine Antwort von meinen Eltern erhalten habe, ob sie mir Anna schicken. Vielleicht sollte ich einen zweiten Brief hinterherschicken.

Dafür gestaltet sich mein Verhältnis zu Bonnie hervorragend. Sie ist ein so liebes Mädchen. Ich muss lachen, wenn ich das schreibe. Ich tue ja gerade so, als wäre ich eine uralte Matrone und sie noch ein Kind. Bonnie ist nur ein paar Jährchen jünger als ich. Und dass ich mich so viel älter fühle, liegt auch nicht daran, dass ich bereits eine Familie habe, sondern daran, dass sie weiterhin so zart und zerbrechlich wirkt. Sie hat bei uns zwar zugenommen, aber ihr Teint ist immer noch durchscheinend. Ich befürchte, sie ist in ihrer Familie dermaßen ausgenutzt worden, dass sie sich erst einmal erholen muss. Deshalb arbeite ich im Haushalt voll mit, aber das weiß Richard nicht. Er denkt, Bonnie schafft beides. Gerade neulich hat er bemerkt, er hätte es dem blassen Ding gar nicht zugetraut, dass sie so gut kocht. Ich habe ihm nicht verraten, dass ich die Köchin war und Bonnie mir stattdessen Rufus abgenommen hat. Mein Sohn liebt sie, glaube ich, denn immer, wenn sie sich der Wiege nähert, lacht er. Heute ist sie mit ihm bei einer Freundin. Eigentlich ist es ihr freier Tag, aber sie hat gesagt: »Nein, Misses Lisa, Sie müssen auch mal ausspannen. Machen Sie sich einen freien Tag.«

Ja, und nun sitze ich an einem kleinen Tisch vor dem Pavillon, denn es ist angenehm warm, und ich schreibe endlich mal wieder Tagebuch. Im Alltag komme ich oft gar nicht dazu. Ich brauche auch keine Sorge zu haben, dass mich mein Mann beim Schreiben erwischt, denn er ist für zwei Tage geschäftlich in Christchurch. Ich fühle mich wie im Paradies. Der Tisch steht unter einem Eisenholzbaum, der nur zur Weihnachtszeit rote Blüten trägt. Es ist seltsam, aber mich zieht es zum Strand. Ich glaube, ich nutze meinen freien Tag, um etwas zu wandern. So viel mehr habe ich ja auch gar nicht zu schreiben. Es passiert nichts Aufregendes …

Zwei Tage später:

Nichts ist mehr, wie es vorher war. Mein Leben war in den letzten Monaten zwar nicht besonders aufregend, aber jetzt befinde ich mich in großer Gefahr. Ich will versuchen, ruhig zu bleiben. Hoffentlich gelingt es mir. Ich darf es auf keinen Fall Rongo anvertrauen und auch nicht Arthur. Was auch immer geschähe, eines wäre sicher: Ich würde mein Kind verlieren, wenn herauskäme, was ich getan habe.

Ich bin, nachdem ich meinen Schattenplatz unter dem Eisenholzbaum verlassen hatte, stundenlang am Meer entlanggewandert. Es war wunderschön. Die Sonne brannte vom Himmel. Ich trug zum Glück einen Hut, aber es war trotzdem sehr heiß. So heiß, dass ich mich nach Abkühlung sehnte. Und als ich schließlich an einem menschenleeren Strand angekommen war, konnte ich mich nicht mehr beherrschen. Ich sah mich nach allen Seiten um, aber es war wirklich keine Menschenseele zu sehen, sodass ich mich traute, das Kleid samt der Unterwäsche abzulegen. Ich löste das Band aus meinem Haar und rannte ins Meer. Laut juchzend ließ ich mich in das kühle Nass fallen. Und es war in der Tat kälter, als ich es erwartet hätte. Ich liebe es, mich wie ein Fisch im Wasser zu bewegen, und schwamm in meinem Übermut weiter hinaus, als ich es normalerweise zu tun pflege. Ich weiß nicht mehr, ob erst die Panik kam oder der Wadenkrampf. Jedenfalls rief ich laut um Hilfe, und als ich am Strand eine Gestalt erblickte, lenkte ich die Aufmerksamkeit auf mich. Es war mir völlig gleichgültig, dass ich splitternackt war. Ich sah noch, wie die Gestalt ins Wasser sprang und auf mich zukraulte, doch da hatte mich die Panik schon so weit gepackt, dass ich glaubte, ertrinken zu müssen. Ich strampelte dermaßen, dass mich die Kräfte schnell verließen.

Das Nächste, was ich wahrnahm, war Rongos besorgtes Gesicht dicht über mir. Dann spürte ich einen fürchterlichen Hustenreiz und spie im hohen Bogen das Wasser aus, das ich im Zustand der Entkräftung geschluckt hatte.

»Gott sei Dank!«, stieß er erleichtert hervor, nachdem ich erschöpft in den Sand zurückglitt. »Ich habe schon das Schlimmste befürchtet«, fügte er hinzu und küsste mich überschwänglich auf beide Wangen.

Bin ich immer noch nackt?, durchfuhr es mich, allerdings jagte mir der Gedanke, so vor dem Mann zu liegen, den ich liebte, keinen wirklichen Schrecken ein.

»Ich bin so glücklich«, flüsterte er.

»Komm!«, erwiderte ich und zog ihn zu mir heran. Er schaute ungläubig, aber ich ließ ihm keine Gelegenheit zum Zaudern. Unsere Münder trafen aufeinander, und wir küssten uns leidenschaftlich. Mir war merkwürdigerweise nicht kalt, obwohl ich eben beinahe ertrunken wäre und nackt im Sand lag.

Der Kuss wollte nicht enden. Rongo lag nun halb über mir. Als sich unsere Lippen voneinander lösten, sah ich ihm in die Augen, und eine Hitzewelle durchflutete meinen Körper. Oh, wie sehr ich mich danach sehnte, dass sich unsere Körper vereinigten. Ich stöhnte leise auf.

»Wenn du es nicht willst, sage es jetzt«, stöhnte Rongo.

»Ich will nichts anderes«, raunte ich heiser zurück.

»Gut, dann soll es sein«, erwiderte Rongo und begann, meinen ganzen Körper mit der Zunge zu erforschen. Erst jetzt wurde mir klar, dass auch er nackt war. Ich gab mich dem Genuss ganz hin, und erneut prickelte ein Feuer durch meinen ganzen Körper. Das wurde zu einem wahren Feuerwerk, als er zwischen meinen Schenkeln angekommen war. Ich konnte es kaum glauben, als seine Zunge die Stelle berührte, die nur ich selbst aus einsamen Nächten zu kennen meinte. Ich schrie auf und bäumte mich ihm entgegen. Er aber fuhr fort, mich mit der Zunge zu verwöhnen, bis mir ein Flächenbrand in meinem Inneren fast das Bewusstsein zu rauben drohte. Als meine Erregung ein klein wenig abgeebbt war, drang Rongo in mich ein. Ich schrie auf, weil es ein derart unglaubliches Gefühl war. Nicht zu vergleichen mit dem, was ich bisher für körperliche Liebe hielt. Nein, in meinem Bauch fand ein wahres Feuerwerk statt. Ich schrie, stöhnte und rief seinen Namen. Rongo aber flüsterte mir ins Ohr: »Ich liebe dich, Pakeha. Ich liebe dich!«, während er weiter in mich drang. Ich befürchtete, der Zauber wäre gleich vorüber, aber er machte weiter. So sehr, dass mein ganzer Körper in Flammen zu stehen schien. Niemals hatte ich auch nur annähernd etwas empfunden, wenn Richard mit ein paar harten Stößen in mich eingedrungen war, aber dies war etwas anderes. Mir wurde ganz schummrig, aber es hörte nicht auf. Ich hatte das Gefühl, als müsste ich wegschwimmen, so bereit war ich, ihn zu empfangen. Und ich wünschte, es möge nie aufhören. Es war ein unglaubliches Empfinden, dem Mann, den ich liebte, so nahe zu sein. Als sich jetzt sein Gesicht hob und er mir in die Augen sah, glaubte ich, ohnmächtig zu werden. Ich bäumte mich ihm erneut entgegen, ohne den Blick von ihm zu wenden. Er verdrehte verzückt die Augen und stöhnte auf. Ich spürte, wie es in mir pulsierte und wie er kam. Ich konnte nichts dagegen tun. Tränen traten mir in die Augen, und ich krallte meine Finger in seinen Rücken.

»Bleib bei mir«, stöhnte ich.

»Ja, mein Lieb«, erwiderte er und lächelte mich an.

»Rongo, was hast du mit mir getan?«, keuchte ich.

»Ich habe dir mein Feuer gegeben und meine ganze Liebe«, erwiderte er und ließ den Blick nicht von mir. Ich verlor mich in seinen tiefen braunen Augen. Und ich konnte darin lesen: Er liebte mich mit derselben Intensität wie ich ihn.

»Ich möchte mich nie mehr von dir trennen«, flüsterte ich nach einer gefühlten Ewigkeit.

»Dann komm mit mir«, erwiderte er zärtlich, als sei das die leichteste Sache der Welt.

»Du weißt doch, dass ich Rufus nicht verlassen werde«, stöhnte ich.

»Dann hol dein Kind.«

»Das ist leichter gesagt als getan. Richard wird es mir nehmen.

Er wird nicht davor zurückschrecken, Gewalt anzuwenden oder auch die Gerichte zu bemühen.«

»Da bleibt uns nur eines. Wir müssen fortgehen.«

»Fortgehen? Und was ist mit deinem Hotel?«

»Ich habe inzwischen meinen Cousin Anawa in die Geschäftsführung eingearbeitet. Er weiß, dass ich vielleicht eines Tages Nelson verlassen muss. Er ahnt nicht, warum, aber er hat alle Instruktionen, was in dem Fall zu tun ist.«

Ich sah ihn ungläubig an. »Du rechnest allen Ernstes mit der Möglichkeit, dass wir beide eines Tages gemeinsam mit Rufus fliehen?«

»Mit Rufus und Hori, meinem Sohn. Ja, ich bin darauf vorbereitet und habe dafür gesorgt, dass wir nicht in Armut leben werden. Ich werde so viel Geld mitnehmen, dass wir woanders etwas Vergleichbares aufbauen.«

Mir wurde kalt. So verlockend der Gedanke auch war, er machte mir Angst. Gleichzeitig bewunderte ich Rongo für seinen Mut. Was für ein Mann! Er war bereit, für mich alles aufzugeben. Und ich Hasenherz zögerte. Warum? Es waren die Skrupel, Richard sein Kind zu nehmen, die mich davon abhielten, mein Glück mit beiden Händen zu greifen.

»Ich bringe es nicht übers Herz, Richard sein Kind wegzunehmen«, entgegnete ich mit belegter Stimme.

»Das kann ich verstehen und muss es wohl akzeptieren«, sagte Rongo leise.

Mir kamen die Tränen. Obwohl er sich zusammennahm, spürte ich seinen Schmerz beinahe körperlich. Wie ich mich auch entschied, ich würde einem der beiden Männer schrecklich wehtun. Aber musste das unbedingt der geliebte Mensch von den beiden sein? Ich wünschte mir, egoistischer zu sein. Schließlich hatte mir Richard Schlimmes angetan. In der Situation hatte er bestimmt nicht an mein Wohl gedacht.

»Ich kann nicht«, seufzte ich. »Ich würde mir vorkommen wie

eine Diebin. Und Richard tut alles, um mir zu zeigen, dass er die Sache bereut.« Ich wandte den Blick ab, denn ich konnte Rongo nicht ansehen, während ich von der Vergewaltigung sprach. Der eiskalte Zorn hatte sich wie ein Schatten über seine liebenden Augen gelegt.

»Lisa, ich werde dich zu nichts zwingen. Doch eins sollst du wissen: Sollte sich dein Mann deiner Entscheidung nicht als würdig erweisen, bin ich für dich da.«

»Danke«, hauchte ich. »Es wird kein Tag vergehen, an dem ich nicht an das denken werde, was ich in deinen Armen empfunden habe.«

»Dann lass uns jetzt vernünftig sein und aufbrechen. Es ist ein weiter Weg zurück.«

Mir wurde beinahe schwindlig. Ich konnte mich noch nicht von ihm trennen, denn dieses Zusammensein – dessen war ich ganz sicher – würde unser letztes sein. Da fiel mir ein, dass Bonnie mit Rufus erst morgen zurückkehren würde. Ebenso wie Richard. Ich wusste in demselben Augenblick, in dem ich es aussprach, dass es unvernünftig war, aber ich konnte nichts dagegen tun.

»Ich möchte die Nacht mit dir verbringen«, sagte ich leise.

»Die Nacht?«

»Ich bin allein zu Hause und kann mich nicht von dir trennen. Bitte, schenk mir die eine Nacht, und dann werden wir uns aus dem Weg gehen. Lass uns zu dir gehen und uns der Illusion hingeben, dass wir unsere Liebe leben dürfen ...«

»Ich weiß nicht ...«

Ich verstand. Er dachte wohl an seinen kleinen Sohn, der nicht mitbekommen sollte, dass eine fremde Frau, noch dazu eine Pakeha, bei ihm übernachtete.

»Entschuldige, Rongo, das war dumm von mir. Ich habe kein Recht, in deinen Alltag einzudringen. Wir sollten vernünftig sein.« Mit diesen Worten erhob ich mich aus dem feuchten Sandbett und lief ins Wasser, um mich zu reinigen, bevor ich in meine Kleidung schlüpfte.

Als ich wieder aus dem Wasser kam, erwartete Rongo mich schon mit einem Stück Leinen in der Hand. Zärtlich rieb er mich damit trocken, so gut er konnte. Jetzt erst erkannte ich, dass es sein Hemd war.

»Aber jetzt wirst du doch ganz nass«, sagte ich schuldbewusst.

»Ich habe noch ein Unterhemd dabei«, lachte er. Mein Blick blieb an einem neuen Lederband um seinen Hals hängen, an dem er ein Hei-tiki trug, das dem zum Verwechseln ähnelte, das ich stets bei mir trug.

Wie kann er plötzlich nur so unbeschwert sein, wo er weiß, dass dies unser Abschied sein wird?, ging es mir durch den Kopf, als ich ihn sagen hörte: »Lisa Bruhns, du hast wahrlich dumme Ideen, aber ich bin zu schwach, dir diese Bitte abzuschlagen. Eine Nacht ist besser als gar keine.«

Ich fiel ihm übermütig um den Hals. »Du meinst, wir bleiben bis morgen früh zusammen?«

»Es kann kein Zufall sein, dass mein Cousin Anawa und seine Frau Anahera meinen Sohn Hori übers Wochenende mit nach Collingwood genommen haben, wo die Familie meines Cousins lebt. Allerdings schlage ich vor, dass wir die Nacht nicht in meiner Hotelwohnung verbringen, sondern in meinem Haus. Was meinst du?«

»Ja, ja, gut, ja«, stammelte ich. Es fühlte sich so an, als wäre ich in einem wunderschönen Traum gefangen, aus dem ich gar nicht mehr erwachen wollte. Wie eine Schlafwandlerin trat ich in seinem Arm den Rückweg an. Kurz bevor die ersten Häuser von Nelson auftauchten, schlug Rongo vor, dass wir lieber getrennt gehen sollten. Er würde vorlaufen und ich ihm im Abstand von zehn Minuten folgen. Er gab mir seine Adresse und beschrieb mir die Lage des Hauses. Ich ließ mich auf ein Stück Rasen fallen und hing meinen Gedanken nach. Plötzlich kamen mir Zweifel, ob es wirklich eine gute Idee gewesen war, das Schicksal weiter herauszufordern, doch dann verscheuchte ich meine Ängste. Was sollte passieren? Richard war weit fort, und wir ließen uns im Ort nicht zusammen sehen.

Alle Augenblicke sah ich auf meine Uhr, aber die Minuten vergingen wie Stunden. Als die zehn Minuten endlich vorüber waren, sprang ich auf und schlug schnellen Schrittes den Weg zur Brougham Street ein. Das letzte Stück ging steil bergauf, aber ich rannte fast. Atemlos blieb ich vor einem viktorianischen Prachtbau stehen. Das Haus sah aus wie ein Märchenschloss. Hier oben, in diesem Teil des Ortes, war ich noch nie zuvor gewesen. Deshalb kannte ich das Haus auch nicht. Mit klopfendem Herzen näherte ich mich der Haustür. Wenn ich es nicht besser gewusst hätte, hätte ich erwartet, dass mir der Prinz aus einem Grimm'schen Märchen die Tür öffnet. Der Klingelknopf war ein Löwenkopf aus Messing. Mit zitternden Fingern betätigte ich ihn. Wenig später stand Rongo vor mir, und ich konnte nicht anders, als ihm ungestüm in die Arme zu fallen. Nachdem wir uns leidenschaftlich geküsst hatten, führte er mich erst einmal durch sein Märchenschloss. Ich kam aus dem Staunen nicht heraus. Viktorianische Eleganz wechselte sich mit Stilelementen der Maori ab. Meine besondere Aufmerksamkeit erweckten die großen Schnitzereien. Rongo erklärte mir geduldig, dass diese Figuren, die genauso aussahen wie die Greenstone-Figur an seiner Kette, in keinem Maori-Haus fehlen durften. Weiterhin faszinierten mich die Bilder von einem stolzen Häuptling, dessen Gesicht ein Tattoo zierte.

»Wer ist das?«, fragte ich neugierig.

»Das ist mein Großvater.«

»Und warum ist er so tätowiert?«

Rongo lachte. »Das ist für euch Pakeha sicher schwer zu verstehen, aber das Moko hat für uns Tradition. Es ist ein Zeichen von Tapferkeit und Adel.«

»Aber du bist nicht tätowiert«, warf ich ein.

»Ach, Lisa, so ist es mit der Tradition. Sie verwässert von Generation zu Generation. Nur noch wenige von uns lassen sich das Moko ins Gesicht ritzen.« Aus seinen Worten klang eine Spur von Bedauern.

Wir waren inzwischen bei seinem Schlafzimmer angekommen. Ich traute mich kaum, die Türschwelle zu übertreten, doch Rongo nahm mich in den Arm und führte mich zu seinem Bett. Wir liebten uns mit einer Leidenschaft, für die mir jede Worte fehlen. Danach zeigte er mir die Küche und bereitete mir ein köstliches Essen aus Fleisch und Süßkartoffeln.

»Früher wurde dieses Gericht im Erdofen zubereitet«, erklärte er beinahe entschuldigend, als wir an der festlich gedeckten Tafel saßen. »Aber ich hoffe, es schmeckt dir auch so.«

»Ach, mein Liebling, es ist das Köstlichste, das ich je gegessen habe«, seufzte ich und meinte das auch so. Danach gingen wir wieder in das bezaubernde Schlafzimmer mit einem Himmelbett, dessen Pfosten nach Art der Maori geschnitzt waren. Ich weiß nicht einmal, wie oft wir uns liebten. Ich weiß nur, dass wir die ganze Nacht dicht beieinandergelegen und uns immer wieder geliebt haben. Als wäre es diese einzige Nacht, in der wir miteinander verschmolzen wären …

Es war ein Rausch, ein einziger Rausch. Gegen Morgen wachte ich auf, tief in Rongos Arm eingekuschelt. Vorsichtig befreite ich mich aus der Umarmung und betrachtete ihn. Von draußen fiel das matte Licht der Morgendämmerung auf sein Gesicht. Er lächelte im Schlaf. Am liebsten hätte ich seine Wangen und seinen Mund über und über mit Küssen bedeckt, aber ich wollte ihn nicht wecken. Ich war allerdings so aufgedreht, dass ich mich bewegen musste. Ich schaffte es, aus dem Bett zu klettern, ohne dass er aufwachte. Verschlafen ging ich zu dem Fenster, das einen malerischen Ausblick bis hin zum Meer bot. Das war mir gestern gar nicht aufgefallen, weil wir so miteinander beschäftigt gewesen waren. Und nun bot sich meinen Augen ein Naturschauspiel, das ich nie vergessen werde. Die Sonne ging auf. Erst war es oben am Himmel noch schwarz, während über dem Meer bereits alles in ein magisches rosafarbenes Licht getaucht war. Dazwischen hellblaue Streifen. Ich konnte zusehen, wie sich Gelb- und Orangetöne mit dem Rosa mischten und es immer heller wurde. Ich konnte mich kaum von dem Anblick lösen, aber ein Gähnen zeigte mir, dass ich noch nicht ausgeschlafen war. Ich schlich zurück ins Bett und kuschelte mich wieder dicht an Rongo heran. Er seufzte zufrieden, wachte aber nicht auf. In seinem Arm fiel ich erneut in einen tiefen Schlaf.

Ich wurde mit einem Kuss geweckt. Der Geruch von Rührei zog mir in die Nase. Rongo hatte mir ein Frühstück bereitet. Mit Eiern und Schinken. Er weiß, was Pakeha mögen, dachte ich gerührt. Ich habe mich wie eine Verhungernde auf all diese Köstlichkeiten gestürzt. Danach haben wir uns noch einmal geliebt.

Dann kam der unausweichliche Augenblick: Wir mussten uns verabschieden und das für immer. Wir küssten uns, als gäbe es kein Morgen, aber irgendwann musste es ein Ende haben. Als wir endlich voneinander abließen, bat ich ihn, mich zur Tür zu begleiten. Mir war schwindlig. Und mir war eines klar: Ich konnte Rongo nicht loslassen.

»Wollen wir uns nicht lieber im Flur verabschieden?«, fragte er mich zaghaft.

»Nein, am Gartentor«, erwiderte ich übermütig. »Ich will dich spüren, bis zur letzten Sekunde!«

»Gut, dann komm. Wir müssen gehen. Ich bringe dich bis zur Haustür. Von da aus musst du allein gehen. Es sei denn, du änderst deine Meinung.« In seinem Blick lag etwas Flehendes.

Ich stieß einen tiefen Seufzer aus. »Ich kann nicht, so sieh es doch ein. Ich darf ihm nicht sein Kind nehmen.«

»Entschuldige, ich möchte dich gar nicht drängen«, erwiderte Rongo und strich mir zärtlich übers Haar. »Ich liebe dich auch dafür, dass du nicht so leichtfertig bist und dein Glück dem deines

Kindes opferst. Ich kann nur den Gedanken, dass wir uns niemals mehr lieben sollen, kaum ertragen.«

»Ich doch auch nicht«, erwiderte ich verzweifelt und warf mich an seine Brust. Ich bot ihm meine Lippen zu einem letzten Kuss, der nicht enden wollte. Als wir uns endlich voneinander lösten, hatten wir beide Tränen in den Augen. Ich konnte seinen Schmerz kaum ertragen. Deshalb wandte ich mich abrupt um, verließ sein Grundstück und rannte die Straße entlang. Als ich schließlich keuchend stehen blieb, tat es mir leid, und ich wollte noch einmal zurückkehren, um ihm ein paar Abschiedsworte zu sagen, doch da erstarrte ich. Ich hatte seinen Wagen nicht kommen hören, aber da stand er neben mir auf der Straße. Er hatte die Scheibe heruntergekurbelt und grinste mich in einer Art an, die Übelkeit in mir erzeugte.

»Komm, ich fahre dich nach Hause«, sagte Sam.

»Nein, nein, es ist besser ... also ich würde lieber zu Fuß gehen«, stammelte ich.

»Ich sagte, ich fahre dich!« Das war keine Bitte, sondern ein Befehl. Trotzdem dachte ich nicht daran, seinen Anordnungen widerstandslos Folge zu leisten. Er konnte mir nichts anhaben. Woher sollte er wissen, was ich am frühen Morgen in diesem Teil der Stadt trieb? Solange ich mich normal verhielt und er meinen Angstschweiß nicht witterte ... Mein Herz klopfte bis zum Hals. Im Übrigen fragte ich mich, ob es überhaupt ein Zufall war, der ihn zu Rongos Haus geführt hatte.

»Ich würde meinen Morgenspaziergang gern in aller Ruhe fortsetzen«, presste ich heiser hervor. »Und du müsstest mir erst einmal erklären, was du am Morgen in der Gegend machst!«, fügte ich schnell hinzu.

Ein hinterhältiges Lachen war seine Antwort, doch dann brach er abrupt ab und schrie: »Steig ein, du Hure. Los!«

Meine Knie wurden so weich, dass ich mich am Auto abstützen musste.

»Bist du schwerhörig? Steig ein!«

Ich ahnte, dass weiterer Widerstand zwecklos war und dass er uns beobachtet hatte. Also stieg ich in den Wagen.

Er wandte sich mir mit einem fiesen Grinsen zu. »Na, wie macht es der Maori? Hat er überhaupt einen Schwanz?«

»Du Drecksack!«, entfuhr es mir.

Er griff nach meinen Handgelenken und hielt sie wie ein Schraubstock umklammert. »Das sagst du, du kleine Drecksnutte? Jetzt hör mir mal gut zu. Du machst genau das, was ich sage. Sonst werde ich Richard anvertrauen müssen, dass ich seine Frau dabei erwischt habe, wie sie vor der Haustür des Maori förmlich in diesen Kerl hineingekrochen ist. Ich habe dich gestern besuchen wollen, weil ich vermutete, du grämst dich so allein ohne deinen Mann. Aber du warst nicht da. Auch nicht, als ich abends noch einmal wiederkam. Und da hatte ich so eine Eingebung und fuhr zum Hotel von Mister Taumaunu. Dort verriet man mir, er wäre in seinem Privathaus. Ich fuhr hin, und es war hell beleuchtet. Ich sah Schatten, und da wusste ich, was los war. Ich stehe seit heute Morgen um fünf vor dem Haus und habe bis zuletzt gehofft, dass es sich als ein bedauerlicher Irrtum meinerseits erweisen würde. Aber dann kamst du mit ihm aus dem Haus. Schämst du dich nicht? Ausgerechnet mit einem Maori? Du kannst froh sein, dass ich ihm nicht aufs Maul gehauen habe. Aber mir ist etwas viel Besseres eingefallen.«

»Du wirst ihm doch nichts tun?« Ich fühlte nur noch die Angst um ihn. Was es für mich bedeutete, vermochte ich mir in diesem Augenblick gar nicht vorzustellen.

Wieder lachte er dreckig. »Oh nein, und du wirst dem Kerl kein Sterbenswort davon verraten, dass ich dich erwischt habe. So, nun sag schon. Hat er überhaupt einen Schwanz?«

Mein Magen rebellierte. Ich befürchtete, dass ich mich auf der Stelle erbrechen musste. Ich atmete ein paar Mal tief durch und presste dann die Lippen fest zusammen.

»Ich habe dich was gefragt!«, schnauzte er mich an.

»Bevor ich dir Schwein auch nur ein Wort über uns erzähle, nehme ich lieber in Kauf, dass du mich an Richard verrätst. Worauf wartest du? Fahr mich nach Hause. Morgen kommt er aus Christchurch zurück.«

»Du bluffst. Das Risiko würdest du nicht eingehen«, sagte er, aber seine Irritation konnte er nicht ganz verbergen. »Du weißt doch wohl, was dir blüht. Er wird sich scheiden lassen, und du wirst Rufus niemals wiedersehen.«

Mir wurde heiß und kalt. Er sprach das aus, was ich am meisten befürchtete.

Sam lockerte den Griff seiner Hände und strich über die roten Male, die seine Pranken an meinen Handgelenken hinterlassen hatten. Ich zuckte zurück.

»Ich bin doch kein Unmensch. Ich weiß, was dir dein Sohn bedeutet«, bemerkte er in schmeichelndem Ton. »Deshalb biete ich dir einen Deal an.«

Ich ahnte bereits, welche Teufelei er sich ausgedacht hatte, wollte es aber nicht wahrhaben.

»Was willst du?«

»Ich will dir helfen. Da Richard ja offenbar ein so lausiger Liebhaber ist, dass du dir schon einen Maori nehmen musst, stelle ich mich zur Verfügung.«

Es gab keinen Zweifel mehr, aber alles in mir sträubte sich zu glauben, dass er ein solcher Schweinehund war.

»Wie meinst du das? Ich verstehe nicht«, log ich.

»Ach, mein kleiner Unschuldsengel. Du wirst mir das gewähren, was du diesem Kerl gestattet hast.«

Mein Herz raste. Wieder meldete sich mein Magen. Allein die Vorstellung, dass dieser Grobian mich anfassen würde, verursachte erneut einen Brechreiz.

»Sam, das kannst du nicht wirklich wollen«, entgegnete ich flehend. »Ich möchte das nicht.«

»Oh, die Lady ist wählerisch. Mach mich nicht wütend! Du tust, was ich sage.«

Mir wurde klar, dass ich niemals zulassen würde, dass sich dieser Kerl meines Körpers bemächtigte. Ich beschloss in meiner Panik, auf alles, was auch immer er verlangte, zum Schein einzugehen.

»Was verlangst du?«, fragte ich kalt.

»Nicht in diesem Ton. Ich möchte, dass du zu mir so freundlich bist wie zu Mister Taumaunu.«

»Was du auch immer verlangst, werde ich tun, aber wie es hier drinnen aussieht ...«, ich zeigte auf mein Herz, »... das kannst du nicht bestimmen. Meine Gefühle gehören mir. Und dass du überhaupt wagst, so eine Schweinerei von mir zu fordern, kotzt mich an.«

Die Ohrfeige kam so blitzschnell, dass ich mich nicht ducken konnte. Seine flache Hand traf meine Wange.

»So nicht! Dein Hochmut wird dir noch vergehen. Du bist nichts anderes als eine kleine Nutte!«

Ich biss die Zähne zusammen. Weder mein Schmerz auf der Wange noch in meinem Herzen gingen ihn etwas an.

»Gut«, zischte ich schließlich. »Dann behandele mich auch so. Von einer Nutte würdest du keine Gefühle verlangen.«

»Du wirst mir in deinem Haus zu Diensten sein«, entgegnete er eiskalt.

Ich schlug vor Entsetzen die Hand vor den Mund.

»Nein, das geht nicht, das ist mein Rückzug, mein Privat...«

»Eben«, unterbrach er mich harsch.

»Du wirst Weihnachten nach dem Essen behaupten, dass du noch ein paar Flaschen von dem guten Champagner holen wirst, den wir letztes Jahr getrunken haben. Und ich werde dich in den Keller begleiten. Und du beweist mir, was für eine flinke Zunge du hast.«

Eher bringe ich dich um, du Schwein, schoss es mir durch den Kopf, während ich knapp erwiderte: »Gut!«

Sam warf mir einen ungläubigen Blick zu.
»Du bist dazu bereit?«
»Habe ich eine andere Wahl?«
Er lachte triumphierend.
Was mich an seinem Vorschlag wunderte, war allerdings die Tatsache, dass er nicht Richards Abwesenheit für seinen Plan nutzte. Als ob er Gedanken lesen konnte, seufzte er: »Schade, Honey, dass ich noch die paar Tage warten muss. Ich habe Mary morgen einen Ausflug zur Frenchman Bay versprochen. Vögel beobachten. Und wenn wir es jetzt treiben, habe ich Sorge, dass ich nicht rechtzeitig zu Hause bin. Sie steht immer so früh auf. Das wäre zu gefährlich. Außerdem hat es natürlich seinen Reiz, es mit dir zu treiben, während Richard und Mary nichtsahnend unter dem Weihnachtsbaum sitzen.«
Ich schaffte es nur mit Mühe, meine Meinung über ihn für mich zu behalten.
»Darf ich jetzt den Wagen verlassen?«
»Ich soll dich nicht fahren?«
»Nein danke. Ich gehe lieber zu Fuß!«
Ohne seine Antwort abzuwarten, verließ ich das Auto, knallte die Tür hinter mir zu und erbrach mich auf den Gehweg.

Dunedin, Dezember 2012

»Hörst du mich? So wach doch endlich auf!« Wie von ferne drang Maries besorgte Stimme an Amelies Ohr, aber sie traute sich nicht, die Augen zu öffnen. Nicht, bevor sie wusste, wo sie sich befand und was geschehen war. Im Augenblick herrschte in ihrem Kopf komplette Leere. Sie versuchte, sich zu erinnern, und es dauerte nicht lange, bis die Ereignisse in aller Klarheit vor ihrem inneren Auge auftauchten. Sie waren auf dem Weg nach Nelson gewesen. Nach einem Streit mit Marie war sie umgekehrt und zurück in Richtung Dunedin gefahren. Kurz danach, auf einer Landstraße, die zum Highway führte, war es geschehen. Eine ausgebrochene Schafherde war auf die Straße gelaufen, sie hatte ausweichen wollen, da hatte eine Hand ins Steuer gegriffen. Amelie riss die Augen auf. »Nein, nein, das darf nicht sein! Nicht schon wieder«, stammelte sie und schluchzte laut auf.

Sie spürte eine Hand, die über ihre Wange strich. »Es ist nichts passiert. Amelie, es ist alles gut. Ich bin okay.«

Erst jetzt nahm Amelie ihre Umgebung wahr. Sie saß auf dem Fahrersitz, Marie neben ihr. Der Wagen stand schräg auf dem Seitenstreifen. Ein Mann tauchte vor der Windschutzscheibe auf. Er winkte ihr schuldbewusst zu, während er sich der Fahrertür näherte. Wie betäubt öffnete Amelie sie. »Entschuldigen Sie, Misses, der Zaun war kaputt. Bin ich froh, dass nichts Schlimmeres geschehen ist. Ich komme für alles auf. Wollen Sie sich das mal anschauen?«

Amelie stieg aus und betrachtete gedankenverloren die kleine

Beule an der Stoßstange. »Nicht der Rede wert«, sagte sie. »Und was ist mit Ihrem Schaf?«

»Glück gehabt, Sie haben es am Hinterteil erwischt. Es kann noch laufen, keine Wunde. Vielleicht einen blauen Fleck.« Er lachte. »Hauptsache, Sie sind in Ordnung.«

Amelie befühlte ihren Kopf. Auf der Stirn war es feucht. Sie wischte ein wenig Blut ab.

»Sie ist mit dem Kopf auf das Lenkrad geknallt, aber ich denke, es ist nur eine kleine Wunde«, bemerkte Marie, die inzwischen ebenfalls ausgestiegen war und auf ihren Krücken vor ihr stand. »Geben Sie uns doch zur Sicherheit Ihre Daten.«

Der Farmarbeiter zuckte mit den Achseln und fing dann an, in seiner Hosentasche nach Bargeld zu suchen. Er strahlte, als er eine Zwanzigdollarnote hervorholte.

»Ach, ist schon gut«, erklärte Amelie. »Es ist wirklich nur eine Schürfwunde.«

Der Mann bedankte sich überschwänglich und öffnete das Gatter auf der gegenüberliegenden Straßenseite, wohin er die Herde nach dem Zusammenstoß getrieben hatte.

Amelies und Maries Blicke trafen sich. »Es tut mir leid«, bemerkte Marie schuldbewusst. »Ich hätte dir nicht ins Lenkrad greifen dürfen.«

Amelie atmete tief durch. Jetzt war der Augenblick der Wahrheit. Einen besseren konnte es nicht geben. Sie holte tief Luft. »In jener Nacht, als das Eis kam«, begann Amelie zögernd, »sah ich, dass die Straße vor mir mit einem Mal so komisch im Mondlicht glitzerte. Ich wollte bremsen, doch da griff mir Mutter ins Lenkrad, und wir rutschten über das spiegelglatte Eis direkt gegen den Baum.«

Marie sah ihre Schwester an wie einen Geist.

»*Sie* hat den Unfall verursacht?«

Amelie nickte. Ehe sie es sich versah, war Marie bei ihr und drückte sie so fest an sich, dass Amelie kaum Luft bekam. Ein lautes Schluchzen entrang sich Maries Kehle. Amelie ließ es geschehen.

Nach einer halben Ewigkeit ließ Marie ihre Schwester los und sah sie aus großen, verheulten Augen an. »Und ich habe all die Jahre geglaubt, dass du schuld daran bist. Ich wollte es glauben. Weil du immer die Tolle warst. Weil ich dich beneidet habe.«

»Ich weiß«, entgegnete Amelie leise.

»Du weißt das? Aber warum hast du mir nie gesagt, was wirklich geschehen ist?«

»Weil es mir auch erst kürzlich wieder eingefallen ist. Plötzlich sah ich Karlas Hand vor mir, und da wusste ich es wieder. Ich habe doch auch all die Jahre geglaubt, dass ich schuld bin. Was meinst du, warum ich mich noch mehr in die Arbeit gestürzt und mich damit förmlich betäubt habe? Und dann jede Nacht diese Albträume. Immer wieder und wieder.«

»Kannst du mir das je verzeihen?«, fragte Marie verzagt.

»Natürlich, aber nur unter einer Bedingung.«

»Erpresserin. Das ist ja wie früher, als ich dir meine Bonbons geben musste, damit du nicht verrätst, dass ich Mamas Parfümflakon zerbrochen habe.«

»Oder wie damals, als du Paps sagen musstest, ich schliefe schon, nachdem ich heimlich zur Party abgehauen bin, und ich dich in der Hand hatte, weil du dich mit deinen Freunden an seinem Weinschrank bedient hattest.«

Sie lachten beide über die alten Geschichten.

»Und was verlangst du heutzutage von mir?«

»Ich möchte mit dir zurück nach Dunedin fahren, uns ein Hotel suchen und keine Diskussion, wenn ich das erste Haus am Platz auswähle ...«

»Luxusmieze!«

»Hippie!«

»... und dann gehen wir gemeinsam auf Bonnies Beerdigung und versuchen, mit diesem Christopher in Kontakt zu kommen. Es wäre doch gelacht, wenn wir nicht herausbekommen, wo Großtante Lisa abgeblieben ist.«

»Das ist keine Strafe«, erwiderte Marie erleichtert. »Und was hältst du davon, dass wir eben mal Großmutter anrufen? Oder hast du mit ihr telefoniert, seit wir in Neuseeland sind?«

»Es ist ja immer tiefe Nacht in Deutschland, wenn es mir einfällt.«

Marie warf einen Blick auf ihre Uhr. »Viertel vor zwölf. Komm, wir tun es. Großmutter geht selten vor 23 Uhr ins Bett.«

»Auf deine Verantwortung!«, lachte Amelie. Unter Maries interessiertem Blick wählte sie Annas Nummer. Sie ließ es eine Zeitlang klingeln und wollte schon aufgeben, als sich ihre verschlafene Großmutter meldete. Als sie hörte, dass es Amelie war, schien sie von einer Minute auf die andere hellwach zu sein. Amelie versicherte ihr, dass sie der Familie Bruhns bereits auf der Spur wären. Anna platzte förmlich vor Neugier, aber Amelie versicherte ihr, sie würden ihr sofort Bescheid geben, wenn sie Näheres in Erfahrung gebracht hatten. Von Bonnie und der bevorstehenden Beerdigung sagte sie nichts. Ebenso verschwieg sie Anna, dass Lisa offenbar ein Kind bekommen hatte, das man später als das Kind einer anderen, ebenjener Bonnie, ausgegeben hatte.

»Ich bleibe übrigens etwas länger«, sagte Amelie zum Abschluss und übergab das Telefon an Marie. Diese schilderte ihrer Großmutter, dass sie sich das Bein gebrochen hatte und Amelie sie nicht allein zurücklassen wollte.

»Heißt das, ihr versteht euch gut?«, fragte Anna hoffnungsvoll.

»Ja, Großmutter, wir beide haben uns ausgesprochen, und alles ist bestens. Amelie will zwar nach wie vor alles besser wissen, aber ich kann damit umgehen«, scherzte Marie. Amelie hob zum Zeichen ihres Einverständnisses den Daumen.

»Ich glaube, da haben wir jemanden sehr glücklich gemacht«, seufzte Marie, nachdem sie das Gespräch beendet hatte.

»Und wenn wir nun noch herausfinden, wo Lisa abgeblieben ist, wäre Großmutters Glück perfekt.«

»Hoffentlich«, gab Marie zu bedenken.

»Wie meinst du das?«

»Was, wenn sie nicht nach Australien gegangen ist und die saubere Familie Bruhns noch ganz andere Geheimnisse zu kaschieren versucht?«

Das brachte Amelie auf einen Gedanken. Sie musste Tamy davon in Kenntnis setzen, dass sie zwei weitere Tage bleiben würde.

Tamy war sehr verständnisvoll und untröstlich, dass sie keine Zeit hatte, zu Bonnies Beerdigung zu kommen. Und sie war fassungslos, dass Bonnie gar nicht in einer psychiatrischen Klinik untergebracht war, sondern in einer Seniorenresidenz, die all die Jahre von ihrem Vater und später von ihrem Bruder Brian bezahlt worden war. Amelie hatte den Eindruck, dass Tamy noch etwas auf dem Herzen hatte.

»Hast du was?«, fragte sie.

Tamy räusperte sich ein paar Mal. »Ich habe unsere Kiste gefunden. Leer und auf dem Müll. Brian hat nicht einmal geleugnet, dass er ›den alten Scheiß‹, wie er wörtlich sagte, verbrannt hat.«

Amelie atmete tief durch, bevor sie erwiderte: »Das ist ein Zeichen, dass er um das Geheimnis der Bruhns weiß!«

»Das befürchte ich auch«, gab Tamy zurück. »Passt gut auf euch auf. Und grüß mir deine Schwester.«

Amelie versprach es und beendete nachdenklich das Gespräch.

»Brian hat die Unterlagen vernichtet. Er muss etwas wissen.«

»Das ist in der Tat sehr verdächtig. Je mehr ich darüber nachdenke, desto weniger glaube ich die Story, dass Lisa nach Australien ausgewandert ist. Ich meine, welche Mutter lässt schon ihr kleines Kind einfach zurück?«

»Keine Ahnung. Deshalb müssen wir uns ja unbedingt mit diesem Christopher unterhalten.«

»Und was machen wir jetzt?«

»Wir nehmen uns ein Hotel. Ich habe dort letzte Nacht geschlafen. Ein Boutique-Hotel an der Rattray Street. Die Zimmer sind wunderbar, besonders die mit Balkon und Sicht auf die St. Joseph's

Cathedral. Das ist ein Feeling wie in Pisa. Und vom Dachgarten kannst du bis über die Bucht von Otago sehen. Auf der gegenüberliegenden Seite schaust du direkt auf sanftgrüne Hügel ...«

»Ja, ja, wir nehmen es, wenn was frei ist.« Marie lächelte in sich hinein. Wie befreiend es doch ist, dachte sie, die Macken meiner Schwester wieder mit Humor zu akzeptieren.

Als sie wenig später ihr gemeinsames Zimmer betraten, konnte sie sich sogar von Herzen freuen, dass sie in einem so schönen Haus waren. Als Amelie den Vorschlag machte, zu Fuß die Stadt zu erkunden, hielt Marie diese Idee zunächst für ziemlich egoistisch und typisch für Amelie, keinen Gedanken daran zu verschwenden, dass sie auf Krücken war. Doch ihre Schwester hatte an alles gedacht. Sie hatte an der Rezeption einen Rollstuhl bestellt und bot Marie an, sie durch Dunedin zu schieben. Das wiederum rührte Marie zutiefst, und sie war so glücklich, dass die ganze Verbitterung, die ihr Herz beschwert hatte, wie fortgeblasen war.

Es wurde ein durchaus vergnüglicher Ausflug. Sie machten sogar eine Stadtführung mit, aßen in einem der schönen neuen Restaurants an der George Street und besichtigten die katholische Kirche, auf die sie vom Hotel aus blicken konnten. Amelie hatte schließlich Muskelkater in den Armen. Sie hätte nicht gedacht, dass es so schwer sein würde, einen Rollstuhl kreuz und quer durch die Stadt zu schieben.

Abends tranken sie Wein auf dem Dachgarten und redeten über alte Zeiten. Endlich konnten sie wieder unbeschwert über ihre Kindheit und Jugend plaudern.

Amelie wachte am nächsten Morgen mit einem zufriedenen Gefühl auf. Sie hatte gar nicht gewusst, wie sehr sie doch unter dem schlechten Verhältnis zu ihrer Schwester gelitten hatte. Auch für sie war es eine Befreiung, nicht mehr dem anhaltenden latenten Vorwurf Maries ausgesetzt zu sein. Sie hatten beide einen kleinen Kater, weil es nicht bei einer Flasche geblieben war, denn zu später Stunde hatten sie versucht, Großtante Lisas Geheimnis ohne Beweise zu lüften. Marie hatte sich schließlich in den Gedanken verstiegen, Richard Bruhns habe seine Frau beseitigt, weil diese hinter sein Verhältnis mit der jungen Bonnie gekommen wäre.

Amelie hatte das für absurd erklärt und ihrerseits die Vermutung aufgestellt, Richard habe beide Frauen davongejagt, weil sie ihm Kontra gegeben hatten.

Einmal abgesehen von den leichten Kopfschmerzen war auch Marie seltsam beseelt. Nach einem Frühstück war ihnen beiden nicht zumute. Sie machten sich stattdessen zu einem Kaufhaus auf und erstanden ein paar dunkle Kleidungsstücke, die einer Beerdigung würdig waren.

Auf dem Friedhof, der etwas außerhalb des Stadtzentrums lag, herrschte bereits reger Betrieb. Vor dem Krematorium schienen sich die gesamten Bewohner der Seniorenresidenz versammelt zu haben. Amelie sah zuerst Susan, die ihr aufgeregt zuwinkte.

»Das ist aber eine Überraschung. Rose sagte, Sie kämen bestimmt nicht.«

»Ich habe es mir anders überlegt«, erwiderte Amelie und stellte Susan ihre Schwester vor. »Und könnten Sie mir wohl Bonnies Großneffen zeigen?«

Susan sah sich suchend um. »Es ist der junge Mann dort, der bei Rose steht«, erwiderte sie. Amelie erschrak.

»Der macht aber gar keinen freundlichen Eindruck«, raunte sie ihrer Schwester zu.

»Was denkst du denn? Der ist auf einer Beerdigung. Das sagt noch gar nichts.«

»Wir werden sehen. Komm!«

Christopher war ein schlaksiger Mann von Mitte dreißig. Er trug abgewetzte Jeans und einen ungepflegten Dreitagebart. Und seine Miene strahlte weniger Trauer aus als vielmehr Wut und Zorn.

Als Rose Amelie erkannte, gestikulierte sie wild und machte ihnen ein Zeichen, dass sie sich zu ihnen gesellen sollten.

»Das ist aber schön, dass Sie es sich anders überlegt haben«, begrüßte Rose Amelie überschwänglich. »Darf ich Ihnen vorstellen, das ist Christopher, Bonnies Großneffe. Er ist der Sohn der Tochter ihrer jüngsten Schwester. Ist das richtig?« Rose wandte sich an Christopher.

»Ja«, knurrte er unwirsch.

»Und das ist meine Schwester Marie«, stellte Amelie Marie vor.

Rose reichte ihr freundlich die Hand.

»Das ist die junge Dame, von der ich dir erzählt habe. Sie würde gern etwas über ihre Großtante Lisa Bruhns erfahren.«

Christopher zuckte abweisend mit den Schultern. »Keinen Schimmer«, murmelte er.

»Sie wissen aber doch, dass Ihre Großtante mit einem Richard Bruhns verheiratet war, oder?«, hakte Amelie nach.

»Ja, das war in der Familie bekannt, aber mehr wussten ihre Geschwister auch nicht. Nur, dass sie als Haushaltshilfe bei dem Ehepaar Bruhns gearbeitet hat. Und dass die Hausherrin verschwand, für tot erklärt wurde, damit er Bonnie heiraten konnte.«

»Für tot erklärt?«, fragte Marie nach. »Keine Scheidung?«

»Nageln Sie mich nicht fest, aber so habe ich das in Erinnerung. Tante Bonnie hat den Kontakt zur Familie abgebrochen, als sie zu den Bruhns ins Haus zog. Ich weiß nur, dass sie dann wohl ein Kind bekommen hat, einen Sohn, ich glaube aber, dass sie Vater und Kind bald nach der Geburt verlassen hat und nach Australien gegangen ist. Dort hat sie wieder geheiratet. Von dort hat sie meiner Mutter auch wieder geschrieben, aber aus dem Leben im Hause Bruhns hat sie stets ein großes Geheimnis gemacht. Darüber hat sich meine Mutter oft mokiert.«

Die Türen des Krematoriums öffneten sich und alle Gespräche verebbten. Still und leise betraten die Schwestern den geschmückten Raum und setzten sich in die letzte Reihe. Die ganze Zeremonie über hielten sie einander fest bei den Händen, und jede wusste von der anderen, wo sie mit ihren Gedanken war. Weit weg, bei einer Beerdigung, die über acht Jahre zurücklag.

Als die Feier beendet war und sie das Gebäude verlassen hatten, fand Marie die Sprache als Erste wieder. »Ich habe mir immer eingeredet, dass dich Mutters Tod lange nicht so tief berührt hat wie Vaters.«

»Ach, Mariechen, wie konntest du das nur denken? Mir ist beides nahegegangen, auch wenn Paps und ich immer mehr auf einer Wellenlänge waren. Dasselbe habe ich übrigens auch von dir geglaubt, dass dich Paps Tod eher kaltgelassen hat.«

»Ganz bestimmt nicht«, widersprach Marie energisch. Sie umarmten sich.

»Was meinst du, sprechen wir diesen Christopher noch einmal an?«, fragte Amelie zweifelnd.

»Ich glaube, das bringt nichts. Aber es wird immer mysteriöser. Findest du die ganze Sache nicht auch hochgradig merkwürdig? Wieso hat man Lisa für tot erklärt? Und dass selbst Bonnies Familie so getäuscht und ihnen weisgemacht wurde, dass Rufus ihr Sohn war. Das ergibt doch alles keinen Sinn.«

»Wenn ich das nur wüsste, aber wenn die Dokumente vernichtet sind und Bonnie tot ist, wer soll uns bei der Aufklärung helfen?« Amelie hatte zum ersten Mal seit Beginn der Recherche das Gefühl, dass sie in einer Sackgasse steckten.

In dem Augenblick verließen Rose und Christopher das Krematorium.

»Ich werde mich wenigstens noch von ihr verabschieden«, stöhnte Amelie.

»Und gib ihm unsere Adresse in Nelson«, empfahl Marie.

Amelie ging auf Rose zu und gab ihr die Hand. »Wir werden jetzt nach Nelson fahren. Wenn Sie mal in die Gegend kommen, dann …«

»Schon gut, Kindchen, auf Wiedersehen«, unterbrach Rose sie mit einem Lächeln auf den Lippen.

Die beiden wollten weitergehen, doch Amelie bat Christopher zu warten. »Ich möchte Ihnen gern unsere Adresse aufschreiben. Damit Sie uns für den Fall, dass Sie noch etwas in Erfahrung bringen, in Kenntnis davon setzen.«

Christopher musterte sie abschätzend. »Wenn ich bei der Auflösung von Bonnies Hausstand etwas finden sollte, das Aufschluss auf ihre Vergangenheit mit Richard Bruhns gibt, werde ich das bestimmt nicht an Sie schicken.«

»Warum nicht?«, fragte Amelie irritiert.

»Weil es Brian Bruhns zustehen würde. Er ist schließlich Bonnies Enkel.«

Aus dem Blickwinkel hatte Amelie die Sache noch gar nicht gesehen. Für den nichtsahnenden Christopher war Brian ein Nachkomme Bonnies und Richards ... Sie überlegte. Sollte sie ihm verraten, dass Lisa Bruhns Rufus' Mutter gewesen war? Doch sie entschied sich dagegen.

»Und warum sind dann Sie ihr Erbe und nicht Brian?«, hakte sie vorsichtig nach.

»Keine Ahnung. Ich glaube, ihr Verhältnis zu ihrem Sohn und dem Enkel war nicht besonders. Schließlich hat sie ihre Familie verlassen, und das haben ihr die Bruhns niemals verziehen.«

»Und wieso zahlt Brian einen Teil der Miete?«

»Es gibt eine Vereinbarung aus dem Jahr 1933, dass die Bruhns ihr lebenslang irgendeine Summe zukommen lassen. Wahrscheinlich haben sie nicht damit gerechnet, dass sie so lange gelebt.«

»Und wie erklären Sie sich, dass man ihr noch freiwillig Geld gegeben hat, obwohl sie ihre Familie doch angeblich im Stich gelassen hat? Und finden Sie es nicht sonderbar, dass kurz hintereinander zwei Ehefrauen von Richard Bruhns das Weite suchen?«

Christopher machte eine abwehrende Handbewegung. »Ziehen Sie mich da bloß nicht in irgendwas rein! Wenn ich etwas finde, das Licht ins Dunkel bringen könnte, wenden Sie sich an ihren Enkel, diesen Brian Bruhns. Dem steht das zu, nicht Ihnen!«

Amelie klärte ihn nicht darüber auf, dass Rufus gar nicht Bonnies Sohn und Brian somit nicht deren Enkel war. »Na dann, noch einmal herzliches Beileid«, stieß sie hervor.

Rose, die das Ganze schweigend mit angehört hatte, drückte Amelie fest die Hand. »Ich halte die Augen offen«, raunte sie verschwörerisch.

Marie und Amelie blieben zurück und sahen einander ratlos an.

Nelson, Dezember 1932

Die letzten Tage habe ich in ständiger Angst gelebt. Nachts träume ich von Sam, der in einem Teufelskostüm steckt und hinter mir herjagt. Ich glaube, Richard merkt, dass ich sehr nervös bin. Natürlich ahnt er nicht, dass ich zum Schein einen teuflischen Pakt mit seinem Freund geschlossen habe. Ich gestehe, dass ich keinen Schimmer habe, wie ich aus der Sache herauskommen soll.

Wenn ich nur an Sams triumphierendes Gesicht denke, als Mary und er an Weihnachten mit Blumen für mich vor der Tür standen. Sie waren dieses Mal mit ihrem Kind gekommen. James war inzwischen zwei Jahre und ein wilder Bursche, der alles umrannte und sogar an meine Schränke ging. Weder Mary noch Sam verwiesen ihn in seine Grenzen. Mary trug voller Stolz ihren hochschwangeren Bauch vor sich her. Sie war so damit beschäftigt, dass sie nicht einmal annähernd wahrnahm, wie unverschämt ihr Mann mich musterte. Natürlich hatte ich vorher alle möglichen Dinge in Erwägung gezogen. Zum Beispiel das Weihnachtsfest wegen Krankheit abzusagen. Aber würde Sam deshalb von mir ablassen? Nein! Er würde sich eine neue Schweinerei ausdenken. Darum hielt ich es für besser, dem Feind ins Auge zu blicken. Insgeheim spielte ich auch die Möglichkeit durch, ihm, während er sich über mich hermachte, einen schweren Gegenstand über den Schädel zu ziehen und ihn ins Jenseits zu befördern. Dann konnte ich behaupten, er habe versucht, mich zu vergewaltigen. Aber würden Mary und Richard nicht trotzdem die Schuld bei mir suchen? Sie würden womöglich glauben, ich hätte ihn provoziert. Nein, kurz bevor die Gäste kamen, war ich fest entschlossen, das Ganze auf mich zukommen zu lassen. Mein Lieblingsszenario war, dass Sam es gar nicht ernst gemeint, sondern nur versucht hatte, mir einen Schrecken einzujagen.

Diese Hoffnung verließ mich aber spätestens in dem Augenblick, als er an diesem Abend in der Tür stand. Ich hatte wie ein Schutzschild den inzwischen dreimonatigen Rufus auf dem Arm. Doch das half mir gar nichts. Bei der Begrüßung kniff mir dieser Mistkerl unauffällig in den Hintern. Ich hätte ihn auf der Stelle umbringen können. Stattdessen verzog ich keine Miene und begab mich mit der Ausrede, ich müsse Bonnie helfen, rasch in die Küche, wo ich mich mit zitternden Knien auf einen Stuhl fallen ließ. Rufus merkte offenbar, dass mit mir etwas nicht stimmte. Er brach in ohrenbetäubendes Geschrei aus. Die feinfühlige Bonnie sagte kein Wort, aber ich spürte, dass sie mich besorgt beobachtete.

»Kannst du Rufus ein wenig auf den Arm nehmen?«, fragte ich, als ich merkte, dass ich es in meinem aufgewühlten Zustand nicht schaffen würde, ihn zu beruhigen.

»Natürlich«, erwiderte sie und nahm mir das Kind ab.

»Kann ich dir im Gegenzug etwas helfen?«

Bonnie schüttelte den Kopf. »Es ist alles vorbereitet. Ruhen Sie sich ruhig ein bisschen aus.«

Ich hörte wie von ferne, dass sie meinem Sohn ein Schlaflied vorsang. Rufus verstummte. Ich atmete auf. Ob ich mich in der Küche verkriechen sollte? Einfach nicht zum Essen erscheinen? Alles Unsinn, sagte ich mir, ich muss mich Sams Annäherungsversuch stellen und ihn vereiteln, bevor er mir zu nahe kommen konnte.

»Er schläft«, sagte Bonnie schließlich. Ich musterte sie dankbar. Das blasse Mädchen einzustellen, ist die beste Entscheidung gewesen, die ich hätte treffen können. Sie war nicht nur eine sensible

Kinderfrau, sondern auch eine hervorragende Köchin und Haushaltshilfe. Sie wurde immer belastbarer und wollte mir am liebsten alles abnehmen. Allein, wie das in der Küche roch. Nach deutscher Weihnacht. Sie kannte die Tradition, denn auch ihre Großmutter stammte aus Deutschland. Sie wusste, wie eine Gans zu schmecken hatte. Es war zwar ihr erstes Weihnachtsessen, aber sie hatte uns bereits im November eine Gans zubereitet, damit ich mich vergewissern konnte, dass sie dieser Aufgabe gewachsen war.

»Ich bringe ihn in seine Wiege«, sagte sie. »Und dann serviere ich das Essen.«

»Ich helfe dir … und ich warte hier«, erklärte ich hastig und blickte an mir herunter. Ich hatte mir zum Fest ein altes hochgeschlossenes Kleid angezogen, das mich um ein paar Jahre älter machte. Es gab kein zweites in meinem Kleiderschrank, das mich derart unvorteilhaft kleidete. Richard hatte mich zwar verstohlen gemustert, aber nicht gewagt, meine Wahl zu kritisieren.

In meinem Kopf tobte nur eine Frage: Wie konnte ich Sams Plan durchkreuzen, ohne ihn gleich umzubringen? Obwohl mir nach Letzterem der Sinn stand.

Als wir das Essen auftrugen, gab es ein großes Hallo. »Ein Prosit auf die beste Köchin der Welt«, stieß Sam übertrieben aus. Er klang schon leicht angetrunken. Vielleicht ist das eine Lösung, dachte ich hoffnungsfroh, dass ich ihn abfülle und er gar nicht mehr in der Lage ist, seine Schweinerei in die Tat umzusetzen. Auch diesen Plan verwarf ich wieder. Hatte mir der betrunkene Richard nicht das Gegenteil bewiesen? Alkohol hielt Männer nicht davon ab, sich an Frauen zu vergreifen. Ich spürte dieses Unwohlsein schon wieder im Magen.

Trotzdem erhob ich mein Glas und prostete meinen Gästen zu. Allerdings sah ich dabei durch Sam hindurch.

Beim Essen führten die Männer ein angeregtes Gespräch, von dem ich aber lediglich Fetzen mitbekam. Erst als der Name Taumaunu fiel, horchte ich auf. Sam, der offenbar nur darauf gewartet hatte, dass ich seinen Worten Aufmerksamkeit schenkte, grinste mich unverhohlen an.

»Also, ich habe dem Kerl einen Besuch abgestattet und ihm ein letztes Angebot für sein heiliges Stück Land unterbreitet.«

»Und, verkauft er?«

»Noch jemand Kartoffeln?«, unterbrach ich Sams provozierendes Gerede unwirsch und hielt ihm die Schüssel unter die Nase. »Wir wollen heute Abend doch nicht über Geschäfte reden, nicht wahr?«

»Das finde ich aber auch«, bekräftigte Mary meine Worte und wandte sich ihrem Sohn zu, der gerade mit den Fingern nach einer Keule griff. »Mein Schatz, du musst fragen«, ermahnte Mary das Kind.

»Ach lass ihn, er muss lernen, sich das zu holen, was er will«, mischte sich Sam ein und schob seinem Sohn die Platte mit den Gänsestücken hin.

Das war selbst für Richard zu viel. »Also, du solltest dem Jungen schon gewisse Tischmanieren beibringen«, bemerkte er ärgerlich und zog die Geflügelplatte wieder aus der Reichweite des Kindes. »So, nun sag mir, welches Stück du gern hättest«, forderte er den Jungen auf. Der aber lief hochrot an und schrie: »Haben! Haben!«

»Du sollst es ja auch haben, mein Junge«, erklärte Richard geduldig. »Zeig, welches du magst!«

Das Kind aber rutschte vom Stuhl und warf sich brüllend auf den Boden. Sein Gesicht war krebsrot und er schrie: »Haben! Haben!«

Mary war es sichtlich peinlich. Sie sprang von ihrem Stuhl auf, hockte sich neben ihren Nachwuchs und versuchte, ihn zu beruhigen, doch es half alles nichts. James war außer sich vor Zorn.

Genau wie sein Vater, auf dessen Stirn sich jetzt eine steile Zornesfalte zeigte. Er sprang ebenfalls auf, schnappte sich seinen schreienden Sohn, setzte ihn auf seinen Schoß, zog die Fleischplatte zu sich heran und befahl: »Nimm!« Der Junge verstummte und griff nach der Keule. Sie fiel ihm aus der Hand und landete auf meiner weißen Tischdecke, doch Sam lachte nur, hob sie auf und drückte seinem Sohn die Keule in die Hand. Sie war zu schwer für seine kleine Hand, da hielt Sam sie mit fest und ließ seinen Sohn einen Bissen nehmen.

Mary betrachtete das Ganze fassungslos. Richard wollte etwas sagen, aber ich legte ihm die Hand auf den Unterarm zum Zeichen, dass er lieber schweigen möge. Er schnaufte noch ein paar Mal empört, hielt aber seinen Mund. Ich wusste, dass es nicht richtig war, Sam gewähren zu lassen, aber ich hatte große Angst, dass die ganze Situation eskalieren würde.

Ich hoffte, Sam würde jetzt Ruhe geben, aber er hatte offenbar schon zu viel getrunken, um sich wenigstens bei Tisch anständig zu benehmen.

»Richard, so kommst du nicht weiter im Leben. Was nützt es dir, wenn du deinem Rufus beibringst, mit Messer und Gabel zu essen, bitte und danke zu sagen, und er nicht in der Lage ist, sich durchzusetzen? Wenn du ihn zum Waschlappen erziehst, wird er nie bekommen, was er will ...«

»Sam, jetzt ist aber genug«, unterbrach ihn Mary sichtlich verärgert und erhob sich von ihrem Platz. »Wir sind Gäste in diesem Haus. Außerdem, siehst du nicht, dass James eingeschlafen ist?«

Energisch trat Mary auf ihn zu und nahm ihm das schlafende Kind ab.

Ich war froh über diese Unterbrechung, denn ich würde das ungehobelte Benehmen des widerlichen Kerls nicht mehr allzu lange widerspruchslos ertragen können.

»Komm, wir bringen James zu Bonnie. Sie wird über seinen Schlaf wachen.« Gemeinsam mit Mary und ihrem Kind wollte ich das Zimmer verlassen, als mir Sams Worte förmlich das Blut in den Adern gefrieren lassen wollten. »Ich hätte gern noch Champagner!«

Ich drehte mich wie betäubt um und starrte in sein grinsendes Gesicht.

»Dann hole ich dir was«, bot sich Richard arglos an.

»Nein, nein, wir trinken nachher mit unseren Damen gemeinsam ein Glas«, wiegelte Sam Richards Vorschlag hastig ab.

Mit zitternden Knien verließ ich das Esszimmer.

»Ist dir nicht gut?«, fragte Mary, kaum dass wir auf dem Flur waren. Ein Lächeln erhellte ihr Gesicht. »Du bist doch nicht etwa wieder schwanger?«

Ich schüttelte energisch den Kopf, denn ich hatte die Gewissheit, dass es nicht sein konnte. Mit List und Tücke hatte ich es seit jenem Erlebnis mit Rongo geschafft, nicht mehr mit Richard zu schlafen. »Nein, ich bin nur etwas erschöpft.«

»Aber ihr versteht euch gut, oder?«

»Selbstverständlich, aber du weißt, wie es mit einem Baby ist. Man ist ständig mit dem Kleinen beschäftigt«, erklärte ich ausweichend.

Täuschte ich mich oder lag eine gewisse Skepsis in Marys Blick?

Am liebsten hätte ich mein eigenes Haus in diesem Moment auf der Stelle verlassen und wäre zu Rongo geflüchtet. Ich ließ meine Hand vorsichtig in meine Jackentasche gleiten und fasste das Heitiki an, das ich immer bei mir hatte. Es war merkwürdig. Sofort ging ein warmer Strom durch meinen Körper, und mir war so, als würde Rongo beruhigend auf mich einreden. Und das gab mir die Sicherheit, dass mir nichts geschehen konnte.

Bonnie freute sich, als wir ihr das schlafende Kind brachten, und ich versicherte ihr, dass ich mich allein um den Nachtisch kümmern würde. Mary half mir, die Weincreme in Schüsseln zu füllen und sie in den Salon zu tragen.

»Und bei dir ist wirklich alles in Ordnung?«, hakte sie noch einmal nach, kurz bevor wir das Esszimmer betraten.

»Ja, wirklich«, versicherte ich ihr und spürte, wie meine Knie zitterten. Und zwar vor Angst. Trotz der Gewissheit, dass ich Sams

Plan vereiteln würde, saß mir die Panik in allen Knochen, weil ich noch immer keinen Schimmer hatte, wie ich das anstellen sollte.

»Na, da seid ihr ja wieder, ihr zwei Hübschen«, begrüßte Sam uns jovial. »Wir haben euch schon schmerzlich vermisst.«

Ich versuchte, die Zwischentöne zu überhören, und servierte den Nachtisch. Zum Glück fingen die Männer an, über ihre Geschäfte zu sprechen, sodass ich in Ruhe meinen Gedanken nachhängen konnte. Diese schweiften schnell wieder zu Rongo. Ich vermisste ihn so schrecklich. Wie oft war ich in den letzten Wochen versucht gewesen, ihn einfach aufzusuchen, aber ich wusste genau, dass es dann irgendwann kein Zurück mehr gab.

Sams Stimme riss mich aus meinen Gedanken.

»Bevor die Dame des Hauses am Tisch einschläft, sollten wir nun einen Champagner trinken. Was meint ihr? Habt ihr noch etwas von dem guten Tropfen im Keller?«

Richard nickte eifrig. »Natürlich, alter Junge.« Seine Stimme klang inzwischen auch wesentlich verwaschener. Kein Wunder, dachte ich, denn auf dem Tisch stand eine Whiskyflasche. Was versprach sich Sam davon, meinen Mann abzufüllen? Richard wollte gerade aufstehen, da sagte Sam in scharfem Ton. »Nein, nein, du gehst jetzt nicht. Nicht, wo du mir gerade deinen Trick mit der Steuer verraten wolltest.«

Richard ließ sich irritiert zurück auf seinen Stuhl fallen.

Mein Herz pochte bis zum Hals, als ich leise sagte: »Gut, dann gehe ich.«

Ich weiß gar nicht, wie ich zur Tür gekommen bin. Meine Knie zitterten so heftig, dass ich befürchtete, meine Beine würden mir den Dienst ganz verweigern. In meinem Magen hatte sich ein Riesenkloß gebildet. Jetzt wurde es ernst.

In der Tür drehte ich mich um und suchte Sams Blick. Ich wollte ihm noch eine letzte Chance geben, von seinem gemeinen Vorhaben Abstand zu nehmen. Doch er war in das Gespräch mit meinem Mann vertieft und sah nicht einmal in meine Richtung.

Dafür trafen sich Marys und mein Blick. Ich kann nachträglich nicht sagen, was genau aus meinen Augen gesprochen hatte, aber es musste sie alarmiert haben.

Ich wankte in den Keller und lehnte mich gegen eine Wand. Ja, ich betete sogar, dass Sam Skrupel bekommen würde, doch da hörte ich bereits feste Schritte auf der Kellertreppe und im Schein des fahlen Lichtes tauchte sein teuflisches Grinsen auf.

Was nun?, ging es mir fieberhaft durch den Kopf. Wenn ich es mir richtig überlegte, blieb mir als letzter Ausweg wirklich nur noch, ihm im letzten Augenblick die Champagnerflasche über den Schädel zu ziehen.

Er schien von alledem nichts zu ahnen. Im Gegenteil, ihm sprach die nackte Begierde aus den Augen, als er sich mir näherte.

»Nun schau nicht wie ein Kaninchen vor der Schlange«, spottete er. »Es geschieht nichts, was du nicht willst, aber ich habe meinen Plan geändert. Ich will dich ganz. Ich möchte das, was der Maori bekommen hat. Als ich dich vorhin in deinem eleganten Kleid gesehen habe, da wusste ich, dass ich dich liebe. Verstehst du?«

Da war er, der Hoffnungsschimmer. Wenn bei ihm wirklich Gefühle im Spiel waren, vielleicht konnte ich ihn dann von dieser unwürdigen Sache abbringen.

Er war jetzt zum Greifen nahe, wollte mich an sich ziehen, aber ich konnte ihm rechtzeitig ausweichen.

»Sam, bitte, wenn du mich liebst, wie du sagst, müssen wir uns nicht in einen Keller schleichen. Das ist unter unserem Niveau«, raunte ich heiser.

»Das stimmt. In Zukunft sollten wir uns angenehmere Plätze suchen«, entgegnete er ungerührt, während er mir seine Arme um die Hüften legte und mich zu sich heranzog.

»Nicht«, stieß ich verzweifelt hervor. »Ich verspreche dir, ich werde mich dir hingeben, aber nicht hier.«

»Du glaubst doch nicht, dass ich jetzt noch zurückkann, selbst wenn ich wollte.« Ehe ich mich versah, hatte er meine Hand genommen und gegen seine Hose gepresst. Mir wurde übel.

»Bitte, ich habe Sorge, dass sie uns erwischen«, log ich.

»Das geht so schnell, mein Schatz, so schnell können sie gar nicht hier sein«, lachte er, nahm mein Gesicht in beide Hände und zwang mich, ihn anzusehen.

»Du empfindest also auch etwas, meine Schöne, das habe ich mir gedacht«, sagte er und versuchte, mir seinen Mund auf die Lippen zu pressen. Ich konnte gar nichts dagegen tun, aber ich spuckte ihm in sein feistes, rotes Gesicht.

Er ließ erschrocken von mir ab und sah mich ungläubig an, doch dann drückte er mich brutal gegen die Wand. »Ach so willst du es, du kleine Hexe.«

Mit einer Hand hielt er mich fest, mit der anderen fasste er mir zwischen die Beine und versuchte, meine Unterhose herunterzuziehen. Ich war stumm vor Entsetzen, denn mir wurde klar, dass er mich eiskalt vergewaltigen würde. Da fiel mein Blick an ihm vorbei auf zwei leere Säcke, die am Boden lagen. Direkt vor dem Weinregal. Und ich sah nur noch einen letzten Ausweg.

»Ich wollte dich doch nur scharfmachen«, hauchte ich mit rauer Stimme.

Er ließ von mir ab und musterte mich durchdringend. »Soll ich dir das glauben?«, fragte er zweifelnd.

»Ich würde mich gern hinlegen, wenn du nichts dagegen hast. Siehst du die beiden Säcke?«

»Keine Tricks«, drohte er mir, bevor er sich grinsend umdrehte. »Dann gehen wir also ins Bett.«

Er lockerte seinen Griff, mit dem er mich weiterhin gegen die Wand presste. Ich überlegte fieberhaft. Sollte ich weglaufen oder meinen Plan bis zu Ende verfolgen? Ich entschied mich für Letzteres.

Mit laszivem Schritt ging ich voran und ließ mich auf den Kohlensäcken nieder.

»Du bist mir ja eine«, flüsterte er sichtlich erregt, während er sich neben mich legte. Ich streckte meine Arme hinter dem Kopf aus, so als wollte ich mich ihm darbieten. Da fühlte ich die Flasche. Ich muss sie nur noch richtig zu packen kriegen, um zuschlagen zu können. Ja, ich wollte, dass er nicht mehr aufwachte, dass er aufhörte, mich zu erpressen, dass er nie mehr die Hand gegen seine Frau erheben konnte.

Sam beugte sich über mich und fuhr mit der Hand unter mein Kleid, während er Liebesworte brabbelte.

Gerade in dem Augenblick, als ich glaubte, den Flaschenhals fest genug in der Hand zu halten, fiel ein Schatten über uns, und ich blickte in das wutentbrannte Gesicht von Mary Snyder.

Nelson, Dezember 2012

Amelie und Marie waren erschöpft, als sie am Abend auf der Bruhns-Plantage eintrafen. Sie waren früh am Morgen in Dunedin losgefahren und gut durchgekommen. Knapp elf Stunden hatten sie für die Fahrt gebraucht. Sie hatten allerdings wenig von der Landschaft mitbekommen, die draußen an ihnen vorübergerauscht war. Nur an einigen Aussichtspunkten hatten sie kurze Pausen eingelegt und die atemberaubenden Blicke über das Meer, sanfte Hügel, endlose Ebenen, zerklüftete Felsenlandschaften und die Berge genossen.

Tamy begrüßte sie höflich, aber, wie es Amelie schien, etwas kühler, als sie es erwartet hatte. Sie zeigte Marie zwar ihr Zimmer neben dem von Amelie und bot sich an, für die beiden zu kochen, aber irgendetwas stimmte nicht. Das entging Amelie nicht, aber es ergab sich keine Gelegenheit, Tamy unter vier Augen zu sprechen.

Beim Essen wollte Tamy alle Neuigkeiten hören, die es in Sachen Lisa gab. Sie war etwas enttäuscht, dass sie von Christopher nicht mehr hatten erfahren können.

»Tja«, sagte sie schließlich. »Jetzt, da mein lieber Bruder alle Dokumente vernichtet hat, wird es schwierig zu erfahren, wo Lisa abgeblieben ist. Vielleicht ist sie ja wirklich nach Australien gegangen und hat ...«

Sie verstummte, als Brian sich dem Esstisch näherte.

»Störe ich?«, fragte er und ließ sich, ohne eine Antwort abzuwarten, am Tisch nieder. »Mensch, was machst du denn für Sachen?«, fragte er Marie.

»Ich bin auf dem Routeburn Track gestolpert und in einen Abgrund gestürzt«, erwiderte sie höflich.

»Gibt es noch was von dem Lamm?«, erkundigte er sich sichtlich gut gelaunt.

»Hol dir einen Teller«, knurrte Tamy.

Brian stand auf und warf Amelie einen intensiven Blick zu, bevor er zum Schrank ging.

Amelie kochte vor Wut über seine Show. Hatte er denn gar kein schlechtes Gewissen, dass er die Dokumente vernichtet hatte?

»Sag mal, Brian, warum hast du das getan?«, hörte sie sich da bereits vorwurfsvoll fragen.

»Was meinst du?«, gab er betont unschuldig zurück, während er sich zurück an den Tisch setzte und sich ein großes Fleischstück auftat.

»Du weißt genau, wovon ich rede. Warum hast du die Dokumente vernichtet? Du weißt doch, wie wichtig es für Tamy und mich war, die Wahrheit über das Schicksal von Lisa Bruhns zu erfahren!«

»Ich meine es nur gut mit euch. Was verschwendet ihr eure Zeit damit, Dinge herauszufinden, die sich nicht mehr ändern lassen?«

»Das entscheidest du, ja?« Amelie ballte die Fäuste. Seine zur Schau gestellte Selbstgerechtigkeit machte sie umso zorniger.

Brian zuckte die Achseln. »Du bist im schönsten Land der Welt und wühlst in vergilbten alten Briefen. Das ist nicht normal. Lass uns morgen lieber mal die Hobbit-Tour machen. Das ist spannend.«

»Ich unternehme gar nichts mehr mit dir«, erwiderte Amelie erbost. »Und weißt du, warum? Du spielst uns hier etwas vor. Dir geht es nicht um mich, sondern du hast Angst, dass wir eine unangenehme Wahrheit herausfinden!«

»Blödsinn! Ich habe keine Ahnung, was ihr schon hättet herausfinden können!«

»Ach nein? Und warum hast du deiner Schwester verschwiegen, dass Bonnie nicht in einer psychiatrischen Klinik ist, sondern in einer Seniorenresidenz? Und dass sie niemals verrückt gewesen ist, sondern eine muntere alte Dame? Und dass sie als junge Frau als Fotografin in Australien gearbeitet hat? Klingt auch nicht gerade krank!« Amelies Stimme wurde immer lauter.

Brian wurde blass um die Nase.

»Was weißt du schon über Bonnie?«

»Alles! Ich habe sie nämlich besucht«, gab Amelie zornig zurück und warf Marie und Tamy einen Blick zu, in dem sie signalisierte, sie sollten mitspielen. Sie hoffte, Brian würde endlich reden, wenn sie ihn in dem Glauben ließ, dass sie Bonnie tatsächlich gesprochen hatte.

Doch zu ihrer großen Überraschung grinste Brian breit.

»So, so, du hast also mit Bonnie gesprochen?«

»Ja, hat sie«, mischte sich Marie entschieden ein. »Und ich habe sie auch gesehen. Sie war fit, sehr fit für ihr Alter, und hat uns alles erzählt, was damals geschehen ist. Wir brauchen die Dokumente also nicht mehr.«

»Komisch«, sagte er gedehnt. »Dann müsst ihr mit einem Geist gesprochen haben. Bonnie Bruhns ist nämlich vor ein paar Tagen gestorben. Und wenn ich mich recht entsinne, warst du da noch in Nelson, liebe Amelie.«

»Woher weißt du das?« Amelie war von ihrem Stuhl aufgesprungen und hatte sich kämpferisch vor Brian aufgebaut.

»Ich erhielt einen Anruf aus Dunedin. Schließlich musste man mir mitteilen, dass ich meine Zahlungen einstellen kann.«

»Du gibst also zu, dass du einen Teil ihrer Miete übernommen hast?«

»Ja, warum sollte ich das verheimlichen?«

»Dann wusstest du also, dass sie niemals krank gewesen ist?«

Er zuckte mit den Schultern. »Ja, Vater hat es mir vor seinem Tod anvertraut.«

Amelie trat einen Schritt zurück und ließ sich auf ihren Stuhl fallen. Spielte er jetzt nur den Überlegenen?

»Wie, das hast du gewusst?«, mischte sich Tamy entgeistert ein. »Sie haben uns immer erzählt, Bonnie wäre nach Vaters Geburt – der, wie wir ja inzwischen wissen, in Wahrheit Lisas Sohn war – krank geworden, und man habe sie in eine Anstalt geben müssen.«

»Das war doch nur zu unserem Schutz. Großvater und Vater haben nicht gewollt, dass wir erfahren, dass Bonnie sich genauso übel aus dem Staub gemacht hat wie zuvor Lisa.«

»Du hast also gewusst, dass Vater Lisas Kind gewesen ist?« Tamy war fassungslos.

»Nun reg dich nicht auf. Das war alles nur zu unserem Besten. Vater hat es auch erst an Großvaters Sterbebett erfahren. Man wollte auch ihn schützen. Schließlich ist er zweimal verlassen worden. Erst von seiner Mutter, dann von seiner Stiefmutter.«

»Ich glaube dir kein Wort«, fauchte Amelie.

»Das ist dein Problem«, erwiderte Brian ungerührt. »Wenn ihr es genau wissen wollt: Bonnie ist Lisa nach Australien nachgereist. Sie waren einander sehr vertraut. Und so hat sie Großvater Richard und Rufus allein zurückgelassen.«

»Du lügst«, stieß Amelie erbost hervor.

»Wenn du meinst. Ich finde, ihr solltet mir dankbar sein, dass ich euch die Wahrheit gesagt habe, obwohl ich Vater das Versprechen geben musste, darüber zu schweigen.«

»Ach ja, und warum hast du dann die Dokumente vernichtet?«, hakte Tamy nach.

»Weil ich mich entschlossen habe, euch die ganze Wahrheit zu sagen. Damit waren die alten Dokumente überflüssig geworden. Ich habe sowieso nicht verstanden, warum Großvater sie damals nicht selbst dem Feuer übereignet hatte.«

Es folgte ein Augenblick des Schweigens. Amelie fragte sich, ob es nicht tatsächlich so gewesen sein konnte, wie Brian behauptete. Damit hätte sich das Rätsel um Lisa und Bonnie gelöst …

»Und warum hast du für Bonnies Seniorenheim dann Kosten übernommen, und vor dir dein Großvater und dein Vater, wenn sich Bonnie doch so schändlich verhalten hat?«, hörte sie da Maries schneidende Stimme.

»Das ist … also, das war … das gehört sich, ich meine …«, stammelte Brian sichtlich verunsichert.

»Was war das? Nenn mir einen vernünftigen Grund!«, mischte sich Tamy ein.

»Sie hat Großvater um Geld angebettelt. Und er wollte nicht, dass es irgendwann heißt, dass seine geschiedene Frau auf der Straße sitzt«, erwiderte Brian kalt, während er aufstand und finster in die Runde blickte. »Aber mir wird das hier zu blöd. Ich sitze schließlich nicht auf der Anklagebank«, fügte er in scharfem Ton hinzu und verließ den Raum.

Die drei Frauen blickten einander ratlos an.

»Glaubt ihr ihm?«, fragte Marie und sah skeptisch in die Runde.

»Ich weiß es nicht«, entgegnete Tamy. »Warum sollte er sich das ausdenken?«

»Um etwas anderes, etwas Schlimmeres zu verbergen«, erwiderte Marie nachdenklich. »Was denkst du, Amelie?«

»Mein Bauch signalisiert mir, es steckt in der Tat etwas anderes dahinter, aber mein Kopf sagt mir, dass wir es nicht herausbekommen werden.«

»Du meinst also, wir sollen Großmutter diese Version auftischen?«, fragte Marie nach.

»Vielleicht warten wir noch ein wenig«, entgegnete Amelie ausweichend.

»Wie lange wollt ihr denn überhaupt noch in Neuseeland bleiben?«, wollte Tamy wissen.

Amelie warf ihr einen erstaunten Blick zu. Sie meinte, einen seltsamen Unterton herauszuhören. »Ich denke, das entscheiden wir, wenn Marie wieder laufen kann«, erwiderte sie. »Also, wenn es dir zu viel wird, dann können wir uns auch solange eine Wohnung nehmen«, ergänzte sie hastig.

»Nein, nein, wir haben ja Platz genug«, erwiderte Tamy und begann hektisch, den Tisch abzuräumen.

»Warte, ich helfe dir.« Amelie sprang ebenfalls auf.

»Hast du etwas dagegen, wenn ich mich hinlege?«, fragte Marie ihre Schwester.

»Soll ich dich bringen oder kannst du allein?«

»Das geht allein. Die paar Schritte«, erklärte Marie, stand auf und humpelte auf ihren Krücken los.

Amelie folgte Tamy nachdenklich in die Küche. Es wird höchste Zeit, dass ich sie frage, was los ist, dachte sie. Doch bevor sie ein Wort sagen konnte, hatte Tamy einen Blumenstrauß mit einem Brief in der Hand und reichte ihn der verdutzten Amelie.

»Hat David Taumaunu mir gestern für dich gegeben, als ich das Brot fürs Hotel ausgeliefert habe.« Mit diesen Worten wandte sie sich ab und machte sich geschäftig an der Geschirrspülmaschine zu schaffen.

Amelie stockte der Atem. Das erklärte alles!

»Tamy, es ist nicht so, wie du denkst.«

Tamy drehte sich zu ihr um und musterte sie abschätzend. »So, wie ist es denn?«

»Ich wollte dich nicht verletzen. Deshalb habe ich dir nichts davon erzählt, dass David und ich uns nähergekommen sind, denn da war es schon wieder vorbei, und warum sollte ich dich unnötig damit ... ich meine, das wäre ... wo wir uns so gut verstehen, da wollte ich nicht, dass etwas zwischen uns steht ...« Amelie unterbrach ihr Gestammel und sah Tamy flehend an.

»Also, David machte mir gestern nicht gerade den Eindruck, als sei es vorbei. Er war sehr aufgeregt, als er mir die Blumen für dich gab. Und er bat mich inständig, nicht zu vergessen, dir den Strauß zu überreichen.«

»Aber für mich ist es aus!«, erwiderte Amelie trotzig. »Unsere letzte Begegnung war schrecklich. Er trauert noch um seine Frau … Er kann nicht zwischen uns beiden stehen!«

»Ich habe das Leuchten in seinen Augen gesehen, meine Liebe«, erwiderte Tamy in einem für sie untypischen, überheblichen Ton. »Er ist verknallt in dich.«

»Nein, das bildest du dir ein«, widersprach Amelie heftig.

»Pass mal auf. Ich habe kein Problem damit, wenn du den Mann liebst, in den ich heimlich verschossen bin, aber ich lasse mich ungern verarschen.« Mit einem Knall schloss Tamy die Tür der Geschirrspülmaschine und verließ ohne ein weiteres Wort die Küche. Amelie blieb wie betäubt mit dem Strauß in der Hand stehen. Ihr Herz schlug bis zum Hals, als sie mit zittrigen Fingern den Briefumschlag hervorzog.

Sie setzte sich an den Küchentisch, legte den Blumenstrauß vor sich hin und öffnete den Umschlag. Er hat eine schöne Schrift, dachte sie, bevor sie sich in seine Zeilen vertiefte.

Liebe Amelie,

ich kann Dir gar nicht sagen, wie sehr ich es bereue, dass ich Dich so leichtfertig mit in meine Wohnung genommen habe. Ich hätte wissen müssen, dass ich dem noch nicht gewachsen bin. Du gehst mir aus dem Weg, wie ich unschwer erkennen und gleichermaßen gut verstehen kann. Meinst Du, Du kannst mir verzeihen? Ich würde Dich gern sehen. Was meinst Du? Morgen Abend? Ich hole Dich gegen 19 Uhr ab. Warte draußen vor dem Eingang zur Plantage. Den Grund und Boden der Bruhns betrete ich nicht. Wenn Du es nicht möchtest, schicke mir bitte eine SMS.

David

Immer wieder las Amelie seine Nachricht, und ihre Gefühle schwankten von »Ich sage ab!« bis zur grenzenlosen Vorfreude auf einen Abend mit ihm. Sie war so vertieft in die Lektüre und darin, sich jedes einzelne Wort einzuprägen, dass sie nicht einmal bemerkt hatte, wie Brian sich in die Küche geschlichen, sich hinter sie gestellt hatte und ihr ungeniert über die Schulter blickte. Erst als er sich räusperte, fuhr sie erschrocken herum.

»Was fällt dir ein?«, schrie sie ihn an und faltete den Brief hastig zusammen.

»So weit seid ihr also schon. Du warst mit dem Herren in seiner Wohnung?«, fragte er mit drohendem Unterton.

»Das geht dich gar nichts an«, fauchte sie.

»Und ob mich das etwas angeht! Ich lasse mich ungern verarschen!«

»Was redest du da für einen Unsinn? Das ist allein meine Sache.«

Er musterte sie abschätzig. »Du bist doch genauso eine notgeile Schlampe wie deine Großtante!«, stieß er hasserfüllt aus.

Amelie war so fassungslos, dass es ihr die Sprache verschlug. Es waren nicht nur seine vulgäre Sprache und sein besitzergreifendes Verhalten, das sie schockte, sondern auch, dass er sie mit Lisa verglich. Damit hatte er sich verraten! Er wusste viel mehr über Lisa Bruhns, als er zugab. Fieberhaft überlegte sie, wie sie sich verhalten sollte, um die Chance der Stunde zu nutzen und ihm die Wahrheit zu entlocken.

»Was hat denn meine Großtante so Schlimmes verbrochen, dass du dich derart danebenbenimmst?«, fragte sie scheinbar ruhig, während ihr Puls raste. Wenn er bloß reden würde!

Stattdessen ging ein teuflisches Grinsen über sein Gesicht. »Ach, für wie blöd hältst du mich, Amelie? Das habe ich doch nur gesagt, um dich zu provozieren. Ich habe keinen Schimmer, was Lisa Bruhns getrieben hat. Und ich würde nie schlecht über sie reden. Schließlich war sie ja meine Großmutter! Wo denkst du hin?«

Amelie glaubte ihm kein Wort.

»Hast du mit diesem Taumaunu geschlafen?«, fragte Brian in scharfem Ton.

»Das geht dich gar nichts an«, zischte sie zurück.

»Oh doch, einmal abgesehen davon, dass er die Frau gevögelt hat, in die ich verliebt bin, ist er ein Feind des Hauses. Und wenn du was mit ihm hast, dann, meine Liebe, muss ich dich auffordern, umgehend mein Haus zu verlassen!«

»Was ist denn hier für ein Lärm?« Amelie hatte Tamy nicht kommen hören.

»Ich fordere unsere deutsche Verwandte gerade dazu auf, sich eine neue Bleibe zu suchen für den Fall, dass sie es mit unserem Freund David Taumaunu treibt.« Brians Stimme überschlug sich beinahe vor Aufregung.

»Sie war in seiner Wohnung ...«

»Woher weißt du das?«, fragte Tamy in scharfem Ton.

»Ich kam zufällig in die Küche, als sie seinen Brief gelesen hat. Und da konnte ich nicht umhin, einen Blick über ihre Schulter zu werfen.«

»Brian!«

»Möchtest du vielleicht, dass David Taumaunus Geliebte bei uns lebt? Du weißt doch, was die Taumaunus für Spinner sind. Allen voran dieser David, dessen Schandmaul nur durch ein Gericht gestopft werden konnte!«

»Das entscheidest du nicht allein. Mir gehört das hier alles genau wie dir!«

»Schon in Ordnung, Tamy«, mischte sich Amelie leise ein. »Wir ziehen gleich morgen aus. Es hat keinen Sinn. Das gibt nur Ärger. Nur würde ich meine Schwester jetzt ungern aus ihrem Bett holen.«

»Das musst du nicht«, entgegnete Tamy flehend.

»Es ist besser für uns alle«, erwiderte Amelie, stand auf, nahm den Brief samt der Blumen und ging an den beiden Bruhns vorbei auf ihr Zimmer. Dort atmete sie ein paarmal tief durch. Ihr Entschluss stand fest: Sie würde das Haus morgen verlassen, denn sie spürte tief in ihrem Inneren, dass Brian unberechenbar war, wenn es um David Taumaunu ging. Ob sie sich mit ihm treffen würde, würde sie morgen in Ruhe entscheiden. Und noch eines stand fest: Sie würde nicht nach Hause zurückreisen, bevor sie herausbekommen hatte, was hinter Brians gehässiger Bemerkung über Lisa Bruhns stand. Sie konnte doch ihrer Großmutter unmöglich schreiben. *Du hast einen Großneffen in Neuseeland, der deine Schwester aus vollem Herzen hasst* ... Nie war sie dem Geheimnis so nahe gekommen wie heute, und sie hatte das unbestimmte Gefühl, dass auch das Schicksal ihrer Großtante mit dem der Taumaunus verwoben war. Da die Unterlagen vernichtet waren und auch Bonnies Großneffe nichts zur Aufklärung des Mysteriums hatte beitragen können, musste sie versuchen, über David mehr über die Familienfehde zwischen den Bruhns und den Taumaunus herauszubekommen. Allein aus dem Grund blieb ihr gar keine Wahl, als ihn wiederzusehen. Sie schrieb eine kurze SMS an ihn. *Lieber David, möchte Dich morgen sehen, aber ich ziehe bei den Bruhns aus. Schreibe Dir, wo Du mich abholen kannst. Amelie*

Während sie den Text noch einmal las, umspielte ein Lächeln ihren Mund. Vielleicht konnte sie anderen etwas vormachen, aber nicht sich selbst. Sie hätte Davids Einladung auch angenommen, wenn er kein potenzieller Informant wäre ... Das laute Klopfen ihres Herzens bestätigte diese Erkenntnis.

Nelson, Januar 1933

Blutstropfen laufen mir aus der Nase und färben die Seite des Tagebuchs rot. Trotzdem muss ich schreiben. Sonst siegt die Hoffnungslosigkeit, denn ich bin eingesperrt in dem Pavillon, der einst mein sicherer Rückzugsort war. Ich schreibe gegen die Angst, dass er mir Schlimmeres antun wird. Wie kann ich sicher sein, dass er nicht wiederholt, was er mir schon einmal angetan hat? Seit drei Tagen bringt mir Richard zwei Mal am Tag Essen und jedes Mal stellt er mir dieselbe Frage. »Hast du es dir überlegt?« Und jedes Mal schüttele ich stumm den Kopf. Und jedes Mal schlägt er mir wieder ins Gesicht und geht. Und jedes Mal, wenn er den Schlüssel in der Tür umdreht, überkommt mich das Gefühl unendlicher Einsamkeit. Vielleicht war es doch verkehrt, Rongo aus all dem herauszuhalten. Ich bin fest davon überzeugt, er hätte mich gerettet, aber jetzt ist es zu spät.

Ich muss versuchen, meine wirren Gedanken zu ordnen. Was auch immer geschieht, Rufus soll eines Tages die schonungslose Wahrheit erfahren.

Seit Mary am Weihnachtstag überraschend im Weinkeller aufgetaucht ist, geriet mein Leben völlig aus den Fugen. Sie war natürlich fest davon überzeugt, dass Sam und ich eine Affäre unterhielten. Und ich war schlau genug, ihr in jener peinlichen Situation nicht zu verraten, dass ich das Opfer einer miesen Erpressung war und ihrem Mann eine volle Flasche über den Schädel gezogen hätte, wenn sie nicht aufgetaucht wäre. Sie hatte sich jedenfalls wie eine Furie auf ihren Mann gestürzt und mit den Fäusten auf ihn eingetrommelt.

Für einen Augenblick hatte ich befürchtet, dass er zurückschlagen würde. Stattdessen fing er zu jammern an und beschuldigte mich, ihn verführt zu haben. Und er schwor Stein und Bein, dass er mich zuvor nie angerührt hatte. Ich schaffte es, mich aufzurappeln, und wollte mich wortlos entfernen, aber Mary packte mich am Arm. »Sag auch was! Ich hab dich gewarnt, aber du wolltest ja nicht hören!«, brüllte sie.

»Wenn du weiter so zeterst, wird auch Richard gleich hier sein. Willst du das?«, fragte ich kühl.

Sie ließ von mir ab. »Nein, das könnte dir so passen. Dann verlässt er dich, und du hast freie Bahn für Sam. Niemals, ich lasse mir meinen Mann nicht nehmen. Schon gar nicht von dir!«, giftete sie.

»So glaub mir doch, es war wirklich ein Ausrutscher, und es ist nichts passiert«, mischte sich Sam kleinlaut ein.

»Wir reden zu Hause darüber, jetzt steh endlich auf!«, fauchte sie. Ich hatte Mary Snyder nie zuvor so kämpferisch erlebt. Wenn es nicht alles derart entsetzlich gewesen wäre, ich hätte ihr bewundernd auf die Schulter geklopft, dass sie diesem Schweinehund endlich die Meinung sagte.

Wie ein geprügelter Hund rappelte sich Sam auf. »Und was nun?«, fragte er.

»Jetzt geht sie ...«, sie zeigte mit dem Finger auf mich wie auf ein ekeliges Insekt, »... mit dem Champagner nach oben und lässt sich nichts anmerken. Und wir folgen ihr in einigem Abstand. Ich schütze eine Übelkeit vor, und wir verlassen dieses Hurenhaus auf Nimmerwiedersehen!«

So erniedrigend das Ganze auch war, es hatte auch sein Gutes. Mary hatte mich davor bewahrt, zur Mörderin ihres Mannes zu werden. Und wenn ich mir den kleinlauten Kerl ansah, dann schien er kuriert von mir und dem Plan, mich weiter zu erpressen. Der Anflug eines Grinsens umspielte unwillkürlich meine Lippen.

Dass Mary dies gründlich missverstanden hatte, merkte ich, als ich ihre Hand auf meiner Wange spürte. Sie hatte mir eine schallende Ohrfeige verpasst. »Freu dich nicht zu früh, du Miststück. Vielleicht überlege ich es mir anders und erzähle Richard, was ich gesehen habe. Und ich bin mir sicher, in dem Fall kannst du was erleben!«

»Gut, dann gehe ich jetzt«, sagte ich und versuchte das Zittern in meiner Stimme zu verbergen. Mir wurde klar, dass die Gefahr nun nicht mehr von Sam ausging, sondern von seiner Frau. Und auch, dass ich damit meine letzte Freundin verloren hatte.

Ich schnappte mir zwei Flaschen Champagner und wankte die Kellertreppe hinauf. Ich weiß nicht mehr, wie ich es geschafft habe, Richard gegenüber einen halbwegs normalen Eindruck zu machen. Es war wohl seinem Alkoholkonsum zu verdanken, dass er nichts merkte.

»Na endlich! Ich dachte schon, du hast den Champagner allein im Keller getrunken«, lallte er, während er mir eine Flasche abnahm und sie ungeduldig öffnete. Seine Bewegungen waren nicht mehr ganz koordiniert, sodass die Hälfte des Inhalts über den Tisch spritzte, aber das störte ihn nicht. Im Gegenteil, er goss zwei Gläser voll, hielt mir eines hin und wollte mit mir anstoßen. Ich tat, was er verlangte, und schüttete das teure Getränk wie Wasser hinunter. Obwohl ich dem Alkohol ansonsten nicht viel abgewinnen konnte, beruhigten sich meine Sinne ein wenig. Ich protestierte nicht, als Richard mir gleich ein zweites Glas einschenkte. Auch das trank ich fast in einem Zug aus, während ich die Tür im Auge behielt. Meine bange Frage galt Mary und Sam. Ob sie sich auch so benehmen konnten, dass Richard keinen Verdacht schöpfte?

Mary war blass, als sie ins Zimmer trat. Sam stützte sie und sah besorgt aus.

»Ihr Lieben, meine Frau fühlt sich elend. Ich habe große Sorge, dass etwas mit dem Kind ist. Seid uns nicht böse, aber wir holen jetzt James und fahren nach Hause.«

»Mit dem Auto? Du bist doch nicht mehr nüchtern«, entfuhr es mir. Das brachte mir einen bitterbösen Blick Marys ein. »Das überlasse mir, zu beurteilen, ob mein Mann noch fahrtüchtig ist.« Wenn Richard nüchtern gewesen wäre, hätte er spätestens in diesem Augenblick etwas merken müssen. So lallte er nur: »Richtige Kerle fahren immer!«

»Ich hole jetzt unser Kind«, sagte Mary und verließ das Zimmer. Zu meinem großen Entsetzen setzte sich Sam ganz dicht neben mich. Ich fröstelte. »Kannst du mir einen Absacker geben? Von deinem Whisky?« Er wandte sich scheinheilig an Richard. Der erhob sich schwankend und steuerte auf die Hausbar zu. Diesen Augenblick nutzte Sam. Er beugte sich ganz dicht zu mir hinüber und flüsterte mir ins Ohr: »Wir werden das nachholen, meine Süße!« Dachte er tatsächlich, dass es mir Spaß gemacht hatte? Offenbar hatte ich ihm meine angebliche Bereitschaft allzu glaubwürdig vorgespielt, um unbemerkt an die Flasche zu gelangen. Ich weiß im Nachhinein, dass es ein großer Fehler war, ihm diese Illusion zu nehmen, aber ich konnte nicht anders. Allein sein Atem, der mir ins Gesicht hauchte, verursachte mir Übelkeit. »Wag es ja nicht, mich jemals wieder anzufassen, Sam Snyder. Ich hätte dir, wenn du mir nähergekommen wärst, eine Flasche über den Kopf gezogen. Also vergiss es!«

Er zuckte zurück und blickte mich ungläubig an, bevor er sich wieder meinem Ohr näherte. »Wenn ich nicht bekomme, was wir verabredet haben, bereite dich schon mal auf deine Rückkehr nach Hamburg vor. Ohne dein Kind!«

»Wer flüstert, der lügt«, kicherte Richard mit verwaschener Stimme und stellte seinem Freund ein volles Whiskyglas hin, das der mit einem Zug leerte. Dabei ließ er mich nicht aus den Augen, und in seinem Blick lag die wilde Entschlossenheit, das zu bekommen, was er begehrte. Da wusste ich, dass ich ihn unterschätzt hatte und dass mir das Unheil gleich von zwei Seiten drohte.

Aber das, was Sam danach zum Besten gab, erschreckte mich beinahe zu Tode.

»Ach, Richard, alter Junge, deine Frau hat mich vorhin unterbrochen. Ich wollte dir doch noch sagen, dass der Acker samt Fischreiher mir gehört.«

Mir wurde schwarz vor Augen, denn es war keine Frage, wie er dazu gekommen war. Er erpresste nicht nur mich, sondern auch Rongo. Und der gab diesem Scheißkerl sein heiliges Land nur, um Sam davon abzuhalten, Richard die Wahrheit zu sagen. In dem Augenblick spürte ich tief drinnen, dass ich nicht länger zulassen durfte, dass andere mein Schicksal bestimmten. Ich musste selbst handeln, ich wusste nur noch nicht wie.

»Das ist ja doll. Ich habe immer gesagt, es ist nur eine Frage der Zeit, wann er einknickt. Und wie viel?«

Sam setzte eine triumphierende Miene auf. »Weniger als ich dachte!«

Ich schloss die Augen voller Abscheu. Sonst würde ich ihm womöglich in sein feixendes Gesicht schlagen. Eine unendliche Sehnsucht nach Rongo überfiel mich, und mir wurde klar, dass dieser Mann, um mich zu schützen, sogar sein heiliges Land opferte. Und das, obwohl es ihm doch nur recht sein konnte, wenn Sam uns an Richard verriet, denn so konnte er sicher sein, dass ich mit ihm ging.

Ich öffnete die Augen und wusste, dass ich keine Wahl hatte, als mein Schicksal selbst in die Hand zu nehmen.

»Gut gemacht!« Richard schlug seinem Freund kumpelhaft auf die Schulter.

»Ich weiß nicht, was daran gut sein soll, einen ehrbaren Bürger um sein Land zu prellen«, stieß ich in eiskaltem Ton hervor.

Das ließ sogar meinen betrunkenen Ehemann stutzen. »Was redest du denn da von Sachen, von denen du nichts verstehst?«, fuhr er mich unwirsch an.

»Ach, lass sie. Das ist kein Geheimnis, dass die Weiber alle ganz verrückt nach diesem Kerl sind.«

Richards Miene verfinsterte sich. Er starrte mich aus glasigen Augen fragend an. »Findest du etwa was an dem?«

Ich zog es vor zu schweigen, doch er wiederholte seine Frage mit Nachdruck. Und das klang erstaunlich nüchtern.

»Unser guter Sam hat zu tief ins Glas geguckt. Der letzte Whisky ist ihm nicht bekommen«, erwiderte ich laut, um das hämmernde Geräusch meines Herzens zu übertönen.

Zum Glück trat in diesem Augenblick Mary mit dem quengelnden, aus dem Tiefschlaf gerissenen James ins Zimmer.

»Kommst du?«, fragte sie. »Mir ist wirklich unwohl.«

Sam blieb nichts anderes übrig, als sich zu erheben, allerdings nicht, ohne mir einen Blick zuzuwerfen, der eine unverhohlene Kampfansage enthielt.

Auch Richard versuchte aufzustehen. Er kam zwar mächtig ins Wanken, ließ es sich aber nicht nehmen, unsere Gäste bis zur Haustür zu bringen. Ich blieb wie versteinert sitzen. Und plötzlich wusste ich, was ich zu tun hatte. Ich musste Richard um die Trennung bitten, allerdings ohne Rongo zu erwähnen. Ich konnte nur hoffen, dass ich schon in Sicherheit sein würde, wenn Sam davon Wind bekam.

Als Richard wenig später zurückkehrte, war mir klar, dass es an diesem Abend keinen Sinn mehr haben würde, das Gespräch zu suchen. Hinzu kam, dass Richard mich begehrlich musterte. Sein Blick erinnerte mich fatal an den in jener Nacht, als er sich gegen meinen Willen über mich hergemacht hatte.

»Ich bin müde. Ich gehe schlafen«, erklärte ich hastig und wollte mich an ihm vorbeidrücken, doch er hielt mich am Arm fest.

»Aber der Abend ist noch jung«, lallte er. »Ich finde, Weihnachten kommst du wieder zurück in mein Bett.«

»Richard, bitte nicht, du hast zu viel getrunken, und du weißt, dass du dann nicht mehr Herr deiner Sinne bist«, erwiderte ich mit fester Stimme.

»Ach, du machst mich wahnsinnig.« Er stützte sich mit dem ganzen Gewicht auf meine Schultern. Ich kam ins Straucheln, konnte mich aber rechtzeitig wieder fangen.

Entschlossen hakte ich Richard unter und zog ihn mit. Er leistete keinen Widerstand. »Ich bring dich jetzt ins Bett. Keine Widerrede«, befahl ich streng. Richard trottete neben mir her wie ein kleines Kind. Im Schlafzimmer ließ er sich sofort auf das Bett fallen. Ich konnte ihm gerade noch die Schuhe ausziehen, bevor er lauthals zu schnarchen begann.

Vor der Tür atmete ich ein paar Mal tief durch. Das war noch einmal gut gegangen, aber ich spürte es in jeder Pore. Wenn ich nichts unternahm, würde es unweigerlich zu einer Katastrophe kommen.

In den folgenden Tagen saß ich wie auf einem Vulkan. Ständig lag ich auf der Lauer, um den richtigen Zeitpunkt für eine Aussprache zu finden. Doch stets kam etwas dazwischen. Wenn ich gerade Luft geholt hatte, fing Rufus an zu schreien oder Richard hatte wichtige Dinge zu regeln. Es war wie verhext. Zudem ließ mich jedes Telefonklingeln oder das Läuten an der Haustür zusammenschrecken. Richard sollte auf keinen Fall von Dritten erfahren, dass unser gemeinsames Schicksal besiegelt war. Und er durfte auf keinen Fall Wind von meiner Liebe zu Rongo bekommen, weil er mir dann unweigerlich Rufus nehmen würde. Mein Plan war ja, das Kind mitzunehmen.

Erst am Silvesterabend schienen die äußeren Bedingungen zu stimmen. Wir waren allein zu Hause, und Bonnie bereitete uns ein herrliches Essen zu. Ich schärfte ihr ein, uns danach nicht zu stören, selbst wenn Rufus nach mir verlangte. Sie sah mich mit großen Augen an und versprach es.

Zugegeben, ich zitterte am ganzen Körper, als ich mich entschloss, die Sache endlich anzugehen.

»Richard?«, begann ich zögernd. »Ich muss dir was sagen.«

»Ich höre, mein Lieb.« Er hatte noch kein Glas getrunken und sah mich treuherzig an.

»Ich ... ich ...« Mehr als ein Stammeln brachte ich nicht hervor.

»Wenn ich es nicht besser wüsste, würde ich sagen, du bist schwanger«, lachte er. Mir missfiel sein Scherz, denn in der Tat war meine Regel dieses Mal ausgeblieben, aber ich durfte sicher sein, dass das nicht sein konnte, denn schließlich hatte ich das Bett mit Richard seit jener Mainacht nicht mehr geteilt. Plötzlich durchfuhr mich ein eisiger Schreck. Mit Richard hatte ich zwar nicht geschlafen, aber … Alles drehte sich vor mir, der Schweiß brach mir aus.

»Um Himmels willen. Was hast du? Bist du krank?«, erkundigte er sich besorgt.

»Nein, alles gut«, versuchte ich abzuwiegeln, und die Gedanken in meinem Kopf überschlugen sich. Wenn an meinem Verdacht wirklich etwas dran war, dann war es allerhöchste Zeit, die Trennung zu besiegeln.

»Richard, ich möchte die Scheidung«, hörte ich mich da bereits sagen.

»Du möchtest *was?*« Seine Gesichtsfarbe wechselte von Rot zu Kalkweiß.

»Du merkst es doch auch. Ich kann dir die Sache von damals einfach nicht verzeihen, und deshalb ist es besser …«

»Was kannst du mir nicht verzeihen?«, unterbrach er mich brüllend.

»Na, du weißt ja. Dass du mich verletzt hast und ich beinahe mein Kind verloren hätte …«

Er ließ seine Faust dröhnend auf dem Tisch niedergehen. »So, jetzt reicht es mir aber. Wie lange soll ich dafür noch büßen? Ich lasse dich jetzt seit Monaten in deinem Pavillon schlafen, ich behellige dich nicht, ja ich fordere die ehelichen Pflichten nicht ein, aber doch nicht, um von dir geschieden zu werden, sondern weil ich sehnsüchtig darauf warte, dass du wieder ins Ehebett kommst. Das wollte ich dir nämlich heute sagen. Nun ist Schluss mit der Rücksicht. Du wirst ab heute wieder dort übernachten, wo du hingehörst. Bei deinem Mann.«

»Richard, du verstehst mich nicht. Ich kann nicht mehr mit dir leben. Ich möchte die Scheidung.«

»Du bist nicht ganz bei Trost!«, bemerkte er abfällig.

»Aber das kommt doch vor, dass sich Eheleute nicht mehr vertragen, und dann ist es besser, sie trennen sich ...«

Er legte den Kopf schief und musterte mich, als ob bei mir plötzlich der Wahnsinn ausgebrochen wäre. »Und wie stellst du dir das vor?«, fragte er lauernd.

Ich missverstand diese Frage und dachte, er war wirklich an meinen Vorstellungen interessiert. »Ich ziehe aus, überlasse dir das Vermögen, nehme Rufus mit mir und gehe mit ihm fort ...«

»Wohin willst du denn ohne Geld?«

Ich begriff immer noch nicht, dass er mit mir Katz und Maus spielte.

Natürlich durfte ich ihm nicht sagen, dass ich mit einem Mann fortgehen würde, der für uns sorgen konnte. »Ich gehe zurück zu meinen Eltern nach Deutschland«, antwortete ich hastig.

Ehe ich es mich versah, hatte Richard über den Tisch gelangt und mir eine Ohrfeige versetzt. »Du bist von allen guten Geistern verlassen. Glaubst du im Ernst, ich lasse dich mit unserem Sohn ans andere Ende der Welt gehen? Er gehört hierher. In mein Haus! Er wird einmal alles erben.«

»Aber er ist doch noch so klein. Er braucht seine Mutter«, widersprach ich schwach.

»Genauso ist es, meine Liebe, und deshalb bleibst du schön bei mir, und wir vergessen die ganze Sache.«

»Nein!«, schrie ich verzweifelt. »Ich verlasse dich. Und du kannst nichts dagegen tun. Ich gehe zu einem Anwalt und dann ...«

»Du gehst nirgendwohin«, brüllte er und wollte noch einmal nach mir schlagen, aber dieses Mal war ich vorbereitet und duckte mich zur Seite, sodass er ins Leere traf. Ich sprang blitzschnell vom Stuhl, rannte aus dem Zimmer und flüchtete in die Küche, wo Rufus in seinem Körbchen unter Bonnies Aufsicht lag.

»Misses Lisa, was ist geschehen? Sie sehen ja aus wie der Tod«, entfuhr es meiner Haushaltshilfe erschrocken.

»Ich muss fort«, keuchte ich. »Ich verlasse meinen Mann, mit Rufus.«

»Er ist gerade eingeschlafen«, entgegnete Bonnie betroffen.

»Es nützt nichts. Bring ihn mir in einer halben Stunde zum Pavillon. Ich packe nur rasch meine Sachen.«

»Aber wo wollen Sie denn hin? Es ist Silvesternacht.« Bonnies Stimme bebte vor Aufregung.

»Ich gehe zu Doktor Tenson, und dann sehe ich weiter.« Ja, das war mein Plan, erst zu Arthur zu flüchten und später, wenn sich die Wogen geglättet hatten, Rongo in meine Entscheidung einzuweihen, damit er vorher keine unnötigen Schwierigkeiten bekam. Ich wusste nur nicht, was Julie dazu sagen würde. Aber darüber durfte ich mir jetzt nicht den Kopf zerbrechen. Ich konnte nur hoffen, dass der Doc zu Hause war. Ich hatte ihn seit Wochen nicht mehr gesehen.

»Ich werde Ihnen Ihr Kind bringen«, versprach mir Bonnie mit Tränen in den Augen.

Ich nahm sie in den Arm. »Nicht weinen, es wird alles gut.«

»Aber ich werde Sie so vermissen«, schluchzte die junge Frau.

»Vielleicht kann ich dich nachholen, wenn ich irgendwo anders Fuß gefasst habe«, seufzte ich, denn auch mir fiel es schwer, mich von Bonnie zu trennen. Wenn ich nur daran dachte, was wir für schöne Ausflüge mit Rufus in seinem Wagen unternommen hatten. Neulich erst hatten wir bei so einer Unternehmung eine Reihe übermütiger Fotos geschossen. Das war Bonnies Spaß. Sie hatte sich eine gebrauchte Kamera gekauft und fotografierte für ihr Leben gern. Ob Landschaften oder Menschen. Ihr ganzes Zimmer war mit Fotos dekoriert. Ich habe ihr schon öfter geraten, mehr daraus zu machen, selbst auf die Gefahr, dass ich sie für meinen Haushalt verlieren würde. Ein solches Talent muss genutzt werden, schärfte ich ihr immer wieder ein. Bonnie lächelte stets versonnen und versicherte mir, dass sie aber nicht auf Rufus verzichten wolle. »Dann besuchst du uns eben, wenn du eine berühmte Fotografin geworden bist«, pflegte ich zu erwidern. Das war mehr so ein Spiel zwischen uns. Ich hatte nämlich nicht den Eindruck, dass Bonnie mein Lob ernst nahm. Eitelkeit passte auch gar nicht zu ihr. Sie ist von sehr bescheidener Natur.

Heute blieb uns keine Zeit, ein wenig zu plauschen. Ich hatte das Gefühl, mich sehr beeilen zu müssen. Nicht dass Richard aus seiner Erstarrung erwachte und mich am Gehen zu hindern suchte.

»Versprich mir, in einer halben Stunde mit dem Kleinen am Pavillon zu sein«, schärfte ich ihr ein. »Und pack ihm ein paar Sachen ein. Falls mein Mann nach mir fragt, tu so, als ob du nichts wüsstest.«

»Ja, gehen Sie nur, ich regele alles«, schluchzte Bonnie zum Herzzerreißen.

Ich verließ die Küche und rannte so schnell ich konnte zum Pavillon. Ziemlich wahllos stopfte ich ein paar Kleidungsstücke in einen Handkoffer. Ebenso meine Papiere. Zitternd setzte ich mich auf mein Bett und wartete. Ich war so nervös, dass ich an meinen Fingernägeln kaute, bis es blutete. Da fiel mir im letzten Augenblick das Tagebuch ein. Ich war gerade aufgestanden, um es aus meinem Versteck zu holen, als die Tür aufsprang und Richard ins Zimmer trat. Seine Miene verhieß nichts Gutes. Ich schaffte es, mich in eine Ecke zu flüchten, doch er kam wie ein Rasender auf mich zu, packte mich und schleifte mich an den Haaren zum Bett zurück.

»Du glaubst doch nicht, dass ich dich einfach gehen lasse?«, fragte er hasserfüllt.

»Bitte, Richard, mach nicht alles noch schlimmer. Wenn wir das friedlich regeln, verspreche ich dir, bleibe ich in der Nähe, sodass du Rufus jederzeit sehen kannst«, gab ich mit tränenerstickter Stimme zurück.

»Ich lasse weder dich noch mein Kind gehen. Du bist meine Frau, und das wirst du auch bleiben. Komm wieder zu dir!«

Ich setzte mich auf, atmete ein paarmal tief durch und suchte seinen Blick. Plötzlich hatte ich keine Angst mehr vor ihm. Die Angst vor diesem Mann, die mich unterschwellig seit jener Nacht begleitete, war verschwunden. Das Einzige, was ich spürte, war mein unbedingter Wille, dieser grausamen Ehe ein Ende zu bereiten.

»Du wirst mich nicht daran hindern, dieses Haus zu verlassen. Es ist mein Recht, mich scheiden zu lassen«, schleuderte ich ihm mutig ins Gesicht.

»Recht«, entgegnete er abschätzig. »Du hast die Pflicht, mir eine gute Ehefrau zu sein. Ich habe mir viel zu lange auf der Nase rumtanzen lassen, aber damit ist es endgültig vorbei. Ich werde dich lehren, was es heißt, dein Eheversprechen zu halten!«

»Bitte, Richard, lass mich gehen!«, flehte ich ein letztes Mal. »Unsere Ehe ist die Hölle.«

Er lachte laut auf. »Das bestimmst du, ja? Ich liebe dich und habe dich immer geliebt. Und ich lasse es nicht zu, dass du mir so eine Rechnung für meine Gutmütigkeit servierst.«

In der Hoffnung, dass er einfach nur Angst vor dem Gerede der Leute hatte, wenn ich ihn verließ, vor der Schmach seinen Freunden gegenüber, versprach ich ihm unter Tränen, ich würde jedem erzählen, dass er mich hinausgeworfen hätte.

Er sah mich einen Augenblick fassungslos an, bevor er gequält stöhnte: »Du verstehst mich nicht. Ich liebe dich, ich liebe dich und werde es nicht zulassen, dass du mich verlässt. Es ist mir gleichgültig, was die Leute sagen. Ich werde nicht tatenlos zusehen, wie du mir den Boden unter den Füßen entziehst. Ohne dich kann ich nicht sein. Kapierst du das? Ich brauche dich wie die Luft zum Atmen.«

Ich schluckte. Niemals zuvor hatte Richard Bruhns mir eine solche Liebeserklärung gemacht, niemals derart sein Herz geöffnet, aber es war zu spät. Ich hatte meine Entscheidung getroffen, und nichts auf der Welt konnte mich davon abhalten, meinen Weg zu gehen.

Richard hatte sich auf einen Stuhl gesetzt und die Hände vors Gesicht geschlagen. Ich bebte am ganzen Körper, als ich mich langsam vom Bett erhob, denn ich begriff, dass dieser Augenblick seiner höchsten Verzweiflung meine letzte Chance war. Ich ließ das zusammengesunkene Bündel Mann nicht aus den Augen, als ich mich auf Zehenspitzen rückwärts zur Tür schlich. Wenn es nicht anders ging, würde ich nur mit dem gehen, was ich am Leib trug. Leid tat es mir nur um mein Tagebuch, aber vielleicht würde mir Bonnie das eines Tages bringen können. Ich fühlte bereits den kalten Griff der Türklinke unter meiner Hand. Vorsichtig tastete ich nach dem Schlüssel, denn ich wollte sichergehen, dass Richard mich nicht verfolgen konnte. Ich schaffte es, ihn abzuziehen, doch in dem Moment, als ich die Tür öffnen wollte, sprang Richard wie ein wildes Tier auf mich zu, riss mich zu Boden und legte sich mit seinem ganzen Gewicht auf mich, sodass ich keine Luft mehr bekam. Keuchend versuchte ich, ihn von mir zu schieben. Dabei fiel der Schlüssel, den ich mit der einen Hand fest umklammert hatte, zu Boden. Ehe ich mich versah, war Richard wieselflink aufgesprungen und griff sich den Schlüssel. Seine Teufelsfratze in dem Augenblick, als er die Tür öffnete und mit dem Schlüssel in der Hand ins Freie trat, werde ich niemals vergessen, denn er ließ mich dabei keine Sekunde aus den Augen.

Ich weiß nicht, wie lange ich regungslos am Boden liegen geblieben bin, bevor ich laut um Hilfe zu schreien begann und abwechselnd wie eine Wahnsinnige gegen die Tür klopfte und trat. Als mich schließlich meine Kräfte verließen, versuchte ich meine aufgewühlten Nerven zu beruhigen und sann fieberhaft nach einem anderen Ausweg aus diesem Gefängnis. Da fiel mir das Fenster im Bad ein. Es war das einzige Fenster des Pavillons, der aus Holz erbaut war und als Lichtquelle ein Dach aus Glas besaß.

Doch das war so hoch, dass es für mich unerreichbar war. Aber das Fenster im Badezimmer ließ sich öffnen und war groß genug, um mich ins Freie zu kämpfen. Mit zittrigen Knien wankte ich ins Bad und erstarrte. Durch die Scheibe blickte ich in das feixende Gesicht meines Mannes. Triumphierend hielt er ein Brett und einen Hammer hoch. Richard war zu allem bereit, um mich zu halten. Und wenn er mich in einen Käfig sperren musste. Mir schwanden die Sinne, aber ich schaffte es noch zurück zu meinem Bett. Ich faltete die Hände, etwas, das ich selten tat, weil ich nicht besonders fromm bin. Doch in diesem Moment der völligen Verzweiflung bat ich darum, dass Rongo mich aus den Klauen dieses Wahnsinnigen retten möge.

Nelson, Dezember 2012

Es war bereits das dritte Hotel, in dem Amelie ein Zimmer zu bekommen versuchte. Marie wartete im Morrison Street Café auf sie. Die Suche gestaltete sich schwierig, weil in Nelson in diesen Tagen ein Kongress der ICOH, einer internationalen Gesellschaft, die Forschungen im Bereich der Arbeitsmedizin förderte, stattfand. Ganz Nelson schien ausgebucht.

Völlig verschwitzt kehrte Amelie zu ihrem Treffpunkt zurück. »Ich brauche erst mal ein Wasser«, stöhnte sie und berichtete ihrer Schwester von den vergeblichen Versuchen, ein Hotelzimmer zu bekommen.

»Und wenn wir doch zur Bruhns-Plantage zurückgehen? Tamy war ganz unglücklich über unsere Abreise«, gab Marie zu bedenken.

»Auf keinen Fall«, erwiderte Amelie entschieden. Zwar hatte Tamy ihnen tatsächlich wiederholt versichert, dass sie gern bleiben könnten. Amelie aber hatte das Bedürfnis, die Farm so schnell wie möglich zu verlassen. Und das lag nicht nur an ihrer Befürchtung, dass Brian in seiner Eifersucht unberechenbar war, sondern an der Tatsache, dass sie Tamy gegenüber ein schlechtes Gewissen hatte. Natürlich konnte sie nichts dafür, dass David Tamys Gefühle nicht erwiderte, aber wahrscheinlich wäre es wirklich besser gewesen, ihr gleich reinen Wein einzuschenken.

»Ich schlage vor, dass wir versuchen, in der näheren Umgebung ein Zimmer zu suchen«, ergänzte sie. »Wozu haben wir den Wagen gemietet?«

Marie hörte ihrer Schwester gar nicht richtig zu. Sie war nicht bei der Sache. Denn seit Amelie sie in dem Café zurückgelassen hatte, waren ihre Gedanken ständig zu George Snyder abgeschweift. Sie hatte nicht aufgehört, an ihn zu denken, aber zurück in Nelson war plötzlich alles wieder so präsent.

»Träumst du?«, fragte Amelie.

»Nein, nein ... was hast du gesagt?«

»Dass wir uns in den Wagen setzen und uns um ein Zimmer in der Umgebung bemühen sollten.«

»Es bleibt uns wohl nichts anderes übrig ...« Sie unterbrach sich und musterte ihre Schwester eindringlich. »Aber sollten wir es nicht noch bei deinem Bekannten im Taumaunu Castle versuchen?«

»Das hat keinen Zweck«, widersprach Amelie hastig. »Der Kongress findet dort im Hotel statt, hat man mir erzählt. Da wird bestimmt alles ausgebucht sein.«

»Gut, dann sollten wir aufbrechen, wenn du deinen Wa...« Das Wort blieb ihr förmlich im Halse stecken, als sie einen Mann, der eine verblüffende Ähnlichkeit mit George besaß, in einiger Entfernung die Hauptstraße entlangeilen sah. Als er die Höhe des Cafés erreicht hatte, gab es keinen Zweifel mehr. Es war George Snyder. Maries Puls raste, während sie sich fragte, was sie tun sollte. Sich ruhig verhalten und ihn weitergehen lassen oder seinen Namen rufen? Noch bevor sie sich diese Frage beantworten konnte, trafen sich ihre Blicke. George blieb abrupt stehen und steuerte zielstrebig auf ihren Tisch zu. Sie stellte fest, dass nicht nur sie errötet war, sondern dass sich an Georges Hals hektische Flecken ausgebreitet hatten.

»Marie!«, stieß er in einer Mischung aus Erstaunen und unverhohlener Wiedersehensfreude aus. Dann reichte er ihr förmlich die Hand, bevor er Amelie höflich begrüßte.

»Ich hatte Sie längst in Hamburg gewähnt und dich, Marie, in den Northlands.«

Marie streckte George eine ihrer Krücken entgegen. »Ein kleiner Unfall auf dem Routeburn Track hat mich zu einer Pause gezwungen.«

»So ein Pech«, erwiderte George mitfühlend, während sich Marie und er tief in die Augen sahen.

»Wollen Sie sich nicht einen Augenblick zu uns setzen?«, fragte Amelie und deutete auf den freien Platz.

»Ich weiß nicht, ich ... ich habe viel zu tun. Muss fürs Mittagessen einkaufen und kochen, wenn die Kinder aus der Schule kommen.«

»Bleiben Sie doch einen Augenblick. Wenigstens auf ein Wasser«, bat Amelie charmant. Marie warf ihrer Schwester einen dankbaren Blick zu. Offenbar hatte Amelie intuitiv erfasst, dass Marie sich nichts sehnlicher wünschte als das, es aber vor lauter Aufregung nicht äußern konnte.

»Gern«, entgegnete George und setzte sich. Er blickte von Marie zu Amelie. »Und Sie sind auch immer noch in Nelson?«

Amelie nickte. »Ja, es gibt vor Ort etwas zu klären. Wir versuchen herauszufinden, wo die Schwester unserer Großmutter, Lisa Bruhns, die erste Frau von Richard Bruhns, abgeblieben ist. Da gibt es ein paar offene Fragen.«

»Haben Sie es schon mal bei Tamy und Brian Bruhns versucht?«

»Da habe ich die letzten Wochen gewohnt, und wir haben einiges herausgefunden, aber Brian ist gar nicht begeistert, dass wir in der Vergangenheit herumstochern, und deshalb sind wir dort heute ausgezogen.«

»Das kann ich mir lebhaft vorstellen. Brian ist in dem Punkt ähnlich wie mein Bruder. Für die beiden gleicht Kritik an den Vorvätern einem Verrat. Ich weiß ja, wie Ben sich auf diese Geschichte mit David gestürzt hat. Gut, ich fand es jetzt auch nicht unbedingt angemessen, dass er meinen Vater des Mordes bezichtigt hat. Aber ich kann ihn im Gegensatz zu meinem Bruder sogar verstehen. Es gibt keinen Zweifel daran, dass Rufus Bruhns und mein Vater

Davids Vater im Suff umgenietet haben. Und das finde ich beschämend, und deshalb konnte ich über Davids Verdächtigungen hinwegsehen. Also, ich hätte ihn niemals verklagt.«

»Brian und Ben haben ihn also verklagt?«, fragte Amelie.

»Ja, sie haben ihn vor Gericht gezerrt, und er musste erklären, dass er es in Zukunft unterlässt, von Mord zu sprechen.«

»Und wissen Sie, ob diese Feindschaft schon vorher bestand, also zwischen Ihrem Großvater und Davids Großvater?«

George runzelte die Stirn. »Das nehme ich an, denn auch mein Großvater hat, wenn er getrunken hat, und das tat er in den letzten Jahren seines Lebens immer häufiger, nur von ›dieser Saubande‹ gesprochen, wenn es um die Taumaunus ging. Ich war ja noch ein Junge, als er starb, aber das hat sich eingeprägt, denn ich erinnere mich, wie entsetzt meine Mutter darauf reagiert hat, wenn er solche Wörter vor den Kindern in den Mund genommen hat.«

»Ich will Sie bestimmt nicht ausfragen«, sagte Amelie entschuldigend. »Aber ich habe das Gefühl, dass das Verschwinden meiner Großtante etwas mit dieser Familienfehde zu tun hat.«

»Ich sage Ihnen gern alles, was ich weiß. Wenn Sie wollen, schaue ich zu Hause in Großvaters Nachlass, ob ich etwas finde, das Ihnen weiterhelfen könnte.«

»Das wäre sehr nett von dir«, mischte sich Marie ein und strahlte George an.

»Wie und vor allem wo erreiche ich euch?«

»Wenn wir das wüssten«, seufzte Amelie. »Die Hotels sind alle wegen des Kongresses belegt. Wir wollen mal versuchen, in der Umgebung etwas zu finden.«

Über Georges Gesicht huschte ein Lächeln. »Da hätte ich was für Sie!«

»Ehrlich?«

»Ja, da gibt es eine Schaffarm in Motueka, die vermieten eine Gästewohnung mit allem Komfort und diverse Zimmer. Und ich weiß zufällig aus erster Quelle, dass gerade alles frei ist.«

»Das wäre ja wunderbar.« Amelie klatschte vor Begeisterung in die Hände und wandte sich an ihre Schwester. »Was meinst du, Marie?«

»Also, ich weiß nicht so recht.« Sie warf George einen fragenden Blick zu.

»Sie sind ganz unabhängig dort oben auf dem Berg.«

»Auf dem Berg?«, gab Marie erschrocken zurück.

»Ja, seit ein paar Wochen vermiete ich das Haus und die Gäste sind begeistert.«

»Was spricht dagegen?« Amelie sah Marie bittend an.

»Okay«, seufzte Marie. »Aber ich hätte lieber mein altes Zimmer, wenn das geht.«

»Dann genügt mir auch ein Zimmer«, sagte Amelie eifrig. »Hauptsache, Sie haben was für uns.«

»Vielleicht sollten wir doch noch mal in der Gegend ...«

»Ach was, lasst uns aufbrechen! Ich fahre vor«, unterbrach George Marie. »Den Einkauf kann ich später erledigen.«

Amelie blickte interessiert von George zu Marie. Es ließ sich kaum verbergen, dass zwischen den beiden etwas lief.

»Ich habe eine Idee. Geben Sie mir Ihre Liste. Ich erledige das für Sie, denn ich muss auch noch einkaufen. Wenn Sie dafür meine Schwester sicher zur Ferienwohnung bringen.«

»Ich ... nein, ich ...«, stammelte Marie, doch Amelie warf ihr einen strengen Blick zu. Marie verstummte.

»Ja, dann bringen Sie einfach nur Nudeln und Hack mit. Mit einer Bolognese kann ich die Kinder am besten zufriedenstellen. Und ein wenig mehr, wenn ihr mitessen wollt.«

»Gern«, sagte Amelie.

»Nein«, stieß Marie gleichzeitig energisch aus.

Amelie musterte ihre Schwester irritiert. »Ich bringe einfach ein bisschen mehr mit. Und nun brauche ich noch die Adresse. Ich war zwar schon einmal dort zum Fest. Ich sage nur Kiwilikör, aber ich weiß nicht, ob ich es wiederfinde ohne Navi.«

George gab ihr eine Visitenkarte mit der Adresse. Amelie bedankte sich überschwänglich und flötete: »Bis später, ihr beiden.«

Was sie wohl denkt?, ging es Marie durch den Kopf, während sie ihrer Schwester, die heute einen weit schwingenden Rock trug, hinterhersah. Ob ihre gute Laune mit dem Blumenstrauß zu tun hatte, der auf Amelies Gepäck im Wagen thronte?

»So, und jetzt sagst du bitte, warum du ohne Abschied abgehauen bist? Was habe ich dir getan?«

Marie wandte sich erschrocken George zu. Seine Miene hatte sich verdüstert, und er musterte sie prüfend.

Marie räusperte sich. »Nein, es hat nicht direkt mit dir, ich meine, das war eher wegen Ben, ich meine, also ...«, stammelte Marie.

»Was ist an dem Tag geschehen? Warum bist du nicht zum Bullenzaun gekommen? Ich war ziemlich aufgeschmissen ohne deine Hilfe. Zum Glück kam Ben.«

»George, wenn es nach mir gegangen wäre, ich hätte dein Angebot, bei euch zu wohnen, niemals angenommen.«

»Du freust dich also nicht, mich wiederzusehen?«

»Doch, und wie! Einerseits, aber ich ...«

Ehe sie sich's versah, hatten sich seine Lippen fordernd auf ihre gepresst, und sie küssten sich leidenschaftlich.

Nachdem sich ihre Münder voneinander gelöst hatten, sah Marie George zweifelnd an.

»Genau darum bin ich gegangen«, stieß sie aufgebracht aus. »Weil ich mich in einen verheirateten Mann verliebt habe, der, selbst wenn er wollte, nicht aus dieser Ehe herauskönnte. Ich will nicht deine Affäre sein. Glaubst du, ich habe Lust, wieder am Tisch mit deiner Frau zu sitzen und mit ansehen zu müssen, wie ihr an einer Ehe festhaltet, die gar nicht mehr stimmt?«

Marie befürchtete, dass George ihr diese ehrlichen, aber sehr emotionalen Worte übel nehmen würde, aber er nahm zärtlich ihre Hand.

»Ich hätte dir nie angeboten, auf die Snyder-Farm zu ziehen, wenn ich dich damit in die Lage gebracht hätte, meiner Frau zu begegnen.«

»Wie darf ich das verstehen?«

»Muriel ist in einer Entzugsklinik.«

»Und du meinst, du kannst ihre Abwesenheit für eine kleine Affäre nutzen?« Marie verstand selbst nicht, warum sie derart aggressiv reagierte. War es nicht nur pure Eifersucht, die da aus ihr sprach? Und wollte sie nicht auch nur eine kleine Affäre?

»An einer Affäre mit dir bin ich nicht interessiert«, entgegnete George, und bevor Marie eine weitere verbale Spitze abfeuern konnte, fuhr er fort: »Es ist noch an demselben Tag, an dem du fortgegangen bist, zu einem Eklat gekommen. Muriel hatte schwer getrunken, aber ich habe es falsch eingeschätzt. Sie wirkte so nüchtern. Die Gelegenheit wollte ich wahrnehmen, um sie um die Trennung zu bitten. Ich hatte erst ein paar Worte in der Richtung von mir gegeben, als sie mir an den Kopf warf, dass Ben im Bett eine Granate wäre. Ich ahnte bis dahin zwar nicht, dass zwischen den beiden etwas läuft, aber richtig gewundert hat es mich auch nicht. Sie hat mir quasi freiwillig den Scheidungsgrund geliefert, nach dem ich jahrelang gesucht hatte. Eine Affäre mit meinem Bruder wird sie vor Gericht nicht eben gut dastehen lassen. Damit ist das Glück auf meiner Seite. Ich reiche die Scheidung ein und bekomme die Kinder so sicher wie das Amen in der Kirche. Sie hat dann gezetert, Ben würde das niemals bezeugen. Ich habe meinen Bruder geholt und ihm die Affäre mit meiner Frau vorgehalten. Ben wird sich als Zeuge zur Verfügung stellen. Verstehst du, ich bin frei.«

Marie war merkwürdig zumute, obwohl sie sich über diese Tatsache doch freuen sollte. Aber da lag etwas in Georges Ton, das ihr missfiel. Und überhaupt, war es nötig, diese Affäre im Gerichtssaal zu thematisieren?

»Muss das sein, dass öffentlich schmutzige Wäsche gewaschen wird?«

»Ich habe keine Wahl. Ihr Vater ist ein einflussreicher Mann. Er wird jede Chance ergreifen, ihr die Kinder zuschieben zu lassen. Marie, etwas Besseres konnte aus meiner Sicht gar nicht passieren. Wenn ich das bloß vorher gewusst hätte ...«

»Hätte ich es dir erzählen sollen?«, fragte sie provokativ.

»Du hast es gewusst?«

»Es war nicht zu übersehen.«

»Und du hast es mir nicht gesagt?«, fragte er fassungslos.

»Ich bin unter anderem gegangen, um nicht in Versuchung zu kommen, deine Frau zu verpetzen, denn auf die miese Tour wollte ich dich nicht für mich gewinnen.«

»Deine Großmutter in allen Ehren, aber wenn du wüsstest, was Muriel getan hat, hättest du nicht solche Skrupel gehabt. Sie hat mir das Wichtigste genommen, das ich je hatte!«

Marie wurde bei diesen anklagenden Worten abwechselnd heiß und kalt. Obwohl sie bereits durch Ben wusste, worauf er anspielte, fragte sie nach: »Was hat deine Frau dir außer ihrer Affäre angetan, das dich so gegen sie aufbringt?«

»Das weißt du doch: Sie ist schuld, dass unsere kleine Lea im Reiherteich ertrunken ist«, stieß er verbittert hervor. Sein Gesicht war verzerrt vor Zorn. Er war ihr plötzlich so fremd.

»Komm, wir gehen zum Wagen, damit Amelie nicht eher auf der Farm ist als wir«, entgegnete Marie in der Hoffnung, dass er sich auf dem Weg zum Wagen wieder beruhigen würde, und winkte den Kellner heran. George zahlte. Marie hakte sich bei ihm unter, um sich von ihm beim Gehen stützen zu lassen. Er ließ es zwar geschehen, war aber völlig in sich gekehrt. Offenbar merkte er nicht einmal, dass er viel zu schnell voraneilte für Marie mit ihrem gebrochenen Bein.

Sie ließ seinen Arm los und folgte ihm auf beiden Krücken in ihrem Tempo. Er bemerkte es nicht einmal und wartete stumm beim Wagen.

Als sie Nelson verlassen hatten und auf die Küstenstraße bogen, brach Marie das angespannte Schweigen.

»Möchtest du mir erzählen, was damals geschehen ist?«, fragte sie mitfühlend.

George stöhnte auf. »Sie hatte getrunken an jenem Tag, und sie hat nicht einmal gemerkt, dass unsere Tochter das Haus verlassen hat und zum Teich gelaufen ist. Er liegt auf dem Stück Land, das einst den Maori gehört hat. Damals wollte ich die Scheidung, aber da haben sie und ihr Vater mir gedroht, dass ich im Fall der Scheidung die Kinder verlieren würde. Sie haben es geschafft, das Ganze als Unfall hinzustellen. Muriel musste sich nicht einmal vor Gericht verantworten, weil die Polizei ihr glaubte, dass der Hund die Haustür geöffnet hat. Und meine Kinder hätte ich niemals bei einer trinkenden Mutter zurückgelassen. Ich bin als Kind eines Säufers aufgewachsen. Das hätte ich meinen Kindern niemals zugemutet, zumal sie durch Leas Tod traumatisiert waren. Von da an war ich Gefangener in meinem eigenen Haus. Muriel und ich waren zwar gemeinsam in einer Therapie, aber ich konnte ihr nicht verzeihen, und mit ihrer Trinkerei wurde es immer schlimmer. Und deshalb, Marie, ist es das größte Glück, dass Ben und Muriel eine Affäre hatten. Dagegen kann dieses Mal auch Muriels Vater bei all seinen Beziehungen nichts ausrichten.«

Marie schluckte. Sie erkannte sich in seiner Unversöhnlichkeit wieder. Genauso verbissen hatte sie einst daran festgehalten, dass es einen Schuldigen für den Tod ihrer Mutter geben musste, und zwar Amelie. Doch jetzt, nachdem sie wusste, dass sie ihr all die Jahre unrecht getan und die Erfahrung gemacht hatte, dass es eine unendliche Befreiung für sie war, die Fixierung auf diese Schuld loszulassen, sah sie das Ganze anders.

»Hast du dir schon einmal überlegt, dass deine Frau das Verschwinden deiner Tochter auch nicht bemerkt hätte, wenn sie nüchtern gewesen wäre?«

Er gab einen Unmutslaut von sich. »Blödsinn! Dann hätte sie den Hund gehört oder zumindest die Schritte unserer Tochter, als sie aus dem Haus gerannt ist.« Seine Worte klangen verärgert.

»Ich will nur sagen, ich habe einmal etwas Vergleichbares erlebt und merke, wie erleichtert ich bin, dass ich mich nicht mehr daran klammere, dass es einen Schuldigen geben muss.«

Er warf ihr einen überheblichen Seitenblick zu. »Hast du Kinder?«

»Nein.«

»Dann kannst du nicht mitreden!«

Marie schnappte nach Luft. Bislang hatte sie George als verständnisvollen Mann erlebt. Aber die Seite, die er gerade zeigte, machte ihr Angst. Sie spürte, dass sie nichts gegen seine Verbitterung ausrichten konnte, jedenfalls nicht im Augenblick. Ich muss ihm Zeit geben, dachte sie, aber ich werde nicht lockerlassen ... Sie hatte den Gedanken kaum zu Ende geführt, als ihr bewusst wurde, was das bedeutete. Sie erschrak angesichts der Erkenntnis, dass sie diesen Mann liebte und ihm dabei helfen würde, zu verzeihen. Der richtige Zeitpunkt würde kommen, aber in diesem Augenblick war George gefangen in seinen bitteren Emotionen. Sie überlegte fieberhaft, wie sie das Gespräch auf unverfängliche Dinge bringen konnte.

»Und wie geht es zwischen dir und Ben?« Marie war durchaus klar, dass diese Nachfrage zwar einen wichtigen, aber auch äußerst heiklen Punkt ansprach.

»Keine Ahnung«, murmelte George. »Wir reden wenig miteinander seit der Sache mit Muriel. Er hat sich in eine Wohnung über der Scheune zurückgezogen, die wir an Saisonarbeiter vermieten. Wir beide unter einem Dach, das wäre im Moment unpassend.«

»Entschuldige, vielleicht hätte ich das Thema gar nicht ansprechen sollen.«

George aber lenkte den Wagen auf den Seitenstreifen und hielt an. Der Blick, mit dem er Marie nun betrachtete, entbehrte jeglicher Härte. Im Gegenteil, aus seinen Augen strahlte wieder jene Wärme, die sie gleich bei ihrer ersten Begegnung fasziniert hatte.

»Marie, bitte verzeih mir, dass ich dich eben so angefahren habe.

Weißt du, Leas Unfall ist immer noch wie ein Albtraum für mich. Ich merke, dass ich kaum vernünftig darüber sprechen kann. Und glaube mir, ich fühle mich nicht wohl, wenn ich Muriel mit meinen Vorwürfen verfolge. Sie hat schließlich auch ihr Kind verloren. Und natürlich hat auch sie getrauert. Das alles sagt mir mein Kopf, aber dann steigt die Wut in mir hoch, und ich kann nicht mehr klar denken ...« Er blickte an Marie vorbei und ließ seinen Blick übers Meer, das zu seiner Rechten in der Sonne glitzerte, schweifen, bevor er flüchtig auf seine Armbanduhr sah. »Was meinst du? Wollen wir ein Bad nehmen? Noch sind die Kinder nicht auf dem Weg.«

Marie lachte. »Gern, aber ich würde wohl kaum heil bis zum Wasser kommen und ins Wasser schon gar nicht.« Sie deutete auf ihre Krücken.

Er tippte sich mit der Hand gegen die Stirn. »Verzeih mir, dass ich heute komplett neben der Spur bin. Daran bist nicht zuletzt du schuld!«, lachte er. »Das unverhoffte Wiedersehen hat mich ganz aus der Bahn geworfen. Ich habe nicht damit gerechnet, dich jemals wiederzutreffen.«

Marie fiel zögernd in sein Lachen ein.

»So, und nun gehe ich mich abkühlen«, erklärte George energisch, sprang aus dem Wagen, umrundete ihn, riss ihre Tür auf und packte Marie mit einem einzigen Griff.

»Halte dich an meinem Hals fest. Ich werde dich jetzt zum Wasser tragen, damit du deinem Traummann wenigstens beim Abkühlen zusehen kannst!«

Kichernd ließ sich Marie von George auf seine starken Arme nehmen und bis zum Wasser tragen.

»Wie eine Feder«, keuchte er.

»Du lügst, deine Adern an der Stirn treten vor lauter Anstrengung hervor«, neckte sie ihn, als er sie sanft im warmen Sand absetzte. Sie waren in einer Bucht, in der weit und breit kein Mensch zu sehen war, obwohl es hier herrlich feinen weißen Sand gab. Zu beiden Seiten standen Felsen. Und das Meer war von einem Türkis, wie Marie es selten zuvor gesehen hatte, und völlig ruhig.

Die Sonne brannte heiß vom Himmel, aber das störte Marie nicht, denn sie hatte nur Augen für den Mann, der sich da gerade vor ihr auszog. Er machte sich keine Mühe, sich abzuwenden. Im Gegenteil, er tat so, als merke er ihre begehrlichen Blick nicht, aber sie wusste, dass jede Geste nur für sie bestimmt war. Erst zog er sich geschickt das langärmelige schwarze T-Shirt über den Kopf. Seine Haut war gleichmäßig gebräunt, seine Oberarme muskulös, sein Bauch flach. Sie war regelrecht frustriert, weil sie nicht aufspringen und über seinen nackten Körper streichen konnte.

»Weiter, mein Herr«, feuerte sie ihn an. »Bis jetzt haben Sie den Test bestanden.«

»Du beobachtest mich?«, fragte er mit gespieltem Erstaunen.

»Du machst das perfekt. Warst du mal Stripper?«

»Lass dich überraschen«, erwiderte er und machte einen Kussmund, bevor er aus seinen Turnschuhen schlüpfte und sich dann an seinem Gürtel zu schaffen machte. Dafür ließ er sich besonders viel Zeit. Bis er die Schnalle geöffnet hatte, verging eine lustvolle Ewigkeit. Wenn ich könnte, ich würde ihm liebend gern helfen, schoss es Marie durch den Kopf, und Wellen der Erregung brandeten durch ihren Körper. Sie hielt den Atem an, als er den Reißverschluss seiner Jeans öffnete und sie galant auszog, ohne ins Stolpern zu kommen. Ob er seinen Slip anbehält, fragte sich Marie, als er sich auch dieses letzten Kleidungsstücks entledigte. Ihn hatte diese Nummer ganz offensichtlich auch erregt. Marie stöhnte lustvoll auf. George beugte sich jetzt zu ihr hinunter und gab ihr einen Kuss auf den Mund. Marie versuchte, ihn auf den Boden zu ziehen, doch er entwand sich ihr geschickt.

»Die Touris kommen gleich«, lachte er.

»Du bist gemein!«

»Nein, gar nicht. Vorfreude ist bekanntlich die schönste Freude!«

»Aber nur, wenn du das noch einmal exakt genauso machst!«

»Ich werde mein Bestes geben«, lachte George und lief zum Wasser. Auch von hinten war er ein durchtrainierter Mann, und Marie genoss die Vorstellung, dass dieses prächtige männliche Exemplar für sie nicht nur zum Angucken, sondern auch zum Anfassen da war.

Sie beobachtete, wie er seine Runden drehte und übermütig zu kraulen begann. Aber was wird, wenn ich mich ernsthaft in ihn verliebe?, fragte sie sich plötzlich. Dann kann ich doch nicht einfach nach Hamburg zurück. Marie verscheuchte den Gedanken. Schließlich erlaubte es ihr Lebensstil durchaus, auch ein Jahr zu bleiben. Weiter wollte sie nicht denken. Bislang hatte sie Liebe stets für Wochen oder Monate eingeplant. Da war ein Jahr schon eine halbe Ewigkeit.

Das Anziehen erledigte George dann recht schnell. »Jetzt müssen wir wirklich los. Ich möchte auf der Farm sein, wenn die Kinder kommen«, sagte er. »Sie werden sich bestimmt riesig freuen, dich zu sehen. Sie haben noch ein paarmal nach dir gefragt«, fügte er hinzu, während er Marie samt ihrer Krücken mit einem geschickten Griff hochhob.

Sie umklammerte seinen Nacken, aber ihre Unbeschwertheit war verschwunden, seit er die Kinder erwähnt hatte. Wenn sie George nach einem Jahr verließ, weil sie weiterziehen musste, war das eine Sache, aber was, wenn die Kinder sich an sie gewöhnten? Hatte George nicht gesagt, er würde die Kinder nach der Scheidung behalten? Wie würde dann ihre Rolle aussehen? Nun, ziemlich sicher würde sie die Mutterstelle einnehmen müssen.

»Du bist so schweigsam. Hat dich mein Anblick schockiert?«, neckte George sie, als er sie auf den Autositz hob.

»Nein, nein, ich bin nur frustriert, weil ich nicht schwimmen kann«, log sie.

»Aber, mein Engel, das holen wir nach. Sobald der Gips abgenommen wird, schwimmen wir in unserer Bucht um die Wette, zu einer Zeit, zu der wir sicher sein können, dass das Paradies uns gehört.« Seine Stimme war weich und einschmeichelnd. Als würde er sie liebkosen wollen.

Nachdem sie ein Stück gefahren und bereits in die Straße zu den Hügeln abgebogen waren, sagte George plötzlich: »Ich habe mich entschieden, das Land um den Reiherteich einer Gruppe von einflussreichen Maori zu schenken, die behaupten, es wäre ein heiliger Ort der Maori, den sich einst mein Großvater Sam widerrechtlich angeeignet hat. Allerdings ist Ben dagegen, der mich für verrückt hält, weil ich unserem Feind Mister Taumaunu freiwillig etwas schenken möchte.«

»Und wie kommst du auf den Gedanken, es an die Maori zu geben?«

»Oje, wenn ich dir das erzähle, nimmst du mich nicht mehr ernst. Dann hat sich mein ganzer Strip nicht gelohnt, weil du mich für einen Spinner halten wirst.«

»Nun erzähl schon. Du musst schon einigen Unsinn verzapfen, damit ich freiwillig auf die Wiederholung verzichte.«

George wurde ernst. »Ich hatte einen Traum. Lea erschien mir und sagte: Papa, gib das Land den Maori zurück, dann hat meine Seele Ruhe ...« Er stockte. Als er weitersprach, hörte Marie seiner Stimme an, dass er Tränen unterdrückte.

Marie nahm seine Hand. »Ich liebe dich dafür, dass du mir das gesagt hast«, flüsterte sie bewegt.

»Seit Jahren schon versucht diese Gruppe, die es sich zum Ziel gemacht hat, dass die entweihten heiligen Orte in ihren Besitz zurückgelangen, uns das Land abzuschwatzen. Bis zu dem Traum war ich genau wie mein Bruder dagegen. Da kann jeder kommen, habe ich immer gedacht. Es gibt keinerlei Urkunden. Als Lea dort ertrank, hatte ich das erste Mal die Eingebung, den Teich den Maori zu geben, aber Brian war völlig dagegen. Damals war ich durch Leas Tod nicht in der Lage, einen Kampf gegen meinen Bruder auszufechten. Aber jetzt? Ich bin fest entschlossen.«

»Ich finde, das hört sich richtig an«, bemerkte Marie ergriffen.

Vor ihnen tauchte bereits die Farm auf. Da fuhr George noch einmal links auf den Seitenstreifen.

»Was wolltest du vorhin sagen, als ich dir so unwirsch das Wort abgeschnitten habe?«

Aus Marie sprudelte die ganze Geschichte mit dem Unfall nur so heraus. George hörte aufmerksam zu.

»Ich verspreche dir, ich werde versuchen, meinen Groll gegen Muriel loszulassen, aber ich brauche ein wenig Zeit. Lass mich erst mal geschieden sein. Und wenn wir verheiratet sind, dann habe ich vielleicht irgendwann die menschliche Größe.«

Marie lief ein eiskalter Schauer über den Rücken. Heiraten? Das würde bedeuten, dass diese Farm am Ende der Welt das Ende ihrer rastlosen Reise bedeutete. Der Gedanke erschreckte sie zutiefst.

»Was ist mit dir? Ist dir nicht gut?«

»Doch, doch, alles wunderbar«, log Marie und deutete auf einen Wagen, der gerade im Begriff stand, sie zu überholen. »Schau, da kommt Amelie mit dem Essen. Das ist unser Mietwagen! Schnell hinterher!«

George fuhr an und trat aufs Gas, während durch Maries Kopf die widersprüchlichsten Gedanken tobten. Wenn sie bei einem Mann bleiben würde, dann ganz sicher bei ihm, aber wollte sie das? Ihr Leben an der Seite eines einzigen Mannes verbringen? Auf immer und ewig? Mit Haus, seinen beiden Kindern und womöglich eigenen ... Sie musste an Loreen denken, ihre Bekanntschaft vom Routeburn Track. Die hatte sich getraut, aber würde sie je diesen Mut aufbringen?

Marie fröstelte.

Nelson, Januar 1933

Ich sitze über mein Tagebuch gebeugt und nur eine Kerze spendet mir Licht. Es ist grausam zu warten, bis die Nacht hereinbricht und wir endlich fortgehen können. Fortgehen ohne ... Ich kann den Gedanken gar nicht zu Ende denken, ohne dass mir die Tränen kommen, aber ich werde für ihn kämpfen. So viel steht fest. Ich lasse ihn mir nicht einfach nehmen. Rongo sitzt neben mir auf dem Boden und murmelt Beschwörungen. Er sagt, er fragt die Ahnen um Rat. Mir hilft nur das Schreiben. Sonst werde ich wahnsinnig. Wir sitzen in einem Haus, das nicht unseres ist, das uns aber Zuflucht gewährt hat, bevor ... Aber auch diesmal will ich nicht vorgreifen, denn Rufus soll eines Tages in allen Einzelheiten erfahren, was geschehen ist ... ich werde also anfangen bei meiner Befreiung aus dem Pavillon.

Es war nicht Rongo, der mich rettete. Meine Flucht aus dem Haus habe ich Bonnie zu verdanken. Nach ein paar Tagen als Gefangene in meinem Pavillon hatte ich die Hoffnung schon aufgegeben und spielte mit dem Gedanken, Richard zum Schein um Verzeihung zu bitten und mir erst sein Vertrauen zu erschleichen, bis ich einen besseren Plan hatte, meiner Ehehölle zu entkommen.

Ich lag auf meinem Bett und döste vor mich hin. Ich hatte seit Tagen nicht einmal mehr die Kraft zum Tagebuchschreiben.

Als sich ein Schlüssel in der Tür umdrehte, vermutete ich natürlich, es wäre Richard. Ich hob den Kopf, aber als ich erkannte, wer es war, schnellte ich hoch.

»Arthur?«, fragte ich ungläubig. Und dann trat hinter ihm Bonnie hervor mit meinem Sohn auf den Arm. Da gab es kein Halten mehr. Ich stürzte auf mein Kind zu und überfiel es mit Küssen. Rufus hatte geschlafen und erschrak sich, sodass er zu weinen anfing.

»O mein Gott, wenn das Richard hört«, stieß ich entsetzt hervor.

Arthur beruhigte mich. »Er ist heute Morgen nach Blenheim gefahren und kommt erst gegen Abend zurück.«

»Und wie hast du davon erfahren?«

Er deutete auf meine treue Haushaltshilfe. »Bonnie hat mir Bescheid gesagt und mich zu Hilfe geholt.«

Ich umarmte meine Retterin überschwänglich. Sie brach in Tränen aus. »Er hat mir gedroht, dass ich was erleben kann, wenn ich es wagen würde, Ihnen zur Flucht zu verhelfen, aber ich konnte nicht anders.« Rufus, den sie immer noch auf ihrem Arm hielt, hatte zu schreien aufgehört.

»Geben Sie ihn mir?«, fragte ich zaghaft.

Es war ein berauschendes Gefühl, meinen Kleinen wieder an meine Brust drücken zu können. Allein sein Geruch, seine zarte Haut …

»Du kommst erst einmal mit zu mir«, sagte Arthur in bestimmtem Ton.

»Aber was wird Julie sagen?«

»Ach, du weißt es noch gar nicht?«

Ich sah ihn fragend an.

»Julie hat sich in einen anderen Mann verliebt, will die Scheidung und ist nach Wellington gezogen.«

»Und die Kinder?«

»Die sind bei meinen Eltern, aber ich denke, sie hat gar kein Interesse daran, sie zu sich zu nehmen, und ihr neuer Mann erst recht nicht.«

Hatte ich wirklich so lange keinen Kontakt mehr zu Julie und Arthur?

»Ich … ich bin sprachlos. Das ist völlig an mir vorübergegangen«, erklärte ich entschuldigend.

»Das ist quasi von einem Tag zum anderen geschehen. Er ist ein reicher Geschäftsmann aus Wellington, ein alter Freund ihrer Familie, und eigentlich wollte sie nur mit ihm ins Theater gehen. Doch sie kam gar nicht mehr zurück und teilte mir ihren Entschluss per Telefon mit.«

»Du sagst das so, als würde es dich gar nicht weiter stören«, bemerkte ich erstaunt.

Arthur wand sich. »Ich habe über Rongo eine Maori kennengelernt … und wer weiß, vielleicht entwickelt sich etwas daraus. Aber Julie und ich, das war schon länger schwierig. Sie hat um alles immer so ein Theater gemacht, dass es mir manchmal wirklich zu viel wurde. Und …« Er stockte. »Sie hat meinem Freund Rongo offensichtliche Angebote unterbreitet.«

»Hat er das gesagt?«

»Nein, du kennst ihn doch. Das würde er nie sagen, auch wenn es die Wahrheit ist. Nein, Mary hat es mir erzählt.«

Ich zuckte leicht zusammen. Sofort überkam mich die Sorge, dass sie auch nicht davor zurückscheuen würde, mich zu verraten.

»Aber, nun beeil dich. Pack deine Sachen und lass uns schnell von hier verschwinden. Wohl ist mir nicht bei der Sache, aber ich hätte nicht zulassen können, dass er dich wie einen Hund im Käfig hält. Ich hätte ihn lieber mit Worten zur Vernunft gebracht, aber da ist im Augenblick nichts zu machen. Ich habe es versucht, aber er war aggressiv und betrunken, wollte auf mich losgehen. Selbst meine Drohung, ich würde die Polizei herschicken, konnte ihn nicht überzeugen.«

»Ihr Mann fängt schon mittags mit dem Trinken an. Ich weiß nicht, wo das hinführen soll«, ergänzte Bonnie besorgt.

»Kommst du nicht mit?«, fragte ich sie.

Bonnie überlegte. »Nein, lieber nicht gleich, dann wird er noch zorniger. Aber ich verspreche, dass ich nachkomme, sobald Sie in Sicherheit sind.«

»Das wäre schön«, seufzte ich. Unser Abschied war tränenreich, doch Arthur drängte zur Eile. Ich packte hastig meinen Koffer, während Bonnie drüben im Haus die Kindersachen zusammensuchte. Arthur war mit dem Wagen gekommen. Nachdem wir alles in seinem Pick-up verstaut hatten, flossen noch einmal reichlich Tränen, und Bonnie musste mir versichern, dass sie nachkäme, sobald sie meine neue Adresse kannte.

Schweigend fuhren wir durch Nelson, das mir plötzlich so bedrohlich und fremd schien, denn eines war klar: Ich konnte auf keinen Fall in dieser Stadt bleiben! Ich musste weit fort, um in Sicherheit vor Richard zu sein. Was Arthur wohl sagen würde, wenn er erführe, dass ich vorhatte, mit Rongo wegzugehen?

»Wir haben alles vorbereitet«, sagte Arthur. »Sobald es dunkel ist, fahre ich dich nach Collingwood zu der Familie seines Cousins. Er kommt dann, sobald er alles Notwendige organisiert hat, nach.«

»Von wem sprichst du?«, fragte ich mit belegter Stimme, wenngleich ich in diesem Moment ahnte, dass er Bescheid wusste.

Er warf mir einen zweifelnden Seitenblick zu. »Ich spreche von Rongo. Sollte er denn nicht in deine Fluchtpläne involviert werden?«

»Doch, schon, aber ich wäre ein paar Tage bei dir geblieben, damit Richard keinen Verdacht schöpft, dass ich mit Rongo Taumaunu weggehen werde. Du kennst seine Einstellung. Das würde ihn nur wütender und unberechenbar machen«, entgegnete ich skeptisch.

»Weißt du es denn noch gar nicht?«

Mir schwante nichts Gutes. »Was meinst du damit?«

Arthur fuhr sich nervös durch den Bart. »Woher solltest du auch wissen, was dort draußen geschehen ist.«

»Nun sag schon. Du siehst so besorgt aus.«

Arthur räusperte sich ein paar Mal, bevor er mir zögernd die Wahrheit sagte.

»Unser Freund Sam Snyder hat, nachdem er von deinen Trennungsabsichten erfahren hat, deinem Mann gesteckt, dass du ein Verhältnis mit Rongo Taumaunu hast und dass er der Grund ist für dein Verhalten.«

»Und was ist passiert?«

»Sam und Richard haben vor dem Hotel herumgepöbelt und Rongo aufgefordert, sich ihnen zu stellen. Doch er war gar nicht da. Wir hatten einen gemeinsamen Patienten zu versorgen. Da haben sie angefangen zu randalieren. Mehrere Scheiben gingen zu Bruch, Gäste wurden erschreckt, sie haben sogar auf den Teppich vor der Rezeption uriniert. Bis die Polizei sie mitgenommen, aber noch an demselben Tag wieder freigelassen hat. Sie haben behauptet, dass sie ihre Drohungen, Rongo kaltzumachen, nicht ernst gemeint, sondern nur im Suff ausgestoßen haben. Ich bin da skeptisch.«

»Ich auch!«, entgegnete ich, und ein Beben ging durch meinen Körper. Ich hatte panische Angst. Abgesehen von Richards Wut gab es da ja noch Sam, dessen miesen Erpressungsversuch ich vereitelt hatte. Den hielt ich für mindestens so unberechenbar wie Richard. Ich drückte Rufus enger an mich. Er war wach, und ich hatte das Gefühl, er blickte mich aus großen Augen an und verstand mich. Ich strich ihm zärtlich über die Wangen.

Als wir aus dem Wagen stiegen, sah sich Arthur vorsichtig nach allen Seiten um. Offenbar hatte er mehr Angst, als er mir zeigen wollte. Er ließ Rufus und mich ins Haus vorgehen, holte meine Sachen und führte mich schließlich ins Gästezimmer.

»Am besten bleibst du bis abends hier und gehst auf keinen Fall vor die Tür.«

»Wie geht es Rongo?«, fragte ich leise.

»Er lässt sich nichts anmerken, aber ich glaube, er macht sich vor allem große Sorgen um dich. Er wäre gern mitgekommen, aber er muss noch so viel für eure Reise vorbereiten. Ich muss dich jetzt allein lassen. Meine Patienten warten. Nimm dir alles, was du brauchst.«

»Du bist so lieb«, seufzte ich. »Warum bist du so ganz anders als Sam und Richard?«

Der Doc lächelte. »Vielleicht liegt es an meiner Herkunft. Mein Vater war ein ehemals katholischer Priester, der aus Liebe zu meiner Mutter Lehrer wurde. Bei uns wurden die wahren christlichen Werte immer sehr geachtet. Hinzu kommt der verdammte Alkohol. Der durchlöchert ihre Gehirne und macht sie unberechenbar.«

»Du hast recht. Ich bin froh, dass ich solche Freunde habe wie dich.« Ich umarmte ihn heftig zum Abschied. »Komm bloß bald zurück«, bat ich ihn.

»Ich denke, ich werde zwei bis drei Stunden fort sein.«

»Kann ich mich nicht in der Küche nützlich machen? Ich glaube, wenn ich allein im Zimmer auf dich warte, werde ich wahnsinnig vor Angst.«

»Ja, wenn du magst, kannst du etwas kochen. Meine Haushaltshilfe hat schon für morgen eingekauft. Wenn du dich damit wohler fühlst, mach das nur.«

Nun meldete sich aber Rufus, der aufgewacht war, mit seinem fordernden Stimmchen, und ich stillte erst einmal meinen Sohn, bis er satt und zufrieden war.

»Und geh nicht zur Tür, auch wenn's läutet«, ermahnte mich Arthur, bevor er das Haus verließ.

Ich ließ meinen Blick über mein Gepäck schweifen, und ich weiß nicht, woher der Impuls kam, aber ich nahm mein Tagebuch aus dem Koffer. Gerade in dem Augenblick, als Rufus sich wieder meldete. Ich stillte ihn erneut, bis er wieder schläfrig wurde.

Ich fühlte mich verloren in dem fremden Haus. Um meine angeschlagenen Nerven zu beruhigen, wanderte ich mit meinem Kind auf dem Arm durch alle Zimmer. Auf dem Kaminsims stand noch ein Foto von Julie und Arthur. Wenn wir bei unserem gemeinsamen Weihnachtsfest geahnt hätten, wie unsere Wege nach einem Jahr auseinanderdriften würden ...

Nachdem ich Rufus zum Schlafen in seinen Kinderwagen gelegt hatte, zog ich ihn in die Küche und machte mich an die Arbeit. Zunächst suchte ich in der Speisekammer nach Zutaten für ein anständiges Essen. Ich fand einen Lammbraten, Gemüse und Kartoffeln. Daraus ließ sich ein perfektes Mahl zaubern, aber ich war nicht wirklich bei der Sache. Immer wieder stellte ich mir vor, wie Richard und Sam sich in Rongos Hotel aufgeführt hatten, und ich betete, dass mein Mann nicht völlig den Verstand verlor, wenn er erfuhr, dass ich fort war. Und hoffentlich verdächtigte er nicht Arthur, etwas damit zu tun zu haben. Und die arme Bonnie. Daran hatte ich noch gar nicht gedacht. Natürlich würde er seinen Zorn an ihr auslassen, weil er zu Recht vermuten würde, dass sie etwas mit meinem Verschwinden zu tun hatte. Mir war so unwohl, dass ich ein paar Mal ernsthaft mit dem Gedanken spielte, in die Hölle zurückzugehen, um Schlimmeres zu verhindern. Doch dann dachte ich an Rongo und die Aussicht, mein weiteres Leben an seiner Seite zu verbringen, und ich wusste, dass ich nicht mehr zurückkonnte. Und wer weiß, was Richard mir antun würde, jetzt, wo er wusste, dass ich Rongo Taumaunu liebte?

Ich schaffte es schließlich, mich auf das Zubereiten des Essens zu konzentrieren, und war fast fertig, als es an der Tür läutete. Ich zuckte zusammen und versuchte, es zu ignorieren, doch es klingelte mehrmals und schien immer drängender zu werden. Da nützte es nichts, dass ich mir die Ohren zuhielt.

Dann hörte ich lautes Gepolter, energische Schritte und aufgebrachte Stimmen. Eine von ihnen gehörte unverkennbar dem Doc. Statt mich in der Küche zu verkriechen, ging ich ihnen entgegen. Auf dem Flur angekommen, erblickte ich zwei Polizisten, die Arthur in die Mangel nahmen. Der eine war ein schmächtiger Junge, noch keine achtzehn Jahre, der andere ein bulliger Riese mit kahlem Kopf. Er sah auf den ersten Blick furchterregend aus, aber dann entdeckte ich, dass aus seinen Augen etwas anderes sprach. Etwas ganz Freundliches, Liebes.

»Mister Tenson, Sie wurden als Zeuge benannt, dass Mister Taumaunu als Heiler tätig ist«, sagte der Riese. Auch seine Stimme klang nicht so, wie ich es bei diesem gewaltigen Menschen erwartet hatte. Es klang beinahe entschuldigend.

»Ich weiß nicht, wovon Sie reden«, entgegnete Arthur gefasst.

»Ach nein, Sie wissen also auch nicht, dass Sie mit diesem Scharlatan gemeinsam Patienten behandelt haben?«, mischte sich der andere ein. Der schmächtige Jüngling sprach in einem wesentlich härteren Ton.

»Keine Ahnung«, log Arthur. »Wie kommen Sie auf so einen Unsinn? Mister Taumaunu ist Hotelier und kein Heiler!«

»Da hat er recht. Ich konnte es mir eigentlich auch nicht vorstellen«, bemerkte der Riese erleichtert. »Und ich wäre der Anzeige auch gar nicht nachgegangen, wenn wir Mister Taumaunu persönlich im Hotel oder in seinem Haus angetroffen hätten und ihn dazu hätten befragen können ... und wenn es nicht der Befehl meines Vorgesetzten gewesen wäre. Er ist jedenfalls spurlos verschwunden!«, fuhr er fort.

Mir wollte förmlich das Herz stehen bleiben. »Verschwunden?«

»Ja, keiner weiß, wo er sich aufhält, und da liegt der Verdacht nahe, dass er sich der Strafverfolgung entziehen möchte. Und uns liegt eine Anzeige vor.«

»Anzeige?«, fragte ich, wenngleich ich mir die Frage, wer Rongo angeschwärzt hatte, sehr wohl selbst beantworten konnte. Mir fiel unser Gespräch an Weihnachten ein. Als Rongo und Arthur in meiner Gegenwart ganz offen über ihre Zusammenarbeit gesprochen hatten. Hatten wir damals nicht geglaubt, Richard schliefe seinen Rausch aus und bekäme nichts davon mit? Vielleicht hatte er doch gelauscht. Dieser Verdacht wurde zur Gewissheit, als der

Schmächtige nun drohend bemerkte: »Es gibt da eine alte Dame, die behauptet, von Mister Taumaunu und Ihnen gemeinsam behandelt zu werden. Und deshalb müssen wir Sie bitten, mitzukommen. Sie sitzt im Wagen, ich habe sie eigenhändig aus ihrem Bett geholt, damit sie uns sagen kann, ob Sie mit Mister Taumaunu zusammenarbeiten, was uns nämlich ebenso zur Kenntnis gelangte wie seine Scharlatanerie.«

Ich wunderte mich, dass der Jüngere das Wort führte und der bullige Glatzkopf sichtlich nervös wurde.

Arthur aber hechtete zum Fenster, schob die Gardine beiseite, und seine Gesichtszüge entgleisten.

»Sind Sie wahnsinnig? Misses Fuller hat eine schwere Grippe und darf das Bett nicht verlassen. Wie kommen Sie dazu, sie aus dem Haus zu zerren?«

Arthurs Wangen glühten vor Zorn, bevor er nach draußen rannte, der alten Dame aus dem Wagen half und sie ins Haus begleitete. Ich war ihm einfach gefolgt und stützte die fiebrige alte Dame auf der anderen Seite. Sie hustete und keuchte ganz entsetzlich. Zwischendurch war sie bemüht, einen ganzen Satz zu sprechen, was ihr erst nach ein paar vergeblichen Versuchen gelang. »Ich hab's verraten. Ich weiß doch, dass ich das nicht soll, aber bei mir waren zwei Männer, die mir gedroht haben, ich käme ins Gefängnis, wenn ich nicht zugeben würde, dass Mister Taumaunu ein wunderbarer Heiler ist. Und da bekam ich es mit der Angst.«

»Schon gut. Kommen Sie! Ich habe Angst, Sie holen sich den Tod«, versuchte Arthur Misses Fuller zu beruhigen. Wir halfen der alten Dame, sich in der Küche auf einen Stuhl zu setzen. Der Kahlköpfige beobachtete das mit einem Ausdruck von Hilflosigkeit.

»Also, ich hätte sie nicht aus dem Bett geholt, aber Sam Snyder ...«

»Habe ich es mir gedacht«, zischte ich. »Sam Snyder und Richard haben wir das zu verdanken.«

Arthur machte einen besorgten Eindruck. »Sie braucht schnellstens diese Kräuter. Wir haben sie ihr gestern Abend verabreicht, aber sie braucht mehr.« Er wandte sich an die Polizisten. »Wenn sie stirbt, werde ich euch einen Mord anhängen!«

»Es war ja nicht unsere Idee, aber wer legt sich schon gern mit Sam und unserem Vorgesetzten an?«, bemerkte der große Kahlköpfige kleinlaut.

»Packen Sie bitte mit an«, befahl Arthur den Polizisten. Sie taten, was er verlangte, und trugen die halb ohnmächtige Misses Fuller ins Gästezimmer und legten sie dort aufs Bett. Sie stöhnte leise. Ich folgte ihnen mit der Handtasche der alten Dame.

Arthur winkte mich zu sich heran und flüsterte mir zu: »Ich brauche Rongo. Sofort. Sonst stirbt sie. Renn zu seinem Haus. Man wird dich zu ihm lassen. Sag, es geht um Leben und Tod.«

»Das haben wir nicht gewollt«, jammerte der große Kahlköpfige.

»Dann mache ich euch einen Vorschlag: Ihr lasst mich das Leben der Frau retten und verschwindet auf der Stelle.«

»Ich bin nicht taub«, sagte der jungenhafte schmale Polizist mit Nachdruck. »Sie wollen den Heiler holen. Da können Sie nicht allen Ernstes von uns verlangen, dass wir das Haus verlassen. Soll er nur kommen, der Heiler. Sobald er irgendetwas Gesetzwidriges unternimmt, werden wir ihn auf der Stelle verhaften.«

Wieder stöhnte Misses Fuller gequält auf.

Der Kahlköpfige blickte verunsichert von der alten Dame zu Arthur. »Frank, wir gehen der Sache morgen nach.« Er packte seinen blassen, schmächtigen Kollegen am Arm, um ihn in Richtung Tür zu ziehen.

»Aber das geht nicht ... das ist nicht ... Sam wird uns, ich meine ...«

»Ich sagte, wir gehen jetzt und verfolgen die Geschichte morgen weiter. Also, Doc Tenson, wir sehen uns morgen wieder, und dann werden Sie uns hoffentlich Rede und Antwort stehen.«

»Aber hast du nicht gehört, er wird den Heiler holen?«, fragte Frank ungläubig. »Wir könnten ihn auf frischer Tat ...«

»Du hörst Gespenster!«, brummte der Riese und schob seinen Kollegen zur Haustür. »Also, Doc, bis morgen.«

Kaum waren die Kerle fort, sah mich Arthur besorgt an. »Das ist nur der Anfang. Wir müssen auf alles gefasst sein. Deine Bonnie hat eben angerufen und mir gesagt, sie hecken etwas aus.«

Ich stieß einen tiefen Seufzer aus. »Die Gute. Hoffentlich hat Richard es nicht an ihr ausgelassen.«

Arthur zuckte die Achseln.

»Ich weiß nicht. Unser Anruf wurde unterbrochen ...«

»Vielleicht schaust du mal nach ihr, sobald wir in Sicherheit sind«, bat ich ihn, bevor ich das Haus verließ und im Laufschritt zu Rongos Villa eilte. Die Angst saß mir in allen Knochen. Bei jedem Geräusch, das hinter mir ertönte, zuckte ich zusammen. Alle Augenblicke drehte ich mich hektisch um, weil ich meinte, verfolgt zu werden. Nur der Gedanke, die alte Dame würde sterben, wenn ich mich jetzt anstellte, trieb mich den Berg hinauf. Ich atmete erleichtert auf, als ich Rongos Haus vor mir auftauchen sah. Und da war es wieder. Verfolgte mich ein Wagen? Sam Snyder? Wie an dem Morgen, an dem ich aus Rongos Haus gekommen war? Ich biss die Zähne zusammen, es wäre doch gelacht, wenn ich es nicht schaffen würde. Trotzdem fuhr ich blitzschnell herum, aber die Straße war menschenleer.

Motueka, Dezember 2012

Amelie fühlte sich sehr wohl in der gemütlichen Küche beim Spaghetti-Essen zwischen dem sympathischen George, seinen entzückenden Kindern und ihrer Schwester, wobei Marie mit den Gedanken woanders zu sein schien. Ob sie die verliebten Blicke des attraktiven Farmers gar nicht wahrnimmt?, ging es Amelie durch den Kopf.

George strahlte jedenfalls über das ganze Gesicht. So gelöst hatte Amelie ihn beim letzten Mal, als das Scheunenfest gefeiert wurde, nicht erlebt. Da hatte ihn stets ein Hauch von Melancholie umweht. Allerdings fragte sich Amelie auch, wo die Frau des Farmers war, diese Muriel.

Nach dem Essen half sie, den Tisch abzudecken und die Spülmaschine einzuräumen, um sich dann in ihr Zimmer zurückzuziehen. George hatte ihr ein reizendes Gästezimmer zugewiesen. Und dort wollte sie David eine Nachricht zukommen lassen. Sie war aufgeregt bei dem Gedanken, ihm endlich wiederzubegegnen.

»Ich ziehe mich mal zurück«, sagte sie.

»Aber du sollst mit uns spielen«, maulte Sara.

»Das machte Tante Marie«, lachte Amelie, aber ein flüchtiger Blick in die versteinerte Miene ihrer Schwester zeigte ihr, dass das kein guter Vorschlag gewesen war.

»Nein, Tante Marie ist auch müde und legt sich einen Augenblick hin«, sagte Marie hastig und verließ mit Amelie gemeinsam die Küche.

»Was ist denn in dich gefahren?«, fragte Amelie neugierig, kaum dass die Tür hinter ihnen zugeklappt war. »Er ist total verknallt in dich. Hast du das nicht gemerkt?«

»Ich weiß«, seufzte Marie. »Ich habe ihn auch ganz doll lieb. Wie noch keinen Mann zuvor.«

»Und wo ist das Problem?«

»Es ist kompliziert, ich kann nicht ... ich meine, es geht doch nicht, dass ich ...«

Amelie tippte sich an die Stirn. »Ach, ich verstehe. Er ist verheiratet. Das macht dir Sorgen.«

»Er lässt sich scheiden, und seine Frau wird ihm wahrscheinlich auch die Kinder lassen, was immer seine größte Sorge war.«

»Dann verstehe ich nicht, dass du aus der Wäsche guckst, als hättest du schweren Liebeskummer.«

»George spricht vom Heiraten.«

Amelie sah ihre Schwester ungläubig an. »Er glaubt, du würdest seinetwegen in Neuseeland bleiben?«

»Absurd, oder? Ich bin nirgends zu Hause. Kann nicht lange an einem Ort bleiben.«

Amelie dachte nach. Es war merkwürdig. Noch vor zwei Monaten hätte sie über solch ein Ansinnen gelacht. Das Heiraten kam in ihrem Lebensplan nicht vor. In diesem Augenblick aber sah sie vor ihrem inneren Auge George, seine Kinder und eine Marie, die wirklich glücklich war.

»Hm, ich weiß nicht, ob du das gleich so rigoros ablehnen solltest«, ließ Amelie vorsichtig verlauten.

»Das aus deinem Mund? Du müsstest laut aufschreien bei dem Gedanken daran, dass deine Schwester in spießigen Verhältnissen in Neuseeland lebt, statt endlich Vernunft anzunehmen und in Jaspers Bäckerei einzusteigen.«

Amelie zuckte zusammen. Jaspers Bäckerei? Die hatte sie tatsächlich völlig vergessen. Das, was einmal ihr ganzes Leben ausgemacht und ihr Denken und Streben bestimmt hatte, war in weite

Ferne gerückt. Ihr Denken galt nur einem: dem Wiedersehen mit David Taumaunu.

»Ja, weißt du, manchmal ... es ist merkwürdig, aber ich fühle mich hier auf eine Art zu Hause, und ich ...«, stammelte Amelie.

»Wie heißt er?«, fragte Marie zurück. »Brian Bruhns kann es ja wohl kaum sein.«

»David Taumaunu«, gab Amelie seufzend zu.

»Der attraktive Hotelier von der Fähre. Wow, heißer Typ!«

Amelie musste wider Willen lachen. »Ja, aber schwierig. Wir hatten keinen guten Start, aber heute sehen wir uns wieder.«

»Aber das wird nur eine Affäre, oder?«

»Natürlich«, erwiderte Amelie und wusste in demselben Augenblick, dass sie sich gerade etwas vormachte, aber das konnte sie Marie nicht verraten. Nicht, solange sie ihn nicht wiedergesehen und sich nicht davon überzeugt hatte, dass ihr Herz immer noch so heftig für ihn schlug.

»Und was soll ich jetzt machen?« Marie stieß einen tiefen Seufzer aus.

»Stell dir vor, du gehst zurück und gibst ihm keine Chance, was meinst du, würdest du weiter an ihn denken?«

»Jede Minute!«, erwiderte Marie wie aus der Pistole geschossen.

»Dann rate ich dir Folgendes: Sprich mit ihm, lass dich auf ihn ein und hör in dem Moment, wenn die Entscheidung ansteht, ihn zu verlassen, auf dein Herz.«

Marie sah Amelie erstaunt an. »Das klingt ja wie Gehirnwäsche. Ob hier irgendwas in der Luft ist, das einen Saulus zum Paulus macht? Du sprichst von Herz. Und weißt du was? Es klingt so ehrlich.«

»Es ist ehrlich!«

»Gilt das auch für dich? Du könntest doch die Firma niemals aufgeben, oder?«

»Die Frage stellt sich bei mir gar nicht. David will mich nicht heiraten. Wir haben nicht einmal eine richtige Affäre. Der Mann hat vor nicht langer Zeit seine Frau verloren. Der ist gar nicht frei für mich.«

»Und wenn es anders wäre?«, insistierte Marie.

Amelie zuckte die Achseln. »Ich werde ihm erst einmal eine Nachricht zukommen lassen, dass er mich nachher hier abholen kann. Und dir empfehle ich, rede mit George.«

»Gut, wie die große Schwester befehlen. Ich merke schon, du willst mich loswerden.«

»Da ist was dran«, lachte Amelie und zog demonstrativ ihr Mobiltelefon aus der Tasche.

Kaum war sie im Zimmer angekommen, tippte sie die Nachricht an David in ihr Telefon. Wenn ich dabei schon solches Herzklopfen habe, wie wird es erst sein, wenn ich ihm leibhaftig gegenüberstehe?, dachte sie und las ihren Text noch einmal.

Hol mich bitte in Motueka ab. Auf der Snyder-Farm. Ich stehe um 18 Uhr vor dem Haupthaus, wenn es dir passt.

Nachdem sie ihre Botschaft abgeschickt und einen Blick auf die Uhr geworfen hatte, überlegte sie, wie sie die nächsten drei Stunden verbringen sollte. Zum Schlafen war sie zu aufregt, aufs Lesen würde sie sich nicht konzentrieren können, da blieb nur ein Spaziergang über die Farm.

In dem Augenblick klopfte es zaghaft an der Tür. Es war George, der ihr eine Besucherin ankündigte und fragte, ob sie zu sprechen wäre.

»Wer ist es denn?« Amelie konnte sich nicht vorstellen, welche Frau sie hier besuchen sollte, doch dann erblickte sie den roten Schopf im Hintergrund.

»Natürlich, gern«, sagte sie eifrig, wenngleich ihr Tamys Besuch gemischte Gefühle bereitete. Gerade jetzt, wo sie in heller Aufregung wegen des Wiedersehens mit David war.

Tamy wirkte ernst, als sie ins Zimmer trat. »Danke, George«, sagte sie, bevor er die Tür hinter ihr schloss.

Unvermittelt griff Tamy in ihre Umhängetasche und reichte Amelie einen dicken Briefumschlag im DIN-A4-Format. Er kam von Christopher, Bonnies Großneffen.

»Soll ich ihn aufmachen?«, fragte Amelie unsicher.

Tamy zuckte die Achseln. »Natürlich interessiert es mich brennend, was dir Christopher schickt. Es kann ja nur etwas sein, das Bonnies Neffe in ihrem Nachlass gefunden hat, oder?«

Amelies Puls beschleunigte sich merklich, als sie den Umschlag aufriss. Zum Vorschein kam ein Büchlein, das einen mit altmodischen Glanzbildchen beklebten Pappeinband besaß. Amelie hielt es Tamy hin. »Willst du hineinschauen? Ich traue mich nicht.«

»Sieh doch erst einmal, was er dazu schreibt.«

In ihrer Aufregung hatte Amelie gar nicht gemerkt, dass ein Brief beigelegt war.

Hallo Amelie, ich habe bei Tante Bonnies Sachen dieses Tagebuch gefunden. Ich denke, es ist genau das, wonach Sie suchen. Ich habe mir erlaubt, einen Blick hineinzuwerfen. Es ist wirklich unglaublich! Vorne im Tagebuch finden Sie einen Brief mit Tante Bonnies Wunsch, wer dieses Tagebuch bekommen soll. Und ich habe entschieden, dass es Tante Bonnies Wunsch entspricht, wenn es in Ihre Hände gerät. Die Fotos erhalten Sie per Paket. Sie sind wirklich beeindruckend.

Grüße Christopher

Tamy, die das Tagebuch inzwischen festhielt, reichte Amelie mit zitternden Fingern den vergilbten Brief.

»Lies du vor. Ich bin zu aufgeregt«, sagte sie leise.

Amelie faltete den Brief auseinander und staunte nicht schlecht, dass er ein Foto enthielt. Es zeigte einen attraktiven Mann und eine schöne Frau, die sich inniglich ansahen, aus nächster Nähe. Sie wirkten sehr verliebt. Amelie erstarrte. Der attraktive Mann war David Taumaunu wie aus dem Gesicht geschnitten. Und die schöne Frau war Lisa Bruhns!

»Tamy, schau mal!« Sie reichte das alte Foto weiter.

»Der sieht ja aus wie David!«

»Ich vermute, es ist sein Großvater. Lisa und er haben sich offenbar geliebt. Und hieß es nicht immer, sie wären alle beide spurlos verschwunden?«

»Kann sein, aber was schreibt Bonnie denn?«

Amelie räusperte sich ein paar Mal vor Aufregung, bevor sie Tamy Bonnies Botschaft vorlesen konnte.

»Dieses Tagebuch war einst für Lisas Sohn Rufus bestimmt, aber ich weiß, dass er es, selbst wenn ich es ihm schicken würde, niemals lesen und wahrscheinlich den Flammen übergeben würde. Er steht unter der Fuchtel seines Vaters und glaubt, dass seine Mutter ihn wegen ihrer Liebe zu einem anderen Mann schnöde verlassen hat. Aber das ist eine Lüge, wie alles Weitere, was ›mein Mann‹ Richard Bruhns jemals von sich gegeben hat. Deshalb habe ich mir damals erlaubt, Lisas Tagebuch zu Ende zu führen. Sie möge es mir verzeihen, aber ich bin die Einzige, die das Ende der Geschichte kennt. Ich hoffe von Herzen, dass Du, Christopher, es jemandem geben kannst, der sich für Lisas Schicksal interessiert. Ich bete zu Gott, dass einer aus dieser gottverdammten Familie Bruhns irgendwann einmal Fragen stellen wird. Wenn du keinen findest, bitte vernichte es! Und gib es auf keinen Fall Brian Bruhns, der, auch wenn er mir monatlich einen Geldbetrag überweist und Lisas Enkel ist, in dieser Sache nicht mein Vertrauen genießt. Ich habe das Geld der Bruhns niemals angerührt, sondern gespart. Du wirst es erben, lieber Christopher, und ein Teil soll für eine Ausstellung sein mit meinen Fotos, die ich von Lisa Bruhns, Rongo Taumaunu und den Kindern gemacht habe, als sie glaubten, endlich glücklich zu sein.«

»O Gott, will ich das wirklich alles wissen?«, fragte Tamy leise, nachdem Amelie geendet hatte.

»Bitte, schlag du es auf!«, bat Amelie sie. »Ich habe das Gefühl, es ist etwas Schreckliches geschehen.«

Zögernd klappte Tamy den Deckel auf. »Sie hat es meinem Vater, ihrem geliebten Sohn Rufus, gewidmet. Wenn man bedenkt, dass er zeitlebens ihren Namen nicht in den Mund genommen hat. Meinst du, er wusste, dass Bonnie nicht seine Mutter war?«

»Keine Ahnung. Fang einfach an zu lesen. Ich sterbe vor Neugier. Komm, wir setzen uns aufs Bett. Meine Knie zittern.«

»Gut ...« Tamys Stimme bebte leicht, als sie las, was Lisa Bruhns vor einer halben Ewigkeit zu Papier gebracht hat.

Upper Moutere, Februar 1931

Wir sind jetzt schon fast drei Monate in Neuseeland, und die Zeit seit unserer Ankunft ist wie im Flug vergangen. Heute komme ich endlich einmal dazu, meine ersten Worte in das entzückende Büchlein zu schreiben. Anna hat sich so viel Mühe gegeben und den Einband mit Glanzbildchen beklebt. Meine kleine Schwester ist außer meinen Freundinnen der einzige Mensch, den ich von Herzen vermisse. Ich habe ein schlechtes Gewissen, sie in Hamburg zurückgelassen zu haben ...

Amelie seufzte tief. »Sie hat also an Anna gedacht!«, sagte sie leise, bevor sie Tamy zum Weiterlesen aufforderte.

Tamy fuhr fort, und Amelie gab keinen Ton mehr von sich. Sie unterdrückte sogar ihre Tränen, die ihr an vielen Stellen kamen, doch als sie auf diese Weise erfahren musste, dass Richard Bruhns seine schwangere Frau vergewaltigt hatte, konnte sie sich nicht länger beherrschen.

»Ich glaub, das reicht für heute«, schluchzte sie.

»Das finde ich auch«, pflichtete Tamy ihr unter Tränen bei. »Ich habe es doch immer gewusst. Es steckte etwas anderes dahinter. Und ist es nicht verrückt? Deine Großtante war einst in Davids Großvater verliebt.«

»Das ist in der Tat verrückt«, entgegnete Amelie kaum hörbar. »Ich habe dich wirklich nicht verletzen wollen, aber ich dachte, das mit David und mir ist vorbei. Aber heute werden wir uns treffen. Ich will es dir nur sagen, damit du es nicht wieder auf so dumme Weise erfährst wie beim letzten Mal«, fügte sie entschuldigend hinzu.

»Ich kann es dir gar nicht übel nehmen. Wo die Liebe hinfällt. Und vor allem möchte ich unser Verhältnis nicht durch meine Eifersucht kaputtmachen. Du bist mir nahe wie eine Schwester, und zudem muss erst eine entfernte Cousine wie du aus Deutschland kommen, um dieser verdammten Familienlüge auf die Spur zu kommen.«

»Wie wollen wir weitermachen? Wir haben nur das eine Tagebuch, aber es ist jetzt ...«, Amelie hatte einen flüchtigen Blick auf die Uhr geworfen, »... schon spät und ich habe – ehrlich gesagt – genug für heute.«

»Behalte du es, und wenn du es gelesen hast, gibst du es mir«, schlug Tamy vor.

»Nein, ich habe doch heute diese Verabredung. Ich würde dir den Vortritt lassen«, entgegnete Amelie beschämt.

»Wirklich nicht, ich muss erst mal verdauen, dass mein Großvater der miese Typ gewesen ist, für den ich ihn immer gehalten habe.«

»Gut, dann bringe ich es dir morgen gleich vorbei. Vielleicht kann ich mir von George einen Wagen leihen.«

»Es haben sich übrigens einige Kunden bei mir beschwert, weil ihnen dein Brot besser geschmeckt hat als das, was ich für sie gebacken habe«, bemerkte Tamy mit einem verschmitzten Gesichtsausdruck.

Amelie bekam sofort ein schlechtes Gewissen. »Tut mir leid, dass ich dich im Stich gelassen habe, aber ich fühlte mich nicht mehr wohl mit Brian unter einem Dach, und da habe ich gar nicht mehr ans Backen gedacht.«

»Das wollte ich damit nicht sagen. Nur, dass du dein Handwerk wirklich verstehst.«

»Und schaffst du es oder soll ich es wieder übernehmen?«

»Nein, es ist wirklich besser, wenn du unser Haus meidest. Deswegen sollten wir uns zur Übergabe auch lieber in der Bar treffen als auf der Farm. Brian steht dermaßen unter Strom, dass ich nicht dafür garantieren kann, ob er dich gastfreundlich empfängt, falls ihr euch begegnet. Er hat gleich heute Morgen, nachdem du weg warst, seinen Freund Ben Snyder angerufen und angefangen, mit ihm zu saufen. Wir wissen ja jetzt, wo es herkommt.« Amelie nahm Tamy in den Arm und drückte sie fest. »Ich werde das Backen ganz aufgeben müssen«, fügte Tamy bedauernd hinzu. »Wenn alles gut geht, werde ich Schulleiterin.«

»Herzlichen Glückwunsch!«

»Tja, dann muss in Nelson demnächst jemand anderes das Schwarzbrot backen«, seufzte Tamy.

Erneut warf Amelie einen Blick auf ihre Uhr. Es blieb ihr eine Viertelstunde bis zu ihrem Date.

»Musst du dich nicht für das Date mit David noch etwas frisch machen?«, lachte Tamy verständnisvoll.

»Und du bist wirklich nicht eifersüchtig?«

Tamy zuckte die Achseln. »Ich fühle es jedenfalls gerade nicht. Vielleicht war es sogar eher meine innige Verbundenheit mit Mere, die ich auf David übertragen habe. Wir beiden Frauen waren einander so nahe. An dem Tag, an dem sie mit ihrem Wagen von der Straße abgekommen ist, hatten wir uns vormittags zu einem Wochenendtrip in den Nationalpark verabredet. Ihre letzten Worte waren, dass sie jetzt nach Wellington führe, um sich neue Wanderstiefel zu kaufen. Sie kam nie bei der Fähre an. Es ist ganz merkwürdig, die Vorstellung, du würdest ihre Nachfolgerin, macht mir kein komisches Gefühl. Im Gegenteil, es bliebe schließlich in unserer Familie ...«

Amelie sah sie erschrocken an. »Ich werde niemals in die Fußstapfen deiner Freundin treten. David ist nicht frei für mich, und außerdem werde ich bald fort sein. Und wer weiß, vielleicht nähert ihr beide euch doch noch an, nachdem ich zurück in Deutschland bin.«

Amelie spürte, wie ihr bei diesem Gedanken schwer ums Herz wurde.

»Tu mir einen Gefallen«, bat Tamy sie. »Spiel nicht mit seinen Gefühlen! Er ist kein Mann für eine Affäre. Außerdem ist die Tatsache, dass er sich für dich interessiert, ein sicheres Zeichen, dass es ihm eine echte Herzensangelegenheit ist.«

»Will ich doch gar nicht«, murmelte Amelie, während sie zu ihrer Bürste griff und durch ihr langes blondes Haar fuhr, bis es seiden glänzte. Dann tauschte sie Hose und Shirt gegen Sommerkleid und Sandalen. Als sie fertig angezogen war, legte sie ein wenig dezenten Lippenstift auf und drehte sich zu Tamy um.

»Weißt du eigentlich, dass du Lisa ähnlich siehst?«

»Kann sein«, entgegnete Amelie verlegen.

In dem Augenblick ertönte draußen lautes Gebrüll. Die beiden Frauen eilten zum Fenster und rissen es auf. Von dort konnten sie zum Eingangsbereich sehen.

»Oh nein«, stieß Amelie entsetzt hervor, als sie erkannte, dass sich dort unten Ben Snyder und David Taumaunu wie Kampfhähne gegenüberstanden und beschimpften.

»Komm, wir gehen dazwischen«, sagte Tamy und war schon aus der Tür. Sie rannten die Treppe hinunter. Amelie rief nach George für den Fall, dass nur ein Mann diesen Streit würde schlichten können, aber sie erhielt keine Antwort. George und seine Kinder schienen ausgegangen zu sein.

Mit klopfendem Herzen trat Amelie vor die Tür.

»Wenn du das Urteil nicht akzeptierst, bringt dich eben meine Faust zum Schweigen«, drohte Ben David mit verwaschener Stimme.

»Hör auf, Ben«, schrie Tamy und stürzte sich auf ihn. »Du bist völlig zu!«

Ben schüttelte sie ab wie eine lästige Fliege. »Schäm dich, du bist eine Bruhns und stehst auf der Seite von einem Taumaunu«, lallte er und torkelte auf David zu.

»Lass ihn!«, brüllte Amelie und wollte dazwischengehen, doch Ben traf sie mit dem Ellenbogen so kräftig am Auge, dass sie zurückstolperte.

»Was seid ihr nur für Weiber?«, stieß Ben angewidert aus.

»Ben Snyder, hör auf damit!«, befahl ihm David mit fester Stimme. »Ich habe meine Behauptung seit dem Urteil nicht wiederholt, also gib Ruhe!«

»Es geht hier gar nicht um das verdammte Urteil, es geht darum, dass ihr verdammten Taumaunus euch immer an unseren Frauen vergreift. Sie gehörte meinem Freund Brian, verstehst du, nicht dir. Und dafür gebe ich dir eine aufs Maul!«

Er näherte sich David mit schweren Schritten und geballten Fäusten.

»Lass gut sein, Ben!«, versuchte David die Prügelei abzuwenden, aber das machte den betrunkenen Farmer nur noch aggressiver. Er sprang auf David zu und gab ihm einen so kräftigen Stoß, dass er beinahe umgekippt wäre.

Davids Augen wurden zu gefährlichen Schlitzen. »Das machst du nicht noch einmal mit mir, Ben«, zischte er, packte Ben geschickt und warf ihn auf den Boden.

»Hörst du freiwillig auf?«

Amelie, die aus einer Wunde am Auge blutete und vergeblich versuchte, die Blutung mit einem Taschentuch zu stoppen, entdeckte die steile Zornesfalte auf Davids Stirn. Sie ahnte, wie viel Überwindung es ihn kosten musste, sich nicht mit Ben zu prügeln.

Hieß es nicht immer, die Maori wären tapfere Krieger?, ging es ihr durch den Kopf. Hielt sich David nur aus Rücksicht auf Tamy und sie zurück?

»Ich denke gar nicht dran!«, schrie Ben und spuckte aus mit dem Ergebnis, dass der Rotz auf seinem eigenen Gesicht landete.

»Mach, was du willst«, sagte David herablassend und drehte ihm den Rücken zu. Ehe sich die beiden Frauen versahen, hatte Ben sich wieder aufgerappelt und David von hinten in die Knie getreten, sodass er hinfiel. Mit Gebrüll stürzte er sich auf den Widersacher, drehte ihn auf den Rücken und nahm ihn in den Schwitzkasten.

»Verdammt, das ist unfair, Ben!«, brüllte Tamy und wollte David zu Hilfe kommen, aber Ben schlug wild um sich und traf Tamy so hart am Kopf, dass sie einen Schmerzensschrei ausstieß. »Wenn ihr euch noch einmal einmischt, haue ich euch auf die Fresse!«, drohte er den Frauen.

Amelie war fassungslos angesichts der Bärenkräfte, die dieser Mann entwickelte, obwohl er doch ganz offensichtlich betrunken war.

»Weißt du was, du Arsch?«, zischte Ben David, der sich unter seinem Gewicht nicht rühren konnte, hämisch zu. »Es ist wahr, dass Brians und mein Vater Jagd auf deinen Alten gemacht haben an jenem Abend. Ja, sie haben ihn die Straße entlanggejagt wie ein Stück Wild. Und weißt du, warum? Weil dein Vater genauso ein Lügner war wie du. Er hat überall behauptet, unsere Großväter hätten deinen Großvater umgebracht. Und das, mein Lieber, mussten sie sich nicht gefallen ...«

Er hatte den Satz noch nicht zu Ende gesprochen, als David ihn in einem Überraschungsangriff abwarf und sich seinerseits auf ihn stürzte. Amelie bekam es mit der Angst. In Davids Augen stand der blanke Hass geschrieben. Ohne weitere Ankündigung packte er Ben und schrie: »Noch ein Wort und ich töte dich!«

Tamy und Amelie fassten sich an den Händen. Sie spürten

beide, dass das aus dem Munde David Taumaunus keine leere Drohung war.

Auch Ben schien zu begreifen, dass es vernünftiger wäre, keine weitere Prügelei mit David zu riskieren.

»Arschloch«, fluchte er, machte aber keinerlei Anstalten, sich aufzurappeln oder David erneut anzugreifen.

David erhob sich, klopfte sich den Dreck von der Kleidung und wandte sich Amelie zu. »Ich bringe dich ins Krankenhaus. Die Wunde muss genäht werden.«

Amelie rührte sich nicht, bis Tamy ihre Hand losließ. »Geh mit. Ich kümmere mich um Ben.«

Wie in Trance folgte Amelie David zu seinem Wagen. Erst als sie auf der Beifahrerseite einstieg, entdeckte sie die Blutflecken auf ihrem Kleid.

Schweigend fuhren sie den Berg hinunter zur Hauptstraße. Mit einem Seitenblick sah sie, wie David mit dem Kiefer mahlte. Sie rang nach den passenden Worten. Was sollte sie einem Mann sagen, der soeben erfahren hatte, dass sein Vater von diesen Kerlen zu Tode gejagt worden war und dass er mit seiner Behauptung, dass es mit Vorsatz geschehen war, die ganze Zeit im Recht gewesen war?

»Sie haben ihn vielleicht nicht töten wollen, sondern waren nur zu besoffen, sich auszumalen, dass er bei dieser Hetzjagd unter ihren Wagen geraten konnte«, bemerkte sie zaghaft. »Wahrscheinlich war es letzten Endes doch ein Unfall.«

David lachte bitter auf. »Bist du so naiv oder versuchst du die Ehre der Bruhns zu verteidigen? Schließlich bist du eine von ihnen!« Das klang in Amelies Ohren vernichtend. Zorn stieg in ihr auf.

»Das ist gemein!«, gab sie in scharfem Ton zurück. »Ich bin hergekommen, um die alte Geschichte aufzuklären, und nicht, um mich zu Brians Komplizin zu machen! Ich stehe auf deiner Seite! Und ich bin sicher, dass das alles mit dem Verschwinden von meiner Großtante und deinem Großvater zusammenhängt!«

»Wie meinst du das?«

»So, wie ich es sage. Meine Großtante und dein Großvater sind zur selben Zeit verschwunden. Merkwürdig, nicht wahr? Sie standen sich sehr nahe!«

»Woher weißt du das?« Er hielt den Wagen an und musterte sie fassungslos.

»Es gibt ein Tagebuch von Lisa Bruhns. Dort fanden wir ein Foto der beiden, wo sie einander ... sehr verliebt ansahen!«

»Warum hast du mir das nicht früher gesagt?«

»Weil es Tamy und mir erst heute in die Hände gefallen ist!«

»Ich will es sehen.«

»Wir werden es dir geben, sobald Tamy und ich es gelesen haben.«

Amelie griff nach seiner Hand, aber sie fühlte nichts, obwohl er den Druck kurz erwiderte. Sie hatte den Eindruck, dass David nicht wirklich bei ihr war.

»Mein Vater Hori hat es manchmal zu mir gesagt, als ich noch ein kleines Kind war. Du musst deinen Großvater rächen! Sie haben ihn ermordet. Er redete dann immer wie in Trance. Er war viel zu schwach, um es selbst zu tun. Und dann wurde er von James Snyder und Rufus Bruhns tatsächlich kaltblütig ermordet. Diese Verbrecher haben zum zweiten Mal furchtbares Unheil über unsere Familien gebracht. Hätte ich meinen Vater doch bloß ernst genommen!«

David fasste sich an den Kopf und rieb sich die Stirn, als würde er unter unerträglichen Kopfschmerzen leiden.

Amelie spürte die Spannung, die in der Luft lag, körperlich. Ihr Magen rebellierte.

»Du hast deinen Vater nicht ernst genommen? Warum nicht?«, wagte sie leise zu fragen.

David stöhnte voller Verzweiflung auf.

»Ich habe seinem Gerede kaum Beachtung geschenkt. Ich war jung, vielleicht wollte ich unbewusst gar nichts davon wissen. Und

Vater war nicht ... nun, mein Vater war schwierig. Er litt unter Angstattacken. Er musste manchmal wochenlang in eine Klinik, weil er nicht mehr arbeiten konnte. Ein Arzt sagte einmal zu mir, er wäre traumatisiert. Böse Zungen behaupteten, er wäre nicht ganz bei Trost. Und weil er so schwach und hilflos war, musste ich ganz früh Verantwortung für das Hotel übernehmen und hatte enorm viel zu tun. Außerdem sprach er nur ein paar wenige Male davon und dann auch so zusammenhangslos, dass ich ihm nicht glauben wollte. Deine Großtante hat er nie erwähnt ...« David stockte. »Er sprach manchmal von einer Pakeha ... was, wenn ich ihm unrecht getan habe und er die Wahrheit gesagt hat?«

»David, bitte, denk nicht gleich das Schlimmste. Ich schwöre dir, wir werden es herausbekommen. Aber selbst wenn, müssen wir damit leben«, versuchte Amelie ihn zu beruhigen.

»Nein, Amelie, wenn ich herausbekomme, dass sie meinem Großvater etwas angetan haben, werde ich meine Ahnen rächen«, erwiderte David kühl.

»Und was heißt das im Klartext?«, fragte Amelie mit bebender Stimme.

»Das willst du gar nicht wissen«, entgegnete er mit einer ihr völlig fremden Stimme. »Wir sind da.«

Amelie stieg wie betäubt aus dem Wagen. Er ist außer sich, dachte sie voller Sorge und beschloss, schnellstens Tamy einzuweihen. Ich habe das ungute Gefühl, er wird sich an Brian und Ben rächen, durchfuhr es sie eiskalt, und das dürfen wir nicht zulassen.

Als David Amelie unterhakte und sie fragte, ob es denn noch wehtäte, war er plötzlich wieder ein völlig anderer Mann.

»Es tut mir so leid, dass du etwas abbekommen hast.« Sein Ton war ehrlich mitfühlend. »Und nur, weil du für mich in die Bresche springen wolltest. Ich danke dir.« Während er das sagte, betrachtete er besorgt ihre Wunde.

»Er hat dich wirklich fies erwischt«, murmelte er. »Aber ich kenne den Arzt. Es wird keine Narbe bleiben.«

Amelie aber war verwirrt. Eben war er ihr wie ein eiskalter Rächer vorgekommen und jetzt wie ein mitfühlender Freund. Es war ja nicht so, dass sie ihn nicht verstehen konnte. Wenn es sich bestätigte, dass die Kerle Rongo und Lisa etwas angetan hatten, dann hatten sie allen Grund, sie zu hassen. Aber sie waren lange tot, und auch wenn Ben und Brian ihre Großväter bis aufs Messer verteidigten, sie hatten ja schließlich kein Verbrechen begangen. Amelies Herz klopfte bis zum Hals, als sie ein Gedanke überkam: Wenn Tamy und sie wirklich einer schlimmen Sache auf die Spur kommen sollten, wäre es dann nicht besser, David damit zu verschonen?

»Was denkst du?«, fragte er.

»Ach, ich muss das Ganze erst einmal verarbeiten«, erwiderte Amelie ausweichend.

»Ja, mir geht es ähnlich. Nun habe ich endlich die Gewissheit, dass man meinen Vater tatsächlich umgebracht hat. Und ist das nicht völlig verrückt, dass deine Großtante und mein Großvater einander geliebt haben? Das ist doch eine Fügung des Schicksals, oder?«

Er sah Amelie aus seinen warmen, dunklen Augen liebevoll an, aber sie konnte sich dem Zauber dieses Augenblicks nicht hingeben. Hinter ihrem starken Gefühl, David von ganzem Herzen zu lieben, lauerte die Angst, dass etwas Schlimmes passieren würde.

»David, versprichst du mir, ganz gleich, was damals geschehen ist, die Ruhe zu bewahren?«

»Keine Sorge. Ich mache mich nicht unglücklich«, erwiderte er treuherzig. Amelie wollte ihm von Herzen glauben und doch blieb in ihrem Inneren ein leiser Zweifel. Für ihren Geschmack hatte er seine ungezügelten Emotionen gegen Ben und Brian sehr schnell, zu schnell, in den Griff bekommen. Vielleicht merkt er, dass ich Angst um ihn habe, dachte sie. Sie versuchte, ihre Befürchtung, dass er ihr etwas vorspielte, mit Macht zu verscheuchen.

Nelson, Januar 1933

Völlig außer Atem traf ich vor Rongos Haus ein, das ich beim letzten Mal beseelt von unserer Liebesnacht verlassen hatte, um dann von diesem Mistkerl Sam erpresst zu werden. Ich klingelte. Es dauerte eine halbe Ewigkeit, bis eine junge Maori öffnete. An der Hand hielt sie einen kleinen Maori-Jungen, der mich neugierig musterte. Sein Sohn. Die Ähnlichkeit war unverkennbar.

»Wer bist du?«, fragte er neugierig.

»Eine Freundin deines Vaters«, erwiderte ich. »Und du bist Hori, nicht wahr?«

Der Kleine strahlte über das ganze Gesicht, und mir wurde ganz warm ums Herz bei dem Gedanken, dass ich bald mit diesem Kind unter einem Dach leben würde. Und dass Rufus mit einem älteren Bruder aufwachsen würde.

Die Angestellte hingegen war nicht gerade freundlich. »Mister Taumaunu ist verreist«, sagte sie und wollte mir die Tür vor der Nase zuschlagen, doch ich stellte den Fuß dazwischen.

»Bitte, sagen Sie ihm, dass Lisa Bruhns da ist und er dringend mit mir zu Doktor Tenson kommen muss. Misses Fuller geht es schlecht.«

Die junge Frau zögerte, aber dann bat sie mich in den Flur. »Warten Sie hier!«, befahl sie.

Ich sah mich um, und mir war so, als hätte ich dieses Haus eben erst verlassen. Ich hatte mir bei meinem Besuch jedes Detail eingeprägt: die eiserne, altmodische Garderobe, die Schnitzereien im Eingang, die Art-déco-Fenster …

»Das ist Papas und Mamas Haus«, sagte Hori voller Stolz. Ich hatte gar nicht gemerkt, dass er auch im Flur geblieben war. »Und wie heißt du?«, fragte er ohne Scheu. Er schien ein selbstbewusstes kleines Kerlchen zu sein. Ich hatte den Eindruck, dass wir gut miteinander auskommen würden.

»Ich heiße Lisa.«

»Und warum bist du Papas Freundin? Ich kenne dich nicht.« Du wirst mich aber in Kürze sehr gut kennenlernen, dachte ich und blieb ihm eine Antwort schuldig, weil ich Schritte auf der Treppe hörte und herumfuhr. Rongo sah sehr mitgenommen aus. Ihm war der Stress der vergangenen Tage und die Sorge um mich förmlich anzusehen. Er vergaß offenbar, dass sein Sohn uns beobachtete, denn er kam auf mich zu und riss mich in seine Arme. »Mein armer Liebling«, stöhnte er.

Dann erst bemerkte er Hori, der uns mit großen Augen musterte, aber kein Wort verlauten ließ. Rongo wandte sich seinem Sohn zu. »Das ist Lisa. Wir werden zusammen mit ihr und ihrem Baby zukünftig in einem Haus leben.«

Der Kleine kaute unschlüssig auf seinen Lippen herum. Offenbar konnte er sich nicht entscheiden, wie er das jetzt wohl finden sollte.

Ich hätte mich gern noch länger dem Zauber dieses Wiedersehens hingegeben, aber es war Eile geboten.

»Rongo, du musst auf der Stelle mit mir zu Arthur kommen. Sam und Richard haben die alte Misses Fuller bedroht, bis sie verraten hat, dass du ihr Kräuter und Massagen gegeben hast. Die Polizei hat sie dann mit zum Verhör nehmen wollen, dabei ist sie mit ihrer Grippe gar nicht transportfähig. Es geht ihr sehr schlecht. Du musst deine Mittel mitnehmen.«

Rongo nahm eilig eine fertig gepackte Tasche zur Hand und sagte zu seinem Sohn: »Papa ist gleich wieder da. Macht nicht die Tür auf, wenn es klingelt. Geht nicht hin. Versprochen? Und Lisa bleibt bei dir!«

Ich wollte protestieren, aber da hatte er bereits die Haustür hinter sich geschlossen. Mir war es gar nicht recht, dass Rongo allein ging. Ich hatte solche Angst, versuchte aber, die Fassung zu wahren. Ich fragte den kleinen Jungen, der mich staunend musterte, ob er mir sein Zimmer zeigen mochte.

Bereitwillig führte er mich zu einem großen Jungenzimmer, in dem sich all das wiederfand, was auch ein Pakeha-Junge in seinem Alter besitzen würde: ein Schaukelpferd und eine Holzeisenbahn. Ein Spielzeug verwunderte mich. Eine große Puppenstube im viktorianischen Stil. Um mich abzulenken, hockte ich mich vor das zweistöckige Puppenhaus und betrachtete die Einrichtung und die drei Puppen, die vor dem Kamin saßen.

»Hori, Mama und Papa«, sagte der Kleine und deutete voller Stolz auf die kleine Familie.

»Wollen wir damit spielen?«, fragte ich, doch in dem Augenblick ertönte die Stimme seines Kindermädchens. »Hori, essen!«

»Du sollst mitkommen«, befahl er mir und fasste nach meiner Hand. Die junge Maori war nicht besonders erfreut, dass ich den Kleinen begleitete. »Ich weiß gar nicht, ob es für drei Personen reicht«, bemerkte sie schnippisch.

Ich hob abwehrend die Hände. »Für mich nichts. Ich habe keinen Appetit.« Und das stimmte, denn ich war alle paar Minuten mit meinen Gedanken bei Rongo und der bangen Frage, ob er die alte Misses Fuller wohl retten konnte.

»Hast du schon Hände gewaschen, Hori?«, wollte das Kindermädchen wissen.

Der Junge schüttelte den Kopf und erhob sich brav von seinem Stuhl, um das Versäumte nachzuholen.

Diesen Augenblick, als das Kindermädchen und ich allein in der Küche waren, nutzte sie, um mir ihren geballten Unmut zu zeigen. »Sie sind doch schuld, dass Mister Taumaunu solche Schwierigkeiten hat«, fauchte sie, nachdem sie mich eine Weile abschätzig gemustert hatte. »Es gibt so viele junge Frauen aus dem Stamm seines Vaters, die ihn jederzeit geheiratet hätten, aber warum muss er sich ausgerechnet in Sie verlieben? Eine verheiratete Pakeha!«

Ich schnappte nach Luft, wollte widersprechen, aber hatte sie nicht recht? War es nicht erst unsere Liebe, die Unglück über Rongo gebracht hatte? Und durfte ich es wirklich zulassen, dass er meinetwegen sein Haus und sein Hotel verließ? Je mehr ich darüber nachdachte, desto klarer stand mir die Entscheidung vor Augen: Ich würde mein Kind nehmen und mit ihm zusammen ohne Rongo aus Nelson fortgehen. Nach Deutschland zog mich nichts, aber der Norden Neuseelands sollte auch sehr schön sein. Aber ich würde Rongo nicht mit in den Abgrund reißen!

Und plötzlich fiel mir ein, dass ich Rufus schon vor geraumer Zeit in Arthurs Haus in den Kinderwagen gelegt und dort allein zurückgelassen hatte. Was, wenn ihn in der ganzen Aufregung keiner in der Küche brüllen hörte? Ich musste sofort zu ihm und sprang auf, ohne mich um die entgeisterte Miene des Kindermädchens zu scheren.

Im Laufschritt verließ ich das Haus und rannte, bis ich keuchend vor Arthurs Tür ankam.

Zu meiner Verwunderung stand die Haustür halb offen.

»Da ist was passiert«, murmelte ich besorgt. Mit klopfendem Herzen, auf Zehenspitzen und ohne einen verräterischen Laut von mir zu geben, schlich ich mich in den Flur. Es war alles still. Zu still, wie ich fand. Ich traute mich nicht, laut nach Rongo und Arthur zu rufen.

In dem Moment sah ich ihn vor mir liegen. Ich schlug vor Entsetzen die Hände vors Gesicht. Er war auf dem Bauch hingestreckt, in einer Blutlache. Ich flüsterte seinen Namen. »Arthur, Arthur, wach auf!«, doch in dem Augenblick wusste ich, dass er tot war. Jemand hatte ihm den Schädel eingeschlagen. Meine Knie zitterten so, dass ich mich beim Weitergehen an der Wand abstützen musste, und ich wurde fast wahnsinnig vor Angst um Rongo. Wo war er?

Aus der oberen Etage hörte ich ein leises Murmeln. War das womöglich Rongos Stimme? Es kam aus dem Gästezimmer.

Mein Herz klopfte bis zum Hals, als ich die Tür öffnete. Ich erstarrte. Rongo saß am Bett von Misses Fuller und summte mit geschlossenen Augen Beschwörungen vor sich hin.

Ich trat leise an das Bett. Misses Fullers Augen waren weit aufgerissen. Es war kein Leben mehr in ihnen. Bei ihrem labilen Zustand hatte bestimmt allein die Aufregung genügt, um sie umzubringen.

»Rongo«, flüsterte ich. »Rongo, mein Liebling!«

Er öffnete die Augen. In seinem Blick lag reine Verzweiflung. Er stand auf und umarmte mich stumm.

»Es war ihr Herz. Sie haben ihr nichts angetan, diese verdammten Mörder«, murmelte er.

Natürlich fragte ich mich, wer das Verbrechen an Arthur begangen haben mochte, aber ich konnte den Gedanken nicht zulassen, dass es tatsächlich Sam und Richard, mein Mann, der Vater meines Kindes ... In der Sekunde fiel mir der Grund ein, warum ich gegen Rongos Rat in Arthurs Haus zurückgekehrt war.

»Rufus«, stieß ich entsetzt hervor. »Rufus!«

Und schon war ich in Richtung Küche gerannt, wo ich ihn in seinen Kinderwagen gelegt hatte. Bevor ich die Tür aufriss, ahnte ich, was mich erwartete: Rufus war fort! Sie hatten ihn aus dem Kinderwagen gerissen, denn der stand noch an seinem Platz. Ich brüllte auf vor Schmerz. Rongo, der mir gefolgt war, wollte mich in den Arm nehmen, aber ich war außer mir. Ich schlug um mich, schrie Verwünschungen aus und brach schließlich in einen Weinkrampf aus.

»Was machen wir bloß?«, fragte der Mann, der immer eine Lösung für alle Probleme wusste, fassungslos.

»Ich hole mir Rufus zurück, und dann gehe ich mit ihm weit weg, aber ohne dich. Ich werde dich nicht mit in den Abgrund reißen. Hört du?«

Erst daran, dass er meine Hand festhielt, wurde mir klar, dass ich wie eine Wahnsinnige mit den Fäusten auf seinen Brustkorb eingetrommelt hatte.

»Lisa, diese Männer sind gefährlich, sie schrecken vor nichts zurück. Ich verstehe das nur nicht. Dass dein Mann durchdreht, vielleicht, aber warum macht Sam mit?«

Es blieb mir nichts anderes übrig, als ihm zu gestehen, dass Sam mich erpresst hatte, so wie er ihn auch erpresst hatte. Und dass Richard mich wie eine Gefangene im Pavillon eingesperrt hatte, nachdem ich ihn um die Scheidung gebeten hatte.

»Warum hast du dich mir bloß nicht vorher anvertraut?«

»Ich weiß nicht. Ich wollte dich schützen. Und das will ich auch weiterhin. Ich hätte dich niemals in solche Gefahr bringen dürfen.«

»Hör auf, so zu reden, als träfe dich eine Schuld an dem ganzen Dilemma«, erwiderte er streng. »Ich gehe mit dir überall hin. Verstehst du? Wir gehören zusammen!«

»Aber wenn ich mit meinem Kind allein gehe, dann lassen sie dich vielleicht über kurz oder lang in Ruhe, und du kannst deinem Sohn die Zukunft bieten, die ihm gebührt«, widersprach ich verzweifelt. »Und denk an das Hotel. Das ist dein Leben.«

»Lisa, ich wollte nie Hotelier werden. Vielleicht gehen wir nach London, und ich studiere noch Medizin, um in diesem Land endlich Menschen heilen zu dürfen.«

»Aber ohne Rufus hat das alles für mich keinen Sinn. Ich kann Richard unmöglich mein Kind überlassen.«

Rongo straffte die Schultern und dachte nach. Plötzlich erhellte sich seine Miene. »Ich gehe zur Polizei. Überleg mal! Sie haben einen Mord begangen. Warum sollen wir flüchten? Den beiden wird der Prozess gemacht, und dann wird man sie hinter Gitter bringen.«

»Du hast recht. Soll ich mitkommen?«, schluchzte ich.

Rongo runzelte die Stirn. »Ja, ich habe kein gutes Gefühl, wenn du allein im Haus bleibst. Womöglich kommen sie zurück.«

Als wir an unserem toten Freund vorbeikamen, brach ich erneut in Tränen aus.

»Der arme Arthur. Er war immer so gut und ...« Ich stockte und ein neuerlicher Weinkrampf schüttelte mich. Rongo schob zärtlich seine Hand unter meine und zog mich mit sich fort.

Als wir uns der Haustür näherten, hörte ich das Geräusch von schnellen Schritten, die von draußen kamen. Auch Rongo blieb stehen, gab mir ein Zeichen, keinen Ton von mir zu geben, und schob mich in eine Abseite unter der Treppe. Er griff nach einem Schürhaken, den jemand achtlos im Flur fallen gelassen haben musste. Ich hielt die Luft an. Von unserem Versteck aus konnten wir über den Rand der Bretterwand sehen, wer nun mit energischem Schritt das Haus betrat. Es war der kahlköpfige Polizist. Rongo sprang umgehend aus seinem Versteck hervor. »Es ist ein Mord geschehen! Sie haben Arthur Tenson umgebracht.« Er fuchtelte mit dem Schürhaken vor dem Gesicht des Polizisten herum.

Der Riese schien irritiert. »Nehmen Sie erst einmal das Ding weg!«, befahl er. »Ich bekam den Hinweis, dass hier etwas Schreckliches passiert sein soll. Mein Vorgesetzter hat mich hergeschickt, weil Sam Snyder die offene Haustür entdeckt und Sie ins Haus des Docs hat schleichen sehen.«

»Das glauben Sie doch selbst nicht. Wenn er mich in die Finger bekommen hätte, hätte mir dasselbe Schicksal wie Arthur geblüht. Als ich dieses Haus betrat, waren mein Freund Arthur und die alte Misses Fuller bereits tot«, entgegnete Rongo empört. »Außerdem haben Sam und Richard meinen Sohn Rufus entführt«, ergänzte ich aufgeregt.

Der Polizist schien überfordert. »Nun zeigen Sie mir erst einmal den Tatort!«

Rongo deutete auf den ermordeten Arthur. Der kahlköpfige Polizist wich erschrocken zurück, bevor er sich zu dem toten Arthur hinunterbeugte.

»Jemand hat ihm den Schädel eingeschlagen«, murmelte er, und sein Blick blieb an dem Schürhaken hängen, den Rongo immer noch in der Hand hielt.

»Ich doch nicht!«, wies Rongo die stumme Beschuldigung scharf zurück.

»Darf ich mal?« Der Polizist streckte die Hand nach dem Schürhaken aus. Rongo reichte ihm den Gegenstand aus Eisen arglos.

Der Polizist fuhr einmal mit den Fingern über die Spitze des Geräts und hatte zu meinem Schrecken Blut an der Hand.

»O Gott, was ist das?«, schrie ich auf.

»Ich denke, die Mordwaffe«, entgegnete der Polizist ungerührt. »Genau wie Sam Snyder es vermutet hat.«

»Was hat der Verbrecher vermutet?«, stieß Rongo zornig hervor.

»Er hat gemutmaßt, dass sie ins Haus geschlichen sind, um die beiden Zeugen aus dem Weg zu räumen, die bezeugen können, dass Sie gegen das Gesetz als Maori-Heiler gearbeitet haben, Mister Taumaunu!«

»Aber Sie glauben doch nicht, dass ich ...« Rongo schüttelte den Kopf. »Er war mein bester Freund!«

»Aber auch ein wichtiger Zeuge.« Der Polizist beugte sich mit dem Schürhaken in der Hand hinunter zu dem Toten und betrachtete noch einmal eingehend die Wunde. »Also, es gibt keinen Zweifel. Das hier ist die Tatwaffe!«

»Aber ich habe den Schürhaken bei der Treppe liegend gefunden, und als wir Geräusche von der Treppe gehört haben, habe ich ihn zum Schutz aufgehoben.«

Der Polizist stieß einen tiefen Seufzer aus. »Ich würde Ihnen ja vielleicht sogar glauben, aber das Gericht mit Sicherheit nicht.«

»Aber er ist unschuldig!«, sagte ich entschieden und stellte mich schützend vor ihn.

»Waren Sie die ganze Zeit im Haus, Misses Bruhns?«

»Ja ... nein, ich habe Rongo geholt, als es um Misses Fullers Zustand ging. Sie haben das doch selbst mit angehört, wie Arthur mich angefleht hat, Mister Taumaunu herbeizuholen. Sie haben doch gegen den Willen Ihres Kollegen das Haus verlassen, ohne etwas zu unternehmen.«

»Ein großer Fehler, der mich wahrscheinlich den Job kosten wird«, knurrte der Polizist.

»Aber warum haben Sie das getan, wenn Sie es jetzt bereuen?«

Der Polizist stieß einen tiefen Seufzer aus. »Weil Sie, Mister Taumaunu, einst meiner Großmutter das Leben gerettet haben.«

»Und wer ist Ihre Großmutter?«

»Irihapeti. Sie besitzt den Angelladen beim Queen Garden.«

Rongos finstere Miene erhellte sich. »Das ist Ihre Großmutter? Sie hat viel von Ihnen erzählt. Dann sind Sie der kleine John.«

»Na ja, klein nicht mehr«, entgegnete der Polizist peinlich berührt.

»Misses Fuller ist auch tot«, murmelte ich.

»Ihr Herz. Wahrscheinlich hat sie gehört, wie Arthur hier unten um sein Leben gekämpft hat.« Rongo beugte sich noch einmal hinunter und deutete auf den Ärmel von Arthurs Jacke. Er war zerrissen. Rongo machte Anstalten, seinen Freund auf den Rücken zu legen, aber John hinderte ihn daran. »Sind Sie verrückt. Sie verwischen Spuren ...« Er hielt inne und musterte Rongo durchdringend. »Oder Sie sind eben nicht verrückt und machen das absichtlich«, zischte er.

»Ich bin kein Mörder!«, widersprach Rongo mit Nachdruck.

»Das gilt es zu beweisen«, erwiderte John ungerührt.

»Und was haben Sie jetzt vor?«, fragte ich mit belegter Stimme.

»Ich werde Sie beide jetzt bitten, mich freiwillig zur Polizeistation zu begleiten.«

»Aber das ist für Rongo, ich meine Mister Taumaunu, viel zu gefährlich. Womöglich glauben Sie ihm nicht«, protestierte ich.

»Sie können doch bezeugen, dass Sie zusammen mit Mister Taumaunu zum Haus von Arthur Tenson zurückgekehrt sind. Dann kann ihm nichts geschehen. Es sei denn, man verdächtigt Sie, seine Komplizin zu sein.«

»Ich muss doch sehr bitten«, schnaubte ich. »Aber ich bin erst eine Weile später gekommen, weil Mister Taumaunu Angst um mich hatte. Da habe ich erst einmal in seinem Haus gewartet, bis ich an mein Kind denken musste. Dass ich es allein in Arthurs Küche zurückgelassen hatte. Und da erst bin ich losgerannt und fand Rongo im Gästezimmer ...« Ich stockte und wäre am liebsten im Erdboden versunken. Nun hatte ich unser Alibi, das mir John so nett in den Mund gelegt hatte, selbst zerstört, aber da fiel mir die vermeintliche Rettung ein.

Rufus!

»Sam und Richard müssen die Täter sein. Sonst wäre mein Kind nicht fort. Wenn Sie jetzt zu Richard Bruhns' Haus fahren und meinen Rufus dort finden, dann haben Sie den Beweis. Es können nur die beiden gewesen sein, oder wollen Sie behaupten, Rongo Taumaunu hätte auch mein Kind verschwinden lassen? Hören Sie, wir lieben uns, wollten gemeinsam fortgehen. Deshalb möchte mein Mann ihm das alles anhängen! Fahren Sie hin und bringen uns meinen Sohn mit. Das wäre Ihre Pflicht als Polizist.«

»Belehren Sie mich nicht, was meine Pflicht ist!«, gab John empört zurück.

»Bitte fahren Sie hin und überzeugen sich selbst! Dann haben Sie Ihren Beweis, dass die beiden im Haus gewesen sein müssen, während ich Rongo geholt habe und er sich auf den Weg zu Arthurs Haus gemacht hat. Das ist doch alles so klar. Bitte, tun Sie etwas!«

John atmete ein paar Mal tief durch. »Wenn Sie es genau wissen wollen, obwohl ich es Ihnen gar nicht verraten dürfte: Sam Snyder und Richard Bruhns haben gar nicht geleugnet, Arthur Tensons Haus betreten zu haben. Sie sagten aus, die offene Haustür ihres Freundes hätte sie angelockt, und schon in der Tür hätten sie ein fürchterliches Kindergeschrei gehört. Richard ist dann dem Geräusch nachgegangen, während Sam an der Haustür gewartet hat ...«

»Das ist gelogen. Die Tür war verschlossen. Ich habe sie hinter mir zugezogen, als ich mich auf den Weg machte, um Rongo zu Hilfe zu holen. Das sagt doch alles: Sie haben geklingelt, Arthur hat geglaubt, das wären Rongo und ich, und hat arglos geöffnet. Weil er verhindern wollte, dass sie sich mein Kind holen. Deshalb hat er sterben müssen«, versuchte ich den Tathergang atemlos zu erklären.

Der Polizist sah mich eine Spur mitleidig an. »Ich darf es Ihnen ja nicht sagen, aber Sam und Richard sind zu zweit und schwören, dass Richard allein das Kind geholt habe und dass es im Haus erstaunlich still gewesen sei.«

»Merken Sie denn nicht, wie verlogen das alles ist?«, regte ich mich auf. »Die beiden schicken Sie zum Haus und machen vage Andeutungen auf ein schreckliches Geschehen, schauen aber nicht in allen Zimmer nach. Richard und Arthur waren einmal Freunde. Da hätte man doch nach seinem Freund gerufen, oder? Und sie hätten doch über Arthurs Leiche stolpern müssen! Ein Beweis, dass er noch nicht tot war, als sie kamen, um Rufus zu holen.«

»Stimmt es, dass Arthur Tenson Ihnen ins Gewissen geredet hat, Sie sollen Ihren Mann nicht verlassen?«

»Niemals! Er war auf unserer Seite«, erklärte ich mit fester Stimme. »Aber wie kommen Sie darauf? Haben die beiden Ihnen etwas über Rongo und mich erzählt?«

John wand sich. »Ja, sie behaupteten, Arthur hätte das Kind und Sie bei sich aufgenommen, um Sie von einer Dummheit abzuhalten, Misses Bruhns. Und dass Arthur vorhin bei Richard Bruhns angerufen und ihn gebeten habe, Sie und Rufus abzuholen. Deshalb sind die beiden Männer überhaupt gezielt zu dem Haus des Doktors gefahren.«

»Das ist eine bösartige Lüge. Damit werden die beiden nicht durchkommen«, schnaubte Rongo. Seine Stimme wurde durch das Geräusch von Sirenen übertönt.

John erblasste. »Passen Sie auf!«, befahl er hektisch. »Sie verstecken sich da unter der Treppe.« Er deutete auf den Bretterverschlag. »Und Sie hören genau zu, was geredet wird. Wenn es für Sie spricht, warten Sie in Mister Taumaunus Haus. Sie hören von uns. Wenn es gegen Sie spricht, dann warten Sie, bis wir aus dem Haus sind, und versuchen, Nelson auf dem schnellsten Weg zu verlassen!«

»Warum tun Sie das?«

»Weil Irihapeti ohne Ihre Behandlung nicht mehr am Leben wäre. Deshalb verschwinden Sie endlich! Und keinen Mucks.«

Eilig versteckten wir uns in dem Verschlag. Zitternd kauerte ich mich dicht an Rongo. Und kurz darauf hörten wir schwere Schritte. Wir trauten uns nicht, einen verstohlenen Blick über die Bretterwand hinweg in den Flur zu werfen. Erst redeten alle durcheinander, aber dann riss ein Mann mit zackiger Stimme das Wort an sich.

»Also doch. Sam hat recht gehabt. Es ist was Schreckliches passiert. Taumaunu hat den Doc aus dem Weg geräumt. Ihr drei nehmt euch jetzt sein Haus vor. Durchsucht es bis zum letzten Winkel. Es kann nicht sein, dass der Mörder Arthurs spurlos verschwunden ist!«

»Nun warte mal ab«, sagte John. »Es ist noch gar nicht bewiesen. Die einzige Tatsache, die wir haben, ist die Gewissheit, dass jemand Doc Tenson ermordet hat.«

»Du Riesenbaby«, spottete der Wortführer. »Aber ich sage immer, Maori-Anteile im Stammbaum machen eine weiche Birne. Wer soll ihn denn sonst um die Ecke gebracht haben? Du hast gehört, was Sam und Richard uns gesteckt haben. Dass Arthur ein wichtiger Zeuge war in der Anzeige gegen ihn wegen des Verstoßes gegen den Tohunga Suppression Act …« Der Wichtigtuer machte eine gedehnte Pause. Ich hätte diesen Kerl zu gern gesehen, aber er war mir auch so äußerst unangenehm.

»Das ist kein Grund, jemanden umzubringen, Chef«, widersprach John tapfer.

»Also ich habe langsam den Verdacht, dass du mit diesem Scharlatan sympathisierst«, mischte sich ein Dritter ein. Ich erkannte die Stimme sofort wieder. Sie gehörte dem blässlichen Jüngling, der vorhin zusammen mit John zu Arthurs Haus gekommen war. Das bestätigte sich, als er sich damit brüstete, die Zeugin eigenhändig aus dem Bett geholt zu haben, um dem Kerl das Handwerk zu legen.

»Ich will dich wirklich nicht verpetzen, John, aber erkläre mir bitte eines: Wieso sind wir tatenlos abgezogen, nachdem Doc Tenson diese Misses Bruhns angefleht hat, den Heiler zu holen? Da hätten wir ihn doch einfach nur abgreifen müssen, oder?«

»Das kann uns John später erklären«, bemerkte der unangenehme Mensch, den ich für seinen Vorgesetzten hielt, barsch. »Hier geht es darum, dass dieser Kerl Tenson den Schädel eingeschlagen hat, und nicht darum, ob er ein paar Kräuter unter die Leute bringt!«

»Genau, es geht um Mord, und bevor ihr euch auf Taumaunu als Täter versteift, denkt doch einmal vernünftig«, warf John beinahe verzweifelt ein. »Doc Tenson und Rongo Taumaunu haben gemeinsam Behandlungen durchgeführt. Also warum in aller Welt sollte Taumaunu den Mann töten, der es ihm ermöglichte, unbehelligt zu arbeiten?«

»Es geht hier nicht um dieses verdammte Heilen. Das hat was mit dieser Bruhns-Schlampe zu tun, die ihren Mann mit dem Maori betrogen hat!«

Ich musste sehr an mich halten, nicht aus meinem Versteck zu springen und dem Kerl an die Kehle zu gehen.

»Dieser Tenson hat Richard angerufen und ihm gesteckt, dass seine Frau mit dem Kind in seinem Haus ist und dass sie mit ihrem Liebhaber, diesem Taumaunu, durchbrennen will. Und ihn gebeten, sie abzuholen. Davon hat der Maori wahrscheinlich Wind gekriegt und sich mit Arthur Tenson in die Haare bekommen. Diese Schlampe ist immer noch verschwunden, aber wir haben Order, sie einzufangen.«

»Einzufangen?« John schnappte nach Luft. »Seit wann ist es verboten, dass eine Frau ihren Mann verlässt? So viel ich weiß, gibt es bei uns ein Recht auf Scheidung.«

»Ach, du Grünschnabel!«, zischte sein Chef wütend.

»Ihr solltet vielleicht mal den Tatort gründlich untersuchen, bevor ihr bereits über Taumaunu richtet«, gab John erbost zurück.

Eine Zeitlang schwiegen die Polizisten, und ich fragte mich, was sie wohl taten. Plötzlich rief der Vorgesetzte aus: »Was haben wir denn da? Das müsstest du doch wissen, John. Deine Großmutter ist schließlich Maori.«

»Das ist ein Hei-tiki der Maori. Direkt neben der Leiche.«

Ich zuckte erschrocken zusammen. Was hatte das zu bedeuten? Sam und Richard besaßen mit Sicherheit kein derartiges Schmuckstück. Ich tastete mit der Hand in meine Jackentasche, bis ich auf das Hei-tiki stieß. Meines kann es nicht sein, dachte ich.

»Was ist das?«, hakte der aggressive Polizist nach.

»Das tragen Maori traditionell an einem Lederband um den Hals«, entgegnete John unwirsch.

»Dann ist der Fall klar. Arthur hat dem Täter in Todesangst sein Schmuckstück vom Hals gerissen. Der Täter war ein Maori, sprich Taumaunu. Also, Männer, bringt ihn mir. Ob tot oder lebendig«, befahl der Wortführer in gehässigem Ton.

»Was hat dir Richard Bruhns bezahlt, Tom Hunter?« John hatte diese Frage so laut gestellt, dass ich den Eindruck gewann, er wollte, dass wir den Namen des Polizisten kannten. Jetzt hatte das Grauen einen Namen.

»Wie redest du eigentlich mit deinem Vorgesetzten, du Idiot? Wir sprechen uns. So geht es nicht, Bürschchen. Du gehst jetzt besser. Wir möchten dich bei diesen Ermittlungen nicht dabei haben.«

»Aber es ist wichtig, dass ich dabei bin. Sonst ...«

»Sonst was?«, brüllte Tom Hunter. »Raus!«

Ich hörte Johns Schritte und begann am ganzen Körper zu zittern. Jetzt hatten wir unseren einzigen Schutzengel verloren, der verhindern konnte, dass wir Opfer einer miesen Verschwörung wurden. Ich hatte nicht den geringsten Zweifel daran, dass dieser Tom Hunter von Richard Geld bekommen hatte, um Rongo als Täter zu präsentieren, ganz gleich, welche Ungereimtheiten dagegensprachen.

»Nehmt den Doc mit«, forderte Tom Hunter seine Untergebenen auf.

»Aber sollten wir nicht lieber warten, bis die zuständigen Beamten eintreffen? Es geht schließlich um Mord«, fragte einer der anderen Polizisten skeptisch.

»Nicht nötig. Wir bringen ihn ins Leichenschauhaus, und gut ist. Und bitte vermerken Sie, Bill: Am Tatort wurde ein Maori-Schmuckstück gefunden, das das Opfer dem Täter im Todeskampf vom Hals gerissen haben muss. Außerdem haben wir die Tatwaffe gefunden, einen Schürhaken. So, und jetzt raus hier. Ihr sucht alles ab nach dieser Frau. Die kann ja nicht vom Erdboden verschwunden sein. Und dann bringt ihr sie zu ihrem Mann zurück.«

»Aber Chef, das können wir nicht tun, da hat John recht. Sie hat nichts getan, sie ...«, mischte sich ein weiterer Polizist ein.

»Willst du mich belehren, was rechtens ist? Oder möchtest du gleich zusammen mit John eine Verwarnung kassieren? Aber wenn ihr Schlaumeier schon meint, mir meine Befugnisse erklären zu müssen, verrate ich euch was: Die Frau steht unter Verdacht, Mittäterin zu sein! Reicht das?«

»Jawohl, Chef!«

Es dauerte noch eine Weile, bis im Haus alles still wurde und die Tür hinter den Polizisten ins Schloss fiel.

Wir blieben auch danach eine ganze Weile stumm in unserem Verschlag hocken, bis ich es nicht mehr aushielt.

»Ich muss hier raus«, stöhnte ich.

»Wir können es wagen, denke ich mal«, entgegnete Rongo mit heiserer Stimme.

Auf dem Flur sahen wir uns schweigend an.

»Dieser Tom Hunter ist von Richard bezahlt. Ich befürchte, mein Mann war gar nicht in Blenheim, sondern war bei Sam, um diese Schweinerei auszuhecken. Und wer weiß, wer die treibende Kraft war. Richard ist Sam haushoch unterlegen. Sam ist ein Teufel, und er wird alles tun, um Richard aufzustacheln. Er hasst mich dafür, dass ich ihm deutlich gesagt habe, wie sehr er mich ankotzt. Und Richard will nicht als Verlierer dastehen.«

»Mag sein, aber damit sind die Würfel gefallen. Wir haben keine Chance, Rufus zu holen. Ich bin mir sicher, darauf warten die Kerle nur. Es bleibt uns nichts anderes übrig, als die Nacht abzuwarten und dann nach Collingwood zu fahren. Es gibt dort ein Haus, das der Familie meiner Schwägerin Anahera gehört. Ich hatte einst überlegt, es zu kaufen und zum Strandhaus umzubauen, aber es liegt so abgelegen, dass man das Gefühl hat, es wäre eine Weltreise von Nelson entfernt.«

»Aber wäre es nicht besser, wir würden die Fähre nehmen und uns erst einmal auf der Nordinsel in Sicherheit bringen?«, fragte ich ängstlich.

»Dort werden sie Polizisten positioniert haben. Collingwood ist sicherer. Vorerst jedenfalls. Ich gelte für sie als Mörder. Die wollen schnell eine Verurteilung erwirken und dich zwingen, zu deinem Mann zurückzugehen.«

»Eher bringe ich mich um«, schnaubte ich.

»Versündige dich nicht. Denk an deinen Sohn!«

»Aber wie werde ich ihn jemals zu mir holen können, wenn wir doch auf der Flucht sind?«

»Es werden sich Mittel und Wege ergeben, wenn wir erst in Sicherheit sind. Und dort oben greift der korrupte Arm von Tom Hunter nicht. Da gibt es keine Neider. Im Gegenteil, ich bin für die Leute ein Tohunga, ein heiliger Mann. Unser Stamm kommt aus der Golden Bay. Nein, dort oben kann uns nichts geschehen«, versicherte Rongo mir mit solcher Überzeugungskraft, dass ich ihm glaubte.

»Komm, lass uns nach oben gehen und in der Stille warten, bis wir gehen können.«

Ich aber blieb stehen und holte aus meiner Jackentasche das Hei-tiki hervor und reichte es ihm. »Ich glaube, du musst es wieder tragen. Seit es dir Sam Snyder an Weihnachten vom Hals gerissen hat, widerfährt dir nur Unglück. Es tut mir so leid.«

Rongo lächelte. »Nein, das stimmt nicht. Mir ist das größte Glück meines Lebens begegnet. Mir ist noch einmal die Liebe geschenkt worden. Und außerdem besitze ich doch wieder ein eigenes.« Er öffnete den oberen Knopf seines Hemdes und berührte ehrfürchtig sein Hei-tiki.

»Was hättest du eigentlich gedacht, wenn meines fort gewesen wäre?«, fragte er nachdenklich.

Ich verstand nicht so recht.

»Hättest du dann an meiner Unschuld gezweifelt?«

»Was redest du denn da? Nicht einen Augenblick. Es war doch eindeutig, dass Tom Hunter das Hei-tiki eben geschickt neben der Leiche positioniert hat. Das gehört alles zu dem Plan, und Hunter steckt mit den beiden unter einer Decke. Sie sollen dich ins Gefängnis bringen und mich zwingen, zu Richard zurückzugehen. Und er wird mir schließlich die Wahl lassen: bleiben oder ohne mein Kind ...« Beim Gedanken an Rufus musste ich jedes Mal weinen.

Rongo zog mich sanft zu sich heran. »Oh, mein Lieb, was du alles meinetwegen durchmachen musstest«, seufzte er.

»Aber du hast Sam Snyder doch sogar den heiligen Fischweiher überlassen, weil er dich erpresst hat. Das muss alles ganz furchtbar für dich sein«, insistierte ich.

»Psst«, flüsterte er, bevor sich seine Lippen meinem Mund näherten. Wir küssten uns, als gäbe es kein Morgen.

Nach dem Kuss musterte er mich zärtlich. »Sag mir nur noch eines: Was hat deinen Sinneswandel bewirkt? Ich meine, dass du deinen Mann doch um die Scheidung gebeten hast?«

Ich erschrak, denn eigentlich wollte ich es ihm erst verraten, wenn wir in Sicherheit waren.

»Ich wusste, es würde sonst zu einer Katastrophe kommen, und da habe ich mir am Silvesterabend ein Herz gefasst. Als mein Mann mich dann scherzhaft fragte, ob ich ihm vielleicht offenbaren wolle, dass ich schwanger sei, was ja nicht angehen konnte, weil ich seit Mai nicht mehr in seinem Bett war, da ...« Ich stockte. Es war kein guter Zeitpunkt, ihm von meinem Verdacht zu erzählen.

»Du kannst mir alles sagen, mein Lieb.«

Ich zögerte, doch über Rongos Gesicht ging plötzlich ein Strahlen. »Du meinst, du bekommst ein Kind von mir?«

Ich zuckte die Achseln. »Es könnte sein.«

»Und mit dieser wunderbaren Nachricht willst du mich verschonen? Das wird mir Flügel verleihen!«

Rongo hob mich hoch und wirbelte mich wild im Kreis herum, bis ich ihn lachend um Gnade anflehte.

Motueka/Nelson, Dezember 2012

David setzte Amelie ein paar Hundert Meter vor dem Eingang der Snyder-Farm ab. Sie waren sich einig, dass er sie nicht bis zum Haus bringen würde, um einen weiteren Zusammenprall zwischen David und Ben zu vermeiden. David war ein wenig verschnupft darüber, dass Amelie seine Einladung zum Essen abgelehnt hatte, nachdem sie aus dem Krankenhaus gekommen waren. Amelie aber hatte nur einen Wunsch: mit Tamy das Tagebuch zu Ende zu lesen, um dann zu beratschlagen, wie man es David schonend beibringen sollte, falls es tatsächlich einen Mord gegeben hatte. Das verriet sie ihm aber nicht. Sie schlug vor, sich am nächsten Tag zu treffen.

»Ich habe morgen frei. Da könnten wir einen Ausflug in den Abel Tasman Park machen«, entgegnete David.

»Das ist eine gute Idee«, erwiderte Amelie, die ansonsten alles hätte stehen und liegen lassen, um mit David essen zu gehen, aber sie vibrierte vor Ungeduld, zu erfahren, was damals wirklich geschehen war. Da fiel ihr ein, dass sie vielleicht mit David nach Nelson zurückfahren sollte, um Tamy an einem neutralen Ort in der Stadt zu treffen. Das würde aber bedeuten, sie würde David verraten, was der wahre Grund für die Ablehnung seiner Einladung war. Sie hatte vorgeschoben, dass sie das alles sehr mitgenommen und sie Kopfschmerzen hatte. Letzteres stimmte, aber das allein hätte sie nie davon abhalten können, Zeit mit David zu verbringen.

»David, ich will ehrlich sein …« Sie stockte. Er sah sie erschrocken an. »Du willst mich nicht mehr sehen. Ich habe dich zu sehr verletzt, oder?«

»Nein, wie kommst du denn darauf?« Es berührte Amelies Herz, wie unglücklich er sie anschaute, weil er das irrtümlich glaubte. Sie strich ihm sanft über die Wangen. »Ich muss unbedingt wissen, was mit Lisa und deinem Großvater geschehen ist. Und ich habe Angst vor dem Ende der Geschichte.«

»Für mich gibt es keinen Zweifel mehr. Ihnen ist etwas zugestoßen«, erwiderte David energisch. »Aber du musst mir gleich Bescheid sagen. Ich muss auch wissen, was passiert ist.«

»Das würde ich ja gern, aber ich habe Angst um dich.«

»Um mich?«

»Ja, dass du eine Dummheit begehst, sollte sich herausstellen, dass Richard Bruhns und Sam Snyder deinen Großvater auf dem Gewissen haben sollten.«

»Amelie, hatten wir das nicht bereits geklärt? Ich bin sanft wie ein Lamm. Wie heißt es in der Bibel? Schlägt dich jemand, halte die andere Wange hin.«

Der spöttische Unterton in seiner Stimme war nicht zu überhören. Es ärgerte Amelie, dass er sie nicht ernst nahm.

»Du verschaukelst mich. Das ist nicht fair. Wenn ich mich nicht darauf verlassen kann, werde ich dir weder das Tagebuch zum Lesen geben noch dir das Ende verraten!«, entgegnete sie trotzig.

»Ich würde es auch so herausbekommen. Glaube mir! Aber hast du schon vergessen? Du hast mir versprochen, dass ich das Tagebuch zum Lesen bekomme, sobald ihr fertig seid.«

Amelie stieß einen tiefen Seufzer aus. Sie wollte auf keinen Fall mit ihm streiten.

»Du musst mir nur versprechen, diese Familienfehde zu beenden, ganz gleich, was damals geschehen ist«, bat Amelie ihn beschwörend.

»Das habe ich dir schon vor dem Krankenhaus zugesagt. Wie oft soll ich das denn noch machen?«, entgegnete David genervt.

Da war es wieder, dieses Gefühl bei Amelie. Sie glaubte ihm einfach nicht.

»Morgen wissen wir mehr«, seufzte sie. »Denn der Grund, warum ich nicht mit dir zum Essen gehen kann, ist der, dass ich am liebsten das Tagebuch holen und es gemeinsam mit Tamy zu Ende lesen würde. Ob du mich mit zurück in die Stadt nehmen könntest? Ich weiß, ich hätte etwas früher daran denken sollen, aber das ganze Chaos vorhin und der Treffer aufs Auge ...«

»Der Typ kann nur froh sein, dass es mit einer Salbe getan war. Hättest du genäht werden und Schmerzen erleiden müssen, ich hätte ...«

»Was hättest du?«

»Ach, das war ein Witz. Gar nichts hätte ich«, lachte David.

Warum kann ich ihm in diesem Punkt bloß nicht vertrauen?, dachte Amelie. Vielleicht, weil ich es zu gut verstehen könnte, wenn er Rache üben würde. Der Gedanke erschreckte sie, aber sie war Herrin ihres Verstandes, sodass sie niemals etwas gegen Brian und Ben unternehmen würde. Sie benahmen sich zwar wie komplette Idioten, aber sie hatten Lisa und Rongo nichts angetan, falls ihnen denn wirklich jemand etwas angetan haben sollte.

»Ist es in Ordnung, wenn du einen Augenblick hier wartest, wenn ich verspreche, mich zu beeilen?«

»Klar, lauf! Ich bleibe hier, denn wenn mir Mister Ben Snyder über den Weg laufen sollte, könnte ich heute für nichts garantieren. Und das hat nichts mit der Vergangenheit zu tun!«

Amelie ignorierte seine Worte, sprang eilig aus dem Wagen und rannte bis zum Haus. Völlig außer Atem kam sie dort an. Auf dem Flur begegnete ihr Marie. Sie machte einen ziemlich genervten Eindruck.

»Ist was passiert?«

»Nein, nur dass ich versuche, George aus dem Weg zu gehen.«

»Warum?«

Marie stöhnte auf. »Warum? Ich habe deinen Rat befolgt und

ihm offen gesagt, ich würde es probieren, aber ich sei mir nicht sicher, ob ich diese Verbindlichkeit mit letzter Konsequenz eingehen kann.«

»Das hast du wörtlich zu ihm gesagt?«

»Ja, genau so.«

Über Amelies Gesicht huschte ein Grinsen.

»Du redest ja so, wie ich vor nicht allzu langer Zeit gesprochen habe. Das hört sich sehr technisch an.«

Marie blickte ihre Schwester erstaunt an. »Das hat er auch gesagt. Und weißt du was? Er hat recht. Ich möchte doch nichts sehnlicher, als mit ihm zusammen zu sein. Das ist nur die verdammte Angst, mich zu binden und an einem Ort bleiben zu müssen.«

»Ich kann dich so gut verstehen, aber geh zu ihm und sage es ihm so, wie du es eben zu mir gesagt hast.«

Marie lachte gequält. »Leider habe ich einen Streit vom Zaun gebrochen und ihm an den Kopf geworfen, dass ich mich von ihm nicht darauf festnageln lasse, in diesem Kuhkaff zu versauern.«

»Na bravo! Und wo ist er jetzt?«

»Er fährt seine Kinder zu Freunden, wo sie übernachten …«

»Das heißt, ihr hättet heute Abend sturmfreie Bude, denn ich treffe mich mit Tamy, wenn sie Zeit hat. Ich will mit ihr weiter in Lisas Tagebuch lesen.«

»Lisas Tagebuch? Wieso weiß ich nichts davon?«

Amelie war ehrlich erschrocken. »Das tut mir leid. Tamy hat es mir vorhin erst vorbeigebracht. Christopher hat es in Bonnies Wohnung gefunden.«

»Es gibt ein Tagebuch? Das ist ja der Hammer!«

»Ich wollte es dir längst gesagt haben, aber dann gab's ja diese fürchterliche Schlägerei.«

»Schlägerei?«

»Ja, der betrunkene Ben hat David provoziert und auch ich habe was abbekommen.« Amelie deutete auf ihr Auge.

»Ben ist aber auch ein Idiot«, rutschte es Marie unverblümt raus. »Und nun wollt ihr beide das Tagebuch lesen? Da wäre ich natürlich gern dabei!«

Amelie musterte Marie zweifelnd. »Du kannst natürlich mit in die Stadt kommen, aber ...« Amelie legte eine bedeutungsschwangere Pause ein.

Ein erhellendes Lächeln umspielte Maries Mund.

»Du denkst an die sturmfreie Bude, oder?«, fragte sie.

»Wenn ich ehrlich bin, ja, das würde euch beiden guttun.«

»Das denke ich auch«, pflichtete Marie ihr verträumt bei.

»Prima, dann erzähle ich dir alles morgen, denn David wartet auf mich. Er ist so nett und fährt mich in die Stadt. Deshalb muss ich mich sputen.«

»Du findest mich nicht egoistisch, oder?«, fragte Marie unsicher.

Amelie drückte ihr ein Küsschen auf die Wange. »Nein, ich finde es gut, wenn ihr euch in Ruhe aussprecht, ohne die Kinder im Haus.« Mit diesen Worten drehte sich Amelie um und preschte die Treppen hinauf, um das Tagebuch und ein paar Sachen für den Abend zusammenzusuchen. Oben fiel ihr ein, dass sie vergessen hatte, Tamy Bescheid zu sagen. Eilig rief sie bei ihr an und ließ sie wissen, dass ihr Davids Rachefantasien Sorge bereiteten und dass sie deshalb lieber heute als morgen wissen würde, was wirklich damals geschehen war. Tamy schlug die bekannte Bar vor. Amelie begab sich so schnell sie konnte auf den Rückweg zum Wagen.

Sie befürchtete schon, David würde sauer sein, dass sie so lange gebraucht hatte, doch er war völlig entspannt.

»Ist das das gute Stück?«, fragte er und deutete auf das mit Glanzbildchen beklebte Tagebuch Lisa Bruhns' in Amelies Hand.

Sie nickte und ließ es hastig in ihre Tasche gleiten.

»Wohin soll es gehen?«

Amelie nannte ihm die Adresse der Bar. Daraufhin sah David sie skeptisch an.

»Ihr wollt in der Bar aus dem Tagebuch lesen? Konntet ihr keinen ruhigeren Ort finden?«

»Du bist lustig. Bei Tamy lauert Brian und auf der Snyder-Farm Ben. Nein, da können wir nicht hin. Was hältst du eigentlich von George Snyder?«

»Der Mann ist eine Ausnahmeerscheinung. Auf den lasse ich nichts kommen. Er ist ein feiner Kerl und wird uns demnächst in einer Zeremonie den Fischweiher zurückgeben. Er wird weiträumig abgezäunt, sodass kein Mensch mehr dorthin gelangen kann. Das ist im Sinne der Ahnen. Er war immer ein heiliger Ort, bis mein Großvater ihn, wer weiß, warum, verkauft hat.«

»Von dem Teich war einmal im Tagebuch die Rede«, entgegnete Amelie aufgeregt. »Sam Snyder wollte ihn deinem Großvater Rongo abkaufen, aber der blieb standhaft, obwohl ...«

»Obwohl?«

Amelie überlegte, ob sie wirklich von Sam Snyders unverschämten Kaufangeboten berichten sollte und wie er Rongo das Hei-tiki vom Hals gerissen hatte. Sie entschied sich dagegen. Das würde sie lieber erst mit Tamy besprechen.

»Sie waren gemeinsam zu einem Weihnachtsfest bei Lisa und Richard Bruhns eingeladen«, sagte sie schnell.

»Na ja, ich werde es ja auch alles lesen«, entgegnete David.

Amelie nickte, wenngleich sie bereute, ihm überhaupt von der Existenz des Tagebuchs erzählt zu haben. Wenn sie gewusst hätte, was das bei ihm hervorrufen würde, sie hätte es ihm vielleicht verschwiegen. Vorerst jedenfalls.

»Du hast mir immer noch nicht die Frage beantwortet, ob ihr das wirklich in der Bar machen wollt?«

»Wir haben wenig Alternativen«, stöhnte Amelie auf.

»Doch, ich biete euch ein kleines Tagungszimmer im Hotel an. Da habt ihr eure Ruhe. Keiner stört euch. Ihr könnt euch aus der Hotelbar bestellen, was ihr wollt. Und auch aus dem Restaurant. Ihr seid meine Gäste.«

»Das ist aber süß von dir«, stieß Amelie begeistert hervor. »Das ist natürlich besser als eine Bar, in die dann bei dem Glück, das wir haben, womöglich Brian und Ben kommen.«

David war immer noch nicht losgefahren, sondern musterte Amelie versonnen. »Ich könnte bei der Gelegenheit, also, wenn ihr fertig seid, vielleicht eine kleine Idee mit dir besprechen.«

»Was für eine Idee?«

»Das verrate ich dir nicht. Du wirst es gleich erfahren.«

»Das ist gemein.« Amelie versetzte ihm einen zärtlichen Stoß in die Rippen. Er zog sie zu sich heran und küsste sie. Bei diesem Kuss vergaß Amelie alles andere. Es gab nur noch David, sie und das intensive Spiel ihrer Zungen, mal leidenschaftlich, mal zärtlich, mal fordernd und hart, mal liebkosend und weich.

Als sie sich nach einer halben Ewigkeit voneinander lösten, war Amelie schwindlig und sie musste an ihre Großtante denken. Wie verrückt, dachte sie, dass Rongo Lisas Herz genauso erobert hatte wie David meines. Vergessen war die Angst, dass er Dummheiten begehen konnte. Er ist doch ein vernünftiger Mann, er wird nichts riskieren, womit er unsere Zukunft gefährdet, sagte sie sich, und noch bevor sie den Gedanken zu Ende gedacht hatte, erschrak sie. Hatte sie das wirklich gerade gedacht? Unsere Zukunft? Ja, sie konnte und wollte es nicht länger leugnen. Sie würde nicht zögern, wenn David es tatsächlich ernst mit ihr meinen sollte. Und dieser Mann würde doch nicht alles riskieren, nur weil er sich unbedingt an zwei Idioten rächen wollte.

»Ich liebe dich.«

Amelie spürte beim Klang seiner Stimme, wie eine warme Welle durch ihren Körper flutete.

»Ich liebe dich auch«, erwiderte sie leise. »Aber du solltest jetzt trotzdem fahren«, fügte sie hinzu, weil sie an Tamy dachte, die vergeblich in der Bar wartete.

»Tamy!«, rief sie aus und zückte ihr Telefon. »Ich muss ihr ja noch sagen, dass sie zum Hotel kommen soll.«

Collingwood, November 1933

Ich lebe im Paradies. Collingwood ist ein kleiner Ort in der schönsten Buch, die ich mir vorstellen kann, der Golden Bay. Weite, weiße Strände, Wälder, Wasserfälle, türkisfarbenes Meer, wohin das Auge blickt. Unser Haus liegt am Ortsrand. Es ist ein bezauberndes Holzhaus, das rosa gestrichen ist und am Dach üppige weiße Verzierungen hat. Erst dachte ich, wir sollten es umstreichen, weil ich mir schwer vorstellen konnte, in einem rosa Haus zu leben, doch inzwischen kann ich mir gar keine andere Farbe für dieses Puppenhaus vorstellen. So niedlich es auch von der Straße aussieht, hinter dem weißen Zaun und den üppigen Blumen, ist es geräumig genug, um unserer kleinen Familie genügend Platz zu bieten. Vom Garten aus haben wir einen herrlichen Blick bis zur Farewell Spit, einer Landzunge, die auf der anderen Seite der Bucht weit ins Meer reicht. Hinter unserem Garten beginnt der Strand. Manchmal stehen Rongo und ich in aller Herrgottsfrühe auf und rennen nackt ins Meer. Manchmal lieben wir uns danach am Strand. Wir begehren einander immer noch in einer Intensität, die manchmal wehtut. Vor allem seit ich nachts manchmal diesen schrecklichen Albtraum habe, dass er vor meinen Augen stirbt. Wenn ich aufwache, weiß ich nie genau, was geschehen ist, nur, dass er tot ist. Ich weiß, dass Rongo mir, wenn ich ihm davon erzähle, helfen würde, die bösen Geister zu vertreiben. Aber ich möchte ihn nicht damit belasten und hoffe, der Traum verlässt mich so plötzlich, wie er mich überfallen hat.

Wir haben einen großen Wohnraum mit einer offenen Küche, einen Wintergarten, ein Schlafzimmer und drei Kinderzimmer.

Zwei der Kinderzimmer sind allerdings unbewohnt. Eines ist voll eingerichtet, sodass sich ein kleiner Junge von einem Jahr dort wohlfühlen könnte, aber Rufus ist nicht bei uns. Wenn ich mir vorstelle, dass er jetzt über ein Jahr alt ist und schon auf seinen eigenen Beinchen stehen und laufen kann, werde ich so wehmütig, dass ich nur vor mich hinstarre und mir das bunt schillernde Paradies dort draußen grau in grau erscheint.

Ich habe mich im vergangenen Jahr nicht getraut, mein Tagebuch hervorzuholen, aus Angst, die Vergangenheit würde in dieses Paradies eindringen und alles zerstören, was wir uns aufgebaut haben. Collingwood liegt zwar nur etwa einhundertdreißig Kilometer von Nelson entfernt, aber es kommt mir vor, als wären wir in einer völlig anderen Welt. Was mich am meisten verwundert, ist die Tatsache, dass ich die Stadt nicht vermisse. Vielleicht liegt es daran, dass ich gut beschäftigt bin. Ich singe im Kirchenchor, in dem sowohl Maori als auch Pakeha sind. Dann unterrichte ich Maori-Kinder in Englisch und warte sehnsüchtig auf die Geburt unseres Kindes, nachdem ich das Baby, das ich damals von Rongo erwartet habe, verloren hatte. Ich war so deprimiert, dass ich darin eine Strafe Gottes sah, weil ich meinen Sohn verlassen hatte, doch Rongo ist Tag und Nacht nicht von meiner Seite gewichen und hat mir durch seine Liebe und seine heilerischen Fähigkeiten die Freude am Leben zurückgegeben. Im Nachhinein denke ich, es waren die Anstrengung und der Kummer darüber, dass ich Rufus zurücklassen musste. Es vergeht kein Tag, an dem ich nicht an ihn denke. Unser Kind soll in vier Wochen auf die Welt kommen. Vielleicht wird es ein Weihnachtsgeschenk ...

Rongo hat viel Arbeit. Er kann hier am entlegenen Ende der Insel seiner Heilkunst nachgehen, ohne dass einer der Menschen, gleich ob Maori oder Pakeha, auf den Gedanken kommen würde, ihn deswegen anzuzeigen. Im Gegenteil, er wird regelrecht verehrt. Ich habe ihn nicht ein einziges Mal jammern hören, dass er meinetwegen sein Leben in Nelson hatte aufgeben müssen. Im Gegenteil, er scheint zufrieden und gelöst. Sein Lachen erfüllt oft das Haus. Ich glaube, ihm geht es sogar besser an diesem Ort.

Nur für Hori ist es problematisch. Er vermisst das große Haus in Nelson und den Luxus, der ihn umgeben hat. Natürlich konnten wir nicht seine ganzen Spielzeuge mitnehmen. Ich versuche, ihm eine gute Ersatzmutter zu sein, was mir nicht immer gleichermaßen gelingt. Manchmal bockt er und schottet sich völlig ab. Dann wirft er mir an den Kopf, dass ich nicht seine Mutter sei, aber Rongo steht mir stets bei, ohne den Jungen zu sehr zu maßregeln. Er hängt abgöttisch an seinem Vater. Ich hoffe sehr darauf, dass seine Launen weniger werden, wenn er erst ein Geschwisterchen bekommt.

Letzten Sonntag war ein großer Tag für ihn. Wir hatten Besuch von seinem Onkel, Rongos Cousin Anawa, mit seiner Frau und seinem Sohn. Apera, Anawas Sohn, ist in Horis Alter, und die beiden sind den ganzen Tag durch das Haus und den Garten getobt.

Ich hatte frischen Fisch, den Rongo selbst gefangen hat, zubereitet. In Collingwood brauche ich keine Haushaltshilfe. Ich schaffe die Hausarbeit und sogar den Garten, was mich neuerdings sehr fasziniert, ganz gut allein, doch wir werden, sobald unser Kind geboren ist, ein Kindermädchen einstellen. Rongo hat schon eine junge Frau für die Aufgabe vorgeschlagen, eine Patientin.

Das Essen nahmen wir auf unserer Terrasse ein, denn es war seit Tagen sehr heiß für November. Die Männer redeten natürlich erst einmal über das Hotel.

Nachdem die Kinder lärmend vom Tisch aufgestanden waren, musterte mich Anahera durchdringend.

»Im Hotel war neulich eine junge Frau, die nach dir gefragt hat«, sagte sie schließlich.

»Um Gottes willen, was hast du ihr gesagt?«

»Dass ich keine Ahnung habe, wo du geblieben bist, natürlich!«

»Und wer war sie, was wollte sie?« Ich spürte die Aufregung in jeder Pore.

»Sie sagte, sie sei Bonnie, und wenn ich dich sehe, sollte ich dir unbedingt ausrichten, es ginge Rufus gut und du solltest dir keine Sorgen machen. Doch wenn es einen Weg gäbe, wieder zusammenzukommen, mögest du ein Zeichen geben.«

Mein Herz raste.

»Du bist so blass geworden, wer ist diese Frau?«

»Es ist mein Kindermädchen Bonnie, das mir mit dieser Botschaft signalisiert, dass sie jederzeit bereit ist, mit meinem Kind dorthin zu kommen, wo ich bin. Du musst ihr unbedingt sagen, wo ich bin«, beschwor ich sie.

»Bist du wahnsinnig? Die Behörden suchen Rongo. Er wird immer noch verdächtigt, Arthur Tenson umgebracht zu haben. Gerade neulich erst war wieder dieser widerliche Polizist bei uns im Hotel. Du weißt doch, der Kerl, der mit den beiden Verbrechern unter einer Decke steckt. Zum Glück ahnen die nichts von dem Haus meiner Familie. Sie vermuten, ihr seid im Norden. Sie haben gehofft, ich würde plaudern, als er mir drohte, dass es für mich unangenehme Folgen hätte, sollte ich einen Mörder decken. Nirgends seid ihr sicherer als hier. Du darfst keinem Menschen verraten, wo du dich aufhältst, schon gar nicht einer Frau, die im Haus deines Mannes lebt! Das wäre Wahnsinn!«

»Aber ich muss! Verstehst du das nicht?«, flehte ich sie an. Ich hatte gar nicht gemerkt, dass meine Stimme lauter geworden war. So laut, dass die Männer ihr Gespräch unterbrachen.

»Sie verlangt, dass ich ihrem Kindermädchen Bonnie verrate, wo ihr euch aufhaltet! Das kann ich nicht. Sie wird euch verraten.« Anahera war außer sich.

»Du bist ja völlig verrückt«, schimpfte Anawa. Er war ohnehin nicht besonders gut auf mich zu sprechen, denn er sah in mir den Grund, warum sein Cousin in diesen ganzen Schlamassel geraten war. Das nahm er mir persönlich übel.

»Ich weiß nicht, ob du das wagen solltest«, bemerkte auch Rongo zweifelnd. Ich fühlte mich von allen unverstanden, stand auf und lief nach draußen durch den Garten an den Strand. Ich wusste, dass mein Verhalten kindisch war, aber ich konnte nicht anders. Wenn es um Rufus ging, war bei mir mit Vernunft nicht viel auszurichten. Was wussten die anderen schon, was es bedeutete, ein Kind zurücklassen zu müssen. Nun war die einmalige Chance, dass alles doch noch zu einem guten Ende kam, zum Greifen nahe, und ich sollte sie nicht nutzen? Ich ließ mich in den warmen Sand fallen, vergrub mein Gesicht in beiden Händen und schluchzte auf.

Irgendwann fühlte ich eine Hand auf der Schulter und drehte mich um. Rongo sah hilflos aus. »Ich verstehe dich ja«, sagte er. »Aber es ist ein großes Risiko.«

»Glaubst du allen Ernstes, Bonnie würde mich verraten?«, schrie ich ihn an. Etwas, das ich noch nie zuvor getan hatte. Und ich merkte es nicht einmal.

»Lisa, beruhige dich. Lass uns vernünftig darüber reden«, bat Rongo, aber ich steigerte mich nur weiter in das Gefühl hinein, dass mich keiner verstand. Ich begriff nicht, wieso Rongo nicht ebenso erfreut über Bonnies Nachricht war wie ich.

»Verdammt, verstehst du nicht? Sie will mit Rufus zu uns kommen!«

»Natürlich verstehe ich das, aber du musst zugeben, es ist nicht ungefährlich. Stell dir vor, Richard bekommt davon Wind ...«

»Aber wie soll er denn? Bonnie ist doch nicht so dumm, uns zu verraten. Sie will uns Rufus bringen.«

»Gut«, stöhnte Rongo, »dann beten wir, dass wir keinen fatalen Fehler begehen.« Er gab mir die Hand und zog mich hoch.

Ich sah meinen Geliebten ungläubig an, bevor ich ihm um den Hals fiel und sein Gesicht mit Küssen bedeckte.

»Ich liebe dich! Ich liebe dich!«, rief ich gerührt aus.

»Komm, wir müssen es Anawa und Anahera schonend beibringen. Sie sind sehr aufgebracht, weil du uns so leichtfertig in Gefahr bringen willst.«

»Es wird gut gehen«, versicherte ich. »Stell dir vor, wir könnten vor der Geburt unseres Kindes eine große, glückliche Familie sein.«

Rongo rang sich zu einem Lächeln durch. Ich spürte, dass er das allein mir zuliebe tat und immer noch skeptisch war, ob wir das Risiko wirklich eingehen sollten.

Arm in Arm kehrten wir ins Haus zurück. An den erhitzten Gesichtern unserer Gäste konnte ich ersehen, dass sie sich sehr über mich aufgeregt hatten.

»Es tut mir leid, aber wenn es Rufus betrifft, gehen mit mir die Pferde durch«, erklärte ich entschuldigend.

»Hast du ihr klargemacht, dass das Wahnsinn ist?«, fragte Anawa Rongo über meinen Kopf hinweg. Als wäre ich gar nicht da.

»Wir haben beschlossen, dass Anahera Bonnie unseren Aufenthaltsort verrät. Sie ist Lisa absolut treu ergeben und wird nichts unternehmen, womit sie uns gefährden könnte. Ich lege die Hand ins Feuer für sie.«

»Bist du auch von allen guten Geistern verlassen?«, brüllte Anawa seinen Cousin an. »Dann kannst du dich gleich der Polizei in Nelson stellen. Hast du eine Ahnung, was die mit dir anstellen? Die warten nur darauf, dich in die Finger zu kriegen. Glaubst du, dass sie dich wieder aus ihren Fängen lassen? Die stecken doch alle unter einer Decke. Bruhns, Hunter und Sam Snyder. Der ist der Schlimmste von allen. Und wenn Anahera eure Adresse an diese Frau weitergibt, seid ihr verloren!«

»Ich weigere mich!«, erklärte Anahera kämpferisch.

Ich schluchzte laut auf. Rongo nahm mich sanft in den Arm. »Bitte, respektiert unseren Wunsch. Anahera, gib Bonnie unsere Adresse!«

Anawa stand wütend vom Tisch auf. »Wie du willst! Komm, Anahera, wir fahren nach Hause.« Er rief laut nach seinem Sohn.

»Und wenn mir etwas geschehen sollte, denk daran, Hori soll bei euch aufwachsen …«

»Warum sagst du das jetzt?«, ging ich mit schriller Stimme dazwischen.

»Warum wohl?«, konterte Anawa. »Weil Rongo sich durchaus der Gefahr bewusst ist, die du in deinem Leichtsinn völlig herunterspielst. Was willst du eigentlich noch, Pakeha? Rongo hat sein bürgerliches Leben in Nelson für dich aufgegeben, sein Kind in diese Einöde verpflanzt, wird als Mörder gesucht? Und nun willst du ihn ans Messer liefern?«

»Aber ich will doch nur mein Kind«, entgegnete ich fassungslos. »Was würdest du tun, wenn du dein verlorenes Kind zurückbekommen könntest?«

»Ich will nichts mehr hören. Wir tun, was Rongo verlangt. Und dann werden wir ja sehen«, mischte sich Anahera wütend ein. Er schnappte sich seinen Sohn Apera, der in entsetzliches Gezeter ausbrach, weil er noch bei Hori bleiben wollte.

»Machst du eigentlich alles, was sie will?«, fragte Anawa Rongo provokativ.

»Anawa, bitte lass gut sein. Ich weiß, dass du so wütend bist, weil du dir Sorgen um mich machst, aber ich bin erwachsen, und ich treffe diese Entscheidung aus vollem Herzen. Es ist der einzige Weg, wie Lisa ihr Kind bekommen könnte. Und wenn ich den leisesten Zweifel an Bonnies Integrität hätte, würde ich anders entscheiden. Und jetzt hoffe ich, dass ihr uns bald wieder einmal besucht und wir einen friedlichen Tag miteinander verbringen können.« Rongo blickte versöhnlich in die Runde. »Wollt ihr es euch nicht noch einmal überlegen, jetzt, wo der Zwist beigelegt ist?«

»Nein, ich kann nicht. Es hat nichts mit dir zu tun«, entgegnete sein Cousin. »Aber ich finde, dass Lisa ungemein egoistisch ist. Und das kann ich ihr nicht verzeihen. Jedenfalls heute nicht mehr.« Er lächelte schief.

Ich sagte kein Wort, nicht, weil ich beleidigt war, sondern, weil in Anaheras mahnenden Worten auch ein Körnchen Wahrheit lag. Nicht dass ich Bonnie misstraute, aber was, wenn Richard ihr auf die Schliche kam? Daran darf ich keinen Gedanken verschwenden, sprach ich mir gut zu, es wird alles gut.

Mein Abschied von Anawa und Anahera war sehr kühl. Sie gaben mir nicht einmal die Hand, während sie sich von Rongo unter Tränen und Umarmungen verabschiedeten. Auch Hori weinte herzzerreißend und wollte mit in den Wagen steigen. Rongo konnte ihn nur äußerst unsanft davon abbringen.

Ich stand etwas abseits und kam mir vor wie eine Aussätzige.

Eigentlich war ich mir keiner Schuld bewusst. Welche Mutter hätte anders gehandelt als ich? Bonnie zu verraten, wo wir uns aufhielten, war meine einzige Chance. Wie konnte man von mir verlangen, dass ich diese ungenutzt verstreichen ließ? Ich fühlte mich im Recht, und trotzdem nagte in meinem Hinterkopf die brennende Frage: was, wenn ich damit tatsächlich Rongo in Gefahr bringen würde?

Ich bekam schreckliche Kopfschmerzen und musste mich an diesem Abend früh ins Bett zurückziehen. Der einzige Trost war mein ungeborenes Kind, das in meinem Bauch einen Tanz vollführte. Das tröstete mich ein bisschen. Und dass Rongo wenig später ins Schlafzimmer kam.

»Hast du Hori beruhigen können?«

Rongo rollte mit den Augen. »Sagen wir mal so, es war sehr schwer. Er hat mir deutlich zu verstehen gegeben, dass er in unser Haus nach Nelson zurückwill. Aber er wird sich schon einleben. Wie geht es dir?«

»Ich zerbreche mir den Kopf, der immer stärker dröhnt, ob es richtig war, dass Bonnie unseren Aufenthaltsort erfährt.«

Rongo strich mir sanft über meinen nackten Bauch. »Es ist unsere einzige Chance, Rufus zu uns zu holen. Wie sollen wir es sonst anstellen? Solange ich unter dem Verdacht stehe, Arthur ermordet zu haben, können wir es nicht auf legalem Weg versuchen, zumal dieser Hunter mit Sicherheit mit Sam und Richard unter einer Decke steckt.«

»Richard ist bestimmt kein Engel, aber dass er einen Menschen umbringt, nein, das hätte ich ihm niemals zugetraut.«

»Wer sagt dir, dass er es gewesen ist? Richard ist ein ängstlicher Mitläufer, der Angst hat, als Schwächling dazustehen. Ich glaube kaum, dass er die treibende Kraft war.«

»Ich denke auch, dass Sam derjenige war, welcher ...«, seufzte ich. »Aber das ändert nichts an der Tatsache, dass sie es so haben aussehen lassen, also ob du unseren Freund ermordet hast. Und wenn die spitzkriegen, wo du bist, dann werden sie nichts unversucht lassen, dich einzufangen und vor ein Gericht zu bringen. Und bei all den gefälschten Beweisen werden sie dich schuldig sprechen, und du wirst lebenslang hinter Gittern schmoren ...« Ich konnte nicht weiterreden.

Verzweifelt warf ich mich an Rongos Brust. »Wenn dir etwas zustößt, werde ich mir das nie verzeihen.«

»Ganz ruhig, mein Lieb«, redete Rongo tröstend auf mich ein.

»Kuschel dich ganz dicht an meinen Rücken«, bat ich ihn.

Rongo zog sich aus, und in seiner Nähe vergaß ich bald meinen Kummer. Er hatte eigentlich die helle Haut von seiner Mutter geerbt, aber unter der Sonne der Golden Bay war sie gut gebräunt. Ich fühlte trotz meines Zustands Lust in mir aufsteigen. Wir hatten uns die ganze Schwangerschaft über geliebt. Ein Zittern durchlief meinen Körper, als er sich mit seinem nackten, muskulösen Körper gegen mich presste. Er schien zu spüren, dass es mich erregte, denn ich fühlte etwas Hartes an meinem Rücken. Wir liebten uns mit aller Vorsicht und schliefen erschöpft in dieser Haltung ein.

Ich erwachte von einem gellenden Schrei. Erst als ich aufrecht im Bett saß, wurde mir klar, dass ich diesen Schrei ausgestoßen hatte. Ich erinnerte mich daran, dass überall im Haus Blut war und ich verzweifelt nach Rongo suchte.

»Was ist? Hast du schlecht geträumt?«

Ich nickte verstört.

»Und was hast du geträumt?« Rongo liebte es, meine Träume zu deuten, aber ich behauptete, mich nicht mehr daran zu erinnern. Ich wollte ihn nicht unnötig beunruhigen.

Es dauerte eine halbe Ewigkeit, bis wir wieder einschliefen.

Zum Glück bin ich in der vergangenen Woche von Albträumen verschont geblieben. Ich sitze auf meinem Lieblingsplatz auf unserer Terrasse, weil Rongo, der heute freihat, mit Hori beim Fischen ist. Außerdem haben die beiden im Garten begonnen, ein kleines Waka zu bauen. Nach dem Vorbild eines großen Kriegskanus, das in einem Buch abgebildet ist. Ich werde wohl heute nicht viel von den beiden sehen. Ich befürchte, sobald sie mir den Fisch fürs Mittagessen gefangen haben, werden sie den Rest des Tages hämmern und sägen. Ich gönne es ihnen von Herzen, denn Hori tut dieses Zusammensein mit seinem Vater sehr gut.

Vorhin habe ich das erste Küsschen von ihm bekommen. Dafür, dass ich ihm Honigbrote mitgegeben habe, als sie zum Angeln fuhren. Er war sehr stolz, dass ich für ihn Proviant gemacht habe und für Rongo nicht. Ich stand bis zu den Knien im Wasser und wollte das Boot anschieben, als Hori sich über den Bug des Bootes zu mir beugte, seine Arme um meinen Hals schlang und mich auf die Wange küsste. »Für das Brot«, sagte er. Ich strahlte über das ganze Gesicht, und Rongo machte mir ein Zeichen nach dem Motto: Weiter so!

Auf dem Rückweg vom Strand habe ich mich gefragt, was ich im Haus Nützliches tun könnte, doch dann entschied ich mich, an diesem Sonntag meine Arbeit auch ruhen zu lassen, und mir fiel mein Tagebuch ein. Heute war so ein Tag, an dem ich die Kraft besaß, es weiterzuführen.

Und ich musste ja unbedingt einen Brief an Anna schreiben.

Wenn Rufus demnächst bei uns wohnt und ich das Kind bekomme, hätte ich sie gern bei mir. Natürlich werde ich auch Bonnie behalten, und ich stelle mir schon vor, was wir drei Frauen für einen Spaß haben werden. Und Rongo hat gar nichts dagegen. Ich habe ihn natürlich gefragt. Es macht mich schier verrückt, dass ich so gar nichts von Anna gehört habe. Ich schiebe es auf die politischen Verhältnisse, weil ja inzwischen diese grölenden Braunhemden die Macht in Deutschland übernommen haben.

Vielleicht dürfen sie nicht mehr ins Ausland schreiben, vermutete ich, doch dann fiel mir siedend heiß ein, dass sie ja gar nicht wussten, wo ich war. Womöglich war der Brief bei Richard angekommen. Keine schöne Vorstellung! Ich schrieb also schnell noch einen kurzen, vielleicht arg knappen Brief. Ich verkniff mir Anspielungen auf die Veränderung der politischen Lage in Deutschland. Und ich verschwieg ihnen, dass ich mich von Richard getrennt hatte.

Liebe Eltern,

ich denke, Ihr habt meinen letzten Brief nicht erhalten. Jedenfalls erreichte mich keine Antwort. Ich hoffe natürlich, es geht Euch allen gut. Es ist ganz schlimm, wenn man gar nichts mehr von den Lieben daheim hört.

Ich möchte aber nicht lange drum herumreden, sondern mein Anliegen direkt vorbringen. Könnt Ihr Euch vorstellen, dass Ihr mir Anna zeitnah nach Neuseeland schickt? Ich könnte sie so gut gebrauchen. Es gibt auch eine Schule vor Ort, und sie war ja immer so gut in Englisch. Sie wird es in ein paar Wochen schaffen, dem Unterricht zu folgen. Und da ich demnächst mein zweites Kind erwarte, könnte ich sie auch gut als kleine Unterstützung gebrauchen. Ihr würdet mir einen Herzenswunsch erfüllen. Was meint Ihr? Schreibt doch, ob Ihr Euch das vorstellen könnt! Falls Du, Vater, Bedingungen hast, bitte nenne sie mir, ich werde sie alle erfüllen. Denn ich glaube fest, dass sie sich hier sehr wohlfühlen wird.

Eure Tochter Lisa

Dummm wäre, wenn Richard ihren Brief erhalten und ihnen seinerseits geschrieben hätte, dass ich das Kind und ihn für einen anderen verlassen hatte. Aber dazu ist Richard zu schreibfaul, und was hätte er davon? Eine Antwort von meinem Vater, in der er mein Benehmen verteufelt? Ich versuchte, den Gedanken zu verdrängen. Genau wie den an meinen Albtraum vom letzten Sonntag.

An diesem wunderschönen, friedlichen Tag, liebes Tagebuch, möchte ich mein Herz nicht länger mit dem beschweren, was womöglich in der Zukunft an Schrecklichem geschehen könnte. Ich liebe das Leben, Rongo und meine Kinder! Es wird alles gut! Mir fehlt nur eines zu meinem Glück: dass Bonnie und Rufus eines Tages vor meiner Tür stehen.

In diesem Augenblick klingelt die Glocke an der Haustür, liebes Tagebuch, vielleicht werden Wunder schneller wahr, als ich es mir vorstellen kann ...

Nelson, Dezember 2012

Als David und Amelie das Hotel erreichten, wartete Tamy schon ungeduldig auf sie.

David begrüßte sie mit einer herzlichen Umarmung, die Tamy ebenso freundlich erwiderte. Was für eine tolle Frau, ging Amelie durch den Kopf, wie souverän sie das Ganze nahm.

David führte sie einen langen Gang entlang, bis sie bei einem Wintergarten ankamen, der einen herrlichen Blick über den Garten bot.

»Ist das den Damen genehm?«, fragte er nicht ohne Stolz.

»Ich bin überwältigt«, entgegnete Amelie begeistert. »Das ist ein wunderschöner Platz. Von wegen Tagungsraum.«

»Hier ist ein Telefon.« David deutete auf einen Apparat an der Wand. »1 ist das Restaurant. Ihr könnt euch alles bestellen, was ihr wollt. Und natürlich so lange bleiben, wie ihr mögt. Wenn es bis in die Nacht geht, wäre ein Zimmer frei für euch beide.«

»Du hast wirklich an alles gedacht«, stieß Amelie beeindruckt hervor.

»Ach ja, und hier ist ein Kühlschrank. Der steht zu eurer freien Verfügung.« Er öffnete ihn. Zum Vorschein kamen Wasser und eine Flasche Wein.

Tamy und Amelie blickten sich fragend an. Beide hatten den gleichen Gedanken: Ob sie sich gleich über den Wein hermachen sollten?

»Also, ich würde gern ein Glas Sauvignon nehmen«, seufzte Tamy.

Galant holte David die Flasche hervor und öffnete sie. Es war ein edler Tropfen aus der Cloudy-Bay-Produktion.

»Ich nehme auch gern eins«, sagte Amelie.

David stellte den Frauen zwei Gläser hin, goss sie so ein, wie man es in Restaurants tat, nämlich exakt bis zur 0,2-Marke, und stellte eine Schale voller Nüsse auf den Tisch.

»Dann wünsche ich euch alles Gute«, sagte er und strich Amelie flüchtig übers Haar. Sie war heilfroh, dass er nicht deutlicher zeigte, wie nahe sie sich standen, aber Tamy schien auch diese zärtliche Geste völlig zu übersehen.

In der Tür drehte er sich noch einmal um. »Wenn ihr nachher Hunger habt, heute ist besonders der Marktfisch zu empfehlen mit Kräuterkruste, dazu Fenchel, Spargel und Bohnen in Zitronensoße.«

Amelie verdrehte verzückt die Augen. Sie spürte, wie sie bei jeder Zutat mehr Hunger bekam.

»Können wir das auch gleich haben?«, fragte sie keck.

»Ich werde die Bestellung sofort aufgeben. Und du, Tamy?«

»Da sage ich nicht Nein!«, lachte sie.

Kaum dass David die Tür hinter sich geschlossen hatten, sahen die beiden sich an und brachen unisono in lautes Gekicher aus.

»So lässt es sich leben«, feixte Tamy. »Du solltest ihn dir warmhalten.«

»Das denke ich auch«, lachte Amelie, bevor sie feierlich das Tagebuch aus ihrer Tasche hervorzog.

»Lass uns nach dem Essen beginnen«, schlug Tamy vor und prostete Amelie zu.

Amelie spürte beim ersten Schluck Wein, wie gut ihr der edle Tropfen nach all dem Stress dieses langen und aufregenden Tages tat.

»Ich habe den Eindruck, David ist völlig entspannt. Ich habe ihn lange nicht mehr so gelöst erlebt«, sagte Tamy. »Wie ein Rächer sieht er mir gerade nicht aus.«

»Er hat mir ja auch hoch und heilig versprochen, dass er keine Dummheiten macht, ganz gleich, was wir herausfinden werden, aber ich kann mir nicht helfen, ich weiß nicht, ob ich ihm in dem Punkt wirklich trauen kann«, stöhnte Amelie.

»Ich glaube schon«, entgegnete Tamy voller Überzeugung. »David neigte seit dem Tod seiner Frau eher zu Depressionen als zu Aggressionen. Ich kann mir nicht vorstellen, dass er in Rambo-Manier loszieht und sich Brian und Ben vorknöpft. Ich glaube, da kannst du ganz beruhigt sein.«

Sie blickten erstaunt zur Tür, als die Kellnerin das Essen brachte. Amelie stürzte sich mit Heißhunger auf den weißen zarten Fisch. Sie hatte zwar zu Mittag mit George, Marie und seinen Kindern bereits einen Teller Bolognese verspeist, aber seit sie in Neuseeland war, konnte sie problemlos zweimal am Tag warm essen. Und sie hatte nicht ein einziges Mal die Kohlenhydrate verschmäht. Wenn sie daran dachte, wie sie vorher darauf geachtet hatte, kein Gramm zuzunehmen. Hier würde sie gar nicht auf solche Gedanken kommen, und solange ihre Kleidung ihr noch gut passte, warum sollte sie in ihre alten Gewohnheiten zurückfallen?

Das Essen verlief schweigend. Es war ein wahres Fest für den Gaumen.

Sie waren gerade fertig, als Davids dunkler Haarschopf im Türrahmen auftauchte. »Ich wollte nicht stören. Ich hoffe, ihr seid nicht mitten in eurer Lektüre.«

»Nein, wir sind gerade fertig mit diesem köstlichen Fisch«, entgegnete Amelie.

»Dann hätte ich eine Bitte. Ich habe nachher einen Termin und wollte Amelie gern vorher etwas zeigen. Ich möchte aber, dass du mitkommst, Tamy, denn es betrifft dich auch. Du wirst es dir nicht noch einmal überlegen mit dem Schwarzbrot?«

Tamy schüttelte energisch den Kopf. »Ich würde gern, aber ich kann nicht. Man hat mich zur Schulleiterin gemacht. Ich bekam vorhin die Zusage.«

»Herzlichen Glückwunsch! Würdet ihr mir trotzdem zehn Minuten eurer Zeit schenken?«

Amelie und Tamy blickten sich an und zuckten beide mit den Schultern.

»Ja, zehn Minuten können wir warten«, erklärte Amelie.

Die beiden Frauen folgten David durch den Hinterausgang über die Hotelterrasse durch den paradiesischen Garten bis zum Ende. Dort tauchte ein weiteres sehr schönes Gebäude auf, an das sich ein Pavillon anschloss. Es war ein malerischer Flecken, von dem man einen einzigartigen Blick über die sanften Hügel bis zum Meer hatte.

»Meine Schwägerin und ich haben lange überlegt, was wir aus diesem Schmuckstück machen sollen, und nun haben wir eine Entscheidung gefällt.«

Amelies Herz klopfte bis zum Hals. Ohne dass David auch nur eine einzige Andeutung gemacht hatte, ahnte sie, was er vorhatte.

»Wir planen hier ein Bistro, nicht nur für Hotelgäste, mit einer eigenen Bäckerei und Konditorei. Wir wollen Brot und Kuchen dann auch an andere Häuser liefern. Zum Beispiel an alle deine alten Kunden, Tamy, die ihr Schwarzbrot doch so schmerzlich vermissen. Und es soll auch Außerhausverkauf geben an Nichthotelgäste.«

Amelie senkte den Kopf. Es gab keinen Zweifel, dass er ihr gleich ein Angebot machen würde, das sie in tausend Konflikte stürzen würde. Ach Marie, dachte sie, und ich habe geglaubt, ich müsse mich nicht mit der Frage beschäftigen: zurückgehen oder bleiben.

Amelie spürte Tamys Blick förmlich auf ihrer Haut brennen. Anscheinend wusste sie auch, was nun unweigerlich kommen würde.

»Ja, und da wollte ich deine Schwester und dich fragen, ob ihr Lust habt, diesen Laden zu übernehmen. Ihr würdet keine Miete zahlen, aber die Bäckerei würde euch gehören. Unter der einen Bedingung: dass ihr auch für Bistro und Hotel produziert.«

Amelie blieb nichts anderes übrig. Sie musste David endlich anschauen. Er strahlte über das ganze Gesicht.

»Das ist ein total nettes Angebot«, erwiderte Amelie höflich, aber steif. »Ich denke, ich werde das mit Marie besprechen.«

»Das ist alles?«, stieß David enttäuscht hervor.

»Ich ... also ... es ist der schönste Arbeitsplatz auf Erden und sehr verlockend, aber ... ich meine, ich habe zu Hause ein riesiges Unternehmen, äh, die ... die brauchen mich, also, ich ...«, stammelte Amelie.

»Du willst mir damit aber nicht sagen, dass du bald nach Deutschland zurückkehren wirst?«

Amelie tat es in der Seele weh, David so gekränkt zu erleben. Aber sollte sie ihm sagen, dass ihr Herz jubilierte, während der Kopf ihr signalisierte, dass das bei aller Liebe nicht machbar war? Dass sie nach Hamburg gehörte, in ihre Firma und in ihr altes Leben? Allein beim Gedanken daran, in Zukunft wieder blind für die Schönheiten des Lebens durch den Alltag zu hetzen, wurde ihr ganz schummrig.

»David, nein, ja ... ich meine, das kommt so plötzlich. Du kannst doch nicht erwarten, dass ich mit einem Wimpernschlag meine ganze Existenz aufgebe. Ich bin eine erfolgreiche Geschäftsfrau, und ja, es ist ein verlockendes Angebot, wirklich, aber es bedeutet viel für mich.«

»Du kannst es dir ja überlegen.«

»David, du kannst nicht von ihr erwarten, dass sie binnen weniger Minuten ihr ganzes Leben aufgibt«, mischte sich Tamy ein. »Ich bin mir sicher, sie liebt dich, aber lass ihr eine gewisse Bedenkzeit.«

Davids Miene wurde bei ihren Worten weicher. Er nahm Amelies Hand. »Es tut mir leid, dass ich dich derart überfallen habe, aber ich wollte es unbedingt jetzt wissen. Doch das war egoistisch von mir. Nimm dir alle Zeit der Welt, die du brauchst, aber bei alledem sollst du wissen, dass ich es ernst mit dir meine.«

Amelie und David sahen sich lange intensiv in die Augen, bis ihr die Tränen kamen. »Mein Herz will, aber ich weiß nicht, ob ich über meinen Schatten springen kann, David«, gestand sie ihm schließlich wahrheitsgemäß.

»Überleg es dir. Ich bringe euch zurück«, sagte er und eilte voran durch den Garten.

Erst als Amelie und Tamy wieder an ihrem Tisch im Wintergarten waren, trauten sie sich, einander anzusehen.

»Ich wollte bestimmt nicht, dass du hautnah mitbekommst, wie ernst es David mit mir ist«, erklärte Amelie schuldbewusst.

»Ich habe es dir doch gesagt: David ist kein One-Night-Stand«, entgegnete Tamy ungerührt.

»Lass uns anfangen«, stöhnte Amelie.

»Ich würde mich freuen, wenn Marie und du bliebet«, bemerkte Tamy, während sie über den Tisch griff und sich das Tagebuch schnappte.

»Soll ich anfangen?«

»Bitte!«

»Aber ich hoffe, du hörst auch zu.«

»Natürlich«, knurrte Amelie. Und das war kein leeres Gerede. Kaum dass Tamy begonnen hatte, ihr Lisas Aufzeichnungen vorzulesen, hatte sie alles andere um sich herum vergessen. Sie tauchte tief in die Welt dieser unglücklich verheirateten Frau ein, die bereit war, zum Wohl ihres Kindes die große Liebe zu opfern.

An manchen Stellen konnte Tamy nicht weiterlesen, weil ihr die Stimme versagte. Es dauerte jedes Mal ein paar Minuten, bis sie fortfahren konnte. In diesen Pausen sprachen die beiden Frauen kein Wort. Zu sehr waren sie in dem Drama gefangen, das sich auf diesem Flecken Erde vor achtzig Jahren ereignet hatte.

Amelie schaffte es, die ganze Zeit über ihre Tränen zurückzuhalten, doch dann kam der Mord an Arthur Tenson, eine Person in Lisas Leben, die sie tief in ihr Herz geschlossen hatte. Sie schluchzte laut auf und Tamy hörte zu lesen auf, bis Amelie sich wieder beruhigt hatte.

Die beiden Frauen entspannten sich erst, als Lisa ihr Leben in Collingwood beschrieb.

»Amelie, was jetzt kommt, wurde nicht von Lisa geschrieben«, stieß Tamy mit einem Mal aufgeregt hervor und blätterte hektisch die folgenden Seiten durch. »Das ist eine andere Schrift!«

»Das ist von Bonnie«, erwiderte Amelie leise. »Sie hat es in ihrem Brief angekündigt, dass sie Lisas Tagebuch fortgesetzt hat.«

Tamy blickte Amelie entsetzt an. »Ist dir klar, was das heißt?«

»Doch, ich glaube schon.«

»Lies du«, sagte Tamy, der Tränen in den Augen standen.

Amelie nahm das Tagebuch zur Hand und las mit gefasster Stimme, was Bonnie in Lisas Tagebuch geschrieben hatte.

Sydney, Dezember 1934

Ein ganzes Jahr habe ich gebraucht, um endlich aufschreiben zu können, was an jenem Tag im November 1933 in dem malerischen Ort Collingwood geschehen ist. Damals, als ich glaubte, dass ich Rufus seiner Mutter zurückgeben und als Haushaltshilfe von Lisa und Rongo Taumaunu in Frieden alt und grau werden könnte. Dieses Glück sollte mir nicht zuteilwerden.

Nun, ich will erzählen, was geschah, denn dieses Tagebuch wird Rufus bekommen, sobald er erwachsen ist, und es ist Lisas erklärter Wille, dass er alles über seine leibliche Mutter erfährt.

Ich beginne an jenem Tag, als Lisa mit Rufus die Flucht aus dem Pavillon gelang. Es war kaum eine Stunde später, als Richard in Begleitung von Sam Snyder nach Hause kam. Sie hatten getrunken. Das roch ich sofort.

»Ich dachte, Sie wären heute in Blenheim«, sagte ich erschrocken. Ich war gerade dabei, die Küche zu putzen.

»Wo ist sie?«, fragte Richard und packte mich ohne Vorwarnung an den Schultern. Als ich nicht antwortete, schüttelte er mich, doch ich blieb stumm. Das machte ihn nur noch wütender.

»Soll ich das widerspenstige Ding mal zum Reden bringen?«, mischte sich Sam ein und trat bedrohlich auf mich zu.

»Das schaffe ich schon allein«, knurrte Richard.

Ich ging zum Gegenangriff über. »Sie tun mir weh, Mister Bruhns«, schrie ich. »Sie wissen doch am besten, dass Sie Ihre arme Frau seit Tagen im Pavillon gefangen halten wie ein Tier.«

Er ließ erstaunt von mir ab. »Du weißt gar nicht, dass sie …«

»Richard, sei nicht so naiv. Das raffinierte Luder spielt dir was vor!« Er packte mich brutal am Arm. »Na, wer hat sie geholt? Ihr Maori?«

»Lassen Sie mich los!«, schrie ich auf. »Ich war den ganzen Morgen beim Einkaufen und bin gerade erst zurückgekommen. Was wollen Sie von mir?«

»Lass sie los!«, befahl Richard.

»Aber wer soll den Pavillon sonst aufgeschlossen haben?«

Richard zuckte mit den Schultern. Wenn ich nicht einen enormen Zorn auf ihn gehabt hätte, weil er Misses Lisa so gequält hat, er hätte mir leidtun können. Er war grau im Gesicht, hatte gerötete Augenränder und sah aus, als hätte er geweint.

»Komm, wir haben Wichtigeres vor. Wir müssen diesen Mistkerl, der mir das angetan hat, hinter Schloss und Riegel bringen«, knurrte Richard.

»Mach mal was zu essen, Mädchen!«, befahl mir Sam Snyder. »Für drei. Wir bekommen Besuch.«

Ich atmete erleichtert auf. Erst einmal würden sie mich mit Fragen nach Lisas Verbleib in Ruhe lassen.

Selbst beim Vollenden ihres Tagebuchs schreibe ich immer noch von »Misses Lisa«, obwohl sie mir schon nach kurzer Zeit angeboten hatte, sie zu duzen und das dumme »Misses« wegzulassen. Es fällt mir schwer, aber vielleicht werde ich es ihr zuliebe im Folgenden schaffen.

Ich machte den Herren jedenfalls ein paar deftige Steaks und fragte mich ängstlich, wie Richard wohl reagieren würde, wenn er erst bemerkte, dass Rufus nicht in seinem Bettchen war.

Ich wurde unterbrochen von der Türklingel. Da es meine Aufgabe war, Besuchern zu öffnen, ging ich zur Haustür. Ich erschrak. Es war ein Polizist. Ich mochte ihn nicht, weil er stechende Augen hatte.

»Ich will zu Richard!«, sagte er. Benehmen hat er auch nicht, dachte ich, er sagt nicht einmal »Guten Tag«.

Stumm führte ich ihn ins Esszimmer, wo bereits die Whiskyflasche kreiste. Wenn ich nur erfahren könnte, was die drei im Schilde führten. Ich war mir sicher, sie heckten einen Plan aus, um die arme Lisa wieder einzufangen.

Um mehr zu erfahren, ließ ich mir viel Zeit beim Servieren und lauschte auf jedes einzelne Wort, das sie von sich gaben.

»Und du hast Arthur und den Maori gemeinsam aus Misses Fullers Haus kommen sehen?«

Sam nickte eifrig. »Ich habe bei der Alten geklingelt, aber das Mädchen behauptete, sie sei todkrank und bettlägerig.«

»Dann schicken wir einen unserer Jungens hin und bringen sie zum Reden«, entgegnete der Polizist.

»Das wird die Ratte nicht aus ihrem Versteck locken, Tom, sag deinen Leuten, sie sollen die Alte und Arthur zur Wache bringen!«

»Aber Sam, selbst bei allem guten Willen...«

Sam steckte Tom ein Bündel Geldscheine zu. »Reicht das?«

»Natürlich, ich schicke gleich zwei meiner Leute los. Es wird besser sein, wenn ich da nicht selbst auftauche.«

Richard hatte noch gar nichts gesagt. Er saß zusammengesunken auf seinem Stuhl und rührte auch nichts von meinem Essen an. Plötzlich hob er seinen Kopf und stierte mich an. »Bring mir meinen Sohn. Ich will ihn sehen.«

Mir wich jegliche Farbe aus dem Gesicht, aber ich konnte die Beherrschung wahren.

»Selbstverständlich, ich hole ihn«, raunte ich und rannte aus dem Zimmer. Ich wusste erst nicht, was ich nun tun sollte, um meinen Schrecken glaubwürdig zu spielen. Doch ich wusste genau: Wenn mir das misslang, würden die Kerle mich in die Zange nehmen. Also wartete ich ein paar Minuten, bis ich einen gellenden Schrei von mir gab. Sofort kamen die Männer auf den Flur geeilt.

»Das Kind, Rufus, er ist ... das Kind ...«, stammelte ich, während ich mir die Haare raufte. Wenn es nicht so traurig gewesen wäre, hätte ich mich geradezu über meine neu entdeckten schauspielerischen Talente gefreut.

Tatsächlich, keiner hegte Zweifel an der Echtheit meiner Verzweiflung.

»Hast du Rufus etwa allein gelassen, während du zum Einkaufen gegangen bist?«, fragte Richard in schneidendem Ton, und ich wusste, dass ich einen Fehler gemacht hatte. Keiner würde mir glauben, dass ich das Kind allein im Haus zurückgelassen habe. Da kam mir die rettende Idee. Sie würde mir zwar viele Scherereien bringen, aber es ging nicht anders.

Ich brach in Tränen aus, was mir nicht schwerfiel angesichts der schrecklichen Lage.

»Ich ... ich habe den Kleinen zu Misses Lisa gebracht. In den Pavillon. Sie hat doch immer so geweint, und da dachte ich, sie könnte ihn bei sich haben, während ich beim Einkaufen ...«

»Das darf nicht wahr sein!«, brüllte Richard. »Und hast du vielleicht auch die Tür hinter dir offen gelassen?«

Ich nickte schuldbewusst. »Sie hat mir versprochen, nicht wegzugehen, weil sie wusste, was ich dann für einen Ärger bekommen würde.«

Richard hob die Hand, so als ob er mich schlagen wollte, aber er senkte sie wieder.

»Du bist ein selten blödes Ding«, schnauzte mich Richard an.

»Und du glaubst ihr?«, fragte Sam und musterte mich skeptisch von Kopf bis Fuß, doch die Tatsache, dass ich laut schluchzte, schien auch ihn von meiner Harmlosigkeit zu überzeugen.

»Jede Wette, sie ist bei dem Schwein oder bei Arthur«, sagte Richard hasserfüllt.

»Das Haus von Taumaunu überlasst bitte uns. Ihr könnt da nicht noch mal ungestraft herumrandalieren wie neulich. Da hilft euch auch meine schützende Hand wenig. Das machen meine Leute«, sagte der Polizist.

»Dann nehmen wir uns Arthur vor!«, rief Sam kämpferisch aus.

»Aber wartet gefälligst, bis meine Leute Arthur auf die Wache gebracht haben. Also ...« Er sah auf seine Uhr. »Ich schicke sie sofort los. Vor einer Stunde müsst ihr euch da gar nicht blicken lassen.«

Tom stand auf. »Also, macht keinen Mist, Jungs, und ich verspreche dir, Richard, du bekommst deine Frau und dein Kind zurück, und den Maori sacken wir ein wegen seiner Heilerei. Und was dann im Gefängnis geschieht, wissen wir's?«

Mir lief es eiskalt den Rücken hinunter. Wenn ich Lisa doch warnen könnte! Aber wie?

Ich zog mich in die Küche zurück und überlegte. Schritte wurden auf dem Flur laut, und dann fiel die Haustür ins Schloss. Waren sie alle gegangen oder nur dieser Tom? Die lärmenden Stimmen von Sam und Richard, die nun vom Flur ertönten, gaben mir die Antwort. Die beiden Männer gingen ins Esszimmer zurück. Sollte ich die Gelegenheit nutzen, um bei Doc Arthur anzurufen? Ich hatte keine Wahl. So schlich ich mich auf den Flur, wo das Telefon war, und suchte die Nummer heraus. Sie war in einem Buch mit Ledereinband notiert, das immer neben dem Telefon lag. Mit zittrigen Fingern wählte ich. Atemlos berichtete ich ihm, dass die Männer etwas gegen Mister Taumaunu, ihn und Misses Lisa im Schilde führten. Ich war so aufgeregt, dass ich kaum einen verständlichen Satz herausbrachte, und dann hörte ich die Esszimmertür aufgehen und legte erschrocken auf.

»Telefonierst du?«, fragte Richard lauernd.

»Ja, ich hatte vergessen, Milch zu kaufen. Die wird nachher geliefert«, erwiderte ich, äußerlich ruhig, innerlich bebend.

»Keine Sorge!«, sagte er mit seiner leicht verwaschenen Stimme. »Rufus kommt noch heute zu uns zurück. Und seine Mutter auch!«

Kurz danach verließen auch Sam Snyder und Richard Bruhns

das Haus. Ich betete, dass sie weder Rufus noch Lisa in ihre Hände bekommen würden. Die nächsten Stunden vergingen endlos langsam. Ich konnte kaum arbeiten, weil meine Gedanken in einem fort zu Lisa, Rufus und Mister Taumaunu abschweiften. Wenn ich ehrlich war, konnte ich vollkommen verstehen, dass sich Lisa in den höflichen, charmanten und gut aussehenden Mister Taumaunu verliebt hatte. Ich hoffte, sie würden glücklich miteinander und ich würde eines Tages in ihrem Haushalt arbeiten.

Ich war ein wenig eingenickt, als ich von dem Geschrei eines Babys aufwachte. Ich schreckte hoch. Rufus? Seine Stimme hätte ich unter Tausenden erkannt.

Und schon flog die Küchentür auf und Richard stand da mit seinem Kind. Er drückte ihn mir wortlos auf den Arm.

»Und Misses Lisa?«, fragte ich zaghaft.

»Die kriegen wir auch«, lallte er. Er schien inzwischen schwer betrunken zu sein, und er sah entsetzlich mitgenommen aus. Schlimmer hatte es allerdings Sam Snyder erwischt. Er blutete aus der Nase und nahm sich ein weißes Küchenhandtuch, mit dem er sich übers Gesicht wischte.

Ich wandte mich angewidert ab. Selbst mit seiner blutenden Nase konnte er mein Mitleid nicht erregen.

»Scheißkerl«, schimpfte er. »So ein Scheißkerl. Warum hat er uns nicht reingelassen. Selbst schuld!«

»Du hättest nicht diesen Eisenhaken in die Hand nehmen dürfen«, erwiderte Richard.

»Ach ja? Und dann hättest du ihm dein Blag gelassen, oder was?«

»Verdammt, wo hat sie gesteckt, die Hure?«

»Bei ihrem Stecher, natürlich!«

Mit glasigen Augen blickte sich Sam Snyder nach etwas Trinkbarem um. »Bring mal eine Flasche Whisky, Mädel!«

»Lass sie ihn Ruhe. Hörst du nicht, wie Rufus schreit?«

Ich erhob mich. »Das Kind hat Hunger. Kann ich bitte mit ihm allein sein?«

»Hey, wie redest du denn mit deinem Dienstherren?«

»Komm!« Richard verließ die Küche, ohne mich eines weiteren Blickes zu würdigen. Sam folgte ihm, drehte sich aber in der Tür noch einmal um. »Mir kannst du nichts vormachen, meine Liebe! Du tust so harmlos, aber dich kriegen wir auch!«

Das war eine unverhohlene Drohung. Meine Hände zitterten, während ich für Rufus' Fläschchen sorgte.

Ich ahnte, dass etwas Furchtbares geschehen war, aber dass es ein Mord war, erfuhr ich erst am nächsten Tag, als ich eine kleine Ausfahrt mit Rufus unternahm. Es gab in Nelson kein anderes Thema als den Mord an Arthur Tenson. Und dann hörte ich, dass man Rongo verdächtigte. Ohne lange zu überlegen, machte ich mich zur Polizeiwache auf. Das konnte ich nicht mit meinem Gewissen vereinbaren. Ich hatte doch Richard und Sam in der Küche darüber reden hören. Es gab keinen Zweifel, sie hatten ihren einstigen Freund auf dem Gewissen. Ich stolzierte also mutig in die kleine Wache im Stadtzentrum.

Ein kahlköpfiger Riese, dem man sogleich ansah, dass er von Maori abstammte, fragte mich freundlich, was ich wollte.

»Ich möchte in einem Mordfall aussagen. Ich weiß, dass Rongo Taumaunu Arthur Tenson nicht umgebracht hat.«

Der Kahlköpfige wurde blass.

»Tut mir leid, ich darf gar nichts aufnehmen in diesem Fall. Das ist Chefsache, sehen Sie, da kommt er gerade.«

Ich wäre fast vom Stuhl gekippt, als der Polizist zur Tür hereinkam, der gestern mit Sam und Richard gekungelt hatte.

»Diese junge Dame sagt ...«

Ich unterbrach den Riesen lautstark. »Mir ist meine Geldbörse gestohlen worden. Auf dem Markt. Das möchte ich zur Anzeige bringen.«

Mein Herz klopfte bis zum Hals, weil zu befürchten stand, dass der Kahlköpfige mich verraten würde.

Stattdessen sagte er: »Ihr ist die Geldbörse gestohlen worden.«

Der Polizist, den seine Freunde Tom genannt hatten, durchlöcherte mich förmlich mit seinen stechenden Augen. »Ja, und? Nimm den Fall doch auf!« Mit diesen Worten verließ er das Zimmer des Kahlköpfigen.

»Danke«, hauchte ich.

»Darf ich Ihnen einen gut gemeinten Rat geben?« Er musterte mich fast mitleidig.

Ich nickte.

»Was Sie auch immer Entlastendes in diesem Fall vorbringen, es wird keine Beachtung finden. Rongo Taumaunu ist der Täter und daran können wir beide nichts ändern.«

»Heißt das, Sie haben auch ...«

»Danke für Ihren Besuch und auf Wiedersehen«, erwiderte der Kahlköpfige demonstrativ.

Resigniert trottete ich nach Hause zurück. Ich hatte verstanden, Tom machte mit den beiden Freunden gemeinsame Sache. Ein Blick in den Kinderwagen ließ mich diese miese Intrige für einen Augenblick vergessen. Rufus lächelte mich an. Ein Lächeln, als würde die Sonne aufgehen, und ich wusste, was ich zu tun hatte, wenn ich Lisa helfen wollte: Ich musste mich wie eine Mutter um dieses kleine Menschenkind kümmern. Mehr nicht!

Und so verging Tag für Tag, Woche für Woche. Ich war für Rufus zuständig. Ab und zu beugte sich Richard, wenn er denn noch stehen konnte, über die Wiege und murmelte seinem Sohn Liebesbezeugungen zu. Ansonsten verließ er sich auf mich. Er war nie unfreundlich zu mir, sondern behandelte mich zuvorkommend. Manchmal brachte er mir sogar kleine Geschenke aus der Stadt mit. Schlimm war es für mich immer nur, wenn Sam Snyder zu Besuch kam, und das war leider öfter der Fall. Vor diesem Mann fürchtete ich mich regelrecht. Aber ich spüre, dass Richard mich vor ihm beschützen würde – wenn er dazu in der Lage war, denn die meiste Zeit war er im Vollrausch.

Bis zu dem Tag des Brandes. Richard hatte den Pavillon angezündet. Da der Wind drehte, hätte der Funkenflug beinahe das Haus erreicht. Seitdem rührte er keinen Tropfen mehr an.

Ich glaube, es war im Frühsommer – Rufus war nun ein gutes halbes Jahr alt – machte Richard mir aus heiterem Himmel einen Heiratsantrag. Der Schreck fuhr mir durch alle Glieder. Ich war derart schockiert, dass es mir die Sprache verschlug. Richard Bruhns war nicht der Mann, von dem ich träumte, wenn ich überhaupt je Zeit hatte, an die Liebe zu denken. Und außerdem war ich gerade erst achtzehn geworden und er kam mir uralt vor, obwohl er noch keine dreißig zählte.

»Aber Richard, ich kann Sie nicht heiraten«, wagte ich schließlich zu sagen. »Ich liebe Sie nicht!«

»Das habe ich auch nicht erwartet«, brummte er.

»Aber warum sollten Sie das sonst tun?«

»Es ist für Rufus. Das Kind braucht Eltern. Glaubst du, ich will ihm eines Tages sagen müssen, dass seine Mutter eine Maori-Hure war? Nein, es wäre viel besser für ihn, wenn du seine Mutter wärst.«

»Wie? Seine Mutter?« Ich war sichtlich verwirrt.

»Er soll dich Mom nennen und denken, dass du seine Mutter bist.«

Ich wurde rot und fühlte mich ertappt. »Er nennt mich manchmal Mom.«

»Siehst du? Und willst du, dass er eines Tages erfährt, wer seine Mutter wirklich ist?«

Das wünsche ich ihm von Herzen, dachte ich, denn insgeheim hatte ich meine Hoffnung darauf, Lisa eines Tages zu finden, nicht aufgegeben.

»Nein«, log ich. »Aber er glaubt es doch schon. Da müssen wir doch nicht heiraten«, versuchte ich ihn verzweifelt von diesem Unfug abzubringen.

»Du hast die Wahl«, sagte er kalt. »Entweder heiratest du mich oder du musst mein Haus verlassen und wirst Rufus niemals wiedersehen. Dann suche ich mir eine heiratswillige Frau, die das für mich und das Kind tut.«

»Aber das können Sie nicht machen. Ich liebe Rufus. Sie können uns nicht auseinanderreißen!«, rief ich verzweifelt aus.

»Ich muss, denn ich möchte die Spuren dieses Weibsbilds aus meinem Leben vernichten. Es hat Lisa Bruhns in dieser Familie niemals gegeben!«

»Ja, aber ... ich ... ich kann nicht Ihre Frau werden, ich ... ich ...« Am liebsten hätte ich ihm ins Gesicht gesagt, dass ich niemals mit ihm das Bett teilen würde.

»Überleg es dir.«

Ich brach in Tränen aus. »Aber ich kann nicht mit Ihnen schlafen. Das ist unmöglich.«

Ein Grinsen umspielte seinen Mund. »Habe ich das verlangt? Du glaubst doch nicht, dass ich das Bett mit so einem dünnen Hühnchen wie dir teile? Nein, dafür gibt es ein gewisses Haus am Stadtrand. Ich möchte nur, dass du für Rufus meine Frau und seine Mutter wirst.«

Ich dachte nach. Wenn alles beim Alten blieb, sollte ich vielleicht tatsächlich darauf eingehen, denn sonst würde ich Rufus nie wiedersehen und er seine Mutter nicht!

»Aber Sie können mich gar nicht heiraten«, rief ich da empört aus. »Sie sind noch verheiratet. Oder wollen Sie Bigamist werden?«

Er lachte. Etwas, das ich bei Richard Bruhns selten gesehen hatte, seit seine Frau fort war.

Richard holte ein Schriftstück aus der Tasche und legte es mir vor. Ich musste es zweimal lesen, weil ich es nicht glauben wollte.

»Sie haben Ihre Frau für tot erklären lassen? Aber wer macht denn so etwas? Ich meine, wer unterschreibt das? Lisa lebt. Das wissen Sie ganz genau.«

»Aber für mich ist sie gestorben. Verstehst du?«

»Ist das eine Fälschung?«, fragte ich streng.

»Kindchen, ich schlage vor, du gehst mit dem Dokument zu Tom Hunter, dem Polizeichef, und fragst ihn, ob das Papier echt ist. Mal sehen, was er dazu sagt.«

»Schon gut«, erwiderte ich kleinlaut, denn ich wusste nur zu genau, was Richard mir damit sagen wollte. Sein Freund bei der Polizei hatte ihm dazu verholfen.

So ging ich auf den Handel ein und sah darin zumindest einen Vorteil: Auf diese Weise würde Richard im Leben nicht darauf kommen, dass mein ganzes Trachten daraufhin zielte, Rufus zu seiner Mutter zu bringen, wenn ich endlich herausbekam, wo sie sich aufhielt.

Monat über Monat wartete ich vergeblich. An meinem Alltag änderte sich nichts. Außer dass Richard in Rufus' Gegenwart stets übertrieben von seiner Mom sprach und mich dann in den Arm nahm. Und dass ich mit ihm zum Standesamt gehen musste. Zu allem Überfluss waren Sam Snyder und seine Frau Mary als Trauzeugen dabei. Mary, die offenbar keinen Schimmer hatte, dass das Ganze nur eine Scheinehe war, wollte mich gleich zu ihrer Freundin machen, aber ich habe sie nie leiden können. Auch nicht, als sie noch Lisas Freundin gewesen ist. Sie hielt mich wohl für zu schüchtern, und ich ließ sie in dem Glauben.

Nur Sam ließ sich durch die kleine Zeremonie offenbar nicht beirren. Er passte einen winzigen Augenblick ab, als ich allein vor dem Standesamt stand. Da näherte er sich mir und flüsterte mir ins Ohr: »Ich habe dich im Auge, Mädchen. Nicht jeder ist so ein Trottel wie mein Freund Richard!«

Als ich im Herbst immer noch kein Lebenszeichen von Lisa und Rufus erhalten hatte, wurde ich unruhig. Es war kurz nach Rufus' erstem Geburtstag, der groß im Garten gefeiert wurde. Richard hatte alle möglichen Nachbarskinder eingeladen, und auch Mary war mit ihren beiden Kindern gekommen und versuchte den ganzen Tag, mich in ein persönliches Gespräch zu verwickeln. Aber ich blieb stur. Mir stand nicht der Sinn nach Frauentratsch, und womöglich wollte sie mich auf Lisa ansprechen. An dem Abend, nachdem alle Gäste fort waren, spürte ich den Impuls, etwas zu unternehmen. Rufus war jetzt ein Jahr alt, und er gehörte zu seiner Mutter. Das war meine Meinung, obwohl ich ihn abgöttisch liebte wie ein eigenes Kind. Aber ich wollte mir kein Kind stehlen. Und so wäre ich mir vorgekommen, hätte ich weiterhin seine Mutter gespielt. Und das Schlimme war: Auch für Rufus war ich seine Mutter. Er kannte keine andere als mich. Es musste etwas geschehen, bevor das Band zwischen uns beiden unzerstörbar wurde.

Ich überlegte fieberhaft, wer wohl etwas über Lisas Verbleib wissen könnte. Mir kam Rongos Cousin in den Sinn, der das Hotel für ihn weiterführte. Ein paar Tage lang spazierte ich jeden Tag mit dem kleinen Rufus an der Hand dorthin. Es war ein prächtiges Anwesen auf einem Hügel und immer noch das erste Haus am Platz. Ich traute mich aber nicht hinein. Vielleicht hätte ich es nie gewagt, wenn sich nicht eines Tages der ungestüme Rufus von meiner Hand losgerissen und mit Juchzen durch die offene Tür in die Lobby des Hotels gestürmt wäre, geradewegs in die Arme einer aparten Dame in einem Kostüm. Da hatte ich keine Wahl. Ich musste ihm folgen. Mit hochrotem Kopf entschuldigte ich mich bei ihr. Sie aber lachte und sagte, sie hätte auch so einen Racker. Ein bisschen älter zwar, aber er sei immer so wild. Sie besaß ein offenes, freundliches Gesicht.

»Misses Taumaunu, hier ist Post für Sie«, rief eine andere Dame von der Rezeption herüber. Sie aber war noch mit Rufus beschäftigt. »Wie heißt denn der Kleine?«

»Rufus«, entgegnete ich, während sich in meinem Magen ein Kloß bildete. Das war meine Chance, denn diese Dame war zweifelsohne die Frau des Chefs. Ich näherte mich ihr vorsichtig.

»Können wir draußen unter vier Augen sprechen?«, flüsterte ich. Sie musterte mich kritisch. »Natürlich.«

Wir gingen vor die Tür des Hotels.

»Was kann ich für Sie tun?« Die aparte Frau machte keinen ganz so zugewandten Eindruck mehr wie eben, als sie dachte, ich wäre nur die Mutter eines vorwitzigen Kindes, das sich in die Hotellobby verirrt hatte.

»Ich, ich … mein Name ist Bonnie und ich, also …«, stammelte ich.

»Suchen Sie Arbeit? Dann müssen Sie sich an meinem Mann wenden. Er stellt die Leute ein.«

»Nein, nein, ich möchte Sie nur um eines bitten. Sollten Sie wissen, wo sich der Cousin Ihres Mannes und Lisa aufhalten, bitte verraten Sie mir ihren Aufenthaltsort.«

Die Miene von Misses Taumaunu verfinsterte sich.

»Ich habe keine Ahnung, wo sich der Cousin meines Mannes aufhält«, entgegnete sie in scharfem Ton.

»Ich bin keine Feindin. Ich bin Bonnie, das Kindermädchen, und ich will ihr das Kind bringen …«

»Schluss mit dem Unsinn! Ich weiß nicht, wovon Sie reden, und bitte belästigen Sie mich nicht weiter«, schnaubte Misses Taumaunu.

»Bitte, sagen Sie ihr, dass ich hier war«, rief ich ihr verzweifelt hinterher, aber sie drehte sich nicht einmal mehr um.

Ich war im Zweifel, ob sie mir etwas vorspielte oder wirklich keinen Schimmer hatte, wo die beiden steckten.

Traurig trat ich den Heimweg an. Damit hatte sich meine letzte Hoffnung, Lisa jemals wiederzusehen, zerschlagen. Die Vorstellung, mein Leben als Richards Frau fristen zu müssen, behagte mir ganz und gar nicht, obwohl er, seit er nicht mehr trank, durchaus ein netter Kerl sein konnte. Immer wieder bedachte er mich sogar mit Aufmerksamkeiten, aber er machte niemals Anstalten, sich mir zu nähern. Ich hörte manchmal, wie er erst spät in der Nacht aus der Stadt zurückkam und vermutete, er kam aus dem Haus am Stadtrand, in dem sich Männer gegen Bezahlung vergnügen konnten.

Ein paarmal noch führte mich mein Spaziergang ganz zufällig

an dem Hotel vorbei in der Hoffnung, Misses Taumaunu zu begegnen. Und tatsächlich. Mitte November ging mein Wunsch in Erfüllung. Ich riskierte im Vorbeigehen gerade einen Seitenblick, als ich sah, dass sie direkt auf mich zukam.

»Schauen Sie nicht so erschrocken«, fauchte sie mich statt einer Begrüßung an. »Sehen Sie mich an wie eine Frau, mit der sie locker über Kinder plaudern«, befahl sie und streichelte Rufus lächelnd übers Haar. Der aber entzog sich ihr und versteckte sich hinter mir.

»Ich weiß nicht, ob man Ihnen trauen kann, und es ist nicht in meinem Sinn, aber Lisa besteht darauf!« Ich merkte ihr an, wie widerwillig sie mir schließlich den Aufenthaltsort von Lisa und Rongo verriet.

»Danke, danke«, stieß ich aufgeregt hervor, aber da hatte sie sich bereits auf dem Absatz umgedreht. Ich aber hätte Luftsprünge vollführen können. Jetzt war nur noch die Frage, wann und wie ich unsere Flucht bewerkstelligen sollte.

Dass sich die Gelegenheit bereits am nächsten Tag ergab, hatte ich nicht zu hoffen gewagt. Richard wollte mit Sam angeln gehen.

Ich winkte den beiden zu, nahm meine gepackte Tasche und ging mit Rufus zur Busstation in der Hoffnung, dass der Bus zur Golden Bay zeitnah abfahren würde.

Dass ich in meiner Aufregung nicht bemerkt hatte, dass Richard seine Angel im Flur vergessen hatte, werde ich mir nie verzeihen, solange ich lebe. Aber ich hatte mit mir und dem quengelnden Rufus so viel zu tun. Er wollte nämlich nicht an den Strand, sondern im Garten spielen. Nur mit Mühe gelang es mir, ihn zum Mitkommen zu bewegen. Wir standen also in der gleißenden Hitze. Es war ein außerordentlich warmer Tag, an dem die Sonne hell vom strahlend blauen Himmel schien.

Ich war wahnsinnig aufregt und blickte alle zwei Minuten auf die Uhr. Wenn wir doch bloß bald im Bus saßen! Dann endlich kam er. Zum Glück war er leer, weil es noch früh am Tage war. Von der schönen Strecke entlang der Küste bekam ich herzlich wenig mit, weil ich ständig daran denken musste, was Lisa wohl sagen würde, wenn wir plötzlich vor ihrer Tür standen.

Der Bus brauchte für die knapp hundertdreißig Kilometer sehr lange, denn er hielt an jedem kleinen Flecken Erde. Zum Glück war Rufus eingeschlafen. Sein Kopf lehnte vertrauensvoll an meiner Schulter. Ich strich ihm seufzend durchs Haar. Wie gut, dass ich bei ihm bleiben würde. Eine Trennung von ihm würde ich nicht verkraften.

Als wir nach vier Stunden in Collingwood ankamen, war ich völlig erschöpft und verschwitzt, aber das Glück, endlich am Ziel zu sein, überwog. Ich schnappte mir die Tasche, nahm Rufus an die Hand und folgte dem Weg, den mir Misses Taumaunu beschrieben hatte. Und da sah ich das rosafarbene Haus auch schon vor mir. Mein Puls beschleunigte sich.

Mit zitternden Fingern bediente ich den Klingelknopf.

Man kann sich so einen Moment tausendmal vorstellen, aber wenn es so weit ist, ist alles noch viel bewegender als in der Fantasie. Ich hatte ja keine Ahnung, dass Lisa hochschwanger war. Wir weinten, lachten, umarmten uns, betrachteten einander und dann riss sie Rufus in die Arme, der sofort zu heulen anfing und nach »Mom« rief. Diesen Blick von Lisa werde ich nie vergessen. Wie sollte ich ihr das nur erklären?

Doch sie reagierte souverän. Sie fragte Rufus, ob er Hunger habe, und wir gingen gemeinsam in die Küche. Während sie einen selbst gebackenen Kuchen anschnitt und Rufus mit einer Kostprobe ruhigstellte, berichtete ich ihr in knappen Worten, auf was für einen Deal ich mich mit Richard eingelassen hatte.

Statt wütend auf mich zu sein, nahm sie mich in den Arm. So gut es eben ging mit ihrem Bauch.

»Wann ist es so weit?«, fragte ich aufgeregt.

»Ende Dezember«, erwiderte sie glückstrahlend. »Ach, ist das schön, wir alle gemeinsam, davon habe ich geträumt ...« Sie stockte und sah mich erschrocken an. »Du bleibst doch, oder?«

»Wenn ich darf und wenn ich gebraucht werde.«

»Ich bitte dich, drei Kinder werden dich brauchen«, rief sie überschwänglich. Rufus hatte sich allerdings schon wieder hinter mir versteckt.

»Lass ihm Zeit«, raunte ich.

»Auch wenn's schwerfällt. Ich werde mich bemühen«, seufzte sie, als die Tür aufging und ihr ein Wildfang in die Arme sprang.

»Schau, Lisa, wir haben das Abendbrot gefangen«, rief Hori voller Stolz und deutete auf seinen Vater, der mit einem Eimer in der Hand ins Zimmer getreten war. Ich drehte mich zu ihm um, und er ließ vor Schreck den Eimer fallen. Die Fische, die herauspurzelten, waren zum Glück schon ausgenommen. Sonst hätten sie wohl Tänze auf dem Parkett vollführt, dachte ich.

Rongo nahm mich in den Arm und hob mich in die Lüfte. »Bonnie, wie schön, dass Sie den Weg zu uns gefunden haben.« Dann wandte er sich an Rufus. »Hast du schon mal geangelt?«, fragte er ihn. Rufus sah ihn mit großen Augen an. »Kommst du nächstes Mal mit?«

Ein Lächeln umspielte Rongos Mund. Die beiden werden sich bestens verstehen. Dessen war ich mir sicher.

Plötzlich hatte ich das Bedürfnis, diese Idylle für die Ewigkeit festzuhalten. Ich bat alle, nach draußen zu gehen, und holte meinen Fotoapparat hervor. Er war gebraucht. Ich hatte ihn von einem Fotografen in Nelson bekommen. Er war so begeistert von meinen Fotos, die er entwickelt hatte, dass er mir diese Leica-Kleinbildkamera schenkte, die er wiederum einem deutschen Einwanderer abgekauft hatte. Ich liebte diesen Apparat über alles.

Lisa, Rongo und die Kinder machten allerlei Faxen, die ich allesamt einfing. Dann machte ich von jedem Einzelnen ein paar Porträts, ernste und lustige, und schließlich ein paar Bilder von der vereinten Familie. Ich fotografierte aber auch das Haus, den Blick übers Meer, einzelne Blumen und Sträucher. Ich war in einem regelrechten Rausch, die friedliche Atmosphäre einzufangen.

Wir lachten viel und steckten damit die Kinder an. Ich machte auch mehrere Fotos von den beiden Kleinen in dem halb fertigen Waka.

Schließlich rief Lisa übermütig: »Erbarmen, ich kann nicht mehr posieren. Ich werde etwas für uns kochen!«

»Ich helfe dir«, sagte Rongo.

Arm in Arm verschwanden sie im Haus. Ein schönes Paar, dachte ich und schmunzelte, als ich sah, dass Rufus ihnen auf seinen kurzen Beinchen folgte. Er ahnte wohl, dass es etwas zu essen gab.

Hori blieb bei mir und fasste mich an der Hand. Er führte mich ein Stück in den Garten und blieb vor einem Unterschlupf stehen, der aus Ästen und Lehm gebaut war. Er verlangte von mir, dass ich zuerst hineinkrabbelte, bevor er mir folgte und stolz erklärte, das wäre sein Haus.

Dann ging alles ganz schnell ... Ich spüre die Angst noch in jeder Faser, sie lähmt mich, aber ich muss es aufschreiben. Sonst wird es für alle Ewigkeit hinter einem Lügennebel verborgen bleiben.

Rufus hat ein Recht zu erfahren, was wirklich geschehen ist. Der Tod kam lärmend. Ich hörte das Läuten der Tür bis in unser Versteck. Es folgten polternde Schritte und aufgeregte Stimmen. Geschrei, Getöse. Ich zog Hori, der nachschauen wollte, was passiert war, zu mir heran und legte ihm die Hand auf den Mund. Ich witterte die Gefahr.

Und da erst sah ich Lisa. Sie rannte mit Rufus auf dem Arm in den Garten. Rongo folgte ihr. Hori wollte zu ihm, aber ich hielt ihn fest.

Aus dem Haus stürmten drei Männer. Ich erkannte sie sofort. Allen voran Sam Snyder, dann dieser Polizist Tom Hunter. Er war bewaffnet. Und Richard.

»Da haben wir den sauberen Herren Taumaunu«, spottete Sam.

Lisa und Rongo waren stehen geblieben. Sie standen Hand in Hand da.

»Okay, beruhigt euch, ich mache euch einen Vorschlag«, rief ihnen Rongo zu. »Nehmt mich mit und lasst Lisa ihren Sohn.«

»Du hast hier gar nichts zu fordern«, schrie Tom Hunter und zielte mit seinem Gewehr auf die beiden.

»Los, Richard, hol dir erst das Kind!«, befahl der Polizist.

Richard zögerte.

»Nun mach schon, Mann, wir haben nicht ewig Zeit!« Das war Sams Stimme.

Hori war inzwischen völlig erstarrt. Genau wie ich.

Richard trat auf Lisa zu und wollte ihr mit einem Griff Rufus entreißen, doch der wehrte sich, ja, er trat sogar nach seinem Vater, aber Richard war stärker und riss Lisa seinen brüllenden Sohn aus dem Arm. Mit dem schreienden Kind ging er in Richtung Haus.

»Und wo ist die Schlampe, die mit den beiden unter einer Decke steckt?«, fragte Sam, und mein Herz begann noch heftiger zu pochen.

»Wo ist diese Bonnie?« Die Frage ging an Lisa, die ihm eine Antwort verweigerte. Er kam bedrohlich auf sie zu.

»Du antwortest mir jetzt. Sonst kannst du was erleben«, zischte er.

Rongo stellte sich schützend vor sie.

»Ich komme mit, aber lasst meine Frau in Ruhe!«, stieß er donnernd hervor und trat einen Schritt auf Sam zu. In dem Augenblick fiel ein Schuss. Rongo fiel lautlos zu Boden. Und im selben Moment griff sich Lisa ans Herz, verdrehte die Augen und brach zusammen. Dieselbe Kugel, die Rongos Körper durchschlagen hatte ... Ich hielt Hori die Augen zu und zog ihn ganz dicht zu mir heran. Er zitterte am ganzen Körper, aber er machte keine Anstalten, zu seinem Vater zu laufen.

»Was hast du getan?«, brüllte Richard wie von Sinnen. Er hatte immer noch den schreienden Rufus auf dem Arm.

»Ich … ich dachte, der wollte Sam angreifen«, jammerte Tom Hunter. »Ich dachte doch, der wollte Sam angreifen.«

»Hör auf zu winseln«, befahl Sam und beugte sich über die beiden. Lisa rührte sich nicht. Das konnte ich sogar aus unserem Versteck sehen, aber Rongo stöhnte leise.

Jetzt hockte sich auch Tom auf den Boden. »Er lebt. Du musst einen Arzt holen.«

Sam sprang auf. »Bist du von allen guten Geistern verlassen? Dann sind wir dran. Eine schwangere Frau zu erschießen, ist kein Kavaliersdelikt.« Mit diesen Worten nahm er Tom das Gewehr aus der Hand und legte auf Rongo an.

»Nicht!«, brüllte Richard, aber da hatte Sam bereits das ganze Magazin auf den wehrlos am Boden liegenden Rongo abgefeuert.

»Du Idiot!«, schrie Tom. »Du verdammter Idiot!«

»Die Idioten seid ihr beide. Oder wolltet ihr etwa einen Zeugen für den Mord an einer Schwangeren?«

»Aber ich wollte sie doch gar nicht treffen«, lamentierte Tom.

»Mitgehangen, mitgefangen«, entgegnete Sam kühl. »Kommt, fasst mit an. Wir beschweren sie und werfen sie ins Meer.«

»Ich muss mich um mein Kind kümmern«, entgegnete Richard, bevor er laut würgte und sich erbrach. Das brachte Rufus nur noch mehr zum Schreien. Er hatte einen hochroten Kopf. Wenn ich doch bloß zu ihm könnte, dachte ich, aber ich musste mich um das Bündel Mensch kümmern, das mich bebend umarmte.

Ich konnte nicht einmal weinen. So groß war mein Entsetzen, als ich hilflos mit ansehen musste, wie die leblosen Körper von Lisa und Rongo von den beiden Männern über den Rasen geschleift wurden. Erst nach einer halben Ewigkeit wagte ich mich aus meinem Versteck. Ich musste Hori mit Engelszungen überreden, dass er mit mir kam. Er ließ meine Hand keine Sekunde los.

Mit zitternden Knien durchquerte ich den Garten, und dann sah ich ihn: den riesigen Blutfleck. Es schüttelte mich. Der mit Blut beschmierte Rasen wirkte so unwirklich.

Als auch Hori den Blick senkte und schwer atmete, zog ich ihn hastig weiter.

Mein Blick fiel auf einen Gartentisch, vielmehr auf das, was darauf lag. Es war ein mit Glanzbildchen beklebtes Büchlein. Ich hielt inne und blätterte es durch. Es war Lisas Tagebuch und daneben lag ein Brief. Ich nahm beides an mich und ließ es in meine Jackentasche gleiten.

Im Haus entdeckte ich Richard zusammengekauert auf dem Sofa sitzen und weinen. Rufus hockte neben ihm und starrte seinen Vater panisch an. Kaum dass er mich erblickte, rutschte er vom Sofa und rannte in meinen Arm. Ich konnte ihn aber nicht hochheben, weil Hori meine Hand nicht loslassen wollte. So nahm ich ihn an die andere Hand. Erst in diesem Augenblick bemerkte Richard, dass ich gekommen war. Er sah mich mit einem völlig verzerrten Blick an.

»Du Verräterin!«, zischte er. »Ich will dich nie wieder sehen!«

»Weißt du eigentlich, was da draußen geschehen ist?«, gab ich entsetzt zurück. »Ihr habt Lisa und Rongo umgebracht, ihr Schweine!«

»Du hast alles mit angesehen?«

Ich nickte. Die nackte Panik sprach aus Richards Blick.

»Du musst weg. Wenn Sam das erfährt, knallt er dich ab.« Richard sprang auf und schob die Kinder und mich vor sich her aus dem Haus.

»Du versteckst dich in meinem Wagen. Wir sind mit zwei Autos gekommen. Sam ist bei Tom mitgefahren. Und du rührst dich nicht, und dieses Maori-Blag macht auch keinen Mucks, verstanden?«

Und ob ich verstand. Nach dem, was ich hatte mit ansehen müssen, traute ich Sam Snyder alles zu.

Wir kauerten uns auf dem Rücksitz zusammen, während Richard mit Rufus ins Haus zurückkehrte.

Es dauerte eine halbe Ewigkeit, bis er zurückkam. Ich war

immer noch wie betäubt und konnte den Gedanken an das Geschehene kaum zulassen. Vielleicht lag es auch an der Gegenwart der beiden Kinder, die mir die Kraft verliehen, meine Gefühle zu unterdrücken.

Ich wollte mich wenigstens aufsetzen, aber Richard herrschte mich an, liegen zu bleiben.

Als er endlich hielt, glaubte ich, wir wären zu Hause, aber es war der Parkplatz des Hotels, auf dem der Wagen mit laufendem Motor hielt.

»Schick den Jungen raus«, befahl er.

»Aber das kann ich nicht machen. Er ist komplett verstört. Ich muss ihn Misses Taumaunu übergeben.«

»Kannst du nicht hören? Schmeiß ihn aus dem Wagen.«

Ich setzte mich auf und bat, Hori es mir gleichzutun.

»Hori, pass auf! Du gehst jetzt dort in die Tür. Verstehst du? Siehst du den Eingang?« Er nickte verschüchtert.

»Da wohnen dein Onkel und deine Tante. Zu denen rennst du jetzt. Verstanden?«

Der kleine Kerl sah mich aus großen Augen an.

»Verstehst du mich, Hori?«

Er nickte. Ich öffnete die Tür und half ihm beim Aussteigen. Sofort begann er zu rennen und drehte sich kein einziges Mal um.

»Warum durfte ich ihn nicht Misses Taumaunu übergeben?«

»Damit du ihr alles erzählst? Nein, auf dich ist kein Verlass. Das hast du mir heute bewiesen. Ich wollte es nicht glauben, was du für eine Schlange bist, aber Sam hat mich immer vor dir gewarnt. Und als wir zurückkamen, weil ich meine Angel vergessen hatte, und du bepackt wie ein Lastenesel aus dem Haus getreten bist, da wurde selbst ich skeptisch. Wir haben dich verfolgt«, stieß Richard bitter hervor.

»Dein wunderbarer Sam ist nichts als ein kaltblütiger Mörder. War er es, der den Doc umgebracht hat, oder hast du ihm den Schürhaken über den Kopf gezogen?«

»Halt den Mund!«, schrie er mich an. Rufus presste sich dicht an mich. Und nur aus Rücksicht auf ihn hielt ich mich zurück. Wie in Trance brachte ich ihn zu Hause in sein Bett

Dann suchte ich nach Richard. Ich hörte ihn im Esszimmer fluchen, doch bevor ich die Tür öffnen konnte, stieß ich einen gellenden, nicht enden wollenden Schrei aus, weil sich nicht länger verdrängen ließ, was ich im Garten in Collingwood beobachtet hatte. Richard riss die Tür auf und versetzte mir eine Ohrfeige.

»Bist du wahnsinnig? Willst du die Nachbarn herbeilocken?«

»Sie haben sie einfach umgebracht«, schluchzte ich. Erneut schlug Richard zu. Dieses Mal noch heftiger. Ich verstummte und sah ihn aus schreckensweiten Augen an.

»Du packst jetzt deine Sachen und verschwindest!«

»Aber warum hast du mich erst gerettet vor Sams unberechenbarem Zorn, um mich nun aus dem Haus zu werfen? Rufus braucht mich doch. Mehr als je zuvor.«

»Ich will dich nicht mehr sehen. Und es ist nicht damit getan, dass du zu deinen Eltern gehst. Flüchte auf die Nordinsel oder besser noch, geh nach Australien.«

»Aber ich habe kein Geld.«

Richard zerrte mich ins Esszimmer, holte ein Stück Papier hervor und schrieb. Als er fertig war, zeigte er mir den Zettel. Es war eine Verpflichtungserklärung, mir bis zu meinem Tod monatlich Geld zu zahlen.

»So, und jetzt hau ab und teile mir mit, wohin ich das Geld schicken soll!«

»Aber was willst du Rufus sagen?«

»Das lass meine Sorge sein. Entweder dass du abgehauen bist oder verrückt geworden. Das ist noch besser!« Er lachte irre und goss sich ein weiteres Glas aus der bereits halb geleerten Whiskyflasche ein, die auf dem Tisch stand.

»Willst du mich vor deinem Freund schützen oder mich loswerden?«, wagte ich zu fragen.

»Beides! Ich traue dir nicht. Du warst Zeugin dieser Geschichte. Wer weiß, ob du nicht hingehst und erzählst, was du gesehen hast?«

»Aber ich habe gesehen, dass du nicht geschossen hast«, erwiderte ich fassungslos. »Wir könnten gemeinsam zur Polizei gehen. Ich könnte dich entlasten!«

Er blickte mich herablassend an. »Das zeigt nur, wie dämlich du bist. Dein Wort gegen das vom Chef der Polizei und einem Mann wie Sam Snyder. Nein, komm mir ja nicht so! Es gibt nur eines: Du haust ab! Auf der Stelle, und lass dich nie wieder in Nelson blicken. Sonst kann ich nicht für meinen Freund Sam garantieren.«

»Kann ich mich noch von Rufus verabschieden?«

»Nein! Ich fahre dich jetzt zur Fähre.«

»Aber wenn Rufus aufwacht…«

»Das wird ihn nicht umbringen«, entgegnete Richard kalt.

»Du hast getrunken«, warf ich ein.

»In zehn Minuten am Wagen. Kapiert?«

Während ich in mein Zimmer ging, um das Nötigste zusammenzupacken, spielte ich mit dem Gedanken, das Haus heimlich zu verlassen und zur Polizei zu gehen. Aber was würde mich da erwarten: Tom Hunter! Und selbst wenn ich nach Christchurch fahren und alles bei einer höheren Dienststelle aussagen würde, wäre es dann nicht dennoch möglich, dass man Richard verurteilen und Rufus in ein Heim geben würde?

An diesem Novembertag fügte ich mich in das, was ich für mein Schicksal hielt, und ließ mich von Richard in Picton am Fähranleger wortlos aus dem Wagen werfen. Er steckte mir noch etwas Bargeld zu, würdigte mich aber keines Blickes mehr.

Dass ich auf der Fähre ein reizendes Ehepaar traf, das im Begriff stand, nach Australien auszuwandern und ein Hausmädchen suchte, war mehr als Glück. Und so kam ich nach Sydney. Ich habe fast ein Jahr gebraucht, um das niederschreiben zu können, aber ich musste es tun. Rufus zuliebe. Und ich habe mir fest vorgenommen, ihn anzurufen, wenn er achtzehn ist, ihm von diesem Vermächtnis seiner Mutter zu erzählen und ihm das Tagebuch zuzusenden. Wer weiß, was man ihm sonst für Ammenmärchen über seine leibliche Mutter auftischt. Das ist alles, was ich noch für Lisa tun kann. Manchmal wache ich schweißnass auf, weil ich geträumt habe, wie mich die drei Kerle auf dem Weg nach Collingwood verfolgen. Oder wie ich in dem Versteck hocke und nichts unternehme. Alles ist in solchen Momenten so schrecklich real. Natürlich fühle ich mich schuldig, dass es so gekommen ist. Und manchmal quält mich auch das schlechte Gewissen, dass ich nicht wenigstens versucht habe, die Morde bei einer höheren Dienststelle zur Anzeige zu bringen, aber dann komme ich doch immer wieder zu demselben Schluss: Ich würde immer noch genauso handeln wie vor einem Jahr.

Obwohl ich jetzt Geld im Haushalt der Newtons verdiene, erhalte ich meinen monatlichen Scheck aus Nelson. Ich habe mich entschieden, das Geld zu nehmen. Wer weiß, wofür es eines Tages gut ist!

Nachtrag, Sydney, September 1950

Der Termin stand in meinem Kalender wie ein Mahnmal. Der 18. September, Rufus' Geburtstag. Ich gebe zu, ich war mehr als aufgeregt, denn bis auf das Geld, das mich monatlich erreichte, erhielt ich kein Lebenszeichen von den Bruhns.

Ich wartete einen ruhigen Augenblick ab, in dem mein Mann aus dem Haus war.

Ja, ich habe geheiratet, einen Lehrer, den ich von Herzen liebe. Er unterrichtete die Kinder der Newtons, und eines Tages verliebten wir uns ineinander. Ich hätte gern Kinder bekommen, aber das war mir nicht vergönnt. Dafür hatte ich meine Arbeit bei der Zeitung. Ich war Fotografin geworden, ohne je eine Ausbildung gemacht zu haben. Manchmal, wenn mir ein Foto aus meiner Zeit bei den Bruhns in die Hände fiel, konnte ich kaum glauben, was ich damals für ein spindeldürres, blasses Mädchen gewesen bin.

Meinem Mann Sean habe ich nie etwas von der Geschichte erzählt. Nicht dass ich kein Vertrauen zu ihm hätte, aber ich wusste, dass dann alles aufbrechen würde. Und ich konnte nur damit leben, indem ich es verdrängte, so gut ich konnte. Manchmal brach die Erinnerung in schrecklichen Träumen auf. Und manchmal, wenn ich schweißgebadet erwachte, weil ich Lisa in ihrem Blut hatte liegen sehen, und Sean mich dann tröstete, war ich versucht, ihn einzuweihen. Aber ich blieb stark.

Und nun holte mich die Vergangenheit ein, und ich musste Lisas letzten Willen erfüllen.

Als ich die Nummer wählte, hatte ich Sorge, dass die Bruhns

vielleicht weggezogen und unter dieser Nummer nicht mehr zu erreichen waren. Umso erschrockener war ich, als sich am anderen Ende eine tiefe Stimme mit »Rufus Bruhns« meldete. Am liebsten hätte ich wieder aufgelegt. Ich atmete ein paar Mal tief durch, doch da fragte er schon ungeduldig: »Wer ist da?«

Er spricht wie Richard, durchfuhr es mich erschrocken.

»Hallo Rufus, hier spricht Bonnie Bruhns. Ich weiß, dass du dich nicht mehr an mich erinnern kannst, aber ich habe eine wichtige Botschaft deiner Mutter ...«

»O Gott«, unterbrach er mich.

»Ja, ich weiß, das ist schwer nach so vielen Jahren, aber sie hat es sich so gewünscht, dass ...«

»Mutter, bist du es?« Seine Stimme bebte.

Er glaubt immer noch, dass ich seine Mutter bin, dachte ich entsetzt. Richard hat also seine Drohung wahr gemacht und Lisas Existenz verschwiegen.

»Nein, Rufus, ich bin nicht deine Mutter, und deshalb möchte ich dir ein Tagebuch schicken, aber du musst mir versprechen, dass du es keinem zeigst, bevor du es gelesen hast ...«

Wieder unterbrach er mich hastig. »Wieso kannst du telefonieren? Du bist doch nicht weggelaufen, oder?«

»Ich verstehe nicht. Ich habe dir eine Botschaft deiner Mutter zu überbringen. Es ist die wahre Geschichte. Alles, was man dir erzählt hat, ist wahrscheinlich eine große Lüge ...«

Ich hörte, wie Rufus nach seinem Vater rief. »Dad, schnell, komm, da ist Mutter am Telefon. Sie redet wirres Zeug.«

Ich schnappte nach Luft.

»Hörst du? Ich bin nicht deine Mutter!«, brüllte ich. Die Stimme, die mir jetzt antwortete, ließ mir das Blut in den Adern gefrieren.

»Bonnie? Sei vernünftig. Geh wieder in dein Zimmer!« Das klang fürsorglich, aber völlig verrückt.

Was sollte das? Dann konnte ich hören, wie Richard seinen

Sohn aus dem Zimmer schickte, um mit mir unter vier Augen zu sprechen. Eine Tür klappte.

»So, Bonnie, jetzt hör mir mal gut zu!« Das war wieder der alte Richard. Er war wütend und angetrunken. »Du rufst hier nie wieder an! Für Rufus ist seine Mutter so geistesgestört, dass man sie in ihrer Irrenanstalt nicht einmal besuchen kann! Du existierst als arme Irre! Und das soll auch so bleiben!«

»Aber du kannst deinen Sohn nicht ein Leben lang belügen!«

»Das geht dich nichts an. Wage es nie wieder, hier anzurufen! Oder sonst wie meinen Sohn zu belästigen. Ich werde auch die Post kontrollieren. Worauf du dich verlassen kannst!«

Und dann vernahm ich nur noch das Besetztzeichen. Richard Bruhns hatte aufgelegt und den letzten Draht zwischen uns endgültig gekappt.

Traurig befestigte ich den letzten Brief Lisas an ihre Schwester Anna mit einer Heftklammer an der hinteren Seite des Tagebuchs und legte die Aufzeichnungen mitsamt der Fotos des letzten Tages vom Leben Lisa Bruhns' und Rongo Taumaunus in die Schublade zurück. Ich befürchtete, ihre Geschichte war dazu verdammt, niemals ans Tageslicht zu gelangen!

Nelson, Dezember 2012

Tamy und Amelie lagen sich schluchzend in den Armen, nachdem Amelie vorgelesen hatte, was Bonnie in dem Tagebuch verewigt hatte.

Amelie fand als Erste die Sprache wieder. »Meinst du, dass wir es David zeigen können?«

Tamy nickte. »Schließlich hat Tom Hunter auf Lisa geschossen.«

»Aber Sam Snyder hat seinen Großvater abgeknallt.«

»Ja, aber dafür kann er nicht Ben oder George verantwortlich machen, oder?«

»Ich hoffe nicht«, seufzte Amelie und fügte mit einem Blick auf die leere Weinflasche hinzu: »Ich glaub, ich brauch noch ein Glas.«

»Nicht dass wir wie der alte Bruhns und Sam Snyder werden«, mahnte Tamy scherzhaft.

»Keine Sorge, dazu müssten wir Machos und rassistisch sein«, entgegnete Amelie. »Ich hol uns eine Flasche.«

»Warum bestellst du sie nicht?« Sie deutete auf das Telefon.

»Weil ich bei der Gelegenheit dringend die Waschräume aufsuchen muss.«

»Dann lass mich nur allein mit der Vergangenheit.« Tamy lächelte. »Bist du nicht auch erleichtert, dass wir jetzt die ganze Wahrheit kennen?«

»Und wie! Ich weiß nur noch nicht, wie ich das alles schonend meiner Großmutter beibringen soll.« Ihr Blick blieb an der letzten

Seite des Tagebuchs hängen. »Sieh mal, da ist noch was!« Amelie löste den Brief von der Heftklammer und las ihn. »Er ist an Lisas Eltern. Sie bittet erneut eindringlich darum, dass sie Anna nach Neuseeland fahren lassen. Das ist der Brief, den Bonnie an dem Tag auf dem Gartentisch gefunden hat. Weißt du, was das bedeutet?«

»Ja, deine Großtante hat kurz vor ihrem Tod an ihre kleine Schwester gedacht.«

Amelie wischte sich eine Träne aus dem Gesicht. »Ich bin gleich wieder da.«

Nachdem sie die Waschräume aufgesucht hatte, ging sie Richtung Bar, um noch einen Wein zu bestellen. Auf dem Weg dorthin hörte sie von draußen das Aufheulen von Automotoren. Sie blickte sich um und sah ein geöffnetes Fenster, das auf den Hotelparkplatz hinausging. Neugierig näherte sie sich und beugte sich hinaus. Da erkannte sie Ben Snyders Wagen. Und richtig, Ben saß hinter dem Steuer und neben ihm Brian. Was sollte das?, dachte sie ärgerlich, dass er immer wieder den Motor so aggressiv aufheulen ließ? Sie machte sich auf den Weg nach draußen, um den beiden die Meinung zu sagen.

Zielstrebig steuerte sie auf die Lobby zu, doch ehe sie die Tür erreicht hatte, hielt sie abrupt inne. Ihr Herz klopfte bis zum Hals bei dem ungeheuerlichen Gedanken, der ihr eben gerade gekommen war. Bedeutete dieses auftrumpfende Gehabe der beiden etwa, dass sie auf David warteten? Und dass er sie womöglich sogar herbestellt hatte?

Amelie stürzte auf die Rezeption zu. Davids Schwägerin sah sie erwartungsvoll an.

»Wo ist Mister Taumaunu?«

»In seinem Büro«, entgegnete sie auf Amelies mit Nachdruck gestellte Frage und deutete hinter sich.

Amelie drängte sich am Empfangstresen vorbei.

»Halt, das dürfen Sie nicht, er hat zu tun, er ...«

Doch da hatte sie bereits seine Bürotür aufgerissen, war in das Zimmer gestürmt und hatte die Tür hinter sich zugeknallt.

»David, was hat das zu bedeuten, dass Ben und Brian auf dem Parkplatz stehen und ihren Motor zum Heulen bringen?«

»Keine Ahnung«, sagte er, aber sie sah an seinen Augen, dass er log. Sein Lid zuckte nervös.

»Ich glaube dir kein Wort. Hast du sie herbestellt? Warten sie auf dich? Wollen sie damit Stärke demonstrieren?«

»Ich bin dir keine Rechenschaft schuldig«, sagte David.

»Doch, es ist nämlich nicht nur dein Großvater getötet worden, sondern auch meine Großtante!«

»Habe ich mir's gedacht. Die Schweine haben sie umgebracht. Dann freu dich doch, dass ich etwas unternehme.«

»Es war aber ganz anders, als wir jemals vermutet haben.«

»Wie denn?«

»Lies es selbst!«

»Später, ich habe noch zu tun«, entgegnete er ausweichend.

»Ich ahne auch, was. Dich mit den beiden Deppen prügeln! Ihnen eine Lektion erteilen, oder was? Was auch immer es ist, lass die Finger davon!«

»Ich bin es meinem Großvater schuldig«, erwiderte David gequält.

»Nein, das hätte er niemals gewollt. Er war ein friedlicher, in sich ruhender Mann, der niemals so einen Wahnsinn unterstützt hätte!« Amelie hatte sich kämpferisch vor Davids Bürostuhl aufgebaut.

Langsam erhob er sich. »Willst du mich etwa daran hindern?«, fragte er, beinahe eine Spur belustigt.

Amelie trat demonstrativ zur Seite. »Nein, geh nur. Vielleicht wird wieder Blut fließen. Und wenn du ganz viel Glück hast, nicht nur deins!«, zischte sie zornig.

Zögernd drückte sich David an ihr vorbei und steuerte auf die Tür zu. Er hatte gerade die Klinke in der Hand, als Amelie mit fester Stimme sagte: »Wenn du nicht die Größe besitzt, diese Familienfehde zu beenden, werde ich umgehend nach Deutschland reisen.« Amelie erschrak über ihre eigenen Worte. Sie wollte doch unbedingt bei ihm bleiben, aber nun stand diese Drohung wie ein schwarzer, übermächtiger Schatten im Raum.

David ließ die Türklinke los und musterte sie eindringlich. »Und wenn ich vernünftig bin und die beiden ignoriere? Was dann?«

»Dann bleibe ich bei dir und übernehme die Bäckerei«, erwiderte Amelie ohne Zögern.

David machte einen Schritt auf sie zu. Seine finstere Miene erhellte sich und seine dunklen Augen strahlten in dem warmen Glanz, den sie so liebte.

»Ich würde alles tun, damit du bleibst.«

Amelies Knie wurden weich. Hatte sie ihm wirklich versprochen zu bleiben? Und es fühlte sich verdammt richtig an. Richtig und aufregend zugleich.

»Heißt das, du verzichtest auf deine Rache?«

»Schon vergessen!« Er zog sanft ihr Gesicht zu sich heran und küsste sie. Amelie erwiderte seinen Kuss leidenschaftlich. In diesem Moment vergaß sie alles um sich herum. Erst als sich ihre Lippen voneinander gelöst hatten, ging ihr die Frage durch den Kopf, was sie mit ihrer Firma machen sollte. Verkaufen oder Daniela zur Unternehmenschefin machen? Doch das war nur ein Blitzgedanke, und schon war sie in Gedanken wieder ganz da.

»Was meinst du? Willst du jetzt das Tagebuch lesen, und ich jage die beiden Burschen vom Parkplatz?«

David lächelte. »Wie sieht denn das aus? Als müsste ich eine Frau vorschicken?«

»War ja nur ein gut gemeintes Angebot, denn du solltest nicht länger zögern, die ganze Wahrheit zu erfahren.«

»Du hast ja recht«, seufzte David. »Sag ihnen, dass Mister Taumaunu keine Lust hat, die Sache unter Männern auszutragen, sondern es vorzieht, der Liebe wegen zum Lamm zu werden.«

Amelie knuffte ihn übermütig. »Genauso werde ich es Ben und Brian weitergeben«, lachte sie. Arm in Arm verließen sie das Büro.

»Hattest du nicht noch einen dringenden Termin?«, fragte Davids Schwägerin in vorwurfsvollem Ton.

»Der hat sich erledigt. Ich bin im Wintergarten zu erreichen.«

In der Lobby küssten sie sich erneut. Beschwingt machte sich Amelie auf den Weg zu Bens Wagen. Die beiden Männer bemerkten sie nicht, denn sie hörten laute Musik und ließen die Bierdose kreisen. Amelie klopfte an die Scheibe. Sofort stellte Ben die Musik leise und öffnete die Tür.

»Was machst du denn hier?«

»Ich soll euch nur etwas von David ausrichten. Er kommt nicht. Er hat keine Lust mehr auf diesen blöden Streit. Er lässt euch in Ruhe, also lasst ihn in Frieden! Verstanden?«

»Und da schickt der Feigling ein Mädchen vor?«, bemerkte Brian mit schwerer Zunge höhnisch vom Beifahrersitz.

»Ich habe mir gedacht, dass ihr mit diesem steinzeitlichen Machogehabe reagieren werdet, aber lasst euch das von einer gestandenen Frau sagen: Menschliche Größe sitzt nicht in den Fäusten, sondern hier.« Amelie deutete auf ihr Herz. »Und hier!« Sie zeigte auf ihren Kopf. Dann drehte sie sich auf dem Absatz um und ging zurück. Sie hörte nur noch, wie die beiden mit aufheulendem Motor vom Parkplatz fuhren.

Als sie in den Wintergarten zurückkehrte, fand sie David lesend vor. Er hörte nicht einmal, dass sie gekommen war. Sie machte Tamy ein Zeichen, ihr zu folgen, bevor sie auf einem kleinen Zettel notierte: *Sind in der Bar* und ihn David hinschob. Er warf ihr einen abwesenden Blick zu und vertiefte sich sofort wieder in das Tagebuch.

»Komm, wir gehen in die Bar. Lassen wir ihn in Ruhe lesen«, schlug Amelie vor, als sie vor der Tür außer Hörweite von David waren.

»Das ist eine gute Idee. Sonst würde ich ihn die ganze Zeit

anstarren und aus seiner Miene zu lesen versuchen, an welcher Stelle er gerade ist.«

Eingehakt machten sie sich auf den Weg. In der Bar erzählte Amelie Tamy brühwarm, wie sie David davon hatte abhalten können, sich auf ein Scharmützel mit Brian und Ben einzulassen.

»Weißt du, dass es mich riesig freut?«, entgegnete Tamy und drückte Amelie fest. »Wenn du in meiner Nähe bleibst, kann ich auch verschmerzen, dass sich David in die falsche Frau verguckt hat.«

Amelie sah sie fassungslos an, doch dann brach Tamy in lautes Gelächter aus und Amelie fiel ein.

Sie tranken eine weitere Flasche von dem köstlichen Sauvignon Blanc. Ein flüchtiger Blick auf die Uhr ließ Amelie von ihrem Barhocker springen. »Es ist gleich Mitternacht. Ich muss Marie das mit Lisa noch sagen!« Sie zog sich mit dem Telefon in eine ruhige Ecke auf dem Flur zurück und wählte die Nummer ihrer Schwester und hoffte, dass die es in ihrem Liebesrausch auch hören würde.

Marie meldete sich sofort, aber ihre Stimme klang, als würde sie weinen.

»O Gott, Marie, was ist denn los? Habt ihr Streit, George und du?«, fragte Amelie erschrocken.

»Nein, wir sitzen gerade im Wagen und fahren zur Klinik«, schluchzte sie.

»Was ist passiert?«

»Ben und Brian hatten einen schlimmen Autounfall. Sie sind vom Highway abgekommen und haben sich mehrfach überschlagen. Mehr weiß ich auch nicht.«

»Wo sind sie? Ich meine, wo liegen sie?«

»Im Public Hospital in Nelson!«

»Wir kommen!«, erwiderte Amelie und eilte zur Bar zurück. Sie bat Tamy, ihr auf den Flur zu folgen.

»Du siehst aus, als hättest du einen Geist gesehen. Was ist geschehen?«

»Dein Bruder und Brian hatten einen Autounfall. Sie liegen im Public Hospital. Komm, lass uns keine Zeit verlieren.«

In diesem Augenblick kam ihnen David mit dem Tagebuch in der Hand entgegen. Er sah sichtlich mitgenommen aus.

»Das ist Wahnsinn«, murmelte er betroffen. »Jetzt verstehe ich, warum mein Vater gemütskrank war. Er hat alles mit ansehen müssen.«

»Ben und Brian haben sich mit dem Wagen überschlagen, nachdem ich sie weggeschickt habe. Wir müssen ins Public Hospital.«

David blickte zu Tamy. »Ich komme mit, ich fahre«, bestimmte er, und sie folgten ihm stumm zu seinem Wagen.

Die Klinik lag nur wenige Autominuten vom Hotel entfernt. Georges Wagen stand bereits auf dem Parkplatz. Im Eiltempo verließen sie das Auto. Am Empfang wurden sie zur Notaufnahme geschickt. Dort, in einem in das fahle Licht von Neonleuchten getauchten Warteraum, saßen bereits Marie und George. Marie sprang auf und umarmte ihre Schwester. »Das kommt davon, dass sie immer besoffen gefahren sind«, raunte Marie ihr zu.

Amelie sah aus dem Augenwinkel, wie George und David sich mit Handschlag begrüßten. So sollte es zwischen unseren derart verwobenen Familien sein und nicht anders, dachte Amelie. Es zeigt Davids innere Größe, weiß er doch inzwischen, wer für den Tod seines Großvaters verantwortlich gewesen ist.

Die Wartezeit verging schleichend. Es schien eine halbe Ewigkeit zu dauern, bis endlich ein Arzt kam. Seine besorgte Miene verhieß nichts Gutes. Er ging direkt auf George zu. »Wir haben alles für deinen Bruder getan, aber wir konnten ihn nicht retten.« Marie brach in Tränen aus, während George um Fassung rang.

»Und wer von Ihnen ist Amelie Bruhns?« Amelie stand auf. »Das bin ich.«

»Mister Bruhns wünscht sie zu sprechen. Aber Vorsicht. Er ist noch sehr schwach, aber er besteht darauf. Die folgende Nacht wird zeigen, ob er den Unfall überlebt.«

Tamy schluchzte laut auf.

Mit weichen Knien folgte Amelie ihm, nicht ohne vorher Davids Blick zu suchen. Er nickte zustimmend.

Sie folgte dem Arzt über lange Gänge, bis er die Tür zu einem Zimmer öffnete und sie einließ. »Ich gebe Ihnen fünf Minuten.

Brian sieht schlimm aus, dachte Amelie, während sie zögernd an sein Bett trat. Sein ganzes Gesicht war geschwollen, sein rechtes Auge geschlossen, er hatte überall Schnittwunden im Gesicht, aber aus dem gesunden Auge sah er sie fast flehentlich an.

Sie trat an sein Bett und nahm seine Hand. »Amelie«, sagte er mit heiserer Stimme.

»Du sollst nicht so viel reden. Werd erst einmal wieder gesund«, versuchte sie ihn zu beruhigen, aber er wollte ihr unbedingt etwas sagen.

»Amelie, Vater hat mir auf seinem Totenbett alles gesagt. Sein Vater hatte es ihm auf dem Sterbebett verraten. Lisa ist nicht verschwunden. Tom Hunter hat ...« Seine Stimme brach ab. Sie streichelte seine Hand. »Ich weiß das alles. Lisa hat ein Tagebuch hinterlassen, und Bonnie hat es nach Lisas Tod zu Ende geführt.«

»Verzeih mir, ich musste ihm schwören, zu schweigen, komme, was wolle ...« Er brach erschöpft ab.

»Brian, du darfst dich nicht anstrengen«, sagte sie leise und hielt stumm seine Hand, bis der Arzt sie bat zu gehen.

Collingwood, Dezember 2012

Die kleine Kirche in Collingwood war bis auf den letzten Platz besetzt. Die Mehrheit der Trauergäste waren Maori, denn die Familie Taumaunu war groß.

Marie und Amelie saßen in der ersten Reihe. Sie hatten Großmutter Anna in ihre Mitte genommen. Anna hatte darauf bestanden, zur Beerdigung ihrer Schwester nach Nelson zu reisen. Die Schwestern waren skeptisch gewesen, ob sie in ihrem Alter diesen langen Flug gesundheitlich gut überstehen würde, aber Anna konnte sehr stur sein. Und wenn Amelie sie so von der Seite betrachtete, sah sie selten gut aus, obwohl ihr in einem fort Tränen übers Gesicht rannen. Sie hielt ihren Blick geradeaus auf die beiden Särge gerichtet, die für die feierliche symbolische Bestattung aufgestellt worden waren. Vor den Särgen standen zwei von den Schwarz-Weiß-Porträts, die Bonnie damals von Lisa und David gemacht hatte. Die Zeremonie wurde von einem anglikanischen Geistlichen und einem Maori-Priester gemeinsam abgehalten.

Auch Amelie standen Tränen in den Augen. Sie drückte Davids Hand so fest sie konnte. Neben ihm saß Tamy, die seine andere Hand hielt.

Als die Särge schließlich verschwanden und nur die Bilder der beiden, auf denen sie so glücklich aussahen, zurückblieben, ging ein vielstimmiges Schluchzen durch die ganze Kirche. Auch die Männer scheuten sich nicht, ihre Trauer zu zeigen. Plötzlich klappte die Tür der Kirche, und Amelie fuhr herum. Sie hatte bis zuletzt gehofft, dass er den Weg doch noch finden würde.

Brian nickte Amelie zu, bevor er sich auf die Kirchenbank setzte.

Der Maori-Chor sang ein letztes Lied, dann herrschte Stille.

Als Amelie und Marie mit der Großmutter in ihrer Mitte die Kapelle verließen, entdeckten sie einen Regenbogen am Himmel. Es nieselte leicht, während sich die Sonnenstrahlen bereits wieder ihren Weg durch die Wolken bahnten.

»Das ist ein Zeichen«, flüsterte Anna ihren Enkelinnen zu. »Und jetzt habe ich eine Überraschung für euch.«

Marie und Amelie sahen sich fragend an.

»Folgt mir«, befahl Anna vergnügt. Auch George, Tamy und David schlossen sich ihnen an. Nur Brian zögerte. »Nun komm schon«, forderte ihn David auf, und er begleitete sie durch den beschaulichen Ort, bis ein rosafarbenes Haus vor ihnen auftauchte.

»Das ist ja Lisas und Rongos Haus«, stieß Amelie gerührt hervor.

»Und jetzt gehört es mir«, erwiderte Anna, als wäre es das Selbstverständlichste auf der Welt.

»Es gehört dir?«, fragte Marie fassungslos.

»Ja, ich habe es gekauft!«

»Aber dein Flug. Ich denke, du fliegst im Februar zurück.« Amelie war ebenso überrascht. Sie drehte sich zu David um und sah ihn hilfesuchend an. »Großmutter sagt, sie hat dieses Haus gekauft.«

Davids Antwort war ein breites Lächeln. »Ich weiß!«

Amelie blieb abrupt stehen. »Was heißt, du weißt?«

»Na, glaubt ihr, ich kaufe hier einfach ein Haus ohne entsprechende Beratung der Einheimischen? George und David haben die Formalitäten für mich erledigt.«

Marie und Amelie starrten abwechselnd ihre Großmutter und die beiden Männer an.

»Ja, guckt nicht so entsetzt«, sagte Anna fröhlich. »Ich kann doch nicht fahren, bevor die beiden auf dem Friedhof ihre symbolische letzte Ruhe gefunden haben, zudem möchte ich bei der Einweihung der Bäckerei dabei sein und wenn die Feierlichkeiten für den Fischweiher stattfinden. Und ich meine, wenn ich schon die Chance habe, Urenkel zu bekommen, möchte ich sie wenigstens mal auf dem Arm gehalten haben, bevor ich auf demselben Flecken Erde begraben werde wie meine Schwester …«

»Großmutter!«, riefen Marie und Amelie wie aus einem Munde tadelnd aus.

»Wem gilt eure Empörung?«, flüsterte David Amelie zu. »Den Urenkeln oder Großmutters Ableben?«

Amelie sah David kopfschüttelnd an, doch er versiegelte ihren Mund mit einem Kuss, bevor sie ihm eine Antwort geben konnte.

Es hatte aufgehört zu regnen, und die Dezembersonne hatte mit ihrer Strahlkraft die letzten grauen Wolken verscheucht.